KNAUR

INY
LORENTZ

Zwischen *Liebe* und *Verrat*

Roman

KNAUR

Besuchen Sie uns im Internet:
www.droemer-knaur.de

MIX
Papier | Fördert gute Waldnutzung
FSC® C083411

Originalausgabe Juli 2024

Ein Imprint der Verlagsgruppe
Droemer Knaur GmbH & Co. KG, München

Redaktion: Regine Weisbrod
Covergestaltung: ZERO Werbeagentur, München
Coverabbildung: Collage von ZERO Werbeagentur unter Verwendung verschiedener Motive von Trevillion Images und Shutterstock.com
Satz und Layout: Adobe InDesign im Verlag
Druck und Bindung: CPI books GmbH, Leck
ISBN 978-3-426-52810-5

2 4 5 3 1

ERSTER TEIL

Der Wille *des Herzogs*

1.

Vier Planwagen standen in einer Ecke des Dorfangers. An den Wäscheleinen, die man zwischen ihnen gespannt hatte, hingen Hemden und Hosen. Ein Stück davon entfernt knieten Frauen in abgetragenen, aber farbenfrohen Trachten am Flussufer und wuschen weitere Kleidungsstücke. Sie unterhielten sich lachend, während ein Dutzend Kinder zwischen ihnen und den Wagen hin und her sausten und Fangen spielten.

Neben einem Wagen jonglierte ein Mann mit Kugeln aus Glas. Als eine junge Frau herankam, hörte er damit auf und barg jede Kugel sorgsam in einer Tasche. Er lächelte dabei in einer Weise, die deutlich zeigte, wie sehr ihm die hübsche Frau gefiel. Sie sagte etwas, was ihn zu freuen schien. Dann blickten beide auf, denn sie hörten auf der am Anger vorbeiführenden Straße eine Kutsche herankommen.

Zu ihrer Verwunderung hielt die Kutsche nicht weit von ihnen an. Der Helfer des Kutschers stieg rasch vom Bock, klappte die Stufen aus und öffnete den Schlag für eine in hellem Blau gewandete junge Dame. Diese spannte beim Aussteigen einen ebenfalls hellblauen Sonnenschirm auf, um sich vor den kräftigen Strahlen der Sonne zu schützen.

»Was für eine Schönheit!«, rief ein älterer Mann, der in der Nähe des Paares stand.

Die junge Frau schnaubte leise, denn sie hielt sich für nicht weniger schön als die fremde Dame. Diese näherte sich ein paar Schritte dem Lager, blieb dann stehen und sah den Kindern zu, die sich in ihrem Spiel nicht stören ließen. Nun konnten die Gaukler sie genauer betrachten. Die Dame war schlank, ohne geschnürt zu sein, ihr Kleid einer Reise angemessen bis zum Hals geschlossen, und auf dem leicht rötlich schimmernden Blondhaar saß ein hoher Hut mit schmaler Krempe und einer von einer silbernen Agraffe gehaltenen Straußenfeder.

Fast schien es, als suchte sie jemanden, doch als zwei Kinder in ihre Nähe kamen und etwas riefen, drehte sie sich um und kehrte in ihre Kutsche zurück.

»Willst du nicht mit ihnen sprechen, Cristina?«, fragte eine Frau knapp unter fünfzig, die zusammen mit einem älteren, beleibten Herrn in der Kutsche saß.

Die Sängerin Cristina Chiodi, die mit ihren Begleitern von einem Auftritt in Dresden kam, schüttelte den Kopf. »Nein, Fräulein Karau! Es sind Fremde, die anders sprechen, als ich es gewohnt bin.«

»Aber du könntest sie wenigstens fragen, ob sie wissen, wo deine Verwandten zu finden sind«, wandte der Herr ein.

Cristina schüttelte traurig lächelnd den Kopf. »Das Letzte, was ich über meine Sippe erfahren habe, war, dass sie sich nach Westen gewandt hat. Wir sind hier noch östlich der Gegenden, durch die sie früher gezogen sind.«

»Aber warum hast du dann anhalten lassen?«, fragte Elisabeth Karau verwundert.

»Ich wollte die Wagen sehen und die Leute, die dazugehören.« In Cristinas Stimme schwang eine gewisse Sehnsucht nach einem Leben mit, wie sie es bis zu ihrem vierzehnten Lebensjahr geführt hatte. Seitdem war jedoch sehr viel geschehen. Sie schüttelte diesen Gedanken ab, setzte sich wieder und gab dem Kutscher das Zeichen, dass er weiterfahren könne.

»Wir werden noch einmal übernachten, dann sind wir wieder in Meiningen«, sagte sie seufzend zu ihren Begleitern.

»Es war deine bisher weiteste Konzertreise, mein Kind«, sagte Elisabeth Karau lächelnd.

»Und sie hat sich gelohnt!«, warf Irmbert von Lauenstein ein. »Kurfürst Friedrich August III. war äußerst entzückt von unserer Sängerin und hätte sie am liebsten ganz in seiner Residenz behalten.«

»Da ich bemerkt habe, dass dem hohen Herrn nicht nur an meiner Stimme gelegen war, bin ich ganz froh, Dresden hinter mir lassen zu können. Es ist mir dort zu frivol«, erklärte Cristina, die mit ihren neunzehn Jahren einer wunderschönen, im Aufblühen befindlichen Rose glich.

Lauenstein betrachtete sie und fand, dass es ganz natürlich war, wenn so hohe Herren wie der Kurfürst von Sachsen sich mehr von ihr erhofften, als nur ihre Stimme zu hören. Selbst Herzog Georg von Sachsen-Meiningen wäre nicht abgeneigt, etwas intensiver an dieser Rose zu riechen. Cristina hatte sich jedoch, seit sie in Meiningen weilte, den Ruf einer eisernen Jungfrau erworben. Hinter ihrem Rücken wurde sie bei Hofe bereits die »singende Vestalin« genannt. Dem Herzog mochte das weniger gefallen, doch seine Gemahlin Louise Eleonore war von Cristinas Verhalten sehr angetan. Auch wenn sie die gelegentlichen erotischen Abenteuer ihres Gemahls mit dem Gleichmut hinnahm, der von ihr erwartet wurde, so wollte sie keine direkte Mätresse in ihrer Umgebung dulden.

Während Lauenstein seinen Gedanken nachhing, unterhielten sich Cristina und Elisabeth. Aus der einstigen Lehrerin, die ihren Zögling des Nachts in einer vergitterten Kammer hatte einsperren lassen, damit er ihr nicht abhandenkam, war im Lauf der Jahre eine mütterliche Freundin geworden. Sie stand ihr auch gegen Lauensteins gelegentliche Forderungen bei, Cristina solle den Avancen des einen oder anderen Herrn gegenüber doch etwas zugänglicher sein.

»Kurfürst Friedrich August glaubte wohl, weil Demoiselle Légendaire zu gewissen Dingen bereit ist, würden alle Sängerinnen es sein«, sagte Cristina nach einer Weile amüsiert.

»Nun, viele Künstlerinnen sind, wie du sagen würdest, sehr frivol«, sagte Lauenstein.

»Ich bin anders erzogen worden!« Cristina klang abweisend. Auch wenn dem fahrenden Volk, bei dem sie bis zu ihrem vierzehnten Jahr aufgewachsen war, nachgesagt wurde, dass deren Frauen sehr willig wären, so galt dies nur für die Huren, die zu den gleichen Märkten kamen wie die Gaukler. In ihrer Sippe hatte man auf die Ehrbarkeit der Frauen geachtet. Nicht zuletzt deswegen war sie wegen ihrer unehelichen Abkunft von der Ehefrau ihres Onkels verachtet und beschimpft worden.

»Du hängst schweren Gedanken nach!«, stellte Elisabeth fest.

Cristina zuckte mit einer Schulter. »Auf so langen Reisen hat man die Zeit, über vieles nachzudenken.«

»Und worüber sinnierst du?«

»Über meinen Vater! Mama hat nie etwas von ihm erzählt. Ich weiß nur, dass sie ihn sehr geliebt haben muss, sonst wäre sie nicht mit ihm gegangen. Gleichzeitig frage ich mich, weshalb sie ihn kurz vor meiner Geburt verlassen hat.«

»Dafür kann es viele Gründe gegeben haben«, erwiderte Lauenstein.

Elisabeth fasste nach Cristinas Hand. »Hast du überhaupt nichts über ihn erfahren?«

»Mama soll ihn auf dem Gauklerfest in Friedrichsthal kennengelernt haben«, berichtete Cristina. »Ein paar Monate später traf sie ihn wieder und ging mit ihm. Beim übernächsten Gauklerfest in Friedrichsthal kehrte sie zurück. Sie war mit mir schwanger und schloss sich erneut Ettores Truppe an, die damals noch von meinem Großvater geführt wurde. Wie sie aufgenommen worden ist, weiß ich nicht. Jedenfalls machten weder mein Großvater noch die anderen ihr oder mir einen Vorwurf, weil ich empfangen und geboren worden bin, ohne dass meine Mutter verheiratet war. Erst Alfonsina tat es. Sie war damals schon mehrere Jahre Onkel Ettores

Ehefrau, hielt aber, solange Großvater noch lebte, den Mund. Später kam es ein paarmal zum Streit mit meiner Mutter, doch sie zog dabei den Kürzeren. Erst als Mama tot war, konnte sie ihre Bosheit ausleben.« Cristina seufzte bei dieser Erinnerung und wechselte das Thema. »Wie ich hörte, soll Belle Légendaire derzeit in Wien singen.«

»Die Frau geht dir wohl immer wieder im Kopf herum?«, fragte Lauenstein amüsiert.

»Warum sollte sie nicht? Schließlich ist sie der Grund, weshalb ich heute mit euch in dieser Kutsche sitze. Ohne sie hätte ich mir wahrscheinlich so früh wie möglich einen Bräutigam gesucht, um Alfonsina zu entkommen, und wohl auch schon ein paar Kinder bekommen.« Als Cristina diese Vorstellung mit ihrem jetzigen Leben verglich, war sie froh, auf Elisabeth und Lauenstein getroffen zu sein.

»Der Welt wäre damit eine große Künstlerin verloren gegangen!« Lauenstein klang erleichtert, denn ohne Cristina wäre er am Fürstenhof in Meiningen nur als besserer Hofnarr behalten worden. So aber konnte er dank ihr ein gutes Leben führen.

»Es ist irgendwie schade, dass wir Belle Légendaire bisher nie begegnet sind! Ich hätte mich gerne bei ihrem Agenten Metteur dafür bedankt, dass er mich euch empfohlen hat.«

Cristina hatte den kleinen Anfall von Traurigkeit überwunden und schenkte den beiden Menschen, mit denen sie in den letzten Jahren ihr Leben geteilt hatte, ein Lächeln.

»Ich hoffe, die Kutsche mit Tilda, Ira und Johann ist gut bei dem Gasthof eingetroffen, in dem wir zu übernachten gedenken. Es wäre mir nicht recht, wenn ich Cristina um Zofendienste bitten müsste«, sagte Elisabeth plötzlich.

»Da Ihr mir den gleichen Dienst erweisen müsstet, wäre es wirklich nicht schlimm. Oder würde es Euch in Eurer Ehre kränken, mein Kleid aufschnüren zu müssen?«, fragte Cristina belustigt.

»Nein, gewiss nicht.« Elisabeth musste lachen. »Bei Gott, bin ich ein albernes Ding! Früher musste ich mir auch ohne Zofe behelfen. Nun tue ich so, als könnte ich ohne Tilda nicht einmal meinen Fächer aufheben, obwohl er vor mir auf der Anrichte liegt.«

»Wo seht Ihr hier eine Anrichte, meine Liebe?«, fragte Lauenstein und brachte Elisabeth damit erneut zum Lachen. Auch Cristinas Mundwinkel zuckten, und sie sagte sich, dass sie sich glücklich schätzen durfte, ihr Leben mit diesen beiden Menschen zu teilen.

2.

Nach einiger Zeit wurde die Kutsche langsamer und fuhr nur noch so schnell, dass ein Fußgänger bequem mit ihr Schritt hätte halten können.

Lauenstein streckte verwundert den Kopf zum Kutschenfenster hinaus. »Was ist los?«, fragte er den Kutscher.

»Vor uns sind Soldaten – bestimmt mehr als ein Bataillon!«, meldete der Kutscher.

»Geht das schon wieder los?«, seufzte Elisabeth. »Dabei habt Ihr gerade einmal vor einem halben Jahr prophezeit, dass dieser Bonaparte bald geköpft und wieder Ruhe eingekehrt sein würde. Stattdessen hat er die österreichischen und preußischen Truppen ein ums andere Mal besiegt und Frankreichs Grenzen bis an den Rhein vorgeschoben.«

Lauensteins Miene wurde düster. Ebenso wie Elisabeth und Cristina hatte er die Flüchtlinge gesehen, die aus Trier, Mainz und anderen linksrheinischen Städten gekommen und durch Meiningen gezogen waren. Diese berichteten wahre Wunderdinge über die französischen Heere. Schier unbesiegbar sollten sie sein, und über allem schwebte ein Name – Napoleon Bonaparte.

»Ich glaube nicht, dass sich dieser Korse lange wird halten können. Österreich, England, Russland, Preußen und die Herrscher weiterer Länder werden ihm schon die Flötentöne beibringen.« Lauenstein wollte zuversichtlich klingen, konnte aber einen gewissen Zweifel nicht verbergen. Immerhin hatte Bonaparte mit seinen Truppen bereits an Zahl weit überlegene Heere besiegt.

»Er kann auch nicht überall sein«, murmelte er in der Hoffnung, es könne den Alliierten gelingen, jene französischen Heere zu schlagen, die nicht von Bonaparte, sondern von anderen Generälen kommandiert wurden.

»Was sagt Ihr?«, fragte Elisabeth.

»Ach, nichts!« Lauenstein schaute erneut zur Kutsche hinaus. Da die Straße vor ihnen nun eine lang gezogene Kurve machte, konnte er eine endlose Kolonne marschierender Soldaten wahrnehmen. Zwischen der Infanterie befand sich ein Kavallerieregiment, das wegen der Fußtruppen vor ihm im Schritt gehen musste. Es war deutlich zu erkennen, dass sich die Truppe auf dem Marsch befand und die Lande, in denen mit Feinden zu rechnen war, erst noch erreichen musste.

»Da bei den Uniformen die grüne Farbe vorherrscht, müssten es Russen sein, dem Anschein nach mehrere Regimenter«, berichtete Lauenstein den beiden Frauen.

»Also ein ganzes Heer!«, schloss Elisabeth aus seinen Worten und verzog missmutig das Gesicht. »Das heißt, wir kommen nicht mehr schneller voran als eine Schnecke, und in den Gasthäusern auf unserem Weg werden die Vorratskammern leer sein. Wer weiß, ob wir heute überhaupt ein Bett für die Nacht finden, wenn die Offiziere diese für sich reklamieren!«

»Ich schlage vor, dass wir bei der nächsten Wegkreuzung abbiegen und einen Umweg einschlagen. Dies erscheint mir klüger, als hinter diesem Heer herzufahren!«, sagte Cristina, denn sie fühlte bereits den Staub auf der Zunge, den die vor ihnen marschierenden Soldaten aufwirbelten.

Elisabeth öffnete die silberne Flasche, die Lauenstein bei ihrem letzten Aufenthalt mit Wein hatte füllen lassen, und trank einen Schluck, um den Geschmack loszuwerden. Danach reichte sie die Flasche Cristina.

»Lange wird es nicht helfen, aber es ist besser als nichts«, sagte sie seufzend.

Cristina trank ebenfalls und reichte ihr die Flasche zurück. »Da mögt Ihr recht haben! Oder sagen wir besser: Wenn wir genug Wein hätten, um diesen Staub hinunterzuspülen, wären wir beide heute Abend vollkommen betrunken. Herr von Lauenstein müsste uns in dem Gasthof, in dem wir übernachten, von den Knechten auf unser Zimmer schaffen lassen.«

»So viel sollten wir wirklich nicht trinken!«, antwortete Elisabeth lächelnd. »Du schon gar nicht, da du sonst kaum etwas trinkst. Was im Übrigen gut ist, da zu viel Alkohol der Stimme schadet.«

»Wenn wir die Straße verlassen, haben wir einen hübschen Umweg vor uns«, gab Lauenstein zu bedenken.

»Hinter den Russen bleiben will ich aber nicht!«, sagte Elisabeth mit einem leisen Fauchen.

Lauenstein seufzte. Ihm passte weder der Umweg noch das russische Heer, das vor ihnen marschierte. Daher klopfte er an das Dach der Kutsche. Augenblicke später öffnete der Kutscher die kleine Klappe, durch die er sich mit den Insassen der Kutsche verständigen konnte.

»Ihr wünscht, mein Herr?«, fragte er.

»Wir nehmen die nächste Abzweigung, um nicht weiter hinter den Russen herwackeln zu müssen«, antwortete Lauenstein ungehalten.

»Das dürfte nicht nötig sein, mein Herr!«, antwortete der Kutscher. »Wie es aussieht, beziehen die Soldaten bald Quartier. Weiter vorne werden bereits Zelte aufgebaut. Noch eine halbe Stunde, dann ist der Weg für uns frei. Wenn ich die Pferde dann ein wenig schneller traben lasse, erreichen wir unseren Gasthof sogar noch zu einer christlichen Zeit.«

»Das wäre erfreulich!«, antwortete Lauenstein erleichtert und wandte sich den beiden Frauen zu.

»Habt ihr es gehört? Die Russen scheinen hier zu rasten. Daher können wir bald an ihnen vorbeifahren. Morgen trennen sich ihre Wege und die unseren, denn sie marschieren nach Frankreich, wo wir gewiss nicht hinwollen.«

»Um Gottes willen! Ich will meinen Kopf noch länger behalten«, rief Elisabeth lachend.

»Ich habe nicht gehört, dass in letzter Zeit viele Leute dort geköpft worden wären«, wandte Cristina ein. »Sagte nicht Herr von Goethe letztens, dass mit Napoleon Bonaparte wieder Recht und Ordnung in Frankreich eingezogen seien?«

Lauenstein schnaubte, denn auch in Meiningen gab es nicht wenige, die sich bewundernd über den Ersten Konsul der Franzosen äußerten. Er gehörte jedenfalls nicht dazu.

»Dieser Bonaparte sollte bei seinen Leisten bleiben«, rief er erbost.

»War er denn früher Schuster?«, fragte Cristina mit unschuldigem Augenaufschlag.

»Nein, Soldat! Und später General. In Ägypten sollen seine Leute ihm den Spitznamen ›petit caporal‹ gegeben haben, weil er sich wie einer aufgeführt hat«, antwortete Lauenstein mit einem weiteren Schnauben.

»Wie komisch, einen General als Unteroffizier zu bezeichnen! Diese Franzosen müssen wirklich seltsam sein«, sagte Elisabeth kopfschüttelnd.

Lauensteins Schnauben wurde noch lauter. »Und ob sie das sind! Wo hätte man schon gehört, dass man dem eigenen König den Kopf abgeschlagen hat?«

»Hat man es nicht auch in England getan?«, fragte Elisabeth.

»Das mag sein! Dort aber hat dessen Sohn den Thron wieder bestiegen. So wird es auch in Frankreich geschehen.« Das, so sagte Lauenstein sich, reichte nun als Ausflug in die Politik.

Da die Kutsche wieder Fahrt aufnahm, schaute er nach draußen auf das Lager, das die russischen Regimenter für die Nacht aufgeschlagen hatten. Cristina folgte seinem Blick. Viele Zelte standen bereits in Reih und Glied, andere wurden noch aufgerichtet. Überall standen die Gewehrpyramiden der einzelnen Zeltgemeinschaften. Kochfeuer brannten, und weiter hinten mähten Soldaten Gras für die Pferde.

»Könnte man die Tiere nicht weiden lassen?«, fragte Cristina, da ihr diese Methode arg umständlich erschien.

»Doch, aber dann müsste man sie entweder anpflocken, damit sie nicht weglaufen können, oder sie hüten. Auch wäre es schwierig, sie danach wieder aufzuteilen. Bei den Rossen der Offiziere ginge es noch, doch bei den Zugtieren des Trosses gäbe es Streit, da alle die besten Pferde und Maultiere für sich fordern würden.« In seiner Jugend hatte Lauenstein fast ein ganzes Jahr im preußischen Heer gedient und wusste daher, wie es auf Feldzügen zuging.

Cristina hob abwehrend die Hand. »Sie sind wie Heuschrecken! Auch wenn die Russen ihr Lager auf Weiden und Wiesen errichten, so trampeln sie alles nieder und schneiden zudem Gras, das den Besitzern der Wiesen fehlen wird, um daraus Heu für das eigene Vieh zu machen.«

»Da die Soldaten hier nicht im Feindesland sind, wird alles bezahlt«, erklärte Lauenstein.

»Dann sagt Ihr einer Kuh oder einem Pferd, dass es von einem Taler anstatt von einer Heuraufe abbeißen soll!« Cristina klang scharf, entschuldigte sich aber sogleich. »Verzeiht, ich wollte Euch nicht kränken.«

Lauenstein lächelte ihr zu. »Das hast du auch nicht getan, mein Kind. Im Grunde hast du ja recht.«

»Krieg ist schlecht!«, warf Elisabeth ein. »Wenn ein solches Heer bereits neutrale oder gar verbündete Lande auf diese Weise verheert, wie mag es dann im Feindesland sein? Es heißt, selbst Frauen und Kinder wären dort vor den Soldaten nicht sicher.«

»Ihr wälzt schwere Gedanken!«, sagte Lauenstein kopfschüttelnd. Doch auch er war froh, als das Feldlager der russischen Regimenter hinter ihnen zurückblieb und auf den Feldern und Wiesen, an denen sie vorbeifuhren, nur noch einheimische Knechte und Mägde zu sehen waren.

3.

Knapp eine Stunde später erreichten sie den Gasthof, in dem sie übernachten wollten. Lauenstein seufzte, als er die rassigen Pferde sah, die in einem daneben errichteten Pferch standen. Offiziersburschen, die sich in dem ihm unverständlichen Russisch unterhielten, verrieten ihm auf Nachfrage, dass eine Reihe von Offizieren es vorgezogen habe, unter diesem Dach anstatt im Feldlager zu nächtigen.

»Ob wir da noch eine Kammer für uns finden?«, fragte Elisabeth bang. Sie sah sich schon am Wegrand in der Kutsche übernachten.

»Ich sehe die Kutsche, mit der unsere Leute gefahren sind«, rief da Cristina und wies auf ein unter dem Vordach stehendes Gefährt.

»Hoffentlich ist ihnen nichts zugestoßen!«, sagte Elisabeth besorgt.

»Johann sieht heil aus!«, sagte Cristina, da Lauensteins Kammerdiener bei dem Wagen stand und ihnen zuwinkte.

Ihr Kutscher lenkte seine Karosse dorthin und hielt die Pferde an. »Hier ist verdammt viel los, Dilge«, sagte der Kutscher mit verbissener Miene.

»Seine Hoheit, Fürst Kadirow, Befehlshaber der russischen Truppen, hat für diese Nacht hier Quartier bezogen!«, erklärte

Lauensteins Kammerdiener und trat neben die Kutsche, um die Stufen auszuklappen und den Schlag zu öffnen.

Sein Herr stieg als Erster aus und klopfte ihm auf die Schulter. »Du bist ein braver Mann, Dilge! Wir sollten einen Lakaien einstellen, damit dir diese Arbeit erspart bleibt.«

»Bei den ganz hohen Herrschaften mag das so üblich sein, gnädiger Herr! Ein Lakai, dessen einzige Aufgabe es ist, Euch beim Ein- und Aussteigen aus der Kutsche zu helfen, erscheint mir jedoch überflüssig.«

»Wir werden später darüber entscheiden. Weißt du, wo die Zofen der Damen sind?«

»Tilda und Ira befinden sich in einer der beiden Kammern, die wir nach hartem Kampf dem Wirt abringen konnten. Hätte Fürst Kadirow nicht darauf gedrungen, dass er es tut, so wäre uns nichts anderes übrig geblieben, als zum nächsten Dorf weiterzufahren und in einer Bauernschenke zu übernachten«, berichtete Johann Dilge.

»Zwei Kammern, sagst du? So viele benötigen allein schon die Damen. Wo soll denn ich schlafen? Etwa bei den Pferden?«, fragte Lauenstein verärgert.

Sein Kammerdiener hob beschwichtigend die Hand. »Die Damen müssen sich bedauerlicherweise mit einer Kammer begnügen. Dort werden auch die Strohsäcke für die Zofen ausgelegt. Die zweite Kammer ist für Euch. Der Wirt schlägt vor, dass Ihr sie mit mir teilt. Wenn nicht, muss ich wie der Kutscher und sein Helfer im Stall schlafen.«

»Du wirst bei mir schlafen! Aber du sollst es nicht wagen, zu schnarchen. Schliefest du im Stall, würdest du, wenn du mich morgen bedienst, nach Pferden und Kühen riechen.« Lauenstein schauderte es, und er wandte sich mit einer hilflosen Geste an Cristina und Elisabeth, die mittlerweile die Kutsche ebenfalls verlassen hatten. »Ihr habt es gehört! Fast wäre ich geneigt, weiterzufahren …«

»Um in einer Dorfschenke auf den Bänken oder gar in der Kutsche zu schlafen? Da wird es hier hoffentlich besser sein. Gibt es in dem Raum, der uns zugeteilt wurde, einen Riegel oder ein Schloss, damit wir ihn versperren können? Ich möchte des Nachts nicht von betrunkenen Soldaten belästigt werden.«

»Das sind Offiziere, meine Liebe!«, wandte Lauenstein ein.

»Sind das etwa keine Soldaten?«, fragte Elisabeth streng und wandte sich an Cristina. »Reisen sind wirklich unangenehm, und in kriegerischen Zeiten wie diesen noch mehr.«

»Wenn Herr von Lauenstein uns eine seiner Pistolen leiht, die er auf Reisen bei sich trägt, so wäre dies gewiss eine Beruhigung für uns«, antwortete Cristina.

»Willst du einen Offizier erschießen, nur weil er aus Versehen an deiner Tür rüttelt?«, fragte Lauenstein.

Cristina lachte. »So weit wird es hoffentlich nicht kommen! Ich weiß jedoch aus Erfahrung, dass eine vorgehaltene Pistole selbst den übelsten Rüpel dazu bringt, einer Dame die gebotene Höflichkeit entgegenzubringen.«

Lauenstein und Elisabeth nahmen an, dass Cristina dabei auf Baron Vollendorf anspielte, der sie vor etlichen Jahren entführt hatte und angesichts einer auf ihn gerichteten Pistolenmündung gezwungen gewesen war, sie laufen zu lassen.

»Wir sollten eintreten! Meine Kehle wünscht einen kühlen Trunk, um den Staub hinunterzuspülen, den diese Russen aufgewirbelt haben«, erklärte Lauenstein und trat auf die Eingangstür des Gasthauses zu.

Cristina und Elisabeth folgten ihm. Im Flur empfing sie der Wirt. Dieser versuchte, eine bedauernde Miene aufzusetzen, als er sie ansprach. Tatsächlich aber hätte er hellauf jauchzen können. Die russischen Offiziere sparten an nichts, und er würde an diesem Abend mehr Geld verdienen als sonst in einem halben Jahr.

»Halten zu Gnaden, die Herrschaften! Es schien fast unmöglich, Euch ein Zimmer zuzugestehen, denn die Herren aus Russland kamen über mich wie ein Krähenschwarm. Ich wagte nicht, ihnen die Zimmer, die sie für sich forderten, zu versagen. Aber ich konnte zwei davon für Euch frei halten. Es war wirklich ein harter Strauß!«

Lauenstein und seine Begleiterinnen begriffen, dass es dem Mann auf ein gutes Trinkgeld ankam. Zudem bog er die Tatsachen, die sie von Dilge erfahren hatten, arg zu seinen Gunsten. Da sie jedoch nicht weiterfahren wollten, nickte Lauenstein. »Führe Er uns zu unseren Kammern! Wir hoffen, es steht ein Extrazimmer bereit, in dem wir speisen können?«

Der Wirt hob die Hände. »Bedauerlicherweise nein! Wir mussten in unseren beiden Extrazimmern Stroh aufschütten, damit die Burschen der Herren Offiziere nicht unter freiem Himmel schlafen müssen. Im Stall dürfen sie nicht untergebracht werden, da sie ihren Herren umgehend zur Verfügung stehen sollen.«

»Ich wünschte, es wären friedlichere Zeiten, in denen uns nicht Regimenter zu Fuß den Weg verlegen und Offiziere die Zimmer in den Poststationen wegnehmen«, sagte Elisabeth seufzend und folgte dem Wirt nach oben.

Dieser hätte einen Knecht oder eine Magd dazu bestimmen können, den neuen Gästen die Räume zu zeigen. Er tat es jedoch selbst, um ihnen zu beweisen, wie sehr er sich bemüht hatte, sie halbwegs standesgemäß unterzubringen.

4.

Als Cristina und Elisabeth ihr Zimmer betraten, saßen ihre Zofen auf den Strohsäcken, die man ihnen als Lager für die Nacht hergerichtet hatte. Beide standen sofort auf, und Tilda war der Ärger über die Situation deutlich anzumerken.

»Diesen Wirt sollte man in einen Sack stecken und in den nächsten Teich werfen!«, schimpfte sie. »Wir haben unsere Zimmer schriftlich bestellt, und zwar gute Zimmer und keine Abstellkammern wie die hier.«

Sie zeigte auf zwei schmale Betten, die an den Wänden standen. Breiter hätten sie auch nicht sein dürfen, sonst hätte niemand mehr dazwischen gepasst. Die Schüssel und der Waschkrug standen auf einem dreibeinigen Hocker, und das Abtrockentuch hing an einem in die Tür geschlagenen Nagel.

»Sehr feudal ist es hier wahrlich nicht«, stellte Elisabeth fest.

»Wenigstens hat man uns zwei Nachttöpfe zugestanden, damit wir nicht zum Abtritt müssen«, sagte Ira.

»Ohne diesen russischen Fürsten hätte der Wirt uns doch glatt weitergeschickt!«, keifte Tilda weiter. »Obwohl ich nicht weiß, ob es nicht besser gewesen wäre.«

Nun vernahmen auch Cristina und Elisabeth den Lärm, der zu ihnen nach oben drang.

Elisabeth verzog das Gesicht. »Wir können nur hoffen, dass die Herren morgen sehr früh zu einem langen Marsch aufbrechen müssen und sich bald zu Bett begeben.«

»Ich würde nicht darauf wetten«, sagte Cristina. »Zu Pferd haben sie ihre Infanterie bald eingeholt. Ich weiß jedoch jemand anderes, der morgen sehr früh aufbrechen sollte. Oder habt Ihr Lust, erneut hinter den Russen herzuzuckeln? Es könnte uns ebenso einen Umweg wie auch eine weitere Übernachtung bescheren.«

»Du hast recht. Wir sollten aufbrechen, bevor die Russen es tun.« Elisabeth klang verärgert, denn falls die Offiziere einen Teil der Nacht zum Tage machen würden, verhieß ihnen dies sehr wenig Schlaf.

»Wir werden uns nacheinander umziehen müssen. Ach was, ich lasse mein Reisekleid an. Wir sind hier nicht bei Hofe!« Cristina lachte auf und erklärte, nur den Hut wechseln zu wollen.

Sofort eilte Ira los, um einen passenden zu holen. Die Zofe war noch jung und hübsch, und daher sah ihr so mancher Lakai auf Schloss Elisabethenburg in Meiningen nach. Der eine oder andere hätte sie gerne gefragt, ob sie nicht den Herzog bitten sollten, ihnen die Heirat zu erlauben. Bislang war Ira jedoch zufrieden damit, wie es war. Sie setzte ihrer Herrin den Hut auf, befestigte diesen mit zwei Hutnadeln und zupfte eine Strähne von Cristinas Haar zurecht. Sie trat einen Schritt zurück und nickte zufrieden. »So könnt Ihr Euch sehen lassen, Fräulein Chiodi!«

»Das will ich auch hoffen!«, antwortete Cristina lächelnd und trat beiseite, damit Tilda sich um Elisabeth kümmern konnte.

Wenig später holte Lauenstein sie ab, um mit ihnen nach unten zu gehen. Seinem Gesichtsausdruck nach schien er mit seinem Quartier alles andere als zufrieden zu sein.

»Einen schönen guten Abend den Damen, auch wenn man diesen Abend weder gut und noch weniger schön nennen kann!«, grüßte er. Im Gegensatz zu Cristina und Elisabeth hatte er sich umgezogen und trug weiße Kniehosen zu einer roten Weste und einem blauen Rock.

»Habt Ihr die Farben extra wegen der anderen Gäste gewählt?«, fragte Cristina, da Weiß, Blau und Rot seit Peter dem Großen die Farben Russlands waren.

Lauenstein überlegte kurz und schüttelte dann den Kopf. »Gewiss nicht bewusst, meine Liebe! Gewiss nicht bewusst! Doch lasst uns nun speisen gehen.«

»Damit wir baldmöglichst wieder in unsere Zimmer zurückkehren können«, erwiderte Elisabeth in bissigem Spott.

»Genau das sollten wir tun, meine Liebe, obwohl ich nicht weiß, wann Morpheus den Zauber des Schlafes über uns legen wird.« Auch Lauenstein hatte die feiernden Offiziere gehört und glaubte ebenso wenig wie Elisabeth daran, dass diese sich früh zu Bett begeben würden.

Sie stiegen nach unten und wurden vom Wirt zu einem kleinen Ecktisch geführt, der für sie gedeckt worden war. Damit auch Tilda und Ira Platz fanden, brachte er zwei Hocker herbei. Danach saßen sie so eng zusammen, dass sich ihre Ellenbogen berührten.

»Ich habe schon bequemer gespeist«, murmelte Elisabeth und wünschte dem Wirt die Krätze an den Hals. Ihr Blick suchte die russischen Offiziere, die alle anderen Tische in Beschlag genommen hatten.

»Was ist eigentlich mit Dilge, unserem Kutscher, und dessen Helfer? Die sehe ich hier nicht!«, fragte sie.

Der Wirt hatte es gehört und wies in Richtung des Stalles. »Euren Dienern wird drüben aufgetischt. Keine Sorge, sie essen in der Knechtskammer, nicht im Stall.«

»Das will ich doch hoffen!« Lauenstein war nicht weniger verärgert als Elisabeth, wusste aber auch, dass der Wirt die Offiziere nicht hatte abweisen können. Es war von diesen sogar noch höflich, ihnen zumindest die beiden Zimmer und diesen Tisch zu überlassen.

Unterdessen stand einer der Offiziere auf und trat auf sie zu. »Verzeiht! Mein Name ist Sergej Sergejewitsch Tarlow«, sagte er in verständlichem Deutsch. »Erlaubt mir, Euch im Namen meines Kommandeurs wegen der Umstände, die Ihr bedauerlicherweise hinnehmen müsst, um Entschuldigung zu bitten. Als kleine Entschädigung wünscht Seine Hoheit, Fürst Kadirow, Euch als seine Gäste betrachten zu dürfen!«

»Wir danken Seiner Hoheit!«, sagte Lauenstein, da eine ablehnende Antwort beleidigend gewesen wäre.

Tarlow hob den Arm und wies den Wirt an, diesen Tisch bevorzugt zu bedienen. Der gute Mann verbeugte sich und winkte seinen Knechten und Mägden, rasch aufzutragen.

Wenig später wunderte Cristina sich über die Menge an Speisen, die sich vor ihnen auftürmten. »Wenn wir das alles essen sollen, platzen wir!«, sagte sie in komischer Verzweiflung.

»Wir sollten dem Kutscher und seinem Helfer etwas bringen lassen, damit sie uns den Stall verzeihen, in dem sie schlafen müssen. Auch Dilge wird sich gewiss freuen, bessere Kost zu erhalten«, schlug Elisabeth vor.

Lauenstein nickte, und so brachte ein Wirtsknecht mehrere Brathähnchen und ein großes Stück Fisch zu Lauensteins Gefolge. Da der Kammerdiener, der Kutscher und der Gehilfe auch einen großen Krug Wein erhielten, waren die Männer vollauf zufrieden.

An Lauensteins Tisch gab es ebenfalls Wein. Zudem stellte der Wirt ihnen eine Flasche Branntwein hin, wie er es bei den Offizieren getan hatte.

»Den müsst Ihr allein trinken!«, sagte Elisabeth schaudernd zu Lauenstein, nachdem sie an ihrem Glas gerochen hatte.

Auch Cristina lehnte ab. Sie trank Wein und Bier nur in geringen Mengen und mied Branntwein, Cognac und dergleichen ganz. An den anderen Tischen hingegen wurden die Branntweingläser wacker gefüllt und geleert. Immer wieder sprang einer auf, um einen Trinkspruch auf den Zaren Aleksandr, auf die Zarin Jelisaweta Alexejewna oder allgemein auf Mütterchen Russland auszubringen.

»Wir sollten aufessen und nach oben gehen«, riet Elisabeth.

Sie hatte gesehen, wie die Blicke mehrerer Offiziere immer wieder Ira und noch mehr Cristina galten. War Erstere als Zofe zu erkennen, so wies Cristinas Kleidung darauf hin, dass es sich um eine Frau handelte, die es gewohnt war, sich in höchsten Kreisen zu bewegen.

Während die jüngeren Offiziere übermütig feierten und sich dabei ihrer Muttersprache bedienten, saßen unweit von Lauensteins Tisch einige höhere Offiziere zusammen und unterhielten sich auf Französisch. Da sie nicht gerade laut sprachen, konnte er kaum etwas verstehen. Aber was er hörte, erschien ihm wichtig zu sein. Daher zupfte er Cristina am Ärmel.

»Du hörst besser als ich«, sagte er leise zu ihr. »Könntest du auf das achten, was an jenem Tisch dort gesprochen wird?«

Die Bitte verwunderte Cristina, doch während sie aß, spitzte sie die Ohren. Da an den anderen Tischen ziemlich laut geredet wurde, konnte sie das auf Französisch geführte Gespräch nur teilweise verstehen. Die sechs Herren, die an dem Tisch saßen, entstammten verschiedenen Nationen. Zwei waren sicher Russen, da sie mehrfach in ihrer Sprache auf Bemerkungen der Offiziere an den anderen Tischen antworteten. Einen hielt Cristina seinem Akzent nach für einen Deutschen, während drei gebürtige Franzosen zu sein schienen, die in russische Dienste getreten waren. Die drei und auch der Deutsche waren offensichtlich schlechter Laune.

»Wenn es zu einem Frieden kommt, wird dieser korsische Emporkömmling auch noch belohnt werden!«, sagte einer der Franzosen laut genug, so dass selbst Lauenstein es verstehen konnte.

»Es ist der Wille des Zaren, dass Frieden geschlossen wird!«, antwortete ein Russe.

»Es kann keinen Frieden mit Bonaparte geben!«, erwiderte der Deutsche ungehalten. »Er hat alle Lande bis an den Rhein okkupiert und das Haus Habsburg aus seinen Besitzungen in den Niederlanden und in Italien vertrieben. Glaubt ihr, er wird damit zufrieden sein? Der Mann ist ein Wolf, der mehr und mehr fressen will.«

»Seine Majestät, der Zar, hält es für an der Zeit, Frieden zu schließen. Es ist genug Blut geflossen! Zu dieser Ansicht ist auch der Konsul der Franzosen gekommen.«

»Es ist ein Friede auf Kosten etlicher deutscher Reichsfürsten und des Hauses Österreich«, erwiderte der Deutsche giftig.

»Und auf Kosten des Hauses Bourbon, das Frankreich viele Generationen lang beherrscht hat! Ich werde jedenfalls das russische Heer verlassen und nach England gehen, sosehr es mich auch schaudert, denn England war doch jahrhundertelang Frankreichs erbittertster Feind.«

»Gut gesprochen, de Laurant!«, stimmte einer der Franzosen seinem Landsmann zu. »Auch ich werde dem Zaren den Dienst aufsagen. Wer mit Bonaparte Frieden schließen will, der ist kein Herr für mich.«

So ging es noch eine Weile. Selbst den beiden russischen Offizieren schien es nicht zu behagen, dass Alexander, der erst vor wenigen Monaten die Nachfolge seines Vaters Paul angetreten hatte, den Degen in die Scheide stecken und Napoleon Bonaparte die Hand zum Frieden entgegenstrecken wollte.

Ganz auf das Gespräch an diesem Tisch konzentriert, hörte Cristina nicht, wie sich zwei Tische weiter mehrere junge Offiziere über sie unterhielten.

»Was für ein Weib!«, rief einer von ihnen. »Sie hat ein Gesicht wie ein Engel und Haare wie ein goldener Tag mit noch einem Hauch von Morgenröte.«

»Sie hat dunkle Augen! Ich habe es gesehen, als sie vorhin an uns vorbeigegangen ist«, sagte ein anderer.

»Schwarze Augen hat auch Nastja Semjonowna, mit der mein Vater mich verheiraten will. Damit endet auch schon die Ähnlichkeit«, urteilte ein Dritter sehr zuungunsten seiner Braut.

Ein junger Offizier hatte bereits stark dem Branntwein zugesprochen und starrte Cristina begehrlich an. »Sie ist die schönste Frau, die ich je gesehen habe, und ich würde sie auf der Stelle heiraten!«

»Das würdest du doch nicht!«, spottete einer seiner Kameraden.

»Du glaubst es nicht? Ich werde es dir beweisen!« Der junge Mann stand auf und schritt trotz seiner Trunkenheit zielsicher auf Cristina zu. Er blieb vor ihr stehen und verbeugte sich.

»Ich bin Michail Grigorjewitsch Andamanow und werde Euch heiraten!«, sagte er auf Französisch.

Er riss Cristina damit aus ihrer Konzentration, und sie brauchte einige Augenblicke, zu begreifen, was er gesagt hatte. Dann blickte sie lächelnd zu ihm auf. »Das wird bedauerlicherweise nicht möglich sein, da ich bereits verheiratet bin!«, antwortete sie schlagfertig in derselben Sprache.

Andamanow schluckte kurz, dann aber nahm sein Gesicht einen entschlossenen Ausdruck an. »Nennt mir den Namen Eures Gemahls, damit ich ihn vor meinen Degen fordern und töten kann!«

Cristina seufzte. Es gab immer aufdringliche Verehrer, und der hier gehörte zur hartnäckigen Sorte. »Verzeiht mir eine Frage! Würdet Ihr die Mörderin Eurer Ehefrau heiraten?«

Der junge Mann schüttelte verwirrt den Kopf. »Selbstverständlich nicht!«

»Bei mir ist es genauso! Ich würde auch nicht den Mörder meines Mannes heiraten.« Diesmal lag eine gewisse Schärfe in Cristinas Worten.

»Aber ich …«, begann der Mann.

Da rief einer seiner Kameraden nach ihm. »Komm zu uns zurück, Mischa! Dein Glas ist voll und will getrunken werden. Du hast uns gezeigt, dass du ein mutiger Kerl bist.«

Andamanow zögerte kurz, dann verbeugte er sich und kehrte zu seinen Kameraden zurück.

»So etwas habe ich befürchtet«, sagte Elisabeth leise.

»Wir sind gleich mit dem Essen fertig und können in unsere Zimmer gehen«, antwortete Lauenstein. Da er sonst seine Mahlzeiten genoss, ärgerte er sich, weil er sie diesmal in einer für ihn ungewohnten Hast hinunterschlingen musste. Länger unter den Offizieren bleiben wollte aber auch er nicht. Dennoch trat er zuerst zu General Kadirow und bedankte sich artig für die Einladung. Dann führte er die Frauen nach oben.

Sein Kammerdiener erwartete ihn bereits. Dilge hatte zwar in der Knechtskammer essen müssen, war aber gut versorgt worden, ein paar Becher besten Weines hatten ihr Übriges getan, um seine Laune zu heben.

Bevor Lauenstein seine Kammer betrat, wies er den Wirtsknecht, der ihnen geleuchtet hatte, an, sie am nächsten Morgen zu früher Stunde zu wecken und einen kleinen Imbiss als Frühstück vorzubereiten. Danach wünschte er den Frauen eine gute Nacht und riet ihnen, den Schlüssel umzudrehen.

»Das werden wir, gnädiger Herr!«, erklärte Tilda resolut und öffnete die Tür, damit Cristina und Elisabeth eintreten konnten. Nachdem Ira und sie den Damen gefolgt waren, versperrte sie die Tür und stellte den Hocker mit dem Waschgeschirr so hin, dass die Tür nur unter Mühen und großem Lärm zu öffnen war.

»So haben wir auch mehr Platz, um uns zu waschen«, kommentierte sie ihr Werk zufrieden.

»Man kann sich kaum umdrehen! Herr von Lauenstein sollte morgen beim Trinkgeld für den Wirt eher sparsam sein«, sagte Elisabeth und forderte Cristina auf, sich als Erste für die Nacht vorzubereiten.

»Zum Schlafen«, sagte sie, »werden wir bei dem Lärm, den die Herren Offiziere machen, wohl wenig kommen.«

5.

Ganz so schlimm wurde es dann doch nicht. Irgendwann verebbten die Geräusche, und sie schliefen ein. Als jedoch am nächsten Morgen der Wirtsknecht gegen die Tür schlug, um sie zur vereinbarten Stunde zu wecken, fühlten Elisabeth und Cristina sich wie zerschlagen. Über Jahre hatten sie sich den Rhythmus höfischen Lebens angewöhnt, also am Abend lange wach bleiben und am Morgen sehr spät aufstehen, so dass sie jetzt einige Augenblicke brauchten, um auf die Beine zu kommen.

Cristina dachte kurz daran, dass sie sich in ihrer Jugend am Morgen mit kaltem Wasser gewaschen hatte. Das machte wach. Das

Wasser aber, das der Wirtsknecht ihnen brachte, war angenehm warm, doch nicht sehr erfrischend.

»Ich werde in der Kutsche schlafen müssen«, erklärte Elisabeth und versuchte, ihr Gähnen zu unterdrücken.

»Ich hoffe nur, Herr von Lauenstein ist ebenfalls wach. Wenn nicht, sind wir zu früh aufgestanden«, sagte Tilda brummend und richtete das Reisekleid für ihre Herrin her.

Ira kümmerte sich um Cristinas Sachen und half ihr nach dem Waschen beim Anziehen.

»Ihr solltet aber nicht allein in die Gaststube gehen«, riet sie ihr.

»Das habe ich auch nicht vor! Erlaubt mir, mich zwischen die Betten zu stellen, dann habt ihr mehr Platz«, antwortete Cristina und sah zu, wie Elisabeth sich wusch. Danach war Tilda und anschließend Ira an der Reihe.

Als sie fertig waren, räumten die beiden Zofen den Hocker mit der Waschschüssel beiseite. Tilda öffnete die Tür und spähte hinaus.

Es war, als hätte Lauenstein nur darauf gewartet, denn in demselben Augenblick trat er aus seiner Kammer. Sein Kammerdiener folgte ihm mit dem Mantelsack in der Hand.

»Sind die Damen schon wach?«, fragte Lauenstein mit müder Stimme.

»Nicht munterer als Ihr!«, spottete Cristina und verließ das Zimmer.

»Wir sollten rasch frühstücken. Steht die Kutsche nicht bereit, wenn wir fertig sind, bekommt der Kutscher seine eigene Peitsche zu kosten!« Lauenstein versuchte, resolut zu klingen, doch seine gutmütige Miene und sein stattlich gewordener Umfang passten nicht so recht dazu.

»Gnädiger Herr, da ich das Gepäck zur Kutsche bringen muss, kann ich auch nachsehen, ob der Kutscher und sein Postillion bereits geweckt worden sind«, erklärte sein Kammerdiener und sah dann Tilda fragend an. »Kann ich euch beim Tragen helfen?«

»Da sagen wir nicht Nein! Dann kann Ira nämlich mit den Herrschaften in die Wirtsstube gehen und dafür sorgen, dass sie gleich bedient werden. Von den Wirtsleuten werden noch nicht viele auf den Beinen sein«, erklärte Tilda und reichte Dilge das Gepäck ihrer Herrin. Sie selbst nahm Cristinas Habseligkeiten und folgte dem Kammerdiener nach unten.

Tilda tat dem Wirt und seinem Gesinde unrecht, denn als die Gruppe die Gaststube betrat, stand ein reichhaltiges Frühstück bereit, an dem sich die doppelte Zahl an Gästen hätte satt essen können. Der Kutscher und sein Helfer griffen bereits zu und schienen es nicht zu bedauern, dass sie im Stall hatten schlafen müssen.

»Einen guten Morgen, die Damen, und auch Euch einen guten Morgen, Herr von Lauenstein!«, grüßte der Kutscher so munter, dass Cristina sich wünschte, sie hätte ebenfalls im Stall schlafen können. Pferde tranken keinen Branntwein und unterhielten sich auch nicht so laut, als wollten sie die halbe Welt an ihrem Gespräch teilhaben lassen.

»Guten Morgen«, sagte sie, setzte sich und war froh um den Kaffee, den ihr die Wirtin einschenkte.

»Wollt Ihr Milch und Zucker dazu?«, fragte die Frau und wies auf ein vielleicht zehnjähriges Mädchen, das mit einer Kanne und einem Töpfchen herankam.

»Ich hätte gerne Milch und Zucker im Kaffee«, erklärte Cristina, und auch Elisabeth meldete sich.

»Wenn es recht ist, hätte ich auch gerne Milch und Zucker darin!«

»Ich ebenfalls!«, rief Ira. Da ihr als Bedienstete in den Gasthäusern meist Bier zum Frühstück vorgesetzt wurde, war sie den Kaffee nicht gewohnt. Fürst Kadirow hatte jedoch dem Wirt erklärt, er solle Lauenstein und dessen Begleitung nur das Beste vorsetzen, und diese Anweisung weitete der gute Mann auch auf deren Gefolge aus. Der Kutscher und sein Helfer tranken trotzdem Bier, da es ihnen besser schmeckte als dieses heiße, bittere, schwarze Wasser, wie sie den Kaffee nannten.

Da der Wirt an nichts sparte, was in Küche und Keller zu finden war, musste Elisabeth sich zuletzt mehrfach räuspern, bis Lauenstein sich von dieser Fülle losreißen konnte. Als er die Übernachtung bezahlen wollte, erklärte ihm der Wirt, dass Fürst Kadirow sich erlaubt habe, diese der eigenen Zeche hinzufügen zu lassen.

»Dann richte dem Fürsten unseren herzlichsten Dank aus!«, erklärte Lauenstein. Das Trinkgeld, das er dem Wirt gab, war größer, als es die beiden kleinen Kammern wert gewesen wären. Er war jedoch satt und überdies zufrieden, weil sie sich vor den russischen Truppen auf den Weg machen konnten.

Nachdem er sich von dem Wirt verabschiedet hatte, bestieg er die Kutsche und lehnte sich in die Polster zurück. »Heute Abend sind wir wieder daheim«, sagte er zu Elisabeth und Cristina, die ihm gefolgt waren.

»Das sind wir! Ich bin dafür, dass wir eine gewisse Zeit dort bleiben. Dieses Herumreisen von einem Auftritt zum nächsten sollten wir anderen Sängerinnen überlassen«, erklärte Elisabeth mit Nachdruck.

»Etwa Belle Légendaire?«, fragte Cristina amüsiert.

»Belle Légendaire hat in mehr Betten gelegen, als sie Arien gesungen hat«, antwortete Elisabeth voller Verachtung.

»Demoiselle Légendaire ist aber dabei, ihrem Namen alle Ehre zu machen. Sie ist beinahe schon legendär«, warf Lauenstein ein.

»Ja, als Hure der hohen Herren!«

»Nicht nur, meine Liebe«, widersprach Lauenstein Elisabeth. »Sie ist eine begnadete Sängerin und feiert Erfolge, die wir noch nicht erreicht haben.«

»Wenn Ihr die Zahl ihrer Auftritte meint, so mögt Ihr recht haben«, sagte Elisabeth. »Ich kenne jedoch keinen Fürstenhof, bei dem Cristina Chiodi weniger Gage geboten würde als dieser Frau.«

»Herr von Lauenstein meint gewiss die zusätzlichen Geschenke, die Belle Légendaire erhält«, wandte Cristina ein.

»Du meinst ihren Hurenlohn!«, fauchte Elisabeth.

Lauenstein hob erstaunt die Augenbrauen. »Seid Ihr etwa auf dem Weg, besonders tugendhaft zu werden, meine Liebe?«, fragte er Elisabeth. »Es ist nun einmal Sitte, dass hohe Herren sich Mätressen halten.«

»Dann sollen sie auch bei diesen bleiben und es nicht als ihr Recht ansehen, jede Frau, die ihnen gefällt, aufzufordern, ihnen in ihr Schlafgemach zu folgen!«

»Was unsere Sängerin ihnen strikt verweigert!« Lauenstein klang ein wenig tadelnd, denn hohe Herren, die ein kurzes Abenteuer mit einer gefeierten Künstlerin suchten, erwiesen sich als äußerst großzügig. Auch konnte der Ruf, sich solchen Aufforderungen zu entziehen, den einen oder anderen Fürsten dazu bringen, statt Cristina eine weniger sittenstrenge Sängerin zu engagieren.

Elisabeth war in dieser Angelegenheit gegensätzlicher Meinung. Gerade dieser Ruf konnte dazu führen, dass fürstliche Gemahlinnen, vor allem aber die Mätressen der hohen Herren Cristinas Auftritt vorzogen, da sie in ihr keine Konkurrenz sahen, die ihnen die Aufmerksamkeit und Liebe der Ehemänner oder Gönner streitig machen könnte.

Die beiden stritten sich noch ein wenig darüber, während Cristina sich zurücklehnte und ihnen lächelnd lauschte. Engagements an Höfen, die bekannt dafür waren, dass der dortige Herrscher sich im Glanze absoluter Unwiderstehlichkeit wähnend das Nein einer Frau nicht zu akzeptieren bereit war, lehnte sie von vorneherein ab. Elisabeth stand dabei auf ihrer Seite, und auch Lauenstein hielt nichts davon, sich zu billig zu verkaufen. Wenn es nach ihm ging, sollte dafür mindestens der Titel einer Hofsängerin mit entsprechendem Salär herausspringen. Ein oder zwei Schmuckstücke für ein paar intime Stunden waren ihm zu wenig, es sei denn, die Juwelen hätten einen besonderen Wert.

In ihre Überlegungen hinein war Cristina eingeschlafen und wachte erst wieder auf, als die Kutsche für die Mittagsrast anhielt. Tilda, Ira und Lauensteins Kammerdiener Dilge waren bereits vor ihnen angekommen, und so war alles für ein ausführliches Mittagsmahl vorbereitet worden.

6.

Die Sonne stand tief im Westen, als die Kutsche von der Höhe in das Tal der Werra hinabfuhr. Meiningen lag wie die Spielzeugstadt eines Riesen unter ihnen, unweit schimmerte das Band des Flusses. Noch näher an der Werra befand sich Schloss Elisabethenburg, das nur durch den Schlosspark vom Fluss getrennt wurde. Es war ein wunderschönes Bild, das Cristina jedes Mal genoss, wenn sie von einer Konzertreise zurückkehrte.

Sie erreichten wenig später die Stadt und fuhren hindurch. Einige Passanten winkten. Unter ihnen erkannte Cristina Frau Flanse, die ihr, seit sie in Meiningen weilte, die Kleider nähte. Fünf Jahre ist das schon her, dachte sie. Es war eine Zeit, in der sie sehr viel gelernt hatte und in der sie eine andere geworden war. Von der Geburt her war es ihr nicht bestimmt gewesen, einmal Hofsängerin in Meiningen zu werden. Als lediges Kind einer Gauklerin aufgewachsen, hatte ihr Onkel sie an Lauenstein verkauft, als wäre sie ein Stück Vieh.

Nein!, sagte sie tadelnd zu sich selbst. Onkel Ettore hat mich ihm und Elisabeth mitgegeben, um mich vor seiner Frau, der Hexe Alfonsina, zu retten. Dieses Weib hatte mit Mirta und Loretta bereits zwei Frauen vertrieben, die beide ausgezeichnete Gauklerinnen waren, die der Sippe danach bitter gefehlt haben dürften. Cristina kannte auch die Summe, die Alfonsina für sie verlangt hatte. Es waren zweihundertfünfzig Taler gewesen, einesteils eine stolze

Summe, andererseits gerade einmal so viel, wie zum Beispiel der Hofkapellmeister in einem Jahr als Salär erhielt.

»Denkst du wieder an deine Familie?«, fragte Elisabeth, der das leichte Blitzen in Cristinas Augen aufgefallen war.

»Gelegentlich tue ich es!«, antwortete Cristina. »Es kommen nun einmal immer wieder Erinnerungen hoch, manche sind schön, andere nicht. Immerhin habe ich die ersten vierzehn Jahre meines Lebens bei meiner Sippe verbracht. Seitdem sind fünf weitere Jahre hinzugekommen.«

»Ich hoffe, mit besseren Erinnerungen«, sagte Elisabeth lächelnd.

»In den ersten Monaten war ich sehr traurig, weil alle, die ich geliebt hatte, auf einmal fort waren und mir eine strenge Lehrerin mit dem Stock drohte, sollte ich nicht willig lernen!« Um Cristinas Lippen zuckte es leicht, als sie es sagte, während Elisabeth erschrocken zusammenzuckte.

»Habe ich dir wirklich mit der Rute gedroht?«

»Das habt Ihr! Oder war es Tilda, die es tat?« Cristina lächelte noch immer, denn so schlimm war es dann doch nicht gekommen.

»Denkst du gelegentlich an deine Entführung?«, fragte Elisabeth weiter.

Cristina nickte. »Das tue ich auch, wenn auch weniger meinetwegen und wegen Ira als vielmehr wegen Auguste von Fabisch, Kordelia Compelius und Juliane.«

»Deren Tod hat aber nichts mit deiner Entführung zu tun, und selbst wenn es so wäre, trügst du keine Schuld daran«, sagte Elisabeth beschwörend.

Cristinas Lächeln erlosch. »Nein, meine Schuld ist es nicht! Darf ich den Tod der drei aber nicht trotzdem bedauern?«

»Ich denke, dass sie Vollendorf angestachelt haben, dich zu entführen, damit du nicht bei Hofe singen kannst. Damit haben sie nur ihre gerechte Strafe erhalten!«, sagte Elisabeth mit einem leisen Fauchen.

Inzwischen war einiges über Balduin von Vollendorf und dessen Cousine Auguste von Fabisch bekannt geworden, und das ließ beide in keinem guten Licht erscheinen. Auguste von Fabisch war für ihre Familie schon vorher Persona non grata gewesen, und Vollendorf durfte ebenfalls nicht darauf hoffen, auf den Schlössern seiner weitverzweigten Verwandtschaft willkommen zu sein.

Aber das war nichts, worüber Elisabeth auf dem letzten Stück vor ihrem Heim sprechen wollte. Sie lächelte Cristina zu und blickte dann zum Fenster hinaus. Gerade näherten sie sich dem Schloss und sahen das Halbrund des Vorbaus vor sich. Bei der Einfahrt verstellte ihnen der Wachtposten den Weg.

»He, was soll das?«, fragte Lauenstein ungehalten. »Kennst du uns nicht?«

»Selbstverständlich kennen wir Euch, Herr von Lauenstein. Wir haben nur den Befehl, Euch bei Eurer Ankunft mitzuteilen, dass Seine Hoheit, der Herzog, umgehend mit Euch sprechen will! Und nun Gott befohlen!«

Der Mann trat beiseite, und sie konnten weiterfahren. Kurz darauf hielten sie vor dem Schloss an und stiegen aus.

»Ich hatte gehofft, wir könnten die Fahrt mit einem guten Glas Wein abschließen, doch wie es aussieht, wünscht unser Zeus mich sofort zu empfangen.«

»Dann kommt hinterher auf ein Glas Wein zu uns!«, rief Cristina lachend und trat auf eine Seitenpforte des Schlosses zu. Als Hofsängerin und Hofdame der Herzogin hätte sie auch den Haupteingang nehmen können. Doch schon Elisabeth hatte gemahnt, dieses Privileg möglichst selten auszunutzen.

Während Lauenstein sein Quartier aufsuchte und dort zu seiner Erleichterung Dilge vorfand, der ihn für die Audienz bei Herzog Georg präsentabel machte, kehrten Cristina und Elisabeth in das mehrere Steinwürfe vom Schloss entfernte Haus zurück, das sie immer noch bewohnten. Auf dem Weg durch den Schlosspark trafen sie auf zwei flanierende Damen. Diese wussten, dass sie nach Dresden gefahren waren, damit Cristina dort singen konnte, und die Neugier war ihnen ins Gesicht geschrieben.

Cristina und Elisabeth grüßten jedoch nur freundlich und gingen weiter. Ein paar leise Bemerkungen fing Cristina mit ihrem feinen Gehör doch auf.

»Nach Dresden würde ich auch gerne reisen, doch mein Gemahl hält es für einen Pfuhl der Sünde. Dabei herrscht dort der Enkel Augusts des Starken und nicht mehr dieser selbst«, erklärte eine der Hofdamen ihren Begleiterinnen seufzend.

»Was nicht heißen muss, dass Kurfürst Friedrich August III. aus der Art geschlagen ist«, erwiderte deren Freundin. »Ein Apfel, meine Liebe, fällt nun einmal nicht weit vom Stamm. Doch in einem muss ich Eurem Herrn Gemahl recht geben! Ich würde unsere Tochter auch nicht nach Dresden bringen, bevor sie verheiratet ist. Dann liegt es an ihrem Ehemann, sich mit der dortigen Situation zu arrangieren, und nicht mehr an mir.«

Die Hofdame, die als Erste gesprochen hatte, wies mit dem Kopf auf Cristina. »Was glaubt Ihr, teuerste Freundin? Hat sie den Sündenpfuhl Dresden unbeschadet überstanden?«

»Was sollte uns das kümmern? Sie ist nicht von Adel, sondern nur eine Sängerin, und es heißt, sie würde nicht einmal ihren Vater kennen. Ihr einziger Wert ist ihre Stimme.«

»Die aber, wie Ihr gestehen müsst, einzigartig ist!«

Mehr hörte Cristina nicht. Als sie weiterging, ärgerte sie sich, weil sie sich von den dummen Bemerkungen der beiden Hofdamen gekränkt fühlte. Dabei hatten die Frauen recht. Sie war nicht von Adel und entstammte auch nicht dem Bürgertum, sondern war das Kind fahrender Gaukler. Doch selbst dort wussten die Kinder, wer ihre Väter waren. Sie hingegen hatte es nie erfahren.

All die Jahre hatte sie nicht groß darüber nachgedacht. Nun aber fühlte sie es wie eine schmerzende Wunde. Ihre Mutter war eine italienische Gauklerin gewesen. Ihr Aussehen und das blonde Haar hatte sie jedoch von ihrem unbekannten Vater geerbt.

»Kind, bedrückt dich etwas?«, fragte Elisabeth besorgt, da ihr die traurige Miene ihrer Freundin auffiel.

Cristina schüttelte den Kopf. »Nein, es sind nur wieder Erinnerungen! Wahrscheinlich bin ich von der Reise ermattet. Ich werde mich wohl als Erstes ein wenig hinlegen.«

»Du solltest aber wieder wach sein, wenn Herr von Lauenstein erscheint. Der Herzog hat ihn gewiss nicht aus Gefälligkeit zu sich rufen lassen. Da steckt mehr dahinter, meine Liebe! Vielleicht sogar ein glänzendes Engagement, zum Beispiel in Wien!«

Nun musste Cristina lachen. »Was Ihr Euch nur denkt! Außerdem will ich gar nicht nach Wien. Das liegt noch weiter entfernt als Dresden, und die Reise dorthin ist mir schon öde genug vorgekommen.«

Während des Gesprächs hatten sie ihr Haus erreicht und sahen als Erstes, dass sämtliche Fenster offen standen. Gleichzeitig drang Tildas scheltende Stimme zu ihnen her. »Du faules Stück bist zu dumm zu allem! Wir haben geschrieben, dass wir heute zurückkommen, doch du hast weder gelüftet noch Staub gewischt, und die Wäsche liegt noch so zum Waschen bereit, wie ich sie dir vor unserer Abreise hingelegt habe!«

»Aber ich hatte doch zu viel zu tun!«, kam es maulend zurück.

Danach vernahmen Cristina und Elisabeth ein paar klatschende Geräusche und sahen ein paar Augenblicke später die Magd, die sie zurückgelassen hatten, um das Haus zu hüten, zur Tür herausschießen und an sich vorbeilaufen.

»Ditte scheint Tilda erzürnt zu haben«, bemerkte Elisabeth trocken.

»Tilda ist deine Zofe und hält sich aufgrund dessen für die eigentliche Herrin im Haus«, antwortete Cristina lachend. »Aber in einem hat sie recht! Da wir unser Kommen brieflich angemeldet haben, hätte Ditte alles vorbereiten müssen.«

In dem Augenblick vernahmen sie einen entsetzten Schrei. »Vorsicht!«

Die beiden Frauen drehten sich um, sahen einen Männerstiefel auf sich zufliegen und wichen dem Geschoss erschrocken aus.

Gleichzeitig blickte Tilda zum Fenster hinaus. »Verzeiht mir bitte, aber ich habe Euch zu spät gesehen«, sagte sie kleinlaut.

»Schon gut! Es ist ja nichts passiert«, sagte Cristina und wies auf den zweiten Stiefel, den Tilda noch in den Händen hielt. »Was haben diese Stiefel dir getan, dass du sie ebenso energisch aus dem Haus treibst wie einst der Erzengel Adam und Eva aus dem Paradies?«

»Aber hört, Fräulein Chiodi! Seit wann haben wir solche Männerstiefel im Haus? Ich sage Euch, die Schlampe von Magd hat sich hier mit ihrem Galan verlustiert und darüber die Arbeit liegen gelassen.«

»Die Vorratskammer ist fast leer und schmutzig! Ich werde zum Schloss gehen und mehrere Mägde anfordern, damit sie hier aufräumen und sauber machen«, rief Ira herunter. Sie war neben ihre Tante Tilda getreten und warf nun ein Bündel Kleider auf den Rasen.

»Wie es aussieht, hat die dumme Kuh ihren Liebhaber hier einquartiert. Ich werde aus dem Schloss auch neue Matratzen, Kissen und Bettdecken holen lassen, denn in die jetzigen will ich mich nicht mehr legen und rate Euch und Fräulein Karau, es ebenfalls nicht zu tun!«

»Außerdem scheinen ein paar Sachen zu fehlen. Der Kerl hatte wohl auch noch klebrige Finger. Melde dies dem Haushofmeister! Zudem brauchen wir eine neue Magd – am besten sogar zwei«, erklärte Tilda, während Cristina den Kopf darüber schüttelte, wie unzuverlässig und dumm manche Leute sein konnten. Dabei hatte die Magd einen anstelligen Eindruck gemacht.

Elisabeth und sie traten nun ein und nahmen sofort wahr, wie unaufgeräumt das Haus aussah. Es fehlte einiges, und anderes war beschmutzt. Als sie in Elisabeths Zimmer schauten, lag auf deren

Sekretär der Brief, in dem sie ihre Rückkehr angekündigt hatten – und er war ungeöffnet!

»Diese Frau ist wirklich strohdumm!«, sagte Elisabeth kopfschüttelnd. »Glaubte sie etwa, ich würde mir selbst den Tag meiner Rückkehr schreiben?«

Cristina nickte ärgerlich. »Jedenfalls habe ich mir mein Heimkommen anders vorgestellt! So, wie es hier aussieht, können wir Herrn von Lauenstein kein Glas Wein anbieten. Aus einem solchen Glas«, sie wies auf eines, in dem Reste von Wein eingetrocknet waren, »kann er jedenfalls nicht trinken.«

»Das muss er auch nicht!«, erklärte Tilda kämpferisch. »Bis Herr von Lauenstein erscheint, wird hier alles im hellen Glanz erstrahlen, und wenn ich sämtliche Dienstboten im Schloss dafür aufbieten muss.«

»Wenn dir das gelingt, bist du in deinem Metier besser als ich im Singen oder dieser Bonaparte als General«, rief Cristina lachend und fragte dann Elisabeth, ob sie zu einem Spaziergang im englischen Garten bereit sei, bis sie das Haus wieder beziehen konnten.

»Für eine Stunde, meine Liebe! Danach wünsche ich zumindest ein Zimmer so ausgestattet, dass wir beide darin sitzen und Herrn von Lauenstein ein Glas Wein anbieten können«, antwortete Elisabeth und beschloss, ein paar ernste Worte mit dem Haushofmeister zu sprechen, der es unterlassen hatte, im Haus nach dem Rechten zu sehen.

7.

Irmbert von Lauenstein konnte sich nicht vorstellen, aus welchen Gründen Herzog Georg ihn zu sich rufen ließ. Nervös zupfte er an seinen Rockärmeln und trat dann tief durchatmend auf dessen Gemächer zu.

Zwei Lakaien öffneten ihm die Eingangstür und zwei weitere die Tür zu dem Raum, in dem Herzog Georg ihn empfing.

»Herr von Lauenstein!«, kündigte ein Untergebener des Haushofmeisters ihn an und verließ das Zimmer.

Lauenstein sah den Herzog an seinem Schreibtisch sitzen, vor sich einen Berg von Akten. Eben schrieb Georg von Sachsen-Meiningen etwas auf einen Aktendeckel, legte diesen weg und blickte zu Lauenstein auf. »Ihr seid wieder im Lande!«

»Sehr wohl, Euer Hoheit! Ich kann Euch vermelden, dass Mademoiselle Chiodis Auftritt in Dresden ein großer Erfolg beschieden war«, antwortete Lauenstein.

»Dies haben wir bereits erfahren.« Seltsamerweise klang der Herzog nicht allzu erfreut.

Lauenstein wunderte sich darüber. Da bekannt war, dass die junge Sängerin aus Meiningen stammte, steigerte ihr Ruhm auch das Ansehen des Herzogtums und seines Herrscherhauses.

Der Herzog wies auf einen in der Ecke stehenden Stuhl. »Holt ihn Euch und setzt Euch!«

Das war eine hohe Ehre, und Lauenstein fragte sich, womit er diese verdient hatte. Er gehorchte und sah dann Herzog Georg an. »Ist es erlaubt, zu berichten?«

Der Herzog nickte. »Da dieses Gespräch länger dauern kann, könnt Ihr ruhig erzählen, was so alles vorgefallen ist.«

»Es geht mir nicht um Dresden und den dortigen Aufenthalt. Auf dem Rückweg sind wir auf russische Truppen gestoßen, die westwärts ziehen. Bei unserer letzten Übernachtung befanden sich in dem Gasthaus einige ihrer Offiziere. Was sie auf Russisch sagten, ist mir entgangen, da ich dieser Sprache nicht mächtig bin. Allerdings unterhielten sich mehrere Herren auf Französisch, und dabei konnte ich ein wenig erlauschen. Es hörte sich fast so an, als wolle der neue Zar aller Reußen mit Frankreich Frieden schließen«, erklärte er.

Herzog Georg nickte mit verkniffener Miene. »So wurde es Uns bereits zugetragen! Anders als sein Vater Paul gedenkt Zar Alexander nicht, gegen Frankreich das Schwert zu ziehen.«

»Aber weshalb schickt er dann Soldaten? Es handelte sich um mehrere Regimenter zu Fuß und zu Pferd!«

»Es ist eine *bon geste* – eine schöne Geste – zugunsten der Verwandten seiner Mutter in Württemberg und denen seiner Gemahlin in Baden.« Der Herzog klopfte ärgerlich auf eine Akte, die etwas seitlich des Stapels lag. »Es geht um nicht mehr und nicht weniger als um die Neugestaltung des Reichs – oder, wie ich sagen würde: Es geht darum, dafür zu sorgen, dass die Häuser Württemberg und Baden den größtmöglichen Gewinn dabei einfahren können.«

Lauenstein beschäftigte sich im Allgemeinen wenig mit Politik. Einiges aber hatte auch er erfahren. Napoleon Bonaparte, der neue Herr in Frankreich, war dabei, die Landkarte Europas neu zu gestalten.

»Wie soll das gehen?«, fragte Lauenstein verwirrt.

»Bonaparte hat das Haus Habsburg aus seinen italienischen Besitzungen vertrieben und dessen dortigen Besitz neu aufgeteilt. Im Reich hat er mit seinen Heeren alle Lande bis an den Rhein besetzt und Frankreich zugeschlagen. Einigen der davon betroffenen Reichsfürsten bietet er an, sie mit Kirchenbesitz oder dem Land ihrer kleineren Nachbarn zu entschädigen.« Der Herzog schüttelte bedrückt den Kopf und sah wieder auf seine Akten. »Auf diese Art und Weise sammelt Bonaparte die Gierigen als Verbündete und schwächt damit alle anderen, die sich seinem Diktat nicht beugen wollen.«

»Und was macht der Kaiser?«, fragte Lauenstein.

Herzog Georg entfuhr ein bitteres Lachen. »Der sitzt in Wien und lässt zu, dass Herrschaften, die bereits zu Kaiser Friedrich Barbarossas Zeit bestanden, mit einem Federstrich ausgelöscht werden.«

Nach diesen Worten verfiel er in brütendes Schweigen, so dass Lauenstein sich schon fragte, weshalb er sich umgehend bei seinem

Herrscher hatte melden sollen. Zu fragen verbot ihm jedoch die Höflichkeit.

Nach einer Weile schüttelte Herzog Georg sich. »Obwohl es eine Schande und ein Verbrechen ist, was hier geschieht, so muss man doch hoffen, dass sich der nun geschlossene Frieden als dauerhaft erweist. Hätte eines unserer Nachbarländer Gebiete jenseits des Rheins verloren und würde sich diesem Korsen untertänigst andienen, wäre selbst Sachsen-Meiningens Bestand gefährdet. Es könnte als Entschädigung für an Frankreich verlorene Gebiete unter Bonapartes Freunden aufgeteilt werden. Doch ich frage mich, wer entschädigt die Herren der Gebiete, die als Entschädigung dienen? Es sind doch alles Räuber, angefangen von Bonaparte über Herzog Friedrich von Württemberg und Markgraf Karl Friedrich von Baden bis hin zu Kurfürst Maximilian von Baiern. Von dem heißt es, dass die Emissäre Bonapartes um seinen Thron schleichen und ihn mit fränkischem und schwäbischem Land als Entschädigung für die verlorene Pfalz locken, wenn er sich dafür auf die Seite Frankreichs stellt.«

So, als hätte er von diesem Thema genug, schlug Herzog Georg mit der Rechten kurz durch die Luft und sah Lauenstein durchdringend an. »Ihr habt nichts gehört, verstanden!«

Lauenstein verbeugte sich. »Mein Mund wird versiegelt sein, Euer Hoheit!«

»Wenden wir uns Dingen zu, die uns stärker betreffen. Die Demoiselle Chiodi soll in Dresden große Erfolge gefeiert haben, kam mir zu Ohren.«

»So ist es, Euer Hoheit! Cristina Chiodi leuchtete wie ein funkelnder Stern über Dresdens Horizont«, erklärte Lauenstein und wollte noch mehr sagen.

Da hob der Herzog die Hand. »Ich habe Berichte darüber bekommen! Kurfürst Friedrich August soll sehr entzückt von der Demoiselle gewesen sein.«

»Das kann ich nicht abstreiten! Doch unsere Sängerin hat stets den nötigen Abstand gewahrt«, berichtete Lauenstein.

»Sie ist noch sehr jung und unerfahren«, sagte der Herzog mürrisch, so als wäre Cristina eben aus der Mädchenschule entlassen worden und würde nicht schon seit mehreren Jahren auf Konzertreisen gehen.

»Fräulein Karau und ich geben auf sie acht. Auch weiß sie sich selbst zu helfen«, antwortete Lauenstein und fragte sich noch immer, was den Herzog antrieb, so zu reden.

»Ich habe aus Dresden erfahren, dass Kurfürst Friedrich August der Demoiselle Chiodi ein neues und weitaus großzügigeres Angebot machen will. Es ist von einer immens hohen Summe die Rede, vom Rang einer Hof- und Kammersängerin sowie von einem eigenen Palais. Zudem will der Kurfürst sie in den Adelsstand erheben.« Der Herzog zeigte auf einen vor ihm liegenden Brief.

Von der Stelle aus, an der Lauenstein stand, konnte er diesen nicht lesen, nahm aber anhand der zierlichen Schrift an, dass er von einer Frauenhand stammen musste. Irgendeine Dame am Hof von Dresden wollte offenbar nicht, dass Cristina dort erschien, um für länger zu bleiben. Das Angebot war jedoch so großzügig, dass Lauenstein in Versuchung kam, Cristina zu raten, es anzunehmen, selbst wenn sie dafür eine gewisse Zeit die Mätresse des Kurfürsten werden müsste.

»Die Albertiner in Dresden haben unserer ernestinischen Linie bereits die Kurwürde sowie große Teile unserer früheren Besitzungen geraubt. Wir gedenken nicht, auch noch Cristina Chiodi an sie zu verlieren«, erklärte der Herzog entschlossen.

»Demoiselle Chiodi wird sich von dem Dresdner Tand gewiss nicht blenden lassen«, sagte Lauenstein, um seinen Herrscher zu beruhigen.

Herzog Georg wirkte mit einem Mal müde und erschöpft, so als würden ihn zu viele Sorgen niederdrücken. Gegen Napoleon Bonaparte war er machtlos, und er würde seinen Thron räumen müssen, wenn dieser es verlangte und Preußen ihn nicht schützen konnte. Selbst gegen den Kurfürsten von Sachsen stand er auf verlorenem Posten, auch wenn es dabei nur um eine Sängerin wie Cristina ging. Er konnte nicht wie Friedrich August III. Tausende Taler mit leichter Hand versprechen und ihr auch kein prachtvolles Palais zur Verfügung stellen. Den Titel einer Hofsängerin hatte er Cristina bereits verliehen.

Nun sah er Lauenstein an, als wäre dieser Mann seine einzige Hoffnung. »Wir müssen Cristina Chiodi enger an uns binden, Lauenstein. Ja, das müssen wir!«

Lauenstein nickte, ohne zu ahnen, worauf der Herzog hinauswollte.

»Wir werden ihr ein größeres Haus als das, was sie jetzt bewohnt, zuweisen lassen«, fuhr Herzog Georg fort.

Lauenstein nickte erneut. »Das würde Mademoiselle Chiodi gewiss erfreuen. Ihr jetziges Heim ist doch ein wenig beengt.«

»Ich werde auch ihr Jahrgeld erhöhen«, fuhr der Herzog fort. »Auch ist es nötig, sie im Ranggefüge des Hofes höher einzustufen.«

»Das hätte sie gewiss verdient. Doch um weiter aufzusteigen, müsste sie von Adel sein«, gab Lauenstein zu bedenken.

»Da habt Ihr recht, mein Freund! Kurfürst Friedrich August will ihr den Rang einer Baronin verleihen. Es wäre dies jedoch ein neuer Titel ohne wirkliches Ansehen. Das müssen wir besser machen.«

»Und wie stellt Ihr Euch das vor, Euer Hoheit?«, fragte Lauenstein verwundert. Cristina in einen unteren Adelsrang zu erheben, stand dem Herzog frei. Allerdings würde der Titel einer Baronin Chiodi aus dem Kurfürstentum Sachsen auf jeden Fall mehr gelten als der einer Baronin Chiodi aus dem Herzogtum Sachsen-Meiningen.

»Durch eine Heirat!«, sagte der Herzog mit entschlossener Miene.

Auch hier, dachte Lauenstein, standen dem Kurfürsten Friedrich August mehr Möglichkeiten offen als dem Herzog. In Dresden gab es weitaus mehr Adelige, und es war gewiss einer darunter, den die Aussicht, in der Gunst seines Landesfürsten aufzusteigen, davon überzeugte, der Sängerin seinen Namen und seinen Rang zu verleihen und gleichzeitig diskret darüber hinwegzusehen, wenn diese nicht sein Bett, sondern das seines Fürsten teilte.

»Es muss ein klangvoller Name sein«, erklärte Herzog Georg. »Habt Ihr nicht das Recht, Euch Freiherr zu nennen, Lauenstein?«

Lauenstein stieß ein bitteres Lachen aus. »Die Hauptlinie meiner Familie hat dieses Recht. Meinem Großvater wurde es jedoch verboten, als er sich ein Weib nahm, das seinem Vater nicht zusagte. Es soll sich um ein Bauernmädchen gehandelt haben, noch dazu um eine unfreie Magd. So wurde uns der Freiherr genommen, und es blieb beim schlichten ›von Lauenstein‹.«

»Laut Adelsregister muss das Verbot eines Freiherrntitels vom Kaiser beglaubigt werden! Eine Nachfrage in den kaiserlichen Archiven hat erbracht, dass dies nicht geschehen ist. Stattdessen kam die Nachricht zurück, dass Ihr als Freiherr von Lauenstein in die Stammliste Eures Geschlechts eingetragen worden seid.«

»Ich danke Eurer Hoheit!« Lauenstein fragte sich verwundert, weshalb Herzog Georg sich so viel Mühe mit ihm machte. Da kam ihm ein Gedanke, der ihm so verrückt schien, dass er es nicht glauben wollte.

Da sprach der Herzog bereits weiter. »Die Lauensteins sind bereits mit Kaiser Friedrich Barbarossa als Kreuzritter ins Heilige Land gezogen. Einen so angesehenen Titel vermag auch Kurfürst Friedrich August der Demoiselle Chiodi nicht zu verschaffen.«

Lauenstein starrte seinen Landesherrn entsetzt an. »Eure Hoheit meinen damit hoffentlich nicht, dass ich Cristina Chiodi ehelichen soll?«

»Genau dies ist Unsere Absicht! Es ist die einzige Trumpfkarte, die Wir gegen Friedrich August von Sachsen ziehen können, und sie muss stechen. Ist die Demoiselle Chiodi erst einmal Eure Frau, kann sie nicht ohne Eure Erlaubnis an den Dresdener Hof wechseln.«

»Verzeiht, Euer Hoheit, aber habt Ihr den Altersunterschied zwischen mir und Cristina Chiodi beachtet? Ich gehe auf die sechzig zu, und sie ist noch keine zwanzig. Ich könnte ihr Großvater sein!«

»Sie ist angenehm anzusehen, verfügt über ausgezeichnete Manieren und ist gewohnt, sich nach Eurem Rat zu richten. Ihr könnt daher zufrieden sein, eine solche Frau zu finden«, antwortete der Herzog.

»Aber sie ist ein Kind des fahrenden Volkes, noch dazu unehelich geboren!«, wandte Lauenstein verzweifelt ein. Er hatte in den letzten Jahren ein angenehmes Junggesellenleben geführt und dabei eine Liebesbeziehung zu einer Witwe mittleren Alters unterhalten, die aufgrund des Testaments ihres verstorbenen Gatten keine weitere Ehe eingehen durfte, wenn sie nicht ihres angenehmen Witwengeldes verlustig gehen wollte. Der Gedanke, Cristina zu heiraten, die er, seit er sie kannte, stets ein wenig als Tochter angesehen hatte, erschien ihm verrückt.

Die Miene des Herzogs verriet ihm jedoch, dass es diesem vollkommen ernst mit der Forderung war. Georgs Blick war düster und die Lippen zusammengekniffen. Lauenstein begriff, dass er sich bei einer Weigerung höchste Ungnade zuziehen würde.

»Haben Eure Hoheit auch bedacht, dass sich Cristina Chiodi gegen eine solche Ehe aussprechen könnte?«, fragte er vorsichtig und schob dann einen weiteren Grund vor, der dagegen sprach. »Sie kann als Freifrau von Lauenstein nicht als Sängerin auftreten!«

»Das kann sie freilich nicht!«, gab Herzog Georg zu. »Sie wird daher ihren Künstlernamen Chiodi beibehalten. Was eine mögliche Abneigung ihrerseits gegen eine Heirat betrifft, so liegt es an Euch, diese aus dem Weg zu räumen.«

Der Herzog zeigte nun deutlich, dass er die Audienz als beendet ansah. Lauenstein verneigte sich und verließ das Zimmer in einem Zustand, als wären auf einen Schlag sämtliche Verwandte und Freunde verstorben.

8.

Lauenstein blieb länger aus, als Elisabeth es erwartet hatte. Das erleichterte sie, denn damit blieb der Putzkolonne genug Zeit, um das Haus am Park in einen Zustand zu versetzen, bei dem sie sich nicht schämen mussten, ihn darin zu empfangen. Tilda und Ira packten ebenfalls mit an, und auch Cristina ließ es sich nicht nehmen, in ihrem Zimmer aufzuräumen.

Als Elisabeth nach ihr schaute, zog sie die Augenbrauen hoch. »Du trägst einen Schmutzfleck auf der Nase, meine Liebe. Den solltest du entfernen, bevor Herr von Lauenstein erscheint.«

»Das werde ich«, sagte Cristina lachend.

Da Elisabeth nicht untätig herumstehen wollte, während um sie herum alle arbeiteten, räumte sie ein paar Sachen weg. Endlich war alles so weit fertig, wie sie es sich wünschte. Die Dienstboten, die mitgeholfen hatten, traten vor Elisabeth und sahen sie treuherzig an. Diese reichte allen ein paar Münzen und sah sie dann zum Schloss zurückkehren – bis auf zwei Mägde, die Tilda zurückhielt.

»Ihr beide werdet von jetzt an hier arbeiten«, erklärte Tilda.

»Aber ist man im Schloss damit einverstanden?«, fragte die Ältere.

»Ich glaube nicht, dass der Haushofmeister Fräulein Chiodi diesen Wunsch versagen wird, nachdem sich unsere bisherige Magd als Schlange am Busen erwiesen hat! Ihr werdet jetzt mit mir kommen und dafür sorgen, dass der Vorratsraum wieder gefüllt wird.«

Tilda hatte die Mägde bei der Arbeit beobachtet und die beiden sowohl als fleißig wie auch geschickt erlebt. Sie würden, wenn Cristina wieder auf Reisen war, das Haus gewiss besser pflegen, als es die davongejagte Magd getan hatte.

»Bringt auch Wein für Herrn von Lauenstein mit!«, rief Elisabeth Tilda und den Mägden nach, dann wandte sie sich Cristina zu.

»Die Flaschen, die im Vorratsraum lagen, sind alle leer. Diese elende Ditte hat sie mit ihrem lumpigen Verehrer ausgetrunken.«

Ein Lächeln trat auf Cristinas Lippen. »Mich schimpft Ihr immer, wenn ich solch schlimme Worte verwende, dabei tut Ihr es selbst!«

»Ist doch wahr!«, rief Elisabeth zornig. »Wir haben dieses Weib zurückgelassen, damit sie das Haus in Ordnung hält, und als wir zurückkamen, fanden wir einen Schweinestall vor.«

»Man kann nicht in einen Menschen hineinsehen. So mancher, der harsch erscheint, ist in Wirklichkeit ein guter Kerl, und so manche Magd, die zuverlässig erscheint, vergisst ihre Aufgaben, sobald sie allein gelassen wird. Wie heißt es so schön? Ist die Katze aus dem Haus, tanzen die Mäuse auf dem Tisch.«

»Das sollen sie in Zukunft bleiben lassen!«, erwiderte Elisabeth und blickte zum Schloss hinüber. »Fast beginne ich, mir Sorgen um Herrn von Lauenstein zu machen. Er bleibt wirklich lange aus.«

»Vielleicht ist er in die Stadt zu seiner Witwe gegangen!« Cristina klang amüsiert. Obwohl Lauenstein seine kleine Affäre geheim halten wollte, war sie doch in der ganzen Stadt bekannt.

Auch Elisabeth wusste davon, schüttelte aber den Kopf. »Es sähe Herrn von Lauenstein gar nicht ähnlich, es zu tun. Immerhin hat er uns seinen Besuch angekündigt.«

»Oh, ich glaube, da kommt er.« Cristina wies auf den Weg, der vom Schloss herführte, schüttelte dann aber irritiert den Kopf. »Er sieht aus, als hätte es ihm das gesamte Kraut verhagelt!«

Nun sah Elisabeth es auch. Sonst war Lauenstein meist fröhlich gewesen. Heute jedoch schlich er mit einer Miene heran, als hätte der Herzog ihm die sofortige Ausweisung aus Meiningen angedroht. Als er auf sie zutrat, senkte er den Kopf und stand schließlich mit hängenden Schultern vor ihnen.

»Was ist Schlimmes geschehen, Herr von Lauenstein?«, fragte Elisabeth besorgt. »Ist etwa der Erbprinz gestorben? Aber davon hätten wir doch erfahren!«

Lauenstein seufzte und wies nach innen. »Habt Ihr einen Schluck Wein für mich, vielleicht auch noch einen zweiten und dritten?«

»Tilda wollte welchen holen! Ich hoffe, sie kommt bald zurück. Das, was im Haus war, wurde von der Magd getrunken, und wohl auch von ihrem Galan.«

Es war eine Geschichte, von der Lauenstein sonst sofort mehr hätte erfahren wollen. An diesem Tag aber blieb er stumm.

»Was ist mit Euch? Können wir Euch helfen?«, fragte Cristina besorgt.

»Mir kann niemand mehr helfen, außer der Herrgott, indem er mich zu sich nimmt!« Lauenstein klang so jämmerlich, wie die beiden Frauen es noch nie erlebt hatten.

»Ja, sonst noch was?«, rief Elisabeth. »Was habt Ihr angestellt, weil Ihr so ausseht, als hätte der Herzog Euch zum sofortigen Tod am Strang verurteilt?«

»Ist etwa die Witwe Lindow gestorben?«, fragte Cristina, obwohl sie nicht glaubte, dass Raimunde Lindows Ableben Lauenstein so treffen würde. Allerdings mochte sie sich auch irren, und er empfand tiefere Gefühle für die Witwe.

Lauenstein schüttelte den Kopf. »Es ist viel schlimmer!«

»Ich glaube, jetzt brauche ich auch ein Glas Wein!« Elisabeth stöhnte auf, fasste dann aber Lauenstein unter und führte ihn ins Haus.

»Jetzt setzt Ihr Euch erst einmal hin, trinkt etwas, sobald Tilda Wein besorgt hat. Dann erzählt uns in aller Ruhe, was Euch bedrückt«, sagte sie und wechselte einen kurzen Blick mit Cristina. So niedergeschlagen hatten sie Lauenstein noch nie erlebt.

9.

Kurz darauf erschien Tilda mit dem Wein. Sie schenkte Lauenstein ein und sah verwirrt zu, wie dieser das Glas in einem Zug leerte.

»Seid mir nicht böse, Herr von Lauenstein, aber ich kenne einen Herrn, der immer gepredigt hat, Wein müsse man langsam und mit Genuss trinken!«, tadelte sie ihn.

»Daran kann ich mich auch erinnern!«, mischte sich Cristina ein. »Hieß dieser Herr nicht Irmbert von Lauenstein?«

Sonst hätte Lauenstein bei einer solchen Bemerkung gelacht. Nun aber füllte er seinen Becher selbst und ließ den Inhalt kaum langsamer als zuvor durch seine Kehle rinnen.

»Wenn Ihr Euch betrinken wollt, nehmt Branntwein. Damit geht es schneller!«, rief Tilda schnaubend, goss ihm aber nach.

»Würdet Ihr jetzt endlich sagen, was geschehen ist?«, drängte Cristina.

Lauensteins Blick streifte Tilda. Diese verstand und rauschte kopfschüttelnd ab. Als die Tür hinter ihr geschlossen war, sah Lauenstein Cristina wie ein waidwundes Tier an. »Ich war bei Seiner Hoheit!«

»Das wissen wir«, warf Elisabeth ein.

»Er ist in großer Sorge«, fuhr Lauenstein fort.

»Wegen der russischen Soldaten? Die wollen doch weiter an den Rhein«, sagte Cristina.

Lauenstein schüttelte den Kopf. »Nein. Deinetwegen, mein Kind!«

»Jetzt lasst Euch nicht jedes Wort einzeln aus der Nase ziehen, sondern sagt endlich, worum es geht«, schalt Elisabeth ihn.

»Herzog Georg hat aus Dresden erfahren, dass Kurfürst Friedrich August Cristina das Angebot für ein neues Engagement machen will, und hat nun Angst, sie an Dresden zu verlieren.«

»Ein längerer Aufenthalt in Dresden könnte mir gefallen, wenn es dabei nur ums Singen ginge«, erklärte Cristina. »Solange Kurfürst Friedrich August jedoch glaubt, dass eine Sängerin gleichzeitig seine Hure sein muss, werde ich dort immer nur kurzfristig auftreten und dabei in keinem anderen Bett liegen als in meinem eigenen.«

Elisabeth nickte betroffen. Dies war ein ernstes Problem, da die hohen Herrschaften glaubten, zusammen mit der Stimme der Sängerin auch deren Leib bezahlt zu haben. Für Cristina war es jedoch undenkbar, darauf einzugehen. Aufgewachsen in einer Gruppe, die unter sich blieb und nur untereinander heiratete, gab es für sie keinen Platz für leichtfertige Liebeleien, nur weil es einem Fürsten oder einem hohen Herrn gefiel. Zudem war sie das Ergebnis eines Fehltritts ihrer Mutter, und die Ehefrau ihres Onkels hatte sie dies bitter fühlen lassen.

»Wie Ihr seht, muss Seine Hoheit sich keine Sorgen machen, ich könnte ihm abhandenkommen«, setzte Cristina hinzu.

»Er macht sich aber Sorgen und will mit aller Kraft verhindern, dass du Meiningen einmal verlassen könntest«, sagte Lauenstein und atmete mehrfach kräftig durch. »Aus diesem Grund hat Seine Hoheit mir befohlen, dich zu heiraten, da du als unverheiratete Frau doch einmal Freude daran finden könntest, dich an einem anderen Hof anzusiedeln.«

Nun war es gesagt. Lauenstein erkannte aber, dass Cristina seine Worte nicht begriffen hatte. Auch Elisabeth brauchte eine Weile, um es zu verstehen.

»Das ist der dümmste Gedanke, der mir je untergekommen ist!«, rief sie dann empört. »Es wäre ein Grund, sofort wieder anspannen zu lassen und Meiningen für immer zu verlassen.«

»Hat Seine Hoheit wirklich gesagt, dass Ihr mich heiraten sollt?«, fragte Cristina verdattert.

Lauenstein nickte kaum merkbar. »Ich habe verzweifelt versucht, es ihm auszureden. Ich erklärte ihm, dass ich dreimal so alt wäre wie du. Danach versuchte ich, ihm klarzumachen, dass du ein Kind fahrender Leute und in Sünde geboren bist und nicht einmal deinen Vater kennst. Es hat alles nichts geholfen! Der Herzog besteht auf der Heirat!«

»Wir werden Meiningen verlassen und niemals zurückkehren!«, rief Elisabeth zornig.

Cristina war der gleichen Meinung. Eine Heirat mit Lauenstein schien ihr unmöglich. Gleichzeitig aber bissen seine Worte in ihr. Sie mochte das Kind von Vaganten sein, unehelich geboren und was sonst noch alles. Aber dass Lauenstein sich mit dieser Begründung gegen eine Ehe gesträubt hatte, verletzte sie zutiefst. Sie war nun einmal so, wie sie war, und hatte eigentlich gedacht, er wäre ihr Freund und es würde ihm nichts ausmachen.

»Ich bin also als Bastard einer Zigeunerin nicht gut genug für einen Herrn von Lauenstein?«, hörte sie sich zu ihrer eigenen Überraschung rufen.

»Cristina!«, rief Elisabeth entsetzt, weil ihre junge Freundin, die sonst auf ihre italienische Abkunft pochte, sich als Zigeunerin bezeichnete.

Lauenstein blickte sie mit traurigen Augen an. »Ich sagte es doch nur, um Seine Hoheit von diesen wahnsinnigen Gedanken abzubringen. Außerdem müsste ich es der Witwe …«

Er verschluckte den Namen seiner Geliebten, entfachte aber erneut Cristinas Trotz. Raimunde Lindow war gut doppelt so alt wie sie, zwar nett anzusehen, aber keine Schönheit. Und doch zog Lauenstein diese Frau ihr vor! Eine bisher nie gefühlte Eifersucht wallte in ihr auf, weil dieser alte Mann sie verschmähte. Dann aber siegte ihr Verstand, bevor sie Dinge sagte, die ihn verletzen mussten.

»Wenn es der Wille des Herzogs ist, werden wir beide die Ehe eingehen. Wie es danach weitergeht, muss die Zukunft zeigen«, erklärte sie und dachte sich dabei, dass sie wahrscheinlich noch verrückter war als Lauenstein oder gar der Herzog selbst.

ZWEITER TEIL

Aufregende Tage

1.

Cristina sah ihr Spiegelbild an und fauchte. »Ich bin vollkommen *pazzo, ammattito* und *irresponsabile* – verrückt, übergeschnappt und nicht zurechnungsfähig! Wie konnte ich nur so dumm sein, in diesen schändlichen Plan des Herzogs einzuwilligen?«

»Was schimpfst du?« Elisabeth Karau war in ihr Zimmer getreten und sah sie verwundert an.

»Es ist wegen Lauenstein! Wie kann Herzog Georg auf den Gedanken kommen, dass ich diesen Mann heiraten soll? Das ist doch hirnrissig, idiotisch und weiß der Teufel was noch alles mehr.«

»Gestern schien es, als wärst du mit dieser Heirat einverstanden! Du hast Herrn von Lauenstein sogar angefahren, weil er so viele Ausflüchte gebracht hat«, sagte Elisabeth.

»Ich war nicht damit einverstanden, sondern nur verärgert, weil Lauenstein so tat, als würde er sich davor ekeln, so etwas wie mich heiraten zu müssen.« Für einen Augenblick ließ Cristina tief in ihr Herz sehen.

Elisabeth begriff, wie verletzlich ihre Freundin hinter der glatten Fassade war, die sie sonst zeigte. »Du hast geglaubt, er würde dich verachten, weil du das Kind fahrender Gaukler bist?«

»Der uneheliche Bastard einer Gauklerin!«, rief Cristina erregt aus. »Zudem hat Lauenstein deutlich gezeigt, dass ihn die Witwe Lindow weitaus mehr anspricht als ich. Dabei ist das Weib bereits um die vierzig und wahrlich keine Schönheit!«

»Ich glaube nicht, dass Herr von Lauenstein die Lindow wegen ihrer Schönheit ausgewählt hat, sondern weil sie unabhängig ist, einen eigenen Hausstand führt und er sie zweimal im Monat diskret besuchen kann, ohne dass sie Forderungen stellt, die über seine Verhältnisse hinausgehen«, antwortete Elisabeth lächelnd. »Eine Ehefrau jedoch, vierzig Jahre jünger, wunderschön und eine große Künstlerin, steht auf einem ganz anderen Blatt! Du glaubst, du wärst nicht gut genug für einen Freiherrn von Lauenstein? Ich denke eher, er glaubt, nicht gut genug für dich zu sein!«

»Das ist doch absurd!«, rief Cristina ungläubig.

»Jedenfalls hast du in die Heirat eingewilligt! Daher kann Lauenstein nicht mehr zurück. Er würde sonst die Gunst des Herzogs verlieren und müsste Meiningen verlassen. Im Grunde rettest du mit deiner Zusage sowohl ihm und mir wie auch dir die Heimat. Wir hätten uns sonst eine Bleibe in einem anderen Land suchen müssen. Aber dort wärst du äußerst hilflos gewesen. Oder glaubst du, Kurfürst Friedrich August ließe dir einen sächsischen Pass ausschreiben, ohne dass du dich in gewisser Hinsicht äußerst zuvorkommend zeigen müsstest?« In Elisabeths Stimme schwang die Mahnung mit, die Sache so hinzunehmen, wie sie nun einmal war.

Cristina begriff durchaus, dass die Einbürgerung in einem anderen Land tatsächlich solche Forderungen nach sich ziehen könnte. Nicht nur Friedrich August von Sachsen hätte nichts dagegen, wenn sie für eine gewisse Zeit seine Mätresse würde. Trotzdem schüttelte sie den Kopf. »Herzog Georg würde uns gewiss nicht des Landes verweisen, wenn Lauenstein und ich uns dieser Ehe verweigert hätten.«

»Er würde dafür sorgen, dass uns keine Pässe für Reisen ins Ausland mehr ausgestellt würden. Du könntest dann nur noch hier und in Liebenstein auftreten – und gelegentlich als Begleiterin des Herzogs bei Verwandtenbesuchen. Die großen Auftritte aber, die Ruhm und Geld bringen, würden dir versagt bleiben.«

Elisabeth hoffte, dass Cristina die Vorteile des jetzt getroffenen Arrangements erkennen und akzeptieren würde. Am Vorabend war in ihr zum ersten Mal so richtig das Feuer der Leidenschaft aufgeflammt, und sie hatte im Zorn auf diese Heirat gedrängt, gegen die sie sich jetzt so vehement sträubte.

»Wenn es dir zuwider ist, mit Herrn von Lauenstein das Bett zu teilen, könnt ihr eine Absprache treffen, die dich vor diesen Pflichten befreit, und er kann weiterhin seine Witwe besuchen«, schlug Elisabeth schließlich vor.

Cristinas Augen flammten auf. Der Gedanke, dass ihr Ehemann sie meiden und bei einer anderen Erfüllung finden sollte, trieb sie erneut in einen vorher nie gekannten Zorn hinein. »Entweder bin ich meinem Ehemann gut genug, oder ich bringe ihn und seine Schlampe um!«

Elisabeth seufzte, denn bei Cristina brach offenbar das Erbe ihrer heißblütigen Mutter durch. In einer Sippe aufgewachsen, in der man zusammenhalten musste, wenn man überleben wollte, konnte die Untreue eines Mannes und einer Frau zu einem fürchterlichen Ende führen. In dieser Hinsicht war Cristina für die Umgebung, in der sie nun lebte, zu prüde und zu stolz. Ihr dies ins Gesicht zu sagen, verbot jedoch die Klugheit.

»Du hast dieser Ehe zugestimmt, und Herr von Lauenstein kann sich ihr nicht mehr entziehen, wenn er nicht in Schimpf und Schande aus Meiningen vertrieben werden will. Also finde dich damit ab! Bei einer Frau geht das am besten, wenn sie sich ein paar neue Kleider leistet. Das solltest auch du tun. Immerhin stellst du als Freifrau von Lauenstein in Zukunft etwas dar.« Elisabeths mahnende Worte verfehlten ihre Wirkung nicht.

Cristina wurde ruhiger und nickte schließlich. »Suchen wir also Frau Flanse auf, damit sie uns neue Kleider näht. Immerhin haben wir aus Dresden eine ganze Reihe kolorierter Kupferstiche der neuesten Mode mitgebracht. Die sollten wir ihr zeigen. Außerdem brauche ich ein Brautkleid!«

»Das ist das Wichtigste!«, sagte Elisabeth erleichtert und rief nach Tilda und Ira, damit diese ihnen halfen, sich für den Stadtgang vorzubereiten.

2.

Auf dem Weg in die Stadt beruhigte Cristina sich. Meiningen war ihre Heimat, und ohne die Heirat mit Lauenstein würde sie diese möglicherweise verlieren. Für sie war es das eine, einen Ehemann zu haben und gewisse Dinge mit ihm tun zu müssen, etwas anderes jedoch, die Hure von Männern zu sein, die nur ihr Vergnügen suchten. Viele davon waren nicht jünger als Lauenstein, und man konnte den meisten die Folgen eines ausschweifenden Lebens ansehen. Ihr Bräutigam wies zwar ein gewisses Bäuchlein auf, unterhielt aber seit zwei Jahren eine ziemlich treue Beziehung mit Raimunde Lindow. Die allerdings würde er, wenn er sie heiratete, aufgeben müssen.

Mit diesem Gedanken bog Cristina in eine Gasse ab und hörte Elisabeths überraschten Ruf. »Was willst du denn dort?«

Cristina blieb verwundert stehen und begriff, dass sie eine Gasse zu früh abgebogen war. Mit einem kurzen Lachen kehrte sie zur Hauptstraße zurück.

»Ich sagte doch, dass ich *pazzo* bin«, sagte sie zu Elisabeth.

»Du solltest an die Vorteile dieser Heirat denken«, riet ihr die Freundin. »Da gibt es nämlich einige!«

»Ich sehe nur die Stammtafel Lauensteins vor mir, die auf seiner Seite bis zu den Kreuzrittern reicht, bei mir mütterlicherseits bis zu meinem Urgroßvater Lodovico, während sie von Vaterseite her keinen einzigen Eintrag aufweist, und frage mich, was mein Bräutigam dazu sagen wird.«

»Du denkst zu viel nach!«, schalt Elisabeth. »Oder besser gesagt: Richte deine Gedanken auf die Kleider, die wir bestellen wollen. Als Ehefrau darfst du ruhig etwas mehr hier oben zeigen.« Sie deutete dabei auf ihren eigenen Ausschnitt, der größer war als Cristinas, bei Hofe aber von etlichen Damen übertroffen wurde.

»Ich glaube nicht, dass ich ein Dekolleté wählen werde, bei dem mir, wenn ich beim Singen hastig einatmen muss, die Brüste herausspringen, wie es letztens Belle Légendaire passiert sein soll!«, antwortete Cristina mit einem spitzen Lächeln.

»Ich glaube nicht, dass dies zufällig geschehen ist. Die Dame wollte damit auf sich aufmerksam machen«, erwiderte Elisabeth.

Cristina lachte auf. »Sie sollte mit ihrer Stimme auf sich aufmerksam machen. Die ist ausgezeichnet! Als Hure aber soll sie nur durchschnittlich sein.«

Nun musste auch Elisabeth lachen. »Für ein so prüdes Ding wählst du eine gewagte Sprache.«

»Man kann über etwas sprechen, muss es aber nicht tun«, antwortete Cristina und bog nun in die richtige Seitengasse ein.

Wenig später standen sie vor dem Haus der Näherin. Ira, die sie begleitete und die Mappe mit den Modezeichnungen trug, schlug den Türklopfer an. Augenblicke später wurde ihnen aufgemacht, und Frau Flanse bat sie hinein.

Mittlerweile musste sie nicht mehr alle Kleider selbst nähen, sondern hatte vom Herzog die Erlaubnis erhalten, zwei ältere Frauen als Helferinnen einzustellen. Dazu kamen zwei Mägde, die ebenfalls die Nadel in die Hand nahmen, wenn Not an der Frau war. Für ihre besonderen Kunden wie Cristina und Elisabeth nähte Frau Flanse jedoch mit eigener Hand.

Sie führte die beiden Frauen samt Ira in die Nähstube. Prompt verzog Cristina das Gesicht, denn eben probierte Raimunde Lindow ein neues Kleid an. Die Frau war etwas stämmig und hatte ein glattes Gesicht, blasse, wässrige Augen und reich fallendes brünettes Haar. Irgendwie passt sie sowohl vom Alter wie auch vom Aussehen her besser zu Lauenstein als ich, dachte Cristina. Für einen Augenblick wünschte sie sich, Lauenstein hätte den Mut aufgebracht, die Witwe zu heiraten. Mit ihrem Singen verdiente sie genug Geld, um auch diese Frau mit ernähren zu können. Raimunde Lindow hatte jedoch die reichlich bemessene Rente nicht verlieren wollen, die ihr verstorbener Mann ihr zugeschrieben hatte – und nun war es zu spät!

Selbst schuld, dachte Cristina und konzentrierte sich auf die Modezeichnungen, die Elisabeth eben Frau Flanse vorlegte.

Die Näherin schlug entzückt die Hände zusammen. »Oh, wie herrlich! Die Bilder habt Ihr gewiss in Dresden bekommen. Könntet Ihr so nett sein, sie mir ein paar Tage zur Ansicht dazulassen? Es werden gewiss einige Damen sehen wollen, was man heuer in den großen Hauptstädten trägt.«

»Das wäre eigentlich ein Grund, sie geheim zu halten. Schließlich wollen wir nicht, dass uns eine der anderen Damen mit ihren Kleidern übertrifft«, erwiderte Cristina mit leichtem Spott.

»Oh, das tut gewiss keine!«, rief Frau Flanse beschwörend.

»Ich stelle mir diese beiden Kleider vor«, fuhr Cristina fort, ohne auf den Einwand einzugehen. »Sie sollten hier nur etwas dezenter sein. Es ist nicht mein Stil, so viel zu zeigen!«

»Ihr würdet in diesem Kleid und mit diesem Dekolleté wunderbar aussehen«, erwiderte Frau Flanse.

Sie hatte Cristinas Brüste bei den Anproben noch nie zur Gänze gesehen, aber durchaus feststellen können, dass diese eine makellose Form aufwiesen. Für diese Kundin musste sie in den Kleidern keine Stütze anbringen.

»Vergiss nicht dein Brautkleid!«, mahnte Elisabeth. »Da der Herzog die Heirat wünscht, wird er diese nicht lange hinausschieben wollen.«

»Oh! Ihr wollt heiraten?«, rief Frau Flanse überrascht. »Meinen zutiefst empfundenen Glückwunsch, Fräulein Chiodi.«

Verärgert darüber, dass Frau Flanse sie Cristinas und Elisabeths wegen einer ihrer Helferinnen überlassen hatte, trat Raimunde Lindow näher.

»Du willst heiraten? Also hast du jemanden gefunden, der über deine abenteuerliche Abkunft hinwegsieht, oder ist es selbst ein Abenteurer?«, fragte sie boshaft.

Elisabeth hoffte, Cristina würde die Frau nicht beachten. Doch die Witwe hatte Cristinas wunden Punkt getroffen, nämlich ihre ungeklärte Herkunft. Mit einem Lächeln, das Elisabeth fatal an eine Katze erinnerte, die sich an ein Vogelnest anschlich, wandte Cristina sich Raimunde Lindow zu.

»Freiherr von Lauenstein, der Euch gewiss bekannt sein dürfte, hat mich um die Ehre gebeten, seine Gemahlin zu werden! Außerdem hat deinesgleichen mich als Mitglied des fürstlichen Hofstaats mit Ihr und Euch anzusprechen! Schreibe dir das fürs nächste Mal hinter die Ohren!«

Die Witwe starrte Cristina an, als habe diese zwei Hörner, einen gespaltenen Huf und einen zweigeteilten Schwanz. Sosehr Elisabeth es auch bedauerte, dass Cristina der Frau diesen Stich versetzt hatte, so amüsierte sie die Situation. Sie musste sich abwenden und in ein Stück Tuch beißen, um nicht vor Lachen herauszuplatzen. Ihr war in diesem Moment deutlich vor Augen gestanden, dass Raimunde Lindow darauf aus gewesen war, so viel Geld wie möglich aus dem Vermächtnis ihres verstorbenen Ehemanns zu erhalten, um schließlich doch Lauenstein zu heiraten und ihre Tage als Ehefrau eines adeligen Herrn von makelloser Herkunft beschließen zu können.

»Das glaubst du doch selbst nicht, du Zigeunerbastard!«, fauchte die Witwe und verließ voller Wut das Haus.

Elisabeth sah Cristina kopfschüttelnd an. »Eine Freundin hast du dir damit nicht gemacht.«

»Das war auch nicht meine Absicht«, antwortete Cristina bissig.

Raimunde Lindow hatte sie beleidigt und dafür die entsprechende Antwort erhalten. Ein wenig von dem Gift jedoch, das sie versprüht hatte, war an ihr haften geblieben, und sie sah in Gedanken Lauensteins Stammbaum vor sich und auf der anderen den ihren. Für einen Mann wie ihn musste es eine Schande sein, jemanden wie sie heiraten zu müssen.

3.

Irmbert von Lauenstein war von der angeordneten Heirat mit Cristina ebenso wenig angetan wie sie. Da es ihm nicht gelungen war, Herzog Georg dieses Vorhaben auszureden, hatte er gehofft, Cristina würde sich mit aller Kraft weigern, mit einem so viel älteren Mann vor den Traualtar zu treten. Stattdessen hatte sie, wenn auch ziemlich zornig, zugestimmt. So blieb ihm wohl nichts anderes übrig, als sich ebenfalls zu fügen. Die Alternative wäre gewesen, Meiningen zu verlassen und anderswo anzufragen, ob seine Dienste willkommen seien.

Dabei hatte er sich sein Leben so schön eingerichtet. Als einziger Sohn eines vermögenslosen Edelmanns hatte er sich zunächst dem Kriegshandwerk zugewandt, das Militär aber nach einer schweren Verletzung wieder verlassen. Dann war er in die Dienste der Herzoginwitwe Charlotte Amalie getreten. Sein Rang als Höfling war nie besonders hoch gewesen, doch er hatte sich sowohl bei der Regentin und später bei ihren Söhnen Carl und Georg bei Hofe halten können. Reich war er dabei nicht geworden, aber er hatte ein zufriedenes Leben geführt.

Mit der Entdeckung der genialen Sängerin Cristina war er im Rang aufgerückt und erfreute sich der Gunst des Herzogpaars. Er liebte das Leben bei Hofe mit den kleinen Intrigen, die aber nie so gemein wurden, dass er den anderen nicht mehr in die Augen schauen konnte. Dazu speiste er an der Tafel des Herzogs, konnte sich aus dessen Weinkeller bedienen und verfügte über eine Wohnung mit mehreren Zimmern in einem der Nebengebäude des Schlosses. Für seine männlichen Bedürfnisse reichte ein gelegentlicher Besuch bei Raimunde Lindow. An eine Heirat oder gar eine Familiengründung hatte er nie gedacht.

Lauenstein starrte durch das Fenster ins Freie, ohne den warmen Schein der Sonne oder das Grün des Rasens und der Bäume zu sehen. Nun aber, in bereits höherem Alter, sollte er sich an ein junges Weib binden, das ihn gewiss mehr fordern würde als die Witwe. Mit einem Hauch von Amüsement dachte er daran, dass deren Verwandte von ihrem Arrangement wussten und hofften, er würde Raimunde schwängern, damit er gezwungen wäre, sie zu heiraten. Damit würde deren Witwengeld erlöschen und in den Truhen bleiben, aus denen es jetzt genommen wurde. Raimunde Lindow war jedoch erfahren genug, um zu wissen, wann sie ihn rufen konnte, ohne dass es neun Monate später zu unerwünschten Auswirkungen kam.

Da kam ihm ein Gedanke. Seine Geliebte hatte letztens stolz erklärt, sie habe bald genug gespart, um auch ohne das Witwengeld auszukommen. Da sie ihn gleichzeitig ihrer unverbrüchlichen Liebe versichert hatte, konnte dies nur eines bedeuten: Raimunde Lindow war darauf aus gewesen, in absehbarer Zeit auf ihr Witwengeld zu verzichten, um als Frau von Lauenstein weiterleben zu können.

Bei dem Gedanken überlief es Lauenstein heiß und kalt. Beinahe wäre es ihr gelungen, ihn in ihr Netz zu locken, und er wäre ihr wie ein Tölpel hineingegangen. Sie hätte nicht einmal schwanger sein müssen, sondern es nur behaupten müssen. Später hätte es geheißen, sie habe das Kind bedauerlicherweise verloren. Die Fesseln aber, mit denen sie ihn an sich gebunden hätte, wären ihm bereits angelegt gewesen.

Dieser Gefahr war er nun entgangen. Aber dafür hatte er Cristina am Hals. Er schämte sich dieses Gedankens sofort. Ohne Cristina wäre er nur ein nachrangiger Höfling mit einer Kammer, in der er gleichzeitig wohnen und schlafen musste. So wohnte er um einiges angenehmer, saß bei Tisch in der Nähe des Herzogs, konnte Cristina auf ihren Konzertreisen begleiten und wurde dabei hofiert.

Das würde sich auch nicht ändern, wenn sie verheiratet waren, fuhr es ihm durch den Kopf. Wenn sie nur nicht so verflucht jung wäre! Da erinnerte er sich noch einmal an die Herzoginwitwe

Charlotte Amalie. Diese war dreiundvierzig Jahre jünger gewesen als ihr Gemahl Fürst Anton Ulrich von Sachsen-Meiningen. So betrachtet war seine Heirat mit Cristina nichts Besonderes.

Dieser Gedanke tröstete ihn ein wenig. Ein gewisser Zweifel blieb jedoch wegen Cristinas Abkunft. Bei ihrer Geburt war ihr gewiss nicht prophezeit worden, dass sie einmal Freifrau von Lauenstein werden könnte. Sollte es Kinder geben, würde für diese die Abkunft von einer solchen Mutter durchaus ins Gewicht fallen.

Gleichzeitig schämte er sich, weil er Cristina damit schlechtmachte. Das hatte sie nicht verdient. Die Entscheidung war gefallen, und er würde dazu stehen. Bei diesem Gedanken kam er darauf, dass es ihm gut anstehen würde, seiner Braut ein hübsches Schmuckstück zu schenken. Und dann gab es noch etwas zu tun. Er musste Raimunde Lindow mitteilen, dass er die Beziehung zu ihr nicht aufrechterhalten konnte.

Kurz entschlossen rief er seinen Kammerdiener und machte sich mit dessen Hilfe zum Ausgehen bereit.

Dilge musterte ihn danach kritisch. »Wollen der gnädige Herr es nicht doch einmal mit langen Hosen versuchen? Kniehosen sind nur noch bei Abendgesellschaften en vogue!«

Lauenstein schüttelte schaudernd den Kopf. »Mein Guter, ich habe mein ganzes Leben lang Kniehosen getragen und werde jetzt nicht damit anfangen, es den Sansculotten nachzumachen, die ihren König geköpft haben.«

»Aber gnädiger Herr! Die langen Hosen stammen doch nicht aus Frankreich. Sie wurden in diesen Landen bereits viel eher getragen, und sie haben ihre Vorteile gegenüber den von Euch verwendeten Kniehosen. So halten sie die Waden wärmer, als es Seidenstrümpfe tun. Dies ist im Winter von großem Nutzen.«

»Nur haben wir jetzt nicht Winter, sondern Sommer. Da sind die von dir geschmähten Seidenstrümpfe sehr angenehm«, erklärte Lauenstein und verließ seine Wohnung.

Auf dem Weg in die Stadt gingen ihm die langen Hosen im Kopf herum. Vielleicht sollte er sich doch ein paar zulegen, um gegen seine junge Braut nicht zu großväterlich zu wirken.

Während er darüber nachsann, erreichte er den Marktplatz und wollte zum Juwelier weitergehen, als er Raimunde Lindow auf sich zukommen sah. Ihr Gesicht war zornrot, und ihre Miene verhieß nichts Gutes.

»Einen schönen guten Tag, Frau Lindow!«, grüßte Lauenstein höflich.

»Ihr könnt Euch Euren guten Tag irgendwo hinstecken!«, antwortete die Witwe nicht gerade damenhaft. »Ihr seid ein Lump, Lauenstein! Ein Schuft, der mit den Herzen der Frauen spielt! Mir habt Ihr Eure große Verehrung vorgegaukelt, so dass ich mich im höchsten Glück wähnte und von einer ehelichen Verbindung zu träumen wagte. Und nun stoßt Ihr mich auf eine Weise vor den Kopf, wie noch kein Weib es ertragen musste! Statt meiner wollt Ihr diese Zigeunerin heiraten, von der keiner weiß, wo sie herstammt. Ihr seid ein Lump, Lauenstein! Ein …«

Lauenstein versuchte verzweifelt, die wütende Frau zu bremsen. Doch bei jedem Wort, das er sagte, wurde sie nur noch lauter und ausfallender. Mittlerweile liefen bereits die ersten Passanten zusammen. Spottworte klangen auf, die jedoch weniger ihm als der Witwe galten. Die Leute kannten ihn als freundlich und leutselig und nahmen ihm diskret gepflegte Liebschaften nicht übel. Die Witwe war jedoch weitaus weniger diskret gewesen, und ihr Ziel, einen Mann von Adel heiraten zu wollen, war dadurch vielen bekannt.

Nun begriffen die Leute, dass Raimunde Lindows Bäume auch nicht in den Himmel wuchsen. So kam zu dem Spott auch die Verachtung, weil sie sich als Witwe nicht so verhalten hatte, wie sie es der Meinung der Nachbarn nach hätte tun müssen. Eine heimliche Beziehung hätten die meisten hingenommen. Sich damit jedoch noch zu brüsten, wie die Witwe es getan hatte, gab sie nun der Lächerlichkeit preis.

Als Raimunde Lindow in ihrer Wut auch noch handgreiflich werden wollte, ergriff Lauenstein die Flucht. Die Witwe wollte hinter ihm herlaufen, doch einige Verwandte, die ebenfalls hinzugekommen waren, packten sie und schleppten sie nach Hause.

»Seid Ihr verrückt geworden, Tante?«, schalt ein Neffe sie. »Ihr habt Euch und damit auch uns zum Gespött der Stadt gemacht! Ich halte es für das Beste, wenn Ihr eine neue Ehe eingeht, und zwar in einer anderen Stadt. Dem Onkel meiner Braut ist letztens die Frau gestorben, und er steht mit sieben Kindern da, denen nun die Mutter fehlt. Es wäre ein gottgefälliges Werk von Euch, sich dieser armen Waisen anzunehmen.«

Für Raimunde Lindow war es wie ein Fall aus höchsten Höhen. Sie hatte gehofft, die Ehefrau eines Adeligen zu werden. Aber nun hatte sie nur noch die Aussicht, einen Witwer mit sieben Kindern zu heiraten und in dessen Haushalt wie eine Magd arbeiten zu müssen.

»Verflucht sollt Ihr sein, Lauenstein, und diese Zigeunerin mit Euch!«, schrie sie außer sich vor Wut.

Danach hatten sie ihr Haus erreicht, und die Türen schlossen sich hinter ihr.

4.

Durch den Zwischenfall mit Raimunde Lindow vergaß Lauenstein beinahe, ein Geschenk für Cristina zu besorgen. Eigentlich hatte er auch der Witwe eines als Dank für zwei angenehme Jahre überreichen wollen. Diesen Gedanken schob er zunächst weit von sich. Dann aber sagte er sich, dass wenigstens er Haltung bewahren und die Beziehung so beenden sollte, wie er es immer getan hatte.

Er kaufte beim Goldschmied ein Schmuckstück für die Witwe, nicht zu billig und nicht zu teuer, und verlangte, dass es Raimunde Lindow gebracht wurde. Danach suchte er nach etwas, das ihm für Cristina passend schien. Er schwankte zwischen Saphiren, Smaragden und Rubinen und entschied sich schließlich für Erstere, da Blau ihr am besten stand.

»Wünschen der Herr sonst noch etwas?«, fragte der Goldschmied lauernd. Da er als Hoflieferant seine Beziehungen zum Schloss besaß, war die Nachricht, dass der Freiherr Irmbert von Lauenstein die Ehe mit Fräulein Cristina Chiodi eingehen wollte, bereits bis zu ihm gedrungen.

Lauenstein erinnerte sich daran, dass er sowohl einen Verlobungsring für Cristina benötigte wie auch Trauringe für die Hochzeit. Ersteren suchte er aus den Ringen aus, die der Goldschmied ihm vorlegen konnte, die anderen bestellte er.

»Ist es erlaubt, meine Glückwünsche anzubringen?«, fragte der Juwelier.

»Glückwünsche? Ach so! Es waren wohl wieder die Spatzen auf dem Dach am Pfeifen.« Lauenstein verzog kurz das Gesicht, sagte sich dann aber, dass spätestens nach Raimunde Lindows dramatischem Auftritt auf dem Marktplatz mittlerweile die ganze Stadt wissen dürfte, dass er mit Cristina die Ehe eingehen würde.

»Ihr dürft, mein Guter, Ihr dürft!«, setzte er daher hinzu.

»Fräulein Chiodi ist aber auch eine wunderschöne Frau und eine ebenso wundervolle Sängerin. Ich hatte einmal die Ehre, zu einem ihrer Konzerte ins Schloss eingeladen zu werden. Es war einfach himmlisch!«, erklärte der Goldschmied.

Lauenstein begriff, dass dieses Lob nicht allein Cristinas Sangeskunst galt, sondern auch ihr als Frau, und empfand zu seiner Überraschung Eifersucht. Beinahe lachte er über sich selbst. Als Sängerin und ihrer Schönheit wegen würde Cristina auf Dauer den Begehrlichkeiten hoher Herren nicht entgehen können. Als Ehemann blieb ihm dabei nur, seine Hörner in allen Ehren zu tragen und zu hoffen, dass der älteste Sohn auch ein echter Lauenstein war.

Erneut wunderte er sich über sich selbst. Bislang hatte er stets versucht, auf dem leichtesten Weg vorwärtszukommen. Die Rolle eines sittenstrengen Ehemannes passte ebenso wenig zu ihm wie die einer ebenso strengen Nonne zu einer Hure.

Er erklärte dem Goldschmied, wie er sich die Eheringe wünschte, verabschiedete sich und wollte zum Schloss zurückkehren. Die Straße, in der Raimunde Lindow lebte, mied er, da er ihr zutraute, den Inhalt eines vollen Nachttopfs über ihm auszuleeren. Gleichzeitig fragte er sich, wie sein und Cristinas Leben weitergehen sollte. Der Herzog hatte ihm versprochen, ihnen ein standesgemäßes Palais zur Verfügung zu stellen. Das würde er wohl auch halten. Doch was wurde dann aus Elisabeth Karau? Allein im Haus am Park leben konnte und durfte sie nicht. Doch wenn sie dieses Heim aufgeben musste, hatte sie nur das Anrecht auf ein oder zwei Zimmerchen in einem Nebengebäude des Schlosses. Zudem war zu erwarten, dass Cristina sich nicht von ihrer mütterlichen Freundin trennen wollte.

»Sie wird wohl bei uns wohnen müssen«, murmelte er und wusste nicht, ob ihm dies gefiel oder nicht.

Mit diesem Gedanken erreichte er schließlich das Haus am Park und erfuhr von Tilda, dass Cristina und Elisabeth vor Kurzem aus der Stadt zurückgekehrt waren.

»Ich wäre entzückt, würden die Damen mir die Ehre erweisen, ihnen meine Aufwartung machen zu dürfen«, sagte er.

Tilda reagierte mit einem Auflachen. »Ihr seid aber heute sehr förmlich, Herr von Lauenstein! Fast so, als hättet Ihr es nötig, gut Wetter zu machen.«

Auch Tilda hatte die Gerüchte über die bevorstehende Heirat gehört. Zudem hatte Ira ihr nach der Rückkehr aus der Stadt berichtet, wie die Witwe Lindow sich in Frau Flanses Nähstube aufgeführt hatte. Ein wenig gönnte sie Lauenstein den Ärger, weil er in letzter Zeit in ihren Augen arg selbstherrlich geworden war.

»Aber kommt doch herein! Die Damen haben Euch bis jetzt immer empfangen. Also werden sie es wohl auch diesmal tun«, setzte Tilda hinzu und gab die Tür frei, damit Lauenstein eintreten konnte.

»Ira, melde bitte den Damen, dass Herr von Lauenstein ihnen seine Aufwartung zu machen gedenkt«, rief sie ihrer Nichte zu.

Diese eilte ins Musikzimmer, in dem Cristina und Elisabeth zusammensaßen, und kündigte den Besucher förmlich an.

»Lauenstein kommt!«, sagte Cristina mit einem gepressten Seufzer.

Sie atmete tief durch. Es war die erste Begegnung, seit er die Nachricht gebracht hatte, Herzog Georg fordere ihre Heirat. Sie hatte sich über ihn geärgert und aus diesem Ärger heraus der Ehe zugestimmt. Mittlerweile war sie ruhiger geworden und fragte sich, was Lauenstein inzwischen zu dieser Entscheidung des Herzogs sagen würde. Er entstammte immerhin einem uralten Geschlecht und würde nun seinem Stammbaum so ein Nichts wie sie hinzufügen müssen.

Sie ärgerte sich, weil sie sich so minderwertig fühlte, begriff aber gleichzeitig, dass die gehässigen Bemerkungen der Frau ihres Onkels ein gerüttelt Maß dazu beigetragen hatten. Alfonsina war ein elendes Biest gewesen und hatte ihre Bosheit über alle Mitglieder der Sippe ausgeschüttet, allerdings nicht über die eigenen Kinder. Missmutig, weil Ira auf Antwort wartete, fing Cristina ihre flatternden Gedanken wieder ein und nickte.

»Wir lassen bitten!«

»Soll ich gehen?«, fragte Elisabeth.

»Um Gottes willen, nein! Ihr wollt mich doch nicht etwa im Stich lassen?«, rief Cristina und erhob sich, da es ihr höflicher erschien, ihren Bräutigam im Stehen zu begrüßen.

Elisabeth hingegen blieb sitzen und fragte sich, welcher Alb Herzog Georg geritten haben mochte, weil er auf den Gedanken gekommen war, Cristina und Lauenstein zu verheiraten.

Lauenstein trat ein und verbeugte sich. Dabei sah er Cristina an. Sie wirkte bleich, aber gefasst.

»Guten Tag, Herr von Lauenstein!«, grüßte sie mehr höflich denn freundlich.

»Guten Tag, Cristina! Und auch Euch einen guten Tag, Fräulein Karau.« Lauenstein atmete tief durch und trat einen Schritt auf Cristina zu. »Ich möchte mich für meine unbedachten Worte von gestern entschuldigen. Zu meiner Verteidigung kann ich nur vorbringen, dass ich von dem Wunsch Seiner Hoheit äußerst überrascht worden war.«

»Es ist nun einmal nicht leicht für einen Herrn Eures Standes, ein Fräulein von Nichts ehelichen zu müssen«, antwortete Cristina spröde.

»Wenn ich ganz offen und ehrlich sein darf: Ich würde dich am liebsten gar nicht heiraten!« Lauenstein ließ den Kopf so hängen, dass Elisabeth sich trotz der ernsten Situation das Lachen verkneifen musste.

»Ich weiß nicht, ob Eure Witwe Euch die Gelegenheit dazu gelassen hätte, ledig zu bleiben! Sie erschien mir doch sehr heiratslustig!«, sagte Cristina und verspürte dabei eine gewisse Erheiterung, als sie an Raimunde Lindows Auftritt bei Frau Flanse dachte.

»In gewisser Weise rettest du mich vor ihr. Was für eine Harpyie ist dieses Weib!« Lauenstein schauderte es bei der Erinnerung an die Szene, die ihm die Witwe auf dem Marktplatz gemacht hatte.

»Nun müsst Ihr anstelle einer geachteten Bürgerin ein Vagantenkind heiraten, das nicht einmal seinen Vater kennt!« Erneut gab Cristina sich ein wenig stachelig.

Lauenstein hob in einer hilflosen Geste die Arme. »Wenn es erlaubt ist zu sagen: Ich bin weitaus lieber mit dir verheiratet als mit diesem Drachen.«

»Seid ohne Sorge, lieber Freund! Cristina beherrscht die Kunst, Feuer zu spucken, gewiss nicht schlechter als Eure Witwe«, spottete Elisabeth.

»Ich muss Euch korrigieren, liebste Freundin. Die Witwe Lindow ist nicht die Witwe des Herrn Lauenstein. Das wäre ich – aber erst nach seinem Ableben!«

Cristina schwankte zwischen Ärger und der Bereitschaft, die Sache so hinzunehmen, wie sie war. Da sie der Heirat nicht entkommen konnte, war es wohl besser, dafür zu sorgen, dass Lauenstein und sie miteinander auskamen. Das würde möglich sein, dachte sie. Sie kannte ihn nun fünf Jahre, und er hatte sie stets freundlich behandelt.

Doch reichte das für eine Ehe?, fragte sie sich. Dann aber zuckte sie mit den Schultern. Der Herzog hatte es so beschlossen, und daher bot sich ihr nur eine einzige andere Möglichkeit, nämlich Meiningen zu verlassen. Dann aber würde sie heimatlos und ein leichtes Opfer jener Herren, die in einer Sängerin gleichzeitig ein Wesen mit lockerer Moral sahen. Da war es so schon besser. Eines aber wollte sie tun.

»Mein lieber Lauenstein! Sobald wir eine Einladung nach Friedrichsthal erhalten, würde ich gerne dorthin reisen und auftreten!« Ihr fiel ein, dass bald das jährliche Gauklertreffen in Friedrichsthal stattfinden würde, und wünschte sich, dabei zu sein.

»Nun, ich werde nach Friedrichsthal schreiben und anfragen, ob Fürst Friedrich ein Engagement wünscht«, antwortete Lauenstein erleichtert, weil Cristina sich mit den Gegebenheiten abzufinden schien.

Elisabeth hob hingegen den Kopf und sah Cristina mit gerunzelter Stirn an, sagte allerdings nichts. Zwar hatten Lauenstein und sie

Cristina in Friedrichsthal gefunden und nach Meiningen gebracht. Aber sie dachte mehr daran, dass Cristina berichtet hatte, ihre Mutter habe dort ihren Vater kennengelernt. Wollte Cristina etwa nach einer Spur suchen, die bereits so alt war? Da würde sie wohl eine Enttäuschung erleben.

Unterdessen erinnerte Lauenstein sich an die Schmuckstücke, die er für Cristina besorgt hatte, und holte sie mit einer gewissen Beklemmung aus der Tasche. »Ich dachte, als dein Bräutigam sollte ich dir eine Kleinigkeit schenken«, sagte er und reichte ihr das Schächtelchen mit der Saphirbrosche.

Cristina nahm es verwundert an sich und öffnete es vorsichtig. Beim Anblick der Brosche leuchteten ihre Augen auf. »Die ist ja wunderschön!«

»Man kann über Herrn von Lauenstein sagen, was man will, aber er hat einen ausgezeichneten Geschmack«, lobte Elisabeth das Schmuckstück.

»Zudem habe ich einen Verlobungsring gekauft! Ich hoffe, er passt, sonst müsste ich ihn weiter oder enger machen lassen und mit dem Goldschmied wegen der Eheringe sprechen, damit der deine so wird, wie er soll«, erklärte Lauenstein.

Cristina nahm nun das andere Kästchen und nahm den Ring heraus. »Auch der ist sehr schön!«, sagte sie und probierte ihn an.

»Er passt wie angegossen«, meinte Elisabeth mit einer gewissen Anerkennung.

Unterdessen fiel Lauenstein ein, dass es vielleicht höflicher gewesen wäre, auch Elisabeth ein Schmuckstück zu verehren.

»Ich hoffe, Ihr verzeiht mir, dass ich nicht auch an Euch gedacht habe«, sagte er mit einer um Entschuldigung bittenden Geste.

»Mein lieber Lauenstein! Ich bin weder Eure Braut noch Eure Schwiegermutter und noch weniger Eure Mätresse. Es ist daher unnötig, mich beschenken zu wollen«, antwortete Elisabeth amüsiert.

»Trotzdem habt Ihr als mütterliche Freundin der lieben Cristina ein Anrecht auf meine Dankbarkeit«, erklärte Lauenstein.

»Das sehe ich auch so!«, stimmte Cristina ihm zu. »Ohne Elisabeth wäre ich nicht das, was ich heute bin, sondern eine Vagantin, die zufällig gut singen kann! Daher wäre eine gewisse Anerkennung durch ein schönes Geschenk durchaus gerecht.«

»Ich werde mich darum kümmern. Ich …«

Lauenstein wirkte so hilflos, dass Cristina Tilda aufforderte, für Wein und Gebäck zu sorgen.

Sie forderte ihn auf, Platz zu nehmen. »Reden wir über Friedrichsthal!«, sagte sie lächelnd. »Immerhin war es, wenn man es genau nimmt, der Beginn meiner Karriere, da Fräulein Karau und Ihr mich dort meinem Onkel abgekauft habt.«

»Da es dein Wunsch ist, dort zu singen, werde ich alles tun, damit er in Erfüllung geht«, versprach Lauenstein. Mittlerweile schwand seine Unsicherheit ein wenig, und er begriff, dass Cristina auch als seine Braut noch immer die Cristina war, die er kannte.

5.

Als Lauenstein sich verabschiedet hatte, sah Elisabeth Cristina durchdringend an. »Bist du dir im Klaren darüber, was es heißt, verheiratet zu sein?«

»Ich denke doch!«, antwortete Cristina. »Man versucht, miteinander auszukommen. Das, so glaube ich, werde ich mit Herrn von Lauenstein können. Die Frage ist nur, ober er es kann.«

»Die Brosche und den schönen Ring hat er dir gewiss nicht deshalb geschenkt, weil er dich nicht mag«, sagte Elisabeth und ergriff Cristinas Hand, um sich den Verlobungsring genauer anzusehen. »Einer Dame von Stand hätte er keinen schöneren geschenkt«, meinte sie.

»Er ist hübsch!«, gab Cristina zu. Ihren Worten zum Trotz fühlte sie sich wie in einem verrückten Theaterstück, in dem ein Herzog sinnlose Befehle erteilte und bei dem sie und alle anderen Mitspieler gezwungen waren, diese auch zu befolgen.

»Es ist so …«, sagte sie nachdenklich. »Eigentlich habe ich nie daran gedacht, zu heiraten, sondern wollte so leben wie Ihr.«

Elisabeth lachte leise. »Dafür bist du zu schön, mein Kind! Die Friedrich Augusts dieser Welt sehen dir allzu begehrlich nach. Irgendwann wird der Druck zu groß werden und du einem dieser hohen Herren deine Gunst schenken müssen.«

»Schenke ich sie einem, fordern sie sie alle«, antwortete Cristina harsch. »Deshalb hätte ich auch lieber weiterhin als die eiserne Jungfrau gegolten, deren einzige Leidenschaft die Musik ist. Stattdessen muss ich heiraten. Nun ja – der Herzog hätte auch einen Mann bestimmen können, bei dem mir nichts anderes übrig geblieben wäre, als davonzulaufen.«

»Das kannst du immer noch!«

Cristina lachte auf. Doch es klang nicht gerade fröhlich. »Ohne jeden Schutz? Ich müsste schneller die Hure der hohen Herren werden, als ich denken kann. Nein, meine Liebe, da werde ich lieber Herrn von Lauensteins treue Ehefrau.«

»Wenn man dich lässt!«, wandte Elisabeth ein.

»Gut, dass Ihr mich daran erinnert! Wir werden auf unserer nächsten Reise eine Rast in Suhl einlegen. Bei den dortigen Waffenschmieden werde ich mir eine hübsche, kleine Taschenpistole besorgen, mit der ich selbst dem hartnäckigsten Verehrer klarmachen kann, dass auch eine Sängerin treu bleiben kann.«

»Dann sollte die Waffe mindestens zwei Läufe aufweisen. Manche Herren geben erst auf, wenn sie eine deutliche Warnung erhalten haben.« Elisabeth schüttelte sich kurz, als würde eine üble Erinnerung sie quälen, schloss dann aber Cristina in die Arme. »Ich hoffe, du wirst glücklich! Allerdings hätte ich dir einen Bräutigam gewünscht, der besser zu dir passt.«

»Ich glaube, Herr von Lauenstein passt ausgezeichnet zu mir«, antwortete Cristina lächelnd. »Er kennt mich, und ich kenne ihn. Außerdem ist er abhängig von dem Geld, das ich mit meinem Singen verdiene. Sollte ich mich über ihn ärgern müssen, könnte ich das eine oder andere Konzert verweigern.«

»Was du nicht tun wirst!«, sagte Elisabeth kopfschüttelnd. »Was die Ehe betrifft, so bezweifle ich, ob Lauenstein noch genug Feuer in sich trägt, um dich zufriedenzustellen. Es heißt, Sängerinnen sollen sehr leidenschaftliche Frauen sein.«

»Seid Ihr besonders leidenschaftlich?«, fragte Cristina.

Elisabeth schüttelte den Kopf. »Zu Beginn habe ich meine Leidenschaft in meinen Gesang gesetzt, und als ich die Stimme verlor, war es auch mit anderen Dingen so gut wie zu Ende. Weißt du, ein Mann kann es sich leisten, sich anderweitig zu vergnügen. Einer Frau wird sofort hinterhergeredet, eine Schlampe zu sein. Man müsste hier schon sehr heimlich vorgehen, und das ist an einem Hof und in einer Stadt wie Meiningen schier unmöglich.«

Als Cristina dies hörte, erinnerte sie sich, dass sie sich zwar für Elisabeths Vergangenheit als Sängerin interessiert, sich aber nie gefragt hatte, was darum herum geschehen war. Es tat ihr plötzlich leid, denn sie liebte ihre Freundin und hätte sich mit ihr über schöne Ereignisse in der Vergangenheit gefreut und sie bei unangenehmen getröstet.

6.

Da Cristinas und Elisabeths Gedanken ganz dem Befehl des Herzogs bezüglich dieser Heirat galten, dachten sie nicht mehr an die unzuverlässige Magd, die sie nach ihrer Rückkehr aus Dresden aus dem Haus hatten jagen müssen. Ditte war danach ins Schloss zurückgekehrt, wurde aber bereits am nächsten Tag zur Wirtschafterin gerufen. Diese, eine robuste Frau mittleren Alters, musterte sie ungehalten. »Du hast uns Schande gemacht! Ich weiß nicht, wie ich den Fräuleins Karau und Chiodi jemals wieder in die Augen sehen kann, nachdem du ihr Heim während ihrer Abwesenheit so hast verlottern lassen!«

»Ich … ich hätte schon alles aufgeräumt«, verteidigte sich die Magd.

»Du hast es aber nicht! Zudem hast du ein Mannsbild ins Haus gelassen und mit diesem zusammen üble Diebereien begangen«, fuhr die Wirtschafterin in ihren Anklagen fort.

Die Magd schüttelte den Kopf. »Das habe ich nicht!«

»Die Männerkleidung und die Stiefel, die im Haus am Park gefunden worden sind, sind wohl von selbst hineingeflogen!«, rief die Wirtschafterin zornig.

»Ich … ich …«, begann die Magd, doch die andere fuhr ihr über den Mund.

»Du hast mit diesem Kerl zusammen den im Haus am Park befindlichen Wein getrunken und die Schinken verzehrt, die nicht für deinesgleichen gedacht waren. Außerdem habt ihr gestohlen, dann es fehlen einige Dinge, darunter auch Geschenke, die Seine Hoheit, der Herzog, und Ihre Hoheit, die Herzogin, Fräulein Chiodi verehrt haben.«

Die Magd brach in Tränen aus. »Ich habe nichts gestohlen, wirklich nicht!«

»Dann war es eben dieser Schuft, mit dem du die Tage in Faulheit verbracht hast! Der Kerl wird gewiss bald gefasst und bestraft werden. Für dich aber heißt es, vorerst im Schloss die niedrigsten Arbeiten zu verrichten, bis über dich entschieden wird. Wage es ja nicht, faul zu sein, sonst setzt es was. Hast du verstanden?«

Mit tränennassem Gesicht nickte Ditte und schlich mit hängenden Schultern davon.

Die Wirtschafterin sah ihr nach und schüttelte den Kopf. Bislang hatte sie von dem Mädchen einen guten Eindruck gehabt und sie deshalb auch Elisabeth Karau empfohlen. Anstatt jedoch ihre Arbeit so zu erledigen, wie es sich gehörte, hatte sie eine Liebschaft angefangen und darüber alle Pflichten vergessen. Noch schlimmer war, dass sie den Kerl im Haus hatte wohnen lassen. Nun würde sie froh sein müssen, wenn man sie als Bedienstete im Schloss behielt. Wahrscheinlicher waren jedoch eine Bestrafung und die Verweisung aus der Stadt.

Dies begriff mittlerweile auch Ditte. Ein Teil von ihr gab dem schmucken Burschen die Schuld, der sie so sehr umschwärmt hatte, dass sie darüber ihren Pflichten nicht mehr nachgekommen war. Ihr Herz protestierte jedoch vehement gegen diesen Gedanken. Sie liebte ihren Emil und wünschte sich, sie könnte bei ihm sein.

Noch während sie an ihn dachte, kam eine der Frauen auf sie zu, die für die Sauberkeit der Gemächer verantwortlich war.

»Hat dich die Wirtschafterin arg gezaust, was? Du hast es aber auch verdient. Das Haus am Park so verlottern zu lassen! Du hast Glück, dass Fräulein Karau nicht darauf bestanden hat, dass man dich gleich einsperrt. Jetzt wirst du fein säuberlich alle Nachtgeschirre auf dieser Etage holen, zur Goldgrube bringen und dort ausleeren und dann alle so sorgfältig säubern, dass du daraus trinken könntest!«

Der Magd wurde es allein bei dem Gedanken daran übel. Ich kann hier nicht bleiben, dachte sie verzweifelt. Gleichzeitig wusste sie, dass sie, wenn sie ihren Dienst aufgab, im gesamten Herzogtum keine Stelle mehr finden würde.

Mit einem bitteren Gefühl im Herzen machte sie sich an die Arbeit. Auch wenn die Nachttöpfe täglich geleert wurden, war es eine übel riechende Angelegenheit. Außerdem musste sie große Umwege machen, da sie nicht durch jene Flure gehen durfte, die von den

Höflingen und Hofdamen benutzt wurden. Sind deren Nasen etwas Besseres als die meine?, fragte sie sich und wünschte sich, einem dieser hohen Herren oder Damen den Inhalt eines besonders vollen Gefäßes über den Kopf zu schütten.

Sie wusste nicht mehr, wie oft sie schon mit einem Nachtgeschirr durch das Schloss gegangen war, als ihr eine ihrer Freundinnen unter den Mägden zuwinkte.

»He, Ditte, ich hab was für dich!«

»Was?«, fragte die Magd.

»Ein Brieflein! Jemand hat es mir für dich zugesteckt, als ich in der Stadt war.«

Ein Brief? Der kann nur von Emil kommen!, fuhr es Ditte durch den Kopf. Sie hatte jedoch keine Hände frei, um ihn entgegenzunehmen.

»Kannst du ihn mir oben reinstecken?«, fragte sie.

»Unten geht auch schlecht!«, antwortete ihre Freundin anzüglich. Inzwischen war im Schloss bekannt, dass Ditte mehrere Wochen allein im Haus am Park gewohnt und dabei einen Mann bei sich geduldet hatte. Was dabei vorgegangen war, konnten sich alle ausrechnen. »Du bist ein dummes Stück! Hättest du deine Arbeit getan, würden alle ein Auge zudrücken. Aber du hast dort überhaupt nichts mehr getan. Du hättest dir doch denken können, dass der Drache Tilda nach seiner Rückkehr Feuer speit!«, sagte sie, während sie ein gerade einmal handtellergroß zusammengefaltetes Stück Papier in Dittes Halsausschnitt schob.

Damit hatte sie zwar recht, doch für Ditte waren es selige Tage gewesen, ohne Arbeit und Pflichten außer der, sich und Emil zu versorgen. »Ich wollte alles aufräumen, doch die Karau und die anderen kamen überraschend zurück. Ich dachte, sie würden länger ausbleiben!«, verteidigte sie sich, bedankte sich dann für das Überbringen des Briefes und eilte weiter. In ihrer Ungeduld schwappte einer der Nachttöpfe über.

Rasch blickte sie sich um, sah aber niemanden und verschwand, bevor jemand dieses Malheur bemerken konnte.

In dem Raum, in dem die Nachtgeschirre entleert wurden, schüttete sie die beiden, die sie bei sich trug, noch aus, stellte sie auf den Boden und zog den Brief hervor. Zwar hätte sie ihn lieber außerhalb dieser Kammer gelesen, doch dort hätte man sie sehen und ihr den Brief wegnehmen können.

»Liebste Ditte«, las sie, als sie das Blatt entfaltet hatte. »Ich vermisse dich sehr. Ebenso vermisse ich meine besten Hosen und die guten Stiefel, die ich im Haus zurückgelassen habe. Kannst du mir meine Sachen bringen? Ich bin in der Waldschenke, kann aber nicht lange bleiben, denn sobald mein Signalement bekannt gegeben wird, muss ich Meiningen verlassen. Am liebsten würde ich es zusammen mit dir tun. Dein dich liebender Emil.«

Ditte überlegte. Hier, wo man ihr aus reiner Bosheit die übelste Arbeit auflastete, hielt sie nichts mehr. Da war es besser, mit Emil zusammen das Land zu verlassen und sich woanders eine neue Heimat zu schaffen. Sie würden heiraten und ein Leben voller Glückseligkeit führen.

Mit einem verächtlichen Blick auf die Nachttöpfe verließ sie die Kammer. Sollen doch andere sie zurückbringen, sagte sie sich. Als Erstes ging sie in die Kammer, die sie mit drei Mägden teilte, und holte dort ihre wenigen Habseligkeiten. Ihr weiterer Weg führte in jenen Raum, von dem sie wusste, dass dort gefundene Dinge aufbewahrt wurden. Da die Tür nicht versperrt war, konnte sie eintreten und Emils Sachen zusammensuchen.

Als sie das Schloss durch eine abgelegene Pforte verließ, trug sie ein schweres Bündel bei sich. Bis zur Werrabrücke hatte sie noch Angst, jemand könne sie aufhalten. Doch kaum war sie auf der Landstraße, schritt sie rasch voran, und ihr Herz sang vor Freude, weil sie ihren Emil bald wiedersehen würde.

7.

Die Waldschenke war ein beliebtes Ausflugsziel für Bürger aus Meiningen. Zu der Stunde, zu der Ditte sie erreichte, war dort aber nur wenig los. Die junge Frau blieb am Rand der Freifläche stehen und sah sich nach Emil um. Sie musste suchen, bis sie ihn an einem Tisch weiter hinten entdeckte. Erleichtert eilte sie auf ihn zu.

»Da bin ich!«, rief sie atemlos.

»Hast du meine Sachen mitgebracht?«

Ditte nickte. »Das habe ich!«

Unterdessen kam der Schankknecht heran. »Was darf es sein?«, fragte er Ditte.

»Limonade«, antwortete diese und sah Emil an. »Du zahlst doch, oder? Ich habe kein Geld.«

»Freilich zahle ich! Für mich noch ein Bier!« Emil trank den Krug leer und reichte ihn dem Schankknecht. Danach sah er Ditte neugierig an. »Was hast du in deinem Packen? Hast du das halbe Schloss ausgeräumt?«

Ditte schüttelte den Kopf. »Das sind deine und meine Sachen. Weißt du – ich kann nicht mehr zurück!«

»Wieso kannst du nicht?« Emil hörte sich für einen Augenblick ungehalten an, lachte dann aber und tätschelte ihr die Hand. »Ich habe dir ja geschrieben, dass ich dich am liebsten mitnehmen würde. Jetzt tue ich es!«

»Wohin wollen wir gehen?«, fragte Ditte hoffnungsvoll.

»Das muss ich mir noch überlegen. Allerdings haben wir nicht das Geld, um uns irgendwo das Bürgerrecht kaufen zu können. Wir müssten als Knecht und Magd einstehen, und das passt mir ehrlich gesagt gar nicht.«

»Ich wäre auch lieber meine eigene Herrin«, gab Ditte zu.

»Dafür brauchen wir Geld. Wir …« Emil brach ab, weil der Schankknecht mit der Limonade und dem Bier kam. Als dieser wieder gegangen war, sah er Ditte zwingend an. »Da wir kein Geld haben, müssen wir es uns beschaffen. Im Schloss geht da nichts. Da laufen zu viele Leute herum. Aber es heißt, die Chiodi wäre zurückgekommen und hätte in Dresden fett abkassiert. Du müsstest doch wissen, wo sie ihr Geld aufbewahrt!«

»Du willst es stehlen?«, rief Ditte erschrocken.

»Leise!«, schalt Emil sie. »Außerdem ist die Chiodi daran schuld, dass wir ohne Geld und Aussichten hier sitzen. Immerhin hat sie dich wie einen unerwünschten Hund aus dem Haus gejagt.«

»Eigentlich war es Tilda«, rückte Ditte die Tatsachen zurecht.

Emil machte eine wegwerfende Handbewegung. »Die ist die Zofe der Chiodi, also geschah es in deren Namen!«

Ditte hätte nun sagen können, dass Tilda Elisabeth Karaus Zofe war und Ira die von Cristina. Sie war jedoch noch immer erschüttert, weil ihr Geliebter die Sängerin bestehlen wollte.

»Die Chiodi muss nur bei einem Konzert singen, dann hat sie das Geld wieder hereingeholt. Wir hingegen müssten das Land als arme Hunde verlassen«, beschwor Emil sie.

»Da hast du schon recht!«, meinte Ditte mit leichtem Zweifel in der Stimme. Dann aber sagte sie sich, dass Emil gewiss besser wusste als sie, was zu tun war, und nickte. »Also gut! Machen wir es! Danach aber müssen wir schnell sein.«

»Keine Sorge, mein Schatz! Sachsen-Meiningen ist nicht groß. Wenn wir den richtigen Weg nehmen, sind wir innerhalb eines Tages jenseits der Grenzen.« Emil lächelte zufrieden, denn er hatte sich bereits die entsprechende Strecke zurechtgelegt. Mit einem vollen Beutel, den er im Haus am Park zu erbeuten hoffte, würde er sie fröhlich in Angriff nehmen können. Dafür aber benötigte er Dittes Hilfe.

»Wo bewahrt die Chiodi ihr Geld auf? In ihrem Schlafzimmer?«

»Nein! Das Geld verwaltet Elisabeth Karau. Sie bewahrt es in einer eisernen Kassette in ihrem Schlafzimmer auf!«, erklärte ihm Ditte.

»Wie ist es mit der Karau? Hat sie einen leichten Schlaf?«, fragte Emil weiter.

»Eigentlich schon.«

»Und welches ist ihr Zimmer, das mit den vergitterten Fenstern?«, bohrte Emil weiter.

Ditte schüttelte den Kopf. »Das ist Fräulein Chiodis Zimmer. Fräulein Karaus Zimmer ist das auf der anderen Seite zum Park hin.«

Emil schloss die Augen, um sich die Zimmer im Haus vorzustellen. »Ist es nicht das Zimmer, in dem wir meistens …«, fragte er mit einem anzüglichen Grinsen.

Ditte wurde rot, nickte dann aber. »Das ist es.«

»Dann weiß ich Bescheid! Ist der Geldkasten in dem Schrank?«

Diesmal schüttelte Ditte den Kopf. »Ich habe einmal gesehen, wie Fräulein Karau ihn aus ihrem Sekretär geholt hat. Der steht auf der anderen Seite des Fensters.«

»Ich kann mich an ihn erinnern, und auch daran, dass er versperrt war, als wir uns dort drinnen vergnügt haben. Kannst du in Erfahrung bringen, wo der Schlüssel dazu ist?«

»Ich glaube, Fräulein Karau legt ihn am Abend in eine kleine Schatulle, die sich auf dem Sekretär befindet.«

»An die erinnere ich mich!« Emil hatte, während er bei Ditte im Haus am Park war, auch diese Schatulle geöffnet, zu seinem Bedauern aber leer gefunden. Er nickte und sah Ditte auffordernd an. »Wir werden hier noch etwas essen, und dann verziehen wir uns in den Wald. Ich kenne da eine schöne, abgelegene Stelle, an der wir unsere Ruhe haben. Dort können wir noch ein bisschen …« Er sprach es nicht aus, machte aber mit der Faust ein paar schiebende Bewegungen.

Ditte starrte ihn entsetzt an. »Du willst es im Freien tun?«

»Da ist es besonders schön! Außerdem sieht uns ja keiner. Es wird dir gefallen.«

»Ich weiß nicht!« Trotz ihrer ablehnenden Worte war Ditte so gut wie überredet. Nun fiel ihr ein anderes Problem ein. »Wie willst du ins Haus kommen? Ich habe keinen Schlüssel mitnehmen können.«

»Mach dir darüber keine Sorgen! Das Fenster zur Vorratskammer ist leicht zu öffnen. Ich habe es bereits ausprobiert, als du aus Versehen die Haustür abgeschlossen hattest und ich in der Nacht zurückgekommen bin.« Emil grinste dabei, denn dieses Fenster sollte ihm nun zu einer schönen Geldsumme verhelfen.

Als sie wenig später durch den Wald gingen und jene winzige Lichtung im Dickicht aufsuchten, auf der sie auf die Nacht warten wollten, war Ditte gerne bereit, Rock und Hemd abzulegen. Danach legte sie sich auf ihre Kleidung, spreizte die Beine und war glücklich, mit Emil eins sein zu können.

8.

Mitternacht war bereits vorüber, als Emil und Ditte sich vorsichtig dem Haus am Park näherten. Der Mond, der zu drei Viertel am Himmel stand, begünstigte ihr Vorhaben. Es war hell genug, damit sie ihren Weg erkennen konnten, aber nicht so hell, dass man sie auf weitere Entfernung bemerken konnte.

Als sie vor dem Haus standen, sah Ditte die geschlossenen Fensterläden und zupfte Emil am Ärmel. »Was machen wir jetzt? Ich habe nicht daran gedacht, dass Tilda immer die Fensterläden schließt!«

»Keine Sorge!« Emil zog sein Messer, schnitt einen Zweig von einem der Parkbäume ab und trat zu dem Fenster, durch das er ins Haus eindringen wollte. Mit dem Messer stemmte er einen der Fensterläden so weit auf, dass er den Zweig darunter schieben konnte. Augenblicke später hatte er die Verriegelung der beiden

Läden geöffnet. Der Rest war ein Kinderspiel. Es knackte nur leicht, als er das Fenster aufdrückte. Bevor er einstieg, wandte er sich noch einmal an Ditte. »Du wartest dort bei dem Busch und bewachst dort unser Bündel, aber so, dass niemand dich sieht. Wenn sich etwas Unvorhergesehenes tut, warnst du mich!«

Ditte nickte, ohne zu wissen, wie sie das machen sollte. Während sie zu dem Busch eilte, stieg Emil durch das Fenster der Vorratskammer ein. Da es dort dunkel war, zog er eine gänseeigroße Dose aus einer Tasche und öffnete diese. Ein bläulich schimmernder Lichtschein erhellte ein wenig den Raum, und er sah Schinken, Würste und weitere Lebensmittel an Gestellen hängen. Eine Phosphorlampe ist schon etwas Gutes, dachte er. Er brauchte keine Flamme, um sie zu entzünden, sondern musste nur zusehen, dass er immer genug weißen Phosphor einfüllte, damit die Lampe leuchtete, sobald er sie öffnete. Er griff sich eine kleine Wurst, steckte sie in den Mund und kaute darauf herum. Wäre er nur auf Vorräte aus gewesen, hätte er die ganze Kammer ausräumen können. Er ging jedoch zur Tür, öffnete sie und spähte hinaus.

Im Haus war alles ruhig. Mit einem zufriedenen Grinsen trat er auf den Flur, wandte sich der Treppe zu und stieg vorsichtig hinauf.

Wie erhofft fand er Elisabeths Schlafzimmertür unversperrt. Die Türangeln waren gut geölt, so dass er den Raum geräuschlos betreten konnte. Im Licht seiner kleinen Phosphorlampe sah er Elisabeth friedlich schlummern. Er wandte seine Aufmerksamkeit dem kleinen Schreibschrank neben dem Fenster zu.

Die Schatulle fand er auf Anhieb. Als er sie öffnete, lag der Schlüssel darin. Mit einem angespannten Grinsen nahm er ihn an sich, steckte ihn in das Schlüsselloch der entsprechenden Tür und drehte ihn um.

Bis jetzt lief alles so, wie er es sich vorgestellt hatte. Doch als er die Tür des Sekretärs öffnete, knarzte diese laut. Elisabeth wurde unruhig, öffnete die Augen und sah das schwache blaue Licht. Mit einem gellenden Schrei fuhr sie hoch und ließ sich noch in derselben Bewegung aus dem Bett fallen.

Emils Klinge zuckte auf sie zu, traf aber wegen ihrer raschen Reaktion nur das Bett. Bevor er erneut zustechen konnte, strampelte Elisabeth mit beiden Beinen und traf ihn dabei hart.

»Verdammt noch einmal!«, fluchte Emil und hörte gleichzeitig, wie es im Haus lebendig wurde. Ich muss dieses elende Biest abstechen, mir die Kasse krallen und zum Fenster hinaus sein, bevor sie die Wache rufen, durchfuhr es ihn. Wütend versetzte er Elisabeth einen derben Tritt und holte mit dem Messer aus.

Im gleichen Augenblick wurde die Tür aufgerissen, und Cristina stürmte herein. Das blaue Leuchten war schwach, reichte aber aus, um die Situation erfassen zu können. Der Einbrecher hielt eine Waffe in der Hand, und sie hatte nur zwei blanke Hände. Wehrlos aber war sie nicht. Sie öffnete den Mund und stieß einen schrillen, weit hallenden Ton aus. Auf diese Weise hatte sie schon einmal einen zu aufdringlichen Anbeter dazu gebracht, ihr Nein auch als solches anzuerkennen. Das schrille Geräusch trieb Emil beinahe in den Wahnsinn. Er ließ Elisabeth los und wollte auf Cristina losgehen.

Bevor er sie erreichte, trat Elisabeth ihm in die Kniekehle. Prompt knickte Emil ein. Fast gleichzeitig wurde Cristina von Tilda beiseitegeschoben. Die Zofe hielt einen Besen umklammert und ging damit auf den Räuber los. Gegen drei auf ihn eindringende Frauen konnte Emil nicht bestehen. Daher schnellte er auf das Fenster zu, riss es auf und fegte die Fensterläden mit einem Tritt beiseite.

Die Frauen nahmen an, dass er fliehen wolle, und hielten für einen Augenblick inne. Die Gelegenheit nutzte Emil und schnappte sich die Geldkassette. Dann sprang er zum Fenster und schwang sich hinaus. Da schlug Tilda mit dem Besen zu und klemmte sein rechtes Bein ein. In seiner Hast verlor Emil den Halt und stürzte kopfüber nach unten. Als er aufschlug, spürte er noch so etwas wie einen lauten Knall, dann war es vorbei.

»Den haben wir erwischt!«, erklärte Tilda zufrieden und setzte hinzu, dass Ira zum Schloss geeilt sei, um die Wachen zu holen.

»Ich hole jetzt auch etwas, nämlich die Geldkassette. Deren Inhalt geht die Leute vom Schloss nicht das Geringste an«, sagte sie noch und verließ die Kammer.

Cristina beugte sich unterdessen über Elisabeth. »Ist Euch etwas zugestoßen?«

»Nein, ich bin heil geblieben! Aber was war das für ein Schrecken, als ich erwachte und diesen Schurken in meinem Zimmer sah«, antwortete die Freundin und schüttelte sich im nachträglichen Grausen.

»Der Kerl wusste genau, was er stehlen wollte – und wo es zu finden war!«, sagte Cristina besorgt.

»Könnte es der Galan der Magd sein, die wir rauswerfen mussten?« Für Elisabeth war es die einzige Möglichkeit, denn außer denen, die im Haus wohnten, gab es niemanden, der wusste, wo sie ihre Geldkassette aufbewahrte. Tilda und Ira würden es niemandem verraten, und so blieb nur Ditte übrig.

9.

Ditte starrte vom Gebüsch aus das Haus an, in das Emil eingedrungen war, und betete leise, damit alles gut ging. In ihren Gedanken dehnte sich die Zeit. Sekunden erschienen ihr wie Minuten und Minuten wie Stunden. Sie kniete mit gefalteten Händen auf dem Rasen und sehnte die Rückkehr ihres Geliebten herbei.

Plötzlich erscholl Lärm im Haus. Die Tür wurde aufgerissen, Ira stürmte im Nachthemd heraus und rannte barfuß in Richtung Schloss.

»Emil, komm bitte!«, flehte Ditte leise.

Da hörte sie einen durch Mark und Bein dringenden Ton, wie ihn ihrer Meinung nach kein Mensch und kein Tier ausstoßen konnte, sondern nur ein Geist.

»Emil, was ist?«, rief sie erschrocken.

Da flogen die Läden eines Fensters auf. Augenblicke später schwang Emil ein Bein über das Fensterbrett und steckte den Oberkörper heraus. Das Fenster lag im oberen Stockwerk, doch ein geschickter Mann konnte von dort aus auf den Boden springen. Für Ditte sah es so aus, als bliebe er mit einem Bein hängen und verlöre den Halt. Er stürzte mit dem Kopf voran nach unten, schlug hart auf und regte sich nicht mehr.

»Emil!«, rief sie verzweifelt und wollte zu ihm laufen.

Da kam Tilda aus dem Haus, blieb neben Emil stehen und nahm etwas an sich. Es musste die Geldkassette sein, dachte Ditte. Emil hatte das Kästchen gefunden, war aber dann entdeckt worden und lag nun verletzt oder womöglich sogar tot an dem Haus.

In Ditte zerplatzten in diesem Moment alle Zukunftsträume, die sie mit ihm zusammen gesponnen hatte. Sie hatte auf ein Leben gehofft, in dem sie keine Magd mehr war, sondern eine Bürgersfrau, und nun stand sie da und wusste nicht, was sie tun sollte.

Da hörte sie schwere Schritte und begriff, dass die Wachen nahten. Sie werden mich finden und einsperren, durchfuhr es sie. Ein letzter Blick galt Emil, der im Schein des Mondlichts starr am Boden lag, dann rannte sie los.

»Dort vorne ist einer! Lasst ihn nicht entkommen«, rief einer der Wachsoldaten.

Einer seiner Kameraden schlug die Muskete an und gab Feuer. Die fliehende Gestalt blieb wie gegen eine Wand geprallt stehen, streckte noch die Arme aus und sank dann zu Boden.

»Eine Laterne!«, befahl der Hauptmann der Wache und trat auf Ditte zu.

Diese lag auf dem Rücken. Ihre Augen, die nun das Licht des Tages nie mehr sehen würden, waren im letzten Schreck geweitet, und der Rasen unter ihr färbte sich rot.

»Eine Frau! Verflucht, die hätten wir nicht erschießen müssen«, rief einer der Soldaten erschrocken.

»Das ist doch die verschwundene Magd! Ditte, glaube ich, heißt sie. Die hat sich wohl mit ihrem Kumpan zusammengetan und ist für ihn Schmiere gestanden. Geholfen hat es beiden nichts. Der Kerl ist hin. Genickbruch!« Einer der Soldaten hatte sich Emil angesehen und war dann seinen Kameraden gefolgt.

Mitleid empfand keiner von ihnen, weder für Emil noch für die Magd. Beide hatten den falschen Weg eingeschlagen und dafür bezahlt.

»Bringt sie weg, bevor die Damen sie sehen!«, wies der Hauptmann seine Männer an und begab sich zum Haus.

Dort hatten Elisabeth, Cristina und ihre Zofen die Zeit genutzt, um sich anzuziehen. Als sie ins Freie gehen wollten, um nachzusehen, was dort geschehen war, hielt der Hauptmann sie auf.

»Ich bitte die Damen, im Haus zu bleiben, bis alles sicher ist«, sagte er und schob Tilda, die an ihm vorbeiwollte, wieder zurück.

»Es ist kein Anblick für Damen!«, setzte er hinzu, um seine Haltung zu erklären. »Der Einbrecher ist tot. Er hat sich das Genick gebrochen, und seine Komplizin wurde erschossen. Es war die Magd Ditte. Möge Gott ihr verzeihen, weil sie so sehr gefehlt hat!«

»Ditte!« Tildas Herz krampfte sich für einen Augenblick zusammen, und sie fragte sich, ob sie vielleicht zu harsch gehandelt hatte. Vielleicht hätte es ausgereicht, der Magd kräftig die Leviten zu lesen. Der Gedanke, dass ihr Liebhaber in dem Fall bei einem Einbruch eine Helferin im Haus gehabt hätte, vertrieb dieses Gefühl jedoch rasch wieder.

»Ditte ist ein Beispiel dafür, wie es einem Mädchen oder einer Frau gehen kann, wenn sie sich mit einem Schurken einlässt«, sagte sie grimmig.

»Sie tut mir dennoch leid!«, wandte Cristina ein.

Elisabeth schnaubte. »Mein Mitleid hält sich in Grenzen! Immerhin wollte der Kerl mich erstechen. Wenn deine Stimme ihn nicht aufgehalten hätte, wäre ich jetzt tot.«

»Das war aber auch ein Schrei! Mir ist schier das Blut in den Adern gefroren.« Tilda schauderte es noch bei der Erinnerung, während Elisabeth Cristina umarmte und endlich ihren Tränen freien Lauf ließ.

Vom Schloss näherten sich nun weitere Bewohner, um nachzusehen, was hier vorgefallen war. Auch Lauenstein eilte herbei und atmete auf, da er Cristina und Elisabeth unversehrt fand.

»Bei Gott! Was für ein Schrecken muss das gewesen sein!«, sagte er fassungslos, als Elisabeth ihm von dem Einbruch berichtete.

»Wir hatten keine Zeit, um vor Schreck in Ohnmacht zu fallen«, erklärte Tilda schroff. »Fräulein Karau hat um ihr Leben gekämpft! Fräulein Cristina und ich sind ihr zu Hilfe geeilt, und Ira musste zum Palast rennen, um die Wachen zu holen.«

»Zum Glück ist alles gut ausgegangen«, sagte Cristina leise.

»Für den Einbrecher und seine Buhle gilt das nicht!«, erklärte Tilda und schüttelte das leichte Schuldgefühl ab, weil ihr Besenstiel dafür gesorgt hatte, dass der Einbrecher kopfüber in die Tiefe gestürzt war. Sie sagte sich, dass der Kerl noch leben würde, wenn er nicht eingebrochen wäre. Damit war alles, was hier geschehen war, allein seine Schuld.

Elisabeths Gemüt war weniger robust als das ihrer Zofe. Daher zitterten ihre Beine, und sie musste sich setzen. Sie trank einen Schluck Wein, um ihre flatternden Nerven zu beruhigen. »Bis jetzt habe ich mich in diesem Haus immer wohl und sicher gefühlt. Ich weiß jedoch nicht, ob dies weiterhin der Fall sein wird.«

Lauenstein klopfte ihr sanft auf die Schulter. »Ihr werdet nicht mehr lange hier bleiben! Seine Hoheit hat uns ein größeres Haus in der Stadt versprochen. Ihr kommt mit, denn Cristina wird sich nicht von Euch trennen wollen.«

»Das will ich gewiss nicht!«, erklärte Cristina, sah dann aber Lauenstein durchdringend an. »Ihr werdet verstehen, dass ich nach dem Schrecken, den ich heute Nacht erleben musste, etwas anderes sehen will. Wir werden daher umgehend auf Reisen gehen und als Erstes Schloss Friedrichsthal anfahren.«

»Das verstehe ich voll und ganz!«, antwortete Lauenstein. »Nur wird Seine Hoheit uns vor unserer Heirat wohl keine solche Reise erlauben.«

»Dann sorgt dafür, dass die Hochzeit so bald wie möglich stattfindet und wir am Tag darauf die Kutsche besteigen können«, erklärte Cristina und fand, dass nun auch sie ein Glas Wein brauchte, um ihre Nerven zu beruhigen.

10.

Neben Cristinas Wunsch gab es für Lauenstein einen weiteren Grund, Meiningen rasch zu verlassen. Raimunde Lindow hatte ihn bereits einmal auf dem Marktplatz abgepasst und übelst beschimpft. Das wollte er kein zweites Mal erleben.

Daher ersuchte Lauenstein am nächsten Tag um eine Audienz beim Herzog und wurde zu seiner Erleichterung nur wenig später vorgelassen.

Herzog Georg hatte bereits von dem Einbruch im Haus am Park erfahren und wollte von Lauenstein mehr wissen. Dieser berichtete alles, was er darüber wusste, und auch, dass Elisabeth und Cristina dabei in höchster Gefahr geschwebt hatten.

»Fräulein Karau wäre tot, hätte Fräulein Chiodi den Schurken nicht mit der Macht ihrer Stimme so lange gelähmt, bis die wackere Tilda mit ihrem Besen eingreifen konnte. Danach blieb diesem Halunken nur noch Flucht!«

»Die ihm, wie Wir hörten, gründlich misslungen ist«, sagte Herzog Georg mit der grimmigen Zufriedenheit, dass das Schicksal diesmal der richtigen Seite geholfen hatte. Elisabeth Karaus Tod hätte er bedauert, aber verschmerzen können. Der Gedanke jedoch, seine Hofsängerin durch einen Eindringling zu verlieren, war so erschreckend, dass er Lauensteins Bitte, mit Cristina auf Reisen gehen zu können, mit einem zustimmenden Nicken beantwortete.

»Tut das, Lauenstein! Wenn Ihr mit Fräulein Chiodi wieder zurückkommt, steht Euer neues Haus bereit.«

»Ich bin Eurer Hoheit zu größtem Dank verpflichtet«, antwortete Lauenstein erleichtert.

»Halt!«, rief der Herzog. »Bevor Ihr auf Reisen geht, wird die Trauung stattfinden. Wir werden Unserem verehrten Hofprediger Vierling die Nachricht übermitteln lassen, dass diese umgehend stattzufinden hat. Haltet Euch mit Eurer Braut heute Nachmittag bereit!«

»Sehr wohl, Euer Hoheit!«, brachte Lauenstein mit Mühe heraus.

Ohne den nächtlichen Überfall hätte er noch ein paar Wochen Zeit gehabt, sich an die Ehe mit Cristina zu gewöhnen. Doch wie es aussah, würde er bereits an diesem Abend ihr Ehemann sein. Einen Vorteil jedoch sah er in einer raschen Hochzeitszeremonie: Bis die Witwe Lindow davon erfuhr, lag sie schon hinter ihnen. Außerdem würden Cristina und er bereits morgen abgereist und er Raimunde Lindow fürs Erste entkommen sein.

»Ich danke Eurer Hoheit für Euer Verständnis!«, sagte Lauenstein noch, verbeugte sich und verließ nach ein paar Abschiedsworten den Herzog. Draußen fiel ihm ein, dass er Cristina dringend von den geänderten Plänen berichten musste. Sie würde froh sein, Meiningen für einige Wochen verlassen zu können.

Dabei waren sie erst seit ein paar Tagen zurück, dachte er. Auch hatte der Herzog bereits angekündigt, sich für mehrere Wochen nach Schloss Altenstein zu begeben. Bevor Herzog Georg nach Meiningen zurückkehrte, würden sie ihm folgen müssen, denn der hohe Herr würde gewiss wollen, dass Cristina dort mindestens ein Konzert gab.

11.

Johann Lorenz Vierling, der seit dem letzten Jahr Oberhofprediger des Herzogs war, betrachtete das Brautpaar mit einem gewissen Missmut. Seines Erachtens wurde hier eine Ehe geschlossen, bei der der Ehemann Titel und Besitz erhielt und seine Ehefrau dafür höheren Herren als Mätresse zur Verfügung stellte. Als Geistlicher konnte er dies nicht gutheißen. Sich dagegen zu verwahren, hätte ihm jedoch Herzog Georgs Ungnade eingetragen und ihn womöglich sogar seine Stellung gekostet. Daher würde er die Hochzeitszeremonie durchführen und hinterher Christus im Gebet um Vergebung flehen.

Lauenstein fühlte sich ebenfalls nicht gerade wohl. Auch wenn er Cristina seit fünf Jahren kannte und sie wie eine Tochter lieb gewonnen hatte, fragte er sich, wie es sein würde, wenn sie seine Ehefrau war. Halt!, bremste er seinen Gedankengang. Cristina würde ihr Los tragen, so wie sie es immer getan hatte. Er selbst war es, der sich daran gewöhnen musste, dass er nicht mehr Junggeselle war, sondern eine Ehefrau hatte, die zu Recht Forderungen an ihn stellen konnte. Es war seine Aufgabe, dafür zu sorgen, dass Cristina sich in dieser Ehe wohlfühlte. So weit zu greifen und zu hoffen, dass sie mit ihm auch glücklich sein würde, wagte er nicht.

Cristina hatte sich damit abgefunden, Lauensteins Ehefrau zu werden. Auch wenn er ein alter Herr war, glaubte sie, mit ihm auskommen zu können. Er war immer freundlich zu ihr gewesen, und dies würde er auch als Ehemann nicht ändern. Sie bedrückte nur, dass ihr Stammbaum auf Mutterseite mit ihrem Urgroßvater Lodovico begann und auf der Vaterseite mit ihr. Daher fragte sie sich nach wie vor, ob Lauenstein ihr diese uneheliche Abkunft einmal zum Vorwurf machen könnte. Solange es keine Kinder gibt, wird er es wohl kaum tun, sagte etwas in ihr. Gleichzeitig aber dachte sie, dass zu einer Ehe Kinder gehörten. Auch wenn sie, wie von einigen immer wieder prophezeit wurde, irgendwann gezwungen sein würde, die Mätresse eines regierenden Herrn zu werden, so sollte zumindest der erste Sohn ein Lauenstein sein.

Die Hochzeitsfeier begann. Da sie so überraschend anberaumt worden war, hatte Frau Flanse das Brautkleid nicht fertigstellen können. Cristina trug daher ihr bestes Kleid in Himmelblau, der Farbe, die sie am meisten liebte. Ihr Bräutigam trug einen dunkelblauen Rock mit langen Schößen, weiße Kniehosen und unter der Weste ein Hemd mit Rüschen auf der Brust und an den Ärmeln.

Der Herzog und die Herzogin waren anwesend, ebenso Elisabeth Karau und etliche Mitglieder des Hofstaats. Die Plätze ganz hinten waren an höhere Beamte und Bedienstete verteilt worden. Lauensteins Selbstbewusstsein richtete sich wieder auf, als er bei mehr als der Hälfte der anwesenden Männer Neid auf den Gesichtern las. Seine Braut war eine Schönheit, und kaum einer hätte sich an ihrem abenteuerlichen Stammbaum gestört, wenn er dadurch in der Gunst des Herzogs hätte aufsteigen können.

In Cristina stiegen nun andere Gedanken auf. Die Trauung wurde nämlich nach protestantischem Ritus gefeiert. Auch wenn sie seit Jahren in Meiningen lebte und Elisabeth oft genug zum Gottesdienst in die Hofkirche begleitet hatte, so war sie von ihrer Herkunft her Katholikin. Wäre die Ehe dann überhaupt gültig?, fragte sie sich. Hier in Meiningen und den anderen protestantischen Ländern gewiss. Doch sollte es sie einmal in katholische Gefilde verschlagen, musste sie dort nicht offenbaren, dass sie eine eigentlich verbotene Mischehe eingegangen war? Gott und die Heilige Jungfrau Maria würden ihre Gründe dafür gewiss verstehen.

Als Johann Lorenz Vierling dem Brautpaar die entscheidende Frage stellte, antworteten beide mit fester Stimme mit »Ja!«. Danach tauschten sie die Ringe. Es handelte sich nicht um jene, die Lauenstein bestellt hatte, sondern um ein Geschenk der Herzogin. Sie waren schön und wertvoll, doch für Cristina und Lauenstein auch ein Symbol dafür, dass ihre Heirat von oben angeordnet worden war. Ihnen blieb nur, das Beste daraus zu machen.

Nach der Trauung gab es ein Hochzeitsbankett im Schloss. Da sich nach dem Ende der großen Kriege die Lage entspannt hatte, konnte der Hofkoch aus dem Vollen schöpfen.

Cristina hatte daher selten besser gegessen als an diesem Tag, und es schmeckte ihr sogar. Auch wenn Lauenstein nicht der Ehemann war, den sie sich gewünscht hätte, so war er ihr unter all den anwesenden Herrn doch der Liebste. Mit einem gewissen Schaudern stellte sie sich vor, der Herzog hätte von ihr gefordert, den Beamten Melchior Compelius zu heiraten. Dieser war nur wenig jünger als Lauenstein und nach dem schrecklichen Verlust seiner Ehefrau und seiner Tochter zu einem argen Sauertopf geworden. Für eine Erhöhung in den Adelsstand, die er sich so sehr ersehnte, hätte er sie geheiratet, obwohl vor allem aus seinem Haus gegen sie gehetzt worden war. Seine Frau hatte sie als Zigeunerin beschimpft und deren Verbündete sie sogar entführt.

Cristina hätte Stein und Bein geschworen, dass ihr Entführer Baron Vollendorf seine intrigante Base Auguste von Fabisch sowie Compelius' Ehefrau Kordelia und beider Tochter Juliane als Mitwisser beseitigt hatte, bevor er diese Lande verlassen hatte. Hoffentlich begegne ich Vollendorf nie wieder, dachte sie und sagte sich, dass sie für den Fall der Fälle eine handliche Pistole benötigte, um sich vor Schurken wie ihm und anderen, die ihr übelwollten, zu schützen.

Während Cristina ihren Gedanken nachhing, unterhielt Lauenstein sich leise mit der neben ihm sitzenden Elisabeth. Sie war die Einzige, der er seine Zweifel über seine Eignung als Ehemann mitteilen konnte.

Elisabeth hörte ihm geduldig zu. Zwar wusste auch sie nicht, was sie von dieser Ehe halten sollte, wollte aber verhindern, dass diese aus einem Missverständnis heraus schlecht begann. Als Lauenstein darüber klagte, dass Cristina ja so viel jünger sei als er und gewiss mehr Leidenschaft von ihm fordere, als er aufzubringen imstande sei, musste sie an sich halten, um nicht vor Lachen herauszuplatzen. Cristinas Leidenschaft war die Musik. Alles andere war zweitrangig. Daran würde auch die Ehe mit Lauenstein nichts ändern.

»Wisst Ihr, mein Freund, ich mag Euch, und ich mag Cristina. Sie ist mir sogar besonders ans Herz gewachsen«, sagte sie mit aller Selbstbeherrschung. »Ihr kennt Euch seit fünf Jahren und wisst, was Ihr voneinander zu halten habt. Die meisten Ehepaare, die zusammengegeben werden, kennen sich weit weniger gut. Viele davon haben sich vorher vielleicht einmal gesehen und müssen trotzdem miteinander auskommen. Das dürfte Euch beiden weitaus leichter fallen.« Ein Schmunzeln trat auf ihre Lippen, als sie weitersprach. »Was gewisse Dinge betrifft, die Eheleute miteinander machen, so versuchte vor Jahren ein Herr – ich gebe zu, er war alles andere als nüchtern! –, mich in die Grundzüge der Pferdezucht einzuführen. Das meiste habe ich wieder vergessen. Eines jedoch ist mir im Gedächtnis geblieben. Er sagte: ›Eine junge Stute deckt man am besten mit einem alten Hengst, da dieser nicht so rau mit ihr umgeht, wie es jüngere Hengste tun.‹«

Nun musste Lauenstein sich beherrschen, um nicht laut aufzulachen. Als er sich wieder Cristina zuwandte, spürte er, dass es ihn durchaus reizte, bei ihr den zwar schon älteren, aber auch vorsichtigen und erfahrenen Hengst zu spielen.

12.

Da der Herzog Cristina und Lauenstein nicht zumuten wollte, die Brautnacht in dem Haus am Park zu verbringen, hatte er für sie mehrere Zimmer im Schloss zur Verfügung stellen lassen. Der Weg von der Tafel ins Ehebett war für die beiden daher nicht weit.

Zu Lauensteins Überraschung zeigte Cristina sich bei Weitem nicht so zaghaft, wie er es von anderen Bräuten in der Hochzeitsnacht gehört hatte. Sie überprüfte die Räume, bat dann Ira, noch etwas Wein und gutes Wasser zu holen, und begann, als die Zofe zurückkehrte, sich mit deren Hilfe auszuziehen.

»Im Nebenraum steht Dilge bereit, Euch den gleichen Dienst zu leisten«, erklärte Ira, da Lauenstein ein paar Augenblicke dastand, als wisse er nicht, was er als Nächstes tun sollte.

Mit einem gemurmelten Dank ging Lauenstein in das genannte Zimmer und überließ sich den Händen seines Kammerdieners. Nachdem er Dilge weggeschickt hatte, wusch er sich sorgfältiger als sonst am Abend und streifte sein Nachthemd über. Als er die Tür zum Schlafzimmer öffnete, saß Cristina in ein hellblaues Negligé gekleidet auf einem Stuhl und sah ihn nachdenklich an.

»Das Schicksal ist ein seltsames Ding!«, sagte sie. »Hättet Ihr mich damals nicht meinem Onkel abgekauft, müsstet Ihr mich jetzt nicht heiraten.«

»Ich erlaube mir, dich zu korrigieren, meine Liebe. Wir sind bereits verheiratet. Wenigstens behauptet Herr Oberhofprediger Vierling dies«, antwortete Lauenstein in einem Anfall von Galgenhumor.

Cristina musste lachen. »Dann ist es eben so! Ich hoffe, Ihr bedauert es nicht. Für meinen Teil bin ich bereit, Euch eine gute Ehefrau zu sein.«

»Das will ich auch hoffen!«, sagte Lauenstein und stimmte in ihr Lachen ein. »In einem hast du recht, meine Liebe! Das Schicksal –

oder die Vorsehung, wie unser verehrter Herr Hofprediger es sagen würde – hat uns beiden ein seltsames Geschick beschert. Erlaube mir zu sagen, dass die fünf Jahre, in denen ich dich vom Kind zur Frau reifen sah, die glücklichsten Jahre meines Lebens waren.«

»Ich hoffe, es kommen weiterhin glückliche Zeiten auf uns zu«, sagte Cristina.

»Das hoffe ich auch! Aber weißt du, was von einer Ehefrau verlangt wird, vor allem in der Brautnacht?« Lauenstein klang ein wenig zögernd, denn derlei Dinge waren, wenn überhaupt, zwischen Cristina und Elisabeth besprochen worden, und da wohl auch nur sehr am Rande.

Auf Cristinas Lippen erschien ein nachsichtiges Lächeln. »Bevor Ihr mir in aller Vorsicht zu erklären versucht, was Ihr mit mir zu tun gedenkt, so muss ich sagen, dass ich bei dem Leben, das ich bis zu meinem vierzehnten Lebensjahr geführt habe, durchaus weiß, wie Kinder geboren werden, und auch, wie man dazu kommt. So habe ich zugesehen, wie Mariella, die jüngste Tochter meines Oheims Ettore, zur Welt gekommen ist, und bei dem kleinen Filippo habe ich sogar mitgeholfen.«

»Als Kind?«, fragte Lauenstein erschrocken.

Cristina schüttelte lächelnd den Kopf. »Ihr hohen Herrschaften wisst nicht viel über das Leben der einfachen Leute oder gar der Vaganten wie uns. Wenn man aus einem der Wagen gewisse Geräusche hört und Alfonsina hinterher aussieht wie eine Katze, die von der Sahne genascht hat, dann weiß man, was geschehen ist. Außerdem lernt man bereits als Kind, dass Jungen und Mädchen anders gestaltet sind, und kann sich seinen Reim daraus machen.« Um die Sache abzukürzen, löste Cristina die Schnur, die ihr Negligé hielt, und ließ es fallen. Als sie nackt vor Lauenstein stand, musterte dieser bewundernd ihre Gestalt und spürte gleichzeitig, dass sie dabei war, ihm ein Geschenk zu machen, wie er es bisher noch nie erhalten hatte.

Auch er entledigte sich nun seines Nachthemds und streckte vorsichtig die Arme aus, um sie zu berühren. Es war angenehmer, als Cristina es erwartet hatte. Sie legte nun die Arme um ihn, und sie standen für eine gewisse Zeit Leib an Leib. Lauenstein begann, sie zu streicheln. Cristina folgte seinem Beispiel und spürte, wie ihre Bereitschaft stieg, mit ihm bis zum Äußersten zu kommen. Er mochte um vieles älter sein als sie, doch er war ein angenehmer und gepflegter Herr – und ihr Ehemann!

Sie legte sich hin, Lauenstein folgte ihr, und was danach kam, war wie ein warmer Wind im Frühling, der sich zuletzt zu einer wild schäumenden Woge aufbäumte, die dann langsam verebbte.

Als sie schließlich nebeneinander auf dem Bett lagen, fasste Cristina nach Lauensteins Hand. »War es Euch so recht, mein Herr?«

»Und ob es das war!« Lauenstein streichelte ihre Wange und küsste dann diese. »Du bist die wunderbarste Frau, die mir der Himmel schenken konnte«, setzte er lächelnd hinzu. Für einen Augenblick dachte er an die Witwe Lindow. Diese war um einiges anstrengender gewesen als Cristina und bei Weitem nicht so schön und klug.

DRITTER TEIL

Friedrichsthal

1.

Die Kutsche stand zur Abfahrt bereit. Bei diesem Anblick überkam Cristina eine leichte Unsicherheit, denn zum ersten Mal, seit sie nach Meiningen gebracht worden war, würde Elisabeth Karau sie und Lauenstein nicht begleiten.

»Jetzt sei nicht traurig!«, mahnte Elisabeth sie. »Ihr seid frisch verheiratet, und da solltet ihr keine ... nun ja, Stiefschwiegermutter am Hals haben.«

»Aber Ihr wart bis jetzt immer bei uns!« Auch Lauenstein hätte es lieber gesehen, wenn Elisabeth mit ihnen gefahren wäre. Cristina war an sie gewöhnt und er in gewisser Weise auch.

»Jetzt macht mal halblang!«, erwiderte Elisabeth spöttisch. »Für euch ist es gut, wenn ihr eine gewisse Zeit mit euch allein seid. Streitet euch nicht! Eine Ehe ist kein Kampf zwischen Mann und Frau. Das Paar sollte im Gegenteil an einem Strang ziehen, wenn ich es so sagen darf.«

»Aber du bleibst ganz allein zurück!«, wandte Cristina ein.

»Ganz allein nicht! Tilda ist ja bei mir. Wir beide werden den Umzug vom Haus am Park in euer neues Heim erledigen.«

»Das neue wird unser aller Haus, denn du wirst bei uns wohnen«, unterbrach Cristina ihre mütterliche Freundin resolut.

»Schön, dass du das auch sagst! Herr von Lauenstein hatte es mir bereits angeboten, doch ich wollte abwarten, ob es auch in deinem Sinne ist. Ich werde mir in dem Haus das schönste Zimmer aussuchen und mir eine hübsche kleine Bibliothek und unser Musikzimmer einrichten. Du wirst doch weiterhin singen? Oder gibst du dich damit zufrieden, in Zukunft eine Freifrau von Lauenstein zu sein?« Elisabeth lachte, dann das konnte sie sich bei Cristina nicht vorstellen.

»Selbstverständlich werde ich auch in Zukunft singen«, antwortete Cristina.

»Von irgendetwas müssen wir ja leben!«, warf Tilda ein, die bei Elisabeth in Meiningen bleiben würde.

Sie erteilte ihrer Nichte Ira noch einige Ratschläge, die diese mit einem nachsichtigen Lächeln über sich ergehen ließ. Immerhin begleitete sie Cristina bereits seit mehreren Jahren und wusste genau, worauf sie achten musste.

Lauensteins Kammerdiener Dilge würde ebenfalls mit ihnen kommen. Da sie alle vier in eine Kutsche passten, verzichtete Lauenstein darauf, die beiden in einem eigenen Wagen vorausfahren zu lassen. Wären Elisabeth und Tilda mitgekommen, hätte er es tun müssen.

Wie er es gewohnt war, wollte Lauenstein als Erster einsteigen. Da erinnerte er sich daran, dass er ein verheirateter Mann war und auf seine Ehefrau Rücksicht zu nehmen hatte.

»Nach dir, meine Liebe!«, sagte er zu Cristina und wies auf den Kutschenschlag.

Cristina zögerte einen Augenblick, stieg dann aber ein und setzte sich. Lauenstein folgte ihr, danach kamen Ira und Dilge. Kaum hatten die beiden Platz genommen, klopfte Lauenstein zum Zeichen, dass die Fahrt beginnen könne, gegen das Kutschendach.

Cristina winkte Elisabeth und Tilda so lange zu, bis die beiden nicht mehr zu sehen waren, und sah dann Lauenstein an. Mein Ehemann, dachte sie mit einem seltsam warmen Gefühl. Sie hatte nie an Heirat gedacht, sagte sich nun aber, dass es irgendwie dazugehörte, und da war Lauenstein gewiss keine schlechte Wahl. Jedenfalls würden sie besser zusammenleben, als ihr Onkel Ettore und dessen Ehefrau Alfonsina es taten.

Bei dem Gedanken lächelte sie. Ihr Lebensweg hatte sie weit von jenem Gauklerwagen hinweg geführt, in dem sie geboren worden war. Lange Monate hatte sie sich zu diesem Leben zurückgesehnt, doch mittlerweile war sie nicht mehr die Gauklerin, die zur Belustigung der Marktgäste sang, sondern die bekannte Meininger Hofsängerin Cristina Chiodi, die auf Engagements in den bedeutendsten Residenzstädten des Reiches hoffen konnte.

Während Cristinas Gedanken wanderten, setzte Lauenstein sich gemütlich zurecht und schloss die Augen. Da er jedoch nicht schlafen konnte, öffnete er sie wieder und sah Cristina an. »Warum, meine Liebe, willst du unbedingt diese Reise nach Friedrichsthal machen? Es gibt bedeutendere Orte im Land.«

»Wenn ich mich recht entsinne, ist es die Zeit, in der sich die Gaukler in Friedrichsthal treffen«, antwortete Cristina lächelnd.

»Das heißt, du willst deine Verwandten wiedersehen? Wer weiß, ob sie überhaupt dort sind, nachdem sie sich in anderen Ländern als früher aufhalten«, sagte Lauenstein mit zweifelnder Miene. »Du solltest auch nicht vergessen, dass du nun eine von Lauenstein bist. Man sollte dich daher nicht mit Vaganten und ähnlichem Gesindel in Verbindung bringen.«

Über Cristinas Gesicht huschte ein Schatten. »Mein lieber Herr!«, sagte sie leise. »Euer Adelsstolz mag meine Abkunft für gering erachten. Aber wenn man seine Wurzeln verleugnet, hängt man irgendwann in der Luft und weiß weder, wer man wirklich ist, noch, wohin man gehört.«

Lauenstein vernahm den Ernst in ihrer Stimme und schämte sich. »Du hast ja recht, mein Liebes. Ich war dumm!«

»Das wart Ihr nicht! Ihr wart nur auf Euren und meinen Ruf bedacht. Ich verspreche Euch, diskret zu sein.«

»Dafür danke ich dir! Doch du hast recht und solltest deine Wurzeln nicht verleugnen. Ebenso hast du das Recht, deine Verwandten zu sehen und in die Arme zu schließen.« Lauenstein tätschelte Cristinas Hand und zwinkerte ihr zu. »Vielleicht ergibt sich in Friedrichsthal sogar die Gelegenheit zu einem Engagement. Dort zu singen, wäre für dich gewiss eine große Freude!«

»Ich werde mich gewiss nicht weigern, wenn Fürst Friedrich mich darum bittet«, antwortete Cristina, und ihr Ärger schwand wie Nebel in warmem Sonnenlicht.

Lauenstein wollte nun mehr über ihre Verwandten wissen. »Da ich nicht nur dein Mentor, sondern auch dein Ehemann bin, haben sie ein Anrecht darauf, mich kennenzulernen«, setzte er munter hinzu. »Allerdings«, schränkte er ein, »wirst du dich nicht mehr so hinstellen, dass mit Messern auf dich geworfen wird!«

Darüber musste Cristina lachen. Sie und Lauenstein unterhielten sich noch eine ganze Weile, dann überwältigte sie beide die Müdigkeit der eintönigen Kutschfahrt, und sie schliefen nacheinander ein.

2.

Friedrichsthal lag inmitten dichter Wälder auf einer Rodungsinsel. Vor anderthalb Jahrhunderten hatte der Ahne des jetzigen Fürsten das Gebiet gekauft und ein prächtiges Schloss errichten lassen. Als Ausgleich für zu erbringende Zahlungen hatte Kaiser Ferdinand III. den neuen Besitzer in den Fürstenstand erhoben. Auf den ersten Friedrich von Schwarzburg-Friedrichsthal war der zweite gefolgt, und nun gab es den fünften dieses Namens in diesem kleinen Ländchen.

In Weimar, aber auch in Meiningen herrschte die Meinung vor, das Bedeutendste an Friedrichsthal wäre die Tatsache, dass sich eine Meile vorher Fuchs und Hase gute Nacht wünschten. Ganz so schlimm war es vielleicht nicht, doch außer dem jährlichen Gauklertreffen herrschte im Schloss Friedrichsthal und dem dazugehörenden Marktort provinzielle Ruhe.

Die Zufahrt nach Friedrichsthal war nicht leicht zu finden. Irgendwann führte eine schmale Straße von der Hauptstraße weg.

Wer diese verpasste, musste im nächsten Dorf danach fragen und durfte eine zusätzliche Übernachtung auf sich nehmen.

Lauenstein passierte dies nicht. Zwar hätte er die Abzweigung nach Friedrichsthal übersehen, doch Cristina machte den Kutscher rechtzeitig auf sie aufmerksam. Danach führte ihr Weg etliche Stunden durch einen dichten, düsteren Wald, in dem man eher erwartete, auf eine Räuberschar zu treffen als auf ein Schloss, auf das sogar ein Herzog stolz gewesen wäre.

Obwohl Cristina schon ein paarmal an diesem Ort gewesen war, berührte sie der Anblick, als der Wald plötzlich zurückblieb und sich die Friedrichsthaler Lichtung vor ihnen auftat, zutiefst. Fast in deren Zentrum lag der Marktort, und gut tausend Schritt davon entfernt erhob sich das dreiflügelige Schloss wie ein Märchentraum.

»Es würde mich nicht wundern, wenn dort ein verwunschener Prinz leben würde«, rief Ira aus.

»Verwunschen ist Fürst Friedrich V. gewiss nicht«, antwortete Cristina lächelnd.

»Seine Bedeutung im Reich ist jedoch alles andere als groß«, sagte Lauenstein. »Friedrichsthal ist mit Abstand das kleinste Fürstentum in Thüringen, und die Zahl seiner Bewohner beträgt weniger als tausend.«

»Ginge es nur um Größe, gäbe es keine Insekten und Mäuse und dergleichen«, wandte Cristina lächelnd ein.

»Ich wollte damit sagen, dass Fürst Friedrich sich weder mit dem König von Preußen, dem Kurfürsten von Sachsen und auch nicht mit Herzog Georg von Sachsen-Meiningen messen kann. Auch die beiden richtigen Schwarzburger Fürstentümer sind ein Vielfaches größer und bedeutender als Friedrichsthal«, erklärte Lauenstein.

»Das mag sein! Doch wenn man immer nur auf die Bedeutung schaut, verliert man das Gefühl für die Schönheit der kleinen Dinge. Ein Löwe mag bedeutender sein als ein Schmetterling, und doch sehe ich Letzteren lieber!«

»Weil er dich nicht frisst, meine Liebe!«, sagte Lauenstein lächelnd und blickte nach vorne. Mittlerweile befuhr die Kutsche den leicht ansteigenden Weg zum Schloss.

Auch Cristina sah zum Fenster im Schlag hinaus. Ihr Interesse galt jedoch nicht dem prachtvollen Gebäude, sondern dem pittoresken Lagerleben, das sich unweit davon erstreckte. Es bestand aus mehreren Dutzend Planwagen in einem unregelmäßigen Kreis. An den Wäscheleinen, die zwischen ihnen gespannt worden waren, hing Wäsche, und Kinder rannten um die Wagen herum. Es war ein Leben, wie sie es vierzehn Jahre lang geführt hatte. Für einen Augenblick überkam sie die Sehnsucht. Dann aber lachte sie über sich selbst. Sie konnte die Zeit nicht zurückdrehen. Auch hatten die fünf Jahre in Meiningen sie wohl stärker geprägt als die vierzehn Jahre davor.

Wenig später erreichte die Kutsche das Schloss. Sofort eilten Bedienstete heran, um sie in Empfang zu nehmen.

»Herzlich willkommen auf Schloss Friedrichsthal!«, grüßte einer der Männer und deutete eine Verbeugung an. »Herr von Lauenstein!«, setzte er noch hinzu, als dieser als Erster ausstieg.

Cristinas Mundwinkel zuckten mutwillig. Erschienen hier so wenige Gäste, dass man diejenigen, die kamen, im Gedächtnis behielt?

Anders als Lauenstein vermochte der gute Mann sie nicht einzuschätzen, sondern sah sie fragend an.

»Ich bin Cristina Chiodi, Hofsängerin in Meiningen«, stellte Cristina sich vor.

»Meine Ehefrau!« Lauenstein hatte beschlossen, sich in allem zu Cristina zu bekennen. Sie war nun einmal, wer sie war, und konnte ebenso wenig dafür wie er, dass er so war, wie er war.

Der Hofbeamte musterte Cristina und sah eine junge und attraktive Frau in ihrer ersten Blüte vor sich. Dann warf er einen Blick auf den Mann, der um so viel älter war als sie und das gute Leben, das er geführt hatte, nicht verbergen konnte. Kaum merklich zuckte er mit den Schultern. Das alles ging ihn nicht das Geringste an.

»Die Herrschaften wünschen gewiss zwei nebeneinanderliegende Zimmer?«, fragte er.

»Würde es eine Zwischentür geben, würde es uns noch mehr erfreuen«, sagte Cristina freundlich.

»So ist es!«, stimmte Lauenstein ihr zu. Im Lauf seines Lebens hatte er zu oft über Korridore schleichen müssen, um zu seinen Geliebten zu kommen, so dass er bei der eigenen Ehefrau einen bequemeren Weg vorzog.

»Dies wird gewiss möglich sein. Wenn die Herrschaften im arabischen Salon Platz nehmen würden, bis alles vorbereitet ist …«, sagte der Hofbeamte und führte sie ins Schloss.

Dilge und Ira blieben bei der Kutsche, um den Transport des Gepäcks zu überwachen. Beide waren zum ersten Mal in Friedrichsthal und staunten über das Schloss, das eher in eine der großen Residenzstädte gepasst hätte als in diese Einöde.

Im arabischen Salon angekommen, erhielten Cristina und Lauenstein sofort Wein gereicht. Auch gab es einen kleinen Imbiss, denn sie zu sich nahmen, während sie die Bilder an den Wänden bewunderten. Diese erzählten von einer Reise an die heiligsten Orte der Christenheit, aber auch von Kampf und Überfällen.

»Ihr bewundert die Bilder meiner Stiefmutter?«, fragte Fürst Friedrich. Er war persönlich erschienen, um sie zu begrüßen.

Während Lauenstein sich verbeugte, sagte er sich, dass diese Ehre gewiss nicht ihm galt, sondern seiner Frau.

»Seid Uns willkommen, Madame!«, sagte Friedrich V. eben zu Cristina. »Und auch Ihr, Herr von Lauenstein! Es freut uns sehr, dass Euer Weg Euch in mein kleines Fürstentum geführt hat. Wenn es Madame genehm wäre, wäre es für mich ein *grand plaisir,* wenn Ihr uns einen oder zwei Abende das Vergnügen gönnen würdet, Eurer wunderbaren Stimme lauschen zu dürfen.«

»Es ist mir eine große Ehre!« Cristina knickste und wies dann auf die Bilder. »Es muss herrlich sein, fremde Länder sehen zu können!«

»Nun, meine Liebe, auch wir reisen viel und sehen viele Länder«, meinte Lauenstein.

»Ob nun in Schwarzburg-Friedrichsthal, Sachsen-Meiningen oder Hessen-Kassel – es ist überall dasselbe Volk. Selbst die Trachten unterscheiden sich nur in Details«, antwortete Cristina. »Ich denke eher an Italien. Bis in den Orient reicht mein Sehnen allerdings nicht.«

»Ich kann nur das berichten, was mein Vater und meine Stiefmutter dort erlebt haben. Es ist doch sehr viel anders als hier«, sagte Friedrich V. »Doch eine Reise nach Italien müsste möglich sein. Immerhin herrscht wieder Frieden!«

Lauenstein nickte, fand aber, dass es für ihn und Cristina besser war, in den deutschen Landen zu bleiben, weil seine Frau an den Fürstenhöfen singen und damit Geld verdienen konnte. An eine Reise nach Italien sollten sie erst denken, wenn ihre Kasse gut genug gefüllt war.

3.

Auch wenn nicht jedes Jahr Besucher wie Herzog Carl August von Sachsen-Weimar oder Herr von Goethe nach Friedrichsthal kamen, so wies die Gästeliste eine Reihe prominenter Namen auf. Einer davon war Carl Wilhelm, der Sohn des Fürsten Carl II. Lothar von Sachsen-Saalstein-Tresskau. Er war ein junger Mann Mitte zwanzig und von beachtlicher Größe, die er, wie er lachend erzählte, seiner Urgroßmutter Fürstin Charlotte verdankte.

»Sie war größer als die meisten Männer, aber dennoch ganz die Dame. Als Regentin für meinen Großvater Georg Wilhelm hat sie das Fürstentum durch bewegte Zeiten gelenkt. Ich habe sie als Kind noch kennengelernt!«, erklärte er mit belegter Stimme.

Cristina spürte, dass er die alte Dame geliebt hatte. Gleichzeitig begriff sie, dass Fürstin Charlotte ein noch abenteuerlicheres Leben als sie geführt haben musste, bis es endlich in ruhigere Bahnen geraten war.

Ihr gefiel der junge Tresskauer insbesondere auch deshalb, weil er genug Abstand hielt, was bei Herren in hohen Positionen nicht immer der Fall war. Sie unterhielt sich mit ihm, bezog jedoch Lauenstein mit ein, um ihrem Ehemann keinen Grund zur Eifersucht zu geben. Für sie stellte Loyalität das höchste Gut dar, und es wäre ihr ein Graus gewesen, wenn es deswegen zu einem Streit zwischen ihm und ihr gekommen wäre.

»Ich muss gestehen, dass die Zeit, die ich als Fähnrich beim Militär verbrachte, mir die Lust auf Abenteuer genommen hat«, erklärte Lauenstein eben. »Damals habe ich den Wert eines ruhigen, angenehmen Lebens schätzen gelernt.«

»Die meisten Menschen sehnen sich nach einem ruhigen und angenehmen Leben. Auch ich tue es!« Carl Wilhelm lachte dabei, als meinte er es nicht ganz so ernst, schüttelte dann aber den Kopf. »Derzeit ist das Leben jedoch nicht immer ruhig und angenehm. Erst letztens weilte ein Emissär des französischen Konsuls Bonaparte in Tresskau, um meinem Vater ein Bündnis anzutragen. Er versprach uns eine Vergrößerung unseres Besitzes, wenn wir uns Bonaparte verschreiben. Doch wie sollte das zugehen?, fragte ihn mein Vater. Es wäre nur auf Kosten unserer Nachbarn möglich, mit denen wir seit Jahrzehnten in sehr guten Beziehungen leben.«

Lauenstein schüttelte verwundert den Kopf. »Bonaparte hat doch mit Russland, dem Kaiser und den Reichsständen Frieden geschlossen! Wie kann er da einem Fürsten Land versprechen, das dessen Nachbarn gehört? Will er diese etwa bekriegen?«

»Dieser Franzose war auch hier in Friedrichsthal«, sagte Fürst Friedrich, der sich zu ihnen gesellt hatte. »Sein Angebot entsprach dem, was Ihr eben nanntet.«

»Möge Gott uns davor schützen, dass der Frieden endet, bevor er richtig begonnen hat!« Lauenstein seufzte, denn ein Krieg in diesen Landen würde Cristinas Möglichkeiten beschneiden, Konzerte zu geben. Vor allem aber würde er das Reisen unsicherer machen.

»Ach übrigens, Herr von Lauenstein! Es befinden sich Verwandte von Euch hier in Friedrichsthal. Wenn Ihr wünscht, mache ich Euch mit ihnen bekannt«, sagte Fürst Friedrich, um von angenehmeren Dingen als von einem möglichen Krieg zu sprechen.

»Verwandte von mir?« Lauenstein klang verwundert und, wie Cristina fand, auch nicht besonders erfreut. Dies erinnerte sie daran, dass sie nicht das Geringste über seine Familie wusste. In der Beziehung würde sie ihm demnächst wohl einige Fragen stellen müssen.

»Nun, es wäre mir ein *grand plaisir,* wenn Eure Hoheit mich den Herrschaften vorstellen könnte. Meine Liebe, willst du mich begleiten?«, sagte Lauenstein eben.

»Mit einem – wie nanntet Ihr es? – *grand plaisir!*« Cristina lächelte und fragte sich insgeheim, was es mit den Verwandten ihres Ehemanns auf sich haben mochte.

Beide baten Carl Wilhelm von Sachsen-Saalstein-Tresskau, sie zu entschuldigen, und folgten Fürst Friedrich in einen anderen Raum. Ein Teil der Besucher hatte sich hierher zurückgezogen, um sich zu unterhalten. Zwei Frauen, die eine recht alt, die andere um einiges jünger, und ein Mann mittleren Alters saßen etwas abgesondert von den anderen.

Genau auf diese hielt Fürst Friedrich zu. »Sehr verehrter Freiherr, meine Damen, es ist mir eine Freude, einen gewiss sehr lieben Verwandten zu Euch bringen zu können!«, sagte er und ließ die Gruppe dann allein.

Zuerst herrschte Schweigen. Die drei Personen musterten Lauenstein durchdringend, missachteten aber Cristina, die sich ihrerseits zurückhielt und sich zunächst aufs Beobachten beschränkte.

»Ihr seid ein Lauenstein? Wohl von dem verdorbenen Teil der Sippe!«, rief da der Mann.

»Irmbert von Lauenstein, zu Euren Diensten! Ob ich verdorben bin, wage ich zu bezweifeln«, antwortete Lauenstein.

»Gut getroffen, Cousin!«, sagte die Ältere der beiden Frauen und nickte Irmbert von Lauenstein zu. »Ich habe erfahren, dass Ihr wieder den Freiherrntitel tragt. Eurem Vetter Leopold gefällt dies ganz und gar nicht!«

Lauenstein war der Name Leopold kein Begriff. Da sein Großvater von der Familie verstoßen worden war, hatte dieser keinen Kontakt mehr zu seinen Verwandten gesucht, und sein Vater und er hatten es ebenso gehalten.

»Seine Hoheit, Herzog Georg von Sachsen-Meiningen, wünschte, dass ich den Titel wieder offen trage. Er glaubt wohl, es würde den Meininger Hof aufwerten«, antwortete er mit einem feinen Lächeln.

»Das ist doch alles Unsinn!«, schrie sein Verwandter ihn an. »Unser Urgroßvater hat Eurem Großvater verboten, den Freiherrntitel zu tragen.«

»Unser Urgroßvater mag dies zwar gefordert haben. Der Titelverlust wurde jedoch nie in die kaiserlichen Akten eingetragen. Somit ist es mein Recht, ihn zu führen!« Lauenstein ärgerte sich über den Mann, der ein Vetter weiß der Teufel wievielten Grades von ihm sein musste.

»Der Zorn meines Großvaters flammte auf wie trockenes Stroh, wenn es entzündet wird, hielt jedoch nie lange an. Wahrscheinlich hat er es bald bereut, sich mit Eurem Vater zerstritten zu haben, und hat daher nichts unternommen, um ihm und seinen Nachkommen den Titel zu untersagen«, erklärte die ältere Dame.

Auch sie musste eine Verwandte sein, doch Irmbert von Lauenstein wusste sie ebenso wenig einzuordnen wie seinen Vetter Leopold.

»Ich muss gestehen, dass sich mein Interesse für meine Verwandtschaft in Grenzen gehalten hat. So weiß ich nur, dass mein Großvater zwei Brüder hatte. Was aus diesen geworden ist, entzieht sich meiner Kenntnis«, antwortete er daher mit einer gewissen Anspannung.

»Er hatte auch eine Tochter, meine Mutter«, sagte die alte Dame. »Ich bin Florentine von Hellberg, Tante, Cousine oder Cousinentante von Euch, und das hier ist Leopold, der Enkel Eures jüngsten Großonkels Gerhard. Dessen ältester Bruder war Waldemar, während Euer Großvater Ismar der Mittlere der drei Brüder war. Genau das liegt nun dem guten Leopold so schwer im Magen.« Florentine von Hellberg lächelte so spöttisch, dass Cristina nicht glaubte, dass sie Leopold von Lauenstein schätzte. Nun wies die Dame auf die jüngere Frau, ein eher unscheinbares Wesen, das Cristina auf etwa vierzig Jahre schätzte. »Dies hier ist Liliana, Leopolds Ehefrau und Mutter seiner sieben Töchter und seines einzigen Sohnes, der seinen Schwestern zur großen Freude des Vaters nachfolgte. Vetter Leopold hofft nämlich, dass er und nach ihm sein Sohn Moritz einmal Herr der Besitzungen der Familie werden wird.« Florentine von Hellberg hielt einen Augenblick inne und sah dann Irmbert von Lauenstein an. »Dies kann er allerdings nur werden, wenn Ihr ohne männlichen Erben versterbt.«

»Bedauerlicherweise vermag ich Euren Ausführungen nicht zu folgen, meine Dame«, antwortete Irmbert von Lauenstein mit leichtem Ärger.

»So wisst Ihr wohl nicht, dass die Söhne des Freiherrn Wilhelm, des Enkels Eures Großonkels Waldemar, bedauerlicherweise vor ihrer Zeit verschieden sind? Freiherr Wilhelm ist sehr alt und sehr krank. Wahrscheinlich wird er nicht mehr lange leben, und der nächste Erbe in männlicher Linie seid Ihr!«

Es hätte eine Freudenbotschaft sein können, doch im Augenblick traf es Irmbert von Lauenstein wie ein Schlag. Er sollte der nächste Freiherr auf Lauenstein sein, eines überaus reichen Besitzes, der dem Träger des Titels Einfluss und Macht verlieh? Hätte er dies nur eine Woche früher gewusst, hätte er die Heirat mit Cristina selbst auf die Gefahr hin abgelehnt, Herzog Georgs Gunst zu verlieren.

Narr, du solltest dich schämen!, rief etwas in ihm. Cristina ist eine wunderschöne und zärtliche Frau. Was kümmern dich ihre fehlenden Ahnen? Dein Großvater hat eine Leibeigene geheiratet, die er ihrem Herrn abkaufen musste. Bei dem Gedanken erinnerte er sich, dass auch er Cristina gekauft hatte, und musste lachen.

»Was habt Ihr?«, fragte Florentine von Hellberg erstaunt, während Leopold von Lauenstein düster wirkte und dessen Frau wie ein erschrecktes Kalb in ihrem Sessel saß.

»Ich dachte gerade, dass ich die Familientradition aufrechterhalten habe«, sagte Irmbert von Lauenstein amüsiert und legte den Arm um Cristina. »Darf ich vorstellen, Cristina von Lauenstein, meine Ehefrau!«

Es war, als hätte er mit einem Schmiedehammer zugeschlagen. Seinem Verwandten Leopold quollen fast die Augen aus dem Kopf. Florentine von Hellberg keuchte, als würde sie ersticken, während Leopolds Ehefrau Liliana förmlich schrumpfte.

»Ihr also seid Irmberts Ehefrau!« Florentine von Hellberg klang überrascht.

Anders als Irmbert von Lauenstein hatte sie sich für die Verwandtschaft interessiert und auch Auskünfte über ihn eingeholt. Nichts davon hatte darauf hingewiesen, dass er daran denken könnte, in den heiligen Stand der Ehe zu treten.

Cristina knickste, wie es sich einer älteren Verwandten gegenüber geziemte, und nickte. »Das bin ich! Um es genau zu sagen, fand unsere Trauung vor wenigen Tagen in Meiningen statt.«

»Was für ein Mummenschanz!«, stieß Leopold von Lauenstein wütend hervor.

»Ich glaube nicht, dass der Meininger Oberhofprediger Johann Lorenz Vierling eine Trauung so bezeichnen würde, wie Ihr es tut, werter Vetter!«

Nach dem ersten Schock hatte Irmbert von Lauenstein sich gefangen. Da sein Vetter ihm alles andere als sympathisch war, hoffte er nun, dass Cristina ihm einen Sohn und Erben schenken würde, der einmal die Linie der Lauensteins weiterführen könnte. Was den Stammbaum betraf, so hatte sein Großvater bereits einen Präzedenzfall geschaffen. Da dieser sich seiner aus einfachsten Verhältnissen stammenden Ehefrau nicht geschämt hatte, wollte er diesem Beispiel folgen.

»Ihr habt offenbar erfahren, dass Onkel Wilhelms letzter überlebender Sohn verstorben ist, und Euch ein Weib genommen. Wer ist sie eigentlich?«, fragte Lauensteins Vetter wütend.

»Ich bin Cristina Chiodi, Hofsängerin in Meiningen, und stehe seit meinem vierzehnten Jahr unter dem Schutz von Herrn von Lauenstein«, antwortete Cristina.

»Eine Hofsängerin? Pah! Eine Hure, willst du wohl sagen!«, schnaubte Leopold von Lauenstein.

Keinen Herzschlag später klatschte es, und Irmbert von Lauensteins Hand saß ihm im Gesicht. »Ich würde Euch bitten, liebster Vetter, Euch unter den hier versammelten Herren zwei Freunde zu suchen, so wie auch ich es tun werde. Ihr könnt zwischen Pistole und Degen wählen.«

»Aber meine Herren, ich bitte Euch! Doch kein Duell!«, rief Florentine von Hellberg erschrocken.

Auch Leopold von Lauenstein sah so aus, als würde er liebend gerne darauf verzichten. Irmbert von Lauenstein verbeugte sich jedoch nur, fasste Cristina am Arm und verließ mit ihr den Raum.

Cristina war ebenfalls erschrocken und hielt ihn im nächsten Zimmer auf. »Das könnt Ihr nicht tun! Was ist, wenn Ihr verletzt oder gar getötet werdet?«

Lauenstein lächelte sie freundlich an. »Mein Kind, gerade in dieser Situation ist es wichtig, keine Nachsicht zu zeigen. Sollte ich wirklich der Nachfolger meines Verwandten Wilhelm werden, darf kein Schatten auf den Stammbaum unseres Sohnes fallen.«

»Ich werfe genug Schatten darauf!«, antwortete Cristina erregt.

»Im Grunde weniger als meine Großmutter! Im Gegensatz zu dieser wurdest du frei geboren. Auch meinte ich nicht dich, sondern seine Abkunft von Vaterseite her. Jeder soll wissen, dass Irmbert von Lauensteins erster Sohn auch wirklich dessen Sohn ist. Ließe ich meinen elenden Vetter Leopold mit seiner beleidigenden Bemerkung davonkommen, würde ich üblen Nachreden Tür und Tor öffnen. Außerdem«, setzte Lauenstein mit einem feinen Lächeln hinzu, »könnte es einige Herren dazu bringen, sich etwas weniger um dich zu bemühen, wenn ich mich als höchst eifersüchtiger Ehemann erweise, der seinen Besitz mit äußerster Konsequenz verteidigt.«

4.

Der Gedanke an das bevorstehende Duell vertrieb fürs Erste Cristinas Wunsch, auf dem Gauklerfest ihre Verwandten zu suchen. Als sie wieder daran dachte, überlegte sie, dass es wohl besser wäre, es nicht zu tun, denn es hätte die üble Nachrede anheizen können, von der ihr Mann gesprochen hatte.

Irmbert von Lauenstein suchte sich unterdessen seine Sekundanten aus. Dabei tat er sich leichter als sein Verwandter, denn er war vielen Herren bekannt, und so musste er etliche Angebote sogar ablehnen. Seine Sekundanten wurden schließlich Dietrich von Kosegarten, der ihn vor fünf Jahren auf das Gauklerfest aufmerksam gemacht und hierherbegleitet hatte, sowie Prinz Carl Wilhelm von Sachsen-Saalstein-Tresskau.

Schließlich brachte auch Leopold von Lauenstein zwei Herren dazu, ihm als Sekundanten zu dienen, und die Verhandlungen begannen. Leopold war anderthalb Jahrzehnte jünger als Irmbert von Lauenstein und schlanker. Daher rieten ihm seine Sekundanten, auf Degen zu bestehen. Mit einer Pistole konnte auch ein alter, beleibter Herr ins Schwarze treffen. Da er nicht allzu gut mit dem Degen vertraut war, wählte Leopold von Lauenstein dennoch die Pistole. Das Treffen sollte bereits am folgenden Morgen zur sechsten Stunde nach Mitternacht am Waldesrand stattfinden.

Als Cristina davon erfuhr, war sie verzweifelt. »Ihr seid ein Narr, Euer Leben so wegzuwerfen!«, fuhr sie ihren Mann an.

»Meine Liebe, echauffiere dich nicht!«, antwortete Lauenstein. »Es ist nicht meine Absicht, mich erschießen zu lassen. Mein werter Vetter sieht mir nicht so aus, als hätte er bereits einen Mann mit dem Degen oder einer Kugel zur Ader gelassen.«

»Ihr aber auch nicht, zumindest nicht in der Zeit, seit der ich Euch kenne«, sagte Cristina besorgt.

»In meinen jungen Jahren habe ich zwei Duelle ausgefochten. Eines sogar mit dem Degen. Es genügte ein leichter Stich in den Arm, um diese Affäre zu meinen Gunsten zu beenden. Ein anderes Mal traf ich meinen Kontrahenten in den Oberschenkel. Eigentlich hätte es seine Schulter sein sollen. Zu meiner Entschuldigung kann ich jedoch anführen, dass er vor der Zeit geschossen und mich an meinem Schussarm getroffen hat. Dabei löste sich mein Schuss. Die Narbe ist zwar kaum mehr zu erkennen, doch sie erinnert mich daran, dass Unehre sich nicht auszahlt. Hätte mein Gegner gewartet, bis das Zeichen kam, so hätte ich ihn hoch in der Schulter getroffen. Der Arzt hätte ihm die Kugel herausgeholt, und die Wunde wäre gut verheilt. So aber hat sie ihm den Oberschenkelknochen zerschlagen, und er konnte zeit seines Lebens nur noch mit Hilfe eines Stocks gehen.«

Lauenstein brachte es so trocken hervor, dass Cristina für einen Augenblick lachen musste. Sie wurde jedoch sofort wieder ernst. »Ich habe Angst um Euch!«

»Damit machst du mir ein großes Geschenk! Es zeigt nämlich, dass du gerne mit mir lebst und dies auch weiterhin tun willst.«

»Und ob ich das will!«, rief Cristina leidenschaftlich. »Vor allem will ich nicht bereits nach wenigen Tagen Witwe werden. Weiß der Teufel, welchen Narren ich dann auf Herzog Georgs Befehl heiraten müsste!«

Lauenstein verschluckte sich beinahe vor Lachen. »Meine Liebe, auch wenn du es meistens gut verbirgst, so lodert doch das Feuer des Südens in dir. Dem Mann, den du liebst, bist du eine treue Gefährtin, jemandem, den du hasst, hingegen eine Feindin, wie sie gefährlicher nicht sein kann. Doch habe keine Angst! Gott kann nicht wollen, dass unser Bund so kurz, nachdem er geschlossen wurde, bereits wieder zerbricht.«

Er tätschelte Cristinas Wange, wie er es immer getan hatte, um sie zu loben oder zu beruhigen, und hoffte insgeheim, dass er den Bruchteil einer Sekunde eher abdrückte, der entscheidend sein konnte.

5.

Das Duell der beiden Lauensteins stellte für eine gewisse Zeit sogar das Gauklertreffen in den Schatten. Hätte Fürst Friedrich dafür Eintritt verlangt, hätte er sämtliche Ausgaben für dieses Fest begleichen können. So aber wurde beschlossen, dass außer den beiden Gegnern, deren Sekundanten und Fürst Friedrichs Leibarzt genau zehn Herren als Zeugen des Zweikampfs anwesend sein durften. Allen anderen, vor allem aber den Frauen, wurde untersagt, auch nur in die Nähe des Ortes zu kommen, an dem er ausgefochten wurde.

Für Cristina waren die Stunden bis zum Duell die Hölle, und sie gestand sich ein, dass sie den alten Herrn tatsächlich liebte. Zumindest gab es niemanden, der ihrem Herzen näher stand als er. Da sie ihn nicht begleiten durfte, wollte sie, dass ihr Ehemann sich auf das Duell so gut vorbereitete, wie es nur möglich war. Daher sorgte sie dafür, dass er frühzeitig zu Bett ging und zu ihrer Zufriedenheit auch bald einschlief.

Sie weckte ihn früh und bereitete ihn so auf den Zweikampf vor, wie es die Gaukler ihrer Sippe vor ihren Auftritten getan hatten. Zunächst massierte sie ihn, um jede Verkrampfung aus Armen, Beinen und Schultern zu vertreiben. Es war angenehm, und so ließ Lauenstein es gerne geschehen. Danach trank er eine Tasse Kaffee und zog sich mit ihrer Hilfe an.

»Du bist wunderbar!«, sagte er lächelnd. »So bist du nicht nur eine Ehefrau, wie ich sie schöner und liebevoller nicht malen könnte, sondern ersetzt jetzt auch noch meinen Kammerdiener.«

Cristina hatte Dilge, der zu viel Angst um seinen Herrn hatte, verboten, ihm an dem Morgen auch nur zu begegnen, damit er nicht die Stimmung ihres Mannes trübte. Lauenstein musste in guter körperlicher Verfassung und vor allem zuversichtlich in dieses Duell gehen.

»Ihr werdet gleich abgeholt werden«, sagte sie nach einem Blick auf die kleine Uhr auf dem Kaminsims.

Lauenstein nickte. »Das werde ich wohl. Wünsche mir Glück!«

»Mehr, als Ihr Euch denken könnt!« Cristina küsste ihn und hörte danach ein dezentes Klopfen an der Tür.

»Es ist so weit, mein Herr!«, sagte sie leise. »Ich hoffe, es dauert nicht zu lange, bis Ihr zurückkehrt. Ich nehme mein Frühstück ungern allein ein.«

Lauenstein lachte noch darüber, als er die Tür öffnete und nach draußen trat. Die Sekundanten, die ihn abholten, wunderten sich, ihn so froh gelaunt zu erleben.

»Bis bald, meine Liebe!«, rief er Cristina noch zu, dann folgte er den Herren auf den Schlosshof. Dort wartete eine Kutsche darauf, sie zum Duellplatz zu bringen.

Auch wenn er sich gut fühlte, kämpfte Lauenstein doch mit Zweifeln. Wenn sein Verwandter zu früh schoss und ihn tödlich traf, so war Leopold von Lauenstein dadurch entehrt und würde laut den Erbgesetzen der Familie das Erbe nicht antreten können. Doch er selbst konnte es dann auch nicht. Für diesen Fall hoffte er, dass Cristina bereits schwanger war und einen Sohn gebar. Sehr viel lieber wäre es ihm allerdings, das Duell siegreich zu bestehen und anschließend mit ihr zusammen zu frühstücken.

Irmbert von Lauenstein erreichte den Duellplatz zur gleichen Zeit wie sein Gegner. Als er seinen Verwandten aus der Kutsche steigen sah, hätte er diesen für mindestens zehn Jahre älter geschätzt, als er es war. Leopolds Gesicht war grau, und seine Augenwinkel zuckten. So sah kein Mann aus, der mit Zuversicht in einen Zweikampf ging.

Der Herr, der zum Unparteiischen bestimmt worden war, zählte noch einmal die geltenden Regeln auf. Sie waren einfach. Die beiden Gegner sollten sich Rücken an Rücken aufstellen, zehn Schritte gehen und sich umdrehen. In dem Augenblick, in dem das Tuch, das der Schiedsrichter dann fallen ließ, den Boden berührte, durften sie schießen.

Er beendete seine Ansprache mit den Worten: »Meine Herren, es ist so weit! Nehmt Eure Plätze ein!« Gleichzeitig hob er das violette Tuch, das er anstelle eines roten gewählt hatte, weil dieses zu sehr an Blut erinnerte.

Irmbert von Lauenstein trat vor. Für einen Augenblick sah er in das verkrampfte Gesicht seines Verwandten und war froh um die Massage durch Cristina. Er fühlte sich körperlich gut und sagte sich, dass er sie unbedingt bitten musste, ihn öfter zu massieren. Anschließend konnten sie dann das tun, was Ehepaare gerne miteinander machten.

Er fing seine flatternden Gedanken ein und nahm die Pistole entgegen, die ihm einer seiner Sekundanten reichte. Die Waffe war bereits gespannt. Ein Feigling konnte sich während der zehn Schritte, die er gehen sollte, umdrehen und schießen.

So weit würde sein Vetter wohl kaum gehen, dachte er und hörte die Frage des Unparteiischen, ob sie bereit seien.

»Ich bin es!«, antwortete er und bemühte sich, optimistisch zu klingen.

»Ich bin bereit!«, rief sein Vetter laut, um seinerseits Zuversicht zu zeigen.

»Ich zähle nun die Schritte! Eins, zwei, drei …«

Lauenstein ging im vorgegebenen Takt und richtete seine gesamte Aufmerksamkeit auf die Pistole in der rechten Hand. Sie konnte den Unterschied machen, ob er später mit Cristina beim Frühstück sitzen oder diese an seinem Grab stehen würde.

»… neun, zehn! Ihr könnt Euch jetzt umdrehen, meine Herren!«, hörte er den Unparteiischen rufen und wandte dem Gegner nun das Gesicht zu.

»Achtung!«, klang die Stimme des Schiedsrichters auf. Gleichzeitig ließ dieser das Tuch fallen. Einen Augenblick später knallte Leopold von Lauensteins Pistole und stieß ein kleines Rauchwölkchen aus.

Irmbert von Lauenstein verspürte einen harten Schlag gegen die Brust, zwang sich aber, auf den Beinen zu bleiben. Mehrere Augenblicke lang sah er seinen Gegner über den Lauf der Pistole an. Das Gesicht seines Verwandten war zu einer Fratze der Angst verzogen. Gleichzeitig wich er immer weiter zurück und streckte abwehrend die Arme aus.

Tu es!, sagte etwas in Irmbert von Lauenstein. Doch er ließ die Waffe sinken. In einem ehrlichen Duell hätte er geschossen, doch zum Henker eines nun wehrlosen Mannes wollte er nicht werden.

Der Arzt und seine Sekundanten eilten herbei, um nach ihm zu schauen. Mittlerweile fühlte er einen heftigen Schmerz. Da er aber immer noch auf den Beinen stand, konnte die Verletzung nicht schwer sein.

»Es sieht aus, als würde es erst einmal reichen, die Blutung zu stoppen. Alles andere kann im Schloss gemacht werden«, sagte der Arzt sichtlich erleichtert.

Während Irmbert von Lauenstein verbunden wurde, traten Fürst Friedrich sowie etliche andere Herren auf dessen Vetter zu.

»Das war ein niederträchtiges Bubenstück!«, fuhr der Fürst Leopold von Lauenstein an. »Ihr habt viel zu früh geschossen!«

»Ich dachte, man dürfe schießen, sobald das Tuch fallen gelassen wird«, verteidigte Lauensteins Vetter sich.

»Es wurde sehr deutlich erklärt, dass erst geschossen werden darf, wenn das Tuch den Boden berührt«, erklärte Fürst Friedrich eisig. »Ihr habt damit unehrenhaft gehandelt und seid es nicht wert, unter Ehrenmännern zu weilen. Daher werdet Ihr die Güte haben, umgehend Schloss Friedrichsthal zu verlassen. Ich werde Seiner Majestät, Kaiser Franz, mitteilen, dass Ihr nicht würdig seid, weiterhin den Rang eines Reichsfreiherrn zu tragen, und dass dieser Euch entzogen werden soll!«

»Wir sind bereit, dies mit unserer Unterschrift zu bestätigen«, erklärten Leopolds Sekundanten fast gleichzeitig.

»Jeder, der hier Zeuge war, wird das tun!«, setzte Dietrich von Kosegarten hinzu.

»So ist es!«, riefen die anderen Herren.

»Und nun fordere ich Euch auf, zum Schloss zurückzukehren und umgehend abzureisen!«, setzte Fürst Friedrich mit nur mühsam zurückgehaltenem Zorn hinzu. Dann ließ er den Mann stehen und ging zu Irmbert von Lauenstein, der sich danach sehnte, ins Schloss zurückkehren zu können, damit ihm der Arzt die Kugel aus der Brust holen konnte.

»Ich bedauere, mein Herr, dass Euch hier so unehrenhaft mitgespielt wurde. Seid mein Gast, bis Eure Wunde verheilt ist! Wir würden uns trotz allem freuen, wenn Eure Frau Gemahlin uns die Ehre erweisen würde, an dem einen oder anderen Abend für mich und meine Gäste zu singen!«

»Das wird sie gewiss tun!«, sagte Lauenstein und war froh um Prinz Carl Wilhelms Arm, mit dem dieser ihn auf dem Weg zur Kutsche stützte. Bevor er einstieg, sah er, dass die Sekundanten seines Vetters nicht in jene Kutsche stiegen, in der sie zusammen mit Leopold gekommen waren, sondern in andere Fahrzeuge. Keiner von ihnen wollte sich zu einem Mann gesellen, der so unehrenhaft gehandelt hatte.

Lauenstein überlegte, ob sein Vetter mit Vorbedacht gehandelt hatte oder nur aus seiner Nervosität heraus. Er nahm Zweiteres an. Für das Urteil der anderen Herren machte dies jedoch keinen Unterschied.

Als Leopold von Lauenstein in den Wagen stieg, traf sein letzter, hasserfüllter Blick Irmbert von Lauenstein.

Carl Wilhelm von Sachsen-Saalstein-Tresskau bemerkte diesen Blick ebenfalls. »Ihr hättet diesem Kerl eine Kugel in die Stirn schießen sollen!«, sagte er zornig.

In dem Augenblick überkam Lauenstein das Gefühl, dass dies wohl das Beste gewesen wäre.

6.

Cristina hatte voller Sorge auf die Rückkehr ihres Mannes gewartet. Als die Kutsche vor dem Haus hielt und Prinz Carl Wilhelm ihm aus dem Wagen half, eilte sie sofort hinaus.

»Seid Ihr schwer verletzt?«, fragte sie Lauenstein erschrocken.

»Ich bin nur ein wenig angekratzt«, antwortete er, obwohl er seine Wunde heftig pochen fühlte.

»Hoffentlich habt Ihr Euren elenden Vetter erschossen!«, rief Cristina zornig aus.

»Dem wurde kein Haar gekrümmt!« Lauenstein gelang es sogar zu lächeln.

Prinz Carl Wilhelm aber sah Cristina ernst an. »Wäre ich Leopold von Lauenstein, würde ich eine Wunde auf Leben und Tod dem vorziehen, was ihn nun erwartet.«

Cristina sah ihn erstaunt an. »Wie meint Ihr das, Euer Hoheit?«

»Wenn Ihr reden wollt, könnt Ihr das später tun«, mischte sich der Arzt ein. »Mein Patient muss auf sein Zimmer, damit ich ihn behandeln kann!«

»Verzeiht!« Cristina wollte Lauenstein stützen, doch dies tat bereits Carl Wilhelm von Sachsen-Saalstein-Tresskau.

Mit Hilfe seines Kammerdieners brachten sie Lauenstein in sein Zimmer und zogen ihm Rock, Weste und Hemd aus. Mit einer gewissen Trauer betrachtete Lauenstein die ruinierten Kleidungsstücke.

»Das trage ich Vetter Leopold am meisten nach! Rock und Weste waren nämlich neu.«

»Und warum habt Ihr sie dann angezogen?«, fragte der Arzt.

»Aus Gewohnheit! Auch erwartete ich, dass mein hassenswerter Verwandter danebenschießen würde«, gab Lauenstein bereits um einiges besser gelaunt zurück.

»Hebt den Arm!«, forderte ihn der Arzt auf.

Es gelang Lauenstein, auch wenn er dabei arg das Gesicht verzog.

Der Arzt tastete ein wenig an seiner Seite herum und lächelte dann übers ganze Gesicht. »Herr Leopold hat nicht nur zu früh geschossen! Er ist auch noch ein erbärmlich schlechter Schütze. Die Kugel ist hier aufgetroffen, wurde von der Rippe abgelenkt und schlug nur eine oberflächliche Wunde. An dieser Stelle«, sagte er und drückte auf eine kleine Beule, »sitzt sie direkt unter der Haut. Ich werde sie herausschneiden, die Wunde säubern und Euch verbinden. Einen Tag Bettruhe, an dem Ihr den Arm möglichst wenig bewegen solltet, und Ihr könnt Euch wieder unters Volk mischen.«

»Es ist also nicht so schlimm!«, schloss Cristina aus seinen Worten und atmete auf.

»Ich hatte es mir jedenfalls schlimmer vorgestellt. Es wird keine Narbe zurückbleiben, die Euer Gemahl mit Stolz vorzeigen kann – so wie diese hier!« Der Arzt berührte eine handspannenlange Narbe, die sich quer über Lauensteins Rücken zog.

Cristina erinnerte sich daran, dass ihr Mann sie nur ungern seinen Rücken hatte sehen lassen. Er dachte wohl, sie würde bei dem Anblick erschrecken. Dabei hatte er ihr selbst berichtet, wie er einmal schwer verletzt vom Schlachtfeld getragen worden war.

»Habt Ihr diese Wunde überlebt, so werdet Ihr auch die heutige überstehen«, erklärte der Arzt und fuhr in seiner Behandlung fort.

Unterdessen klopfte es, und Frau von Hellberg steckte den Kopf herein. »Ist es erlaubt, einzutreten?«

»Tut es, bleibt aber bei Frau von Lauenstein stehen!«, sagte der Arzt, ohne in seinem Werk innezuhalten.

Florentine von Hellberg trat auf Cristina zu und sah ihren Verwandten besorgt an. »Seid Ihr schwer verwundet?«

»Am Leib um einiges weniger als Vetter Leopold in seiner Ehre!«

Jetzt, da die Kugel entfernt war und nicht mehr drückte, fühlte Lauenstein sich besser. Er fragte sich, auf welcher Seite diese Verwandte stand. Tags zuvor hatte es jedenfalls nicht so ausgesehen, als wären sein Vetter und sie Busenfreunde.

»Ich hörte Gerüchte, er habe vor der Zeit geschossen und Euch verletzt!«, sagte Frau von Hellberg. »Vetter Wilhelm wird vor Wut glühen, wenn er das hört. Einen Lauenstein, der unehrenhaft handelt, hat es in der ganzen Familie noch nicht gegeben.«

»Wenigstens wurde noch keiner dabei erwischt!« Lauenstein lachte kurz, doch blieb es ihm im Hals stecken, als der Arzt die Wunde mit einer scharfen Tinktur reinigte.

»Das ist ja noch schlimmer als der Einschlag der Kugel«, stöhnte er.

»Aber es sorgt dafür, dass sich die Wunde nicht entzündet und Ihr Eure Frau Gemahlin bald wieder in die Arme schließen könnt«, erwiderte der Arzt ungerührt und nahm die Binde zur Hand. Danach wandte er sich an Dilge. »Du kannst ein frisches Hemd für deinen Herrn bringen. Auf eine Weste hingegen sollte er verzichten. Auch sollte er sich heute zum Frühstück mit einem Stück Toast und zu Mittag mit einem Teller Hühnersuppe begnügen.«

»Wie Ihr mit solchen Rezepten zu Fürst Friedrichs Leibarzt werden konntet, wundert mich«, sagte Lauenstein brummig. »Wie soll man gesund werden, wenn man halb verhungern muss?«

»So schnell verhungert Ihr nicht. Immerhin habt Ihr ein wenig zuzusetzen!« Der Arzt lachte kurz, trat einen Schritt zurück und betrachtete sein Werk.

»Mehr kann ich im Augenblick nicht tun. Ich sehe später noch einmal nach Euch! Bis dorthin Gott befohlen!«

»Quacksalber!«, brummte Lauenstein, brachte den Arzt damit aber nur noch einmal zum Lachen.

Kaum hatte dieser den Raum verlassen, verabschiedete sich auch Prinz Carl Wilhelm. Dilge half Lauenstein in ein frisches Hemd und brachte die blutigen Sachen weg, während Cristina und Florentine von Hellberg bei dem Verletzten blieben.

Cristina holte einen Stuhl, um sich ans Bett ihres Mannes zu setzen. »Ich werde Ira auffordern, uns das Frühstück hier servieren zu lassen. Immerhin hatten wir vereinbart, nach dem Duell gemeinsam zu frühstücken, und das sollten wir auch tun.«

»Aber nur, wenn ich mehr als ein Toastbrot bekomme!«, antwortete Lauenstein und zwinkerte ihr zu.

Frau von Hellberg betrachtete die beiden und fand, dass sie sehr vertraut miteinander umgingen. »Ich glaube, unser unseliger Verwandter Leopold ist einem Irrtum erlegen!«, sagte sie mit einem spöttischen Lächeln.

»Welchem Irrtum?«, wollte Lauenstein wissen.

»Er meinte, Ihr hättet Euch, nachdem Ihr vom Tod der Söhne Wilhelm von Lauensteins gehört habt, rasch irgendein junges Weib genommen, um ihn vom Erbe verdrängen zu können.«

Lauenstein musste lachen, verzog aber das Gesicht vor Schmerz. »Da sieht man, was für ein Narr er ist! Cristina und ich kennen uns bereits seit fünf Jahren, und sie weiß genau, wer und was ich bin.«

»Und Ihr wisst, wer und was sie ist?« Florentine von Hellbergs Bemerkung war freundlich gemeint, trotzdem versetzte sie Cristina einen Stich. Da die Sorge um ihren Ehemann geringer geworden war, erinnerte sie sich auch wieder daran, weshalb sie nach Friedrichsthal gekommen war. Doch konnte sie Lauensteins Krankenbett verlassen, um ihre Verwandten aufzusuchen und der Vergangenheit nachzuspüren? Sie begriff, dass sie es tun musste, wollte sie nicht zeit ihres Lebens von Zweifeln geplagt werden. Diesen Tag aber, sagte sie sich, wollte sie sich ihm widmen, und benützte die Zwischentür, um in ihr Zimmer zu gelangen.

Dort war Ira damit beschäftigt, die Kleider zu sortieren. Sie hob den Kopf, als Cristina hereinkam. »Ich habe bereits gehört, dass Herr von Lauenstein nur leicht verwundet sein soll. Wenn Ihr wünscht, kann ich bei ihm bleiben und ihn pflegen.«

»Heute werde ich das tun! Wärst du so lieb, das Frühstück in sein Zimmer bringen zu lassen? Fordere bitte drei Gedecke, denn ich glaube, Frau von Hellberg wird bleiben wollen, um sich mit uns zu unterhalten.«

»Da habt Ihr vollkommen recht, meine Liebe!«, klang Florentine von Hellbergs Stimme hinter ihr auf. Die Dame war ihr gefolgt und sah bewundernd auf die Kleider, die Ira herausgelegt hatte.

»Ihr habt einen exzellenten Geschmack, meine Liebe – oder eine ausgezeichnete Zofe!«

»Letzteres habe ich gewiss!«, antwortete Cristina amüsiert und kehrte in Lauensteins Zimmer zurück. »Mein Herr Gemahl, Ira wird sich gleich um das Frühstück kümmern. Ihr werdet es in Frau von Hellbergs und meiner Gegenwart einnehmen müssen.«

»Ich werde es überstehen!«, antwortete Lauenstein und zeigte damit deutlich, dass er sich auf dem Weg der Besserung befand.

7.

Sie frühstückten gemeinsam, wobei ein Teil von Cristinas Eierspeise auf Lauensteins Teller wanderte. Seine Bitte um ein Stück Schinken ignorierte sie jedoch, um den Arzt nicht zu erzürnen.

»So ist es richtig! Eine Frau muss ihrem Mann auch seine Grenzen aufzeigen«, stimmte Florentine von Hellberg ihr zu.

»Ihr habt klug gewählt, mein Lieber!«, sagte sie zu Lauenstein. »Eure Frau nutzt ihren Kopf nicht nur dazu, ihr zugegebenermaßen wunderschönes Blondhaar zu tragen. Sie weiß auch damit zu denken.«

»Die meisten Männer wünschen sich keine Frauen, die denken können«, spottete Cristina.

»Deswegen werden Mädchen auch nicht dazu erzogen!« Florentine von Hellberg lachte, um zu zeigen, dass sie es nicht zu ernst meinte.

»Das ist teilweise sehr schade«, sagte Lauenstein nachdenklich. »Herzog Anton Ulrichs Witwe Charlotte Amalie regierte Sachsen-Meiningen fast zwanzig Jahre lang, und nicht zu dessen Schaden. Daher war es auch für mich Pflicht, mir ein Weib zu suchen, das mehr als Mode und Klatsch im Kopf hat. Sollte Cristina uns einen Sohn gebären, kann er die Mutter und deren Verstand gut gebrauchen.«

Noch während Lauenstein es sagte, dachte er, wie rasch sich alles ändern konnte. Bis zu dem Augenblick, in dem er erfahren hatte, dass er der Erbe von Lauenstein war, hätte es ihn wenig gestört, wenn keine Kinder oder eine Tochter zur Welt kämen. Nun sehnte er sich nach einem Sohn, der ihm einmal als Majoratsherr auf Lauenstein nachfolgen konnte.

»Ich habe vor der Dame singen dürfen! Sie ist schon sehr alt, aber immer noch mit einem messerscharfen Verstand gesegnet«, berichtete Cristina in bewunderndem Tonfall.

»Und das zur vollen Zufriedenheit Ihrer Gnaden!«, erklärte Lauenstein lächelnd und tätschelte Cristinas Hand. »Du hast versprochen, auch hier zu singen.«

»Aber doch nicht, wenn Ihr verletzt seid!«, wehrte Cristina ab.

»Glaubst du, ich werde schneller gesund, wenn du nicht singst? Ich bin sogar sehr dafür, dass du singst. Je zufriedener Fürst Friedrich ist, umso bessere Pflege wird mir zuteil.«

»Zu zufrieden sollte er allerdings auch nicht sein!«, warf Florentine mit einem gewissen Tadel ein.

»Liebste Base, ich darf doch so sagen? Cristina ist nicht umsonst als die ›singende Vestalin‹ bekannt! Kurfürst Friedrich August nannte sie sogar eine ›Venus aus Eis‹.« Lauenstein lächelte bei diesen Worten sanft, doch sein Blick wirkte hart.

Sowohl seine Verwandte wie auch Cristina begriffen, dass er bereit war, jeden, der seine Ehre und die seiner Frau in den Schmutz ziehen wollte, vor seine Pistole zu fordern.

»Wir sollten auf dem weiteren Weg in Suhl Station machen, damit wir dort eine kleine Pistole kaufen können. Auf Dauer werde ich aufdringliche Verehrer nicht nur mit einem zornigen Ruf zurückhalten können«, sagte Cristina ebenso ernst.

»Die Stimme meiner Gemahlin ist gefürchtet! Cristina hat damit erst letztens einen Mörder so erschreckt, dass ihm sein Opfer entkommen konnte!«, sagte Lauenstein und berichtete von dem Einbruch in das Haus am Park.

»Ich rate niemandem, sich ihren Zorn zuzuziehen. Sie wird kämpfen wie eine Löwin, und sollte sie einmal Grund haben, Rache zu üben, wird diese fürchterlich sein. Man sieht es ihr nicht an, doch ist sie zur Hälfte italienischen Geblüts. Sie weiß zudem mit Dolch und Pistole gleichermaßen umzugehen. In der Heimat ihrer Ahnen wäre sie wohl eine gefürchtete Brigantin geworden!« Lauenstein trug etwas dick auf, ahnte aber, dass Cristina diesem Bild entsprechen konnte, wenn sie dazu gezwungen wurde. Nun erinnerte er sich daran, dass sie eigentlich nach Friedrichsthal gekommen war, um ihre Verwandten wiederzusehen.

»Meine Liebe, du solltest jetzt gehen und dir das pittoreske Lagerleben der Vaganten ansehen, die zu dem Fest gekommen sind!«, forderte er Cristina auf.

Diese schüttelte energisch den Kopf. »Das kann ich nicht, wenn Ihr hier auf dem Schmerzenslager liegt.«

»Da ich laut diesem Kurpfuscher, den Fürst Friedrich sich als Leibarzt hält, heute im Bett liegen bleiben soll, halte ich dies nicht für gut. Ich habe dich hierhergebracht, damit du diese Leute siehst, und erwarte, dass du mir so gehorchst, wie es dir als braver Ehefrau zukommt.«

»Heute werde ich noch …«

»… brav zu den Vaganten gehen«, unterbrach Lauenstein Cristina lächelnd. »Nimm Ira mit! Mehr Schutz wirst du in diesem Fürstentum nicht benötigen.«

Cristina wollte zu einer Gegenrede ansetzen, doch da hob Lauenstein die Hand. »Glaube nicht, dass ich hier ohne dich an Langeweile zugrunde gehe. Zum einen hoffe ich, dass Frau von Hellberg noch ein wenig bleibt und mir mehr über unsere gemeinsamen Verwandten berichtet, und zum anderen hat Herr von Kosegarten versprochen, später mit mir Schach zu spielen.«

Nun gab Cristina nach. »Da Ihr es so wollt!«, sagte sie, stand auf und verließ nach einem Knicks den Raum.

»Nun habe ich sie wohl verärgert«, meinte Lauenstein in komischem Entsetzen zu Florentine von Hellberg.

»Ihr solltet Euch glücklich schätzen, dass Eure Frau Euch so liebt«, antwortete diese und begann dann, über ihren Vetter Wilhelm zu sprechen, dessen Erbe Lauenstein einmal werden sollte.

Cristina war ihrem Mann tatsächlich sogar ein wenig dankbar, weil er ihr die Möglichkeit gab, nach ihren Verwandten zu suchen. Gleichzeitig aber sagte sie sich, dass sie nicht allzu lange ausbleiben sollte. In ihrem Zimmer angekommen, wies sie Ira an, ihr ein Ausgehkleid, einen passenden Hut und einen Sonnenschirm bereitzulegen und sich danach selbst anzuziehen.

»Herr von Lauenstein besteht darauf, dass wir uns das Lager der Gaukler ansehen«, sagte sie mit einem leichten Grummeln.

Ira wusste genug über Cristinas Herkunft, um zu wissen, dass es um deren Verwandte ging.

»Herr von Lauenstein ist ein sehr zuvorkommender Herr«, sagte sie daher und beeilte sich, damit Cristina und sie fertig wurden.

8.

Fünf Jahre waren eine Zeit, die man nicht mit einem einzigen Schritt überwinden konnte. Cristina begriff dies, als sie mit Ira an ihrer Seite durch das Lager der Gaukler schlenderte und die Wagen betrachtete. Viele waren bunt bemalt, doch bei dem einen oder anderen blätterte die Farbe bereits wieder ab. Die Wäsche an den Leinen war zwar ebenfalls farbig, aber bei einigen Stücken konnte Cristina sehen, dass sie zu lange in Gebrauch waren. Auf Schloss Elisabethenburg hätte man sie höchstens noch als Putzlappen verwendet. Hier war ihr Gebrauch ein Zeichen für die Armut der fahrenden Menschen.

Dies sagte ihr auch die Nase. Früher einmal hatte sie die Speisen gegessen, die hier gekocht wurden. Jetzt empfand sie deren Geruch teilweise als unangenehm und schämte sich dafür. Die Jahre in

Meiningen hatten sie ihrer Herkunft stärker entfremdet, als sie es sich vorgestellt hatte.

Kinder liefen hinter ihr her. Viele davon waren schmutzig, und die Kleinsten trugen nicht einmal Kleider am Leib. Einige der keckeren Kinder bettelten sie sogar an. Ich müsste es doch gewohnt sein, dachte sie verzweifelt. Aber für diese Menschen war sie nur eine der Damen, die zum Fest gekommen waren, um den Künsten der Gaukler zuzusehen.

Ein vielleicht zwölfjähriges Mädchen kam auf sie zu und hielt einen Dolch in der Hand. Im ersten Augenblick erschrak Cristina, doch da reckte das Kind den Kopf nach oben und schob sich die schmale Klinge in den Mund, bis diese bis zum Heft in ihrem Schlund verschwand. Danach zog das Mädchen die Klinge wieder heraus und streckte Cristina grinsend die flache Hand hin, um den Lohn für ihr Kunststück einzufordern.

Als Cristina ihr ein paar Kreuzer reichte, glitzerten die Augen des Mädchens freudig auf.

»*Grazie mille, grazie mille, mia signora!*«, rief es und wollte weglaufen.

»Bleib!«, bat Cristina. »Wer hat dich dieses Kunststück gelehrt?« In ihrer Anspannung sprach sie Deutsch, so wie sie es seit Jahren gewohnt war.

»*Mia madre!*«

»Deine Mutter also!« Cristina dachte an Loretta, die Cousine ihrer Mutter, die als einzige Frau dieses gefährliche Kunststück aufgeführt hatte. »Kannst du mich zu deiner Mutter bringen?«

»*Sì!*« Das Mädchen eilte ihr voran. Lorettas Tochter konnte es nicht sein, sagte Cristina sich, denn sie hatte erst vor fünf Jahren geheiratet. Allerdings hatte deren Ehemann sechs Kinder von seiner ersten Frau, und so mochte das Mädchen eines von diesen sein.

Cristina sah kurz darauf eine Frau, die neben einem Planwagen stand und ein zweijähriges Kind auf dem Arm trug, das sie mit der freien Hand fütterte. Es war Loretta. Sie hatte sich in den letzten fünf Jahren kaum verändert. Eben küsste sie das Kleine, sah dann das Mädchen und eine Dame auf sich zukommen. In ihren Augen war kein Funken des Erkennens zu sehen.

Habe ich mich wirklich so verändert?, fragte Cristina sich.

»Mamma, questa signora vuole vederti!« – Mama, diese Dame will dich sehen –, erklärte Cristinas Führerin und blieb neugierig in der Nähe stehen.

Loretta knickste trotz des Kindes auf dem Arm, reichte es dann aber dem Mädchen.

»Prenditi cura di tuo fratello!« – Kümmere du dich um deinen Bruder! – Danach wandte sie sich Cristina zu.

»Womit kann ich dienen, Madame?« Sie verwendete Deutsch, während man unter sich noch immer am überlieferten italienischen Dialekt festzuhalten schien.

»Davvero non mi conosci più?« – Kennst du mich wirklich nicht mehr? –, fragte Cristina ebenfalls auf Italienisch.

Loretta starrte sie an und schien in ihren Erinnerungen zu wühlen. Schließlich schüttelte sie den Kopf. *»Ma non puoi essere Cristina!«* – Aber du kannst nicht Cristina sein! –

»Io sono Cristina!« – Ich bin Cristina! –, antwortete Cristina und wechselte in das Deutsche über.

»Ich freue mich so, dich zu sehen!« Sie trat auf Loretta zu und schloss sie in die Arme. Diese schien es noch immer nicht glauben zu können.

»Wie ist das möglich? Es hieß, Ettore hätte dich an irgendeinen Fremden verkauft, für den du singen solltest. Und jetzt steht eine wunderschöne, elegante Dame vor mir.«

»Ich singe auch und verdiene damit mein Geld«, antwortete Cristina. »In der Hinsicht hatte ich Glück, auch wenn ich es zu Beginn nicht zu würdigen wusste. Wie habe ich mich in den ersten Wochen nach dir gesehnt und nach Mirta, ja, sogar nach Alfonsina!«

»Sprich nicht von dieser Teufelstochter!«, rief Loretta zornig. »Sie hat die Sippe zugrunde gerichtet. Nachdem sie dich, Mirta und mich ausgebissen hatte, ist der Riss zwischen Ettore, ihr und den anderen immer größer geworden. Als Nunzia und Pina kurz hintereinander verstorben sind, wurde sogar von Gift gemunkelt.«

»Du meinst, Alfonsina hätte die beiden umgebracht?«, fragte Cristina entsetzt.

»Ob es so war, weiß ich nicht. Es ist nur so, dass die beiden alten Frauen nur wenige Tage nach einem heftigen Streit mit Alfonsina krank geworden sind und innerhalb einer Woche tot waren. Olindo, Massimo und Santino haben jedenfalls angenommen, dass Alfonsina ihnen die falsche Medizin eingeflößt hat, um sie loszuwerden. Es kam zu einem gewaltigen Streit, und schließlich haben sich alle von Ettore getrennt bis auf dessen Frau und deren Kinder und Olindo zu ihrem neuen Oberhaupt gewählt.« Loretta senkte den Kopf und seufzte. »Ich habe sie nur noch einmal getroffen. Sie wollten weiter nach Norden ziehen und dort das Privileg erbitten, ihre Künste auf den Märkten zeigen zu können.«

»Das Letzte, was ich erfahren habe, war, dass sich die Gruppe nach Westen gewandt haben soll«, sagte Cristina.

»Das war Ettore mit seiner Familie. Seitdem habe ich nichts mehr von ihm gehört – und ich will es auch nicht!«

Cristina spürte, dass der Niedergang der Sippe ihre Verwandte schwer getroffen hatte. Die Heirat ihres Onkels mit Alfonsina war Gift für sie alle gewesen. Dieses Weib hatte sich als Ehefrau des Sippenoberhaupts und damit als etwas Besseres gefühlt und die anderen wie Dienstboten behandelt. Wer es sich wie Loretta und Mirta nicht gefallen lassen wollte, dem hatte sie so lange zugesetzt, bis er sich einer anderen Sippe angeschlossen hatte.

»Ich wünsche Olindo und den Seinen viel Glück, und auch, wenn du Alfonsina und Ettore hasst, selbst diesen«, sagte sie betroffen.

»Nicht, wenn Alfonsina unsere Tanten wirklich umgebracht und Ettore es nicht gewagt hat, sie dafür zu bestrafen!« Loretta klang unversöhnlich, schüttelte sich dann aber und bat Cristina, zu erzählen, wie es ihr ergangen war.

Die beiden wanderten nun am Rande des Lagers dahin, und so mancher Blick folgte ihnen. Eine Gauklerin und eine Dame höheren Standes waren kein Paar, das man oft sah. Ira hielt sich hinter den beiden und betrachtete das für sie exotische Treiben.

Cristina berichtete von den Jahren in Meiningen, verschwieg dabei aber die weniger schönen Dinge wie ihre Entführung durch Baron Vollendorf. Allerdings gab es, wie sie zugeben musste, nur wenig, was wirklich unangenehm gewesen war. Spätestens ein halbes Jahr, nachdem Lauenstein sie ihrem Onkel abgekauft hatte, hatte sie sich an das Leben im Schloss Elisabethenburg gewöhnt gehabt.

»Um zu verhindern, dass ich mir einmal eine andere Heimat suche, hat Herzog Georg darauf bestanden, dass ich Herrn von Lauenstein heiraten muss«, meinte sie zuletzt mit einem leisen Lachen.

»Und? Hast du es getan?«, fragte Loretta gespannt.

Cristina nickte. »Ja! Es war für uns alle das Beste. Lauenstein ist ein freundlicher Herr! Zwar ist er um vieles älter als ich, aber ich komme mit ihm gewiss besser aus als mit jedem anderen.«

»Liebst du ihn?«, fragte Loretta weiter.

Cristina dachte kurz nach und nickte. »Doch, das tue ich! Ich verspüre vielleicht nicht die große Leidenschaft für ihn, doch ich fühle mich bei ihm geborgen.«

»Das tue ich auch bei meinem Efisio. Wir haben beide inzwischen zwei Kinder, den kleinen Tino, den du gesehen hast, und die vierjährige Marghitta. Wir leben gut zusammen, und ich fühle mich ebenfalls bei ihm geborgen!« Loretta lachte und wies nach hinten. »Er lässt uns nicht aus den Augen! Wie wird er staunen, wenn ich ihm sage, wer du bist.«

Cristina drehte sich um und sah Lorettas Ehemann ein Stück entfernt stehen. Eben sprach er einen der anderen Gaukler an, blickte aber immer wieder zu ihnen her.

»Oder ist es dir nicht recht, wenn ich es ihm sage?«, fragte Loretta besorgt, sie könnte Cristina damit verärgert haben.

»Nein, sag es Efisio ruhig! Auch Mirta soll es wissen. Viel mehr sollten es allerdings nicht sein.«

Loretta nickte. »Ich verstehe! Es ist auch niemand da, den es etwas anginge, dass aus der kleinen Cristina eine große Dame geworden ist.«

»Etwas anderes wäre es, wenn Olindo oder andere aus unserer Familie hier wären. Es macht mich traurig, sie nicht zu wiederzusehen.« Cristina wischte sich kurz über die Augen. So hatte sie sich das Wiedersehen mit ihrer Vergangenheit nicht vorgestellt. Das Schicksal nahm jedoch keine Rücksicht auf den Einzelnen und auch nicht auf eine Gruppe, die wie Ettores Trupp nicht in Frieden hatte zusammenleben können.

»Jedenfalls freut es mich, dass es dir gut geht. Wie ist es eigentlich mit Mirta?«, fragte sie.

»Wir sind auf dem Weg zu ihr!«

Sie näherten sich drei eng zusammenstehenden Wagen, von denen einer noch recht neu aussah. Auch hier hingen Wäschestücke an der Leine, und als sie näher traten, sahen sie den Patron der Sippe mit einem Geistlichen in der braunen Kutte der Franziskaner sprechen. Mirta stand dabei, hielt einen Säugling auf dem Arm und lauschte.

»Es ist ihr drittes Kind, und es geht um die Taufe. Wir werden sie heute Nachmittag feiern. Wirst du kommen?«, fragte Loretta.

Cristina überlegte. »Wenn es sich machen lässt! Ich muss im Schloss singen und weiß nicht, ob dies am Nachmittag oder erst am Abend ist.«

»Mirta würde sich freuen«, sagte Loretta und machte ihre Cousine mit einem Zeichen auf sich aufmerksam.

Da der Pater alles gesagt hatte, was zu sagen war, und zur nächsten Sippe weiterging, kam Mirta zu ihnen her.

»Heute wird getauft, Loretta. Ich freue mich so!«, rief sie und sah dann Cristina an. Das blonde Haar und die dunklen Augen brachten sie auf die richtige Spur.

»Cristina! Bei Gott, was für ein herrlicher Tag! Ich habe mich so danach gesehnt, dich wiederzusehen.«

»Und ich mich nach Loretta und dir!« Cristina umarmte auch diese Verwandte, aber vorsichtig, da Mirta noch das Kind auf den Armen trug.

»Wie geht es dir? Wenn ich dich so ansehe, kann es nur gut sein!« Mirtas Augen leuchteten, und sie strich Cristina über die Wange, so wie sie es früher oft getan hatte.

»Bei der Madonna, du bist noch größer geworden. Dabei nannte Febe dich damals schon das lange Elend.«

»Es gibt Frauen, die sind noch größer als ich«, gab Cristina belustigt zurück.

»Ja, unter den Tedesce!«

»Ich bin eine halbe Tedesca!« Ein Schatten zog über Cristinas Gesicht, denn über diese Herkunft fehlte ihr sämtliches Wissen.

Da schlug Loretta sich mit der flachen Hand gegen die Stirn. »Gut, dass du mich daran erinnerst! Bleibe bitte hier. Ich bin gleich zurück.« Sie hatte es kaum ausgesprochen, da lief sie auch schon in Richtung der eigenen Wagen.

»Was hat sie denn?«, fragte Cristina verwundert.

»Das wird sie uns schon sagen, wenn sie zurückkommt«, antwortete Mirta lachend. »Lass dich ansehen! Wer hätte das gedacht, als du zur Welt gekommen bist und Alfonsina dich als Sündenbalg bezeichnet hat. Deine Mutter war noch von der Niederkunft geschwächt, aber sie hat es diesem Biest gezeigt. Ich wusste gar nicht, dass ein einzelner Mensch so viele Schimpfworte kennt. Dein Großvater musste die beiden trennen, weil Alfonsina handgreiflich wurde.«

»Sie hat Mama geschlagen, obwohl diese mich gerade erst geboren hatte?«, fragte Cristina empört und wünschte sich, dies früher gewusst zu haben. Die Frösche unter Alfonsinas Decken wären nicht mehr zu zählen gewesen.

»Alfonsina erhielt die härteren Hiebe! Schon damals hatte sie schon mehr Fett als Muskeln. Bei deiner Mutter war es umgekehrt. Zudem war Orietta in Wut geraten. Sie war wie eine Löwin, die ihr Junges verteidigt, und Alfonsina hatte ihr nichts entgegenzusetzen.« Mirta musste lachen, als sie sich an diese Szene erinnerte, und bat dann Cristina zu erzählen, wie es ihr in den letzten fünf Jahren ergangen war.

9.

Als Loretta zurückkam, hielt sie ein in vergilbtes Leinen geschlagenes Päckchen in der Hand. »Ich bin so froh, dass ich es dir doch noch übergeben kann!«, sagte sie atemlos. »Ich habe es von deiner Mutter erhalten und sollte es für dich aufbewahren, bis du alt genug wärst. Eigentlich hätte ich es dir bereits geben müssen, als ich mich von der Sippe getrennt habe. Durch den Ärger mit Alfonsina habe ich jedoch nicht daran gedacht und es erst später unter meinen Sachen entdeckt. Bei der Madonna, habe ich mich deswegen geschämt!« Loretta kämpfte gegen die Tränen an, die in ihr aufsteigen wollten.

Cristina zog sie an sich, um sie zu trösten. »Es ist doch alles gut gegangen, Liebes!«

»Der Madonna sei Dank!« Loretta beruhigte sich wieder und meinte zu Mirta, dass dies ein schönerer Tag geworden sei, als sie es bereits erhofft habe.

Obwohl Cristina nach Friedrichsthal gekommen war, um ihrer Herkunft nachzuspüren, fühlte sie sich beklommen. Gleichzeitig aber schlug ihr Herz rascher, denn das Päckchen kam von ihrer Mutter und war deren Vermächtnis an sie.

Sie unterhielt sich noch eine Weile mit Loretta und Mirta, dann verabschiedete sie sich und kehrte zum Schloss zurück. Unterwegs zupfte Ira sie am Ärmel. »Soll nicht besser ich das Päckchen tragen?«

»Nein! Das trage ich selbst. Es gehörte einst meiner Mutter und ist für mich bestimmt.« Cristina lächelte, dachte dann aber an ihren Mann, der verletzt im Schloss lag, und beeilte sich, zu ihm zu gelangen.

Sie fand Lauenstein schlafend vor und wollte ihn nicht wecken. Stattdessen setzte sie sich auf einen Sessel, presste das Päckchen an ihre Brust, wagte aber nicht, es zu öffnen.

»Was bin ich nur für ein Feigling!«, schalt sie sich leise und nahm sich vor, das Päckchen spätestens dann zu öffnen, wenn Lauenstein wieder so weit hergestellt war, dass sie es gemeinsam tun konnten.

Als sie sah, dass er wach wurde, schickte sie Ira los, dafür zu sorgen, dass das Essen für ihren Mann und sie hier serviert wurde.

»Es ist lieb von dir, dass du mir Gesellschaft leisten willst«, sagte Lauenstein mit einem verkrampften Lächeln.

»Habt Ihr Schmerzen?«, fragte Cristina besorgt.

»Ein wenig! Ich kann auch den linken Arm schlecht bewegen. Du wirst daher die Güte haben müssen, mein Mahl in mundgerechte Portionen zu schneiden. Doch sag jetzt, hast du deine Verwandten gefunden?« Lauenstein richtete sich neugierig auf.

Cristina nickte. »Zwei von ihnen, nämlich Loretta und Mirta! Die beiden mag ich auch am liebsten. Mein Onkel Ettore hat sich mit dem Rest der Sippe zerstritten und ist nach Westen gezogen, mein Onkel Olindo mit den anderen nach Norden. Keiner von ihnen ist hierher zurückgekommen.«

»Das ist bedauerlich, denn damit weißt du nicht, wo du sie wiedersehen kannst«, fand Lauenstein.

»Wer weiß, vielleicht begegnen wir ihnen auf unseren Reisen.« Cristina hoffte, zumindest auf Olindos Trupp zu treffen. Dann aber dachte sie, dass sie mit Ettores Sohn Uberto immer gut ausgekommen war, und wünschte sich, auch ihn wiederzusehen und ebenso dessen Schwester Bice.

»Eigentlich will ich auch Onkel Ettore und dessen Familie begegnen. Alfonsina soll erfahren, was aus mir geworden ist, und dann an ihrem eigenen Neid und Gift ersticken!«, sagte sie und hörte ihren Mann leise lachen.

»Eines, mein Kind, weiß ich gewiss! Man sollte sich hüten, dich zur Feindin zu haben. In dir steckt sehr viel von deiner Mutter. Da diese ihre Schwägerin bis zu ihrem Tod im Zaum halten konnte, muss sie sehr durchsetzungskräftig gewesen sein.«

Cristina spürte eine gewisse Bewunderung in Lauensteins Worten und freute sich darüber. »Loretta hat mir dieses Päckchen als Vermächtnis meiner Mutter übergeben«, berichtete sie. »Ich habe ein wenig Angst vor dem, was ich darin finden werde. Würdet Ihr, wenn Ihr Euch besser fühlt, mir helfen, es zu öffnen? Und noch etwas: Mirtas Jüngster wird heute getauft.«

»Und da möchtest du ihm ein Taufgeschenk machen«, setzte Lauenstein den Satz fort. »Ja, meine Liebe, das werden wir zusammen tun.«

»Aber Ihr dürft doch das Bett nicht verlassen!«, wandte Cristina besorgt ein.

»Der Leibarzt des Fürsten, der eigentlich gar kein so übler Kerl ist, hat vorhin noch einmal nach mir gesehen und ist der Meinung, dass ein kleiner Spaziergang für meine Genesung sogar zuträglich wäre. Ich soll allerdings den linken Arm in einer Schlinge tragen, damit die Wunde nicht belastet wird. Doch das ist eine leichte Aufgabe. Außerdem«, Lauenstein unterbrach sich kurz und strich ihr mit der Daumenkuppe über die Wange, »hat Seine Hoheit, Fürst Friedrich, anfragen lassen, ob du heute Abend ein oder zwei Lieder singen könntest. Es wäre eine noble Geste, ihm für seine Gastfreundschaft zu danken.«

»Das mache ich gerne!«, antwortete Cristina und wies auf das vergilbte Päckchen. »Wann öffnen wir das?«

»Sobald du es wünschst! Bis dorthin bleibt uns die Illusion, du könntest die Tochter eines sehr hohen Herrn sein, der sich in deine Mutter verliebt hat.«

»Mein Herr, Ihr werdet mir zu übermütig!«, tadelte Cristina, erntete aber nur ein leises Lachen von ihm.

Das Päckchen kam vorerst in ihre Reisetruhe. Kurz darauf erschien ein Diener mit einem Servierwagen und tischte auf. Lauenstein schnalzte mit der Zunge, als er den köstlichen Braten roch, den der Lakai auf Cristinas Teller legte. Seine Hoffnung, das Gleiche zu erhalten, erfüllte sich jedoch nicht. Ihm stellte der Diener nämlich eine kleine Terrine mit Hühnersuppe hin.

»Mit den besten Empfehlungen des Herrn Hofmedicus. Er hält diese Speise für Euch angemessen!«, sagte der gute Mann.

Lauenstein sah Cristina mit traurigen Augen an. »Ich nehme meine Worte von vorhin zurück. Der Arzt ist wirklich ein übler Kerl!«

»Tröstet Euch damit, dass er Euch einen kleinen Spaziergang erlaubt hat«, antwortete Cristina lächelnd. »Doch wie steht es? Vermögt Ihr allein zu essen, oder soll ich Euch helfen?«

»Und mich wohl auch noch füttern wie ein kleines Kind?« Mit einem leichten Schnauben setzte Lauenstein sich so, dass er das Tablett mit der Terrine auf den Schoß nehmen konnte, und begann zu essen. Nach ein paar Löffeln nickte er zufrieden. »Diese Suppe schmeckt äußerst delikat! So habe ich sie noch nie gegessen!«

»Die Suppe ist mit heilenden und wohlschmeckenden Kräutern aus dem Thüringer Schiefergebirge zubereitet worden. Das Rezept stammt von der berühmten Wanderapothekerin Klara Just, die in diesem Schloss mehrfach segensreich gewirkt hat«, erklärte der Lakai und trat zurück, um darauf zu warten, dass er wieder gebraucht wurde.

10.

Nach dem Essen gönnte Lauenstein sich ein Stündchen Schlaf, rief dann aber gebieterisch nach seinem Kammerdiener, damit dieser ihn für den Spaziergang zurechtmachte. Er hatte sogar die Genugtuung, vor Cristina fertig zu sein. Dilge und Ira begleiteten sie, um ihm beizustehen, wenn es nötig sein sollte.

Cristina hätte sich gewünscht, ihr Mann wäre im Bett geblieben, doch sie konnte ihm nicht verbieten, ihre Verwandten zu sehen. Zu lange aber wollte sie nicht im Lager bleiben, damit Lauenstein bald ins Schloss zurückkehren und sich vor ihrem Gesangsauftritt am Abend noch ein wenig ausruhen konnte.

Vor fünf Jahren war sie selbst Teil der Gaukler und Landfahrer gewesen. Jetzt aber erschien ihr alles so fremd, dass sie sich darüber wunderte. Dabei machte der Franziskaner seine Sache gut. Er taufte nicht nur Mirtas Sohn, sondern auch noch mehr als ein halbes Dutzend anderer Kinder, die seit dem letzten Jahr geboren worden waren. Anschließend traute er einige junge Paare, die heiraten wollten.

Während die einzelnen Sippen beieinanderstanden und sich unterhielten, kamen Loretta und Mirta zu ihnen her und knicksten mit einer gewissen Scheu vor Lauenstein. Er gehörte zu einer Welt, die ihnen so fern schien wie der Mond.

Als Lauenstein jeder von ihnen etliche Taler als Geschenk reichte, freuten sie sich darüber. Gleichzeitig aber vertiefte es die Kluft, die sie zwischen sich und ihm spürten.

»Bevor ihr wieder fahrt, werde ich noch einmal kommen und Abschied nehmen«, sagte Cristina in der Hoffnung, dass die beiden sie dann wieder wie eine Verwandte behandeln würden und nicht wie eine der Damen, die gekommen waren, um sich dieses exotische Treiben anzusehen.

»Das solltest du tun, aber allein!«, redete Lauenstein ihr zu. »Ich wusste gar nicht, dass ich so einschüchternd wirke. Die armen Dinger sehen so aus, als hätten sie Angst, für ein falsches Wort von mir gezüchtigt zu werden.«

»Was Euch aufgrund Eurer Wunde schwerfallen würde. Oh, da ich das weiß, kann ich dieser Tage etwas kecker sein!«, sagte Cristina mit leichtem Spott.

»Du solltest bedenken, dass meine Wunde bald heilen wird und ich dann wieder die Rute schwingen kann. Allerdings würde ich dann doch lieber etwas anderes mit dir tun!«, sagte Lauenstein lächelnd.

»Ihr werdet frivol, mein Herr!«, antwortete Cristina, fand aber, dass sie durchaus dazu bereit war. Ihre Laune stieg wieder, und als Loretta und Mirta ihr heimlich nachwinkten, freute sie sich, hierhergekommen zu sein.

Nun aber brachte sie Lauenstein ins Schloss zurück und ließ nicht eher nach, bis er sich wieder zu Bett legte. Seufzend schüttelte er den Kopf. »Da dachte ich, ich hätte ein sanftes Wesen geheiratet, doch es entpuppt sich jetzt als Drache, der mich gefangen halten will.«

»Haltet Ihr Euch für eine Prinzessin?«, fragte Cristina ein wenig gekränkt.

Lauenstein schüttelte den Kopf. »Ebenso wenig, wie du ein Drache bist. Zumindest meistens nicht!«

»Das ist das Erbe meiner Mutter! Sie war eine leidenschaftliche Italienerin.«

»Welch ein langweiliger Mensch muss dein Vater gewesen sein, um dir ein so ausgeglichenes Gemüt zu vererben.«

Lauenstein genoss die kleinen Wortgefechte mit Cristina. Tatsächlich hatte sich ihr Verhältnis kaum verändert. Außer in einem, dachte er, denn sie teilten nun das Bett miteinander. Er lächelte.

»Was habt Ihr, mein Herr?«, fragte Cristina verwundert.

»Ich dachte gerade an das schlaksige junge Fohlen, das ich vor fünf Jahren hier erworben habe. Hätte mir damals jemand prophezeit, ich würde dieses Jahr mit ihr als meiner Ehefrau zurückkehren, ich hätte meinen Kopf dagegen verwettet.«

»Und ihn verloren!«

»Ich weiß nicht, ob du mit mir als kopflosem Ehemann zufrieden wärst! In Frankreich mag das vielleicht angehen, denn dort wurden viele ihres Kopfes beraubt. War es nicht so auch beim Mann der Ehefrau des jetzigen Ersten Konsuls? Ich hörte, Herr von Beauharnais wäre enthauptet worden. Seine Gattin kann damit zufrieden sein, denn hätte er den Kopf behalten, wäre sie das Weib eines geringeren Mannes als jetzt.«

»Das Gespräch wird mir zu blutig!«, erklärte Cristina. »Auch sollte man mit solchen Dingen nicht spaßen. Geköpft zu werden ist keine angenehme Sache.«

»Vor allem für den nicht, den es trifft!«

»Ihr seid unverbesserlich, mein Herr! Doch nun schließt die Augen und schlaft. Ich werde in der Zwischenzeit ein wenig lesen.«

»Tu das, meine Liebe. Tu das!« Lauenstein fühlte sich müde und sagte sich, dass er vielleicht doch nicht zum Gauklerlager hätte mitgehen sollen. Es hatte ihn erschöpft, und seine Wunde schmerzte wieder stärker. Er schlief dennoch ein und erwachte erst wieder, als Dilge die Vorhänge zuzog, um die Strahlen der tief stehenden Sonne von ihm fernzuhalten.

»Wo ist meine Frau?«, fragte er noch ein wenig benommen.

»Die gnädige Frau ist in ihrem Zimmer, um sich für das Abendessen umzuziehen«, antwortete sein Kammerdiener.

»Das sollte ich dann auch tun!« Lauenstein stand auf, verzog aber das Gesicht vor Schmerz.

»Die gnädige Frau hat befohlen, das Abendessen hier servieren zu lassen. Sie will es nur nicht in ihrem Ausgehkleid einnehmen. Der gnädige Herr sollte mit dem Umziehen warten und sich erst nach dem Mahl für das kleine Abendkonzert fertig machen.«

Lauenstein sah Dilge an und sagte sich, dass der Lakai einiges von Tilda abgeschaut haben musste. Diese war weniger Elisabeths Zofe als deren Tyrannin. Andererseits war er ein ausgezeichneter Diener, zudem verschwiegen und treu.

»Dann machen wir es so, Dilge! Hilf mir, das Hemd und die Hosen wieder zu richten, und melde meiner Frau, dass ich zum Mahl bereit bin!«

»Sehr wohl, gnädiger Herr!«

Wenig später saß Lauenstein am Tisch, den linken Arm zu seinem Ärger in der Schlinge, aber ansonsten so gekleidet, dass er sich vor seiner Frau sehen lassen konnte. Als Cristina eintrat, nickte er anerkennend. Sie trug ein grünes Kleid mit einem Smaragdcollier und hatte ihr Haar von Ira so aufstecken lassen, dass es wie eine goldene Krone das Haupt schmückte. In seinem Leben hatte Lauenstein schon viele schöne Frauen gesehen. Die eine oder andere mochte Cristina vielleicht in einzelnen Aspekten übertreffen, doch keine war vollkommener als sie.

»Meine Liebe, in dir vereinigen sich die Kühle des Nordens und die Sonne des Südens in einer Weise, wie selbst der talentierteste Maler es nicht auf Leinwand bannen und kein Dichter es beschreiben könnte!«, begrüßte er sie.

»Mein Herr, Ihr beginnt, provinziell zu werden! Ein solches Kompliment schenkt ein Herr seiner Geliebten, aber doch nicht seinem Eheweib.« Trotz ihrer spöttischen Worte freute Cristina sich darüber und beugte sich zu ihm nieder, um ihn zu küssen.

»Lass nun das Mahl beginnen!«, sagte Lauenstein. »Es drängt mich nämlich, bald die Stimme meines Weibes zu hören und mir dabei sagen zu können, dass es keine gibt, die dich erreichen kann!«

VIERTER TEIL

Verwandtenbesuche

1.

Friedrichsthal lag hinter ihnen. Mittlerweile hatte Lauenstein sich erholt, und so waren sie abgereist. Aber das Päckchen, das Cristina von Loretta erhalten hatte, lag noch immer ungeöffnet im Gepäck. Cristina fehlte der Mut, es aufzumachen, und Lauenstein wollte sie nicht dazu drängen.

Als sie sich an diesem Abend in ihrem Zimmer im Gasthof zur Nacht umzogen, sah er sie jedoch mahnend an. »Auf Dauer wirst du dich vor deiner Vergangenheit nicht verstecken können!«

Cristina nickte seufzend. »Ihr habt recht! Dabei habe ich schon überlegt, das Päckchen ins Feuer zu werfen.«

»Wenn dir danach ist, dann tu es!«

»Nein! Ihr habt ein Recht zu erfahren, was sich darin befindet. Wir hätten es vielleicht doch auf Schloss Friedrichsthal öffnen sollen.« Cristina seufzte erneut, sah dann aber, wie ihr Mann den Kopf schüttelte.

»Bei dem Trubel dort hätten wir nicht die Ruhe gefunden, es uns anzusehen, und vor allem nicht die Zeit, um darüber zu sprechen.«

Lauenstein nahm das Päckchen zur Hand. Obwohl es nicht allzu schwer war, mussten sich ein paar kleine, feste Gegenstände darin befinden.

»Willst du es aufmachen, oder soll ich es für dich tun?«, fragte er Cristina.

Sie überlegte kurz und reichte ihm eine kleine Schere. »Ich hoffe, sie übersteht es. Die Schnur, mit der das Päckchen verschlossen ist, sieht kräftig aus!«

»Dann bekommst du eben eine neue Schere«, antwortete Lauenstein und schnitt die Schnur entzwei. Als er die Leinwandhülle entfernte, traf er auf eine weitere Umhüllung aus geteerter Leinwand.

»Da wollte jemand, dass ja nichts passieren kann«, meinte er und schnitt ein Stück der geteerten Leinwand auf. Bevor er sich jedoch dem Inhalt des Päckchens zuwandte, musterte er die Schere. »Ich hoffe, du kannst dir für ein paar Tage ohne sie behelfen. Es sieht nicht so aus, als wäre sie noch zu gebrauchen.«

»Damit hat mich die Vergangenheit bereits um meine beste Nagelschere gebracht. Wer weiß, worum sie mich noch bringen wird!«

Lauenstein lächelte beruhigend. »Nun, ich hoffe doch, dass sie dir etwas gibt und nicht nimmt!« Als er fortfuhr, brachte er als Erstes einen überraschend wertvollen Ring zum Vorschein.

»Versuche, ob er dir passt«, forderte Lauenstein Cristina auf.

Diese schüttelte den Kopf. »Ich will erst wissen, was sonst noch darin ist.«

Als Nächstes hielt Lauenstein ein mehrfach gesiegeltes Schreiben in der Hand. »Ein Kreditbrief über tausend Taler!«, rief er überrascht und las ihn genauer durch. »Ausgestellt wurde er vor etwas mehr als neunzehn Jahren. Wenn ich es genau bedenke, muss es kurz vor deiner Geburt gewesen sein. Da das Geld zu verzinsen ist, kannst du auf mindestens die doppelte Summe rechnen.«

Cristina schüttelte verwirrt den Kopf. »Mit tausend Talern hätte meine Sippe alle Wagen und Pferde ersetzen und mindestens ein Drittel darüber hinaus behalten können. Doch meine Mutter hat dieses Geld nie angerührt!«

»Das ist wahrlich seltsam!«

»Vielleicht wusste Mama nicht, was dieser Brief bedeutet, denn sie konnte nicht lesen. Sie hätte ihn daher meinem Großvater oder später Ettore geben müssen.«

So ganz glaubte Lauenstein es nicht. »Derjenige, der deiner Mutter diesen Kreditbrief gegeben hat, hat ihr gewiss erklärt, was er bedeutet. Ich vermute, es gibt einen anderen Grund, warum deine Mutter das

Geld nie gefordert hat. Versetze dich in ihre Lage! Sie war eine Gauklerin und gehörte zum fahrenden Volk. Hätte man ihr geglaubt, dass dieser Kreditbrief ihr gehört? Wahrscheinlich nicht. Alle hätten gedacht, sie hätte ihn gestohlen, und sie ins Gefängnis gesteckt.«

»Das ist so ungerecht!«, rief Cristina zornig.

»Mein Kind, ich habe dir etliche Jahrzehnte voraus und kann dir sagen, die Welt war niemals gerecht. Doch lass uns jetzt schauen, was noch zu finden ist!« Noch während er es sagte, nahm Lauenstein den nächsten Gegenstand in die Hand. Es handelte sich um ein in Papier eingewickeltes Kruzifix aus Silber. Anschließend kam ein kleines Emailleschild mit einem Wappen zum Vorschein.

»Sehr interessant! Jedenfalls scheint deine Mutter damals die Mätresse eines Herrn von Stand gewesen zu sein«, meinte Lauenstein und griff nach den beiden Schriftstücken, die noch in dem Päckchen zu finden waren. Als er das erste las, schluckte er. »Das ist eine Heiratsurkunde, ausgestellt von einem Pfarrer in Weimar und von mehreren Männern bezeugt. Lass mich vorlesen! ›Heute erschienen vor mir Roland, Sohn des Robert, Herr auf Breetzen, und die ehrenhafte Jungfrau Orietta, Tochter des Oliviero de Chiodi, stammend aus Verona, um in den Stand der Ehe einzutreten.‹ Wie es aussieht, meine Liebe, entstammst du einer von einem Priester gesegneten Ehe.«

»Mein Großvater hieß Oliviero, aber nicht de Chiodi«, wandte Cristina verwirrt ein.

»Chiodo da Maniscalco klang deinem Vater wohl etwas zu sperrig, und so ist er auf den gleichen Gedanken gekommen wie ich und hat ihn zu Chiodi verkürzt. Nur hat er noch ein de davorgestellt, damit es so aussieht, als wäre deine Mutter von adeligem Stand.«

»Das ist doch Narretei!«, rief Cristina. »Mama konnte weder lesen noch schreiben, und es hätte jeder gemerkt, dass sie eine Vagantin ist.«

»Jeder – bis auf einen schwer verliebten jungen Mann!«, korrigierte Lauenstein sie. »Auch der Pfarrer, der die Trauung vollzogen hat, und die Zeugen dürften es nicht gewusst haben. Jedenfalls wurden die beiden nicht an seinem Heimatort getraut, denn dort hätte ein Eintrag ins Kirchenbuch genügt. Solche Urkunden werden nur ausgestellt, wenn man unterwegs heiratet. Dein Vater wollte seine Familie wohl vor vollendete Tatsachen stellen. Es scheint ihm jedoch nicht gelungen zu sein, sonst wäre deine Mutter nicht zu ihrer Sippe zurückgekehrt!«

Lauensteins Stimme klang tadelnd, denn ein junger Mann aus gutem Haus hätte niemals eine Gauklerin auf diese Weise heiraten dürfen. Zum anderen hätte er, wenn es einmal geschehen war, zu seiner Frau stehen müssen. Eine schwangere Frau zu verstoßen, war für Lauenstein ein Verbrechen.

Er nahm nun das letzte Schreiben heraus. Es war ein Brief an Robert von Breetzen, in dem sein Sohn ihm seine Heirat mitteilte. Im ersten Augenblick wunderte er sich, weshalb dieser Brief dabei lag, bemerkte dann aber, dass der Wohnort des Empfängers darauf verzeichnet war. Zum anderen war es ein weiterer Beweis der Eheschließung. Lauenstein atmete tief durch und sah dann Cristina an.

»Meine Liebe! Wir werden unsere Reisepläne ändern müssen. Ich halte es für meine Pflicht, bei Herrn Roland von Breetzen, wenn er noch lebt, um die Hand seiner Tochter anzuhalten.«

»Aber ich …«, brachte Cristina hervor, da legte Lauenstein ihr die Hand auf den Mund. »Außerdem gedenke ich den Herrn zu fragen, weshalb er eine schwangere Frau verstoßen hat. Ich hoffe, ich muss ihn deshalb nicht erschießen!«

2.

Lauensteins Ausspruch blieb in Cristinas Gedanken hängen. Auch sie fragte sich, weshalb ihre Mutter hochschwanger zu ihrer Sippe zurückgekehrt war. Noch seltsamer war, dass sie dieses Päckchen zwar aufbewahrt, den Inhalt aber nie verwendet hatte.

Die Strecke zu dem Ort, in dessen Nähe Breetzen lag, hoffte Lauenstein in fünf Tagen zu bewältigen. Anschließend wollte er über das Gut seines Verwandten Wilhelm von Lauenstein nach Meiningen zurückkehren. Es war die erste Reise seit Langem, auf der Cristina keine Konzerte gab. In Friedrichsthal hatte sie aus Dank für die Gastfreundschaft gesungen, und weitere Konzerte standen erst wieder im Herbst während der Ballsaison an. Cristina freute sich jedoch über die Reise mit Lauenstein. Zwar wünschte sie sich auch wieder Elisabeth Karaus Begleitung für die Konzertreisen, doch auf dieser Fahrt konnte sie Lauenstein nicht nur als väterlichen Freund, sondern auch als Ehemann kennenlernen und wich ihm nicht aus, wenn er ihre Nähe suchte. Es gehörte zur Ehe dazu und bereitete, wie sie etwas schamhaft vor sich zugab, auch ihr Vergnügen.

Sie reisten als Herr und Frau von Lauenstein. Ihr Mann verbot seinem Kammerdiener und Ira daher zu erwähnen, dass sie die Meininger Hofsängerin Cristina Chiodi wäre.

»Weißt du, ich will deinen Vater überraschen. Da er den Namen Chiodi als Erster benützt hat, würde er entdecken, dass du seine Tochter bist. Ich will mir jedoch zuerst ein Bild von ihm machen, bevor ich entscheide, wie ich ihm entgegentrete«, sagte er, als sie sich am Abend des letzten Reisetags ihrem Ziel näherten.

»Das ist auch mir lieber. So können wir weiterreisen, ohne dass ich mich zu erkennen geben muss!« Für Cristina wäre dies das Liebste gewesen. Neunzehn Jahre lang hatte es für sie keinen Vater gegeben, und sie brauchte ihn nun auch nicht. Sie lächelte ihren Mann an und fasste nach seinen Händen. »Würde es etwas ändern, wenn mein Vater sich zu mir bekennt?«

Lauenstein überlegte kurz und schüttelte den Kopf. »Nicht das Geringste, meine Liebe!«

»Warum fahren wir dann hin?«

»Weil man sich der Vergangenheit stellen muss, sonst stellt sie einem irgendwann ein Bein!« Lauenstein glaubte zwar nicht, dass es ein großes Geheimnis hinter Cristinas Herkunft gab, doch er wollte den Mann kennenlernen, der ihre Mutter zuerst geheiratet und dann wieder in das Leben zurückgeschickt hatte, aus dem sie gekommen war.

Der Kutscher klopfte mit dem Peitschenstiel gegen die Kutschenwand und öffnete die Sprechluke. »Wir sind bald da. Ich sehe bereits den Gutshof und das seitlich davon gelegene Herrenhaus!«

Sofort reckte Cristina sich, um durch das Fenster schauen zu können. Der Gutshof bestand aus mehr als einem halben Dutzend Wirtschaftsgebäuden. Das Herrenhaus hingegen war von bescheidener Größe und hatte nur ein Obergeschoss.

Bei dem Anblick schüttelte sie den Kopf. »Hierher hat meine Mutter gewiss nicht gepasst!«

»Vielleicht doch, wenn man ihr beigestanden hätte«, sagte Lauenstein. Auch er betrachtete Gutshof und Schloss und schätzte, dass der Besitzer zu jener Schicht zählte, die zwar einen Adelstitel trug, vom hohen Adel aber als bessere Bauern angesehen wurde.

Der Kutscher bog nun zum Schloss ab und hielt davor an. Ein verwirrt wirkender Diener kam heraus. Daher nahm Lauenstein an, dass man nur selten fremde Besucher zu sehen bekam. Er wartete, bis der Helfer des Kutschers vom Bock gestiegen war und die Stufe ausgeklappt hatte, dann verließ er die Kutsche und trippelte auf den Diener zu.

»Wir haben uns verirrt und dabei wohl auch den Gasthof verfehlt, in dem wir übernachten wollten. Da es bereits spät ist, bitten wir um Gastfreundschaft für diese Nacht.«

»Guten Tag! Ich sage der Herrschaft Bescheid«, antwortete der Diener und verschwand wieder im Haus.

Nur wenige Augenblicke später trat ein hochgewachsener, kräftig gebauter Mann aus dem Haus. Er musste etwa Mitte vierzig sein und sah immer noch sehr gut aus. Bekleidet war er mit langen, dunklen Hosen und einem weißen Hemd mit ein paar Rüschen auf der Brust.

»Einen guten Tag wünsche ich! Seid uns willkommen!«, rief er mit dröhnender Stimme.

Lauenstein verbeugte sich mit ausgesuchter Höflichkeit. »Ich danke Euch, mein Herr! Mein Name ist Lauenstein, und ich bin auf der Durchreise zu meinem Verwandten Wilhelm von Lauenstein, falls Ihr ihn kennt.«

»Bedauerlicherweise nicht! Ich bin Roland, Herr auf Breetzen und ein paar anderen Gütern in dieser Gegend. Kommt herein! Um Eure Kutscher und Eure Bediensteten wird man sich gleich kümmern.«

»Ich reise mit meiner Ehefrau«, antwortete Lauenstein und streckte die Hand in die Kutsche.

»Kommt, meine Liebe! Man gewährt uns hier Obdach!«

Cristina zögerte einen Augenblick und verließ dann doch den Wagen. Beinahe hätte sie gelacht, denn dem Gutsherrn fiel fast das Kinn bis zum Boden, als er Lauenstein und dann die Frau anschaute, die gut und gern dessen Enkelin hätte sein können. Sie sagte nichts, sondern knickste nur leicht und folgte Breetzen und Lauenstein ins Herrenhaus. Ira und Dilge kümmerten sich derweil ums Gepäck.

3.

Die Kammern, in die man sie brachte, waren nicht allzu groß und altmodisch eingerichtet. Dem Anschein nach wurden sie nur selten benutzt. Eine Zwischentür zwischen Cristinas Zimmer und dem ihres Mannes gab es nicht. Diesen Umstand bedauerte Cristina, denn sie hatte sich daran gewöhnt, am Abend noch eine Weile mit Lauenstein zu reden, bevor sie zu Bett gingen. Dann aber zuckte sie die Achseln. Sie würden nicht lange hier bleiben.

Ira erschien und suchte ein Kleid für sie heraus. »Ihr müsst Euch beeilen, gnädige Frau! Hier auf dem Lande wird zu sehr früher Zeit gespeist.«

Cristina kicherte bei diesen Worten, denn Ira tat direkt so, als wäre Meiningen eine der großen Metropolen dieser Zeit. Dabei war es ein hübsches, überschaubares Städtchen, das den ländlichen Sitten näher stand als jenen in Dresden oder Berlin.

Sie wählte schließlich ein blaues Kleid und hörte den ersten Glockenschlag, der die Familie zum Essen rief.

»Wenn zum zweiten Mal geläutet wird, müsst Ihr gehen«, riet Ira. »Beim dritten Schlag sollen alle vor dem Speisezimmer versammelt sein!«

»Du kennst dich gut aus!«, meinte Cristina amüsiert.

»Die Magd, die mir geholfen hat, das Gepäck hineinzuschaffen, hat es mir erklärt. Es sind halt Bauern hier!« Ira trat auf, als entstamme sie einer uralten Dynastie hochherrschaftlicher Zofen. Dabei war auch sie nur ein Mädchen vom Lande und froh gewesen, vor gut sechs Jahren als Magd auf Schloss Elisabethenburg einstehen zu können.

»Nun, dann wollen wir unsere Gastgeber nicht warten lassen«, sagte Cristina und verließ den Raum in dem Moment, in dem die Glocke zum zweiten Mal schlug.

Die Familie des Besitzers hatte sich tatsächlich vor der Tür des Speisezimmers versammelt und wartete auf den letzten Glockenschlag, um eintreten zu können. Neben Roland von Breetzen stand eine große, schwerfällig gebaute Frau um die vierzig und hinter dem Paar eine um einiges ältere Frau, zwei Knaben von vierzehn und sechzehn und ein etwa zwölfjähriges Mädchen. Alle drei hatten den kräftigen Knochenbau, der darauf hinwies, dass die Jüngere der beiden Frauen die Mutter sein musste.

Eben trippelte Lauenstein auf eine Weise heran, dass Cristina nachsichtig den Kopf schüttelte. Er schien es direkt darauf anzulegen, als dekadenter Städter zu gelten.

»Bonjour, Madames, Monsieur!«, grüßte er mit einem übertriebenen Kratzfuß.

»Guten Tag!«, sagte die alte Dame, während die beiden Knaben und das Mädchen Lauenstein mit offenem Mund anstarrten.

Er trug einen fliederfarbenen Rock zu einer hellgelben Weste und hellgrünen Kniehosen. Dazu hatte er sein Halstuch auf eine so aufbauschende Weise gebunden, wie Cristina es noch nie bei ihm gesehen hatte.

»Lauenstein, wenn es gestattet ist! Es ist mir ein *grand plaisir*, heute Euer Gast sein zu dürfen«, sagte er.

Der dritte Glockenschlag enthob die Gastgeber einer Antwort. Ein Diener öffnete die Tür, und Breetzen trat ein. Die Ältere der beiden Damen folgte ihm, während die andere Lauenstein mit einer Geste einlud, dass er und Cristina als Nächste eintreten sollten. Nach ihnen betrat sie selbst das Speisezimmer. Als Letzte folgten die Kinder in der Reihenfolge ihres Alters.

Die Tafel konnte, wie Cristina anhand des Raumes sah, auf das Doppelte verlängert werden, reichte aber aus, damit alle bequem sitzen konnten. Sie war mit Zinngeschirr gedeckt, und der Tafelaufsatz, der sonst als Schmuck unentbehrlich schien, fehlte. Insgesamt herrschte eine nüchterne Atmosphäre. Auch die Speisen waren eher gute Hausmannskost als ein Gaumenschmaus, wie sie es von der herzoglichen Tafel in Meiningen gewohnt war. Ira hat recht, dachte sie. Das hier sind bessere Bauern.

Breetzen sprach das Tischgebet, danach verzehrten er und seine Familie schweigend ihre Mahlzeit. Eine junge Magd legte vor und füllte die Becher. Auch sie sagte nichts.

Das Essen dauerte nicht allzu lange, dann schob der Hausherr seinen Teller zurück. Sofort taten es ihm die anderen gleich. Ein fragender Blick traf Lauenstein, der sich von diesen dörflichen Sitten nicht beeindrucken ließ, sondern gemütlich weiterspeiste. Es gab keinen Tadel oder die Bitte aufzuhören. Die Breetzens saßen einfach da und warteten, bis der Gast endlich Messer und Gabel weglegte und der jungen Magd lächelnd sagte, dass sie abräumen könne. Diese reagierte jedoch nicht sofort, sondern starrte Cristina mit einer Miene an, als könne sie die Welt nicht begreifen.

»Ich hoffe, Ihr gebt uns die Ehre, noch ein Glas Wein in unserer Gesellschaft zu trinken?«, fragte Breetzen.

»Es wird uns ein *plaisir* sein!« Lauenstein lächelte, so wie er es meistens tat, wenn er seine wahren Gedanken verbergen wollte.

Der Hausherr führte sie über den Flur in einen anderen Teil des Herrenhauses. Der Raum, den sie betraten, war kleiner und mit Jagdtrophäen und alten Waffen ausgestattet. Es hing sogar ein Elchkopf mit riesigen Schaufeln an der Wand. In einer Ecke stand ein ausgestopfter Bär, und ein Stück daneben hing ein Eberkopf mit mächtigen Hauern.

Hier ist es wirklich ländlich, dachte Cristina, als sie sich neben Lauenstein auf einen Sessel setzte.

Diesmal bediente sie eine ältere Dienerin. Diese füllte zuerst Breetzens Becher, dann den der alten Dame, kam zu Lauenstein und wollte schließlich Cristina einschenken. Als diese den Kopf hob, prallte die Magd erschrocken zurück.

»Beim Heiland!«, rief sie und kniff die Augen zusammen, als traute sie diesen nicht.

»Was ist los?«, fragte die alte Dame und blickte Cristina genauer an. Ihre Augen weiteten sich, und sie krallte die Finger so fest in die Lehnen ihres Sessels, dass die Knöchel weiß hervortraten.

Auch die Gattin des Hausherrn musterte Cristina nun und schüttelte ein ums andere Mal den Kopf. Breetzen selbst wirkte so bleich, als hätte man ihn dreifach zur Ader gelassen. Nun wurden auch die jüngeren Mitglieder der Familie auf Cristina aufmerksam.

Das Mädchen riss die Augen weit auf und zeigte mit dem Finger auf sie. »Die Dame sieht ja genauso aus wie Großmutter auf ihrem Bild!«

»Reinholde!«, rief die alte Dame scharf.

»Ich meine die andere Großmutter, Großmutter«, antwortete das Mädchen.

»Ach, so groß ist die Ähnlichkeit auch wieder nicht«, erklärte die alte Dame mit einer ärgerlichen Handbewegung.

»Mama hat recht!«, stimmte ihr die jüngere Dame mit einer Stimme zu, die das Gegenteil besagte.

»Dieser Frage ist leicht abzuhelfen, indem wir das Bild dieser Dame mit meiner werten Gemahlin vergleichen«, schlug Lauenstein hinterlistig vor.

Eigentlich hatte er wie ein Racheengel hier auftauchen und Roland von Breetzen ins Gesicht sagen wollen, was er von ihm hielt. Mittlerweile aber amüsierte er sich zu sehr über ihren Gastgeber, um noch Rachegefühle zu hegen. Er stellte sich eine Frau wie Cristinas Mutter in dieser Umgebung vor und fand, dass sie in ihrer Sippe tausendmal glücklicher gewesen sein musste. In seiner Jugend mochte Roland von Breetzen einmal dem Überschwang seiner Gefühle gefolgt sein. Ein weiteres Mal hatte er dies gewiss nicht getan.

»Nun, ich glaube nicht, dass wir …«, begann Breetzen.

»Aber bitte, Papa! Ich will es wissen«, drängte seine Tochter.

»Reinholde, du gehst auf dein Zimmer und verlässt es erst wieder, wenn ich es dir erlaube«, fuhr die Mutter sie an.

»Ich bitte um Pardon, dass unser Erscheinen zu familiärem Streit führt. Hätte ich das gewusst, hätten wir dieses Haus gemieden!« Lauensteins Lächeln machte aus diesen Worten eine verbale Ohrfeige.

»Ich glaube nicht, dass Euer Erscheinen Zufall war«, sagte Breetzen mühsam beherrscht und stand auf. »Kommt, sehen wir uns dieses Bild an. Und du, Reinholde, bleibst hier!«

»Aber ich …«, rief seine Gattin, wurde von ihm aber harsch unterbrochen. »Gilt hier noch mein Wille, oder gilt er nicht?«

Die Frau schluckte, und die alte Dame, die als deren Mutter vorgestellt worden war, funkelte ihren Schwiegersohn zornig an. Zu sagen aber wagte sie nichts. Roland von Breetzen mochte viel sein,

ein Pantoffelheld war er jedenfalls nicht, dachte Lauenstein und fand den Mann zu seiner Verwunderung sogar ein wenig sympathisch.

Sie folgten Breetzen in einen Salon, der anscheinend nur selten benutzt wurde. In ihm hingen die Ahnenporträts der Familie, ein gutes halbes Dutzend Männer mit ihren Ehefrauen. Die ältesten davon mochten zweihundert Jahre alt sein. Breetzen führte sie zu den jüngsten Bildern. Sie zeigten seinen Vater und die Mutter. Der Vater wurde mit einer Miene dargestellt, als hätte er das Gemälde anfertigen lassen, um seine Feinde zu erschrecken. Die Frau hingegen war wunderschön und wies das gleiche helle Blondhaar auf wie Cristina. Ihr Gesicht wirkte, als hätte man die junge Sängerin auf diese Leinwand gebannt. Der einzige Unterschied bestand in den Augen. Die der Dame auf dem Gemälde waren von einem hellen Blau, die von Cristina jedoch dunkel wie die Nacht.

»Es ist, als hätte man Euch gemalt statt unserer Großmutter«, rief Reinholde aus. Ebenso wie ihre Brüder hatte sie die Großmutter erst im höheren Alter erlebt und nicht so jung, wie sie hier abgebildet worden war.

»Die Ähnlichkeit ist erschreckend«, sagte Breetzens Ehefrau, obwohl sie vorhin das Gegenteil behauptet hatte.

Lauenstein setzte zum finalen Stich an. »Du siehst deiner Großmutter wirklich sehr ähnlich, meine Liebe«, sagte er zu Cristina und beobachtete gleichzeitig Breetzen und dessen Familie. Breetzen wirkte seltsam hilflos. Die Blicke seiner Frau wanderten verwirrt von Cristina zu dem Bild und wieder zurück, während aus den Augen ihrer Mutter purer Hass sprühte.

Es sagte Lauenstein genug, um die drei einschätzen zu können. Breetzens Frau hatte wohl die geringste Schuld an dem, was damals geschehen war, ihre Mutter dagegen die meiste. Allein Cristinas Erscheinen war Rache genug, dachte er und wollte schon sagen, dass sie es gut sein lassen sollte.

Da trat die Alte einen Schritt vor. »Und wennschon! Die Ähnlichkeit bedeutet nichts. Ihr habt nicht den geringsten Beweis!«

Die Kinder begriffen gar nichts, sondern starrten ihre Großmutter nur entsetzt an. Diese bedachte Cristina nun mit einem höhnischen Blick. »Du brauchst nicht zu glauben, dass Breetzen sich zu dir bekennen wird. Du bist ein Nichts, ein Niemand. Du …«

»Pardon, wenn ich Euch unterbreche, Madame. Meine Gattin ist Freifrau von Lauenstein und Hofdame Ihrer Hoheit, Herzogin Louise Eleonore von Sachsen-Meiningen. Dies als nichts zu bezeichnen, erscheint mir äußerst unhöflich!«

Seine Worte trafen. Breetzen kaute auf seinen Lippen herum, und seine Ehefrau schien sich mindestens ein Dutzend Meilen von hier wegzuwünschen. Ihre Mutter hingegen sah so aus, als würde sie ihren Gast und Cristina am liebsten erwürgen.

»Was die von Euch bezweifelten Beweise betrifft, so haben wir hier einen Kreditbrief über eintausend Taler!« Lauenstein legte diesen auf den Tisch. »Dann hier das Schreiben des Herrn Roland von Breetzen, in dem er seinem Vater seine Vermählung mit der Mutter meiner Gemahlin mitteilt, und zuletzt die Heiratsurkunde, die jederzeit nachgeprüft werden kann.«

Als Lauenstein diese vorlegte, wollte die alte Dame danach greifen. Breetzen hielt jedoch ihre Hand fest.

»Wollt Ihr es noch schlimmer machen, als es bereits ist?«, fragte er scharf.

Seine Schwiegermutter funkelte ihn voller Wut an. »Es war Eure Mutter, nicht wahr? Sie sagte, sie wolle den Brief und die Urkunde verbrennen. Sie hat es nicht getan, sondern ihn dieser Zigeunerin zugesteckt. Ich habe damals bereits gewarnt, das Weibsstück gehen zu lassen. Man hätte ihr den Schädel einschlagen sollen, und alles wäre gut gewesen. Ihr habt …«

»Erlaubt, dass meine Gemahlin und ich uns zurückziehen? Wir wollen morgen sehr früh aufbrechen. Ein Frühstück muss nicht gereicht werden. Wir werden es im ersten Gasthof einnehmen, auf den wir treffen!« Lauenstein nahm die Papiere wieder an sich, reichte Cristina den Arm und verließ mit ihr zusammen den Raum.

»Ihr solltet Euer Zimmer versperren, denn ich traue diesem alten Drachen alles zu«, riet er Cristina und küsste sie. »Ich glaube, diese Rache ist genug. Und nun gute Nacht!«

»Jetzt bedauere ich es, hierhergekommen zu sein«, sagte sie leise. »Herr von Breetzen mag mich vielleicht gezeugt haben, doch ich werde ihn niemals als meinen Vater ansehen.«

»So solltest du nicht denken!«, sagte Lauenstein mit sanfter Stimme. »Immerhin brachte diese Reise dir die Erkenntnis, woher du stammst.«

»Es stellt Euch wohl zufrieden, weil ihr eine geborene von Breetzen geheiratet habt und kein Gauklerkind!« Cristina klang bissig, doch Lauenstein tätschelte ihr sanft die Hand.

»Vielleicht tut es das sogar ein wenig! Aber ich habe dich vorher nicht weniger geliebt als jetzt. Es sollte aber dich zufriedenstellen, da du diesen Weibern, die über dich lästern, sagen kannst, ›ich bin eine geborene von Breetzen‹!«

Lauenstein brachte es so drollig hervor, dass Cristinas schlechte Laune schwand und sie hell auflachte. »Trotzdem werde ich keinen weiteren Kontakt zu meinem Vater pflegen!«

»Das ist auch ganz gut so!«, antwortete Lauenstein bester Laune. »Wir hätten sonst deine tölpelhaften Halbgeschwister am Hals, und das wäre wirklich nicht in meinem Sinne.«

»In meinem auch nicht! Aber für so tölpelhaft halte ich sie nicht.«

»Wir haben noch Zeit genug, um uns darüber zu unterhalten, mein Kind. Doch ich bin ein alter Mann und muss zu Bett gehen!«

»Wenn Ihr erlaubt, werde ich Euch zu Bett bringen«, sagte Cristina und fand, dass sie nach diesem Abend dringend die körperliche Nähe ihres Mannes brauchte.

4.

Lauenstein wollte das Herrenhaus verlassen, ohne noch einmal auf jemanden aus der Familie zu treffen. Als sie am frühen Morgen zur Kutsche gehen wollten, trat ihnen jedoch Breetzen in den Weg. Seiner Miene nach hatte er in der ganzen Nacht kein Auge zugetan.

»Ihr müsst mich für eine entsetzliche Kreatur halten! So aber will ich Euch nicht gehen lassen«, sagte er mit brüchiger Stimme.

»Meine Zofe und der Kammerdiener meines Gatten sind bereits bei der Kutsche«, erklärte Cristina und wollte an ihm vorbeigehen.

Da griff Lauenstein nach ihrem Arm und hielt sie auf. »Sei bitte nicht so harsch, meine Liebe! Dem übelsten Verbrecher ist es erlaubt, sich zu verteidigen. Willst du Herrn von Breetzen dieses Recht verweigern?«

Am liebsten hätte Cristina »Ja!« gesagt. Sie beherrschte sich jedoch und folgte diesem und Lauenstein in den Salon, in dem das Bild ihrer Großmutter hing.

Ihr Mann setzte sich und bat sie, es ebenfalls zu tun, während Breetzen stehen blieb und verzweifelt zu überlegen schien, wie er beginnen sollte.

»Ich war noch sehr jung und wollte gegen Ende meiner Kavalierstour noch das Gauklerfest in Friedrichsthal besuchen, von dem ich unterwegs erfahren hatte. Und da sah ich sie!« Breetzen seufzte und sah Cristina an. »Sie war so wunderschön, und ich verliebte mich auf Anhieb in sie. Ich gefiel ihr auch, doch sie hielt mich auf Abstand. Sie war kein Mädchen, das man so einfach haben konnte. Daher wollte ich mir die Liebe zu ihr aus dem Herzen reißen. Es war jedoch vergebens. Kaum war ihre Sippe fort, konnte ich nicht anders, als ihr zu folgen. Ich versuchte alles, um sie für mich zu gewinnen, doch sie lachte nur und sagte, sie wolle allein dem Mann gehören, dem sie angetraut würde. Meine Sehnsucht nach ihr war so groß, dass ich sie mit zum nächsten Pfarrer nahm und uns zusammengeben ließ. Sie wollte es zunächst nicht glauben, sagte aber dann doch Ja. Wir hofften beide, unsere Liebe wäre stark genug.«

»Was sie bei Euch dann nicht war, da Ihr meine Mutter zu ihrer Sippe zurückgeschickt habt«, sagte Cristina leise.

»Es wurde eine harte Zeit! Mein Vater hatte bereits mit seiner Schwester vereinbart, dass ich deren Tochter heiraten solle, um beide Besitzungen zu einer zu verschmelzen. Meine Heirat mit Orietta war meinem Vater und meiner Tante daher im Weg, und sie taten alles, um uns auseinanderzubringen. Sie wäre schlechtes Blut, hieß es, sie würde uns Schande bringen und vieles mehr. Orietta wurde behandelt wie eine Magd. Damals hätte ich mit ihr weggehen sollen, doch ich brachte den Mut dafür nicht auf.

Schließlich vergifteten diese Hetzereien auch meine Gedanken. Ich wurde ungerecht, schrie Orietta an, wenn sie sich beklagte, und sagte, wie sehr ich es bereute, sie geheiratet zu haben. Es war das Wort zu viel. Sie erklärte, sie würde gehen. Dabei war sie schwanger. Ich achtete jedoch nicht darauf, sondern sagte, dass ich glücklich wäre, wenn sie es denn täte.« Breetzen senkte den Kopf. »Ich war schwach und wieder eingefangen in der Welt, in der ich aufgewachsen war. Für romantische Gefühle ist hier wenig Platz. Man tut das, was der Vater befiehlt, und erwartet, dass der Sohn einem einmal ebenso gehorchen wird, wie man es selbst getan hat. Und so vertrieb ich mit meiner Selbstsucht das liebste und schönste Mädchen der Welt und mit ihr auch mein Glück. Ich heiratete wie gewünscht meine Cousine, doch es war keine Liebe dabei, sondern nur der Gedanke, dass ich durch sie meinen Besitz verdoppeln konnte. Zuerst dachte ich noch an Orietta, doch mit der Zeit verblasste die Erinnerung an sie, und ich vergaß, dass es sie einmal gegeben hatte.«

»Aber der Kreditbrief und die Heiratsurkunde? Wie kam meine Mutter daran? Gestohlen kann sie es nicht haben, denn der Kreditbrief wurde auf sie ausgestellt, und sie konnte weder schreiben noch lesen«, wandte Cristina ein.

»Es war meine Mutter! In ihrer Jugend muss sie sanft und freundlich gewesen sein. Die Ehe mit meinem Vater hatte sie jedoch harsch und streng werden lassen. Sie missbilligte die Heirat ebenso wie die anderen, erkannte aber an, dass sie nun einmal geschlossen war. Sie muss damals viele Härten gelindert haben, was ich jedoch nicht sah. Als Orietta wie ein verschrecktes Vögelchen fliehen wollte, gab sie ihr den Kreditbrief, die Heiratsurkunde und einige andere Dinge mit. Sie wollte, dass ihr Enkelkind einmal kommen und sein Recht einfordern konnte.« Breetzen hob mit einer hilflosen Geste die Arme. »Zu ihren Lebzeiten geschah dies nicht. Kurz vor ihrem Tod vertraute sie mir an, was sie Orietta mitgegeben hatte. Sie berichtete auch, dass der Kreditbrief niemals eingelöst worden sei, und starb voller Sorge um Orietta und ihr Enkelkind. Nun hat sich ihr Vermächtnis erfüllt, und sie kann in Frieden ruhen.« Mit diesen Worten beendete Breetzen seine Beichte.

Auf eine bestimmte Art tat er Lauenstein leid. Dieser kannte die Edelleute unteren Ranges und ihren kleinlichen Stolz, mit dem sie versuchten, sich gegen die bürgerlichen Schichten abzuheben. Eine Frau wie ein Frühlingsmorgen, wie Cristinas Mutter es gewesen sein musste, passte nicht in diese streng reglementierte Welt, in der es nur darum ging, wer man war und was man besaß. Ein Blick zu Cristina zeigte ihm jedoch, dass diese weit davon entfernt war, zu vergessen oder auch nur zu vergeben.

»Ich danke Euch! Doch nun müssen wir aufbrechen«, sagte er.

Cristina erhob sich sofort. Vor ihr stand Breetzen wie ein armer Sünder. Er hatte begriffen, dass das, was er ihrer Mutter angetan hatte, mehr war als eine Sünde. Es war ein Verbrechen.

»Ihr solltet wissen, dass meine Mutter nach meiner Geburt noch elf Jahre gelebt hat, Herr von Breetzen. In dieser Zeit hat sie nie Euren Namen erwähnt und niemals von Euch gesprochen. Für meine Mutter habt Ihr nicht mehr existiert. Ich werde ihr Andenken nicht dadurch schmähen, dass ich Euch auf einmal als meinen Vater ansehe. Lebt wohl!« Cristina drehte sich um und ging.

Auch Lauenstein wollte gehen. Da hielt Breetzen ihn auf und reichte ihm ein in Leder gebundenes Buch. »Auch wenn meine Tochter nicht vergessen kann, was ich ihrer Mutter angetan habe, so sollen ihre Nachkommen doch wissen, aus welcher Familie sie stammen.«

Lauenstein öffnete das Buch und sah den Stammbaum derer von Breetzen verzeichnet. Breetzens Heirat mit Cristinas Mutter war nicht eingetragen, dafür die mit seiner Cousine, stellte Lauenstein verärgert fest. »Ihr seid ein zweites Mal die Ehe eingegangen, ohne dass Eure erste Frau verstorben oder die Ehe aufgelöst oder geschieden war. Ich denke, Ihr wisst, was die heilige Kirche zu so etwas sagt!«

Breetzen wurde kalkweiß. Daran, das erkannte Lauenstein, hatte er bislang noch nicht gedacht.

»Ich sage es mit den Worten meiner Frau. Lebt wohl! Von uns hören werdet Ihr wahrscheinlich niemals mehr.« Damit ging auch Lauenstein.

Bei der Kutsche traf er Cristina an. Auf ihren Wangen glänzten Tränen im ersten Licht der Morgensonne.

»Ich bedauere, darauf gedrungen zu haben, hierherzukommen. Ich wollte jedoch einem üblen Schuft die Meinung sagen«, sagte er leise.

»Einen Schuft würde ich Herrn von Breetzen nicht nennen, eher einen Mann, der es einmal gewagt hat, aus seinem engen Pferch auszubrechen, und der von seiner Familie sofort wieder eingefangen worden ist. Verzeihen könnte ich ihm, wenn er es gewesen wäre, der meiner Mutter den Kreditbrief und die Urkunden mitgegeben hätte. So tat es seine Mutter. Sie muss die Enge dieses Lebens gefühlt und Mitleid mit meiner Mutter gehabt haben.« Cristina verstummte kurz und sah dann Lauenstein an. »Lasst uns beim Kirchdorf anhalten. Ich will an ihrem Grab beten. Sie ist die einzige Person, die mich mit diesem Ort verbindet!«

Im nahe gelegenen Kirchdorf wunderten sich wenig später einige Bewohner über die Kutsche, die zu so morgendlicher Stunde vor dem Friedhof anhielt. Ein alter Mann und eine junge Frau stiegen aus und schritten an den Gräbern vorbei. Bei einem blieben sie stehen und sprachen ein Gebet. Als Cristina auf ihre Kutsche zuging, erlitt eine uralte Frau den Schock ihres Lebens. So schnell sie konnte, eilte sie nach Hause und berichtete mit schreckensbleicher Miene, sie hätte die frühere Herrin auf Breetzen genau so, wie sie in ihrer Jugend ausgesehen hatte, am eigenen Grab beten gesehen.

Auf der weiteren Fahrt beruhigte Cristina sich allmählich und wandte sich zuletzt mit bitterem Spott an Lauenstein. »Wenigstens für Euch hat diese Fahrt etwas gebracht! Ihr könnt damit Euren Stammbaum ergänzen und müsst Euch meiner doch nicht so schämen, wie es zu Beginn aussah.«

»Meine Liebe, du erweckst in mir den unangenehmen Wunsch, dich für deine unbedachten Worte zu züchtigen. Weder habe ich mich deiner geschämt, noch werde ich es jemals tun!«, antwortete Lauenstein streng.

Cristina senkte betroffen den Kopf. »Verzeiht!«

Lauenstein strich ihr über die Wange. »Es gibt nichts zu verzeihen! Es ist so, wie es ist. Aber in dir haben sich wirklich das leidenschaftliche Blut des Südens und das kalte des Nordens vereinigt. Das gefällt mir an dir!«

»Wohin reisen wir jetzt?«, fragte Cristina, um an etwas anderes denken zu können.

»Nach Lauenstein zu meinem Verwandten Wilhelm! Da wir deine Verwandten aufgesucht haben, will ich es nun bei meinen tun.«

Lauenstein lächelte zwar, sagte sich aber, dass ihn mit den anderen Lauensteins ebenso wenig verband wie Cristina mit den Breetzens. Eigentlich noch weniger, dachte er. Roland von Breetzen war immerhin der Ehemann von Cristinas Mutter gewesen, und auch wenn Cristina ihn nicht als ihren Vater ansah, so hatte er sie doch gezeugt.

5.

Lauenstein war ein stolzer Besitz. Doch je näher sie dem Herrenhaus kamen, desto deutlicher spürte Lauenstein, dass es ihm ähnlich erging wie Cristina bei ihrem Vater. Ihn verband nichts mit dem, was er vor sich sah. Sein Großvater war von dort vertrieben worden, und weder sein Vater noch er hatten dieses Stück Land je betreten dürfen. Der Gedanke, auf einmal der Erbe des Herrenhauses und der dazugehörigen Besitzungen zu sein, war ihm so fremd, dass er darüber den Kopf schüttelte. Sein Urgroßvater hatte einst gedroht, die Frau seines Sohnes zu erschießen, wenn sie auch nur einen einzigen Fuß auf seinen Grund und Boden setzte. Und jetzt sollte deren Enkel diesen Besitz einmal sein Eigen nennen?

»Was erheitert Euch?«, fragte Cristina verwundert über sein amüsiertes Mienenspiel.

»Ich dachte gerade an deinen Vater und meinen Großvater. Dein Vater hat sich für den Reichtum entschieden, mein Großvater für die Liebe. Ich glaube, dass mein Großvater trotz der Armut, in der er leben musste, das bessere Los gezogen hat.«

»Das kommt immer darauf an, was man als Glück ansieht«, sagte Cristina mit einem Achselzucken. »Herr von Breetzen konnte seinen Besitz verdoppeln. Da wird so mancher schwach.«

»Bedauerst du es?«, fragte ihr Mann.

Cristina schüttelte den Kopf. »Bei Gott, nein! Er wäre mit seiner Art gewiss kein guter Gaukler geworden.«

Lauenstein musste herzhaft lachen. »Das, meine Liebe, glaube ich auch! Doch nun sind wir gleich am Ziel.«

Noch während er es sagte, fuhr die Kutsche vor dem Portal des Herrenhauses vor. Ein Lakai trat auf sie zu und wartete, bis der Schlag geöffnet wurde und Lauenstein herauskam.

»Einen guten Tag wünsche ich. Wen darf ich meinem Herrn melden?«

»Mein Name ist Irmbert von Lauenstein, und ich beabsichtige, Herrn Wilhelm von Lauenstein meine Aufwartung zu machen. Das hier ist meine Gattin!« Lauenstein wies auf Cristina, die eben aus der Kutsche stieg.

Dem Lakaien war die Überraschung anzusehen. Er beherrschte sich aber und erklärte, dass er seinem Herrn von der Ankunft der Herrschaften berichten werde.

»Wenn Ihr derweil im vorderen Salon Platz nehmen wollt«, sagte er und führte Cristina und Lauenstein in einen Raum, der vor drei Generationen der damaligen Mode entsprochen haben mochte.

Während Lauenstein sich vorsichtig auf einen der Stühle setzte, blieb Cristina stehen. Sie hatte in der Kutsche lange genug gesessen und war froh, sich ein wenig die Beine vertreten zu können.

Eine gewisse Zeit blieben sie allein. Irgendwann hörten sie eine laute Stimme.

»Da scheint jemand arg zornig zu sein!«, sagte Lauenstein verwundert.

»Ich fürchte, es dürfte uns gelten!«, sagte Cristina, deren Gehör weitaus besser war als das ihres Gatten. »Zumindest höre ich Worte wie ›sollen verschwinden‹, ›will sie nicht sehen‹ und Ähnliches heraus.«

Inzwischen hörte Lauenstein es auch, und es kam immer näher. Kurz darauf wurde die Tür geöffnet, und ein Greis mit eingefallenem Gesicht humpelte auf einen Stock gestützt herein. Sein Haar war schütter und sein Leib so hager, als wäre er am Verhungern.

»Auch wenn die Aasgeier bereits kreisen, so lebe ich noch und habe auch nicht die Absicht, bald abzutreten. Solange ich hier der Herr bin, habt weder Ihr noch dieser Lump Leopold hier etwas verloren. Hebt Euch also hinweg und verschwindet!«

»Ich hoffe doch, werter Verwandter, Ihr werdet uns wenigstens für diese eine Nacht Obdach gewähren«, antwortete Lauenstein mit ausgesuchter Höflichkeit.

»Nichts da!«, brüllte Wilhelm. »Ich will keinen von euch länger unter meinem Dach sehen, als ich brauche, um euch zum Teufel zu jagen. Das dort ist wohl die junge Hure, die Ihr Euch angeschafft habt, als Ihr die Nachricht vom Tod meines letzten Sohnes erhieltet. Sie soll Euch wohl den erhofften Erben werfen. Da wird aber nichts daraus, denn ich gedenke, selbst noch einmal zu heiraten und einen Sohn zu zeugen, der mir nachfolgen wird. Das habe ich auch diesem Nichtsnutz Leopold erklärt. Soll sich zum Teufel scheren, und Ihr mit ihm!«

»Ihr könnt Euch glücklich schätzen, dass Ihr mir mehr als zwanzig Jahre voraushabt. Sonst würde ich Euch vor meine Pistole fordern, so wie ich es bei Vetter Leopold getan habe.«

»Was für ein Narr, Euch nur leicht zu verwunden! Ihr hättet Euch gegenseitig erschießen sollen. Dann wäre ich Euch Aasgeier los!«, schrie der Alte wütend und schlug dabei mit seinem Stock so heftig auf ein zierliches Tischchen ein, dass Cristina um dieses Möbel bangte.

Lauenstein fand die Situation so skurril, dass er darauf nur mit Spott antworten konnte. »Meine Liebe, da wir hier so überaus herzlich willkommen geheißen werden, sollten wir meinem Verwandten den Gefallen erweisen, ihn von unserer Gegenwart zu befreien. *Bon soir,* Monsieur! Euch Auf Wiedersehen zu sagen, verkneife ich mir, denn dies will ich ebenso wenig wie Ihr.«

Er machte einen Kratzfuß, reichte Cristina einen Arm und blieb so lange ernst, bis er in der Kutsche saß. Dann aber platzte er förmlich vor Lachen. »Bei Gott, welch ein Auftritt! Und so etwas ist der Nachkomme dessen, der meinen Großvater verstieß.«

»Wenn ich Euch daran erinnern darf, mein Herr. Ihr seid auch ein Nachkomme jenes Mannes!«, sagte Cristina und wusste nicht, ob sie nun über das Verhalten des Herrn auf Lauenstein erschüttert oder amüsiert sein sollte.

»Da hat einer ja ganz schön herumgebrüllt!«, sagte Ira. »Nur gut, dass Johann und ich noch nicht begonnen hatten, das Gepäck abladen zu lassen. Wir hätten es vielleicht sogar noch selbst auf das

Kutschendach heben und festschnallen müssen! Geholfen hätte uns hier gewiss keiner.«

»Das wäre zu erwarten gewesen! Doch nun sollten wir beim ersten Gasthof halten, auf den wir treffen, und dort übernachten«, erklärte Lauenstein.

Cristina nickte. »Und danach will ich endlich nach Meiningen zurückkehren. Oder wünscht Ihr noch einen Verwandtenbesuch zu machen, mein Herr?«

Lauenstein streckte entsetzt die Hände von sich. »Davor soll Gott mich behüten! Seine Freunde kann man sich aussuchen und sie besuchen, wenn man es will. Mit seinen Verwandten hingegen ist man geschlagen.«

»Auch nicht immer! Mit Loretta und Mirta komme ich ausgezeichnet zurecht, und auch Ihr habt gewiss Verwandte, die sich freuen würden, Euch zu sehen«, sagte Cristina mit einem leisen Lachen.

»Ich versuche, mich zu entsinnen, wer diese Verwandten sein könnten!« Noch während er es sagte, fiel Lauenstein ein, dass er bei den Verwandten seiner aus dem einfachen Adel stammenden Mutter immer willkommen gewesen war.

Im Herrenhaus von Lauenstein zertrümmerte eben der Hausherr den schönen kleinen Tisch. Wilhelm von Lauenstein dachte an den Besuch seines Verwandten Leopold und dessen verzweifelte Appelle, dass Blut doch dicker als Wasser wäre. Er hatte diesen über eine Stunde angeschrien und beschimpft und zuletzt gedroht, ihn von seinen Knechten an die frische Luft setzen zu lassen, wenn er nicht umgehend verschwinden würde. Einen ähnlichen Spaß hatte er sich auch bei Irmbert von Lauenstein erhofft. Der aber hatte ihn ins Leere laufen lassen und sogar verspottet.

»Der Teufel soll ihn holen!«, schrie er. »Dieser Lump hat mich einen guten Tisch gekostet!«

Noch während er es sagte, suchten seine Blicke bereits den nächsten Gegenstand, an dem er seine Wut auslassen konnte.

6.

Cristina überkam ein seltsames Gefühl, als sie in Meiningen einfuhren, denn die Menschen auf den Straßen wirkten bedrückt. Auch hörte sie keine lauten Stimmen, und es flanierte niemand aus dem Hofstaat durch die Stadt.

»Hier muss etwas passiert sein«, sagte sie zu Lauenstein.

Dieser blickte besorgt nach draußen. »Hoffentlich ist niemand gestorben! Wäre dem Herzog oder dem kleinen Prinzen etwas zugestoßen, könnte es sich in dieser Zeit fatal auswirken.«

Da sah Cristina Tilda aus einem Laden kommen und befahl dem Kutscher zu halten. Da sie nicht warten wollte, bis dessen Helfer die Stufen ausgeklappt hatte, beugte sie sich aus dem Kutschenfenster. »Tilda, so warte doch!«

Elisabeths Zofe blieb stehen, drehte sich um und erkannte sie. »Fräulein Cristina! Äh … ich meine, Frau von Lauenstein! Gott sei Dank seid Ihr zurück!«

»Was ist geschehen?«, fragte Cristina. »Die ganze Stadt scheint in Trauer zu sein.«

»Wisst Ihr es noch nicht? Ihre Hoheit, die Herzoginmutter, ist gestern vor Gott, ihren Herrn, getreten!«

»Herzogin Charlotte Amalie?«, fragte Lauenstein betroffen. »Sie hat mich einst am Meininger Hof aufgenommen, als ich den Irrtum meiner Jugend, Soldat zu werden, aufgegeben habe. Mit dieser Nachricht empfangen zu werden, betrübt mich sehr.«

Die Herzoginmutter hatte dem Alter gehorchend ein wenig zurückgezogen gelebt. Daher hatte Cristina sie erst kennengelernt, als Charlotte Amalie eines ihrer Konzerte besucht hatte. Damals war die alte Dame sehr freundlich zu ihr gewesen.

»Das ist traurig!«, sagte sie leise. »Die Herzoginmutter war eine sehr kluge, aber auch energische Frau. Es heißt, kein Mann hätte Meiningen nach Herzog Anton Ulrichs Tod besser regieren können als sie. Wir sollten noch heute die Nachricht von unserer Rückkehr zum Schloss schicken und wegen einer Audienz bei Herzog Georg anfragen, um ihm unser aufrichtigstes Beileid übermitteln zu können.«

»Ich werde mich darum kümmern!«, versprach Lauenstein. »Jetzt gilt es zu erfahren, wohin wir heute Nacht unser Haupt betten können. Das Haus am Park wird wohl nicht mehr für uns bereitstehen.«

»Der Herzog will es abreißen lassen und an der Stelle den Schlosspark erweitern«, berichtete Tilda. »Unser neues Domizil liegt jenseits der Werra am Hang. Ein Steg führt von dort zum Beginn des Schlossparks. Wir haben es etwas weiter zum Schloss als früher, sind dort aber ungestört.«

»Dann lasst uns dort hinfahren! Übergib deine Einkäufe dem Kutscher und steig ein. Für dieses Stück Weges werdet ihr auch zu dritt auf die Bank passen!«, wies Lauenstein sie an.

»Ich kann auch zu Fuß gehen, damit die Tante euch den Weg zeigen kann«, bot Ira an.

»Du bist ein Dummchen! Du weißt doch selbst nicht, wo es ist, und würdest dich nur verlaufen«, sagte Tilda und übergab ihren vollen Korb dem Helfer des Kutschers.

»Dass ihr mir aber ja nicht davon esst!«, setzte sie hinzu und schwang sich in den Wagen. »Und nun vorwärts! Am Schloss vorbei und über die Werrabrücke. Danach fährst du ein Stück neben dem Fluss hoch, und dann sind wir auch schon da«, rief sie dem Kutscher noch zu und wandte sich an Cristina und Lauenstein. »Seit bekannt war, dass die Herzoginmutter erkrankt ist, haben Fräulein Karau und ich euch händeringend herbeigesehnt. Fräulein Cristina … ich meine, Frau von Lauenstein«, korrigierte sie sich auf ein mahnendes Hüsteln Lauensteins, »wird wohl bei der Grablegung singen müssen.«

»Ich singe lieber aus fröhlicheren Gründen«, sagte Cristina traurig. »Auch hätte ich mir eine bessere Heimkehr gewünscht.«

»Es kommt selten so, wie man es gerne hätte«, antwortete Lauenstein und blickte zum Schloss hinüber, bei dem die Fahnen auf Halbmast wehten.

Kurz darauf fuhren sie in der Nähe ihres ehemaligen Domizils vorbei. Erst vor wenigen Wochen waren dort ein Dieb und dessen Komplizin ums Leben gekommen. Angesichts dieser Erinnerung war Cristina froh, von nun an in einem anderen Haus wohnen zu können.

Unterdessen bog die Kutsche von der Hauptstraße ab und fuhr den schmalen Weg hoch, der an der Werra entlangführte. Schon bald kam ein einzelnes Haus am Hang in Sicht. Es lag ein Stück über ihnen und war über eine Treppe zu erreichen.

»Dort ist es!«, sagte Tilda und wies darauf. »Herzog Georgs Bruder Herzog Carl hat es einst erbauen lassen. Weshalb, weiß niemand, denn er starb bald darauf. Die letzten Jahre wurde es nur als Magazin benützt, doch Herzog Georg ließ es instand setzen, und nun dient es uns als Wohnung.«

»Ein stattliches Gebäude!«, lobte Lauenstein das Haus, dessen Erdgeschoss aus Sandsteinblöcken errichtet worden war. Darüber erhoben sich zwei weitere Stockwerke im Fachwerkstil.

»Vor allem liegt es hoch genug, um vor dem Hochwasser der Werra sicher zu sein«, kommentierte Cristina. »Beim Haus am Park hatten wir doch das eine oder andere Mal Sorge, das Wasser könnte bis zu uns kommen.«

»Hier ist es ausgeschlossen!«, sagte Tilda zufrieden. »Das Haus ist groß genug für uns alle, und es hat drei Kachelöfen. Wir werden daher im Winter nicht frieren!«

»Das haben wir im Haus am Park auch nicht getan!« Cristina lächelte ein wenig über den Überschwang, der Tilda ergriffen hatte. Diese stieg nun aus und ließ sich vom Helfer des Kutschers ihren Korb geben.

»Weshalb kaufst du selbst ein und lässt es nicht eine der Mägde machen?«, fragte Ira verwundert. »Du bist doch Fräulein Karaus Zofe und nicht die Dienstmagd!«

»Die Mägde sind im Schloss, um dort mitzuhelfen. Es werden viele Trauergäste aus Coburg und den anderen Residenzen erwartet«, antwortete Tilda. »Um Fräulein Karau zu versorgen, reiche ich völlig aus. Bis wir wieder Personal haben, werden Johann und du mithelfen müssen.«

Dilge sah das Haus an und nickte. »Für ein paar Tage wird das schon gehen!«

»Danach sehen wir weiter! Ich habe Fräulein Karau vorgeschlagen, einen Knecht für die grobe Arbeit und zwei Dienstmädchen einzustellen, doch sie wollte warten, bis ihr zurück seid.«

»Du willst niemanden mehr aus dem Schloss holen?«, fragte Ira.

Tilda schüttelte den Kopf. »Die sind mir alle zu eingebildet. Da ziehe ich Mädchen vor, die frisch vom Land kommen. Die tun, was man ihnen sagt.«

»Was, wenn ich dich richtig verstanden habe, die Mägde aus dem Schloss nicht getan haben«, sagte Cristina.

»Genauso ist es! Sie wussten, dass ich auch als Magd dort gearbeitet hatte, und wollten nicht so spuren, wie es nötig gewesen wäre. Doch nun kommt! Fräulein Karau hat die Kutsche gewiss schon gesehen und erwartet euch sehnsüchtig.«

Mit den Worten drehte Tilda sich um und befahl dem Helfer des Kutschers, die Reisetaschen und Koffer ins Haus zu tragen.

»Du kriegst auch ein gutes Trinkgeld!«, lockte sie ihn, da er zunächst nicht so richtig zog.

Lauenstein reichte ihm und dem Kutscher ein paar Kreuzer als Dank und stieg nach oben. Angesichts des großzügigen Geschenks packte der Kutschknecht die ersten Gepäckstücke und trug sie hinter ihm her.

Elisabeth Karau erwartete sie bereits vor der Tür. Sie schlang die Arme um Cristina und küsste sie auf beide Wangen. »Was bin ich froh, dass du wieder hier bist!«

»Und bei mir seid Ihr nicht froh?«, fragte Lauenstein.

»Das bin ich nur, wenn Ihr meine Cristina auf der Reise gut behandelt habt!«

»Das hat er, meine Liebe!«, sagte Cristina lächelnd. »Ihr könnt ihn daher willkommen heißen.«

»Dann heiße ich auch Euch willkommen!«

Elisabeth lächelte, doch Cristina vermeinte dahinter eine gewisse Angst zu verspüren. Zuerst wunderte sie sich darüber, dann aber begriff sie. Bisher hatte Elisabeth ihr immer am nächsten gestanden. Doch nun war sie mit Lauenstein verheiratet, und ihre mütterliche Freundin wusste nicht recht einzuschätzen, welche Stellung sie einnahm.

»Ich bin froh, wieder hier zu sein, liebstes Fräulein Karau. Herr von Lauenstein und ich haben Euch auf dieser Reise sehr vermisst!«, sagte sie und hielt Elisabeth in den Armen.

»Das haben wir!«, stimmte Lauenstein ihr zu. »Es gab doch einige Augenblicke, an denen ich gewünscht hätte, Ihr wäret bei uns. Auf Euch hört unser kleiner Hitzkopf mehr als auf mich!«

»Wie kommt Ihr auf Hitzkopf?«, fragte Cristina mit leisem Fauchen.

»Du hast von deiner Mutter mehr als nur die dunklen Augen geerbt, meine Liebe, sondern auch einen hitzigen Zorn und einen Stolz, der an Starrsinn grenzt!«

»Ich bin nicht starrsinnig!«, fuhr Cristina auf.

»Das sagte ich auch nicht, sondern nur, dass es daran grenzt«, antwortete Lauenstein und brachte Elisabeth zum Kopfschütteln.

»Ihr scheint ja auf Eurer Reise einiges erlebt zu haben. Doch wisst Ihr schon, dass Ihre Hoheit, die Herzoginmutter, verstorben ist?«

»Tilda hat es uns gesagt!«, erklärte ihr Lauenstein. »Sobald ich weiß, wo es möglich ist, werde ich mich hinsetzen und ein Kondolenzschreiben für Seine Hoheit verfassen. Auch werde ich um eine Audienz bitten. Dilge, suche mir dunkle Hosen und einen dunklen

Rock heraus und hefte einen Trauerflor an den Ärmel. Dasselbe, meine Liebe, solltest du auch Ira befehlen.«

»Sehr wohl, mein Herr Gemahl!« Cristina wandte sich ihrer Zofe zu. »Ira, suche mir dunkle Hosen und einen dunklen Rock heraus und hefte einen Trauerflor an den Ärmel.«

Ira starrte sie mit offenem Mund an. »Aber Ihr habt doch gar keine Hosen!«

»Aber mein gestrenger Herr Gemahl hat doch gesagt, dass ich es dir befehlen soll«, meinte Cristina mit der unschuldigsten Miene der Welt.

Lauenstein seufzte und legte Elisabeth die Hand auf die Schulter. »Versteht Ihr nun, liebste Freundin, weshalb ich Euch gerne dabeigehabt hätte?«

Wäre nicht die Trauer um die Herzoginmutter gewesen, hätte man Elisabeths Lachen über die Werra hinweg bis zur Stadt gehört.

7.

Das Haus war zwar kein Palast, aber groß genug selbst für die doppelte Zahl an Bewohnern. Im Erdgeschoss befanden sich eine große Küche, mehrere Vorrats- und Abstellräume sowie genug Zimmer für das Personal. Dazu kam ein Erkerzimmer, in dem Elisabeth bisher gespeist hatte. Die Aussicht auf die Werra, den Schlosspark und die Stadt war schön, und so bestimmte Lauenstein, dass das Zimmer weiterhin diesem Zweck dienen sollte.

Im mittleren Stockwerk befanden sich die Schlafzimmer, mehrere Salons, die Bibliothek, das Musikzimmer und ein größerer Raum, in dem man Empfänge für bis zu zwanzig Gästen abhalten konnte. Im Obergeschoss gab es weitere Schlafzimmer sowie Räume, denen bislang kein Verwendungszweck zugeordnet worden war.

Cristina fand die von Elisabeth vorgeschlagene Aufteilung gut und sagte dies auch. Während Elisabeth dankbar lächelte, rieb Lauenstein sich mit dem Zeigefinger über die Nasenspitze. »Meine Liebe, das finde ich auch. Nur eine Änderung hätte ich gerne.«

»Und das wäre?«

»Ihr habt für Euch das Schlafzimmer neben Cristina gewählt und mich auf der anderen Seite des Flures untergebracht. Würde es Euch sehr stören, wenn wir tauschen könnten?«

Elisabeth schlug sich mit der flachen Hand gegen die Stirn. »Verzeiht! Ich habe bei der Aufteilung der Kammern ganz vergessen, dass Ihr beide verheiratet seid, sondern Cristinas und mein Zimmer nebeneinandergelegt, so wie ich es vom Haus am Park gewohnt war.«

»Ihr seid entschuldigt, meine Liebe! Gelegentlich muss auch ich mich daran erinnern, dass ich mit diesem edlen Geschöpf verheiratet bin«, antwortete Lauenstein freundlich.

»Wenn Ihr mich verspotten wollt, so versucht dies lieber bei Eurer Witwe Lindow. Ich könnte sonst zornig werden, und Ihr sagtet selbst, dass in mir das Feuer des Südens brennt!« Cristina klang verärgert, doch Lauenstein hob lächelnd den rechten Zeigefinger.

»Meine Liebe, du erdolchst mich vielleicht, wenn ich dich erzürne, doch eine solche Harpyie wie die Witwe Lindow kannst du gar nicht werden. Übrigens ist sie nicht meine Witwe. Das könntest nur du werden, doch hoffe ich, dass dies nicht in nächster Zukunft geschieht.«

War Cristina eben noch verärgert gewesen, musste sie sich nun das Lachen verkneifen. Hinter ihr schüttelte Tilda in gespielter Verzweiflung den Kopf. »Herr von Lauenstein ist immer noch der gleiche Kindskopf wie früher und hat nun auch noch Fräulein Cristina angesteckt.«

»Das heißt Frau von Lauenstein, meine Gute!«, korrigierte Lauenstein sie und wandte sich fröhlich an Cristina. »Wie du siehst, vergessen auch noch andere, dass wir beide verheiratet sind.«

»Ich werde Euch gelegentlich daran erinnern, damit Ihr es nicht vergesst«, spottete Cristina und forderte Ira auf, nachzusehen, ob in den Schränken ein passendes Hauskleid für sie zu finden wäre.

»Ich habe alles vom Haus am Park herüberbringen lassen«, berichtete Elisabeth. »Ira wird daher gewiss fündig werden. Doch nun lass dich anschauen. Du wirkst etwas blass. War das Reisen so beschwerlich?«

»Wir haben eine längere Strecke ohne einen einzigen Aufenthalt zurückgelegt. Da ist es kein Wunder, wenn wir etwas ermattet sind. Ich würde daher gerne den Brief an den Herzog hinter mich bringen und mich anschließend ein wenig hinlegen.« Lauenstein fühlte sich müde, wollte aber die Pflicht seinem Landesherrn gegenüber erfüllen.

Tilda überlegte kurz. »Wenn Ihr mir eine Stunde Zeit gebt, hole ich Knechte und lasse Eure Sachen in die Schlafkammer bringen, die Fräulein Karau bislang benützt hat, und die Euren in die ihre!«

»Eine Stunde dürfte wohl etwas knapp sein!«, antwortete Lauenstein, nickte dann aber. »In einem hast du recht. Es ist klüger, etwas gleich zu erledigen, als es hinauszuziehen. Dilge soll dir helfen.«

Cristina begriff, dass sie erst einmal Elisabeths Neugier befriedigen musste. »Wenn ich mich umgezogen habe, kann das auch Ira tun. Ich werde mich mit Fräulein Karau ins mittlere Erkerzimmer setzen und mit ihr plaudern!«

Lauenstein nickte ihr zu. »Tu das, meine Liebe! Ihr habt euch gewiss viel zu erzählen.«

»Das haben wir! Eine Nachricht betrifft aber auch Euch. Eure Witwe Lindow, wie Cristina immer zu sagen pflegt, hat Meiningen verlassen. Es heißt, sie habe einen Witwer in Saalfeld geheiratet. Dieser bescherte ihr zwar keinen Adelstitel, dafür aber sechs Kinder aus erster Ehe. Oder waren es sieben?« Elisabeth lachte und hakte sich bei Cristina unter. »Und nun komm in dein Zimmer! Wir können bereits miteinander reden, während du dich umziehst. Immerhin habe ich dich fast einen Monat nicht gesehen.«

8.

Das Gesicht des Herzogs wirkte düster. Zu anderen Zeiten hätte Lauenstein sich ihm deshalb nur zögernd genähert, doch nun sorgte nicht der Zorn für diese Miene, sondern die Trauer um die Mutter.

»Ihr seid zurück, Lauenstein?«, sagte Herzog Georg, als dieser sich vor ihm verbeugte und Cristina knickste.

»Das sind wir, Euer Hoheit! Erlaubt uns zu sagen, dass wir uns eine Rückkehr unter besseren Bedingungen gewünscht hätten. Erlaubt uns ebenfalls, unser zutiefst empfundenes Mitgefühl auszudrücken. Ihre Hoheit, Eure Mutter, war eine große Frau, und es ist für Meiningen ein herber Verlust, sie zu verlieren.« Lauenstein verbeugte sich erneut, während der Herzog auf das Porträt seiner Mutter blickte.

»Meine Mutter hat Sachsen-Meiningen mit fester und sicherer Hand durch die Wirren geführt, die nach dem letzten Schlesischen Krieg geherrscht haben, und war mir eine treue Beraterin in unruhigen Zeiten. Möge Gott ihr den Platz im Himmel zuweisen, den sie verdient!« Herzog Georg atmete tief durch und wischte sich kurz über die Wange.

Rasch fasste er sich wieder und sah Cristina an. »Wir sind froh, dass Ihr wieder in Meiningen seid, denn Eure Stimme wird meine Frau Mutter ins Himmelreich begleiten. Ihr werdet die erste Stimme im Chor sein und zuletzt ein Lied zum Abschied singen. Wie Euer Gemahl bereits sagte, trauern das Haus Sachsen-Meiningen und das ganze Herzogtum um eine große Frau!«

Cristina sank in einen tiefen Knicks. »Es wird mir eine Ehre sein, Euer Hoheit.«

»Der Herr Hofmarschall wird sich diesbezüglich an Euch wenden. Doch etwas anderes! Wir hörten, Herr von Lauenstein habe in Friedrichsthal ein Duell ausgefochten. Seid Ihr nicht langsam zu alt für derlei Dinge?«

Lauenstein sah den Herzog lächelnd an. »Es gibt Tage, an denen man für sich einstehen muss, ohne auf das Alter zu achten!«

»Ihr wurdet verwundet, hörte ich?«, fragte der Herzog weiter.

»Nur eine kleine Schramme, Euer Hoheit! Sie ist nicht der Rede wert.«

»Ihr solltet trotzdem in Zukunft solche Kalamitäten meiden. Wir wünschen nicht, dass Eure Ehefrau vor der Zeit Witwe wird!«

Es klang wie eine Warnung. Cristina begriff, was der Herzog damit meinte. Als Lauensteins Ehefrau musste sie das tun, was dieser von ihr forderte. Als Witwe hingegen konnte sie ihrem eigenen Willen folgen. Dies hieß auch, dass sie Meiningen verlassen und sich woanders ansiedeln konnte. Genau das aber wollte Herzog Georg verhindern. Sie war die Meininger Hofsängerin und sollte es bleiben.

»Mein Ehemann wird gewiss nichts tun, was Eure Hoheit verärgern könnte«, sagte sie mit einem nachsichtigen Lächeln.

»Auch Ihr werdet es hoffentlich nicht tun!«, erklärte der Herzog mit einer gewissen Schärfe.

»Ich bin Eurer Hoheit getreue Untertanin!«

Cristina knickste, Lauenstein verbeugte sich noch einmal, danach war die Audienz zu Ende. Dafür wurden sie in die Gemächer der Herzogin geführt. Louise Eleonore empfing sie freundlich und richtete ein paar persönliche Worte an sie. Nach einer Weile ließ sie die Prinzessinnen Adelheid und Ida sowie den Erbprinzen Bernhard holen, damit Cristina und ihr Mann auch diesen ihr Beileid ausdrücken konnten. Mit acht und sechs Jahren waren die Prinzessinnen alt genug, um den Verlust der Großmutter zu fühlen. Der gerade einmal neun Monate alte Erbprinz hingegen würde die alte Dame nie kennenlernen.

»Ich hoffe, Ihr findet das Haus am Hang angemessen«, sagte die Herzogin, als die Kinder wieder weggebracht worden waren.

»Es ist sehr schön gelegen und auf das Angenehmste eingerichtet«, antwortete Cristina. Zwar gab es noch ein paar Kleinigkeiten, die sie geändert sehen wollte, doch war dies nichts, was sie der hohen Dame mitteilen musste.

»Man hat übrigens die im Haus am Park gestohlenen Gegenstände im Gebüsch des Schlossparks gefunden. Fräulein Karau hat sie in Empfang genommen, so dass sie wieder in Euren Besitz übergegangen sind«, fuhr die Herzogin fort.

»Ich hätte gut und gerne darauf verzichtet, wenn ich dafür Ihre Hoheit, die Herzoginmutter, gesund in Meiningen angetroffen hätte«, antwortete Cristina leise. Auch wenn es sie geschmerzt hatte, auf ein paar Erinnerungsstücke verzichten zu müssen, so wäre dieser Verlust im Vergleich zum Tod der hohen Dame gering gewesen.

»Gott gibt und Gott nimmt! Trösten wir uns damit, dass meine Schwiegermutter die Geburt ihres Enkels und damit den Weiterbestand des Hauses Sachsen-Meiningen erleben durfte.«

Louise Eleonores Worte verrieten Cristina, unter welchem Druck die Herzogin gestanden haben musste, einen Erben zur Welt zu bringen. Es erinnerte Cristina daran, dass auch Lauenstein auf einen Sohn hoffte, der einmal die Stelle einnehmen konnte, die heute noch Wilhelm von Lauenstein innehatte. Im Gegensatz zur Herzogin war sie noch jung. Zu lange hoffte sie dennoch nicht warten zu müssen, denn ihr Mann ging stramm auf die sechzig zu und hatte zudem im letzten Winter an einer hartnäckigen Erkältung gelitten.

Cristina fing mühsam ihre flatternden Gedanken wieder ein. Immerhin besaßen sie jetzt ein eigenes Haus, und so musste Lauenstein nicht mehr in einem der Nebengebäude des Schlosses hausen, das weitaus weniger Komfort bot als das Haus am Hang.

Sie verabschiedeten sich von der Herzogin und wurden von einem Untergebenen des Haushofmeisters zu dem Zimmer geführt, in dem die Verstorbene aufgebahrt lag. Dort wurde ihnen die Ehre zuteil, von der Herzoginmutter Abschied zu nehmen.

Lauenstein fühlte sich beklommen, als er den Sarg vor sich sah. Er war nur wenige Jahre jünger als die Tote und hatte sich bis jetzt nie alt gefühlt. Plötzlich aber spürte er die Last der Jahrzehnte auf seinen Schultern. Seufzend verbeugte er sich und ging mit schweren Schritten weiter.

»Was habt Ihr? Fühlt Ihr Euch nicht wohl?«, fragte ihn Cristina, als sie das Schloss verließen.

»Es ist nichts weiter!«, wehrte Lauenstein ab. »Ich verspüre nur große Trauer. Die Herzoginmutter nahm mich einst an ihrem Hof auf, und seitdem lebe ich in Meiningen. Sie war zuerst die Regentin für ihre unmündigen Söhne und dann lange Jahre die Herzoginmutter.«

»Herzog Anton Ulrich soll bereits ein alter Herr gewesen sein, als er sie heiratete. Ob sie ebenfalls so gut zusammengelebt haben, wie wir es tun?«

»Es freut mich, dass du das sagst, und ich hoffe, du musst deine Meinung nie ändern. Wie die Ehe der Herzoginmutter war, kann ich nicht sagen. Als ich an den Hof kam, war sie gerade Witwe geworden. Herzog Anton Ulrich hatte sie ausgesucht, damit sie ihm einen legitimen Erben gebar, nachdem der Kaiser seinen Wunsch, einem seiner Söhne aus erster Ehe die Herrschaft zu überlassen, abschlägig beschieden hatte.«

Lauenstein berichtete nun von jener Zeit, die er selbst nur aus den Erzählungen anderer kannte, und schloss mit den Worten, dass Herzog Anton Ulrich klug gehandelt habe.

»Weißt du, meine Liebe, andere Herren hätten nur nach einem Schoß gesucht, der ihnen den Nachfolger schenkt. Er hingegen heiratete eine kluge und entschlossene Frau, die der Meinung vieler nach dem Land Sachsen-Meiningen mehr Glück und Zufriedenheit geschenkt hat als all die Herzöge vor ihr, einschließlich ihres eigenen Gemahls!« Lauenstein lächelte schmerzlich und wies auf die andere Seite der Werra, wo sie ihr neues Heim sehen konnten. »Lass uns nach Hause gehen! Die lange Reise hat mich erschöpft, und ich bin ganz froh, ein paar Tage hier bleiben zu können.«

»Das bin ich auch!«, antwortete Cristina und achtete darauf, nicht zu schnell zu gehen, damit ihr Mann sich nicht anstrengen musste. Der Tod der Herzoginwitwe hatte ihn arg getroffen, und so überlegte sie, was sie tun konnte, um ihn wieder aufzurichten.

9.

Die Herzoginwitwe hatte ein schlichtes Begräbnis gewünscht, und diesen Wunsch wollte Herzog Georg so weit als möglich erfüllen. Für ein Mitglied der Herrscherfamilie musste jedoch ein gewisser Aufwand betrieben werden, und so kleideten Cristina und Lauenstein sich an diesem Morgen in Schwarz. Selbst ihre Unterwäsche war von dieser Farbe, um die Trauer um Herzogin Charlotte Amalie auszudrücken.

»Wir sollten uns beeilen, sonst kommen wir zu spät«, mahnte Cristina ihren Mann.

»Du hast ja recht, mein Kind!«, antwortete Lauenstein. »Lass dir aber sagen, dass ich lieber zu einem Ball ins Schloss gehen würde als zu einer Grablege.«

»Auch mir wäre etwas anderes lieber! Gott hat es jedoch so gefügt, und wir müssen es ertragen.« Cristina musterte prüfend ihren Ehemann. »Ich hoffe, Ihr fühlt Euch wohl genug, um Eure Pflicht zu erfüllen?«

»Das tue ich!« Lauenstein zählte zu den zwölf Herren, die den Sarg der Herzogwitwe bis zum Schlossportal tragen sollten. Er war der Älteste unter ihnen, wollte diese Aufgabe aber keinem anderen überlassen.

Sie gingen zum Steg, überquerten die Werra und näherten sich dem Schloss. Als sie das Zimmer erreichten, in dem die Tote aufgebahrt lag, atmeten beide auf. Sie waren früh genug gekommen.

Lauenstein gesellte sich zu den Herren, die mit ihm den Katafalk tragen würden, während Cristina zu den anderen Sängern trat. Neben dem herzoglichen Chor und den zusammengefassten Sängergemeinschaften der Stadt zählte auch der Chor der Palastkinder dazu, den Elisabeth Karau einst geleitet hatte. Es waren andere Kinder als damals, und sie sahen voller Achtung zu Cristina auf, die als Hofsängerin den Solopart übernehmen würde.

Der Herzog erschien, und ihm folgten die Herzogin und die beiden Prinzessinnen. Selbst Erbprinz Bernhard hatte man in Schwarz gehüllt und ließ ihn von seiner Kinderfrau hereintragen. Alle verbeugten sich vor der hohen Familie, dann winkte der Hofmusikdirektor den Mitgliedern des Chores, ihm zu folgen.

Cristina schritt den anderen voran. Ihr Rang und ihr Ruhm stellten sie über die Sänger, doch sie fühlte auch die Belastung, die diese Stellung mit sich brachte. Alle verließen sich auf sie, und wenn sie versagte, war ihr die Ungnade des Herzogs gewiss. Über einen kleinen Fehler bei einem Konzert konnte er hinwegsehen. Hier aber ging es um die Beerdigung seiner Mutter, und da legte er gewiss strengere Maßstäbe an.

Mit einem leisen Fauchen vertrieb sie diese Gedanken und konzentrierte sich auf das erste Lied. Vorerst aber galt es, auf dem Schlosshof zu warten, bis Lauenstein und die anderen Träger mit dem Sarg erschienen.

Sie sah die herzogliche Familie und die anderen Trauergäste kommen, und dann die zwölf Herren, die vom Haushofmeister angeführt den Sarg herbeitrugen und auf ein mit schwarzem Samt bedecktes Gestell setzten. Nun traten sie zurück, während der Hofmusikdirektor die Hand zum Zeichen hob, dass der Chor sein erstes Lied singen solle.

Cristinas klare Stimme klang auf, und sie sang die erste Zeile: »Wie sanft sehn wir den Frommen …« Der Chor setzte ein, und das Lied erfüllte den Schlosshof als Gruß an die Tote, die den Worten des Oberhofpredigers Vierling zufolge bereits auf dem Weg ins Himmelreich war.

Nach dem Lied läuteten alle Glocken der Stadt, und der Trauerzug begann. Die Knaben und Mädchen aus den Schulen machten den Anfang, wobei einer der älteren Jungen das Kreuz vorantrug. Ihre Lehrer, die Geistlichen der Stadt und die Bediensteten des Schlosses folgten ihnen. Ihnen schlossen sich zwölf junge Beamte aus Meiningen an, die nun den Sarg trugen. Danach kamen der Herzog und die höchsten Trauergäste und hinter diesen die Herren des Hofstaats, unter denen sich Lauenstein befand, während die Beamtenschaft des Herzogtums den Abschluss bildete. Alle Höflinge trugen schwarze Kleidung, die Beamten ihre Uniformen und Degen mit Trauerflor.

Der Chor mit Cristina und die Damen des Hofstaats waren bereits vorausgeeilt. Auf dem Weg zur Kirche mussten sie das Spalier der schwarz gekleideten Bürger passieren, die sich in zwei Reihen rechts und links der Straßen aufgestellt hatten und mit dem Hut in der Hand von ihrer einstigen Regentin Abschied nehmen wollten. Nun erwarteten alle den Trauerzug, der sich auf die Kirche zubewegte.

Als dieser das Kirchenportal durchschritt, stimmte Cristina mit dem Chor das Lied »Begrabt den Leib« an. Danach hielt der Hofprediger eine Rede, in der er die Verstorbene als gütige Landesmutter und Herrin pries. Als er zum Ende kam, wurde der Sarg in den Boden versenkt und mit der steinernen Grabplatte bedeckt. Danach verbeugten sich alle noch einmal vor der Toten, und es ging in der gleichen Ordnung zurück zum Schloss.

10.

Der Tod eines Menschen ist immer eine schlimme Sache für die Menschen, die es betrifft, und das Ende einer Dame wie Herzogin Charlotte Amalie berührte viele. Am wenigsten war noch in der

Stadt zu bemerken. Dort besohlte der Schuster seine Schuhe, der Metzger schlachtete das Vieh und fertigte seine Würste, und die Lehrer schwangen ihren Bambusstock, wenn ihre Schüler sie erzürnten.

Im Schloss hingegen herrschte Stille. Weder wurde an den Abenden getanzt, noch fanden Konzerte statt. Cristina war daher froh, als sie nur wenige Wochen nach der Beerdigung die Kutsche besteigen und nach Rudolstadt fahren konnte, um dort bei Hofe zu singen.

Diesmal kam Elisabeth Karau mit, so dass sie mit zwei Kutschen reisen mussten. Johann Dilge, Tilda und Ira fuhren mit der ersten Kutsche samt dem Gepäck voraus. Cristina, Elisabeth und Lauenstein folgten ihnen im Abstand von einer Stunde.

Als Meiningen hinter ihnen zurückblieb, atmete Elisabeth auf. »Ihr mögt mich für pietätlos halten, doch diesmal bin ich froh, wegzukommen. Die Trauer bei Hofe war einfach zu bedrückend!«

»Auch ich trauere um die Herzoginmutter«, sagte Lauenstein. »Sie war ein Teil meines Lebens. Wer weiß, wo ich hingeraten wäre, hätte sie mich nicht an ihrem Hof aufgenommen. Trotzdem muss ich Euch zustimmen, werte Freundin. Ich bin erleichtert, wieder auf Reisen zu sein. Es war deprimierend.«

»Ich habe kaum gewagt zu üben, damit man es nicht außerhalb des Hauses hören konnte. Auch wenn wir derzeit keine Feinde am Hof haben wie einst Auguste von Fabisch oder Frau von Trana, so hätte doch jemand dem Herzog melden können, dass ich frohe Lieder singe. Jedenfalls werde ich es in Rudolstadt wieder tun«, sagte Cristina.

»Du wirst dunkel gekleidet und mit einem Trauerflor am Arm auftreten, meine Liebe. Auch Fräulein Karau und ich werden Trauer zeigen«, erklärte Lauenstein.

»Wie lange soll das gehen?«, fragte Cristina. »Ich besitze nur eine begrenzte Anzahl dafür geeigneter Kleider. Wenn es nötig sein sollte, muss ich mir in Rudolstadt oder später in Sondershausen neue Kleider machen lassen.«

»Das solltest du, meine Liebe! Aber keine für die Zeit nach der Trauer. Wer weiß, was dann in Mode ist«, wandte Lauenstein ein. »Die ganze Welt starrt nach Paris, um zu schauen, welche Kleider die Ehefrau des Ersten Konsuls trägt, um diese dann nachzuäffen. Würde Josephine Bonaparte nackt herumlaufen, täten die dummen Weiber es hierzulande auch.«

»Jetzt bin ich Euch aber ernsthaft böse!«, rief Elisabeth tadelnd. »Uns als dumme Weiber zu bezeichnen, ist unerhört.«

»Würdet Ihr nackt herumlaufen, nur weil Frau Bonaparte es tut?«, fragte Lauenstein.

»Um Gottes willen, nein!«

»Dann zählt Ihr auch nicht zu diesen dummen Weibern!«, konterte Lauenstein gelassen.

»Ich gehöre auch nicht dazu, denn ich würde so etwas niemals mitmachen«, erklärte Cristina. Gleichzeitig hallte der Name Bonaparte in ihr in einer fast unangenehmen Weise nach.

»Was hört man eigentlich aus Frankreich? Bietet dieser Bonaparte immer noch einzelnen Fürsten Land an, das ihm gar nicht gehört?«, fragte sie.

»Bei Sachsen-Meiningen hat er es bisher noch nicht getan. Es heißt aber, dass Baden, Württemberg und Baiern für den Verlust ihrer linksrheinischen Landschaften durch Kirchengut und die Eingliederung kleiner Herrschaften in ihre Reiche entschädigt werden sollen.«

Elisabeth lachte spöttisch auf. »Das heißt, der große Dieb sagt zu dem, den er bestohlen hat: Das, was ich habe, behalte ich, aber damit du keinen Verlust hast, bestehle einfach deinen Nächsten!«

»So könnte man es ausdrücken! Nur ist Politik nicht so einfach. Vor allem zeigt sie nur selten die edle Seite des Menschen, sondern eher das Gegenteil. In einer Zeit, in der ganze Reiche verschwinden und die Grenzen mit irrsinniger Geschwindigkeit verändert werden, muss jeder um den Erhalt seiner Heimat bangen. Selbst Herzog Georg ängstigt sich in trüben Stunden, ob sich nicht einer der Nachbarn auf seine Kosten mit Bonaparte einigt.«

»Dann wäre es mit dem Titel einer Hofsängerin in Meiningen vorbei«, sagte Cristina leise.

»Du könntest an vielen Höfen Hofsängerin werden«, sagte Lauenstein.

»Und so manches Herrn Hure!« Elisabeth klang scharf, denn viele Fürsten glaubten, für das Honorar, das sie bezahlten, nicht nur die Stimme der Frau, sondern auch ihren Leib erstanden zu haben.

»Belle Légendaire soll ja auf diese Weise sehr erfolgreich sein«, spottete Cristina. Einst war diese Sängerin ihr großes Vorbild gewesen, doch mittlerweile war die Frau, so hieß es, mehr in den Betten der hohen Herren zu finden, als dass sie auf deren Bühnen sang.

»Belle Légendaire mag zwar eine Kanaille sein, aber sie hat Erfolg«, sagte Lauenstein.

»Wie ich hörte, ist auch nicht mehr François Metteur ihr Agent und Reisemarschall, sondern ein anderer Mann, dessen Namen ich aber nicht in Erfahrung bringen konnte. Dazu wird sie von einer ehemaligen Sängerin begleitet, die in ihren besten Zeiten mehr gekrönte Häupter als Liebhaber aufweisen konnte als jede andere Frau!«, erklärte Elisabeth.

»Ich frage mich, in welcher Kunst dieses Weib die Demoiselle Légendaire ausbilden soll, mehr im Gesang oder mehr in den unteren Regionen?«, sagte Lauenstein scheinbar ernsthaft.

»Ihr werdet frivol, mein Herr! Dies schickt sich unter Damen nicht«, wies Cristina ihren Mann spöttisch zurecht.

»Die Frage stellt sich aber!«, sprang Elisabeth Lauenstein bei. »Die Deconnu war zu ihrer Zeit so ausschweifend, dass sie sich auf dem Marktplatz einer Residenzstadt von einem ihrer Galane begatten ließ.«

»Tatsächlich?«, fragte Lauenstein erstaunt.

»Sie hatte darum gewettet! Die Tat geschah aber nicht am Tag, sondern in der Nacht nach der zwölften Stunde. Sie legte es allerdings darauf an, von den Nachtwächtern gesehen zu werden, damit bekannt wurde, dass sie diese Wette auch gewonnen hat. Es ging um fünftausend Gulden. Man sagt, danach sei niemand mehr eine Wette mit ihr eingegangen.«

Elisabeth fand das Gespräch zwar anstößig, doch nach den trüben Tagen nach der Beerdigung der Herzoginmutter war sie in der Stimmung, ein wenig frivol zu sein. Außerdem erschien es ihr wichtig, dass Cristina und Lauenstein erfuhren, welches Weib Belle Légendaire in ihrer Begleitung duldete.

»Das waren damals noch wildere Zeiten als heutzutage«, meinte Lauenstein kopfschüttelnd. »Aber ich sehe, wir nähern uns Suhl. Wolltest du dich nicht armieren, meine Liebe?«

Cristina nickte. »Ich würde gerne eine oder zwei kleine Pistolen besitzen.«

»Gleich zwei? Willst du Belle Légendaire etwa ein Duell antragen?«, fragte Lauenstein lachend.

»Wenn ich es tue, dann gewiss nicht mit Pistolen – und auch nicht mit den unteren Regionen, wie Ihr es nanntet, sondern allein mit dem Gesang! Doch so rasch werde ich wohl nicht auf sie treffen.«

»Täusche dich nicht! Ich traue es dem einen oder anderen Herrscher durchaus zu, euch beide einzuladen, um seinen Kunstgenuss durch euren Wettkampf zu steigern.«

Cristina begriff, dass Lauenstein schon mindestens einmal ein solches Angebot erhalten hatte. Da Belle Légendaire durch ihre Nachgiebigkeit in gewissen Dingen einen unangemessenen Vorteil erhalten würde, hatte er, wie er jetzt erklärte, abgesagt.

»Auf Dauer werden wir uns nicht davor drücken können«, setzte er hinzu. »Dann aber soll es an einem Hof geschehen, an dem Sangeskunst den Ausschlag gibt und nicht die von dir erwähnten unteren Regionen.«

»Da werdet Ihr lange suchen müssen, werter Freund«, spottete Elisabeth. »Selbst in Meiningen wäre die Légendaire mit ihrer Nachgiebigkeit, wie Ihr es nennt, im Vorteil, obwohl Cristina Herzog Georgs Hofsängerin ist. Aber sie ist eben nicht seine Mätresse.«

»Ich wäre es auch nicht gerne! Zum einen bin ich verheiratet …«

»Was für andere Damen gerade der Grund wäre, sich frei in den Betten ihrer Liebhaber tummeln zu können«, spottete Lauenstein.

»Und zum anderen wäre es eine Kränkung für Herzogin Louise Eleonore«, fuhr Cristina fort, ohne auf diesen Einwand einzugehen.

»Viele der gekrönten Herren erwarten von ihren Gemahlinnen, dass sie großzügig über ihre Liebschaften hinwegsehen«, wandte Elisabeth ein.

»Die meisten adeligen Mädchen werden entsprechend erzogen, und das ist gut so, denn sonst gäbe es an vielen Fürstenhöfen Mord und Totschlag.«

»Pfui, Herr von Lauenstein!«, rief Cristina. »Die heilige Kirche erwartet von ihren verehelichten Lämmern, einander treu zu sein. Weshalb werden der einfache Mann und die einfache Frau für das betraft, was die hohen Herrschaften mit Lust betreiben?«

»Gut gefragt, Cristina!«, lobte Elisabeth ihre einstige Schülerin.

So in die Ecke getrieben, war Lauenstein froh, als die Kutsche Suhl erreichte und schließlich vor dem Haus eines Waffenschmieds anhielt.

»Nun, meine Liebe! Jetzt kannst du deine Pistolen erstehen«, sagte er, als er ausstieg.

»Seht Euch danach vor und lasst die Finger von anderen Frauen. In Cristina fließt genug italienisches Blut, um Euch dafür zu erschießen!« Elisabeth lachte, denn Lauenstein schaute hübschen Frauen zwar noch nach, doch für alles andere war ihm Cristina mehr als genug.

Cristina beschloss, nicht darauf einzugehen, sondern stieg ebenfalls aus und trat mit Lauenstein zusammen auf die Tür des Waffenschmieds zu.

11.

Der Waffenschmied zählte zu den Besten in Suhl. Lauenstein hatte hier einmal eine Flinte bestellt, um sie Herzog Georg zum Geschenk zu machen. Das lag einige Jahre zurück, doch der Meister erkannte ihn sofort wieder. »Seid mir willkommen, Herr von Lauenstein! Stets zu Euren Diensten«, grüßte er höflich.

»Diesmal werdet Ihr weniger mir als meiner Gemahlin zu Diensten sein müssen. Sie wünscht sich ein paar handliche Pistolen, um auf Reisen nicht wehrlos zu sein«, erklärte Lauenstein und betrachtete die Flinten und Pistolen, die der Waffenschmied für Kunden ausgestellt hatte, die keine speziellen Wünsche hatten.

»Und was wünschen die Dame?«, fragte der Waffenschmied Elisabeth, da er sie wegen ihres Alters für Lauensteins Ehefrau hielt.

»Mein Guter, Ihr seid hier einem Irrtum erlegen. Fräulein Karau ist eine gute Freundin. Freifrau von Lauenstein ist jedoch diese Dame hier«, sagte Lauenstein lächelnd und wies auf Cristina.

Der Meister kniff überrascht die Augen zusammen, verbeugte sich dann aber vor Cristina und stellte ihr dieselbe Frage wie vorhin Elisabeth.

»Ich wünsche ein Paar Reisepistolen, vorzugsweise doppel- oder mehrläufig«, antwortete Cristina.

»Wenn diese Waffen für Euch gedacht sind, würde ich von mehrläufigen Pistolen abraten, denn Ihr müsstet jedes Mal die Läufe zum Laden abschrauben. Da sind zwei Muffpistolen, wenn ich so sagen darf, besser geeignet. Die kann auch eine Frau schussfertig machen!«, antwortete der Waffenschmied und stellte dann die Frage, die auch über den Preis entschied. »Wollt Ihr die beiden Pistolen anfertigen lassen, oder soll ich Euch zeigen, was ich vorliegen habe?«

»Da ich die Waffen bereits auf dieser Reise mitnehmen will, wäre mir mit fertigen Pistolen mehr gedient«, antwortete Cristina.

»Ich hätte zwei passende Waffen! Sie sind einander sehr ähnlich, aber eben nicht gleich.« Noch während der Meister es sagte, schickte er einen seiner Gesellen los, die Genannten zu holen.

»Diese Pistolen sind nur einen halben Fuß lang und leicht zu bedienen«, erklärte der Waffenschmied, als sie gebracht worden waren, und legte sie vor Cristina hin.

»Vielleicht solltest du doch richtige Reisepistolen nehmen. Diese Waffen sehen mir mehr wie ein Spielzeug aus«, riet Lauenstein.

Cristina ließ sich nun zwei Reisepistolen vorlegen. Diese waren um ein Drittel länger und unhandlicher. Daher schüttelte sie den Kopf. »Ich bleibe bei diesen kleinen Pistolen. Da ich hoffe, sie niemals gebrauchen zu müssen, sind sie mir gut genug!«

»Diese Pistolen«, erklärte der Waffenschmied, »sind trotz ihrer geringen Größe tödliche Waffen. Sie treffen auf zwei Meininger Stadtruten genau und tödlich. Für einen Räuber, der eine Kutsche ausrauben will, ist das genug!«

»Das glaube ich auch!«, sagte Cristina und bat Lauenstein, die beiden Waffen zu erwerben.

FÜNFTER TEIL

Eine freudige *Botschaft*

1.

Cristina verbeugte sich und lauschte dem Beifall der Zuhörer. Da sie eine Arie der Elisetta aus der Oper »Il matrimonio segreto« von Domenico Cimarosa gesungen hatte, war sie gespannt, wie das Publikum es aufnehmen würde. Ihr erster Blick fiel auf Ludwig Friedrich II., den Fürsten von Schwarzburg-Rudolstadt, und dessen Gemahlin Karoline Louise. Beide applaudierten begeistert. Das erleichterte Cristina, denn sie hatte ihr Programm für diesen Konzertabend vollkommen neu zusammengestellt und dabei mehr Lieder aus italienischen Opern gewählt.

Ihr nächster Blick galt Elisabeth und Lauenstein, die ein wenig seitlich der Bühne saßen. Deren Mienen verrieten ihr, dass sie auch diesmal wieder ihre Zuhörer in Bann geschlagen hatte.

Fürst Ludwig Friedrich stand auf und kam auf sie zu. Cristina sank in den Knicks und richtete sich erst wieder auf, als er sie mit einer Handbewegung dazu aufforderte.

»Wir danken Euch, Madame, und sind sehr erfreut, dass Ihr uns die Ehre gebt, mindestens einmal im Jahr in Rudolstadt zu singen!«, sagte er und neigte kurz den Kopf, um seine Achtung vor ihr zu bezeugen.

»Es ist mir jedes Mal eine besondere Ehre, im Fürstentum Schwarzburg-Rudolstadt auftreten zu können, denn in Eurer Durchlaucht Stadt Königsee nahm mein Schicksal jene Wendung, die mich zu der Sängerin machte, die Eure Durchlaucht heute vor sich seht.«

Vor gut fünf Jahren hatte sie Belle Légendaire in dieser Stadt singen gehört. Noch wichtiger aber war gewesen, dass deren Agent auch sie hatte singen hören. Daraufhin hatte der Mann sie Lauenstein und Elisabeth Karau empfohlen. Ohne diese schicksalhafte Begegnung hätte Lauenstein niemals nach ihr gesucht, und sie wäre bei ihrer Gauklersippe geblieben. Bei alledem, was sie in Friedrichsthal von Loretta und Mirta erfahren hatte, konnte sie froh sein, dass es nicht so gekommen war.

»Es erfreut mich, dass das Fürstentum Schwarzburg-Rudolstadt und die Stadt Königsee eine so tiefe Bedeutung für Euch haben«, antwortete der Fürst und bot ihr den Arm, um sie in den Nebenraum zu führen, in dem Wein, Früchte und Leckereien auf die Gäste dieses Abends warteten.

Lauenstein wurde die Ehre zuteil, die Fürstin zu führen, während einer der Hofkavaliere diesen Dienst bei Elisabeth versah. Das Singen hatte Cristina hungrig gemacht, und sie stibitzte ein kleines Stück Kuchen von einem der Tische, um es rasch zu verspeisen.

»Im Augenblick scheint dir das Essen noch mehr Freude zu machen als das Singen«, spöttelte Elisabeth, die neben sie getreten war. »Dabei hast du bereits zu Abend mehr gegessen, als du vor einem Auftritt tun solltest!«

»Ich bin eben hungrig«, antwortete Cristina und griff sich das nächste Stück Kuchen.

»Ich hoffe, es nimmt nicht überhand, so wie bei der Dame dort hinten!« Elisabeth wies verstohlen auf eine der Hofdamen der Fürstin, die einen beträchtlichen Umfang aufwies und sich eben von einem Diener einen ganzen Teller mit Kuchenstücken und anderen Delikatessen reichen ließ.

»Das wird es gewiss nicht!«, antwortete sie und fand, dass sie noch ein kleines Gebäckstück vertragen konnte.

Als sie nach ihrem Mann Ausschau hielt, sah sie, wie dieser von ein paar Herren umringt wurde, die eifrig auf ihn einsprachen. Cristina konnte sich vorstellen, dass es um Anfragen wegen gewünschter Konzerte ging. Es gab zwar viele gute Sängerinnen, doch die besten, und zu diesen zählte sie, waren besonders begehrt. Sie liebte das

Reisen. Schon als kleines Kind hatte sie mehr Länder und Städte gesehen als die meisten Menschen in einem langen, erfüllten Leben. Es war jedoch etwas anderes, in einer Gauklertruppe durch die Länder zu ziehen, als unter dem Schutz eines Herrn von Lauenstein zu reisen. Sie wurde von keinem Zöllner unfreundlich behandelt, denn eine Cristina Chiodi wollte kein Fürst und kein Herzog verärgern.

Im Allgemeinen wurde sie wohlwollend aufgenommen, aber hier in Schwarzburg-Rudolstadt war es noch ein wenig mehr. Dies erinnerte Cristina daran, dass Seine Durchlaucht, Fürst Ludwig Friedrich, und dessen Gemahlin ihr die Ehre erwiesen, sie am nächsten Vormittag zu einem gemeinsamen Frühstück zu empfangen. Der Gedanke weckte ihren Appetit, und ehe sie sichs versah, hatte sie zwei weitere Stücke Gebäck verspeist.

Elisabeth hat recht, dachte sie. Sie musste sich mit dem Essen zurückhalten, sonst wurde sie wirklich noch so dick wie Alfonsina. Schon jetzt hatte sie Mühe, in einige ihrer engeren Kleider hineinzukommen. Mit einem bedauernden Seufzen kehrte sie den Tischen mit den Leckerbissen den Rücken, ließ sich von einem der Lakaien ein Glas Wein reichen und gesellte sich zu Elisabeth.

»Meine Liebe, wie es aussieht, ist mein Herr Gemahl dabei, weitere Engagements auszuhandeln«, sagte sie zu ihrer Freundin.

»Es sollten nur nicht zu viele werden«, antwortete diese. »Singen ist anstrengend, und du musst auf deine Stimme achten. Übrigens habe ich von einer der Damen gehört, dass die Légendaire nächste Woche in Saalfeld singen soll. Es ist nicht weit von hier. Wenn du sie hören willst, könnten wir einen Abstecher dorthin machen.«

Cristina dachte nach und schüttelte dann den Kopf. »Die Zeit ist zu knapp. Ich will gemütlich nach Sondershausen reisen und nicht auch noch halbe Nächte durchfahren müssen.«

Ganz so schlimm war es zwar nicht, doch Elisabeth verstand sie. Wenn sie ihren Aufenthalt in dieser Gegend verlängerten, würden sie knapp vor Cristinas erstem Auftritt in Sondershausen ankommen. Zum Ausruhen von der anstrengenden Fahrt würde Cristina in dem Fall nicht kommen.

»Hören wir sie uns eben ein andermal an«, sagte Elisabeth mit einem kleinen Seufzer. »Aber ich wäre gespannt, festzustellen, wie sich ihre Stimme entwickelt hat. Sie hat damals schon recht gut gesungen. Den Männern gefiel sie dabei noch besser als uns Frauen. Das war aber auch kein Wunder, denn sie sah aus wie die leibhaftig gewordene Eva. Ich habe noch nie eine schönere Frau gesehen. Du bist zwar auch wunderschön, wirkst aber auf viele kühl. Man nennt dich nicht umsonst die ›singende Vestalin‹ oder so wie in Dresden ›die Venus aus Eis‹!«

Cristina lachte über den Ausspruch, fragte aber: »Bin ich wirklich so schlimm?«

Lauenstein hatte sich von seinen Gesprächspartnern verabschiedet und trat nun zu ihnen. »Worum geht es?«

»Fräulein Karau sagte, dass Belle Légendaire nächste Woche in Saalfeld gastiert. Nun haben wir überlegt, ob wir hinfahren und sie hören oder unserem Plan folgen und in vier Tagen nach Sondershausen reisen sollen.«

»Die Zeit würde sehr knapp werden«, befand Lauenstein.

»Dasselbe dachte ich mir auch, obwohl ich Fräulein Karau gerne den Genuss gönnen würde, Belle Légendaire zu lauschen.«

Ein wenig bedauerte Cristina es, auf den Umweg über Saalfeld verzichten zu müssen, denn sie war gespannt darauf, Belle Légendaires Stimme wiederzuhören. Bislang hatte sie es nur einmal vor Jahren in Königsee getan und sich dabei gewünscht, einmal so singen zu können wie diese Frau.

»Würde ich nach Saalfeld fahren, wäre es weniger wegen dieser Dame, die keine ist, sondern wegen ihres Agenten Metteur. Da sie sich jedoch von ihm getrennt hat, besteht dieser Anlass nicht mehr. Daher werden wir Saalfeld für diesmal meiden und in aller Ruhe nach Sondershausen fahren«, erklärte Lauenstein und sah sowohl Cristina wie auch Elisabeth zustimmend nicken.

2.

Da das gemeinsame Frühstück mit Fürst Ludwig Friedrich von Schwarzburg-Friedrichsthal und dessen Gemahlin Karoline Louise zu einer Zeit anberaumt war, zu der Cristina im Allgemeinen ihr Frühstück längst beendet hatte, ließ sie am nächsten Vormittag einen Morgenimbiss auftragen, um das fürstliche Frühstückszimmer nicht mit knurrendem Magen betreten zu müssen.

Elisabeth und Lauenstein setzten sich zu ihr, aßen jedoch nur eine Kleinigkeit. Das meiste wanderte daher in Cristinas Magen. Als der Tisch abgeräumt wurde, bedauerte sie, so wenig bestellt zu haben. Das bisschen, das sie gegessen hatte, füllte für ihr Gefühl nicht einmal einen hohlen Zahn.

»Ich wage es kaum zu erwähnen: Aber da du in letzter Zeit kräftiger zugreifst, als ich es von dir gewohnt bin, solltest du vielleicht doch einmal einen Arzt bemühen. Es könnte sein, dass du …« Elisabeth senkte den Kopf, bevor sie weitersprach. »Vielleicht leidest du unter einem Parasiten im Darm, den man im Allgemeinen Bandwurm nennt.«

Es klang so komisch, dass Cristina zu lachen begann. »Meine Liebe, das glaube ich nun nicht.«

»Aber du solltest zum Arzt gehen!«, riet Elisabeth.

»Hier nicht mehr! Da wird es zu knapp. Vielleicht in Sondershausen.« Cristina hatte sich nie besser gefühlt als in diesen Wochen und schüttelte den Kopf über Elisabeths Vermutung, sie könne krank sein.

»Du solltest es dann aber nicht weiter verschieben«, drängte diese besorgt.

Cristina schämte sich, weil sie in Gedanken über ihre Freundin gespottet hatte. Immerhin meinte Elisabeth es gut mit ihr. »Ich werde es tun! Versprochen! Doch nun sollten wir uns allmählich umkleiden. Wir dürfen die hohen Herrschaften nicht warten lassen.«

»Das wäre unhöflich und würde uns Ludwig Friedrichs Ungunst eintragen. Es bestände sogar die Gefahr, nicht mehr nach Rudolstadt eingeladen zu werden!« Lauensteins Mahnung war nicht ganz ernst gemeint. Schließlich zählte Cristinas Auftritt zu den Höhepunkten des Jahres in Rudolstadt, auf die Fürst Ludwig Friedrich ungern verzichten würde. Dennoch war es selbstverständlich, die nötige Höflichkeit walten zu lassen.

Von Belle Légendaire hieß es, dass sie dies nicht immer tat. Lauenstein hatte Cristina jedoch als Gegenbild zur Légendaire aufgebaut und wollte dies aufrechterhalten. Nun verließ er das Zimmer, um sich von Dilge beim Umkleiden helfen zu lassen. Auch Elisabeth suchte ihr eigenes Zimmer auf, während Ira das Kleid zurechtlegte, das Cristina tragen wollte.

Als Cristina es anzog, musste sie ausatmen, damit ihre Zofe es schließen konnte. Ira sah sie schließlich kopfschüttelnd an. »Da ich nicht glaube, dass das Kleid seit dem letzten Tragen eingegangen ist, muss es an Euch liegen, dass es auf einmal so knapp sitzt.«

»Elisabeth befürchtet bereits, ich könnte mir einen Bandwurm eingefangen haben«, gab Cristina belustigt zurück.

»Das wollen wir nicht hoffen. Ihr solltet das hellgrüne Kleid anziehen. Das ist etwas weiter!«

Cristina fand Iras Rat gut und schälte sich wieder aus dem zu engen Kleid. Unterdessen richtete ihre Zofe das andere Kleid her und half ihr, es anzuziehen.

»Ihr solltet in den nächsten Wochen entweder fasten oder Euch neue Kleider nähen lassen, in die Ihr hineinpasst«, meinte Ira. »Jetzt aber solltet Ihr Euch sputen, sonst kommt Ihr zu spät zum Fürsten«, setzte sie hinzu und sah zur Tür hinaus. Aus einer Nebentür winkte bereits ihre Tante Tilda zum Zeichen, dass Elisabeth fertig sei.

Als Cristina das Zimmer verließ, kam auch Lauenstein aus dem seinen, als hätte er sie abgepasst.

»Wolltest du nicht das dunkelblaue Kleid anziehen?«, fragte er, weil er Rock, Hosen und Weste darauf abgestimmt hatte.

»Ich hatte plötzlich Lust, dieses Kleid zu tragen«, antwortete Cristina, da sie nicht sagen wollte, dass ihr das blaue Kleid zu eng geworden war.

»Eigentlich müsste ich mich noch einmal umkleiden, doch die Zeit haben wir nicht!« Lauenstein seufzte kurz, fand dann aber, dass Cristina in ihrem hellgrünen Kleid wunderbar aussah, und bot ihr den rechten Arm.

Nun erschien auch Elisabeth in Blau und sah Cristina verwundert an. »Wollten wir nicht beide Blau tragen?«

»Ich bin davon abgekommen«, antwortete Cristina. »Es hätte auf den Fürsten und seine Gemahlin vielleicht zu eintönig wirken können.«

»Was es jetzt gewiss nicht tut«, warf Lauenstein ein und reichte Elisabeth den linken Arm. »Stürzen wir uns in die Schlacht!«, sagte er lächelnd.

»Wenn jede Schlacht so wäre wie die, die laut Eurer Meinung vor uns liegt, würden kaum Soldaten sterben«, spottete Cristina und spürte, dass allein schon bei dem Gedanken an das bevorstehende Frühstück ihr Hunger wuchs.

3.

Ludwig Friedrich und Karoline Louise empfingen sie in einem kleinen, allerliebst eingerichteten Salon. Für jeden stand ein Lakai bereit, um sie zu bedienen, und zwei weitere Lakaien schoben eben einen voll beladenen Servierwagen herein, auf dem genug Köstliches lag, um eine halbe Kompanie zu versorgen.

Bei dem Anblick jubelte Cristinas Magen auf, als habe er die letzten drei Tage hungern müssen. Es kostete sie Überwindung, nicht gleich zuzugreifen, sondern zuerst vor den Herrschaften zu knicksen und Platz zu nehmen.

»Ich wünsche Euch einen guten Morgen!«, sagte der Fürst leutselig, um sich dann Cristina zuzuwenden. »Ihr habt gestern wieder himmlisch gesungen! Es erfüllt mich mit Stolz, dass Ihr meiner Stadt Königsee die Ehre erweist, dort auf Freiherrn von Lauenstein und Fräulein von Karau getroffen zu sein.«

»Ganz so war es nicht«, antwortete Cristina lächelnd. »Ich habe dort gesungen, und der damalige Agent und Reisemarschall von Belle Légendaire hat mich gehört. Daraufhin hat er Herrn von Lauenstein und Fräulein Karau hier in Rudolstadt auf mich aufmerksam gemacht. Die beiden machten sich auf die Suche und fanden mich schließlich in Friedrichsthal.«

»Wenn ich einen Einwand bringen dürfte!«, meldete Elisabeth sich zu Wort. »Es heißt Fräulein Karau, nicht Fräulein von Karau, denn ich bin nicht von Adel.«

»Wenn es Frau von Lauenstein dazu bringen könnte, sich von Sachsen-Meiningen loszusagen und Hofsängerin in Schwarzburg-Rudolstadt zu werden, würde ich Euch sofort nobilitieren!« Ludwig Friedrich sah Cristina dabei fragend an.

Diese schüttelte lächelnd den Kopf. »Das ist bedauerlicherweise nicht möglich. Eure Hoheit haben mir allerdings einen Floh ins Ohr gesetzt. Ich könnte Herzog Georg bitten, meine liebe Freundin in den Adelsstand zu erheben, da andere hohe Herren mir angeboten haben, es zu tun, wenn ich im Gegenzug dafür ihr Land als meine neue Heimat betrachten würde.«

Im ersten Augenblick wirkte der Fürst verwirrt, dann lachte er. »Es wäre das übliche Spiel der Damen um Einfluss und Macht. Das aber, werte Frau von Lauenstein, wäre Eurer nicht würdig.«

»Es wäre eher die Art der Légendaire, die sich durchaus nicht scheut, solche Forderungen zu stellen!« Karoline Louise zeigte deutlich, dass sie die Sängerin nicht mochte.

Cristina konnte es gut verstehen. Belle Légendaire war zwar nicht billig, aber gegenüber demjenigen, der ihren Preis bezahlen konnte, sehr willig.

Da nun der Kaffee serviert wurde und die Lakaien die ersten Portionen auf die Teller legten, erlahmte das Gespräch ein wenig, wurde aber bald danach fortgesetzt. Zunächst fragte der Fürst, was Cristina von den neuen italienischen Opern halte.

»Ich singe sie sehr gerne«, meinte Cristina. »Gestern habe ich zwei Arien aus Opern von Cimarosa und Salieri gesungen.«

»Und das mit Bravour!«, lobte Ludwig Friedrich sie.

In den nächsten Minuten drehte sich die Unterhaltung um den höfischen Gesang.

Dann aber nahm die Miene des Fürsten einen ernsten Ausdruck an. »Ihr kommt durch Eure Konzerte in viele Residenzen«, sagte er mit gepresster Stimme. »Dort trefft Ihr gewiss viele Leute und hört auch das eine oder andere.«

Cristina schwieg, während Lauenstein interessiert aufsah. »Ja, das tun wir!«

»Ich will nun keine Geheimnisse erfahren, die weiterzutragen Euch in Kalamitäten bringen könnte«, fuhr der Fürst fort. »Es ist nur so, dass derzeit etliche Gesandte des Konsuls der Franzosen die Lande bereisen und diesem jenes und jenem dieses versprechen. Es wäre mir angenehm zu erfahren, wo Ihr auf diese Herren trefft. Vielleicht sprechen sie auch mit Euch.« Ludwig Friedrich sagte es an alle drei gerichtet, doch sowohl Cristina wie auch Elisabeth begriffen, dass er vor allem Lauenstein damit meinte.

»Es wäre kein großer Aufwand, Eurer Hoheit ein paar Briefe zu schreiben. Nur wissen wir nicht, wer diese öffnet«, sagte Lauenstein nachdenklich.

»Diese Gefahr besteht«, gab Ludwig Friedrich zu. »Ich bin mir aber gewiss, dass Herzog Georg ebenfalls an solchen Informationen gelegen wäre.« Es war ein weiterer Anstoß an Lauenstein, in seinem Sinne tätig zu werden, wenn er damit gleichzeitig den Herzog von Sachsen-Meiningen informieren konnte.

»Frankreich hat mit dem Reich doch Frieden geschlossen!«, warf Cristina ein. »Darum wundert es mich, weshalb dieser Bonaparte seine Emissäre herumschickt und Dinge versprechen lässt, die er niemals halten kann.«

»Das wundert nicht nur Euch!«, erklärte der Fürst. »Dies fragen sich neben mir auch viele andere Herren im Reich. Ich will nicht verhehlen, dass nicht wenige Bonaparte als Sendboten einer neuen Zeit betrachten. Daher werfen die einen sich ihm in die Arme, während andere befürchten, er könne es zum Anlass nehmen, mehr und mehr zu fordern, damit jene, die ihm dienlich sind, belohnt werden und der Rest dafür bezahlen muss.«

Cristina, Lauenstein und Elisabeth begriffen, dass Ludwig Friedrich II. ebenso Angst um sein Reich hatte wie Georg von Sachsen-Meiningen. Napoleon Bonaparte hatte bereits in Italien die alte Ordnung zerstört und von ihm selbst entworfene Staaten errichtet, die unter seiner Herrschaft standen. Die Gebiete jenseits des Rheins hatte er Frankreich zugeschlagen, so dass aus der Stadt Köln Cologne und aus Aachen Aix le Chapelle geworden war. Aber sein Schatten reichte bereits weit über den Rhein hinaus. Baden und Württemberg und im zunehmenden Maß auch Baiern gierten danach, sich die an ihren Grenzen liegenden kleinen Herrschaften einzuverleiben. Wie leicht konnte daraus ein Sturm entstehen, der auch Schwarzburg-Rudolstadt, Sachsen-Meiningen und sogar Hannover und Preußen hinwegfegen konnte.

»Eure Hoheit glauben also nicht, dass Bonaparte sich mit dem begnügen wird, was er sich bis jetzt bereits zusammengeraubt hat?«, fragte Lauenstein.

Der Fürst nickte. »Ich fürchte, dass er dies nicht tun wird. Er hat Freude daran gefunden, die Landkarte Europas zu verändern, und will dies auch weiterhin tun. Den Frieden, den alle so herbeigesehnt haben, kann er mit einem einzigen Federstrich beseitigen.«

»Auch wenn Frankreich mächtig ist, so stehen ihm doch starke Reiche gegenüber. Wenn das Haus Habsburg sich mit Preußen, Russland und England verbündet, kann auch ein Bonaparte von seinem hohen Ross gestürzt und um einen Kopf kürzer gemacht werden«, sagte Lauenstein, der sich nicht vorstellen konnte, dass Frankreich als einzelnes Reich gegen diese vier Mächte bestehen könnte.

»Wäre es so, hätte sich Friedrich II. von Preußen nicht gegen Habsburg, Russland, Frankreich und Schweden behaupten können!«, erwiderte Fürst Ludwig Friedrich.

Er klang besorgt, doch Lauenstein antwortete mit einer verächtlichen Geste. »Friedrich der Große war ein Genie! Ihr werdet doch diesen Korsen nicht mit ihm vergleichen wollen.«

»Was ist, wenn dieser Korse auch ein Genie ist?«, fragte Cristina aus einem unbestimmten Gefühl heraus.

»Dann gnade uns allen Gott!« Die Worte des Fürsten klangen wie ein Fanal, und es fiel ihnen schwer, wieder zu der munteren Plauderei zurückzukehren, die vor dem Abstecher in die Politik geherrscht hatte.

Als das Frühstück mit dem Fürstenpaar beendet war und die drei zu ihren Zimmern zurückkehrten, zupfte Elisabeth Cristina am Ärmel. »Du musst wirklich krank sein, denn du hast gegessen, als hättest du seit gestern fasten müssen!«

Cristina war sich dessen nicht bewusst gewesen. Als sie jetzt darüber nachsann, fand sie, dass ihre Freundin recht hatte. Etwas stimmte mit ihr nicht, denn seit einer knappen Woche fiel sie wie ein ausgehungertes Raubtier über ihre Mahlzeiten her.

»Ich habe dir versprochen, dass ich in Sondershausen einen Arzt aufsuche«, antwortete sie. »Übermorgen muss ich noch einmal singen. Danach bereiten wir uns auf die Weiterfahrt vor. Belle Légendaire können wir auch ein andermal singen hören.«

»Es reizt dich also doch zu erfahren, ob sie besser ist als du?«, fragte Lauenstein und fand sich im Kreuzfeuer empörter Blicke wieder.

»Cristina singt auf jeden Fall besser als diese Schlampe«, erklärte Elisabeth von oben herab.

Cristina hätte es nicht so krass ausgedrückt, doch schlechter als die Légendaire wollte sie auch nicht sein.

4.

Bei ihrem letzten Konzert in Rudolstadt sang Cristina in erster Linie Arien aus Opern, von denen sie wusste, dass sie Fürst Ludwig Friedrich und dessen Gemahlin gefielen. Sie erntete viel Lob, und Elisabeth meinte, dass ihre Stimme an Volumen und Ausdrucksstärke gewonnen habe.

Das Fürstenpaar drückte seinen Dank nicht nur in Worten und der Bezahlung des vereinbarten Honorars aus, sondern auch durch ein hübsches und wertvolles Schmuckstück. Der Abschied war liebenswürdig, und als Cristina in die Kutsche stieg, die sie nach Sondershausen bringen sollte, fühlte sie einen gewissen Abschiedsschmerz, aber auch Hunger. Um Elisabeth und Lauenstein nicht zu verwunderten Kommentaren anzustacheln, hatte sie sich beim Essen zurückgehalten. Ihr Magen knurrte daher empört, und sie spürte, dass sie spätestens zum Mittagessen wieder ordentlich zulangen musste.

»Es ist schade, dass unser Weg nicht über Königsee führt«, sagte sie, um sich abzulenken.

»Du würdest dort wohl gewiss gerne singen«, sagte Lauenstein lächelnd.

»Ich glaube aber nicht, dass dort jemand dein Honorar zahlen könnte. Es ist nun einmal keine Residenz«, wandte Elisabeth ein.

»Darf ich es mir nicht trotzdem vorstellen? Vor fünf Jahren habe ich dort Belle Légendaire zum bisher einzigen Mal singen gehört. Hätte deren Agent Metteur nicht mein Lied vernommen …«

»… würden wir heute nicht zusammen in dieser Kutsche sitzen, wolltest du wohl sagen. Kind, du wirst in letzter Zeit rührselig. Du solltest besser in die Zukunft schauen. Es stehen drei Konzerte in Sondershausen an, und dann geht es weiter nach Weimar und Tresskau.« Elisabeth lächelte nachsichtig, sagte sich jedoch, dass Cristina sich nicht zu sehr in Erinnerungen verfangen durfte.

»Ich habe die Strecke nach Sondershausen in drei Etappen eingeteilt«, berichtete Lauenstein. »Das ist bequemer, als wenn wir es in zwei Tagen erreichen wollten. Immerhin bin ich ein alter Mann, und auch du solltest dich nicht erschöpfen. Es könnte deiner Stimme schaden.«

»Und da wir alle davon leben, wäre das nicht gut«, setzte Elisabeth lächelnd hinzu.

»Ihr wäret immer noch Hofdame in Meiningen und Lauenstein einer der dortigen Kavaliere, während mein Wert nur an meiner Stimme gemessen würde!« Cristina klang bedrückt, und sie ärgerte sich darüber. Irgendwie hatte Elisabeth recht. Sie wurde zu rührselig. Und zu hungrig, setzte sie in Gedanken hinzu, da ihr Magen plötzlich so knurrte, dass Elisabeth und Lauenstein sie erstaunt ansahen.

»Ist dir ein Malheur passiert?«, fragte Elisabeth und schnüffelte.

»Keines, das Ihr anzunehmen scheint«, sagte Cristina verärgert, doch galt es weniger der Freundin als sich selbst. Jahrelang hatte sie sich bester Gesundheit erfreut, doch ausgerechnet in diesem Herbst litt sie unter Heißhunger und plötzlich auftretenden Stimmungsschwankungen.

»Was schlagt Ihr vor? Was soll ich in Sondershausen singen?«, fragte sie.

Elisabeth zählte einige Stücke auf, und Lauenstein beteiligte sich ebenfalls an den Überlegungen. Ehe sie sichs versahen, fuhr die

Kutsche zur Mittagszeit in dem Gasthof ein, in dem sie essen und die Pferde wechseln wollten.

»Heute ging es recht gemütlich dahin. Die Pferde könnten sogar noch eine weitere Etappe schaffen«, sagte der Kutscher beim Aussteigen.

Lauenstein schüttelte den Kopf. »Wir wechseln sie trotzdem! Es könnte sein, dass wir sie sonst unterwegs wechseln müssten. Die neuen Pferde werden bis zum Abend durchhalten und können auch noch morgen die erste Etappe in Angriff nehmen.«

Der Kutscher nickte. »Man merkt, dass Ihr etwas von Reisen versteht, Herr von Lauenstein!«

»Da ich in früheren Zeiten im Auftrag der verstorbenen Herzoginmutter und später im Auftrag der Herzöge Carl und Georg gereist bin sowie seit fünf Jahren Mademoiselle Cristina Chiodi als Reisemarschall betreue, konnte ich darin Erfahrungen sammeln.«

»Und das nicht zu knapp!«, antwortete der Kutscher anerkennend und rief die Wirtsknechte herbei, um mit ihnen zusammen das Gespann auszusuchen, das ihre jetzigen Pferde ersetzen sollte.

Cristina eilte unterdessen zum Abtritt. Bereits seit einer Stunde hatte sie die Beine zusammenkneifen müssen und war nun froh um die Rettung. Gleichzeitig fand sie, dass ihre Blase früher besser durchgehalten hatte. Sie wagte kaum noch, genug zu trinken. Hatte sie vor einem halben Jahr noch die Nacht durchschlafen können, musste sie mittlerweile mindestens einmal den Nachttopf benützen, und bei langen Fahrten in der Kutsche wurde es unangenehm.

Wenigstens war das Essen in dem Gasthof gut, dachte sie wenig später und ließ sich den Braten schmecken, den der Wirt ihr auftischte. Zum Trinken gab es Bier. Davon war sie weniger begeistert, da es den Harndrang verstärkte. Deswegen benützte sie nach dem Essen noch einmal ausgiebig den Abtritt und stieg in der Hoffnung in die Kutsche, vielleicht doch bis zum Abend durchzuhalten.

5.

Schon bald nach dem Aufbruch schlief Cristina in der Kutsche ein und wachte erst auf, als Lauenstein sanft an ihrem Ärmel zupfte.

»Wir sind gleich da, meine Liebe! Richte dein Haar und pudere dir das Gesicht. Du siehst ein wenig verschlafen aus.«

»Das ist der Unterschied zwischen einem Ehemann und einem Geliebten. Letzterer würde sagen, du siehst fantastisch aus, der Ehemann …«

»… bleibt bei der Wahrheit!«, unterbrach Lauenstein Elisabeth fröhlich.

»So sind Ehemänner nun einmal! Ich weiß, warum ich mir keinen zugelegt habe«, sagte Elisabeth. Schaudernd dachte sie daran, dass sie bei einer Heirat ihrer zwar nicht üppigen, aber ausreichenden Dotation als Hofdame zu Meiningen verlustig gegangen wäre und ganz von dem Einkommen des Ehemanns hätte leben müssen. Ohne eine entsprechende Mitgift hätte sie jedoch keinen gefunden, der ihr auch nur halbwegs das Leben geboten hätte, das sie als Mitglied des Hofstaats der Herzogin führen konnte.

»Mir ist ein Ehemann, der die Wahrheit sagt, lieber als ein Schwätzer, der lügt«, antwortete Cristina und war froh, als die Kutsche in die Poststation einfuhr und sie aussteigen und zum Abtritt eilen konnte.

Wenig später betrat sie den Gasthof und sah Lauenstein mit einer gewissen Schärfe mit dem Wirt verhandeln. Als sie hinzutrat, drehte sich ihr Mann zu ihr um. »Dieser ungute Mensch verweigert uns das Extrazimmer, obwohl ich es brieflich bestellt hatte.«

»Ganz so war es nicht!«, rief der Wirt. »Ihr habt geschrieben, dass Ihr es wünscht. Nur war es zu dem Zeitpunkt bereits vergeben.«

»Er hätte Nachricht nach Rudolstadt schicken sollen, dann hätte ich einen anderen Gasthof gewählt.«

Lauenstein klang so verärgert, dass der Wirt sich sagte, dass er bei diesen Gästen wohl kaum auf ein gutes Trinkgeld hoffen konnte. Der gute Mann zuckte mit den Achseln. Der Gast, der das Extrazimmer erhalten hatte, hatte ihm den doppelten Preis dafür geboten. Das glich einen solchen Verlust mit Leichtigkeit aus.

»Er hat dann gewiss auch die besten Zimmer diesen Herrschaften gegeben, denen er das Extrazimmer überlässt«, fuhr Lauenstein zornig fort.

Cristina sah das schuldbewusste Zusammenzucken des Wirts und dachte sich ihren Teil. »Sind diese anderen Herrschaften, wie Freiherr von Lauenstein sie nannte, bereits angekommen?«, fragte sie.

Der Wirt schüttelte den Kopf. »Nein, ich erwarte ihr Erscheinen innerhalb der nächsten Stunde.«

»Dann solltest du beten, dass sie es sich nicht anders überlegt haben!« Cristinas Tonfall zeigte an, dass sie genau dies erhoffte.

Bisher hatten Cristina, Elisabeth und Lauenstein noch nie in diesem Gasthof übernachtet, und die Blicke, die sie wechselten, besagten, dass es auch das einzige Mal bleiben würde. Lauenstein überlegte sogar, weiterzufahren. Doch wenn sie keinen brauchbaren Gasthof fanden, waren sie hier trotz allem besser dran.

»Also gut, wir werden bleiben. Du sollst uns unsere Zimmer zeigen und dafür sorgen, dass uns warmes Wasser gebracht wird, damit wir den Reisestaub von Gesicht und Händen waschen können. Ach ja, wo sind mein Kammerdiener und die Zofen der Damen? Solltest du diese weitergeschickt haben, so kannst du die Anweisung, die ich dir eben erteilt habe, vergessen. Dann sagen wir dir nämlich auch Adieu!«

»Der gnädige Herr kann ganz beruhigt sein. Euer Kammerdiener und die beiden Zofen befinden sich bereits in den für Euch bestimmten Gemächern. Mein Sohn bringt Euch und die beiden

Damen hin.« Der Wirt winkte einen jungen Burschen heran, der die Gruppe nach oben führte.

Ira, Tilda und Dilge saßen zusammen in dem Zimmer, das für Lauenstein gedacht war. Dieser fand den Raum größer und besser ausgestattet, als er befürchtet hatte, und war zumindest in dieser Hinsicht zufrieden.

»Ich hoffe, die anderen Zimmer sind diesem angemessen?«, fragte er und sah an den Mienen seines Kammerdieners und der Zofen, dass dem anscheinend nicht so war.

»Eines der Zimmer für die Damen geht noch«, berichtete Tilda. »Das zweite ist nur halb so groß wie dieses hier und liegt auf den Hof zu. Man hört die ankommenden und abfahrenden Kutschen und auch das, was unten gesagt wird, als würde man danebenstehen«, setzte Ira sichtlich verärgert hinzu.

»Ich denke, dass diese Kammer Tilda und Ira zugedacht war«, sagte Dilge.

»Aber auch dein Zimmer ist nicht gerade luxuriös! Es ist genauso groß wie das unsere. Der einzige Vorteil, den Johann vor uns hat! Er muss es mit niemandem teilen.« Tilda zeigte deutlich, dass ihr weder ihre eigene Unterkunft noch einer der Räume für die Damen passte.

»Wir hätten weiterfahren sollen, als es noch sinnvoll war. Jetzt wäre der Aufwand zu groß«, sagte Lauenstein mit einem Blick auf die Reisekiste, die Johann Dilge hatte hochbringen lassen. »Für die eine Nacht mag es reichen. Und was das Extrazimmer betrifft, so haben wir auf unseren Reisen schon oft unter den übrigen Gästen gesessen. Das werden wir auch hier tun.«

»Solange keine russischen Offiziere darunter sind, die mich unbedingt heiraten wollen, soll es mir recht sein«, sagte Cristina und schüttelte den Kopf über diese Begebenheit auf einer ihrer letzten Reisen. »Hieß der gute Mann nicht Tarlow?«, fragte sie Elisabeth.

»Nein, das war der höfliche Russe. Der Heiratswütige hieß, wenn ich mich recht erinnere, Andamanow«, antwortete sie und forderte Tilda auf, sie in das Zimmer zum Hof zu bringen.

»Halt, das nehme ich!«, rief Cristina.

»Das wäre ja noch schöner, wenn ein schlichtes Fräulein Karau den Vorzug vor einer Freifrau von Lauenstein erhielte«, antwortete Elisabeth.

Lauenstein bemerkte den störrischen Zug auf Cristinas Gesicht und hob beschwichtigend die Hand. »Wir sollten uns nicht streiten, sondern die Entscheidung Cristina überlassen.«

»Aber …«, begann Elisabeth, verstummte jedoch, als sie Lauensteins mahnenden Zeigefinger sah. »Also gut, ich nehme das bessere Zimmer, weil Cristina es so will. Beschwere dich nicht, wenn du wegen des Lärms auf dem Hof nicht schlafen kannst!«, sagte sie und bat Tilda, ihr die Kammer zu zeigen.

»Du kannst mir die meine zeigen«, forderte Cristina Ira auf und folgte dieser in das winzige Zimmer, das der Einrichtung nach tatsächlich eher für die Bediensteten besserer Herrschaften gedacht war.

»Zum Glück haben wir unser eigenes Bettzeug mit uns. Das des Wirtes würde ich nicht nehmen!«, erklärte Ira mit einem leisen Schnauben.

Cristina musterte das schmale Bett und sah ihre Zofe verwirrt an. »Sag bloß, du und Tilda müsst euch ein solches Bett teilen?«

»Wir haben jede unseren eigenen Strohsack«, antwortete Ira und deutete unter das Bett.

»Ich habe angeschafft, dass ein frischer Nachttopf gebracht wird. Der alte war so abstoßend, dass ich ihn Euch nicht zumuten wollte.«

»Hab Dank!«, sagte Cristina und sah nach, ob Iras Anweisung befolgt worden war. Wenigstens hier konnte sie dem Wirt keinen Vorwurf machen. Der jetzige Nachttopf war ziemlich neu und auch sorgfältig gereinigt worden.

6.

Da sie früh angekommen waren, hatten sie Zeit, sich für das Abendessen zurechtzumachen. Cristina entschied sich für ein schlichtes Kleid, um kein Aufsehen zu erregen. Nachdem sie angezogen war, stellte sie sich ans Fenster und beobachtete das rege Treiben auf dem Hof der Poststation.

Eben kamen zwei Kutschen an, die dem Anschein nach zusammengehörten. Aus der einen stiegen zwei Frauen und ein Mann, ihrer Kleidung nach Kammerdiener und Zofen.

Im nächsten Augenblick kniff Cristina die Augen zusammen. Die Jüngere der beiden Frauen kam ihr bekannt vor, ohne dass sie sich erinnern konnte, wo sie diese bereits gesehen hatte. Interessiert blickte sie zu dem anderen Wagen hin. Dort stieg eine berückend schöne Frau aus. Cristina stieß einen überraschten Ruf aus.

»Belle Légendaire!« Zwar hatte sie die Sängerin nur einmal gesehen. Deren Bild hatte sich jedoch in ihr Gedächtnis eingebrannt. Damit musste die jüngere Zofe die Frau sein, die die Sängerin bereits in Königsee begleitet hatte.

Die nächste Frau, die die Kutsche verließ, war älter und schien ihrer Jugend nachzutrauern, denn sie kleidete sich wie eine weit jüngere Frau, und ihr Dekolleté wurde durch den weiten Ausschnitt ihres Mieders in voller Pracht präsentiert.

»Gegen diese Dame war sogar Frau von Fabisch noch keusch angezogen«, kommentierte Ira, die neben Cristina getreten war. Dann aber krallte sie ihre Finger so schmerzhaft in Cristinas Arm, dass diese aufstöhnte.

»Vollendorf!«, rief sie entsetzt.

Nun erkannte auch Cristina den Mann, der als Letzter aus der Kutsche stieg. Baron Balduin von Vollendorf hatte Ira und sie vor fünf Jahren aus Meiningen entführt, und nur mit Mühe und List war es ihnen gelungen, ihm und seinen Helfershelfern zu entkommen. Ihn hier wiederzutreffen, brachte Cristina dazu, nach einer ihrer beiden Pistolen zu greifen und diese auf ihn anzuschlagen. Mit einem erregten Zischen legte sie die Waffe wieder weg. Zum einen war die Entfernung zu groß. Die Kugel würde daher, selbst wenn sie Vollendorf traf, den Mann kaum verletzen. Zum anderen würde sie mit dem Schuss unliebsames Aufsehen erregen.

»Ich nehme heute das große Ridikül, wenn ich nach unten gehe«, sagte sie zu Ira, um für alle Eventualitäten gerüstet zu sein.

»Ihr wollt eine Pistole mitnehmen?« Auch wenn Ira Vollendorf hasste und, wie sie sich schaudernd eingestand, Angst vor ihm hatte, so wollte sie doch nicht, dass Cristina ihn im Zorn niederschoss.

Obwohl Cristinas Wut auf Vollendorf heiß brannte, gelang es ihr, sich zu beherrschen. Sie erinnerte sich an die Worte, die Lauenstein damals zu ihr gesagt hatte. *Er mag ein Schurke sein, doch er ist es nicht wert, dass du dir seinen Tod auf dein Gewissen lädst, mein Kind!*

»Das werde ich auch nicht! Allerdings werde ich schießen, wenn ich oder jemand, den ich liebe, durch diesen Schurken in Gefahr gerät.«

»Was sagt Ihr, Herrin?«, fragte Ira, da Cristina leise gesprochen hatte.

»Dass ich Vollendorf nur dann erschießen werde, wenn er zu einer Gefahr für uns wird!«

»Dann hat er es aber auch verdient! Obwohl – verdient hätte er es bereits jetzt.« Ira erinnerte sich daran, wie viel Angst sie als Vollendorfs Gefangene ausgestanden hatte, und wünschte ihm alles Schlechte.

Cristina sagte sich, dass sie Elisabeth und Lauenstein warnen musste, damit diese nicht unvorbereitet auf Vollendorf trafen, und verließ rasch das Zimmer. Einen Augenblick später klopfte sie an Elisabeths Tür.

»Willst du nicht doch besser in dieser Kammer schlafen?«, fragte ihre Freundin, da der Raum auch für eine Dame aus besserem Haus ausreichend war.

Cristina schüttelte den Kopf. »Nein, mir geht es um etwas anderes. Vollendorf ist hier!«

»Wer?«

»Baron Balduin von Vollendorf, der Mädchenräuber! Wie es aussieht, will er hier absteigen. Und wisst Ihr, was noch verwunderlicher ist? In seiner Begleitung befindet sich Belle Légendaire!«

Jetzt erst begriff Elisabeth, wen Cristina meinte, und fasste nach deren Arm. »Vollendorf? Bist du dir da sicher?«

»Das bin ich! Ich bin gekommen, um Euch zu warnen. Nun muss ich weiter zu Herrn von Lauenstein.« Cristina befreite ihren Arm aus Elisabeths Griff und verließ deren Zimmer. Aus dem Augenwinkel sah sie, dass die Freundin ihr folgte.

Als sie an Lauensteins Tür klopfte, machte Dilge auf und trat beiseite, damit sie eintreten konnten. Anders als Lauenstein, Elisabeth, Tilda, Ira und ihr hatte er jene aufregenden Tage der Entführung nicht miterlebt, sondern war erst später in Lauensteins Dienste getreten. Dies erinnerte Cristina daran, dass Lauensteins damaliger Kammerdiener Ginter seinen Herrn verraten und Vollendorfs Komplize geworden war.

»Was gibt es, meine Liebe?«, fragte Lauenstein verwundert über die ernsten Mienen der beiden Frauen.

»Eben ist ein weiterer Gast erschienen!«, erklärte Cristina. »Es handelt sich um Baron Balduin von Vollendorf, der Euch zur Genüge bekannt sein dürfte.«

»Ist das wahr?« Lauenstein wirkte erschrocken. Vor fünf Jahren hatte er Vollendorf als Gegner gegenübergestanden. Aber damals waren fast ein Dutzend bewaffnete Männer bei ihm gewesen. An diesem Tag hatte er nur Dilge bei sich, um ihn und zusammen mit den Zofen vier Frauen zu beschützen.

»Das ist noch nicht alles«, fuhr Cristina fort. »Belle Légendaire ist in seiner Begleitung.«

Lauenstein schüttelte verwirrt den Kopf. »Es hieß doch letztens, die Légendaire hätte sich einen Franzosen als Reisemarschall gesucht!« Kaum hatte er dies gesagt, öffnete er die Tür und hielt einen der Wirtsknechte auf, der eben mit einem großen Koffer vorbeikam. In seiner Hand glitzerte es silbern.

»Guter Mann, kannst du mir sagen, wie der Herr heißt, der eben angekommen ist?«

Der Knecht haschte so schnell nach der Münze, als hinge sein Leben davon ab. Dann grinste er zufrieden. »Das ist ein französischer Müsjöh. Er heißt Plowilasch!«, sagte er und schleppte den Koffer weiter.

Lauenstein drehte sich verwundert um. »Das kann nicht Vollendorf sein!«

»Doch, er ist es!«, rief Cristina aufgeregt. »Wie nannte der Knecht ihn, Plowilasch? Schreibt es auf Französisch, dann habt ihr Pleinevillage! Das heißt Volldorf!«

»Das Kind hat recht!«, sagte Elisabeth mit bleichen Lippen. »Wir hätten sofort weiterfahren sollen, als wir diesen Gasthof nicht so vorfanden, wie wir es uns gewünscht hatten.«

»Und wären ein andermal auf Vollendorf getroffen, und das vielleicht in einer Situation, die weitaus schlechter ist als diese. Hier können wir uns wappnen«, antwortete Cristina scharf und zog ihre Taschenpistole aus ihrem Ridikül.

»Willst du ihn erschießen?«, fragte Elisabeth erschrocken. »Verdient hätte er es!«

»Ich sagte, dass wir uns vorsehen, aber nicht, dass wir selbst etwas unternehmen sollten. Außerdem habe ich Hunger. Ich werde mir von diesem Schurken nicht den Appetit verderben lassen.«

»Zurzeit wäre es ganz hilfreich, wenn es dazu käme. Du isst einfach zu viel!«, sagte Elisabeth. Ihr jedenfalls war bei dem Gedanken an Vollendorf der Appetit vergangen.

7.

Auf dem Weg nach unten sah Cristina, dass Belle Légendaire gerade vom Flur in einen Raum trat. Ihre Begleiterin wählte das Zimmer daneben. Zwar war die Frau alt, aber immer noch schön. Cristina schätzte, dass viel davon der Kunst der derb aussehenden Zofe zu verdanken war. War das etwa Chantal Deconnu, die Elisabeths Worten nach ebenso als Hure wie als Sängerin Karriere gemacht hatte? Im Vergleich zu Elisabeth mochte die Deconnu vielleicht die bessere Sängerin gewesen sein, dennoch hätte Cristina sie niemals zur Begleiterin gewählt. Eine Frau mit einem solchen Ruf musste die Blicke der Männer auf ihren derzeitigen Schützling richten. Von Belle Légendaire hieß es bereits, dass ihre Künste im Bett denen ihrer Stimme in nichts nachstanden.

Cristina fragte sich, ob sie spießig zu werden begann, weil sie die beiden Frauen verachtete. Dabei hatte sie doch früher selbst zu jenen Leuten gehört, über die sogenannte brave Bürger die Nase rümpften. Auch hatte sie Huren gekannt, die zu den Märkten gekommen waren, um sich abseits des allgemeinen Trubels an zahlungsbereite Männer zu verkaufen. Von keiner dieser Frauen hatte sie so schlecht gedacht wie nun von Belle Légendaire und von Chantal Deconnu.

»Wir sollten weitergehen, sonst treffen wir noch auf Vollendorf«, sagte Lauenstein leise, da Cristina stehen geblieben war.

Sie nickte und stieg die Treppe hinunter. Unten im Gastraum wurden sie vom Wirt empfangen. »Nun, meine Herrschaften, entsprechen Eure Unterkünfte Euren Erwartungen?«

»Das tun sie natürlich nicht! Du hast uns schließlich nicht die bestellten Zimmer gegeben«, antwortete Lauenstein. »Auch hast du uns das Extrazimmer verweigert. Jetzt wollen wir in der Gaststube an einem Tisch sitzen, an dem wir halbwegs unter uns sind!«

»Aber selbstverständlich, meine Herrschaften! Wenn Ihr mir folgen wollt!«

Der Wirt führte sie in eine Ecke, in der es kein Fenster gab. Nur eine an der Wand hängende Lampe spendete einen Hauch von Licht. An anderen Tagen hätte Lauenstein einen Tisch an einer solchen Stelle als Zumutung empfunden und ihn abgelehnt. Nun aber sah er sich um und fand, dass jemand, der einen beiläufigen Blick herüberwarf, keinen von ihnen würde erkennen können.

»Gut, wir nehmen den Tisch!«, sagte er deshalb.

»Seid Ihr von Sinnen?«, fragte Elisabeth. »Hier sieht man nicht einmal, was auf dem Teller ist.«

»Dafür sieht auch uns niemand«, sagte Cristina, die Lauensteins Absicht begriff.

»Genau das ist es«, erklärte ihr Mann. »Von hier aus können wir die anderen Gäste beobachten, ohne selbst ausgespäht zu werden.«

»Und was wollt Ihr beobachten?«, fragte Elisabeth, die mit diesem Tisch absolut nicht einverstanden war.

»Zum Beispiel die Treppe, aber auch die Tür des Extrazimmers. Wie es aussieht, wird dort bereits aufgetragen. Der Wolf sollte daher bald erscheinen.« Lauenstein lächelte angespannt und bestimmte dann die Sitzreihenfolge. Da Tilda, Ira und Dilge mit ihnen zusammen aßen, setzte er diese mit dem Rücken zur Tür des Extrazimmers, während Cristina, Elisabeth und er so Platz nahmen, dass sie diese im Auge behalten konnten.

»Wir hätten dem Wirt sagen müssen, dass er unsere Namen nicht nennt«, sagte Elisabeth besorgt.

»Ich glaube nicht, dass Vollendorf fragt, wer außer ihm und seiner Begleitung noch hier im Gasthof übernachtet«, antwortete Lauenstein in der Hoffnung, sich nicht zu irren.

Vollendorf erschien als Erster. Er war nach französischer Mode in lange Hosen und einen langschößigen Rock gekleidet und trug einen hohen Hut mit gebogener Krempe. Dazu hielt er einen Spazierstock in der Hand, den Lauenstein für einen Stockdegen hielt. Im Vergleich zu vor fünf Jahren hatte Vollendorf sich kaum verändert. Da er auf seine Begleiterinnen wartete, gab er Cristina, Lauenstein und Elisabeth ausreichend Gelegenheit, ihn zu betrachten.

»Vor fünf Jahren hätte ich ihn noch zum Duell gefordert«, sagte Lauenstein leise.

»Ihr solltet diese Untugend ablegen, Euch mit anderen Leuten schlagen oder schießen zu wollen«, tadelte Cristina. »Immerhin seid Ihr nun Ehemann und zudem in einem Alter, in dem Männer eher mit ihren Enkelkindern als mit ihren Pistolen oder Degen spielen.«

Trotz ihrer Anspannung musste Elisabeth kichern. Lauenstein hingegen wirkte für einen Augenblick verletzt. »Ich weiß, dass ich zu alt für dich bin! Doch Herzog Georg wollte nun einmal, dass ich dich heirate.«

»Ob Ihr zu alt für mich seid, lasst bitte mich entscheiden, und redet es Euch nicht selbst ein!« In Cristinas Stimme schwang die Warnung mit, nicht im Selbstmitleid zu versinken.

»Da kommt die Légendaire!«

Elisabeths Ausruf beendete das kleine Gefecht zwischen den Eheleuten, und sie musterten die Sängerin. Die Frau trug ein helles Kleid aus feinem Musselin und eine passende Jacke, die beide mit Bändern am Saum verziert waren.

»Der Schnitt des Kleides muss direkt aus Paris kommen«, sagte Elisabeth mit einem gewissen Neid.

Cristina betrachtete unterdessen Chantal Deconnu. Diese war ähnlich gekleidet wie Belle Légendaire und hatte einen so großen Pompadour am Handgelenk, dass ihre beiden Pistolen hineingepasst hätten.

Augenblicke später waren die Frauen im Extrazimmer verschwunden. Dafür erschienen deren Zofen und Vollendorfs Kammerdiener. Diese nahmen an einem Tisch unweit von Cristinas Gruppe Platz.

»Wir sollten vorsichtig sein mit dem, was wir reden«, flüsterte Cristina. Sie sagte es nicht nur, damit Vollendorfs Leute nicht durch

Zufall etwas aufschnappten, sondern auch, um vielleicht selbst etwas erlauschen zu können. Tatsächlich hatte sie so ausgezeichnete Ohren, dass Elisabeth spottete, sie könne das Gras wachsen hören.

Nun wurde das Essen aufgetragen. Es kostete alle eine gewisse Überwindung, in diesem Dämmerlicht zu essen. Doch als der Wirt anbot, eine Kerze auf den Tisch zu stellen, schüttelte Lauenstein den Kopf. »Du hast gewiss keine Wachskerze, und ein stinkendes Ding wollen wir nicht!«

Während der Wirt beleidigt verschwand, probierte Cristina den ersten Bissen und fand ihn schmackhaft. »Ich glaube, wir können unbesorgt essen«, meinte sie und spitzte wieder die Ohren.

Eben erklärte Vollendorfs Kammerdiener, dass sein Herr ein angesehener Mann sei, der Post von sehr wichtigen Leuten erhielt. Es war dies nicht gerade ein Thema, das Cristina für einen Wirtshaustisch gewählt hätte. Sie merkte jedoch rasch, dass der Kammerdiener sich in einem Wettstreit mit Chantal Deconnus Zofe befand. Diese konterte mit den Namen mehrerer bedeutender Herren, mit denen ihre Herrin bekannt sei und die ihr selbst heute noch jeden Gefallen erweisen würden.

Wirklich Wichtiges wurde jedoch nicht erwähnt. Cristina erfuhr lediglich, dass Vollendorf und Belle Légendaire von Saalfeld aus weiter nach Prag und dann nach Wien reisen wollten, weil dort Konzerte vereinbart seien.

8.

Unterdessen erschien ein weiterer Gast. Er trug einen dunklen Rock, leicht hellere Hosen und einen hohen Hut. Außerdem hielt er einen Spazierstock in der Hand. Mit entschlossener Miene trat er auf den Wirt zu.

»Hier ist ein Herr Pleinevillage eingekehrt? Wo finde ich ihn?«

»Herr Baron de Pleinevillage speist im Extrazimmer zu Abend und wünscht, nicht gestört zu werden«, erklärte der Wirt in der Erwartung, der Fremde werde sich entweder in die Gaststube setzen und bei einem Krug Bier warten, bis der Baron bereit war, ihn zu empfangen – oder besser noch gehen.

Der Mann gab aber nicht so leicht auf. »Wo befindet sich das Extrazimmer?«

Der Wirt gab keine Antwort. Da aber einer seiner Knechte eben die Tür des Nebenraums öffnete, konnte der Fremde für einen Augenblick Belle Légendaire sehen. Kurz entschlossen trat er an die Tür und öffnete selbst.

Bevor der Wirt ihn aufhalten konnte, stand er im Zimmer und funkelte Belle Légendaire zornig an. »Madame schulden mir immer noch tausend Taler von den Honoraren der letzten Konzerttour, die Monsieur Pleinevillage widerrechtlich an sich genommen hat.«

»Ah, Monsieur Metteur! Ihr habt den weiten Weg nicht gescheut, um uns zu folgen? Zu meinem großen Bedauern muss ich Euch jedoch mitteilen, dass Ihr von uns keinen einzigen Kreuzer erhalten werdet«, erklärte Vollendorf spöttisch.

»Diese tausend Taler gehören mir. Ich bestehe darauf!«, rief François Metteur so laut, dass es selbst in der Gaststube zu hören war.

»Euch gehört gar nichts! Mademoiselle Légendaire hat Euch als ihren Reisemarschall entlassen, da Ihr deren Anforderungen nicht mehr genügtet.«

»So lasse ich mich nicht abspeisen!«, brüllte Metteur und hieb mit dem Spazierstock so heftig auf den Tisch, dass die große Terrine zerbrach und ihr Inhalt auf die Kleider der beiden Frauen spritzte.

Vollendorfs Gesicht wurde zornrot. »Wirt!«, rief er. »Lass diesen unverschämten Kerl hinauswerfen!«

»Oh nein! So nicht!« Noch während er es rief, versetzte Metteur Vollendorf einen Hieb mit dem Spazierstock.

Vollendorf stand auf, trat einen Schritt zurück und zog seinen Stockdegen. Bevor Metteur begriff, was geschah, stach Vollendorf zu und traf ihn in die Schulter.

Mittlerweile kamen auch die Wirtsknechte heran, packten Metteur und schleiften ihn ungeachtet seiner blutenden Wunde nach draußen. Vor dem Hoftor warfen sie ihn auf den Boden und kehrten in das Gasthaus zurück.

Dort ließ Vollendorf sich vom Wirt ein Tuch reichen, säuberte die Klinge seines Stockdegens und schob diesen wieder in die Scheide.

»Der Kerl hat mich angegriffen! Mir blieb nichts anderes, als mich zur Wehr zu setzen«, erklärte er dem Wirt.

Dieser nickte eifrig. »Selbstverständlich! So werde ich es auch der Obrigkeit melden. Ihr werdet deswegen gewiss nicht behelligt.«

»Das will ich auch hoffen! Wir müssen morgen früh aufbrechen, um Saalfeld zu erreichen. Sorge dafür, dass dies möglich ist!«

»Aber selbstverständlich, Herr Baron!«, versprach der Wirt.

»Die Damen und ich werden jetzt nach oben gehen und uns umziehen. Beseitige diese Unordnung, bis wir herabkommen. Wir wollen in Ruhe weiterspeisen!«

»Das wird geschehen!«, antwortete der Wirt und eilte los, um seine Knechte und Mägde anzutreiben, damit sie das Zimmer für die Rückkehr der Gäste bereit machen konnten.

Vollendorf, Belle Légendaire und Chantal Deconnu verließen den Raum und riefen nach dem Kammerdiener und den Zofen, damit diese ihnen beim Umziehen halfen. Den Gästen in der dunklen Ecke schenkte keiner von ihnen Beachtung.

9.

Cristina hatte Metteur zwar gesehen, ihn aber nicht erkannt, da er ihr den Rücken zugekehrt hatte. Als es im Nebenraum plötzlich laut geworden war, hatte sie zwar die Ohren gespitzt, aber nur ein paar Beschimpfungen vernehmen können.

Als nun die Wirtsknechte den Verletzten heraustrugen, fassten sowohl Elisabeth wie auch Lauenstein nach ihren Armen.

»Bleib sitzen! Diese Angelegenheit geht uns nichts an«, raunte Lauenstein ihr ins Ohr. Ebenso wie Elisabeth befürchtete er, dass Cristina in ihrer Wut auf Vollendorf das Nebenzimmer betreten und ihn erschießen würde.

Zwar hatte Cristina im ersten Zorn ihre Pistole aus ihrem Ridikül gezogen. Sie begriff aber selbst, dass sie Vollendorf nicht einfach niederschießen konnte, und steckte die Waffe wieder zurück.

»Ihr habt recht! Diese Sache geht uns nichts an«, sagte sie leise. »Vollendorf ist jedoch ein übler Schuft und hätte diesen Mann niemals niederstechen dürfen. Es hätte gereicht, ihn von den Wirtsknechten hinausschaffen zu lassen.« Sie sah die beiden nachdenklich an. »Die Knechte haben den Verletzten einfach neben die Straße geworfen. Wenn ihm niemand hilft, wird er dort womöglich sterben!«

»Er kann auch überleben«, meinte Elisabeth.

Lauenstein wiegte unschlüssig den Kopf. »Das könnte er, aber nur, wenn ihm jemand hilft.«

»Du wirst es nicht tun!« Erneut fasste Elisabeth nach Cristinas Arm.

Tilda stand auf. »Das übernehmen Johann und ich. Da Vollendorf uns nicht kennt, wird er uns auch nicht mit Euch in Verbindung bringen.«

»Aber was wollt ihr mit dem armen Mann tun?«, fragte Elisabeth.

»Wir tragen ihn in unsere Kutsche und verbinden ihn dort. Auch werden wir in der Nacht abwechselnd bei ihm wachen.«

»Da werde auch ich mithelfen, Tante.« Ira war über Vollendorfs Tat nicht weniger empört als die anderen und hoffte, den Verletzten am Leben erhalten zu können.

»Dann tut das!«, sagte Lauenstein und sah dann Cristina streng an. »Du wirst heute Nacht brav in deinem Bett bleiben und schlafen. Dilge, Tilda und Ira reichen vollkommen aus, um diesem Mann zu helfen.«

Cristina hatte tatsächlich überlegt, sich an der Nachtwache zu beteiligen. Da jedoch der Kammerdiener und die beiden Zofen erklärten, auch ohne sie auszukommen, gab sie nach.

»Ich bin mit dem Essen fertig und kann gehen«, sagte Tilda.

»Ich auch.« Dilge trank rasch seinen Krug leer und folgte ihr nach draußen.

Cristina bedauerte, dass es kein Fenster gab, durch das sie hinaussehen konnte. Daher beendete sie ihre Mahlzeit und ging nach oben. Nun erwies es sich als Vorteil, ein Fenster zum Hof zu haben. Unten wurden eben die Pferde der Expresspost gewechselt. Etliche Passagiere standen mit Krügen in der Hand auf dem Hof, andere eilten zum Abtritt, und wieder andere ließen sich von den Wirtsknechten Brot und kalten Braten als rasche Mahlzeit reichen.

»So möchte ich nicht reisen müssen«, erklärte Elisabeth.

»Dafür sind diese Leute in gut vierundzwanzig Stunden an ihrem Ziel, während wir für dieselbe Strecke drei Tage brauchen«, gab Lauenstein zu bedenken.

Beide waren Cristina in ihr Zimmer gefolgt und blickten ebenfalls nach unten.

»Dort sind unsere beiden!« Lauenstein wies in die Richtung, in der er Tilda und Dilge sah. Die beiden hatten den Verletzten zwischen sich genommen und trugen ihn so geschickt, dass es aussah, als führten sie einen betrunkenen Zecher.

»Dilge hat ihm den eigenen Rock umgelegt. Es ist daher kein Blut zu sehen. Erinnert mich daran, dass ich ihm einen neuen Rock machen lasse!« Aus Lauensteins Worten sprach Anerkennung.

»Die Knechte haben mit der Expresspostkutsche genug zu tun. Es kümmert sich keiner um die beiden«, sagte Elisabeth erleichtert.

»Ich muss Euch korrigieren, meine Liebe«, erklärte Lauenstein. »Es sind drei, denn Ihr habt den Verletzten vergessen!«

»Welchen Grund mag Vollendorf gehabt haben, ihn ermorden zu wollen?«, fragte Elisabeth kopfschüttelnd.

»Da müssen wir hoffen, dass der Verletzte überlebt und uns Auskunft geben kann. Oder wollt Ihr Vollendorf fragen?« Lauenstein zog die Stirn in nachdenkliche Falten.

»Ich habe ihn, als ihn die Knechte heraustrugen, nur kurz gesehen, aber er kam mir bekannt vor. Wenn ich nur wüsste, woher?«

»Ich habe nur wenige Worte verstanden, aber wie es aussieht, ging der Streit um Mademoiselle Légendaire. Könnte es vielleicht deren früherer Reisemarschall Metteur sein?«, sagte Cristina aus einem Gefühl heraus.

Lauenstein sah sie kurz an und lachte dann leise. »Wenn er es wirklich ist und er überlebt, haben wir doppelten Gewinn von unserer Samaritertat! Er kann uns dann einiges über die Légendaire erzählen und auch darüber, wie diese zu Vollendorf gekommen ist.«

»Das werden gewiss unerfreuliche Nachrichten sein«, sagte Elisabeth mit verbissener Miene.

»Allein so unverhofft auf Vollendorf zu treffen, ist ausgesprochen unerfreulich«, antwortete Cristina und nahm ihre zweite Pistole in die Hand. »Bislang habe ich mich sicher gefühlt. Doch von nun an werde ich mit einer Pistole unter dem Kissen schlafen!«

»Gib aber acht, dass sich nicht unversehens ein Schuss löst und dich trifft«, warnte Lauenstein und schlug vor, dass sie sich in sein Zimmer setzen und auf Tilda und Dilge warten sollten.

Es dauerte eine Weile, bis Tilda kam. Die Zofe schüttelte ein paarmal den Kopf, bevor sie etwas sagte, und bat dann um einen Schluck Wein.

Cristina füllte ein Glas aus einer Flasche, die ein Wirtsknecht auf Lauensteins Forderung hin gebracht hatte, und reichte es ihr. »Und, was ist? Lebt der Mann, oder müssen wir ihn begraben lassen?«

»Noch ist Leben in ihm!«, erklärte Tilda. »Er ist bei Bewusstsein, und wir konnten ein paar Worte mit ihm wechseln. Die Wunde schmerzt, und wir sollten ihn morgen zu einem Arzt bringen.«

»Wenn wir hier im Gasthaus nach einem Arzt fragen, könnte es auffallen«, sagte Lauenstein und schüttelte nun ebenfalls den Kopf. »Kaum treffen wir auf Vollendorf, haben wir auch schon Ärger am Hals!«

»Wenn Metteur morgen früh noch lebt, sollten wir nicht hier in der Stadt einen Arzt aufsuchen, sondern unterwegs. Wir können behaupten, ihn irgendwo aufgelesen zu haben«, schlug Cristina vor.

Sie wollte unter allen Umständen verhindern, dass Vollendorf erfuhr, wer Metteur geholfen hatte. Sollte ein hiesiger Arzt den Verletzten versorgen, konnte er es hier im Gasthof bei einem Krug Bier erzählen. Wenn der Wirt sich daraufhin bemüßigt fühlte, Vollendorf einen Brief nach Saalfeld nachzuschicken, würde dabei auch der Name Lauenstein erwähnt werden.

Ihr Mann dachte das Gleiche und nickte. »So machen wir es, meine Liebe! Nun solltest du dich für das Bett zurechtmachen. Der Lärm auf dem Hof hat ein wenig nachgelassen, und du kannst vielleicht doch schlafen.«

»Sehr wohl, mein Herr!«, sagte Cristina, verabschiedete sich von ihm mit einem spielerischen Knicks und kehrte in ihr Zimmer zurück.

10.

François Metteur lebte am anderen Morgen noch. Nach Iras Auskunft, die zuletzt bei ihm gewacht hatte, hatte er durchgeschlafen. Seine Stirn war heiß, doch war er bei Sinnen und konnte einen halben Krug Bier trinken und ein wenig Brot essen, das ins Bier getunkt worden war. Der Verband, den Tilda und Dilge ihm angelegt hatten, saß gut und war auch nicht durchgeblutet.

Lauenstein hatte Cristina und Elisabeth verboten, in die Kutsche zu schauen, in der der Verletzte lag. Damit Metteur es bequem hatte, wies Lauenstein seinen Kammerdiener an, für diesen zu sorgen. »Er soll eine Sitzbank für sich haben. Ira wird in unserer Kutsche mitfahren«, fügte er hinzu und begab sich dann in die Gaststube, um dort zu frühstücken. Ein Blick durch die offene Tür des Nebenraums zeigte ihm, dass Vollendorf und dessen Begleiterinnen ihr Frühstück beendet hatten, denn der Tisch wurde bereits abgeräumt.

Wenig später kam Vollendorf reisefertig die Treppe herab und warf einen Blick in das Gastzimmer. Lauenstein hob rasch seinen Krug zum Mund, um sein Gesicht dahinter zu verbergen. Vollendorf zeigte jedoch kein Anzeichen des Erkennens. Stattdessen wandte er sich noch einmal der Treppe zu und forderte Belle Légendaire und Chantal Deconnu auf, nachzukommen. »Ich will noch heute Saalfeld erreichen, und wir haben einen langen Weg vor uns!«, sagte er drängend.

Wenig später erschienen die beiden Frauen und folgten ihm nach draußen. Bald darauf hörte Lauenstein das Knallen der Peitsche und das Anrollen der Kutschenräder. Vollendorf und dessen Gefolgschaft hatten sich auf den Weg gemacht, und Lauenstein war froh, dass die Gruppe in die Gegenrichtung fuhr.

Fast gleichzeitig kamen Cristina und Elisabeth die Treppe herab. »Ich hoffe, Ihr seht es uns nach, dass wir warten wollten, bis der Wolf verschwunden ist«, sagte Cristina und stellte dann die Frage, die ihr wohl am meisten auf der Seele brannte. »Wie geht es unserem Verletzten?«

»Besser als erwartet«, antwortete Lauenstein. »Wie es aussieht, hat Vollendorfs Stich keine wichtigen Organe verletzt. Tilda und

Dilge werden sich unterwegs um ihn kümmern. Ich hoffe, ihr seht es mir nach, dass ich Ira aufgefordert habe, in unserer Kutsche mitzufahren. Da unser Freund eine ganze Sitzbank für sich haben sollte, würde es für unsere treuen Trabanten sonst sehr eng.«

»Das ist doch selbstverständlich«, erklärte Elisabeth und forderte die sich nähernde Wirtsmagd auf, ihr zwei Spiegeleier zuzubereiten.

»Ich möchte auch zwei Spiegeleier. Habt ihr auch Pflaumenmus? Das hätte ich gerne dazu«, sagte Cristina.

Elisabeth sah sie verwundert an. »Spiegelei mit Pflaumenmus? Meine Liebe, du entwickelst seltsame Gelüste.«

»Wenigstens habe ich heute nicht mehr so viel Appetit wie in den letzten Tagen«, antwortete Cristina, griff nach Lauensteins Bierkrug und tat einen kräftigen Zug.

Wie schon beim Abendessen war auch das Frühstück nicht zu bemängeln. Lauenstein ließ sich noch eine kleine Wegzehrung und zwei Flaschen Wein mitgeben und war zuletzt mit dem Trinkgeld doch nicht so geizig, wie er es sich eigentlich vorgenommen hatte.

Allen war die Erleichterung anzumerken, als sie in der Kutsche saßen und diese Stätte hinter sich lassen konnten. Nun fragten Cristina und Elisabeth Ira nach dem Verletzten.

»Hat er etwas gesagt?«, fragte Cristina.

Ihre Zofe schüttelte den Kopf. »Nicht viel. Nur ein paar Drohungen gegenüber einem Plowillasch.«

»Vollendorf hat sich als Baudouin de Pleinevillage ins Gästebuch eingetragen«, erklärte Lauenstein. »Weiß der Teufel, weshalb er auf einmal als Franzose gelten will.«

»Vielleicht kann Monsieur Metteur uns darüber Auskunft geben«, meinte Cristina und fragte dann, wann sie die nächste Stadt erreichten.

»In weniger als zwei Stunden, meine Liebe! Dort fragen wir nach einem Arzt und lassen unseren Findling behandeln«, antwortete Lauenstein lächelnd.

Cristina spürte, dass ihr Ehemann schwere Gedanken wälzte. Bislang hatten sie angenommen, Vollendorf hätte sich nach seinen Verbrechen in einen entfernten Winkel des Reiches verkrochen. Ihn nun unter seinem nur leicht auf Französisch verfremdeten Namen wiederzusehen, wühlte alles, was in der Vergangenheit geschehen war, wieder auf.

»Ob er noch immer junge Mädchen fängt, um ihnen Gewalt anzutun?«, fragte Elisabeth schaudernd.

»Ich frage mich mehr, weshalb er sich mit Belle Légendaire zusammengetan hat. Zugegebenermaßen ist sie eine sehr schöne Frau, aber nicht gerade eine unberührte und noch leicht kindhafte Jungfrau, wie er sie früher vorgezogen hat«, erwiderte Lauenstein. Zwar konnte er sich noch keinen Reim aus dem Gesehenen machen. Eines aber war ihm klar geworden: Vollendorf, der sich jetzt Pleinevillage nannte, war eher noch gefährlicher als früher. Darauf deutete nicht nur die Tatsache hin, dass er Metteur einfach niedergestochen hatte, sondern auch die düstere Aura, die ihn umgab.

Als sie die Stadt erreichten, ließ Lauenstein seinen Kutscher nach einem Wundarzt fragen. Auf die Auskunft hin suchten sie diesen auf. Innerhalb einer halben Stunde war Metteur verarztet und neu verbunden. Er war jedoch sehr schwach und nicht in der Lage, mehr als ein paar Worte zu sagen. Der Arzt verabreichte ihm Laudanum, damit er einschlief, und gab dann die Auskunft, dass der Verletzte mindestens ein paar Tage im Bett bleiben müsse.

»Dann werden wir wohl auch hierbleiben«, sagte Lauenstein zu Cristina und Elisabeth. »Ich will nämlich wissen, weshalb er mit Vollendorf aneinandergeraten ist!«

»Und wie es Vollendorf gelungen ist, Belle Légendaires neuer Agent und Reisemarschall zu werden«, setzte Cristina hinzu.

Am Abend war Metteur wach und berichtete, dass Pleinevillage und Chantal Deconnu sich in Belle Légendaires Vertrauen geschlichen hätten.

»Sie haben dem dummen Ding weisgemacht, sie könnte noch mehr Ruhm und Geld erringen, wenn sie sich ihnen anvertrauen würde«, setzte er hinzu.

Nach diesen Worten war er aber gerade noch in der Lage, etwas Wein zu trinken und Suppe zu essen, dann schlief er wieder ein.

Zwei Tage später erklärte er, wieder reisefähig zu sein. Er hatte bemerkt, dass es Lauenstein und seine Begleiterinnen drängte, weiterzufahren. Da es ihm tatsächlich deutlich besser ging, beschloss Lauenstein, die Kutsche am nächsten Tag wieder einspannen zu lassen.

Als sie am Morgen in diese einstiegen, sagte Metteur grimmig, dass Pleinevillage ihn besser hätte treffen sollen. »Einmal werde ich auf ihn stoßen, und dann wird er bereuen, so nachlässig gewesen zu sein!«

»Ihr solltet erst einmal zusehen, wieder auf die Beine zu kommen!«, riet Cristina ihm und nahm in ihrer Kutsche Platz. Als Lauenstein und Elisabeth ihr folgten, spielte ein Lächeln um ihren Mund. »Wie es aussieht, hat Monsieur Metteur uns bislang nicht erkannt.«

»Bei dir ist es kein Wunder, denn du siehst anders aus als vor gut fünf Jahren, und singen hat er dich noch nicht gehört. Fräulein Karau und ich sind ihm wohl nicht im Gedächtnis geblieben.« Lauenstein lächelte, als er daran dachte, wie viel sich in diesen fünf Jahren geändert hatte. Damals war seine Stellung am Meininger Hof unsicher gewesen, und er hatte damit rechnen müssen, dass Herzog Georg ihm den Abschied gab. Mittlerweile jedoch galt er als hoch angesehen, und Elisabeth Karaus Stand war ebenfalls besser als zu jenen Zeiten.

11.

Nach ihrer Ankunft im nächsten Gasthof quartierten sie Metteur und Dilge in einer Kammer ein, damit der Diener sich, wenn es nötig sein sollte, um den Verletzten kümmern konnte. Die Fahrt hatte Metteur zwar erschöpft, aber es ging ihm deutlich besser. Er konnte sogar wieder eine Kleinigkeit zu sich nehmen.

Er schien sich zu wundern, dass scheinbar wildfremde Menschen sich seiner angenommen hatten. »Ich möchte mich bedanken!«, sagte er, als sie nach dem Essen noch ein wenig zusammensaßen. »Dieser elende Wirt und seine Knechte hätten mich neben der Straße krepieren lassen. Geholfen hätte mir dort keiner.«

»Vielleicht doch!«, antwortete Cristina.

»Ihr seid noch jung und glaubt an das Gute im Menschen. Möge Gott Euch diesen Glauben noch lange erhalten. Bei mir hat er es nicht getan!«, sagte Metteur und schien einen Augenblick lang trüben Gedanken nachzuhängen. »Für eines aber möchte ich Gott danken: Er hat dafür gesorgt, dass Ihr Euch meiner angenommen habt. Allerdings stehe ich ohne Mittel da und vermag Euch nicht einmal das Geld zurückzuzahlen, das Ihr für meine Mahlzeiten ausgebt. Da ich zudem verletzt bin, finde ich keine Gelegenheit, meinen Lebensunterhalt zu bestreiten. Seht dies bitte nicht so an, als wolle ich Euch weiterhin auf der Tasche liegen. Wenn Ihr mir jedoch einen kleinen Kredit gewähren könntet und mir sagt, wo ich Euch finde, um ihn zurückzuzahlen, wäre mir sehr geholfen.«

»Ich wäre durchaus bereit, Euch unter die Arme zu greifen«, sagte Lauenstein nachdenklich. »Ich wünsche allerdings ein paar Informationen von Euch.«

»Wenn ich sie Euch geben kann, tue ich es gerne!«, antwortete Metteur aufatmend.

»Was wisst Ihr über Baron Vollendorf?«

Im ersten Augenblick wirkte Metteur verwirrt, lachte dann kurz, brach aber sofort wieder ab, da es in der Schulter schmerzte. »Vollendorf – Pleinevillage! Ich dachte mir schon, dass er kein Franzose ist.«

»Er ist Baron Balduin von Vollendorf und musste wegen verschiedener Verbrechen aus Hessen-Kassel fliehen, um nicht bestraft zu werden. Ihn jetzt so offen wieder durch die Lande reisen zu sehen, erfüllt mich mit großer Besorgnis«, erklärte Lauenstein.

Metteur nickte heftig. »Die ist bei diesem Mann auch angebracht! Immerhin hätte er mich beinahe getötet. Auch vorher war er nicht gerade zimperlich. Er brachte Belle mit Versprechungen dazu, sich von mir zu trennen. Dabei standen mir noch tausend Taler aus der letzten Tournee zu. Als ich diese verlangte, ließ Pleinevillage mich durch Amtsdiener aus der Stadt weisen. Es reichte einfach, zu behaupten, er wäre ein französischer Baron und ich ein betrügerischer Agent.«

»Und seitdem verfolgt Ihr Vollendorf und Belle Légendaire mit Eurem Hass!«, schloss Cristina aus seinen Worten.

»Ich habe zunächst versucht, meine Forderung auf gerichtlichem Weg zu erheben. Man forderte von mir Beweise, doch die hatte ich nicht. Also verlor ich durch den Prozess auch noch mein restliches Geld. Ich war danach so wütend, dass ich Pleinevillage und Belle folgte. Was dann kam, habt Ihr selbst erlebt.«

»Das haben wir!«, sagte Lauenstein. »Doch wisst Ihr auch, was Vollendorf und die Demoiselle Légendaire planen?«

Metteur nickte. »Wenigstens zu einem Teil! Belle soll ihren Liebhabern Geheimnisse entlocken, die für Pleinevillage wichtig sein können.«

»Er ist also ein Spion geworden, entweder für jemand Bestimmtes oder auf eigene Rechnung.« Lauenstein wusste, dass interessante Informationen oft sehr gut bezahlt wurden. Nachdenklich sah er Metteur an. »Ich sehe keinen Sinn darin, dass Ihr Vollendorf und der Légendaire länger nachstellt. Beim nächsten Mal würde er Euch töten, und damit ist Euch wohl kaum geholfen.«

Metteur musste erneut lachen und bezahlte es mit einem Ziehen in der Wunde. »Damit habt Ihr wohl recht! Wenn ich tot bin, habe ich nichts davon.«

»Vor allem könntet Ihr Herrn von Lauenstein nicht den Kredit zurückzahlen, den er Euch zu geben bereit ist«, warf Cristina ein.

»Lauenstein?« Jetzt starrte Metteur sein Gegenüber an. »Ich kenne Euch, weiß aber nicht, woher!«

»Sagt Euch der Name Cristina Chiodi etwas?«, fragte Lauenstein.

Metteur nickte. »Ja! Sie soll eine grandiose Sängerin sein, die aber nur wenige Konzertreisen im Jahr unternimmt. Man sollte ihren Namen niemals in Belle Légendaires Gegenwart aussprechen, denn die Frau speit sofort Gift und Galle. Sie hat nämlich schon mehrfach gehört, dass die Demoiselle Chiodi besser singen soll als sie.«

»Etwas, das wir bisher nicht erkunden konnten, da wir die Légendaire nur einmal in Rudolstadt gehört haben und uns ein neuer Auftritt als Vergleich fehlt.«

Metteur starrte Lauenstein an und griff sich dann mit der Rechten an die Stirn. »Jetzt erkenne ich Euch! Ihr wolltet Belle damals für mehrere Konzerte in Meiningen engagieren, doch sie hat sich aufgeführt wie eine Megäre.«

»Ganz so schlimm würde ich es nicht ausdrücken«, begann Lauenstein, wurde aber von Elisabeth unterbrochen.

»Sie war eine absolut von sich eingenommene Harpyie und noch schlimmer als die Castelli, deren Stern mittlerweile arg im Sinken ist.«

»Erinnert Ihr Euch noch, wie Ihr uns damals auf ein Gauklermädchen mit einer angenehmen Stimme aufmerksam gemacht habt?«, fuhr Lauenstein fort.

Metteur nickte seufzend. »Ich erinnere mich! Damals hätte ich Belle zum Teufel jagen und dieses Mädchen suchen sollen.«

»Das hier ist Cristina Chiodi, jenes Mädchen von damals«, sagte Lauenstein und wies auf Cristina. »Dazu ist sie mittlerweile meine Ehefrau und, wie ich durchaus mit Stolz bemerken kann, eine der besten Sängerinnen, die ich im Lauf meines Lebens gehört habe.«

Metteurs Blicke wanderten mehrmals von Lauenstein zu Cristina und wieder zurück. »Das ist die Chiodi?«, fragte er fassungslos.

»In eigener Person!«, sagte Cristina spöttisch.

»Mein lieber Metteur, Ihr kommt jetzt erst einmal mit uns nach Sondershausen. Anschließend erkläre ich Euch, wie Ihr Euch bei Belle Légendaire und Vollendorf revanchieren könnt, ohne dass es zu einem Handgemenge kommen muss.«

»Ich wüsste es besser schon jetzt. Es wäre für meine Heilung gut«, antwortete Metteur, der bereit war, alles zu tun, was Lauenstein ihm vorschlagen würde.

»Auch wenn die Demoiselle Légendaire Euch fallen gelassen hat wie einen heißen Stein, sind Euch jedoch sowohl Euer Wissen als auch Eure Verbindungen geblieben. Diese gedenke ich auszunützen, um Cristinas Ruhm und Erfolg zu mehren. Daher schlage ich Euch vor, unser Agent zu werden.«

Lauenstein überraschte damit nicht nur Metteur, sondern auch Cristina und Elisabeth. Als Cristina jedoch darüber nachdachte, fand sie diesen Vorschlag gut. Metteurs Beziehungen reichten bis Sankt Petersburg, Wien und sogar nach London. Für den nächsten Schritt ihrer Karriere würde dies von großem Vorteil sein.

»Ich bin der Eure!«, erklärte Metteur, und zum ersten Mal, seit Belle Légendaire ihm den Laufpass gegeben hatte, sah er wieder hoffnungsvoll in die Zukunft.

12.

Als Cristina am Morgen erwachte, war ihr so übel, dass sie gerade noch aus dem Bett springen und das Nachtgeschirr darunter hervorziehen konnte, bevor sie heftig erbrach. Erst als nur noch übel riechende Luft aus dem Magen kam, hörte das Erbrechen auf, und sie konnte den Nachttopf wieder unter das Bett schieben.

Um den säuerlichen Geruch aus dem Zimmer zu vertreiben, öffnete sie das Fenster und setzte sich anschließend auf das Bett. Sie konnte sich nicht erinnern, dass es ihr jemals so übel geworden war. Ich bin doch hoffentlich nicht krank, dachte sie. Wenn es nicht besser wurde, musste sie Elisabeth um eines der Pülverchen bitten, das diese auf Reisen mitnahm.

Es klopfte an die Tür, und eine der Wirtsmägde sagte draußen, sie bringe das Waschwasser. Cristina öffnete und ließ sie ein. Als die Magd wieder gegangen war, zog sie ihr Nachthemd aus und musterte es. Es hatte zwar nichts abbekommen, doch Cristina wollte es nicht noch einmal anziehen. Daher beschloss sie, es in Sondershausen waschen zu lassen. Nun wusch sie sich selbst und spülte mehrmals den Mund aus. Zuletzt steckte sie noch ein paar getrocknete Pfefferminzblätter zwischen die Zähne und kaute darauf herum, damit ihr Atem nicht mehr nach Erbrochenem roch.

Ira kam herein, um ihr beim Ankleiden zu helfen. Danach ging es in den reservierten Nebenraum, in dem das Frühstück aufgetragen wurde. Zuerst glaubte Cristina nicht, auch nur einen einzigen Bissen über die Lippen bringen zu können, doch beim Anblick der leckeren Omelette und des fein geschnittenen Schinkens kehrte ihr Appetit sofort zurück. Sie grüßte Lauenstein, Elisabeth und Metteur und setzte sich.

»Ihr seht noch ein wenig blass aus, doch es scheint Euch besser zu gehen«, sagte sie zu Metteur und ließ sich vom Wirtsknecht einen Krug Bier bringen. Sie setzte an und stellte ihn erst wieder auf den Tisch, als er fast leer war.

»Hast du heute davon geträumt, dich in einer Wüste zu befinden und dort zu verdursten?«, fragte Elisabeth mit leisem Spott. »Bisher dachte ich nämlich, du würdest Bier nur ungern trinken!«

Cristina schüttelte den Kopf. »Ich weiß nicht, ob ich überhaupt geträumt habe. Wenn ja, kann ich mich jedenfalls nicht daran erinnern.« Danach rückte sie ihrem Omelett zu Leibe, ließ sich danach eine schöne Scheibe Schinken schmecken und fand, dass der Käse zu lecker aussah, um ihn missachten zu können. Damit alles rutschte, benötigte sie einen zweiten Krug Bier.

»Du solltest wirklich in Sondershausen einen Arzt aufsuchen«, sagte Elisabeth kopfschüttelnd.

»Da wir Herrn Metteur ohnehin der Fürsorge des Arztes übergeben müssen, werde ich diesen ebenfalls bemühen«, versprach Cristina und verkniff sich mit eiserner Disziplin, noch eine geräucherte Blutwurst zu bestellen. Stattdessen aß sie ein zweites Stück Brot mit Butter und Käse und erklärte schließlich, dass sie zum Aufbruch bereit sei.

»Du solltest auf jeden Fall noch einmal zum Abtritt gehen«, riet ihr Elisabeth, die weniger als die Hälfte dessen getrunken hatte, was Cristina in sich hineingesogen hatte.

Diese nickte lachend. Wenig später bestiegen sie die Kutsche, um die letzte Etappe nach Sondershausen in Angriff zu nehmen. Metteur fühlte sich mittlerweile gut genug, um mit Cristina, Elisabeth und Lauenstein mitfahren zu können. Ihm lag viel daran, mit seinen fürsorglichen Helfern zu reden.

13.

Auf der kurzweiligen Fahrt berichtete Metteur von seinen Reisen mit Belle Légendaire und wie er von deren Mentor und Lehrer immer mehr zu einem von ihren Launen abhängiger Knecht geworden war.

»Ich hätte mich schon früher von ihr trennen sollen!«, sagte er, kurz bevor sie ihr Ziel erreichten. »Aber ich war eben durch sie ein Jemand, und das nützte sie nach Strich und Faden aus.«

»Cristina hätte ebenfalls allen Grund, stolz zu sein, doch sie ist zu jedermann freundlich und macht keinen Unterschied zwischen Herr und Knecht«, erklärte ihm Elisabeth.

»Was habe ich davon, andere aus Lust und Laune vor den Kopf zu stoßen?«, sagte Cristina belustigt. »Man macht sich dadurch nur Feinde! Wie man hört, ist Demoiselle Légendaire nicht überall beliebt und an einigen Fürstenhöfen auch nicht sehr willkommen. Solange sie die große Sängerin ist, nimmt man ihre Kapricen hin. Geht es jedoch auf das Ende ihre Karriere zu, werden ihr etliche Türen verschlossen sein. Dabei könnten ihr Konzerte gerade an diesen kleinen Fürstenhöfen die Gagen verschaffen, von denen sie weiterhin angenehm leben kann.«

»Was meint Ihr, wie oft ich ihr dies gepredigt habe? Ein störrischer Esel ist ein sanftes Tier gegen sie«, sagte Metteur seufzend.

»Wenn, so ist die Demoiselle Légendaire eine störrische Eselin, aber kein Esel«, korrigierte ihn Elisabeth lächelnd.

»Wir sind da!« Lauensteins Ruf beendete das Gespräch, und sie blickten auf das Schloss.

Cristina hatte schon einige Residenzen gesehen, doch die in Sondershausen erschien ihr wunderlich. In mehreren Phasen erbaut, war ein langer Gebäudetrakt im spitzen Winkel an das alte Schloss gesetzt worden. Es war, wie Lauenstein amüsiert behauptete, ein Sammelsurium verschiedenster Baustile. Cristina fand das Schloss trotzdem schön gelegen und freute sich auf ihr Gastspiel.

Diener eilten heran, als die Kutsche vor dem Schlossportal hielt, und ein Hofbeamter folgte diesen gemessenen Schrittes.

Lauenstein stieg aus und neigte kurz den Kopf. »Irmbert von Lauenstein, mit Verlaub! Ich begleite die Meininger Hofsängerin Cristina Chiodi, die von Seiner Hoheit, Fürst Günter Friedrich Carl, zu einem Konzert in Sondershausen geladen wurde.«

»Herzlich willkommen, Herr von Lauenstein, Mademoiselle Chiodi!« Der Untergebene des Haushofmeisters verbeugte sich und erklärte, dass die Appartements für die Herrschaften bereitständen.

»Wir benötigen eine weitere Kammer für Herrn Metteur, der sich uns unterwegs angeschlossen hat, sowie einen Arzt, da Herr Metteur blessiert ist«, antwortete Lauenstein.

»Ich werde mich sofort darum kümmern! Wenn die Herrschaften so freundlich wären, mir zu folgen!« Der Hofbeamte wartete, bis alle ausgestiegen waren, und ging ihnen voran.

Das Schloss mochte zu unterschiedlichen Zeiten errichtet worden sein, doch es war prachtvoll eingerichtet, und die Zimmer, in die Cristina und ihre Begleitung geführt wurden, erfüllten die höchsten Ansprüche einschließlich eines geheimen Kabinetts mit dem Leibstuhl hinter einer Tapetentür.

Cristina und die Ihren waren hochzufrieden. Noch während Lauensteins Kammerdiener, Ira und Tilda die Reisekisten auspackten, erschien auch schon der Arzt. Ihn begleitete eine Frau, die eine gewisse Ähnlichkeit mit ihm aufwies.

»Einen guten Tag wünsche ich!«, grüßte er mit einer leichten Verbeugung. »Es hieß, es gäbe hier einen Kranken zu versorgen?«

Lauenstein wies auf Metteur, der auf einem zierlichen Stuhl Platz genommen hatte. »Dieser Herr ist blessiert! Es wäre uns eine Erleichterung, wenn Ihr Euch seiner annehmen könntet.«

»Sehr wohl! Wenn ich die Damen bitten dürfte, das Zimmer zu verlassen.«

Cristina wollte schon gehen, als Elisabeth sie aufhielt. »Hast du nicht etwas vergessen? Du wolltest doch auch den Arzt konsultieren.«

Der Arzt drehte sich zu Cristina um. »Madame sehen aber sehr gesund aus!«

»Trotzdem würde ich mich gerne untersuchen lassen«, erwiderte Cristina lächelnd und verließ den Raum. Elisabeth folgte ihr, während die Begleiterin des Arztes zu ihrer Überraschung bleiben durfte.

Auch Lauenstein wunderte sich darüber. Doch als er die Frau fragend ansah, hob der Arzt die Hand. »Dies ist meine Schwester.

Sie dient mir derzeit als Helferin, bis ich jemand anderen finde, der dies übernehmen kann. Habt keine Sorge, sie ist es gewohnt, Kranke und Verletzte zu sehen. Sollte die Untersuchung etwas zu intim werden, wird sie sich selbstverständlich entfernen.«

»So intim dürfte die Wunde, die Herr Metteur erlitten hat, nicht sein«, meinte Lauenstein lächelnd und half Dilge, dem Verletzten Rock und Hemd auszuziehen.

14.

Eine halbe Stunde später war Metteurs Verletzung behandelt und neu verbunden. Der Arzt verschrieb ihm noch ein paar Medikamente, die, wie er sagte, bei der Hofapotheke vorrätig seien, und bat dann Lauenstein, ihn zu Cristina zu bringen.

Cristina hatte sich in ihrem Zimmer in einen Sessel gesetzt und war eingeschlafen. Als es klopfte, schrak sie hoch, fasste sich aber rasch und forderte auf, einzutreten.

»Ich überlasse dich nun der Kunst des Herrn Doktors. Hab keine Sorge! Er versteht sein Handwerk, denn er hat Herrn Metteur mit bewundernswerter Kenntnis verbunden«, sagte Lauenstein lächelnd.

»Verbinden«, sagte Cristina lächelnd, »muss er mich nicht. Trotzdem wäre mir sein Rat angenehm.«

»Ich stehe zu Euren Diensten«, erklärte der Arzt. »Darf ich erfahren, über welche Beschwerden Ihr klagt?«

»Mich überfällt seit einer Reihe von Tagen immer wieder ein Heißhunger, den ich kaum – oder, besser gesagt, gar nicht beherrschen kann. Heute Morgen war mir zudem so fürchterlich übel, dass ich nicht glaubte, weiterreisen zu können. Nach kurzer Zeit war es jedoch vorbei, und ich hatte wieder Appetit. Ich habe sowohl beim Frühstück wie zu Mittag mehr gegessen, als ich es hätte tun sollen.«

Der Arzt hörte Cristina zu und rief seine Schwester herein. »Ich überlasse Euch nun meiner lieben Dörthe. Habt keine Angst! Sie versteht von Medizin beinahe mehr als ich. Wäre sie männlichen Geschlechts, wäre sie der Arzt von Fürsten und Königin. So aber muss sie sich damit bescheiden, meine Helferin zu sein.«

Cristina nickte, da es ihr ohnehin lieber war, sich einer Frau anzuvertrauen, und sah zu, wie der Arzt Lauenstein bat, mit ihm das Zimmer zu verlassen. An ihrer Stelle kam Dörthe herein und musterte Cristina mit einem prüfenden Blick. »Madame klagen über Beschwerden?«

»Ich verspüre seit einigen Tagen einen Heißhunger, und heute Morgen war mir zum Erbrechen übel«, erklärte Cristina.

»Wenn Madame sich bitte ausziehen wollen!«, fuhr Dörthe fort.

Cristina tat es, legte sich auf das Bett und spürte die kühlen Finger der Frau auf ihrem Körper. Da diese auch ihre Brüste betastete, genierte sie sich ein wenig. Schließlich hob Dörthe den Kopf und sah sie an. »Madame sind verheiratet?«

»Ich bin zwar als die Sängerin Cristina Chiodi bekannt, aber mit Freiherrn von Lauenstein vermählt«, antwortete Cristina.

»Dann erlauben Madame mir, Euch aufrichtig zu gratulieren. Gleichzeitig gebe ich Madame den Rat, spätestens im März auf keinem Konzert mehr zu singen und in den darauffolgenden Monaten keine Reisen mehr zu unternehmen.«

»Aber wieso?«, fragte Cristina und begriff dann, was die Frau meinte. »Ihr glaubt, ich wäre schwanger? Bei Gott, hoffentlich wird es ein Sohn! Herr von Lauenstein wäre sonst sehr enttäuscht.«

»Diese Hoffnung hatte wohl auch mein Vater vor meiner Geburt.« Dörthe zuckte mit den Achseln. »Ich sage mir, auch eine Frau ist ein Mensch. Man sollte sie allerdings auch so behandeln.«

Cristina spürte, dass Dörthe damit haderte, sich als Frau damit begnügen zu müssen, die Helferin ihres Bruders zu sein.

»Ja, das sollte man wohl«, sagte sie leise und stand auf. Das Hemd konnte sie allein anziehen. Für das Kleid aber brauchte sie Ira, die nun äußerst neugierig hereinkam. Cristina sagte nichts zu ihr, sondern verabschiedete sich von Dörthe mit der Bitte, dass diese vor ihrer Weiterreise nach Weimar noch einmal nach ihr schauen solle.

Anschließend ließ sie sich von Ira ankleiden und gesellte sich zum Rest ihrer Reisegruppe, die es sich in einem für sie reservierten Salon gemütlich gemacht hatte.

»Glaubst du, dass ich hier irgendwo ein Glas Ziegenmilch bekommen könnte?«, fragte sie einen Lakaien.

Nachdem dieser losgeeilt war, um ihren Auftrag zu erfüllen, wandte sie sich an Elisabeth. »Meine Liebe, ich kann dir mitteilen, dass ich von dem Bandwurm, den du mir zugesprochen hast, in knapp sieben Monaten befreit sein werde!«

»Aber ich …«, begann Elisabeth, begriff dann, was Cristina sagen wollte, und kreischte vor Freude auf. »Du bist schwanger! Bei Gott, wie wunderbar!«

Cristinas Blick wanderte zu Lauenstein, der sie mit offenem Mund anstarrte. »Ist es wahr?«, fragte er zögernd.

»Die Schwester des Arztes ist dieser Meinung«, erklärte Cristina mit leuchtenden Augen. »Ihr werdet dann hoffentlich einen Sohn haben!«

Auf Lauensteins Gesicht zuckte es kurz, dann winkte er energisch ab. »Meine Liebe, mir wird auch eine Tochter hochwillkommen sein! Wichtiger als die Lauensteiner Besitzungen ist mir, dass das Kind gesund zur Welt kommt und du die Schwangerschaft gut überstehst.«

»Mein Herr, dafür könnte ich Euch küssen!«, sagte Cristina und führte diesen Vorsatz trotz der Anwesenheit von Elisabeth, Metteur, Ira, Tilda und Dilge aus.

SECHSTER TEIL

Die
Venus
aus Eis

1.

Cristina musste nur Fürst Günter Friedrich Carl und dessen Gemahlin Caroline ansehen, um zu wissen, dass ihnen die eben dargebrachte Arie der Elisetta aus Domenico Cimarosas Oper »Il matrimonio segreto« zugesagt hatte. Beide applaudierten begeistert, und die übrigen Zuhörer taten es ihnen gleich. Die Sondershausener waren wundervolle Gastgeber, die mit einem Lächeln selbst über die Launen einer Belle Légendaire hinwegsehen würden. Bei ihr, dachte Cristina, brauchten sie das nicht, denn ihr war es wichtig, stets höflich zu sein und niemanden zu kränken oder herabzusetzen.

»Man wird selbst nicht größer, wenn man einen anderen niedermacht«, sagte sie leise, während sie in einen tiefen Knicks versank.

»Es war wunderschön!«, sagte der Fürst mit einer huldvollen Geste.

Die Fürstin trat auf Cristina zu und umarmte sie. »Ihr würdet mir eine Freude bereiten, wenn ihr morgen Vormittag eine Tasse Schokolade mit mir trinkt!«

»Es wird mir eine Ehre sein«, antwortete Cristina.

»Diese Einladung schließt natürlich Freiherrn von Lauenstein und Fräulein Karau mit ein«, setzte Fürstin Caroline lächelnd hinzu. »Mein gestrenger Herr Gemahl will sich ebenfalls einfinden.«

Obwohl die Fürstin im munteren Plauderton gesprochen hatte, spürte Cristina, dass dieses Treffen einen tieferen Sinn haben musste. Sie erinnerte sich, dass Fürstin Caroline die Schwester des Schwarzburg-Rudolstädter Fürsten Ludwig Friedrich II. war. Dieser hatte Lauenstein und auch sie gebeten, während ihrer Tourneen Ohren und Augen offen zu halten und ihm Informationen zukommen zu lassen. War es möglich, dass Günter Friedrich Carl von Schwarzburg-Sondershausen einen ähnlichen Wunsch äußern wollte?

Als die Fürstin sich einer Hofdame zuwandte, verabschiedete Cristina sich und ging zu Lauenstein, Elisabeth und Metteur, die in einer Ecke standen und ihr zulächelten.

»Du hast wunderbar gesungen, *bellissima!*«, empfing ihr Mann sie fröhlich.

Cristina freute sich immer besonders über Liebkosungen in ihrer Muttersprache und lächelte ihm liebevoll zu. Dann aber wurde ihre Aufmerksamkeit von Metteur beansprucht. »Ihr seid wirklich jenes junge Mädchen, das auf dem Marktplatz von Königsee gesungen hat? Schon damals war ich von Eurer Stimme angetan, hätte aber niemals erwartet, dass Ihr Euch zu solchen Höhen aufschwingen könnt!«, rief er enthusiastisch aus.

»Ihr lobt mich etwas zu sehr«, antwortete Cristina. »Ich muss allerdings zugeben, dass es Ihren Hoheiten ebenfalls gefallen hat. Daher haben sie Herrn von Lauenstein, Elisabeth und mich für morgen zum Schokoladetrinken eingeladen!«

Lauenstein hob kurz die Augenbrauen und dachte wohl das Gleiche wie Cristina eben. An Fürstenhöfen wie diesen, fern der Zentren der großen Reiche, war man begierig auf Nachrichten. Gerade in der jetzigen Zeit, in der der französische General Bonaparte in aufsehenerregenden Feldzügen die verbündeten Heere Österreichs, Savoyens und einiger anderer Reiche besiegt hatte, gab es vieles, das jeden Fürsten brennend interessierte.

Bislang war Lauensteins Interesse an Politik eher gering gewesen. Eingesponnen in die Idylle eines kleinen Herzogtums wie Sachsen-Meiningen, waren ihm Österreich, Frankreich und sogar Preußen so fern wie die Sterne erschienen. Man schaute hin, was Mode und Kultur betraf, aber man kümmerte sich nur wenig um das, was sonst noch dort geschah.

Doch Napoleon Bonaparte war es gelungen, mit ein paar kühnen Feldzügen und den entsprechenden Siegen die halbe Welt aufzuscheuchen. Daher machte sich unter den Fürsten Angst breit, zumal etliche Untertanen stolz die Jakobinermützen aufsetzten und ein Ende der alten, feudalen Herrschaft forderten.

Gerade wegen der vielen Reisen zu Cristinas Auftritten war es für Lauenstein nun an der Zeit, sich mehr für das zu interessieren, was jenseits seiner kleinen, überschaubaren Welt geschah.

Er fasste seufzend nach Cristinas Hand und wies auf das Fürstenpaar. »Wir sollten darum bitten, uns zurückziehen zu dürfen. Du musst gut auf dich achten!«

Cristina lachte leise. »Mein verehrter Herr Gemahl, ich weiß seit gerade einmal drei Tagen, dass ich schwanger bin. Laut Dörthe wird es noch ein paar Monate dauern, bis ich mich wirklich schonen muss. Bis dorthin kann ich singen und unsere Tournee zu Ende bringen.«

»Ich muss gestehen, dass ich mich heute etwas ermattet fühle«, erklärte Lauenstein in der Hoffnung, Cristina dadurch zu einer Rückzugspause zu bewegen.

Cristina erkannte die List und lächelte. Gleichzeitig fand sie, dass ihr ein wenig Ruhe guttun würde, und nickte. »Also gut, mein gestrenger Herr Gemahl! Treten wir vor die hohen Herrschaften und bitten sie, uns den Rest des Abends zu erlassen.«

Mit einem erleichterten Lächeln tätschelte Lauenstein ihr die Hand und führte sie zum Fürstenpaar. Sie mussten einige Augenblicke warten, da Günter Friedrich Carl und Caroline sich mit anderen Mitgliedern ihres Hofstaats unterhielten. Dann wandte der Fürst sich ihnen zu. »Nun, mein lieber Lauenstein. Es war ein Genuss, Mademoiselle Chiodi singen zu hören. Wir hoffen, Euch und Mademoiselle Chiodi im nächsten Jahr erneut willkommen heißen zu können.«

Lauenstein wollte schon sagen, dass dies wohl nicht möglich sein würde, doch da knickste Cristina bereits vor dem Fürsten. »Es wird uns eine Ehre sein!«

»Und uns eine Freude!«, antwortete Günter Friedrich Carl lächelnd.

»Wenn Eure Hoheit es erlauben, würden wir uns gerne zurückziehen. Die Reisen sind doch recht anstrengend«, erklärte Lauenstein und führte, nachdem der Fürst gewährend genickt hatte, Cristina aus dem Saal.

»Was hast du dir gedacht, für nächstes Jahr zuzusagen?«, fragte er verärgert, als sie Cristinas Zimmer betraten.

»Ich dachte, dass ich gerne hier singen werde. Sondershausen ist nicht so weit von Meiningen entfernt, als dass uns eine lange Reise schrecken könnte«, antwortete Cristina fröhlich.

»Aber bis dorthin hast du ein Kind geboren und musst dich erholen«, sagte Lauenstein händeringend.

»Mein Herr, Ihr wisst wenig über Frauen, wie mir scheint. Ich habe bei den Gauklern Frauen gekannt, die sind am Tag vor ihrer Niederkunft noch den ganzen Tag mit den anderen hinter den Wagen hergegangen, haben dann geboren und sind am Tag darauf mit dem Kind auf dem Arm weitergezogen. Wenn ich, wie Dörthe annimmt, gegen Ende Mai entbinden werde, habe ich genug Zeit, um mich zu erholen, und kann spätestens im August wieder Konzerte geben.«

Lauenstein musterte Cristina und wusste nicht, was er darauf antworten sollte. In manchen Dingen hatte sie einen argen Sturkopf. Stritt er sich dann mit ihr, zog er fast immer den Kürzeren. Er seufzte und strich ihr über die Wange. »Wir sollten mit Zusagen warten, bis wir wissen, wie es dir geht!«

»Und das Feld einer Belle Légendaire überlassen? Nein, mein Herr! Das werden wir gewiss nicht tun. Außerdem habt Ihr Herrn Metteur als Agenten engagiert. Wollt Ihr ihn gleich wieder entlassen, weil er nicht gebraucht wird?«

»Nun, das nicht! Ich gedachte, ihn zu einigen Komponisten zu schicken, um neue Partituren zu besorgen«, sagte Lauenstein.

»Wenn du wieder auftrittst, sollst du die neuesten Lieder singen. Auch hoffe ich, dass Metteur dir eine Rolle in einer Oper an einem fürstlichen Theater beschaffen kann. Wir könnten dann etliche Wochen an einem Ort bleiben und damit den Strapazen der Reise entgehen.«

»Das würde mir gefallen«, bestätigte Cristina und spürte, wie ihre Sehnsucht nach körperlichem Zusammensein wuchs. Da sie sich früh genug zurückgezogen hatten, hatte sie dafür Zeit genug.

»Könntet Ihr so zuvorkommend sein, die Knöpfe meines Kleides zu öffnen? Ich will Ira noch nicht rufen.«

»Mit dem größten *plaisir!*« Lauenstein tat es und spürte ein Sehnen, als er ihr sich unter dem Hemd abzeichnendes Gesäß und die Brüste sah, das er seiner Meinung nach etliche Monate würde unterdrücken müssen.

»Gefalle ich Euch nicht mehr, mein Herr?«, fragte Cristina, weil er sie sonst immer umarmt und liebkost hatte.

»Doch, sehr, aber du bist schwanger, und da …«

»Wollt Ihr mich deshalb nicht mehr lieben?« Cristina schniefte theatralisch.

»Ich würde sehr gerne, will dir aber nicht schaden.«

»Wer hat Euch denn dieses Märchen erzählt? Ich habe mit Dörthe gesprochen. Sie ist nicht nur die Helferin ihres Bruders, sondern wirkt auch als Hebamme. Wenn Ihr vorsichtig seid und meinen Bauch nicht belastet, können wir uns noch mehrere Monate gegenseitig Vergnügen bereiten.«

»Stimmt das wirklich?«, fragte Lauenstein und begann, als Cristina nickte, seinen Rock aufzuknöpfen.

»Meine Liebe!«, sagte er dabei. »Nun muss ich dich bitten, bei mir den Part des Kammerdieners zu übernehmen, denn ebenso wenig, wie du Ira rufen willst, will ich es jetzt bei Dilge tun.«

2.

Am nächsten Morgen war Cristina zwar leicht übel, doch schon bald darauf fühlte sie sich so gut wie selten zuvor. Das Liebesspiel mit ihrem Mann war mehr sanft denn leidenschaftlich gewesen, hatte ihr aber gerade deswegen noch mehr Freude bereitet als sonst.

Nun galt es, sich fertig zu machen und danach zu frühstücken. Sie wusch sich, rief dann Ira, damit diese ihr beim Ankleiden half, und betrat anschließend den kleinen Frühstückssalon, der ihnen zur Verfügung stand. Elisabeth und Metteur waren bereits dort.

»Nun, meine Liebe, wie geht es dir?«, fragte Elisabeth.

»Sehr gut! Und Euch?«

»Ich merke langsam, dass ich eine alte Jungfer werde. Es ziept da und dort. Im Allgemeinen aber befinde ich mich wohl.«

»Das freut mich!«, sagte Cristina lächelnd und wandte sich dann Metteur zu.

»Was macht Ihre Wunde?«

»Laut Aussage des Arztes heilt sie gut. Ich werde Euch auf der weiteren Reise begleiten können und hoffe, Herrn von Lauenstein und Euch von Nutzen zu sein!«

»Das hoffe ich auch!«, sagte Lauenstein, der nun zu ihnen trat. »Ich will Euch, wenn meine Frau sich ein paar Monate zurückziehen muss, zu verschiedenen Komponisten schicken. Es ist mein Wunsch, dass Cristina Chiodi bald eine bedeutende Rolle in einer Oper übernehmen soll.«

»Ich werde alles dafür tun!« Metteur sah, wie Lauenstein und Cristina einander anlächelten, und spürte das enge Band zwischen ihnen, das den Unterschied bei Herkunft und Alter vergessen machte.

»Wir sollten uns mit dem Frühstück sputen!«, riet Elisabeth. »Es wäre fatal, wenn wir Ihre Hoheiten warten ließen.«

»Da stimme ich Euch zu, liebes Fräulein Karau. Es wäre wahrlich fatal, wenn die Schokolade kalt würde. Da schmeckt sie nämlich nicht mehr so gut.«

Der Blick, mit dem Elisabeth Cristina bedachte, hätte jede ihrer früheren Chorschülerinnen dazu bewogen, den Kopf einzuziehen. Cristina lächelte jedoch nur und ließ sich eine Tasse Kaffee einschenken.

Sie aß mit gutem Appetit, befolgte jedoch nun Dörthes Rat, die Speisen langsam zu essen und gründlich zu kauen, damit sich das Gefühl der Sättigung rascher einstellte und sie auf diese Weise weniger aß. Laut Dörthe wurden Frauen, die sich nicht beherrschen konnten, oft sehr fett und konnten das Gewicht später nicht mehr loswerden. Sie aber wollte nach der Geburt ihres Kindes nicht wie die Ehefrau ihres Onkels Ettore aussehen. Alfonsina hatte ein Kind nach dem anderen geboren und sich mehr und mehr dem Müßiggang ergeben. Cristina hatte sie länger als fünf Jahre lang nicht mehr gesehen und fragte sich, wie sie wohl jetzt aussehen mochte. War sie schlanker geworden, weil sie nach dem Auseinanderbrechen der Sippe selbst mitarbeiten musste, oder scheuchte sie stattdessen ihre Töchter herum? Es mochte auch bereits Schwiegertöchter geben, denn sowohl Uberto wie auch Ambrogio waren mittlerweile alt genug, um zu heiraten.

»Du wälzt schwere Gedanken, meine Liebe?«, fragte Lauenstein.

Cristina schüttelte den Kopf. »Schwer nur, weil ich mich frage, ob ich nach meiner Niederkunft so aussehen werde wie die Frau meines Oheims.«

»Kind, über solche Dinge spricht man nicht offen«, tadelte Elisabeth sie.

»Bei uns Gauklern tut man es, und ich halte das für besser, als verschämt hinter vorgehaltener Hand bekennen zu müssen, dass ich dabei wäre, Herrn von Lauenstein mit einem *petit paquet* zu beschenken!« In der Hinsicht fand Cristina die vornehme Welt immer noch seltsam. Hier redete man auf eine Weise um den heißen

Brei herum, dass sie manchmal am gesunden Menschenverstand dieser Leute zweifelte.

»Du solltest dich in Gesellschaft trotzdem zurückhalten. Du bist nämlich keine Gauklerin mehr, sondern die Meininger Hofsängerin Cristina Chiodi, verheiratete Freifrau von Lauenstein«, erklärte ihr Elisabeth.

Cristina lächelte sie fröhlich an. »Ich werde mich bemühen! Doch nun sollten wir das Frühstück vorerst beenden. Wir können ja weiteressen, wenn Ihre Hoheiten uns nach der Schokolade wieder entlassen haben.«

»Ich dachte, du willst nicht wie deine angeheiratete Tante aussehen«, stichelte Elisabeth und brachte Cristina zum Lachen.

»Das«, antwortete diese, »will ich wirklich nicht! Doch nun will ich mich zurückziehen und mein Kleid wechseln. Ich glaube, ich habe einen Butterfleck darauf hinterlassen.«

3.

Elisabeths Unkenrufen zum Trotz fanden sich alle drei rechtzeitig vor dem Salon ein, in dem das Fürstenpaar sie empfing, und durften eintreten. Die beiden begrüßten ihre Gäste freundlich und forderten sie auf, an einem Tisch Platz zu nehmen, dessen Intarsien das Wappen derer von Schwarzburg-Sondershausen zeigten.

Ein Lakai reichte die Tassen und füllte sie, ein zweiter stellte Kuchen auf den Tisch. Danach verschwanden die beiden Diener und ließen Cristina, Lauenstein und Elisabeth mit dem Fürstenpaar zurück.

Zunächst erschöpfte sich das Gespräch in Floskeln, bis schließlich die Fürstin einen Brief in die Hand nahm und die drei aufmerksam ansah. »Mein Bruder hat mir geschrieben, dass er Euch gebeten hat, ihm Dinge mitzuteilen, von denen Ihr erfahrt und die für ihn von Wichtigkeit sein könnten.«

Lauenstein verzog das Gesicht, denn das war nichts, was an die große Glocke gehängt werden sollte.

Die Fürstin hob begütigend die Hand. »Der Brief wurde von einem Kurier meines Bruders gebracht und nicht mit der Post der Herren von Thurn und Taxis. Er wird seinen Weg in den Kamin finden.«

Das erleichterte Lauenstein. Dennoch passte es ihm wenig, dass Fürst Ludwig Friedrich II. seiner Schwester geschrieben hatte. »Nun, wir berichten unseren Freunden und Bekannten von unseren Erlebnissen, so wie es die meisten Reisenden tun«, antwortete er vorsichtig.

»Wir würden uns freuen, wenn Ihr uns in die Liste Eurer Freunde und Bekannten aufnehmen könntet«, sagte die Fürstin lächelnd.

Da es hier nur eine Antwort geben konnte, nickte Lauenstein. »Es wird uns eine Ehre sein!«

»Das ist erfreulich!«, mischte sich nun der Fürst in das Gespräch ein. »Wir erleben unsichere Zeiten, Herr von Lauenstein. Keiner von uns kann heute sagen, wie es morgen sein wird.«

»Aber es wurde doch Frieden geschlossen!«, sagte Cristina verwundert. »Österreich, Preußen und auch Russland haben ihn mit Frankreich vereinbart.«

»Damit geben sie nur Bonaparte freie Hand, das Reich so umzugestalten, wie er es bereits in Italien getan hat!«

Lauenstein spürte bei Fürst Günter Friedrich Carl die gleiche Angst wie bei dessen Schwager Ludwig Friedrich II. von Schwarzburg-Rudolstadt und auch bei Herzog Georg von Sachsen-Meiningen. Es ist wichtig, die Ohren offen zu halten, dachte er. Aber er wollte nichts riskieren. Ihm fiel ein, dass ihm Cristinas Schwangerschaft einen Ausweg bot. Nach dieser Tournee würden sie etliche Monate in Meiningen bleiben, und bis dorthin mochte sich die Lage beruhigt haben. Immerhin herrschte Frieden, und Bonaparte würde gewiss keinen neuen Krieg beginnen, der ihn das kosten konnte, was er bislang erreicht hatte.

»Es wird mir eine Ehre sein, Euren Hoheiten von dem berichten zu können, was ich erfahre«, sagte er mit dem Gefühl, dieses Versprechen nicht halten zu müssen.

»Wir danken Euch.« Günter Friedrich Carl nickte ihm lächelnd zu. Sein Blick auf die zauberhafte Uhr auf einem Schränkchen verriet, dass er die Audienz nun als beendet ansah.

Lauenstein bedankte sich pflichtschuldig und bat, sich zurückziehen zu dürfen. Cristina und Elisabeth knicksten und folgten ihm nach draußen. Bis sie ihre Räume erreicht hatten, schwiegen sie, dann sah Cristina ihren Mann fragend an. »Könnt Ihr mir sagen, weshalb das Fürstenpaar Fräulein Karau und mich dabeihaben wollte? Frauen erfahren doch selten Dinge, die für die Hoheiten wertvoll sind.«

»Da bin ich zwar anderer Meinung, aber ich vermute einen besonderen Grund. Niemand wird bei einer Einladung mit Damen erwarten, dass dabei über solche Dinge gesprochen wird.«

»Das würde bedeuten, dass es hier am Sondershausener Hof Leute gibt, die gewissen anderen Leuten berichten, was hier vor sich geht. Haltet Ihr Schwarzburg-Sondershausen wirklich für so bedeutend, um es ausspionieren zu müssen?«, fragte Cristina.

»Wenn man eine Mauer umstürzen will, setzt man die Brechstange stets an der schwächsten Stelle an«, antwortete Lauenstein und beschloss, das Thema zu wechseln. Daher fragte er Cristina, welche Opernrolle sie am liebsten spielen würde. »Ich will nämlich Metteur beauftragen, diese an einem passenden Theater oder Fürstenhof für dich zu finden«, setzte er hinzu.

Cristina schüttelte lachend den Kopf. »Mein Herr, ich danke Euch, dass Ihr so besorgt um mich seid! Ich bin jedoch der Ansicht, dass man sich nicht von seinen Vorlieben leiten lassen soll. Herr Metteur soll daher eine anspruchsvolle Rolle für mich suchen, bei der ich beweisen kann, dass man mich nicht zu Unrecht eine gute Sängerin nennt.«

»Du hast dich, seit ich dich kenne, nicht verändert. Immer willst du die höchste Hecke zuerst nehmen«, sagte Lauenstein kopfschüttelnd.

»Wollt Ihr, dass ich hoch zu Ross auf der Bühne erscheine, um dort über Hecken zu springen?«, fragte Cristina mit sanftem Spott.

»Es heißt, man soll ein Weib gleich in der Hochzeitsnacht züchtigen, damit es brav und gehorsam ist. Leider habe ich das bei dir versäumt.«

Lauenstein brachte es so komisch vor, dass Cristina schallend zu lachen begann und ihn umarmte.

4.

Das letzte Konzert in Sondershausen lag hinter ihnen, und sie saßen wieder in der Kutsche. Damit Ira stets zur Hand war, um Cristina beizustehen, behielt Lauenstein die Belegung der Kutschen bei. Metteur reiste mit Tilda und Dilge, während er seine Kutsche mit Cristina, Elisabeth und Ira teilte. Ihr nächstes Ziel war Weimar, wo Cristina mehrere Konzerte geben sollte. Außerdem wollten sie Johann Wolfgang von Goethe aufsuchen. Sowohl Elisabeth wie auch Cristina hatten mehrere seiner Bücher bei sich, um diese signieren zu lassen.

Lauenstein lächelte ein wenig über die Begeisterung der beiden Frauen über die Werke des Dichters. Er war kein großer Leser und zog eine angenehme Unterhaltung jedem Roman vor. Gott hatte aber nun einmal die Frauen anders geschaffen als Männer, und darauf musste er Rücksicht nehmen. Daher hörte er freundlich lächelnd zu, als Cristina und Elisabeth über einige von Goethes Romanfiguren sprachen, als wären es lebendige Menschen.

Die Reise nach Weimar hatte er geplant, bevor er von Cristinas Schwangerschaft erfahren hatte. Nun war er in Sorge, ob die Anstrengung nicht zu viel für sie wäre.

»Vielleicht hätte ich einen Tag mehr für die Reise wählen sollen«, sagte er, als sie am Abend aus der Kutsche stiegen.

»Und wir hätten damit einen Tag weniger in Weimar. Nein, mein gestrenger Herr Gemahl! Da ist es mir so schon lieber«, antwortete Cristina.

»Mir, ehrlich gesagt, auch«, stimmte Elisabeth ihr zu. »Immerhin haben wir für den ersten Tag unseren Besuch bei Herrn von Goethe angekündigt. Wir wollen den Herrn doch nicht durch unser Nichterscheinen verärgern.«

»Ich wollte nur Rücksicht nehmen«, sagte Lauenstein.

»Das ist sehr lieb von Euch, und ich bin Euch auch sehr dankbar dafür. Noch aber fühle ich mich gut genug, diese Reisestrecken durchzustehen. Dörthe rät allerdings, gut gefederte Kutschen zu verwenden und schlechte Straßen zu meiden. In den letzten zwei Monaten, besser zweieinhalb, sollte ich dann zu Hause bleiben.« Cristina strich sich dabei über den Bauch. Noch gab es keine Wölbung, und doch fühlte sie sich mit dem kleinen Wesen, das in ihr wuchs, innig verbunden.

»Du gibst sehr viel auf die Schwester des Sondershausener Arztes«, fand Lauenstein.

»Dörthe ist sehr erfahren und weiß mehr, als es einfache Hebammen tun. Daher habe ich sie gefragt, ob sie nicht ein paar Wochen vor der Geburt nach Meiningen kommen will, damit ich mich und mein Kind vertrauensvoll in ihre Hände geben kann.«

»Nun, wenn du es so wünschst«, meinte Lauenstein. »Es gibt allerdings auch in Meiningen eine gute Hebamme.«

»Wenn es Euer Wunsch ist, werde ich sie nehmen.« Da Cristina nicht gerade begeistert klang, hob ihr Mann beschwichtigend die Hand. »Ich bin gerne bereit, Dörthe nach Meiningen kommen zu lassen – wenn sie es denn will, versteht sich.«

»Sie sagte zu für den Fall, dass Ihr damit einverstanden seid.«

Cristina lächelte zufrieden, denn unter Dörthes Hut fühlte sie sich sicher. Bis sie die Frau jedoch rufen konnte, würden noch einige Monate vergehen. Jetzt galt es erst einmal, diese Tournee zu Ende zu bringen. Nach Weimar und Tresskau gab es noch zwei weitere Stationen, dann würde sie bis zur Geburt ihres Kindes in Meiningen bleiben. Sie beschloss, die Zeit dort zu nutzen, um weitere Opernrollen einzustudieren.

Sie musste an ihren Urgroßvater Lodovico Chiodi denken … Halt, er hieß Chiodo da Maniscalco!, korrigierte sie sich. Dieser hatte zwei Theaterstücke geschrieben. Es waren zwar derbe Stücke für das Volk, das auf den Märkten zusammenlief, aber sie verspürte mit einem Mal den Wunsch, selbst eine der Hauptrollen in einem der beiden Stücke zu spielen.

»Was hast du, meine Liebe?«, fragte Lauenstein, da Cristina ihm regelrecht entrückt schien.

»Es sind Erinnerungen, die in mir aufsteigen, und damit verbunden der Wunsch, in einem Theaterstück meines Großvaters die Hauptrolle zu spielen«, antwortete Cristina lachend.

»Das wird wohl kaum möglich sein«, meinte Lauenstein, während Elisabeth sich mit dem Zeigefinger die Nase rieb.

»Cristina hat diese Stücke doch mehrfach gesehen und hat ein ausgezeichnetes Gedächtnis. Sie könnte diese, wenn sie wegen ihres delikaten Zustands nicht mehr reisen und auftreten kann, niederschreiben.«

»Und dann etwa im Saal des Sächsischen Hofs zu Meiningen oder auf Schloss Altenburg bei Liebenstein als Impresaria aufführen?«, fragte Lauenstein spöttisch.

»Wenn Cristina diese Stücke für das höfische Publikum umarbeitet, würden sie gewiss ein Erfolg.«

»Ein Stück von Lodovico Chiodi mit seiner Urenkelin in der Hauptrolle? Das könnte den Leuten gefallen«, gab Lauenstein zu.

»Mein Urgroßvater hieß Chiodo da Maniscalco«, korrigierte ihn Cristina.

Lauenstein winkte ab. »Wenn wir die Aufführung eines Stückes in Angriff nehmen, sollte der Verfasser so heißen wie du! Für ihn wäre es eine doppelte Ehre, zum einen als Verfasser des Stücks und zum anderen als Ahnherr der Hauptdarstellerin bei der Uraufführung an einem herzoglichen Hof.«

»Also gut.« Cristina stimmte übermütig jenes Lied an, das sie früher vor den Aufführungen ihrer Sippe hatte singen müssen.

»So höret die Ballade des Ritters Theodolf.
Dieser hauste im Lande wie ein wilder Wolf.
Keinen Handelsmann er schonte,
wenn der Raub sich für ihn lohnte.
Kein einz'ges Weib ließ er in Frieden,
auch wenn es sich wehrte ganz entschieden!
Der üble Ritter Theodolf
war schlimmer als ein böser Wolf!«

Elisabeth klatschte lachend Beifall. »Dass du dieses Lied nach so vielen Jahren noch singen kannst!«

»Sagt die Frau, die eben noch das exzellente Gedächtnis meiner Frau Gemahlin gerühmt hat«, antwortete Lauenstein und wandte sich Metteur zu, der ihnen als guter Reisemarschall erklärte, dass die Zimmer für sie bereitständen und das Mahl in einer Stunde im Nebenraum aufgetragen werde.

5.

Als die Kutsche in Weimar einfuhr, bewunderte Cristina lautstark die vielen neuen, prachtvollen Häuser. Lauenstein hörte ihr eine Weile lächelnd zu und musste dann lachen.

»Was habt Ihr?«, fragte Cristina verwundert.

»Nun, als Herzogin Anna Amalia, die Mutter von Herzog Carl August, als Braut nach Weimar kam, erschien ihr die Stadt wie ein besseres Bauerndorf. Ihre Zofe soll entsetzt gerufen haben, dass man hier am Abend die Stadttore wohl noch mit einer Rübe zustecke.«

»Das war aber nicht sehr galant!«, rief Elisabeth verblüfft aus.

»Aber in gewisser Weise stimmte es! Alles, was ihr hier seht, ist Herzogin Anna Amalia als Regentin und ihrem Sohn zu verdanken. Was wieder einmal die Meinung ad absurdum führt, dass Frauen kein Reich regieren könnten. Wie Herzogin Charlotte Amalie in Sachsen-Meiningen hat auch Herzogin Anna Amalia in Sachsen-Weimar zum Wohle ihrer Untertanen gewirkt.«

»Jedenfalls ist Weimar eine schöne Stadt geworden«, sagte Cristina. »Wo kommen wir hier unter? Im Schloss?«

Lauenstein schüttelte den Kopf. »Für uns wurden mehrere Zimmer im *Elephant* reserviert. Dieser Gasthof soll höchsten Ansprüchen genügen.«

»Dann hoffe ich, dass er es auch tut!« Cristina klang verärgert, denn bislang waren sie stets in den Palästen und Schlössern untergebracht worden. Daher sah sie die Verbannung in den *Elephant* als Brüskierung an.

Es kostete Lauenstein einige Bemühungen, ihr zu erklären, dass dem nicht so sei, sondern der Herzog auf ihre Bequemlichkeit bedacht gewesen sei.

»Er hält euer Wohlergehen in diesem Gasthof für besser gewährleistet als im Schloss«, erklärte er.

Cristina rümpfte dennoch die Nase. »Dann wollen wir hoffen, dass der *Elephant* diesen Ansprüchen genügt, sonst wird dies wohl unser letztes Engagement in Weimar sein, und ebenso, wenn wir unseren Aufenthalt selbst bezahlen müssen.«

»Die Kosten werden selbstverständlich von der herzoglichen Hofkammer beglichen«, erklärte Lauenstein und war froh, als Cristina sich doch dazu entschloss, aus der Kutsche zu steigen, um sich den Gasthof wenigstens anzusehen.

Schon nach kurzer Zeit musste Lauenstein erkennen, dass die Entscheidung, sie hier unterzubringen, nicht sehr glücklich gewesen war. Gewohnt, dass hier Fürsten und Herzöge einkehrten, glaubte das Personal des *Elephant,* gewöhnlichen Reisenden, für die man Cristina und die Ihren hielt, nicht allzu viel Achtung entgegenbringen zu müssen.

Zuerst ließ man sie im Vorraum warten, weil der Gastwirt sein Gespräch mit einem Herrn von Stand nicht beenden wollte. Als er sich schließlich von dem Mann verabschiedete und sich der Gruppe zuwandte, stellte Lauenstein sich vor.

»Lauenstein? Bedauere, es wurde keine Reservierung unter diesem Namen getätigt, und es stehen nicht genug Zimmer zur Verfügung, um die Herrschaften unterzubringen! Sie werden sich anderswo umsehen müssen«, antwortete der Wirt.

»Das werden wir auch!«, fuhr Cristina empört auf. »Kommt bitte, Herr von Lauenstein. Wir werden diese Stadt umgehend verlassen.«

»Aber die geplanten Konzerte bei Hofe?«, wandte ihr Mann ein.

»Dort soll singen, wer will! Ich habe es nicht nötig, mich wie eine Landstreicherin abweisen zu lassen!«

»Aber Herr von Goethe hat uns für morgen eingeladen!«, sagte Elisabeth verzweifelt.

»Nun gut! Wir suchen uns eine andere Unterkunft. Allerdings werde ich mich bei Seiner Hoheit, Herzog Carl August, über die Unverschämtheit beklagen, mit der wir hier empfangen worden sind!«, erklärte Cristina nicht gerade leise, kehrte dem Wirt den Rücken zu und verließ das Haus.

Dem guten Mann schwante langsam, dass er einem Irrtum erlegen war. »Ist die Dame etwa die Sängerin Chiodi?«, fragte er Lauenstein.

»Das ist sie!«, antwortete dieser. »Doch nun adieu! Ich muss mich nach einem Gasthof umsehen, in dem wir so empfangen werden, wie wir es gewohnt sind.« Ohne den Wirt noch einmal anzusehen, verließ Lauenstein den Gasthof und winkte Metteur zu sich. »Hier waren wir nicht willkommen. Nun müssen wir zusehen, anderenorts unterzukommen. Könnt Ihr uns einen guten Gasthof empfehlen?«

Metteur überlegte kurz und nickte dann. »Es gibt einige sehr ordentliche Gasthöfe in Weimar. Wenn Ihr erlaubt, werde ich den ersten davon anfahren.«

»Tut das! Wir folgen Euch.«

Nach dieser kurzen Unterhaltung bat Lauenstein Cristina und Elisabeth, wieder einzusteigen. Mittlerweile war ihnen der Wirt gefolgt und fasste nach dem Kutschenschlag.

»Die Zimmer für die Demoiselle Chiodi stehen selbstverständlich zur Verfügung!«, sagte er in der Hoffnung, die Reisegruppe zur Umkehr bewegen zu können.

Cristina schüttelte den Kopf. Dafür hatte der Mann Lauenstein und sie zu überheblich behandelt. Lauenstein erteilte daher dem Kutscher den Befehl, Metteurs Wagen zu folgen, und ließ den unhöflichen Wirt einfach stehen.

6.

Eine halbe Stunde später waren Cristina und die Ihren in einem kleinen Gasthof untergekommen, deren Wirtsleuten es eine Ehre war, einen Herrn von Lauenstein samt Begleitung beherbergen zu dürfen. Der Gasthof mochte schlicht eingerichtet sein, doch die Herzlichkeit der Besitzer machte dies wett. Die Zimmer waren groß genug, die Betten bequem, und die Mahlzeiten, die die Wirtin selbst zubereitete, stellten selbst den empfindlichsten Gaumen zufrieden. Da es zudem einen Nebenraum gab, in dem sie sich ungestört aufhalten konnten, beruhigte Cristina sich rasch, zumal ihr die Wirtin einen Tee aus hiesigen Kräutern vorsetzte, den sie mittlerweile Wein und Bier vorzog. Laut Dörthe sollte sie in ihrem Zustand alkoholische Getränke nach Möglichkeit meiden.

»Wir werden dem Haushofmeister oder Hofmarschall des Herzogs melden müssen, dass wir hier und nicht im *Elephant* Unterkunft gefunden haben«, meinte Cristina nach dem Abendessen zu ihrem Mann.

»Das müssen wir.« Lauenstein ging zwar nicht ganz so streng mit dem *Elephant* ins Gericht wie seine Gemahlin, doch auch er fand, dass dessen Wirt höflicher hätte sein können. Ein Freiherr von Lauenstein war nicht irgendein Niemand.

Elisabeth war ebenfalls erleichtert, weil Cristina sich beruhigt hatte. Bei ihr brach gelegentlich das Temperament der Mutter durch, und das war eine leidenschaftliche Italienerin gewesen, deren Stolz es ihr verboten hatte, das Almosen anzunehmen, mit dem die Mutter ihres Ehemanns sie hatte abfinden wollen.

»Wir sind morgen um zehn zum Morgenbesuch bei Herrn von Goethe geladen«, sagte Elisabeth lächelnd.

»Bis jetzt bin ich ohne Nachricht, wann wir bei Hofe erscheinen sollen«, sagte Lauenstein. »Daher werde ich Herrn Metteur bitten, morgen im Schloss vorzusprechen. Als unser Reisemarschall kann er den dortigen Herren auch gleich mitteilen, dass wir hier abgestiegen sind.«

»Das werde ich mit Vergnügen tun«, erwiderte Metteur.

Er war froh, dass Lauenstein sich seiner angenommen hatte. Zwar hasste er Belle Légendaire und deren neuen Beschützer Pleinevillage noch immer, wusste aber selbst, dass er auf sich allein gestellt nichts gegen die beiden auszurichten vermochte. Die beste Rache, die er nehmen konnte, war, dafür zu sorgen, dass Cristina Chiodis Ruhm immer heller aufflammte und den von Belle Légendaire übertraf.

Es wurde ein angenehmer Abend. Lauenstein und Metteur spielten Schach, während Cristina und Elisabeth Modezeichnungen betrachteten und sich über die jeweiligen Modelle unterhielten.

»Was für eine himmlische Ruhe!«, sagte Cristina nach einer Weile lächelnd. »Ich glaube nicht, dass wir es woanders ähnlich gut getroffen hätten.«

»Wenn du zufrieden bist, bin ich es auch«, antwortete Lauenstein, der im Lauf seines Lebens schon mehrfach erlebt hatte, wie schwangere Frauen von ihren Gefühlen übermannt worden waren. Dagegen erschien ihm Cristina bislang noch sehr ruhig und vernünftig.

»Wir haben es auf unseren Reisen oft schon schlechter getroffen«, gab auch Elisabeth zu und verwickelte Metteur in ein Gespräch, welchem Opernkomponisten er den Vorzug geben würde.

7.

Cristina schlief in dieser Nacht ausgezeichnet und wachte am Morgen so frisch und munter auf, dass Elisabeth beim Frühstück seufzte. »Wenn ich dich so ansehe, komme ich mir wirklich alt und verbraucht vor!«

»Das solltet Ihr nicht sagen, liebste Freundin!«, antwortete Cristina lächelnd. »Wir sind beide nur einen Tag älter als gestern.«

»Das habe ich mir auch immer gesagt, doch jetzt, da ich auf die fünfzig zugehe, spüre ich, dass ich nicht mehr so frisch bin wie früher.«

»Liebste Freundin, Ihr habt noch nicht einmal das fünfundvierzigste Jahr erreicht und könnt noch einige Jahrzehnte leben. Wollt Ihr die Zeit bis dorthin mit Klagen verbringen oder Euch freuen, sie noch erleben zu dürfen?«, fragte Cristina. Sie war froh, als Lauenstein und Metteur hinzustießen und Elisabeth sich wieder aufrechter hinsetzte.

»Einen wundervollen guten Morgen wünsche ich den Damen«, grüßte Lauenstein.

»Einen ebenso wundervollen Morgen wünschen wir auch Euch und Herrn Metteur«, sagte Cristina und sandte Ira los, um der Wirtin Bescheid zu geben, dass die Herren zum Frühstück erschienen wären.

Es dauerte nicht lange, dann bog sich der Tisch förmlich unter den Köstlichkeiten. Es waren keine ausgesuchten Delikatessen, sondern gute Hausmannskost, und sie schmeckte allen.

Lauenstein rückte einem riesigen Omelett zu Leibe und trank dazu Bier, während Metteur und Elisabeth Kaffee und Cristina warme Milch vorgesetzt bekamen.

»Die ist frisch gekommen! Ich habe extra probiert, ob sie auch gut ist«, berichtete die Wirtin.

»Das ist sie«, sagte Cristina nach dem ersten Schluck.

»Hier wird die Milch noch vom Land gebracht«, erklärte Lauenstein. »Ich meine, gelesen zu haben, dass in großen Metropolen wie London die Milchmädchen am Morgen samt ihren Kühen in die Stadt kommen, diese in den Parks melken und die Milch dort verkaufen.«

»In den Parks?«, rief Elisabeth schaudernd. »Die Kühe lassen doch etwas fallen! Wenn ich mir vorstelle, dies wäre auch im Schlosspark von Meiningen der Fall, und ich müsste mich beim Flanieren vorsehen, nicht in eine solche Hinterlassenschaft zu treten, schüttelt es mich.«

»Wertes Fräulein Karau, geht Ihr im Park über die Grasflächen oder auf den gebahnten Wegen?«, fragte Lauenstein.

»Doch auf den Wegen«, antwortete Elisabeth verständnislos.

»Dann würdet Ihr auch nicht Gefahr laufen, in einen Kuhfladen zu treten«, sagte Lauenstein lächelnd. »Die Kühe halten sich auf dem Gras auf und lassen auch dort etwas fallen. Wenn überhaupt, wären nur die Zufahrtswege von solchen Hinterlassenschaften, wie Ihr es nennt, betroffen.«

»Und dort spült es der Regen weg!« Cristina lachte und fand dann, dass jenes Brötchen zu lecker aussah, um missachtet zu werden. Sie tat Butter und Käse darauf und ließ es sich schmecken.

Unterdessen bestimmte Lauenstein noch einmal, was an diesem Tag zu geschehen hatte. »Herr Metteur, Ihr werdet Euch nach dem Frühstück zum Schloss begeben und dort die Ankunft der Sängerin Chiodi melden. Wir drei«, Lauensteins Blicke suchten Cristina und Elisabeth, »werden Herrn von Goethe aufsuchen und hoffentlich einen angenehmen Vormittag bei ihm verbringen.«

»Ich darf um Himmels willen nicht die Bücher vergessen, die ich extra mitgenommen habe, damit der Herr Geheimrat sie mir signiert!«, rief Elisabeth und sah aus, als wolle sie gleich in ihr Zimmer hochlaufen, um diese zu holen.

»Ich werde zwei Bücher mitnehmen und den Herrn bitten, eine Widmung hineinzuschreiben«, sagte Cristina und betrachtete das nächste Brötchen mit einem zweifelnden Blick.

Lauenstein wollte es ihr bereits reichen, doch da hob sie abwehrend die Hand. »Ich danke Euch, mein gestrenger Herr Gemahl, doch es reicht! Dörthe riet mir, mich nicht zu sehr von meiner Gier beherrschen zu lassen. Sonst sehe ich wirklich noch aus wie Alfonsina.«

»Aber Dörthe kennt diese Frau doch gar nicht«, erwiderte Lauenstein trocken.

»Ich kenne sie, und das reicht!« Cristina verscheuchte den Gedanken an das Brötchen und bat Ira, ihr noch ein Glas Milch zu besorgen.

»Zum Essen treffen wir uns wieder hier«, fuhr Lauenstein in seiner Aufstellung des Tagesplans fort. »Danach ruhen wir eine Weile und finden uns am Abend im Schloss ein. Du solltest dafür doch dein blaues Kleid wählen, mein Kind!«

Cristina seufzte, als sie das hörte. »Dieses Kleid hat sich leider als zu eng erwiesen.«

»Ich könnte es an der entsprechenden Stelle auftrennen und ein wenig weiter machen«, bot Ira an.

»Es sollte nicht so aussehen, als hätte ich nicht genug Geld, um meiner Frau neue Kleider kaufen zu können«, wandte Lauenstein ein.

»Keine Sorge, gnädiger Herr! Man wird nichts sehen«, versprach Ira und fragte Cristina, ob sie sich zurückziehen und an dem Kleid arbeiten dürfe.

»Tu das!«, sagte Cristina lächelnd.

Lauenstein kniff verwundert die Augen zusammen. »Muss Ira nicht bei dir Maß nehmen?«

Nun lächelte auch die Zofe. »Aber gnädiger Herr! Wenn ich nicht weiß, wie meine Herrin geformt ist, weiß es niemand.«

»Ich weiß schon, wie sie geformt ist«, sagte Lauenstein anzüglich.

»Könnt Ihr auf Anhieb sagen, um wie viel weiter das Kleid der gnädigen Frau gemacht werden muss?«, fragte Ira.

Lauenstein schüttelte den Kopf. »Bei Gott, nein! Ich bin kein Schneider.«

»Und auch keine Zofe.« Ira knickste und verschwand, bevor Lauenstein etwas darauf antworten konnte.

Sie unterhielten sich noch eine Weile, dann aber löste Lauenstein nach einem prüfenden Blick auf seine Taschenuhr die Runde auf.

8.

Bis zu Goethes Haus waren nur wenige Hundert Schritte zu gehen. Cristina, Elisabeth und Lauenstein legten sie im gemütlichen Tempo zurück und sahen sich immer wieder neugierig um. Weimar war größer als Meiningen, und es gab eine ganze Reihe neuer Häuser. In dieser Stadt könnte ich mich ebenfalls wohlfühlen, dachte

Cristina. Im Vergleich zu Meiningen war Weimar die bedeutendere Stadt. Trotzdem lebte sie gerne in Meiningen und freute sich darauf, nach dieser Tournee einige Monate dort bleiben zu können.

Als sie Goethes Heim erreichten, schlug Lauenstein den Türklopfer an und wurde dadurch belohnt, dass ihnen umgehend aufgemacht wurde. Ein Dienstmädchen ließ sie ein, und dann kam auch schon der Hausherr die Treppe herab.

»Seid mir willkommen!«, begrüßte Goethe sie und betrachtete Cristina lächelnd.

Sie ist eine wahrhaft schöne Frau, dachte er und fragte sich, wie sie und ihr um so viel älterer Ehemann miteinander auskommen konnten. Er kannte etliche ähnliche Paare, und bei diesen war das Verhältnis nicht immer ungetrübt. Es geht wohl nur, wenn die Frau eine Beschäftigung ausübt, die sie erfüllt. Bei Cristina Chiodi war dies der Gesang. Er hatte sie als Gauklermädchen singen hören, später nach der Schulung durch Elisabeth Karau und danach noch mehrfach bei Konzerten. Für eine solche Frau war ein Mann wie Lauenstein, der sie unterstützte und dabei nur wenige Ansprüche an sie stellte, wohl das Beste. Jedenfalls waren die beiden ein Paar, wie es nicht von Anfang an zu erwarten gewesen war. Ein Freiherr Lauenstein und ein Gauklermädchen war eine noch unwahrscheinlichere Paarung als ein Herzoglich-Weimarer Geheimrat und eine Putzmacherin, dachte er. Cristina Chiodi war jedoch aufgestiegen wie ein Stern und zählte zu den beliebtesten Sängerinnen, auch wenn sie als »singende Vestalin« und »Venus aus Eis« tituliert wurde, da sie sich den Avancen der Herrenwelt mit Nachdruck entzog. Dabei wäre sie, wie Goethe fand, durchaus die eine oder andere kleine Sünde wert. Er vertrieb diesen Gedanken schnell und führte seine Gäste nach oben. »Ich habe eine kleine Kaffeetafel vorbereiten lassen.«

»Besten Dank!«, antwortete Lauenstein, während Elisabeth Cristina streng ansah.

»Du solltest keinen Kaffee trinken!«

»Eine Tasse mit viel Milch hat Dörthe mir am Tag erlaubt. Deshalb habe ich heute Morgen auch nur Milch getrunken«, antwortete Cristina und bestaunte die Sammlerstücke, die Geheimrat Goethe im Lauf seines Lebens zusammengetragen hatte.

Lauenstein hingegen machte sich wenig aus solchen Dingen, sondern saß lieber mit einem Glas Wein in der Hand bei einem angenehmen Gespräch. Daran fehlte es auch hier nicht, denn Johann Wolfgang von Goethe wusste viel zu erzählen. Da Cristina einer Sippe italienischer Gaukler entstammte, sprach er über seine lange Italienreise, die er zu Zeiten unternommen hatte, in denen der Schatten Frankreichs und seines Ersten Konsuls noch nicht auf diese Länder gefallen war.

Cristina war noch nie im Land ihrer Vorväter gewesen und hörte ihm aufmerksam zu, während Elisabeth verschämt die Statue eines nackten Jünglings anstarrte, die ihr gegenüberstand. Für sie war Goethe einer der Libertären, die wenig auf die herrschende Ordnung gaben. Das ersah man bereits daran, dass er mit einer Frau aus niedrigerem Stand zusammenlebte und diese ihm bereits ein Kind geboren hatte, ohne dass ein Pfarrer sie zusammengegeben hätte. Jeder andere in seiner Position wäre längst mit Schimpf und Schande davongejagt worden, doch dem Dichterfürsten Goethe sah man solche Kalamitäten nach.

Goethes nächste Worte bestätigten Elisabeths Meinung über ihn. »Viele, die ich kenne, sehen in dem Ersten Konsul Frankreichs den leibhaftigen Gottseibeiuns, der das Reich ins Verderben reißen will. Doch könnt Ihr mir sagen, was dieses Reich noch wert ist?«, fragte er provokativ.

»Es ist nun tausend Jahre her, seit der Papst dem ersten Karl die Krone des Heiligen Römischen Reiches aufs Haupt gesetzt hat. Diese Tradition sollten wir ehren«, antwortete Lauenstein.

»Doch was ist aus diesem Reich geworden?«, fragte Goethe weiter. »Es ist ein zerstrittener Haufen kleiner Staaten, oft kaum größer als ein Dorf oder zwei. Wo man hinkommt, trifft man auf Grenzen, muss seinen Pass vorzeigen und Zoll zahlen und wird oft genug unverschämt behandelt. Der Handel leidet unter diesen Belastungen! Auch erstarren die Länder, anstatt sich weiterzuentwickeln. Bonaparte hat recht, wenn er fordert, dass sich dies ändern muss.«

»Muss man dafür wirklich alles umstürzen, was tausend Jahre Bestand hatte?«, fragte Lauenstein erregt.

»Muss man alles behalten, was in tausend Jahren erstarrt und verkrustet ist?«, antwortete Goethe mit einer Gegenfrage. »Ich habe Briefe von Männern erhalten, die durch Köln und die anderen Lande gezogen sind, die nun zu Frankreich gehören. Dort sind die Menschen besser dran als früher, denn sie sind frei und keine Untertanen mehr, sondern Bürger, die ihre Stimme erheben können. Jeder kann das Handwerk ausüben, das ihm zusagt, und die Macht der Pfaffen ist gebrochen.«

Da es meist die Geistlichen waren, die ihm ankreideten, dass er unverheiratet mit einer Frau zusammenlebte, hatte Goethe wenig für die Männer im Priesterornat übrig.

Lauenstein war zwar vom alten Schlag, gab aber zu, dass einige Dinge verbessert gehörten. »Der Handel leidet tatsächlich unter den Grenzen und Zöllen. Doch man könnte das auch anders lösen, als der Herr Bonaparte es will!«

»Dies müssten jedoch alle wollen! Herzog Carl August wäre gewiss bereit, einem Bund beizutreten, in dem die Zölle und Grenzkontrollen beseitigt werden. Doch wollen es die Nachbarn? Nein, Herr von Lauenstein! Um etwas zu erreichen, muss man die Herrscher dazu zwingen, es zu tun. Genau dies ist Bonapartes Bestreben. Er will eine Allianz schaffen, in der ein so mächtiges Reich wie Frankreich ebenso Platz hat wie ein kleines wie Sachsen-Weimar oder Sachsen-Meiningen. Er will, dass der Handel aufblüht und Wohlstand für alle einzieht. Für dieses hohe Ziel verhandelt er mit den Fürsten des Reiches. Wenn dieses Vorhaben gelingt, gibt es zwar nicht mehr das Reich, das einst Karl der Große geschaffen hat, dafür aber eine Union von Fürstentümern, deren Herrscher das Beste für ihre Untertanen wollen.«

Goethe schwieg einen Augenblick, um einen Schluck Kaffee zu trinken, und setzte dann seine Rede fort. »Wie Ihr seht, fordere ich nicht den Sturz der Herrscher und eine Revolution, wie es in Frankreich geschehen ist. Diese mochte aus guten Gründen begonnen haben, ist aber im Chaos geendet. Es brauchte einen Mann wie Bonaparte, um in Frankreich wieder Recht und Ordnung zu schaffen. Nun müssen die deutschen Fürsten sich an ihm ein Vorbild nehmen, damit es nicht auch in diesen Landen zu Revolutionen und dem damit verbundenen Blutvergießen kommt.«

»Das gallische Wesen der Franzosen ist explosiver als das der Deutschen«, wandte Lauenstein ein. »Hier wird es zu keinen Aufständen kommen.«

»Und was war mit den Bauernkriegen? Damals erhob sich die Landbevölkerung gegen Grundherren und Fürsten. Zwar gelang es diesen, den Aufstand niederzuschlagen. Aber es zeigt sich, dass es auch hierzulande zu solchen Erhebungen kommen kann. Um das zu verhindern, müssen wir uns Bonaparte zum Vorbild nehmen!« Goethe klang so beschwörend, als wäre Lauenstein der Mann, den er für dieses Ziel gewinnen müsste. »Ich will die Rechte der Fürsten und des Adels nicht stärker schmälern, als es nötig ist. Wichtig ist jedoch, dass in Verwaltung und Justiz Männer aufgenommen werden, die dafür geeignet sind, und nicht jene, deren Familien seit Jahrhunderten das Anrecht darauf haben, mögen sie befähigt sein oder nicht. Etliche von Bonapartes Generälen waren früher Pferdeknechte und dergleichen. Nun besiegen sie an der Spitze ihrer Heere die Fürsten aus uraltem Blut«, fuhr Goethe fort.

Schließlich hob er beschwichtigend die Hände. »Meine Damen, ich bedauere, Euch mit meinen Auslassungen gelangweilt zu haben! Lasst uns nun über andere Dinge sprechen und vor allem die Bücher signieren, die Ihr in den Händen haltet.«

Sofort reichte Elisabeth ihm die in feines Leder gebundenen Werke, in die Goethe mit einer extra dafür vorgesehenen Feder seine Widmung schrieb. Auch Cristina übergab ihm ihre Bücher. Anders als Elisabeth war sie von seiner Rede nicht gelangweilt. Sie hatte als Kind das Elend der unteren Stände und des fahrenden Volkes kennengelernt und sagte sich, dass Verbesserungen dringend nötig waren.

Das weitere Gespräch mit Johann Wolfgang von Goethe entwickelte sich auch zu Elisabeths Zufriedenheit. So führte der Geheimrat ihnen einige seiner schönsten Sammelstücke vor und versprach ihnen, sie mit Friedrich von Schiller bekannt zu machen, der wie er ein berühmter Dichter und seit Jahren ebenfalls in Weimar ansässig war.

»Ich hoffe, Ihr könnt uns einen guten Buchhändler in Weimar empfehlen, denn zu meinem Bedauern muss ich gestehen, kein Buch des Herrn von Schiller mitgebracht zu haben«, erklärte Elisabeth, als sie sich verabschiedeten.

Goethe erfüllte ihr gerne diesen Wunsch, und so beschloss Elisabeth, als Erstes diesen Buchladen aufzusuchen.

Als sie Goethes Haus verließen, wanderten sie daher in die genannte Richtung. Ein Blick auf seine Taschenuhr verriet Lauenstein, dass die Zeit für das Mittagessen nahte, und er richtete ein Stoßgebet gen Himmel, dass die beiden Frauen nicht zu lange brauchten, um sich die gewünschten Bücher auszusuchen.

Lauensteins Gebet wurde erhört. Wohl wollte Elisabeth ein von Schiller signiertes Buch besitzen. Er stand in ihrem Ansehen jedoch nicht so hoch wie Goethe, und so begnügte sie sich mit zwei Bänden, die der Buchhändler vorrätig hatte. Cristina erstand ein drittes, damit sie keines doppelt hatten, danach kehrten sie strammen Schrittes zu ihrem Gasthof zurück, in dem François Metteur bereits auf sie wartete.

Metteur brachte die Nachricht, dass er mit dem Haushofmeister des Fürsten gesprochen und dieser ihm den Wunsch des Herzogs mitgeteilt habe, Demoiselle Chiodi möge bereits an diesem Abend singen.

Lauenstein hatte drei Konzerte am Hof von Weimar vereinbart. Wie es aussah, wollte Herzog Carl August diese Zahl eigenmächtig erhöhen. Da die Gage erfreulich hoch bemessen war, hatte Cristina nichts dagegen. Sie zog sich allerdings nach dem Mittagessen zurück, um ein wenig zu ruhen, und bat Ira, sie rechtzeitig zu wecken.

9.

Obwohl der Weg zum Schloss nicht weit war, wurde ihnen eine Karosse geschickt, um sie abzuholen. In der Residenz angekommen, trat Herzog Carl August sofort auf Cristina zu.

»Es ist mir ein *grand plaisir,* Sie heute an meinem Hof begrüßen zu dürfen!«, sagte er und ergriff ihre Hand, um sie zu küssen.

Cristina sank in einen tiefen Knicks. »Ich danke Eurer Hoheit für den herzlichen Empfang. Er söhnt mich mit Weimar aus!«

Der Herzog sah sie überrascht an. »Ihr meint diese kleine Kalamität im *Elephant?* Der Wirt bittet tausendmal um Verzeihung, sagte jedoch, er habe Herrn von Lauenstein für einen dieser Emigranten gehalten, die aus den an Frankreich gefallenen Herrschaften kommen und, wie der Wirt bedauerlicherweise erkennen musste, sich bei ihm einquartieren und sich dann ohne Begleichung ihrer Rechnungen von dannen machen. Wir werden dafür sorgen, dass Ihr morgen in den *Elephant* zurückkehren könnt. Dort wird Euch ein fürstliches Appartement zur Verfügung gestellt werden.«

»Dies wird nicht nötig sein, Eure Hoheit! Wir sind mit unserem derzeitigen Quartier sehr zufrieden.«

»Aber ich bestehe darauf!«

»Wäre ich Euer Hoheit Untertanin, würde ich dem Wunsch Eurer Hoheit entsprechen. So aber bin ich eine Reisende, die sich von dem Wirt des *Elephant* beleidigt sieht und nicht bereit ist, dies zu verzeihen.«

»Demoiselle sind aber sehr streng!«, antwortete der Herzog in einem Ton, der Cristina deutlich verriet, dass er sie nicht ernst nahm.

»Eure Hoheit sollten bedenken, dass ich italienischer Abkunft bin! Dort hätten meine Verwandten diesem Mann aus Rache für diese Beleidigung den roten Hahn aufs Dach gesetzt und ihn vor den Augen seines Weibes und seiner Kinder erdolcht.«

Es klang so überzeugend, dass der Herzog schluckte. »Wir finden gewiss einen anderen Weg, um Euch Genugtuung zukommen zu lassen«, erklärte er und führte sie zu Tisch.

Cristina wurde der Platz rechts neben ihm zugewiesen, während Herzogin Louise ein ganzes Stück entfernt von ihrem Gemahl sitzen musste. Die Gerüchte, dass Carl August seiner Frau wenig Beachtung schenkte, waren auch nach Meiningen gedrungen. Doch während die Herzogin Cristina nur mit einem beiläufigen Blick bedachte, funkelte eine andere Dame sie wütend an.

Das ist wohl Carl Augusts derzeitige Mätresse, die fürchtet, sie könnte ihren Gönner an mich verlieren, dachte Cristina mit einem gewissen Spott.

Die Beachtung, die der Herzog ihr zukommen ließ, zeigte deutlich, dass dieser bereit war, seine Mätresse zu ihren Gunsten zu vernachlässigen. Da Cristina nicht die Absicht hatte, in Carl Augusts Bett zu landen, beschloss sie, ihren Ruf als singende Vestalin und Venus aus Eis zu festigen.

So bedankte sie sich zwar für die Komplimente, mit denen der Herzog sie bedachte, sprach aber selbst nur über Musik und erklärte ihm ihre Vorlieben bezüglich mehrerer Opern und Komponisten. Auf die zweideutigen Anmerkungen, die er äußerte, ging sie nicht ein.

Später am Abend, als die Tafel längst aufgehoben war, fragte sie ihn, wann sie singen solle.

»Nun, ich dachte, später, in etwas intimerem Rahmen.«

Cristina begriff, dass ihn ihr Ausweichen irritierte und sogar ärgerte. In seiner Stellung gab es nur wenige Frauen, die sich seinem Werben entzogen. Es hieß, in dieser Hinsicht sei sein Appetit arg groß, und sein Minister Goethe habe bereits etliche nebenbei gezeugte Kinder und deren Mütter auf Staatskosten versorgen müssen. In einem Umfeld aufgewachsen, in dem Treue und Zusammenhalt für das Überleben der Sippe wichtig waren, missfiel Cristina das frivole Treiben, bei dem sich die hohen Herren all das erlaubten, was sie ihren Untertanen bei strengsten Strafen verboten.

»Ich glaube nicht, dass es einen intimeren Rahmen geben wird!«, sagte sie kühl und war bereit, notfalls umgehend in ihren Gasthof zurückzukehren und Weimar am nächsten Tag zu verlassen.

Auf dem Gesicht des Herzogs zuckte es kurz. Er wusste aber, dass er es nicht zu einem Eklat kommen lassen durfte. Wenn er Cristina Chiodi des Landes verwies, würde es als die beleidigte Reaktion eines verschmähten Mannes gelten. Etliche würden es ihm gönnen, andere über ihn spotten und wieder andere sagen, dass die Sängerin nur ihrem Ruf als singende Vestalin gerecht geworden sei. Daher forderte er Cristina auf, ein paar Lieder zu singen.

Cristina schickte Lauenstein zum Hofkapellmeister, damit die Kapelle sie begleiten konnte, und stimmte, als alles so weit war, ihr erstes Lied an.

Als sie endete, brandete Beifall auf. Der Herzog applaudierte begeistert, und selbst seine Gemahlin schien zufrieden zu sein.

»Ihr habt sehr schön gesungen, Demoiselle!«, sagte Herzogin Louise. »Weitaus besser – wie ich behaupten möchte – als die letzten Damen, die hier ihre Stimme erhoben haben.«

»Ich danke Eurer Hoheit!«, sagte Cristina und knickste.

Nun trat der Herzog an ihre Seite. »Das war wundervoll, Signorina Chiodi! Ich wünschte, Ihr könntet länger an Unserem Hof bleiben. Würden Euch ein Engagement über den Winter und der Titel einer Hofsängerin in Weimar zusagen?«

Cristina ahnte, dass es Carl August vor allem darum ging, sie doch noch für sein Bett zu gewinnen. Sie dachte an ihren wachsenden Bauch, der sein Vergnügen sehr bald stören würde, und musste sich das Lachen verkneifen.

»Eure Hoheit sind zu gütig! Doch bedauerlicherweise lässt es die Planung, die mein Herr Gemahl für mich getroffen hat, nicht zu. Ich muss nach dem letzten für Weimar vereinbarten Konzert umgehend weiterreisen, um meine Verpflichtungen an anderen Orten zu erfüllen.«

Nun wirkte Herzog Carl August gekränkt. Cristina erhaschte jedoch einen anerkennenden Blick seiner Gemahlin, der ihr galt, und einen spöttischen, mit dem sie ihren Ehemann bedachte. Wie es aussah, gönnte Herzogin Louise es ihm, dass ihm diesmal seine Grenzen aufgezeigt worden waren.

Der Abschied an diesem Abend war daher recht kühl. Cristina nahm es jedoch hin wie den Wind. Gegen den konnte sie auch nichts tun, wenn er blies.

In ihrem Gasthof setzten sie sich noch eine Weile im Nebenraum zusammen. Die anderen tranken Wein, und sie erhielt Buttermilch, in der noch kleine Butterflocken schwammen und die ihr sehr gut schmeckte.

»Du hast deinem Ruf als Venus aus Eis heute wieder einmal alle Ehre gemacht«, meinte Lauenstein lächelnd.

»Ich mag keine Männer, die jede halbwegs hübsche Frau als Beute ansehen!«, antwortete Cristina mit einem Rest von Ärger.

»Für den hohen Herrn war deine Zurückweisung sehr schmerzlich«, spottete Elisabeth.

Cristina zuckte mit den Achseln. »Warum hätte ich ihn erhören sollen? Ich wäre doch nur eine weitere Perle an einer sehr langen Schnur geworden! Jedenfalls sollten wir auf absehbare Zeit keine Konzerte mehr in Weimar vereinbaren.«

»So hart würde ich es nicht ausdrücken!«, erwiderte Lauenstein. »Herzog Carl August ist ein kunstsinniger Monarch und wird, sobald er begriffen hat, dass er nur die Stimme der Chiodi kaufen kann, nicht aber diese selbst, auf deine Stimme nicht verzichten wollen.«

»Vermutlich wollte er dich im *Elephant* einquartieren, um dich dort fern vom Trubel des Hofes besuchen zu können«, sagte Elisabeth.

»Er hat wohl Angst vor seiner derzeitigen Mätresse!« Cristina lachte, trank ihre Buttermilch aus und stand auf. »Es ist spät geworden, und ich will zu Bett gehen.«

»Wie du es wünschst!«, sagte Lauenstein und fragte sich, warum Herzog Carl August, der ein fürsorglicher und von seinen Untertanen geschätzter Landesherr war, in privaten Dingen recht unangenehm sein konnte. Dies zeigte auch die Missachtung, mit der er seine Gemahlin behandelte. Dazu wechselte er seine Mätressen beinahe schneller als seine Hemden. Selbst eine Frau mit weniger strengen Moralvorstellungen wie Cristina hätte hier nur ein kurzes Intermezzo mit einem baldigen Abschied erwarten können.

10.

Während ihres restlichen Aufenthalts verhielt Herzog Carl August sich korrekt. Es schien, als hätte sein Kunstsinn doch die Oberhand gewonnen. Trotzdem war Cristina froh, als sie die Kutsche bestieg, die sie zu ihrem nächsten Etappenziel brachte. Ihre Schwangerschaft hatte sie empfindlich gemacht, und im Grunde ihres Herzens sehnte sie sich danach, sich zurückzuziehen und mit Vorfreude auf das junge Leben zu warten, das in ihr heranwuchs.

Ihr nächstes Ziel war Tresskau, die Hauptstadt des Fürstentums Sachsen-Saalstein-Tresskau, das eingezwängt zwischen größeren Nachbarn ein bescheidenes Dasein führte. Von einem Ende des Fürstentums zum anderen brauchte eine Kutsche nicht länger als einen Tag, und dabei musste der Kutscher seine Pferde nicht einmal stärker antreiben. Trotzdem genoss das Ländchen eine gewisse Bedeutung, denn einer der Handelswege, die nach Norden und weiter bis Berlin verliefen, führte hindurch.

Da Lauenstein ihre Ankunft schriftlich gemeldet hatte, wurden sie an der Grenze erwartet. Zuerst glaubte Cristina, es wäre der Erbprinz Carl Wilhelm, sah dann aber, dass der Mann jünger war und sein strubbeliges Haar schon länger keine Pomade mehr gesehen hatte. Er trug lange Lederhosen, ein weißes, schmuckloses Hemd und eine blaue Weste. Auf einen Rock hatte er ebenso verzichtet wie auf einen Hut.

Mit einem fröhlichen Lächeln trat er auf die Kutsche zu und deutete eine Verbeugung an. »Demoiselle Cristina Chiodi, wenn ich mich nicht irre?«

»Ihr irrt Euch nicht!«, antwortete Lauenstein an Cristinas Stelle.

»Ihr erlaubt, dass ich mich vorstelle. Ich bin Carl Otto von Sachsen-Saalstein-Tresskau.«

»In diesen Landen schwirrt es nur so von Carls«, spottete Cristina.

»Bei uns in Tresskau ist es dreifach schlimm«, meinte Carl Otto aufgeräumt. »Mein Vater heißt Carl Lothar, mein Bruder Carl Wilhelm, und mich hat man Carl Otto getauft. Glaubt aber nicht, dass es einen berühmten Ahnen Carl oder Karl gegeben hätte. Zwar hieß mein Urgroßvater Carl Anton, doch er war auch der erste Carl auf Tresskaus Thron. Der Name ist hauptsächlich eine Ehrung für seine Gemahlin, die Fürstregentin Charlotte. Meinem Bruder, diesem Biest, beliebt es daher auch bei jeder unpassenden Gelegenheit, meinen Namen als Scharlotto auszusprechen.«

»Ich glaube, ich werde Eure Hoheit vorziehen!«, antwortete Cristina, da ihr der junge Mann doch etwas zu auftriebig war.

»Wenn es erlaubt ist, werde ich meinen Hengst an die Kutsche binden und einsteigen«, schlug Carl Otto vor.

»Ich glaube, es würde dann hier sehr eng werden«, antwortete Cristina abwehrend.

»Ich könnte im anderen Wagen mitfahren!«, bot Ira an.

»Dafür wäre ich dir sehr verbunden!« Carl Otto öffnete lachend den Schlag und klopfte der Zofe freundschaftlich auf die Schulter.

»Besten Dank für dein Verständnis! Ich hoffe, mich dafür revanchieren zu können.« Er wartete, bis der Weg für ihn frei war, und schwang sich in die Kutsche. »Ich soll Euch alle im Namen meines Vaters und meines Bruders in Tresskau willkommen heißen und dafür sorgen, dass es Euch an nichts fehlt. Sollte also etwas nicht zu Eurer Zufriedenheit sein, so scheltet ruhig mich«, sagte er und nahm neben Lauenstein Platz.

»Ihr dürft versichert sein, dass wir uns bei Bedarf an Eure Worte erinnern werden!« Cristina klang ablehnend. Allerdings musste sie insgeheim zugeben, dass Carl Otto ein ansehnlicher junger Mann war. Seine Haare, dachte sie, hätte er trotzdem bürsten können.

»Ihr könnt versichert sein, dass ich alles unternehmen werde, um Euren Aufenthalt in Tresskau so angenehm wie möglich zu gestalten, Fräulein Chiodi«, sagte er zu Cristina.

Diese verzog den Mund. »Chiodi ist nur mein Pseudonym als Sängerin. In Meiningen kennt man mich als Freifrau von Lauenstein!«

»Lauenstein!« Carl Ottos Blicke wanderten von ihr zu dem alten Herrn, der eben lächelnd Cristinas Hand ergriff, und dann zu ihr zurück. Die Mienen der beiden verrieten ihm, dass sie trotz des enormen Altersunterschieds ein Paar waren, welches in Harmonie miteinander lebte.

Die Fahrt ging weiter. Die Straße war in erstaunlich gutem Zustand und führte durch ein lang gezogenes Tal, das von bewaldeten Hängen gesäumt wurde. Gelegentlich trafen sie auf ein Dorf, dessen Häuser solide wirkten und dessen Bewohner sich mehr leisten konnten als Rübensuppe zu Mittag und trockenes Brot am Abend.

Nach etwa zwei Stunden erreichten sie eine kleine Stadt. Cristina hielt es für ein Ackerbauernstädtchen, wunderte sich aber über das Schloss, das auf einem Hügel thronte.

»Das ist Mittstadt, die zweite Residenz unseres gewaltigen Landes«, berichtete Carl Otto. »Ein paar Generationen lang bildete sie sogar ein eigenes kleines Reich, fiel aber dann nach dem Aussterben der hiesigen Linie an meinen Großvater zurück.«

»Diese Erbteilungen sind ein Fluch«, sagte Lauenstein. »Bei den sächsischen Herzogtümern weiß der Untertan nicht, ob er morgen nicht einem anderen Herrn huldigen muss, weil sein bisheriger Fürst den Weg ins Himmelreich angetreten hat, ohne einen leiblichen Erben zu hinterlassen.«

»Wenigstens halten die kleinen Reiche halbwegs zusammen«, warf Carl Otto ein.

»Aber sie haben auch schon Kriege gegeneinander geführt, da sie sich nicht immer über die Erbteilungen einig waren!«, erklärte Lauenstein. Er lebte nun seit fast vier Jahrzehnten in Meiningen und hatte in dieser Zeit vieles über die Geschichte der wettinischen Herzogtümer erfahren.

»Noch mal zu Schloss Mittstadt. Im Grunde ist es für uns ein Klotz am Bein. Wir müssen es instand halten, ohne es zu brauchen«, setzte Carl Otto seine Erklärungen fort, um dann auf Lauensteins Bemerkung zu antworten. »So klein dieses Fleckchen Erde auch ist, so hat es doch eine bewegte Geschichte. Wir Tresskauer haben das Glück, dass der König von Preußen gewissermaßen die Hand über uns hält. Dies hindert die Herzogtümer in der Gegend daran, uns zu sehr zu bedrängen. Aber erlasst mir bitte, Euch eine

Aufzählung all der Geschehnisse zu geben, die sich seit dem Entstehen des Fürstentums vor über dreihundertfünfzig Jahren ereignet haben. Ich glaube, es würde die Damen langweilen.«

Cristina wollte eben sagen, ihr wäre es ohnehin am liebsten, wenn er schweigen würde. Da sah sie vor sich auf einer exponierten Höhe eine mächtige Festung, bei der dem Anschein nach gearbeitet wurde.

»Was ist das da oben?«, fragte sie und zeigte hinauf.

»Das ist die alte Veste Saalstein, die unserem Fürstentum einst den Namen gab. Die Erweiterung Tresskau kam erst hinzu, als die Herrschaft geteilt wurde und zwei Fürstentümer entstanden sind. Nach der Wiedervereinigung wurde der Name beibehalten, um nicht mit Sachsen-Saalfeld verwechselt zu werden«, erklärte Carl Otto bereitwillig.

»Wie es scheint, wird die Festung instand gesetzt«, sagte Cristina.

Carl Otto nickte. »Im gewissen Maße. Mein Vater ist der Meinung, dass feste Mauern und Kanonen auf den Wällen auf mögliche Feinde mehr Eindruck machen als eine verfallene Ruine.«

»Ihr denkt an Krieg?«, fragte Cristina verwundert.

»Es ist besser, auf ihn vorbereitet zu sein und er kommt nicht, als dass er kommt und man davon überrascht wird. Auch wird nicht die ganze Festung wiederaufgebaut, sondern nur diese Seite. Es käme sonst wirklich zu teuer!«

»Ihr redet sehr frei, Euer Hoheit. Was wäre, wenn wir Spione wären?«, fragte Lauenstein mit leichtem Spott.

»Dann könntet Ihr auch nicht mehr verraten als die Wanderer, die dort oben ihrer Wege gehen«, antwortete Carl Otto lachend.

»Gibt es wirklich Leute, die dort hinaufsteigen?«, fragte Elisabeth, da es ihr als ziemliche Anstrengung erschien.

»Den einen oder anderen«, gab Carl Otto zu. »Aber was können diese Wanderer schon erzählen? Dass die Mauer auf das Tal hin ausgebessert wird, sieht man auch, wenn man hier auf der Straße fährt oder reitet.«

Für eine gewisse Zeit herrschte nun Schweigen. Cristina blickte zur Festung hoch, bis diese hinter einer Biegung des Tales verschwand, und sah dann die Stadt Tresskau vor sich.

11.

Tresskau war kleiner als Meiningen und noch nicht über den Mauerring hinausgewachsen, der sie umgab. Als die Kutsche das Tor passiert hatte, ging es auf einer gepflasterten Straße weiter bis zum Marktplatz. Gegenüber erhob sich der Dom von Tresskau mit zwei unterschiedlich hohen Türmen. Zur rechten Seite befand sich das Schloss, ein im Vergleich zu den Residenzen in Meiningen oder Weimar bescheidener Bau, während auf den anderen Seiten die Häuser der besseren Bürger lagen. Ganz aus Sandstein errichtete Gebäude konnte Cristina nur wenige entdecken, dafür viele Fachwerkhäuser. Der Markt war ebenfalls gepflastert und stieg sacht zum Dom und zum Schloss an.

»Das ist Tresskau!«, erklärte Carl Otto. »Das Einzige, was sich hier in den letzten hundert Jahren getan hat, ist das Standbild meiner Urgroßmutter Charlotte, das mein Großvater ihr zu Ehren hat errichten lassen.« Er zeigte auf die überlebensgroße Statue einer Frau, die auf einem etwa halb mannshohen Sockel stand.

Cristina sah eine Frau mit entschlossener Miene, gekleidet in einen weiten Rock und ein uniformartiges Oberkleid. Auf dem Kopf trug sie einen Dreispitz, in der rechten Hand ein Schwert, die Linke hatte sie schützend um einen kleinen Jungen gelegt.

»Ich finde es sehr martialisch«, meinte Carl Otto. »Aber es ist nun einmal die Allegorie der Freiheit, die sie für Saalstein-Tresskau errungen hat.«

Cristina lachte leise. »Wenigstens steht hier eine Frau auf einem Sockel und nicht wie andernorts nur Männer.«

Die Kutsche erreichte das Schloss und hielt vor dem Portal an. Mehrere Diener eilten heran. Einer löste die Zügel von Carl Ottos Pferd von der Kutsche, ein zweiter klappte den Einstieg aus und öffnete den Schlag.

»Willkommen zurück, Euer Hoheit!«, grüßte einer der Diener.

»Begrüßt lieber unsere Gäste! Mich seht ihr jeden Tag«, antwortete Carl Otto fröhlich und stieg aus. Er half Lauenstein und Elisabeth aus der Kutsche und streckte den Arm aus, um es auch bei Cristina zu tun.

Diese wollte ihn schon ignorieren, sagte sich dann jedoch, dass es unhöflich wäre, und fasste nach seiner Hand. »Danke!«, sagte sie mit unbewegtem Gesicht und sah dann das Schlossportal an.

»Nun sind wir wieder einmal hier«, sagte sie zu Lauenstein.

»Das sind wir, meine Liebe!«, antwortete er. »Seiner Hoheit Carl Otto sind wir bisher allerdings noch nie begegnet.«

»Ich war auf Kavalierstour und bin zudem je ein Jahr in Wien und in Berlin geblieben. Nun muss ich mich entschuldigen, dass ich Euch unterwegs alles beschrieben habe. Ihr kanntet es ja bereits.« Carl Otto klang so zerknirscht, dass Cristina unwillkürlich lachen musste.

»Macht Euch deswegen keine Vorwürfe! Wir waren zwar schon mehrmals in Tresskau, doch so anschaulich, wie Eure Hoheit es getan hat, wurde uns dies alles noch nicht erklärt. Ich gebe sogar zu, dass mir einige Dinge vorher gar nicht aufgefallen sind.«

»Das erleichtert mich!« Carl Otto verbeugte sich spielerisch vor ihr und wies dann auf seinen Vater und seinen Bruder, die eben aus dem Schloss traten.

»Wie Ihr seht, ist das Begrüßungskomitee vollständig angetreten!«

»Einen guten Tag wünsche ich und entbiete Euch ein herzliches Willkommen! Sollte mein Bruder Euch auf der Herfahrt gelangweilt haben, versetze ich ihn nach Saalstein, wo er die Maurer beaufsichtigen kann, so dass er dem Genuss, Mademoiselle Chiodis göttlicher Stimme lauschen zu dürfen, entsagen muss«, rief Carl Wilhelm, während Fürst Carl Lothar Lauenstein die Hand reichte.

»Es freut mich, Euch wiederzusehen! Aber eines lasst Euch gesagt sein: In Saalstein-Tresskau sind Duelle verboten. Laut meinem Sohn sollt Ihr ein fürchterlicher Duellant sein.«

»Mit dem Sohn ist Carl Wilhelm gemeint«, erklärte dessen Bruder grinsend.

»Da du nicht in Friedrichsthal dabei warst, muss ich es wohl gewesen sein, es sei denn, es gibt einen weiteren Bruder, den ich nicht kenne!« Carl Wilhelm versetzte Otto einen freundschaftlichen Knuff und bot Cristina den Arm. »Darf ich Euch ins Schloss führen, mein Fräulein?«

»Eigentlich bin ich eine verheiratete Frau«, erwiderte Cristina.

»Mit der Erlaubnis des gnädigen Herrn Gemahls natürlich! Scharlotto, würdest du Fräulein Karau diesen Dienst erweisen?«

Carl Wilhelm grinste seinen Bruder dabei auf eine Art an, dass Cristina sich sagte, dass beide doch arge Kindsköpfe sein mussten.

12.

Cristina kannte das Schloss und wusste, dass es innen bequemer ausgestattet war, als es der rustikale Eindruck von außen erwarten ließ. Sie erhielt dasselbe Zimmer wie bei ihren früheren Aufenthalten. Eine Änderung aber gab es. Das Zimmer neben dem ihren, in dem sonst Elisabeth geschlafen hatte, war an Lauenstein vergeben worden, während Elisabeth nun das Zimmer bezog, das bisher ihm zur Verfügung gestanden hatte.

Für Metteur wurde ebenfalls eine Unterkunft gefunden, und so erschienen sie alle wenig später zur Abendtafel, zu der hier im Vergleich zu Meiningen und Weimar ländlich früh gerufen wurde.

Sie waren nicht die einzigen Gäste im Schloss. Neben einigen Männern, die aus der Gegend stammen mochten, war auch ein Herr in dunkelblauer Uniform, einer roten Schärpe und Lederstiefeln darunter. Cristina fand es anmaßend, dass er mit dem Hut auf dem Kopf in den Speisesaal trat und seinen Zweispitz erst einem Lakaien reichte, als er Platz genommen hatte.

»Dieser Herr ist Colonel Duclos, der Sonderbeauftragte Seiner Exzellenz Napoleon Bonaparte, des Ersten Konsuls der Französischen Republik«, stellte Carl Otto ihn vor.

»Sehr angenehm!«, antwortete Lauenstein höflich.

Cristina nickte kurz, wandte sich dann aber ihrem Gastgeber zu. »Haben Eure Hoheit besondere Wünsche bezüglich der Lieder, die ich hier singen soll?«

»Madame ist wohl eine *chanteuse!*«, sagte Duclos, ohne dem Fürsten die Gelegenheit zu geben, auf Cristinas Frage zu antworten.

»Signorina Chiodi ist eine ausgezeichnete Sängerin. Ihr zuzuhören ist jedes Mal ein Genuss«, erklärte Carl Wilhelm.

Auch ihm scheinen die etwas zu freien Manieren des Colonels nicht zu passen, dachte Cristina.

»Dann freue ich mich doppelt, just zu der Zeit hier zu sein«, sagte Duclos. »Madame singen doch gewiss auch französische Lieder?«

»Bedauerlicherweise nein«, antwortete Cristina lächelnd. »Doch wenn Monsieur eines hören will, werde ich zusehen, an eines zu gelangen.«

»Ich bin gerne bereit, Euch dabei behilflich zu sein!«

In Cristinas Ohren klang Duclos' Bemerkung ein wenig anzüglich, und sie verstärkte ihr Lächeln. »Monsieur sollten an solche Dinge nicht denken. Ich bin mit einem sehr eifersüchtigen Mann verheiratet. Dieser gilt als ausgezeichneter Schütze und hat bereits mehrere Männer, die mir näher getreten sind, als ihm lieb war, im Duell erschossen.«

Elisabeth versteckte das Gesicht hinter ihrem Weinglas und konnte sich gerade noch beherrschen, nicht zu lachen, während Lauenstein eine traurige Miene zog.

»Es ist nicht immer von Vorteil, mit einer so jungen und schönen Frau verheiratet zu sein«, sagte er. »Es tut mir stets im Herzen weh, diesen in der Blüte ihrer Jugend stehenden Herren ein so abruptes Ende bereiten zu müssen.«

»Ich war einmal Zeuge eines solchen Duells«, warf Carl Wilhelm ein. »Der Gegner wusste um Herrn von Lauensteins Ruf und schoss vor der Zeit, um sein Leben zu retten. Herr von Lauenstein nahm die Kugel in seiner Schulter hin wie einen Regentropfen, der ihn zufällig trifft, und legte dann an. Sein Gegner hat noch verzweifelt um Gnade gewinselt. Aber …« Der Erbprinz hob beide Arme in einer bedauernden Geste.

Duclos starrte Lauenstein an, der mit seinem stattlichen Umfang nicht gerade wie ein Held wirkte. Mit einer Pistole in der Hand brauchte er jedoch kein Held zu sein, sondern lediglich ein ausgezeichneter Schütze und ein Mann kalten Blutes.

»Madame sind sicher sehr froh, so gut beschützt zu werden?«, fragte er Cristina.

Sie nickte lächelnd. »So ist es, Monsieur! Meine Leidenschaft gilt der Musik, nicht anderen Dingen.«

»Man nennt Madame auch die ›Venus aus Eis‹!«, setzte Carl Otto grinsend hinzu.

Cristina fragte sich, wie er von diesem Beinamen erfahren haben mochte. Mehr noch aber irritierte sie die Anwesenheit dieses Franzosen am Hof dieses Ländchens. Was mochte er hier wollen? Während des Mahls erfuhr sie nichts darüber. Später, als sich alle in einem Salon einfanden, dessen rustikales Aussehen von bequemen Sesseln, niedlichen Intarsientischen und farbenfrohen Wandteppichen gemindert wurde, ergriff Duclos das Wort.

»Es ist der Wunsch Seiner Exzellenz, des Ersten Konsuls der Französischen Republik, mit allen Nachbarn in Frieden zu leben. Aus diesem Grund strebt er ein Bündnis mit den Reichen an, deren Herrschern wie ihm am Frieden gelegen ist.«

»Das ist ein nobler Vorsatz!«, erklärte Fürst Carl Lothar.

»Ein fester Bund Frankreichs mit den meisten Ländern und Herrschaften des Heiligen Römischen Reiches wäre für alle von Vorteil«, fuhr Duclos in seinen Ausführungen fort. »Der Frieden wäre gesichert. Handel und Gewerbe würden aufblühen und ein neues Zeitalter des Glücks und der Harmonie entstehen.«

Cristina lauschte Duclos und fand, dass ihr ein solches Zeitalter gefallen könnte. Nach mehr als einem Jahrzehnt Krieg mit Frankreich sehnten die Menschen den Frieden herbei. Ein Aufschwung des Handels und des Gewerbes würde es den Fürsten erlauben, mehr Geld für Theater, Oper und Konzerte auszugeben, und damit auch ihr zugutekommen.

Daher wunderte sie sich über die ernste und sogar ablehnende Miene, die Carl Otto aufgesetzt hatte, und sprach ihn darauf an, als der Abend zu Ende war.

Der junge Prinz zog ein grimmiges Gesicht. »Ich weiß nicht, ob ich es sagen soll, Madame. Auf dem Papier oder wie hier aus dem Mund Colonel Duclos' hört es sich wunderbar an. Mich stört jedoch die Ausführung. Ich habe die Franzosen in Italien wie auch im letzten Jahr in Baiern erlebt. Sie sagen, sie kommen als Befreier. Vielleicht denken das auch einige von ihnen. Doch dann folgt ein Rattenschwanz in Form von Kontributionen, der Herausgabe von Kunstschätzen, die als Beute nach Paris geschafft werden, die Versorgung französischer Heere ohne Gegenleistung und die Stellung von Soldaten. Dies ließe sich vielleicht noch ertragen, doch die Männer, die der Konsul Bonaparte schickt, um alles zu überwachen, sind keine Heiligen, sondern Menschen. Viele davon wollen sich selbst bereichern und pressen noch mehr

Geld und Gut aus den angeblich befreiten und verbündeten Ländern. Völker, die Frankreich als Brüder bezeichnet, werden auf diese Weise zu Sklaven, denn jeder Versuch, sich gegen Unrecht und Ausbeutung zu verwahren, wird vom Ersten Konsul als feindlicher Akt betrachtet. Man wird von Bonapartes Vertrauten bestohlen und dafür bestraft, weil man sich nicht bestehlen lassen will!«

Das klingt wahrlich anders als das, was Duclos gesagt hatte, dachte Cristina. Nun war sie froh, dass Frankreich eine geraume Zahl an Meilen von den hiesigen Fürstentümern entfernt lag und Bonapartes Handlanger hier wohl kaum Macht erlangen würden.

13.

Um seinen französischen Gast zu ehren, bat Fürst Carl Lothar Cristina, auch in französischer Sprache zu singen. Daher übersetzte sie mit Elisabeths Unterstützung einige Lieder und trug sie am nächsten Abend vor. Duclos applaudierte begeistert und überschüttete sie mit einer Fülle von Komplimenten, wie es wohl nur ein Franzose vermochte.

»Ihr müsst unbedingt nach Paris kommen! Der Erste Konsul wird hingerissen sein«, forderte er sie auf.

»Bis dies möglich sein könnte, wird es jedoch etwas dauern«, antwortete Cristina. »Nach dem Aufenthalt in Tresskau und zwei weiteren Konzerten anderenorts werde ich mich für eine gewisse Zeit zurückziehen müssen.« Deutlicher wollte sie auf ihre Schwangerschaft nicht hinweisen.

Duclos begriff es jedoch und deutete eine Verbeugung an. »Ich wünsche Madame viel Glück und Eurem Gemahl das, was er sich wünscht!«, sagte er und fragte dann, ob sie in Tresskau noch einmal singen werde.

Cristina nickte. »Ich singe morgen Abend auf den Stufen des Doms. Die Akustik dort ist wundervoll.«

»Werden Madame erneut ein oder zwei französische Lieder singen? Wenn Ihr erlaubt, lasse ich Euch einige Noten und Liedertexte aus Paris schicken!«

»Es wäre mir – wie sagt man? – ein *grand plaisir!*«, antwortete Cristina lächelnd und dachte, dass sie in der Zeit, in der sie auf die Geburt ihres Kindes wartete, eine gewisse Beschäftigung brauchte.

Danach galt es für Cristina, sich auf das Konzert auf dem Marktplatz vorzubereiten. Sie hatte die Liste der Lieder mit Elisabeth und Metteur abgesprochen, der sich längst als eifriger Helfer erwiesen hatte und, wie er sagte, den Tag herbeisehnte, an dem sie gemeinsam mit Belle Légendaire auf der Bühne stehen und ihre Stimme den Sieg davontragen würde.

Zu dem Konzert unter freiem Himmel hatten sich viele Menschen aus der Stadt und dem Umland eingefunden. Die meisten standen, denn nur für wenige waren Stühle aufgestellt worden, wie für Cristinas Begleiter und Duclos. Cristina hatte bereits auf dem Marktplatz gesungen. Diesmal aber war es anders. Ihre Stimme klang sanfter, zärtlicher als früher, ohne jedoch an Kraft und Ausdruck zu verlieren, und als sie zuletzt vor dem versammelten Publikum knickste, tobte dieses vor Begeisterung.

»Das war herrlich!«, lobte Carl Otto, der als Erster auf Cristina zukam und sich zum Zeichen seiner Achtung vor ihr verbeugte.

»Das war es wirklich!«, stimmte Duclos ihm zu und wiederholte seinen Wunsch, Cristina auch einmal in Paris singen zu hören.

Cristina lächelte nur und sagte sich, dass sie, bevor sie so weitreichende Pläne schmieden konnte, erst einmal eine geraume Zeit zu Hause bleiben würde.

SIEBTER TEIL

Veränderungen

1.

Cristina sah Dörthe lächeln und entspannte sich wieder. Wie hatte die Hebamme gesagt? *Die Geburt eines Kindes dauert nun einmal länger, als es zu zeugen.* Zwar wusste Cristina nicht, welche Erfahrung Dörthe bei Letzterem gewonnen hatte, aber eines war gewiss: Bereitete das eine Vergnügen, so war das andere eine Schinderei.

»Kann man denn gar nichts machen? Sie quält sich so«, sagte Elisabeth, die kalkweiß an der Wand stand.

Dörthe, die auf Cristinas Wunsch hin von Sondershausen gekommen war, drehte sich zu Elisabeth um. »Bei wie vielen Geburten seid Ihr schon dabei gewesen?«

»Nun … ich … es ist das erste Mal!«, gab Elisabeth zu.

»Ich habe mehr als dreißig gebärende Frauen betreut. Alle Kinder sind gesund zur Welt gekommen, und die Mütter haben es gut überstanden. Daher solltet Ihr meiner Erfahrung vertrauen. Bis jetzt ist alles so abgelaufen, wie es soll, und das wird es mit Gottes Hilfe auch weiterhin.« Noch während Dörthe es sagte, legte sie die Hand auf Cristinas Bauch und nickte zufrieden. »Es sieht so aus, als wollte das Kleine bald ans Tageslicht.«

»Ich hätte nichts dagegen!«, stöhnte Cristina, da die Wehen wieder stärker wurden.

»Macht Euch keine Sorgen. Das Kind weiß selbst am besten, wann es an der Zeit ist, sich aus dem Mutterleib zu verabschieden«, sagte Dörthe und forderte Cristina auf, stärker zu pressen.

»Ich dachte, das Kind weiß selbst, wann es kommen soll?«, antwortete Cristina mit zusammengebissenen Zähnen.

»Für ein wenig Mithilfe ist es trotzdem dankbar«, antwortete

Dörthe trocken und beugte sich über sie. »Gut so! Noch ein wenig stärker pressen. Es kommt!«

Für Cristina fühlte es sich an wie eine Erschütterung des gesamten Körpers, dann war alles vorbei bis auf ein leichtes Ziehen in der Schamgegend.

Dörthe hatte das Kind aufgefangen und sah es sich an. »Es ist nicht gerade ein Riese, aber es ist alles dran, was dazugehört«, kommentierte sie zufrieden.

»Was ist es?«, fragte Cristina angespannt.

»Herr von Lauenstein wünscht sich wohl einen Sohn? Nun, damit kann ihm gedient werden«, erklärte Dörthe und hielt Cristina den Jungen so hin, dass sie ihn sehen konnte.

»Gott sei Dank!«, stöhnte diese.

»Ist es Euch wirklich so wichtig?«, fragte Dörthe. »Ihr seid jung genug, um noch weitere Kinder zu gebären.«

»Es geht nicht um mich, sondern um meinen Ehemann. Er mag ruhig noch ein oder zwei Töchter bekommen, da er nun den Sohn hat, der die Sippe weiterführen kann.«

»Gleich zwei Töchter? Bei dem, was ich heute gesehen habe, bin ich froh, dass ich kein einziges Kind bekommen habe!«, rief Elisabeth. Dann schüttelte sie den Kopf. »Hätte Gott es nicht anders einrichten können? Es war fast wie bei der Katze, bei der ich einmal zugesehen habe, wie sie ihre Jungen bekommen hat!«

Bei dem Vergleich verzog Cristina zunächst den Mund, musste dann aber doch lachen. »Ihr bringt komische Vergleiche, meine Liebe.«

»Im Grunde stimmt es!«, sagte Dörthe. »Nun muss der Knabe abgenabelt werden. Keine Sorge, es wird nicht wehtun!«

Obwohl Dörthe sowohl vorsichtig wie auch geschickt war, schmerzte es Cristina, als die letzte Verbindung zu ihrem Kind durchtrennt wurde, und sie überfiel für den Augenblick das Gefühl eines großen Verlusts.

Du bist ein Schaf, schalt sie sich in Gedanken. Eigentlich ist es ein großer Gewinn, denn nun konnte sie ihr Kind auf den Arm nehmen und es herzen.

So schnell wie erhofft kam es jedoch nicht dazu, denn Dörthe wollte den Jungen erst säubern und wickeln. Als dies geschehen war, reichte sie das Kind an Elisabeth weiter, die es zaghaft entgegennahm, und widmete sich erneut der Mutter. Erst als die Nachgeburt abgegangen, Cristina sauber war und in einem frischen Nachthemd steckte, durfte auch sie ihren Sohn halten.

»Er ist wunderschön!«, sagte sie und kitzelte ihn mit der Spitze des Zeigefingers am Kinn.

Der Kleine gluckste und sah sie mit großen Augen an.

»Ich bin deine Mama!«, sagte Cristina zärtlich.

»Willst du ihn wirklich selbst nähren?«, fragte Elisabeth. »Keine der feinen Damen tut das.«

»Ich bin keine feine Dame, sondern eine Gauklerin italienischer Herkunft«, antwortete Cristina mit einer gewissen Schärfe.

Ihre Freundin griff dieses Thema immer wieder auf und verwies auf die Frauen des Adels sowie auf die des gehobenen Bürgertums, die für ihre Kinder Ammen suchten, um es selbst nicht Kühen, Ziegen und anderen Tieren gleichtun zu müssen, die ihre Jungen säugten. Bei der Zeugung und der Geburt taten die das doch auch, dachte Cristina. Warum also war es für diese Damen ein Gräuel, ihre Kinder zu stillen?

Da öffnete Dörthe ihr Nachthemd und legte ihr den Kleinen an die Brust. »Ihr macht es richtig. Eine Mutter nährt ihr Kind neun Monate in ihrem Leib. Es dann nicht mehr zu tun, ist grausam! Es durchtrennt das Band, das beide verbindet.«

Cristina lächelte zufrieden, während Elisabeth eine abwehrende Miene zog. Allerdings fragte sich auch diese jetzt, weshalb die Frauen der einfachen Stände ihre Kinder nährten, während die Frauen gehobener Klassen dies vehement ablehnten.

»Sollten wir nicht Herrn von Lauenstein Bescheid geben, dass er Vater eines strammen Sohnes geworden ist?«, fragte Elisabeth.

»Ganz so stramm ist der Kleine nicht, aber groß und kräftig genug, um dem Leben mit Zuversicht entgegensehen zu können!« Dörthe amüsierte sich über Elisabeths Überschwang. Diese benahm sich, als wäre sie die leibhaftige Großmutter des Kindes.

Auch Cristina lächelte. »Wie Ihr sehen könnt, hat Tilda den Raum verlassen und will sich gewiss ihren Botenlohn bei meinem Herrn Gemahl verdienen.«

»Ich hätte es ihm auch sagen können«, meinte Elisabeth enttäuscht.

»Dafür durftet Ihr den Kleinen als Erste in den Armen halten«, sagte Cristina lächelnd.

»Als Erste nicht. Das war Dörthe!«, widersprach Elisabeth.

»Ich bin nur die Hebamme. Die zählt nicht!«, erwiderte diese und forderte Cristina auf, den Kleinen an die andere Brust zu legen.

2.

Cristina saß im Bett und hatte den Kleinen auf den Schoß genommen, als Dörthe Lauenstein endlich erlaubte, einzutreten. Der alte Herr betrachtete das Kind mit sichtlicher Rührung, aber auch ein wenig verwirrt. Er hatte selbst nie daran gedacht, zu heiraten und eine Familie zu gründen, und die Ehe mit Cristina hatte Herzog Georg angeordnet. Doch er hatte längst erkannt, dass die Zeit mit Cristina die glücklichste seines Lebens war.

»Nun, mein gestrenger Herr Gemahl, seid Ihr zufrieden?«, fragte Cristina, da er stumm vor ihr stand und keine Worte zu finden schien.

»Bei Gott! Ich kann es nicht beschreiben«, sagte er so leise, als habe er Angst, das Kind zu erschrecken.

»Wollt Ihr ihn einmal halten?«, fragte Dörthe und brachte Lauenstein damit dazu, ein paar Schritte zurückzutreten.

»Habt keine Angst! Er ist nicht aus Glas. Fallen lassen solltet Ihr ihn allerdings nicht.« Kurz entschlossen nahm Dörthe den Jungen und reichte ihn Lauenstein, war aber bereit, jederzeit zuzugreifen, wenn es nötig sein sollte.

Lauenstein hielt seinen Sohn, der leise schmatzte und dann leicht aufstieß, und sah Cristina an. »Du willst ihn wirklich selbst nähren?«

»Dörthe meint, es wäre das Beste für das Kind.«

»So ist es«, stimmte die Hebamme ihr zu. »Solange das Kind im Mutterleib ist, wird es von diesem genährt. Warum soll es, wenn es geboren ist, mit einem Mal anders sein?«

»Man wird dich bei Hofe für sehr verschroben halten, und es werden einige ihre Schnäbel deswegen wetzen«, gab Lauenstein zu bedenken.

Cristina fauchte leise. »Sollen sie! Ich will einen gesunden Sohn. Außerdem bin ich keine Dame von Adel, sondern fahrender Leute Kind.«

Lauenstein kannte sie gut genug, um zu wissen, wann es sinnlos war, weiter auf sie einzureden. Ganz aber wollte er dieses Thema nicht fallen lassen. »Wenn du das Kind selbst stillst, wirst du in diesem Jahr keine Tournee mehr machen können.«

Im Augenblick war Cristina ihr Sohn wichtiger als Konzerte. Da sie allerdings von dem Geld lebten, das sie damit verdiente, konnte sie ihre Karriere nicht wegen des Kindes aufgeben. »In diesem Jahr werden wir wohl zumeist in Meiningen bleiben müssen. Doch hat der Herzog bereits angekündigt, dass er es begrüßen würde, wenn im *Sächsischen Hof* noch heuer Theater und eine Oper gespielt wird. Der Saal ist groß genug dafür. Ich habe ihm geraten, Mozarts ›La clemenza di Tito‹ aufführen zu lassen, und würde die Rolle der Vitellia spielen. Seine Hoheit wünscht zudem, dass ich ein Konzert in Liebenstein gebe. Dorthin können wir unseren Sohn mitnehmen, und ebenso nach Rudolstadt und Tresskau!«

Lauenstein nickte. Auch wenn Cristina sich in diesem Jahr schonen musste, so würde eine Opernrolle in Meiningen und Auftritte in Liebenstein und den anderen Städten ausreichen, um ihren Namen in Erinnerung zu behalten.

»Ich werde Herrn Metteur in diesem Sinne schreiben. Er soll weitere Engagements erst für das Jahr 1803 vereinbaren«, erklärte er.

»Da ich meinen Sohn bei mir haben will, sollten es keine langen Reisen werden«, mahnte Cristina und musterte ihn durchdringend. »Nun, mein Herr! Ihr seid vor der Geburt des Kindes einer Entscheidung ausgewichen, wie es einmal heißen soll. Jetzt ist es an der Zeit, einen Namen zu bestimmen.«

»Nun, ich …« Lauenstein brach ab und reichte den Kleinen an Dörthe zurück. »Ich dachte, ihn zu Ehren unseres Herzogs Georg zu nennen.«

»Auch wenn dies Seiner Hoheit gefallen könnte, würde ich davon abraten«, erklärte Cristina mit ernster Stimme. »Auch würde ich die Namen Carl, Friedrich, August und andere Herrschernamen ausschließen. Es könnte Leute, die uns nicht wohlgesonnen sind, dazu bringen, Dinge zu behaupten, die zwar nicht wahr sind, uns aber trotzdem in Kalamitäten bringen könnten.«

»Du denkst, man würde nicht glauben, dass du die Avancen verschiedener hoher Herren abgewiesen hast, und daher an meiner Vaterschaft zweifeln?« Daran hatte Lauenstein nicht gedacht und war daher froh, dass es Cristina eingefallen war. »Aber welchen Namen sollten wir dann nehmen? Etwa meinen eigenen?«

»Nicht ganz. Ich dachte an Albert. Er erinnert an Euren Namen Irmbert und führt damit die Familientradition fort.«

»Die es so nie gegeben hat!«, meinte Lauenstein mit einem leisen Lachen. »Die Lauensteiner benannten ihre Söhne immer nach dem Namen ihrer besten Freunde.«

»Nur habt Ihr keinen besten Freund!«

Lauenstein lächelte. »Ich hatte Freunde, und einer davon hieß sogar Albert. Also nennen wir unseren Sohn so! Es entspricht unserer Tradition.«

Cristina lächelte, und da wollte der Kleine sich nicht ausschließen.

»Wie man sieht, ist er damit einverstanden«, sagte Cristina lächelnd und stellte die nächste Frage. »Wollen wir ihn in der Hofkirche taufen lassen oder in der Stadt?«

»Zwar leben wir nicht im Schloss, zählen aber zum Hofstaat. Daher könnte Hofprediger Vierling es als Affront auffassen, wenn nicht er, sondern der Stadtpfarrer das Kind über das Taufbecken hält. Auch«, Lauenstein hob den Zeigefinger, »würde es uns vielleicht der Ehre berauben, dass Herzog Georg der Gevatter unseres Sohnes wird.«

»Dann solltet Ihr Herrn Johann Lorenz Vierling die Nachricht zukommen lassen, dass Albert von Lauenstein seiner Taufe harrt«, erklärte Cristina und bat ihren Mann, sie zu entschuldigen, da besagter Albert von Lauenstein Anzeichen von sich gäbe, wieder hungrig zu sein.

3.

Während Cristina sich in diesem Jahr fast ausschließlich ihrem Sohn widmete und außerhalb Meiningens nur wenige Male auftrat, rollte das Rad der Zeit weiter. Frankreich und England schlossen den Vertrag von Amiens, und der Friede in Europa, den alle ersehnten, schien so nahe zu sein wie lange nicht.

Im Hintergrund wurde weiter der Kampf um Einfluss und Macht ausgefochten. Um zu verhindern, dass die beiden rivalisierenden Reiche Österreich und Preußen sich verbündeten, um den an Frankreich verlorenen Einfluss auf die übrigen deutschen Länder zurückzugewinnen, ging Bonaparte auf Preußen zu und bot König

Friedrich Wilhelm III. ein Bündnis an, das diesem Entschädigung für die an Frankreich verlorenen Gebiete versprach.

Da Friedrich Wilhelm III. anders als sein Großonkel Friedrich der Große weder entschlossen handeln konnte noch ein großer Heerführer war, nahm er das Angebot erleichtert an. Außerdem lockte Bonaparte ihn mit der Aussicht auf das mit Großbritannien in Personalunion verbundene Hannover, das für den Fall, dass die Regierung König Georges III. die Friedensbedingungen nicht einhielt, an Preußen gehen sollte.

Um die großen Dinge kümmerte Bonaparte sich selbst. Für Angelegenheiten geringerer Wichtigkeit und die Arbeit im Geheimen verfügte der Erste Konsul der Franzosen über Männer wie Colonel Duclos, den Cristina in Tresskau kennengelernt hatte, und Cristinas einstigen Entführer Balduin von Vollendorf, der nun als Baudouin de Pleinevillage auftrat.

Bonapartes Friedensschluss mit England und sein Bündnis mit Preußen beendete die Arbeit dieser Männer nicht, sondern machte sie im Gegenteil noch wichtiger. Während Duclos mit weiteren Gesandten Bonapartes die Herrscher der kleinen Staaten in Deutschland überzeugen sollte, sich seinem Herrn anzuschließen und einen von Frankreich dominierten Bund zu bilden, hatten Männer wie Vollendorf die Aufgabe, die Feinde Frankreichs in diesen Ländern ausfindig zu machen und dafür zu sorgen, dass ihr für Bonaparte schädliches Werk unterbunden wurde.

Die Tatsache, dass Vollendorf als Agent und Reisemarschall der berühmten Sängerin Belle Légendaire galt, half ihm bei diesem Tun. Da er ihre Auftritte selbst aushandelte, konnte er diese so vereinbaren, dass sie ihn in die Gegend brachten, in der er für Bonaparte tätig werden musste.

Nun befanden sie sich in einer nachrangigen Stadt an der Donau. Ein örtlicher Adeliger hatte Belle Légendaire eingeladen und schien gewillt, nicht nur ihre Stimme zu hören, sondern auch intimer mit ihr zu werden. Da er mit einigen hohen Herren in Wien befreundet war, riet Vollendorf der Sängerin, auf die Avancen des Mannes einzugehen und ihn dabei geschickt auszufragen. Wie dies ging, hatte Chantal Deconnu ihr beigebracht.

»Nun gut, wenn Ihr es meint, werde ich die Einladung zu dem Souper annehmen. Worüber soll ich mit ihm reden?«, fragte Belle Légendaire an diesem Abend.

»Erzähle ihm von deinen Triumphen in Sankt Petersburg und zähle die Namen der russischen Grafen und Fürsten auf, die du dort kennengelernt hast. Schwärme von deren Großzügigkeit und drücke die Hoffnung aus, bald wieder dorthin eingeladen zu werden. Wenn ich mich nicht sehr irre, wird der Herr dann von seinen Kontakten nach Russland berichten, und von denen seiner Freunde dorthin. Merke dir die Namen und was er sonst noch erzählt. Ich bin mir gewiss, es wird für uns von Interesse sein.« Vollendorf lächelte und tätschelte ihr die Wange. »Du wirst das gut machen!«

»Ihr sagt immer Du zu mir! Metteur war sehr viel höflicher«, beschwerte sich Belle.

»Er war auch nur ein Bürgerlicher, ich hingegen bin ein Baron«, konterte Vollendorf gelassen.

»Das sagt Ihr! Ich habe noch keinen Adelsbrief gesehen.« Belle passte es nicht, dass der Agent ihr vorschrieb, was sie zu tun hatte. Einmal war er sogar grob geworden und hatte ihr Ohrfeigen versetzt. François Metteur hatte dies nie getan. Gelegentlich bedauerte sie es, ihn fallen gelassen und sich mit Vollendorf zusammengetan zu haben. Andererseits war ihr Leben seitdem weitaus aufregender, und ihr neuer Agent beschwerte sich auch nicht, wenn sie ein paar Hundert Taler ausgab, weil ihr etwas gut gefiel. In der Hinsicht war Vollendorf für sie eine deutliche Verbesserung.

Belle knickste mit einem gewissen Übermut. »Wenn Ihr erlaubt, ziehe ich mich in mein Zimmer zurück, um mich für das Souper bei dem Herrn von, wie heißt er noch mal …?«

»Von Erlen!«, half Vollendorf ihr aus und sah zu, wie sie mit tänzelnden Schritten das Zimmer verließ.

Chantal Deconnu verzog das Gesicht, als sich die Tür hinter Belle geschlossen hatte. »Sie ist zwar dumm wie Bohnenstroh, hat aber eine natürliche Schläue und weiß die Herren, mit denen sie schläft, zum Reden zu bringen. Wenn sie sich nur nicht immer wieder so widerspenstig zeigen würde! Vielleicht könnte es helfen, wenn Ihr nicht nur ihr Agent, sondern auch ihr Liebhaber wärt.«

Vollendorf verschluckte sich bei diesen Worten an seinem Wein. Ausgerechnet er, der das andere Geschlecht nur in Form sehr junger Frauen in ihrer ersten Blüte schätzte, sollte die nicht mehr junge Belle Légendaire beschlafen, die bereits in mehr Betten gelegen war, als eine Kompanie Soldaten zählte? Seit ihm Cristina Chiodi durch die Lappen gegangen war und er fluchtartig das Land hatte verlassen müssen, hatte er seiner Vorliebe nur noch selten frönen können. Dies war jedoch nichts, was Belle Légendaire oder gar die Hure Deconnu etwas anging.

»Es ist mir lieber, mich nicht zu sehr an Belle zu binden!«, antwortete er daher vorsichtig. »Außerdem will ich darauf hinweisen, dass ich zwar deren Agent und Reisemarschall bin, in erster Linie aber dem Ersten Konsul Frankreichs diene.«

»Wie es auch bei mir der Fall ist! Doch sagt mir, steht Ihr mehr auf Knaben, weil Ihr einen so wohlfeilen Bissen wie Belle verschmäht?« Chantal Deconnu hatte an Vollendorf zwar keine Anzeichen dafür bemerkt, doch einen Grund musste es dafür geben, dass er nicht bei der Sängerin anbiss.

»Sagen wir, sie ist mir etwas zu wohlfeil. Außerdem bin ich nicht hierhergekommen, um mit Belle Adam und Eva zu spielen, sondern um Bonapartes Befehl auszuführen …«

»… und den Comte de Laroc zu töten!«, vervollständigte Chantal Deconnu den Satz. »Wisst Ihr mittlerweile, wo er zu finden ist?«

»Um das herauszufinden, werde ich heute Abend ebenfalls ausgehen. Es gibt eine Spielhölle, von der es heißt, dass Laroc diese öfter frequentiert.« Mehr wusste Vollendorf nicht. Da ihm seine Auftraggeber jedoch eine gute Beschreibung des Gesuchten gegeben hatten, war er sicher, ihn zu erkennen.

4.

Wenig später hielt eine Kutsche vor dem Gasthof, um Belle Légendaire zu ihrem derzeitigen Galan zu bringen. Kurz darauf machte sich auch Vollendorf auf den Weg. Die Stadt war nicht groß und lag in der Nähe von Linz. Von hier war es nicht weit bis zur bairischen Grenze. Daher kamen an diesem Ort genug Gäste zusammen, so dass sich ein solcher Spielsalon lohnte. Allerdings durfte das Etablissement nicht jeder betreten. Man benötigte eine Empfehlung für den Eintritt. Bonapartes Agenten war es gelungen, an eine zu gelangen und sie ihm zukommen zu lassen. Daher trat Vollendorf zuversichtlich auf ein unscheinbares Gebäude zu und schlug den Türklopfer an.

Es wurde sofort geöffnet. Ein Mann, der ein ganzes Stück größer war als er und mit Muskeln bepackt, um die ihn ein Ochse beneiden musste, stand hinter der Tür.

»Ihr wünscht, mein Herr?«, fragte er in einem Tonfall, der jeden, der aus Zufall hierher geraten wäre, dazu gebracht hätte, umgehend wieder zu verschwinden.

Als Antwort zog Vollendorf eine Kreuzdame aus einer Rocktasche und zeigte sie dem Mann. Dabei nannte er zwei Namen, den desjenigen, der ihn angeblich auf diese Spielhölle aufmerksam gemacht hatte, und den des Mannes, der sie führte.

»Darf ich den Inhalt Eures Beutels sehen?«, fragte der Türsteher.

Vollendorf zog sein Portemonnaie aus der Rocktasche, schnürte es auf und ließ etliche Gulden in seine hohle linke Hand fallen.

Einen davon reichte er dem Hünen. Dieser schaute darauf und schüttelte den Kopf.

»So geht das nicht, mein Freund! Ihr könnt mir etwas geben, wenn Ihr gewinnt. Vorerst aber solltet Ihr Euch an die Regeln halten.«

»Und die wären?«, fragte Vollendorf mit einem Lächeln, das seine Anspannung verbergen sollte.

»Ihr redet wenig, spielt ehrlich und macht keinen Ärger. Verstoßt Ihr dagegen, wird es mir eine Freude sein, Euch hinauszubegleiten. Solltet Ihr Geld verlieren und Euch an die Obrigkeit wenden, würde es uns ebenfalls nicht gefallen.«

Das wurde im freundlichen Plauderton gesagt, doch Vollendorf verstand die Warnung dahinter. Orte, an denen um viel Geld gespielt wurde, waren den Behörden ein Dorn im Auge. Meistens wurden sie nur geduldet, weil ein Mann in hoher Position seine Hand darüber hielt. Diese Hand musste allerdings gefüttert werden, und das konnte nur auf eine Weise geschehen, durch die die entsprechende Person nicht in Verruf gebracht wurde.

Vollendorf war jedoch nicht gekommen, um nur zu spielen, sondern wollte herausfinden, ob der Comte de Laroc tatsächlich hier verkehrte. Laroc war ein royalistischer Spion und als solcher bisher von England bezahlt worden. Nach dem Friedensschluss von Amiens hatte die englische Regierung die Zahlungen an viele Royalisten eingestellt, und so musste Laroc zusehen, wie er auf andere Weise zu Geld kam. Eine der Möglichkeiten war das Glücksspiel, vor allem, wenn man geschickt darin war, dem eigenen Glück auf die Sprünge zu helfen.

Vollendorf klopfte dem um ein ganzes Stück größeren Türsteher auf die Schulter. »Ich verspreche, ehrlich zu spielen und auch nicht zu klagen, wenn ich verlieren sollte.«

»Das will ich Euch auch geraten haben!« Der Mann grinste, doch es erinnerte Vollendorf an ein Raubtier, das sich darauf freute, gleich zubeißen zu können.

»Geht nun weiter!«, forderte ihn der Türsteher auf.

Vollendorf nickte kurz und betrat den düsteren Gang. Nach einigen Schritten erreichte er einen dichten Vorhang und musste sich hindurchwühlen, bis er die andere Seite erreichte. Es war eine der üblichen Vorsichtsmaßnahmen. Sollten die Behörden hier eindringen wollen, wurden die Beamten so lange aufgehalten, bis die Spieler jenseits des Vorhangs durch den Hintereingang das Weite gesucht hatten.

Hinter dem Vorhang wurde es heller. Der Flur führte noch ein paar Schritte weiter und endete vor einer Tür. Hier stand ein weiterer Mann. Dieser musterte Vollendorf und grinste.

»Seid uns willkommen, mein Herr.«

»Danke!«

Noch während Vollendorf dies sagte, öffnete der Mann die Tür. Vollendorf trat in einen großen Raum mit insgesamt fünf Tischen, an denen gut gekleidete Herren würfelten oder Karten spielten. Einige zeigten unbewegte Mienen, während die Gesichter der anderen entweder vor Freude glänzten, weil sie gewannen, oder besorgt wirkten, da die Münzstapel vor ihnen arg klein geworden waren.

Ein schlanker Mann in einem fliederfarbenen Rock trat auf ihn zu. »Einen guten Abend wünsche ich! Ihr seid uns empfohlen worden?«

»So ist es«, erklärte Vollendorf und nannte den Namen des Mannes, der für eine ausreichende Belohnung die Spielhölle an Bonapartes Agenten verraten hatte.

»Ihr seid mit den Regeln vertraut?«

»Wenn es die sind, die mir Euer Zerberus genannt hat, so bin ich es.«

»Gut!« Der Mann, den Vollendorf für den Betreiber der Spielhölle hielt, nickte. »Wollt Ihr würfeln oder Karten spielen?«

»Würfeln!«, sagte Vollendorf, da er sich dabei besser umsehen konnte als beim Kartenspiel.

Der Mann führte ihn zu einem Tisch, an dem drei Männer saßen. »Meine Herren, darf ich Euch einen neuen Mitspieler vorstellen?«

»Wenn er genug Geld zum Verlieren hat, gerne!«, erwiderte ein untersetzter Mann mit einem erwartungsvollen Grinsen. Den achtlos vor ihm liegenden Münzen zufolge schien er sich auf der Gewinnerstraße zu befinden.

»Noch etwas«, sagte der Besitzer der Spielhölle. »Gespielt wird nur mit den hier vorrätigen Würfeln und Karten. Auch wollen wir nicht, dass einer Fortuna nachzuhelfen versucht.«

Vollendorf nickte und setzte sich zu den dreien. Es war anscheinend nicht üblich, sich vorzustellen, denn die Männer würfelten weiter und reichten ihm dann den Würfelbecher.

»Drei Sechsen sind die höchste Zahl. Sonst gilt, dass bei gleicher Augenzahl drei gleiche Würfel höher zählen«, erklärte ihm der Schlankere der beiden.

Vollendorf würfelte und kam auf Neun. Es gewann der Mann zu seiner Linken mit einer Zwölf. Der Untersetzte, der bis jetzt gewonnen hatte, schob dem anderen mit ärgerlicher Miene einen Gulden zu. Vollendorf tat es ihm gleich und sagte sich, dass hier ziemlich scharf gespielt wurde. An einem Abend konnte ein Mann hier etliche Hundert, wenn nicht gar tausend Gulden verlieren – oder gewinnen. Vor allem kam es darauf an, kühles Blut zu bewahren, und daran schien es dem Untersetzten zu fehlen.

Das Spiel ging weiter. Vollendorf gewann das eine oder andere Mal, verlor aber genauso oft, ohne dass es ihn berührte. So unauffällig wie möglich musterte er die anwesenden Männer. Es war niemand unter ihnen, auf den Larocs Beschreibung zutraf. Damit hatte er rechnen müssen. Jetzt kam es darauf an, ob der Gesuchte erschien, solange er sich an diesem Ort aufhalten konnte, ohne aufzufallen.

5.

Drei Stunden später war der Münzhaufen vor Vollendorf nur unmerklich geschrumpft, während der Untersetzte erheblich verloren hatte. Er fluchte leise, schüttelte den Würfelbecher betont lange und knallte ihn dann ziemlich heftig die Tischplatte. Er würfelte eine Fünf, und das war auch diesmal zu wenig.

»Es sieht aus, als wäre es vorerst mit Eurem Glück vorbei, Lauenstein«, meinte einer der beiden anderen Mitspieler mit einem gewissen Spott.

Vollendorf riss es herum. »Sagtet Ihr Lauenstein?«

»Wieso? Kennt Ihr mich?«, fragte der Untersetzte verwundert.

»Euch persönlich nicht, aber jemanden gleichen Namens«, antwortete Vollendorf.

»Ich bin Leopold von Lauenstein, mit Verlaub gesagt!«

»Ich kannte einen Irmbert von Lauenstein!« Diesmal klang bei Vollendorf ein scharfer Unterton durch.

»Ihr meint diesen Lumpenhund, den der Teufel gezeugt haben muss? Der soll ihn am besten auch holen!« Leopold von Lauenstein war durch die Verluste mürrisch geworden und nahm kein Blatt vor den Mund, als er den Namen des Verwandten vernahm, den er von Herzen hasste.

Vollendorf hörte aufmerksam zu. Da er noch offene Rechnungen mit Irmbert von Lauenstein zu begleichen hatte, war es gewiss kein Nachteil, die Bekanntschaft mit Leopold von Lauenstein zu vertiefen.

»Ihr scheint kein Freund Eures Verwandten zu sein! Seid versichert, ich bin es auch nicht. Darüber sollten wir uns jedoch anderenorts unterhalten. Hier sollte das Spiel im Vordergrund stehen.«

»So ist es!«, erklärte jener Mitspieler, der gerade wieder einen Gewinn einstrich.

Leopold von Lauenstein biss die Zähne zusammen und wartete, bis er wieder an der Reihe war. Mit einem leisen Jubelruf gewann er. Danach ging es bei ihm steil abwärts. Während sich der Münzhaufen vor Vollendorf nach und nach vergrößerte, schwand der seine, bis schließlich nichts mehr da war.

Während Leopold auf den leeren Tisch vor ihm starrte, als könne er nicht begreifen, wo sein Geld geblieben war, schob Vollendorf ihm einen Teil seiner Münzen zu.

»Ich gewähre Euch gerne Kredit. Ihr könnt ihn mir zurückzahlen, wenn Ihr das nächste Mal gewinnt.«

»Ihr seid sehr großzügig!«, meinte ein Mitspieler.

»Es geht mir um das Spiel. Auch seid Ihr mir im Gegensatz zu Eurem Vetter sympathisch.« Vollendorf lächelte und klopfte Leopold von Lauenstein auf die Schulter. »Kopf hoch, das Leben geht weiter, ob man gewinnt oder verliert.«

»Nur ist das Leben schöner, wenn man gewinnt«, warf einer der Mitspieler ein.

»Das ist wahr! Allerdings ist es nicht möglich, dass alle gewinnen«, antwortete Vollendorf und nahm den Würfelbecher.

Es ging weiter, und wie von ihm erhofft, verlor Leopold von Lauenstein auch noch das meiste des geliehenen Geldes. Als kurz vor dem Morgengrauen die Spiele beendet wurden, wirkte er so verzweifelt, dass Vollendorf ihm die Hand auf die Schulter legte. »Wollen wir noch ein wenig spazieren gehen? Hier war die Luft zuletzt doch stickig.«

Leopold von Lauenstein schüttelte zunächst den Kopf, besann sich dann aber und nickte. »Sehr gerne! Dann wird wenigstens der Kopf wieder frei.«

Sie verließen das Haus mit den letzten Spielern. Draußen war es noch dunkel, doch im Osten zeigte sich bereits ein erster fahler Schein.

Nun trennten sie sich von den anderen und ging zu zweit weiter. Leopold von Lauenstein war nur als Schattenriss zu erkennen, dennoch hielt Vollendorf ihn genau im Auge. Zunächst sprachen sie nur über allgemeine Dinge, dann aber lenkte er das Gespräch auf Irmbert von Lauenstein.

Leopold von Lauenstein brachte zunächst nur Verwünschungen über die Lippen. Dabei erfuhr Vollendorf, dass Irmbert von Lauenstein das Erbrecht auf den Lauensteiner Besitz besaß, das sein Begleiter unbedingt für sich gewinnen wollte.

»Verleumdet hat er mich, dieses Schwein, so dass ich mich in der Heimat nicht mehr sehen lassen kann!«, fuhr er fort. »Jetzt friste ich mein Leben auf diese elende Weise.«

»Wenn Ihr im Spiel verliert, wird es gewiss nicht besser«, antwortete Vollendorf spöttisch.

»Dabei habe ich ein Weib, einen Sohn und einen Haufen unnützer Töchter zu versorgen«, fuhr Leopold von Lauenstein verzweifelt fort.

»Mit dem Würfelspiel ist das schwer, eine Familie zu ernähren, vor allem, wenn man nicht das kühle Blut dafür hat. Ich wünschte, ich könnte Euch helfen!« Noch während er es sagte, sah Vollendorf, wie Leopold von Lauenstein seinen Spazierstock mit beiden Händen fasste.

»Ihr könnt mir durchaus helfen, indem Ihr mir jetzt Euer Geld gebt«, sagte dieser und zog seinen Stockdegen.

Bevor er jedoch zustechen konnte, hielt Vollendorf den eigenen Stockdegen in der Hand und richtete ihn auf Leopold von Lauensteins Kehle. »Steckt Euer Spielzeug wieder weg! Ich müsste Euch sonst töten und den Behörden melden, dass Ihr mich überfallen habt und ausrauben wolltet. Euer Weib und Eure Kinder würden danach betteln müssen«, sagte Vollendorf höhnisch.

Leopold von Lauenstein gehorchte mit hängenden Schultern. Zwar sah Vollendorf es nicht, doch er hätte gewettet, dass dem Mann die Tränen kamen.

»Für das Würfelspiel fehlt Euch die Ruhe und zum Straßenräuber das nötige Geschick!«, fuhr Vollendorf fort. »Aber vielleicht kommen wir anderweitig ins Geschäft. Ich würde mich für ein paar Auskünfte durchaus erkenntlich zeigen.«

Eben noch hatte Leopold von Lauenstein befürchtet, selbst niedergestochen zu werden. Nun fasste er neuen Mut. »Wie meint Ihr das?«

»Wir sollten weitergehen! Ich wäre Euch sehr verbunden, wenn Ihr Euren Spazierstock dabei so tragen könntet, dass der Griff nach unten zeigt.« Vollendorf sah zufrieden, dass Leopold von Lauenstein gehorchte. Auch er steckte seinen Stockdegen wieder in die Scheide und hakte den anderen mit dem linken Arm unter.

»Nun, werter Freund, würde ich gerne von Euch wissen, ob sich in dem Spielsalon gelegentlich ein Franzose aufhält, der ein hageres Gesicht hat und als besonderes Merkmal eine Narbe vor dem rechten Ohr aufweist.«

Leopold von Lauenstein wollte schon den Kopf schütteln, kniff dann aber nachdenklich die Augen zusammen. »Es kommt immer wieder einmal ein Franzose mit einem mageren Gesicht und sehr auffälligen Koteletten! Die rechts ist etwas schütterer als die auf der linken Seite. Das könnte von einer Narbe herrühren.«

»Wisst Ihr, wo dieser Mann zu finden ist?«, fragte Vollendorf weiter.

»Er wohnt in demselben Gasthof wie ich. Wir sind dort sehr beengt mit zwei Zimmern und müssen sogar in der Gaststube essen.« Leopold von Lauenstein hoffte auf Geld. Zwar war es ihm nicht gelungen, Vollendorf zu berauben, aber er hatte aus dessen Worten herausgehört, dass dieser ihn für Auskünfte bezahlen würde.

Für Vollendorf stellte das Zusammentreffen mit Leopold von Lauenstein einen Glücksfall dar. Er fragte nun weiter nach dem Mann mit den auffälligen Koteletten und entwarf schließlich einen Plan. Dafür aber brauchte er Leopold von Lauenstein.

»Hört mir gut zu! Ich will, dass Ihr diesem Franzosen eine Nachricht übergebt, und zwar so, dass niemand es bemerkt. Es wird Euer Schaden nicht sein.«

»Ich muss bald meine Unterkunft bezahlen, habe aber das Geld dafür verloren«, sagte Leopold von Lauenstein drängend.

»Spielen sollte man nur dann, wenn man es sich leisten kann«, antwortete Vollendorf. »Ihr könnt es derzeit nicht. Also solltet Ihr es lassen!«

»Aber von etwas muss ich leben!«, wandte Leopold von Lauenstein ein.

»Jeder muss von etwas leben. Ich könnte dafür sorgen, dass Ihr gewisse Einkünfte erhaltet. Dafür aber müsstet Ihr für mich arbeiten.«

»Ich bin ein Edelmann«, protestierte Leopold von Lauenstein.

»Auch Edelmänner müssen essen und wollen ihr Haupt auf ein weiches Kissen betten und nicht unter freiem Himmel schlafen«, erklärte Vollendorf scharf, um dann wieder verbindlicher zu werden. »Außerdem sind Eure Dienste für mich nichts, was einen Edelmann schändet. Ganz im Gegenteil! Ihr empfehlt Euch damit für Herren, die noch weit über uns stehen.«

»Wirklich?« Leopold von Lauenstein schnappte nach dieser Information wie der Fisch nach dem Köder.

»Wenn Ihr Euch als so wertvoll erweist, wie ich Euch einschätze, könntet Ihr dabei sogar reich werden«, lockte Vollendorf.

»Ich denke schon, dass ich das erfüllen kann!«, erklärte Leopold von Lauenstein und wanderte mit Vollendorf den Weg an der Donau entlang, als wären sie die besten Freunde.

Vollendorf erfuhr, dass sein Begleiter nach Wien unterwegs war, um den Kaiser dazu zu bewegen, ihn als den nächsten Freiherrn auf Lauenstein einzusetzen. Hier im Hotel war er auf den Mann mit der von den Koteletten verdeckten Narbe gestoßen. Dieser hatte ihn gewarnt, dass im Umfeld des Kaisers Bestechungsgelder erwartet würden, und ihn auf die Spielhölle aufmerksam gemacht. Doch statt zu gewinnen, hatte Leopold von Lauenstein sein gesamtes Reisegeld verloren und stand nun ohne einen einzigen Gulden da.

»Dieser Herr hat gewiss auch mit Euch gewürfelt und gewonnen?«, fragte Vollendorf mit einem zufriedenen Lächeln.

»Das hat er – und das nicht zu knapp!«, gab Leopold von Lauenstein zu.

»Er ist damit ein Schuft, der Euch um Euer Geld bringen wollte!«, erklärte Vollendorf ihm.

»Jetzt, da Ihr das sagt, muss ich Euch zustimmen!«, sagte Leopold von Lauenstein erleichtert. Der von Vollendorf geäußerte Verdacht bot ihm die Möglichkeit, die Schuld an seinen Spielverlusten nicht bei sich selbst suchen zu müssen, sondern bei jenem Mann.

»Ich sehe, wie verzweifelt Ihr seid! Daher sollten wir jenen Herrn für diese Untat bestrafen.« Vollendorf klang lauernd. Wenn es ihm gelang, Leopold von Lauenstein als Helfer zu gewinnen, konnte er dem Comte de Laroc eine Falle stellen.

»Bestrafen? Wie meint Ihr das?«

»Dieser Mann hat mit Gewissheit falsch gespielt. Man muss es aufdecken, denn er hat wohl auch andere auf diese Weise betrogen!«

»Das glaube ich ebenfalls«, stimmte Leopold von Lauenstein Vollendorf zu. »Aber was können wir da tun?«

»Da fällt mir gewiss etwas ein. Ich schlage vor, wir treffen uns zur Mittagszeit in jenem Gasthof dort vorne. Dort können wir beraten, wie wir vorgehen.«

»Ich werde kommen!«, versprach Leopold von Lauenstein. »Aber nun zu etwas anderem. Meine Ehefrau wollte morgen die Läden in der Stadt ansehen, ob es sich lohnt, etwas zu kaufen. Ich kann ihr jedoch kein Geld geben und will nicht bekennen, dass ich im Spiel verloren habe.«

Vollendorf zog ein Dutzend Gulden aus seinem Beutel. »Hier! Ich will Euch nicht vor Eurer Frau beschämt sehen. Wir treffen uns morgen zur Mittagszeit!« Es klang eine Warnung mit, die Leopold von Lauenstein jedoch überhörte. Schließlich wollte er kommen, denn er hoffte, dass Vollendorf sich als Kuh erwies, die er bedenkenlos melken konnte.

6.

Vollendorf hatte einen grandiosen Plan entwickelt, um Laroc ums Leben zu bringen. Als er jedoch darüber nachdachte, fiel ihm ein, dass komplizierte Pläne die Eigenheit hatten, leichter schiefzugehen als einfache, geradlinige Pläne, und entschied sich anders. Bevor er den Gasthof aufsuchte, in dem er sich mit Leopold von Lauenstein treffen wollte, verfasste er noch rasch einen Brief, in dem er Laroc um ein Treffen bat. Als Absender setzte er den Namen eines bekannten Royalisten ein, der Bonaparte den Tod geschworen hatte. Das Ganze versah er mit einem Schlüsselwort, von dem die Gegner Bonapartes glaubten, es wäre noch geheim, dabei hatten es Agenten längst herausgefunden. Der Hinweis auf Geld, das er Laroc überbringen solle, damit einige Herren in Wien sich für König Louis XVIII. und gegen Bonaparte einsetzten, kam hinzu.

Als Vollendorf zur Mittagszeit aufbrach, war Belle Légendaire noch nicht zurück. Er konnte nur hoffen, dass sich ihr Aufenthalt bei Herrn von Erlen auch lohnte. Wirklich wichtig aber war es ihm nicht.

Mit diesem Gedanken betrat er das Gasthaus und sah Leopold von Lauenstein bereits in einer Ecke sitzen. Ein spöttisches Lächeln trat auf sein Gesicht. Der Mann war begierig nach Geld und gerade deshalb als Handlanger geeignet. Er ging zu dem Tisch und setzte sich.

»Einen guten Morgen wünsche ich Euch!«, sagte Leopold von Lauenstein.

Vollendorf erwiderte den Gruß und winkte den Wirtsknecht zu sich, um Wein und einen Braten zu bestellen.

»Was also kann ich für Euch tun?«, fragte Lauenstein, als der Knecht wieder gegangen war.

»Mehrere Dinge«, erwiderte Vollendorf. »Zum einen solltet Ihr dem Herrn mit dem Backenbart diesen Brief unter dem Siegel der

Verschwiegenheit zustecken. Anschließend reist Ihr nach Wien weiter und gebt Euch dort als Gegner Bonapartes aus. Versucht, in Kreise zu gelangen, die diesem feindlich gegenüberstehen. Was Ihr dort erfahrt, bringt Ihr zu Papier und übergebt es einem noch zu nennenden Flickschuster in Wien, der ihn weiterversorgen wird.«

»Aber das wird viel Geld kosten«, sagte Leopold von Lauenstein listig.

Vollendorf reichte ihm einen Beutel mit Goldmünzen. »Dies dürfte für die Reise nach Wien reichen. Für den Aufenthalt dort stelle ich Euch eine Anweisung über eine entsprechende Summe aus, die Ihr ebenfalls diesem Flickschuster übergebt. Ich rate Euch allerdings eines: Seid vorsichtig und verratet weder mich noch den Flickschuster, noch jemand anderen aus unserem Kreis!«

Damit war für Leopold von Lauenstein klar, dass er als Spion dienen sollte. Der verheißungsvoll klirrende Beutel, den Vollendorf ihm anbot, lockte jedoch. Auch wusste er nicht, ob Kaiser Franz II. die Erbangelegenheit der Lauensteins zu seinen Gunsten entscheiden würde. Wenn er Pech hatte, fuhr er umsonst nach Wien und musste ärmer, als er bereits war, auf seinen kleinen Besitz zurückkehren und dort wie ein Verfemter leben.

»Was würdet Ihr tun, wenn ich mich weigere?«, fragte er vorsichtig.

Vollendorf lachte leise. »Ich halte Euch für einen intelligenten Mann, der weiß, wo seine Vorteile liegen!«

Das war zwar nicht die Antwort auf seine Frage, gab Leopold von Lauenstein jedoch die Gelegenheit nachzusetzen. »Die Sache müsste sich für mich lohnen! Nur meine Ausgaben ersetzt zu wissen, ist mir zu wenig.«

»Und wie schätzt Ihr Euren Wert ein?«, fragte Vollendorf.

»Ich will die Lauensteiner Besitzungen meines Verwandten Wilhelm haben!«, trumpfte Leopold von Lauenstein auf.

»Nicht mehr?«

An dieser Bemerkung hatte Leopold von Lauenstein zu kauen. Da er nicht wusste, wie Vollendorf es gemeint hatte, klopfte er mit der Faust auf den Tisch. »Ich will nicht, dass mein Vetter Irmbert, dieser Kretin, alles erbt!«

Vollendorf kämpfte mit seinen Erinnerungen. Irmbert von Lauenstein war ihm bereits zweimal in die Parade gefahren, ohne dass er sich dafür hatte rächen können. Schon aus diesem Grund musste er sich mit Leopold von Lauenstein zusammentun.

»Das wird er auch nicht! Das verspreche ich Euch«, sagte er mit einem Unterton, der einen sensibleren Menschen als Leopold von Lauenstein aufmerksam hätte werden lassen. Dieser dachte jedoch nur an den Besitz seines Verwandten, den er unbedingt selbst haben wollte. Wenn er ihn bekam, war er nicht mehr der kleine Krautjunker, der kaum sich und seine Familie ernähren konnte, sondern ein reicher, angesehener Mann.

»Ich will es schriftlich haben!«, forderte er energisch.

Vollendorf lachte. »Ihr werdet Euch mit meinem Wort begnügen müssen, mein Freund! Allerdings lasse ich Euch vorerst weitere fünfhundert Gulden zukommen, die Ihr für Euch verwenden könnt.«

Bei diesen Worten leuchteten Leopold von Lauensteins Augen auf. »Zusätzlich zu den Ausgaben, die meine Reise und mein Aufenthalt in Wien mit sich bringen?«

»Zusätzlich!«, bestätigte Vollendorf und empfand den anderen als gierigen, schmierigen Wicht. Er konnte ihn jedoch brauchen, und da war der Preis nicht zu hoch, zumal er sich über ihn auch an Irmbert von Lauenstein rächen konnte.

»Dann machen wir es so! Nennt mir nun noch den Gasthof, in dem Ihr untergekommen seid. Ich werde Euch morgen Nachmittag aufsuchen und Euch die entsprechenden Briefe und Geldanweisungen übergeben.«

Leopold von Lauenstein tat es. Unterdessen brachte der Wirtsknecht das Essen, und für eine gewisse Zeit herrschte Schweigen.

Danach sah Leopold von Lauenstein zufrieden zu, wie Vollendorf die Zeche beglich, und begleitete ihn nach draußen.

»Bis morgen, Monsieur!«, verabschiedete er sich.

»Bis morgen! Und vergesst nicht, dem Backenbart den Brief zu übergeben. Tut Ihr das nicht, sehe ich unsere Vereinbarung als aufgelöst an.« Vollendorf nickte ihm noch kurz zu und kehrte dann zu seinem Gasthof zurück.

Dort berichtete ihm Chantal Deconnu, dass Belle Légendaire mittlerweile zurückgekommen sei und schlafe.

»Der Schlaf sei ihr gegönnt!«, antwortete Vollendorf und zog sich in sein Zimmer zurück, um einige Briefe zu schreiben.

7.

Zu Zeiten des Königs Ludwig XVI. hatte der Comte de Laroc zu den reichsten Adeligen Frankreichs gezählt. Auf der Flucht vor den Revolutionären hatte er jedoch nur einen bescheidenen Anteil seines Vermögens retten können, und nach mehr als einem Jahrzehnt war das meiste davon ausgegeben. Bis zum Vertrag von Amiens hatte er sich noch auf regelmäßige Zuwendungen der englischen Krone verlassen können. Um Bonaparte nicht zu verärgern, hatte England jedoch die Unterstützung bekannter Royalisten eingestellt, und zu diesen gehörte auch er.

Laroc empfand es als entwürdigend, seinen Lebenswandel durch Glücksspiel zu verdienen, zumal er seinem Glück gelegentlich auf die Sprünge helfen musste, da er es sich nicht leisten konnte, zu verlieren. Leopold von Lauenstein hatte er nicht zuletzt deshalb in die Spielhölle eingeführt, um auch ihn um Geld zu erleichtern. Nun wunderte er sich, dass dieser ihm einen Brief übergab, den er von einem anderen Herrn im Spielsalon erhalten haben wollte.

»Könnt Ihr ihn mir beschreiben?«, fragte er.

»Er ist etwa so groß wie Ihr, aber breiter gebaut, und hat ein recht strenges Gesicht«, antwortete Leopold von Lauenstein. Es war eine treffende Beschreibung Vollendorfs, mochte aber genauso gut auf Dutzende andere Männer zutreffen.

Laroc nahm den Brief, bedankte sich und kehrte in sein Zimmer zurück. Nachdem er sich eine Flasche Wein hatte bringen lassen, setzte er sich auf sein Bett und erbrach das Siegel. Der Brief wies die Form auf, in der er und seine Mitverschworenen miteinander kommunizierten. Es fehlten auch die geheimen Schlüsselworte nicht. Einer der royalistischen Patrioten wollte sich mit ihm treffen und ihn nicht nur von Freunden grüßen, sondern ihm auch eine gewisse Summe überbringen.

Laroc war froh um dieses Schreiben – und noch mehr um das Geld. Er sollte den Kontaktmann um zehn Uhr abends in der Nähe der Spielhölle treffen. Unvorsichtig aber wollte er nicht sein. Daher lud Laroc seine Pistole und steckte sie in die Tasche seines Rocks. Danach wartete er die Zeit ab und verließ dann den Gasthof. Nach dem Treffen würde er in die Spielhölle gehen und die Summe, die er erhielt, beim Kartenspiel vergrößern.

Kurz vor zehn Uhr wanderte er am Donauufer entlang zu dem Treffpunkt. Es beruhigte ihn, dass dieser knapp hundert Schritte vom Fluss entfernt lag. Für einen Mordanschlag hätte man gewiss eine Stelle näher an der Donau gewählt, damit seine Leiche von deren Fluten davongetragen werden konnte.

Als Laroc den Treffpunkt erreichte, sah er sich aufmerksam um. Alles war still. Ein Stück entfernt kam ein Passant des Weges, bog dann jedoch ab. Von dem Kontaktmann war nichts zu sehen.

Nach einer Weile wurde er unruhig und fragte sich, aus welchen Gründen ihn der Mann versetzt haben mochte. War er etwa gefangen genommen worden oder gar Bonapartes Häschern zum Opfer gefallen?

Noch während er dies dachte, kam ein Mann hastigen Schrittes auf ihn zu. Obwohl in der Nähe nur eine einzige Lampe brannte, konnte er sehen, dass es sich um einen Mann seiner Größe handeln musste, aber breiter gebaut. Damit war es jene Person, die er erwartete.

»Ihr kommt spät!«, sagte er, als der Fremde vor ihm stand.

Da zuckte dessen rechter Arm hoch, und er sah blanken Stahl im düsteren Licht aufblitzen. Keinen Herzschlag später war es vorbei. Die Pistole in seiner Tasche hatte Laroc nichts geholfen, da der Angreifer den Stockdegen bereits in der Hand gehalten und sofort zugestochen hatte.

Vollendorf nahm sich nicht einmal die Zeit, zu überprüfen, ob sein Opfer tatsächlich tot war, sondern entfernte sich mit raschen Schritten vom Schauplatz des Verbrechens.

8.

Als Vollendorf in sein Quartier zurückkehrte, wurde er von Chantal Deconnu erwartet, die mit dem Schreiben eines längeren Briefes befasst war. Bei seinem Eintreten hob sie den Kopf. »Konntet Ihr den Auftrag ausführen?«

Vollendorf nickte. »Das konnte ich! Morgen früh wird man sich fragen, wer den armen Laroc umgebracht hat. Wenn er in seinem Gasthof unter einem falschen Namen eingekehrt ist, wird nicht einmal ein Grabstein davon berichten, dass hier ein Mann aus edelstem französischem Blut sein Ende fand.«

»Das ist erfreulich! Ich kann Euch auch etwas berichten. Unsere liebe Belle mag dumm sein, doch ihr Gedächtnis ist ausgezeichnet. Sie konnte mir jeden Namen nennen, den sie von diesem Provinzfürsten erfahren hat. Er hat sie übrigens nach Wien eingeladen. Ich finde, wir sollten diese Einladung annehmen. Wie es aussieht, sind wir einigen englischen und russischen Friedensstörern auf der Spur«, sagte Chantal Deconnu und reichte Vollendorf mehrere beschriebene Blätter.

Dieser las sie aufmerksam durch und nickte. »Ausgezeichnet, meine Liebe! Die gute Belle ist besser, als ich dachte. Wir sollten sie daher näher an Herren heranführen, die mehr zu entscheiden haben als von Erlen, obwohl der Mann sich als brauchbare Quelle erwiesen hat.«

»Ich frage mich immer noch, weshalb Männer so dumm sein können, Frauen, die ihnen eine vergnügliche Stunde bereitet haben, so viel zu erzählen«, sagte Chantal Deconnu lachend.

»Sie wollen damit wohl ihre Bedeutung herausstreichen. Auf jeden Fall hat von Erlen uns einen Gefallen getan. Mit Larocs Tod und diesen Informationen können wir unseren Vorgesetzten unseren Wert unter Beweis stellen!« Vollendorf lachte ebenfalls und fragte dann, was Belle vorhabe.

»Von Erlen wollte sie einem Gast aus Wien vorstellen. Wahrscheinlich wird sie mit beiden im Bett landen«, erklärte Chantal Deconnu.

»Das wäre mir nicht so lieb, da die Herren, wenn sie zu zweit sind, gewiss nicht so viel erzählen werden.«

»Dann wollen wir hoffen, dass von Erlen die Lebensart besitzt, seinen Gast mit Belle allein zu lassen.« Chantal Deconnu zwinkerte Vollendorf zu. »Mit etwas Glück werden dem Ersten Konsul unsere Namen genannt. Dann wird Bonaparte uns ordentlich belohnen.«

»Immerhin haben wir mit Laroc einen der gefährlichsten Royalisten erledigt. Das sollte Bonaparte schon etwas wert sein«, antwortete Vollendorf und setzte sich zu Chantal Deconnu, um seinen Bericht zu schreiben.

Er war zwar immer noch reich, doch um ganz aufzusteigen, brauchte er einen Gönner, und das konnte in diesen Zeiten nur Napoleon Bonaparte sein. Dieser hatte Frankreich zu dem mächtigsten Reich Europas gemacht und griff mit seinen Plänen noch viel weiter aus. In ein, zwei Jahren, dachte Vollendorf, würde Bonaparte in der Lage sein, Leopold von Lauenstein zum Besitzer der von ihm ersehnten Ländereien zu machen und ihn selbst zu einem Mann, den alle, die ihn jemals gekränkt oder beleidigt hatten, fürchten mussten.

9.

Als Vollendorf am nächsten Tag zu Leopold von Lauenstein kam, wirkte dieser verstört.

»Habt Ihr es schon vernommen, Monsieur?«, fragte er, noch bevor ein Grußwort gesprochen war.

»Was?«, antwortete Vollendorf scheinbar ahnungslos.

»Der Herr, der hier gewohnt hat, der mit den dichten Koteletten, ist heute Morgen ermordet aufgefunden worden!«

Vollendorf hob die Augenbrauen. »Was Ihr nicht sagt! Er hat wohl falsch gespielt, und dies mag einem Mitspieler nicht gefallen haben. Das ist für den Herrn gewiss bedauerlich. Doch glaube ich nicht, dass es Euch berühren wird – oder mich!«, setzte er gelassen hinzu und überreichte Leopold von Lauenstein mehrere Briefe. »Hier! Lasst die Schreiben aber niemanden sehen!«

Leopold von Lauenstein schluckte, steckte die Briefe dann aber weg, ohne sie anzuschauen. Da hob Vollendorf die Hand.

»Halt! Die Namen und die Adressen auf den Briefen sind falsch, damit niemand, der sie in die Hände bekommt, weiß, an wen sie gerichtet sind.«

»Aber dann weiß ich es doch auch nicht«, platzte Leopold von Lauenstein heraus.

»Ihr übergebt all diese Briefe dem erwähnten Flickschuster. Dieser wird sie weiterbefördern«, erklärte Vollendorf.

»Und wo finde ich diesen Flickschuster?«, fragte Leopold von Lauenstein mit wachsendem Ärger.

Vollendorf reichte ihm lächelnd einen Zettel. »Das hier ist die Adresse eines Goldschmieds in Wien. Sagt dort, an einem Eurer Schuhe wäre ein Absatz lose und man solle Euch einen Flickschuster nennen, der es richten kann, da Ihr nicht lange genug in Wien bleiben würdet, um Euch neue Schuhe anfertigen lassen zu können.«

»Noch geheimnisvoller geht es wohl nicht?«, fragte Leopold von Lauenstein mit schiefer Miene.

»Doch! Aber das wollte ich Euch nicht antun«, antwortete Vollendorf. »Ach ja, noch etwas! Die Euch zugesagte Summe erhaltet Ihr auf Raten, um Euch daran zu erinnern, dass niemand davon erfahren sollte. Das hier ist Euer Reisegeld!«

Er reichte Leopold von Lauenstein einen Lederbeutel mit Münzen und sah verächtlich zu, wie dieser sofort hineinschaute. Da Lauenstein bereits am Vortag eine hübsche Summe erhalten hatte, sollte dieses Geld ihm zeigen, dass er, wenn sich richtig verhielt, reich werden konnte. Andererseits hatte ihm Larocs Tod wohl deutlich genug vor Augen geführt, dass es nicht klug war, an Verrat zu denken.

Leopold von Lauenstein begriff die Warnung durchaus, hatte aber ohnehin nicht vor, gegen Vollendorfs Anweisungen zu verstoßen. Zum einen lockte das Geld und zum anderen das Versprechen, ihm den Familienbesitz zu verschaffen. Dies war der eigentliche Grund, weshalb er sich Vollendorf verschrieb. Um zu verhindern, dass sein Vetter Irmbert erbte, hätte er sich selbst mit dem Teufel verbündet.

»Erlaubt Ihr mir, dass ich Euch meiner Gemahlin vorstelle?«

»Es wäre mir ein *grand plaisir!*« Auch wenn Vollendorf sich nicht vorstellen konnte, dass die Frau von Wert für ihn sein konnte, wollte er mehr über sie erfahren. Daher folgte er Leopold von Lauenstein in den Raum, wo dessen Gattin mit ihren Kindern saß, und wurde positiv überrascht. Sieben Mädchen, das älteste davon etwa vierzehn und damit knapp vor dem Alter, an dem er Gefallen an ihr finden konnte, saßen mit ihrer Mutter bei Handarbeiten um einen Tisch, während ein etwa drei Jahre alter Junge in der Ecke von einer Kinderfrau gebändigt wurde.

»Meine Liebe, darf ich dir Monsieur Pleinevillage vorstellen?«, sagte Leopold von Lauenstein.

Seine Frau stand auf und sah den Gast an. »Guten Tag, mein Herr. Ihr seid Franzose?«

»Nur diesem Namen nach. Geboren wurde ich in deutschen Landen. Da ich jedoch als Agent und Reisemarschall der berühmten Sängerin Belle Légendaire auftrete, hielt ich es für besser, dies nicht unter meinem richtigen Namen zu tun, sondern wählte ein französisches Pseudonym!«

»Ihr zieht also mit einer Sängerin durch die Lande«, stellte Liliana von Lauenstein fest. Das klang nicht so, als hielte sie dies für die passende Beschäftigung eines Edelmannes.

Vollendorf lächelte nur. Für ihn war es die perfekte Tarnung als Agent Bonapartes, und die Belohnung, die er einmal erhalten würde, war weitaus mehr wert als die Liegenschaften der Lauensteins und seine eigenen zusammen.

»Es ist ein gutes Mittel gegen die Langeweile, die einen auf dem Lande befällt, und sie bringt mich mit interessanten und vor allem hochstehenden Herren zusammen.«

»Das heißt, Ihr lebt nicht von den Honoraren dieser Sängerin?«, fragte Liliana von Lauenstein.

»Gott bewahre! Ich besitze Ländereien in verschiedenen Reichen. Da ich mich nicht zum Landwirt geboren fühlte, habe ich dort Verwalter eingesetzt.« Vollendorf musste daran denken, dass er wegen Irmbert von Lauenstein und dessen Sängerin seine ererbten Güter in Hessen-Kassel hatte aufgeben müssen. Auch sein

Stammsitz in Preußen war dadurch verloren gegangen. Nun hatte er Ländereien in Sachsen und in Baiern gekauft, also in Ländern, in denen sein Rang noch etwas galt.

»Ist etwas mit Euch?«, fragte Liliana, da ihr sein wechselndes Mienenspiel aufgefallen war.

»Nur eine üble Erinnerung an den Vetter Eures Gemahls.«

»Dieser elende Irmbert, der es nicht wert ist, den Namen Lauenstein zu tragen? Könnt Ihr mir sagen, weshalb der Enkel einer leibeigenen Magd es wagen kann, das Erbe meines Sohnes für sich zu fordern?«, fragte Liliana von Lauenstein mit einem bösen Zischen.

Vollendorf begriff, dass er sie unterschätzt hatte. Die Frau sah gewöhnlich aus, doch ihr Hass auf Irmbert von Lauenstein war womöglich noch größer als der ihres Mannes. Daher blicke er sie mit einem zustimmenden Lächeln an. »Euer Vetter Irmbert ist ein übler Bursche, muss ich sagen! Man merkt ihm die Abkunft von einer Magd an.«

»Nun hat er eine Zigeunerin zum Weib genommen, die als Sängerin und Hure das Brot für sich und ihn verdienen muss. Von ihr will er einen Sohn, um meinen Moritz von dem ihm zustehenden Platz zu verdrängen. Aber das werden wir niemals zulassen!«

Lilianas Tonfall nach war sie bereit, bis zum Mord zu gehen, fuhr es Vollendorf durch den Kopf. Da er so viel wie möglich über Irmbert von Lauenstein erfahren wollte, führte er das Gespräch geschickt weiter und erfuhr, dass dieser die Sängerin Cristina Chiodi geheiratet hatte. Es bereitete ihm Zahnschmerzen, daran zu denken, wie diese ihn noch als halbes Kind mit einer Pistole in Schach gehalten hatte. Wäre er damals nicht auf hessischem, sondern auf Meininger Boden gestanden, hätte Lauenstein ihn festnehmen und als Gefangenen auf die Veste Coburg schaffen lassen können.

Diese Rechnung galt es noch zu begleichen. Liliana von Lauenstein und ihr stumpfsinniger Mann konnten ihm dabei helfen. Vollendorf ließ einfließen, dass er nichts dagegen habe, Irmbert von Lauenstein im Staub liegen zu sehen, und wurde damit belohnt, dass die Dame ihn nicht mehr als den Knecht einer Chansonette ansah, sondern als höchst willkommenen Verbündeten im Kampf gegen den Mann, der den Ansprüchen ihres Sohnes im Wege stand.

Leopold von Lauenstein trug wenig zum Gespräch bei, doch Vollendorf bemerkte rasch, dass beide nur dafür lebten, Wilhelm von Lauenstein zu beerben. Dieser Tatsache waren auch die sieben Töchter geschuldet, die eine nach der anderen statt des so heiß ersehnten Sohnes geboren worden waren. Sie zählten offensichtlich kaum etwas, während ihr Bruder Moritz von den Eltern zum Halbgott erhoben worden war.

Die Gedanken Vollendorfs schlugen ihre eigenen Bahnen ein. Gelegentlich gönnte er sich ein wenig Entspannung mit sehr jungen Frauen, die er für ein paar Taler von einem Bordellbesitzer erhielt, der seine Vorlieben kannte. Er wollte jedoch mehr, und Leopold und Liliana von Lauenstein sahen ganz so aus, als würden sie ihm ihre Töchter für eine gewisse Zeit überlassen, wenn er ihnen dafür zum Besitz der Lauensteins verhalf.

10.

Etliche Tagesreisen von der kleinen Stadt an der Donau entfernt musterte Cristina ihre Besucherin mit einem zweifelnden Blick. Noch immer wusste sie nicht, was sie von Florentine von Hellberg halten sollte. Diese war eine Verwandte ihres Mannes, wirkte aber in ihrem Wesen eher schroff.

»Die Familie hat mich gebeten, vorbeizukommen!«, erklärte sie gerade. »Oder, besser gesagt, man hat mich aufgefordert, nachzusehen, ob hier tatsächlich ein echter Lauenstein geboren worden ist.«

»Wenn Ihr es wünscht, lasse ich unseren Sohn holen«, antwortete Cristina mit einer gewissen Verärgerung.

»Das hat noch Zeit! Zuerst will ich mich mit dir unterhalten.« Florentine von Hellberg sprach Cristina wie eine Magd an, um zu zeigen, dass diese sich eine ehrenvollere Anrede erst verdienen musste.

»Nun, ich glaube, wir sind gerade dabei, uns zu unterhalten«, antwortete Cristina.

»Sagen wir, wir haben damit begonnen. Ich soll dich nämlich examinieren. Die Familie wäre bereit, über einen Fehltritt in der Ahnenreihe meines Neffen hinwegzusehen. Immerhin entstammte das Bauernmädchen, das sein Großvater geheiratet hat, einer von einem Priester gesegneten Ehe.«

»Während Euer Neffe, wie Ihr wohl sagen wolltet, eine Gauklerin geheiratet hat, die nicht weiß, wer ihr Vater ist«, erwiderte Cristina. Sie sagte sich, dass es keinen Sinn hatte, sich über die Frau zu ärgern. Florentine von Hellberg war ebenso wie die von ihr genannten Verwandten von einem Stolz auf ihre Familie erfüllt, als wären es alle Heilige gewesen. Dabei, dachte sie, waren wahrscheinlich mehr Schurken darunter als ehrliche Männer und bei den Frauen gewiss auch die eine oder andere Teufelin.

»Man könnte darüber hinwegsehen, wenn aus dieser Verbindung ein echter Lauenstein entsprossen ist, und nicht ein untergeschobenes Kind!«

Florentine von Hellbergs Bemerkung war ebenso deutlich wie beleidigend. Wäre es nur nach Cristina gegangen, hätte sie der Dame ans Herz gelegt, ihren Besuch in Meiningen rasch zu beenden. Sie musste jedoch auf ihren Mann Rücksicht nehmen. Nach all den Beleidigungen, die Lauensteins Großvater von seiner Familie hatte hinnehmen müssen, wäre es für dessen Enkel ein Triumph, selbst Herr auf Lauenstein und damit das Oberhaupt der Familie zu werden. Außerdem – und das war für Cristina das Wichtigste – würden sie dadurch von Herzog Georgs Gunst unabhängig werden und wären auch nicht mehr auf die Gage für ihre Konzerte angewiesen.

»Du sagst nichts?«, bohrte Florentine von Hellberg nach, da Cristina ihr zu lange schwieg.

»Verzeiht, ich dachte darüber nach, ob ich Euch mit gleicher Münze herausgeben sollte, werde mich aber im Zaum halten. Was unseren Sohn betrifft, so bin ich wohl diejenige, die am sichersten sagen kann, dass mein Gemahl ihn gezeugt hat.«

»Für den Besitz einer Herrschaft wie Lauenstein würden viele Weiber lügen. So halte ich Leopolds Ehefrau Liliana für fähig, dass sie sich unter einen Stallknecht gelegt hat, der ihr zu einem Sohn verhelfen sollte, da ihr Ehemann nur eine Tochter nach der anderen gezeugt hat.«

Eines begriff Cristina jetzt: Florentine von Hellberg verteilte ihre Bosheiten gerecht an alle. Sich davon ins Bockshorn jagen lassen würde sie sich aber nicht. »Da Leopold von Lauenstein seinen Sohn anerkannt hat, sind solche Reden müßig, und ebenso bei meinem Sohn«, meinte sie lächelnd.

»Leopold würde alles anerkennen, um in den Besitz unseres Verwandten Wilhelm zu gelangen«, sagte Florentine von Hellberg verächtlich.

»Ich glaube nicht, dass mein Gemahl dies tun würde!« Cristina lächelte noch immer, doch es schwang eine kaum verhohlene Warnung für die Dame mit, es nicht zu übertreiben.

»Ich werde mit ihm reden!«, erklärte diese. »Er wird mir einiges erklären müssen, denn die Familie weiß sehr wenig über ihn.«

»Wünscht die Familie sich einen anderen Erben als meinen Sohn oder den von Leopold von Lauenstein?«, fragte Cristina.

»Von der übrigen Familie hat niemand das Recht auf das Majorat. Gäbe es die beiden Knaben nicht, bestünde die Möglichkeit, dass unser Verwandter Wilhelm den König von England als Kurfürsten von Hannover um die Erlaubnis bittet, den Nachkommen einer geborenen von Lauenstein zu adoptieren und als Erben einsetzen zu dürfen.« Florentine von Hellberg ließ sich nicht anmerken, ob auch einer ihrer Nachkommen zu jenen gehörte, die adoptiert und zum Erben eingesetzt werden könnten.

»Deshalb besteht die Familie darauf, dass ein echter Lauenstein das Erbe antritt, und keiner, der in einem fremden Bett gezeugt worden ist«, fuhr sie mit ziemlicher Deutlichkeit fort.

Cristina war beinahe erneut so weit, Florentine zu sagen, dass sie sich den Lauensteiner Besitz an den Hut stecken könne. Da dies jedoch zulasten ihres Mannes und ihres Sohnes gehen würde, beherrschte sie sich. »Die Familie wird die Erbfolge so hinnehmen müssen, wie sie ist«, sagte sie kühl.

»Das meine ich auch!« Ihr Mann war eingetreten und hatte die letzten Sätze gehört.

»Guten Tag, Herr Neffe! Ich bin erfreut, Euch zu sehen. Ihr könnt mir auch gleich einige Auskünfte erteilen. Seid Ihr sicher, dass Euer Sohn auch Euer Sohn ist?«

»Ihr spielt wohl darauf an, dass ich um so viel älter bin als meine Gemahlin. Es sind noch ältere Männer als ich Väter geworden, ohne dass jemand nachgeholfen hat!« Irmbert von Lauenstein klang so spöttisch, dass Cristina das Gefühl hatte, er könne vor der Tür gelauscht haben.

»Die Familie wird es hinnehmen müssen, wenn Ihr Euch zu dem Knaben bekennt«, sagte die alte Dame mit einem Achselzucken.

»Die Familie, wie Ihr es nennt, kann viel erzählen. Die Frage ist nur, wie ich es hinnehmen werde!«

Seine Verwandte begriff, dass ihr Neffe nicht bereit war, üble Nachrede und Unterstellungen zu tolerieren, gab aber noch nicht auf. »Die Lauensteins waren immer auf ihre Ehre bedacht! Deshalb wurde Euer Großvater Ismar auch zum schwarzen Schaf, da er es wagte, dieses Bauernmädchen zu heiraten. Nun heißt es, dass Ihr diesen Affront mit Eurer Ehe noch übertroffen habt.«

»Habe ich das?«, sagte Lauenstein und zwinkerte Cristina zu.

»Eine Gauklerin fremden Blutes ist nicht gerade die richtige Braut für einen Herrn auf Lauenstein!«

»Cristina ist Teil des Hofstaats Ihrer Hoheit, Herzogin Louise Eleonore, und Hofsängerin in Meiningen«, konterte Lauenstein.

»Sie wurde als Gauklermädchen geboren, das seinen Vater nicht kennt!« Florentine von Hellberg klang scharf, da sich von Lauenstein nicht ernst genommen fühlte.

Dieser verschränkte die Arme vor der Brust und blickte überlegen auf sie herab. »Ich erlaube mir, Euch zu widersprechen, liebste Tante. Meine Gemahlin mag unter Gauklern geboren worden sein, doch ihr Vater ist bekannt. Auch wurde sie nicht neben der Straße geboren, sondern in einer von einem Priester geschlossenen Ehe …«

»Mit einem anderen Gaukler!«, fiel ihm seine Verwandte ins Wort.

»Wieder falsch, liebste Tante! Der Vater meiner Frau ist Herr Roland von Breetzen auf Breetzen im Kurfürstentum Hannover. Uns liegen die Heiratsurkunde und die Bestätigung der Zeugen vor, die der Eheschließung beigewohnt haben.«

Lauenstein sah, dass diese Aussage traf. Seine Verwandte schnappte nach Luft, starrte Cristina an und schüttelte den Kopf, als könne sie es nicht begreifen.

»Das war uns bislang nicht bekannt«, gab sie schließlich zu.

»Dann wisst Ihr es nun!« Lauenstein lächelte noch immer, doch es lag keine Wärme in seinem Blick. Bislang hatte weder er sich für seine Familie interessiert noch diese sich für ihn. Nun aber, da die Aussicht bestand, dass er der Erbe des Besitzes wurde, schwangen die anderen sich zum Richter über ihn und Cristina auf, und das ohne jegliches Recht.

»Ich will jetzt das Kind sehen«, sagte Florentine von Hellberg, um dieser unangenehmen Situation zu entkommen.

»Wenn Ihr nach einem untrüglichen Zeichen suchen wollt, um zu sehen, ob es ein echter Lauenstein ist, muss ich Euch enttäuschen. Albert hat weder ein Muttermal, das bereits meine Urväter trugen, noch kann man bei ihm eine große Ähnlichkeit zu mir oder anderen Lauensteins erkennen. Darauf müsst Ihr warten, bis er älter geworden ist.«

»Er gleicht wohl sehr der Mutter«, meinte Florentine von Hellberg.

»Mich würde es freuen, wenn es so würde! Er wäre dann der ansehnlichste Lauenstein seit Generationen.«

Noch immer schwang Spott in Lauensteins Worten mit. Ihm war bewusst, dass die Familie seinen Vetter und dessen Sohn als nächste Erben vorgezogen hätte. Die Lauensteins und ihre Verwandten hatten es seinem Großvater bis heute nicht verziehen, ein Bauernmädchen geheiratet zu haben. Eine Gauklerin war für sie noch weitaus weniger akzeptabel. Der Hinweis auf Cristinas Vater würde einen Teil dieser missgünstigen Stimmen zum Schweigen bringen. Doch andere wie Leopold von Lauenstein würden weiter hetzen und verleumden.

»Das kann ich nun einmal nicht ändern«, murmelte er und irritierte damit sowohl Florentine von Hellberg als auch Cristina.

»Was meint Ihr?«, fragte Letztere.

»Ich dachte nur daran, dass Vetter Leopold sich vor Wut in seinen Allerwertesten beißen wird, wenn unser Verwandter Wilhelm einmal stirbt und ihm die Tore von Lauenstein verschlossen bleiben. Nun aber kommt mit!«

Lauenstein ging in das Nebenzimmer und wies mit unverhohlenem Stolz auf die Wiege. »Darf ich vorstellen? Albert von Lauenstein, Urenkel einer Leibeigenen und Sohn einer Gauklerin – und doch der nächste Herr auf Lauenstein!«

Es hallte seltsam in Cristinas Ohren wider, als wäre es ein schlechtes Omen. »Der nächste Herr auf Lauenstein nach Euch, wolltet Ihr gewiss sagen!«, erklärte sie und nahm ihren Sohn aus der Wiege. »Seht, wie groß er bereits geworden ist.«

Lauenstein nickte. »In der Tat! Aber bis er ein Mann ist, muss er noch ein ganzes Stück wachsen.«

»Er hat ja auch die Zeit dafür«, sagte Florentine von Hellberg, die sich dem Charme des Kleinen nicht entziehen konnte.

»Ich denke, ich entdecke sogar Ähnlichkeiten zu Euch an ihm«, meinte sie zu Lauenstein und fragte dann Cristina, ob sie den Knaben auch einmal halten dürfe.

Als Antwort reichte Cristina ihr das Kind, während Lauenstein wieder einmal der Spott zwickte.

»Wärst du so gut, meine Liebe, meine Tante zusehen zu lassen, wie Albert gewickelt wird. Sonst behaupten unsere Verwandten noch, du hättest eine Tochter geboren, die wir als Knaben ausgeben, um meinen Vetter Leopold um sein Erbe zu bringen!«

»Um diesen elenden Leopold und seine intrigante Liliana von Lauenstein fernzuhalten, würde ich selbst bei einem Mädchen schwören, dass es ein Junge ist«, rief Florentine von Hellberg aus und brachte damit sowohl Cristina wie auch Lauenstein zum Lachen.

11.

Keine drei Jahre später blickte Cristina mit einem bitteren Gefühl auf die beiden Wagen, die mit ihrem Hausstand beladen waren. Ein Hofbeamter war gerade dabei, alles zu kontrollieren, damit sie ja nichts von dem mitnahmen, was zum Haus gehörte. Eben deutete er auf Elisabeths Cembalo.

»Das zählt gewiss zum Inventar!«, sagte er in einem Tonfall, dass Cristina am liebsten einen randvollen Nachttopf über dem Kopf ausgeleert hätte.

»Das ist mein Cembalo, und Ihr lasst es gefälligst in Ruhe!«, rief Elisabeth Karau empört.

»Das kann jeder behaupten«, gab der Beamte höhnisch zurück.

»Wehe, Ihr rührt mein Cembalo an, sonst …«

»Sonst was?« Der Beamte grinste, als bereite es ihm Freude, Elisabeth und die anderen scheidenden Bewohner des Hauses am Hang zu schikanieren.

»Ich … ich …« Elisabeth verstummte. Im Grunde war sie hilflos. Wenn es ihm einfiel, das Cembalo abladen zu lassen, konnte sie nichts dagegen tun.

Da trat ein hochgewachsener Mann mit struppigem Haarschopf neben den Beamten und ließ eine Hand schwer auf dessen Schulter fallen. »Fräulein Karau wird dir Beamtenkreatur nichts tun können, da ich dich vorher bereits in die Werra geworfen habe!«, sagte er mit einem Grinsen, das mehr dem Zähnefletschen eines Wolfes glich.

Der Hofbeamte schluckte. Es war das eine, den in Ungnade gefallenen Irmbert von Lauenstein und dessen Begleitung zu triezen. Bei einem fürstlichen Prinzen wie Carl Otto von Sachsen-Saalstein-Tresskau war dies jedoch unmöglich.

Cristina war froh, dass Fürst Carl Lothars jüngerer Sohn nach Meiningen gekommen war, um ihre Übersiedlung nach Tresskau in die Wege zu leiten. Er hatte auch für die Fuhrwerke und die beiden Kutschen gesorgt, die sie von hier wegbringen würden.

Ihr schales Gefühl wurde stärker. Gut zehn Jahre lang hatte sie Meiningen als Heimat angesehen und sich hier wohlgefühlt. Doch nach Herzog Georgs überraschendem Tod vor zwei Jahren war alles anders geworden. Begonnen hatte es mit dem Franzosen, den der Konsul Bonaparte als Gesandten nach Meiningen geschickt hatte, denn bald darauf hatte die Regentin und Herzoginwitwe Louise Eleonore ihr Verhalten Lauenstein und ihr gegenüber geändert.

Seufzend zuckte Cristina mit den Schultern, denn sie konnte nichts dagegen tun. Ihr Blick suchte Albert. Der Kleine war nun drei Jahre alt und wurde von seiner Kinderfrau Geli am Geschirr geführt, damit er nicht davonsausen konnte. Er war ein hübsches Kind, begriff aber noch nicht, warum alles, was ihnen gehörte, auf die Fuhrwerke geladen worden war. Im letzten und in diesem Jahr hatte sie ihn bereits auf kürzere Konzertreisen mitgenommen. Daher stand zu erwarten, dass er sich auch mit der Fahrt nach Tresskau abfinden würde.

Als Cristina ihren Mann betrachtete, tat ihr das Herz weh. Mehr als vierzig Jahre hatte Lauenstein dem Haus Sachsen-Meiningen gedient, um nun wie ein Hund von der Schwelle gejagt zu werden. Ihm war anzusehen, wie sehr ihn dies bedrückte. Das schmerzte auch sie. Doch sie war erst dreiundzwanzig Jahre alt und verfügte nicht zuletzt dank ihrer Herkunft über ein robusteres Gemüt als ihr Ehemann.

Carl Otto kam auf sie zu. »Diese Beamtenkreatur habe ich zum Schloss zurückgeschickt. Ich erklärte ihm, dass Ihr, da er das Haus verschlossen hat, nichts mehr herausholen könnt. Nun hoffe ich, Ihr habt alles mitgenommen, was Euch gehört.«

»Darauf können Eure Hoheit sich verlassen! Wir haben nichts zurückgelassen, was den späteren Bewohnern dieses Hauses von Vorteil sein könnte«, antwortete Tilda an Cristinas Stelle.

Obwohl sie ebenso wie ihre Nichte Ira und Geli aus Meiningen stammte, hatten alle drei sich entschlossen, Cristina und Lauenstein nach Tresskau ins Exil zu folgen. Lauensteins Kammerdiener Dilge hingegen wollte bleiben. Das traf den alten Herrn tief. Dilges Vorgänger Ginter hatte sich als Verräter und Handlanger seiner Feinde erwiesen. Nun fragte er sich, ob nicht auch Dilge seinen Gegnern bei Hofe zugearbeitet und damit seinen Sturz unterstützt hatte.

Bis Lauenstein einen neuen Kammerdiener fand, würde Carl Otto seinen eigenen mit ihm teilen. Nun befand der Prinz, dass es an der Zeit war, die Zelte endgültig abzubrechen. »Wir sollten einsteigen und losfahren.«

Cristina nickte und ergriff den Arm ihres Mannes. »Kommt, mein Herr! Wir brechen auf.«

Lauenstein nickte düster. »Machen wir es Paulus nach und schütteln den Staub dieser Stadt von unseren Sandalen!«

»Ich wusste gar nicht, dass der Apostel Paulus bis nach Meiningen gekommen ist. Auch würde ich mich verwehren, würde man von mir verlangen, in Sandalen aufzubrechen!« Es gelang Cristina, einen naiven Tonfall zu treffen, und sie sah mit Erleichterung den Anflug eines Lächelns auf Lauensteins Gesicht.

Er tätschelte ihr die Hand und stieg ein. Dabei sah er sich zu Carl Otto um. »Wäre es nicht höflicher, wenn wir die Damen in Fahrtrichtung sitzen ließen?«

»Ihr nehmt so Platz, wie Ihr es gewohnt seid!«, erklärte Cristina und setzte sich gegen die Fahrtrichtung. Elisabeth kam an ihre Seite, dann erklomm Carl Otto nach einem letzten Blick auf die zweite Kutsche den Wagen.

»Ich hoffe, es ist den Damen nicht zu unbequem?«, fragte er. »Ich habe den Wagen mehr für schnelles Fahren bauen lassen. Da mag die Federung ein wenig hart sein.«

»Wir werden es aushalten. Etwas anderes bleibt uns kaum übrig! Außerdem sind wir Frauen nicht aus Glas, auch wenn die meisten Männer das anzunehmen scheinen.« Elisabeth klang verärgert, denn auch sie verkraftete den erzwungenen Abschied von Meiningen schlecht.

Die Fahrstrecke war von Carl Otto bestimmt worden. Bis zur Grenze würden die Kutschen bei den Fuhrwerken bleiben. Carl Otto wollte verhindern, dass übereifrige Meininger Beamte und Zöllner als letzte Schikane Cristinas, Lauensteins und Elisabeths Besitz zurückhalten und beschlagnahmen würden. Nun gab er den Befehl zum Aufbruch, und ihre Kutsche setzte sich an die Spitze des kleinen Reisezugs.

12.

Eine Weile herrschte Schweigen in der Kutsche. Cristina, Elisabeth und Lauenstein hingen ihren Gedanken nach, und Carl Otto wollte sie nicht stören. Schließlich sprach er Cristina an. »Mein Vater, mein Bruder und ich waren sehr erschrocken, als uns Euer Brief erreichte, dass Ihr Meiningen innerhalb zweier Wochen zu verlassen hättet und uns bitten würdet, Euch für eine gewisse Zeit Obdach zu gewähren.«

»Ihr wart wohl kaum so erschrocken wie wir, als uns der Ausweisungsbefehl überbracht wurde. Dabei hätten wir nach allem, was in den letzten zwei Jahren geschehen ist, damit rechnen müssen«, antwortete Cristina mit belegter Stimme.

»Wie konnte das geschehen? Ihr, Euer Herr Gemahl und Fräulein Karau waren doch in Meiningen sehr angesehen«, fragte Carl Otto verwundert.

»Ihr sagt es treffend: Wir waren es! Aber dann starb Herzog Georg. Er wurde würdevoll zu Grabe getragen, und danach herrschte verordnete Trauer im Land. Für diese Zeit hatte ich bereits mehrere Konzerte vereinbart und erfüllte die Verträge. Daraufhin herrschte bei unserer Rückkehr eine überraschende Kühle.«

»Unter der Hand wurde uns nachgesagt, pietätlos gewesen zu sein und die gebotene Trauer um Herzog Georg nicht eingehalten zu haben«, ergänzte Elisabeth Cristinas Bericht.

»Aber Ihr habt doch nicht in Meiningen gesungen, sondern dort, wo Ihr vertraglich verpflichtet wart. Wie kann man Euch das zum Vorwurf machen?« Carl Otto schüttelte den Kopf darüber, während Cristina bitter auflachte.

»Jeder erfolgreiche Mensch hat seine Neider und Feinde«, sagte Cristina. »Bei uns ist dies nicht anders. Zuerst wird im Untergrund gewühlt und verleumdet, und irgendwann suchen diese Kreaturen eine Stelle, an der sie das Brecheisen ansetzen können.«

»Und das haben sie kräftig getan!«, stimmte Elisabeth ihr zu und dachte daran, dass sie im Glanz von Cristinas Erfolg ganz vergessen hatte, wie sie früher von Hofdamen wie Auguste von Fabisch und deren Freundin von Trana angefeindet worden war.

»Herr von Lauenstein war sehr enttäuscht, als die Regentin ihn nach dem Tod des Herzogs nicht in die Reihe ihrer Berater aufgenommen hat«, setzte Cristina ihren Bericht fort. »In der Folge wurde uns ein Privileg nach dem anderen entzogen. Herzog Georg hatte uns gestattet, für unsere Reisen auf den herzoglichen Fuhrpark zurückgreifen zu dürfen. Im letzten Jahr mussten wir uns plötzlich selbst um Kutschen kümmern und diese bezahlen. Außerdem wurde Miete für das Haus am Hang verlangt.«

Cristina schwieg kurz und sah dann Carl Otto an. »Haltet uns bitte nicht für geizig. Wir sind durchaus bereit, für unsere Reisen aufzukommen, und haben bei der herzoglichen Hofkammer auch angefragt, ob das Haus am Hang käuflich zu erwerben sei. Durch meine Konzerte habe ich gutes Geld verdient und hätte es mir leisten können. Die Antwort auf die Anfrage war, dass das Haus gebraucht werde und wir es innerhalb von zwei Wochen zu räumen hätten. Gleichzeitig verloren wir drei unsere Stellung bei Hofe und ich den Titel einer Hofsängerin.«

»Das ist wahrlich übel!«, fand Carl Otto.

»Du hast etwas vergessen, meine Liebe!«, wandte Elisabeth ein. »Herr von Lauenstein sagte im Zorn einmal, dass Herzogin Louise Eleonore niemals eine so gute Regentin werde, wie ihre Vorgängerin Charlotte Amalie es gewesen ist. Dies wurde der Dame zugetragen und hat sie wohl dazu bewegt, uns aus ihrem Land zu weisen.«

»Ich weiß, dass es meine Schuld ist!«, sagte Lauenstein bedrückt. »Aber durch diese immerwährenden Sticheleien war meine Geduld erschöpft.«

»Ihr solltet Euch nicht die Schuld dafür geben. So, wie sich diese Angelegenheit anhörte, muss schon lange vorher intrigiert worden sein. Wisst Ihr, welche Feinde Ihr bei Hofe haben könntet?«, fragte Carl Otto.

»Es waren gewiss nicht wenige neidisch. Doch an direkte Feinde glaube ich nicht«, antwortete Cristina.

»Es muss sie geben, denn sonst wäre es nicht so weit gekommen«, erwiderte Carl Otto nachdenklich.

»Wenn Ihr so fragt, so finde ich, dass sich der Hofbeamte Melchior Compelius – verzeiht, ich vergaß, es heißt jetzt von Compelius – seit dem Tod des Herzogs seltsam benommen hat«, erklärte Elisabeth nachdenklich. »Im Palast hörte ich eine der Damen sogar sagen, eigentlich hätte ihm das Recht zugestanden, Cristina Chiodi zu ehelichen, um für den Verlust von Frau und Tochter entschädigt zu werden.«

»Das kann doch nicht wahr sein!«, rief Cristina fassungslos. »Die ganze Compelius-Sippschaft hat mich verachtet und sogar als Zigeunerin beschimpft.«

»Ich habe es auch nicht ernst genommen«, gab Elisabeth zu. »Aber wenn ich jetzt so nachdenke, könnte Compelius dahinterstecken. Anders als Herr von Lauenstein wurde er sofort in den Beraterstab der Regentin aufgenommen, und das verlieh ihm Einfluss und Macht.«

Cristina schüttelte es bei dem Gedanken, sie hätte den steifen und ebenfalls nicht mehr jungen Compelius heiraten sollen. Anders als mit Lauenstein wäre sie mit diesem Mann niemals zurechtgekommen. Zu Herzog Georgs Lebzeiten war Compelius noch ein nachrangiger Beamter gewesen. Nach dessen Tod war er jedoch rasch aufgestiegen und in den inneren Kreis um Louise Eleonore aufgenommen worden, die nun als Herzoginmutter das Land regierte, bis ihr Sohn Bernhard erwachsen und volljährig geworden war.

Cristina zuckte erneut mit den Schultern. »Da es nun einmal so gekommen ist, sollten wir den Blick nach vorne richten. Wir würden uns sehr freuen, wenn Tresskau unsere neue Heimat wird und man uns erlaubt, dort ein Haus zu erwerben.«

»Ich könnte Euch den Palast in Mittstadt anbieten. Er käme nicht einmal teuer, denn wir brauchen ihn wirklich nicht«, bot Carl Otto ihr im Spaß an.

»Nun, ich glaube, dieses Gebäude wäre für uns doch etwas zu groß«, sagte Cristina. »Mit schwebt eher etwas wie das Haus am Hang vor.«

»Da wird sich etwas finden«, sagte Carl Otto lächelnd.

»Wir versprechen auch hoch und heilig, keine Privilegien zu fordern, und die Kutschen, mit denen wir auf Reisen gehen, auch fein säuberlich selbst zu bezahlen.«

Cristina lächelte nun doch, denn der Ring, der sich um ihre Brust gelegt hatte, begann sich zu lösen. Auch wenn Meiningen fast zehn Jahre ihre Heimat gewesen war, so gab es auch anderswo Orte, die ihr, ihrem Mann, ihrem Sohn und Elisabeth eine neue Heimat werden konnten.

13.

Von einem Zimmer im Schloss Elisabethenburg aus hatten zwei Herren vom Schloss Cristinas und Lauensteins Aufbruch beobachtet. Sie saßen am Fenster, hatten neben sich einen Tisch mit zwei Gläsern und einer Weinkaraffe stehen und tranken sich zu, als die Kutschen und Fuhrwerke losfuhren.

»Auf Euer Wohl, Monsieur Compelius!«, sagte der Schlankere der beiden mit starkem französischen Akzent. »Wie Ihr seht, räumt dieser unsägliche Lauenstein mitsamt seiner Chanteuse das Feld.«

»Der Kerl war viel zu lange hier und hat für all die Privilegien, die er erhalten hat, nicht das Geringste geleistet«, antwortete Melchior von Compelius mit zufriedenem Hohn. Danach blickte er das Bild an, das an der Wand hing. Es zeigte seine Frau in jüngeren Jahren und seine Tochter als Kind. Seit fast zehn Jahren waren sie nun tot, und das nur, weil die beiden verreist waren, um nicht den Triumph der Zigeunerin Chiodi miterleben zu müssen.

»Lauenstein hat diese Sängerin an den Hof gebracht und damit meiner Tochter die erhoffte Karriere geraubt! Man hätte ihn nicht mit Frachtwagen und Kutsche aufbrechen lassen dürfen, sondern ihn samt seinem Weib und beider Balg arretieren und barfuß und im Schandkittel über die Grenze peitschen sollen.« Compelius' Groll rührte nicht zuletzt daher, dass Herzog Georg Cristina Chiodi mit Lauenstein verheiratet hatte und nicht mit ihm. Dabei hätte er, wie etliche seiner Freunde sagten, ein weitaus höheres Anrecht darauf gehabt. Auch wenn er mittlerweile ein »von« vor seinen Namen setzen konnte, war er doch nur einer der Berater der Regentin. Als Ehemann der berühmten Sängerin Chiodi hätte er hingegen Zutritt zu allen Fürstenhöfen des Reiches erhalten und wäre mit Ehren und Würden überhäuft worden.

Als er dies sagte, hörte sein Gast ihm freundlich lächelnd zu. Eine gewisse Zeit später verabschiedete dieser sich und kehrte in sein eigenes Quartier in der Stadt zurück.

Dort nahm er Feder und Papier zur Hand und setzte einen Brief an seinen Freund und Vorgesetzten Baudouin de Pleinevillage auf, in dem er diesem mitteilte, dass es ihm endlich gelungen sei, Irmbert von Lauenstein aus dem Land weisen zu lassen. Die Tatsache, dass dieser nicht wie erhofft hilflos durch die Lande streifen musste, sondern in Tresskau Zuflucht finden würde, unterschlug er jedoch ebenso wie die Tatsache, dass der Einfluss des preußischen Gesandten in Meiningen auf die Politik der Regentin immer noch um einiges größer war als sein eigener.

ACHTER TEIL

Kriegslisten

1.

Dieser Bonaparte ist größenwahnsinnig geworden!«, rief Lauenstein zornig. »Er wagt es, sich Kaiser der Franzosen zu nennen, und dringt dann gegen alle Regeln der Kriegskunst in Böhmen ein, um ein ihm doppelt überlegenes Heer aus Österreichern und Russen anzugreifen.«

»Er hat es besiegt«, wandte Cristina ein.

»Ja, aber nur, weil die Preußen einen Dummkopf zum König haben!« Lauenstein schnaubte und trank einen Schluck Wein, um seine Kehle zu befeuchten. »Friedrich Wilhelm III. versammelt ein Heer von hunderttausend Mann – und was macht er? Anstatt sie nach Böhmen zu schicken, um den Österreichern und Russen gegen Bonaparte beizustehen, lässt er die Truppen bei Berlin stehen. Wären sie in Austerlitz dabei gewesen, hätten sie mit den Österreichern und Russen zusammen Bonaparte zerschmettert! Zerschmettert!, sage ich euch! So aber haben der Franz und der Alexander Prügel eingesteckt, weil der preußische Fritz nicht als Dritter hinter den beiden Kaisern zurückstehen wollte.«

Lauenstein redete sich in Rage, doch Cristina verstand, warum er es tat. Für eine gewisse Zeit hatte es so ausgesehen, als wäre tatsächlich Frieden eingekehrt. Wer diesen aufgekündigt hatte, wusste sie nicht. Die einen sagten, es wäre der jetzige Kaiser der Franzosen gewesen, andere nannten England als Friedensbrecher, weil es nicht wolle, dass Bonaparte zu mächtig wurde. Sie blickte Prinz Carl Otto an, der mit nachdenklicher Miene bei ihnen saß und die Zeitungen las, die letztens ins Haus gekommen waren. Nun hob er den Kopf und sah sie, Lauenstein und Elisabeth an.

»Preußen hätte den Österreichern und Russen wirklich beistehen müssen! Gemeinsam hätten sie den Korsen auf seine Insel zurücktreiben können. So aber war es eine sinnlose Vergeudung von Leben und Kriegsmaterial.«

»Für Bonaparte war es gewiss keine sinnlose Vergeudung. Er hat die Kaiser Franz und Alexander zum Frieden gezwungen. Nun steht Preußen allein da und wird sich hüten müssen, Bonaparte herauszufordern«, erklärte Lauenstein. »Die Verluste, die Österreich und Russland erlitten haben, sollten Friedrich Wilhelm eine Warnung sein. Wenn ich in der Zeitung lese, wie viele Österreicher und Russen gefallen oder gefangen genommen worden sind und wie viele Kanonen und Fahnen die Franzosen erbeutet haben, frage ich mich, ob die Kommandeure der Alliierten betrunken waren, als sie in die Schlacht gezogen sind.«

»In den Zeitungen stehen die französischen Zahlen«, erwiderte Carl Otto. »In Wahrheit sind sie geringer! Dies ändert jedoch nichts am Sieg der Franzosen. Österreich muss jetzt Bonaparte die Stiefel lecken, und die Russen müssen es bei ihren Wunden tun. Ach ja, bevor ich es vergesse: Dieser Duclos, den Ihr vor ein paar Jahren hier in Tresskau kennengelernt habt, hat uns ein Rundschreiben Bonapartes an die Herrscher Europas geschickt. Darin fordert der Korse, in Zukunft mit ›Eure Majestät‹ und vor allem als ›Kaiser Napoleon‹ angesprochen zu werden. Die Zeiten eines Bürgers Bonaparte sind vorbei!«

»So wie ich diesen Mann einschätze, wird er gegen jeden Krieg führen, der sich nicht daran hält!« Lauenstein schnaubte verächtlich und zuckte dann mit den Schultern. »Vielleicht wird es nun doch etwas mit dem Frieden. Wenn Österreich kuscht, Russland sich verkriecht und Preußen sich nicht traut, wer soll da noch das Schwert gegen Bonaparte …«

»Das heißt Kaiser Napoleon, mein Freund, oder wollt Ihr, dass er Euch den Krieg erklärt?«, unterbrach Elisabeth ihn.

»… das Schwert gegen Napoleon ziehen«, korrigierte Lauenstein sich. »Auf sich allein gestellt, kann auch England es nicht wagen. Jedenfalls ist Napoleon nach Paris zurückgekehrt. So nah wie bei Austerlitz werden wir ihn wohl kaum mehr erleben.«

»Wollen wir es hoffen«, sagte Cristina und wechselte das Thema, weil ihr diese Unterhaltung doch etwas zu hitzig geführt wurde. »Kurfürst August Friedrich hat uns wieder nach Dresden eingeladen. François Metteur rät, zuzusagen. Die Demoiselle Légendaire soll zur gleichen Zeit dort zu Gast sein.«

»Wenn Belle Légendaire dort ist, wird es auch Vollendorf als ihr Agent sein. Wir sollten es daher lassen«, warnte Lauenstein.

Es war nun zehn Jahre her, dass der Baron Cristina und deren jetzige Zofe Ira entführt hatte. Damals hatte Lauenstein den Mann laufen lassen müssen. Nun musste er damit rechnen, dass Vollendorf sich rächen würde. Vor zehn Jahren war er noch jünger gewesen und hätte ihn nicht gefürchtet, aber mittlerweile spürte er sein fortschreitendes Alter.

Cristina musterte ihren Ehemann und begriff, dass er eine Auseinandersetzung mit Vollendorf scheute. Auch ihr war nicht wohl bei dem Gedanken an diesen Kerl. Der Mann war ein übler Schurke, dem sie alles zutraute.

»Es ist wohl besser, wir sagen ab«, sagte sie daher.

»Wir können uns nicht andauernd vor einer Begegnung mit der Légendaire und Vollendorf drücken!«, rief Elisabeth energisch. »Ich will endlich wissen, wer von euch beiden besser singt!«

»Besser als Vollendorf hoffe ich doch zu singen«, erklärte Cristina trocken und brachte Carl Otto damit zum Lachen.

»Das glaube ich auch«, sagte er. »Was jedoch einen möglichen Auftritt in Dresden betrifft, so wäre es mir eine Ehre, Euch dorthin begleiten zu dürfen.«

Lauenstein musterte ihn nachdenklich. Sie lebten nun seit einem Jahr in Tresskau, und Carl Otto hatte sich stets für sie eingesetzt.

Der Blick, mit dem dieser Cristina musterte, verriet dem alten Herrn viel. Schon lange war ihm bewusst, dass der Prinz in seine Ehefrau verliebt war. Allerdings bedrängte er sie nicht, sondern verhielt sich sowohl ihm wie auch Cristina gegenüber wie ein guter Freund.

»Wenn Ihr uns begleitet, könnten wir es ins Auge fassen«, erklärte er.

Elisabeth nickte. »Es wäre mir eine Erleichterung, denn ich traue Vollendorf nicht, und Ihr seid der Einzige, der ihn niederschießen kann, ohne Strafe fürchten zu müssen.«

»Aber auch nur, wenn er etwas tut, was dies rechtfertigt«, antwortete Carl Otto mit einem nachsichtigen Lächeln.

»Fast möchte ich hoffen, es käme dazu«, sagte Cristina mit einem leisen Fauchen. »Elisabeth hat recht. Wir können uns nicht auf Dauer auf solche Engagements beschränken, bei denen wir nicht auf Belle Légendaire und Vollendorf treffen. Wir beschneiden uns damit selbst!«

»Wir haben auch in diesem Jahr gut verdient«, wandte Lauenstein ein. »Der Umzug von Meiningen nach Tresskau brachte uns keine Einbußen. Aber ich gebe euch recht! Wir müssen uns dem Feind stellen. Da wir wissen, was von Vollendorf zu halten ist, können wir uns vorsehen.«

»Dann sollten wir Metteur schreiben, dass er das Engagement in die Wege leiten soll«, sagte Cristina und lachte leise. Vor gut zehn Jahren hatte sie Belle Légendaire in Königsee singen hören und sie bewundert. Sie war ihr Vorbild gewesen, dem sie hatte nacheifern wollen. Inzwischen wusste sie, dass Belle Légendaire eine ausgezeichnete Sängerin war, aber auch ein ausgemachtes Biest. In der Hinsicht passte sie zu Vollendorf. Dies war aber kein Grund, eine Begegnung mit ihr zu scheuen.

2.

Der Gedanke, bald auf Belle Légendaire zu treffen, brachte Cristina dazu, nicht nur die Opernrollen zu proben, die sie bereits beherrschte, sondern auch einige neue einzustudieren. Elisabeth unterstützte sie dabei und meinte zuletzt, es müsse bei Belle Légendaire ein Wunder geschehen, damit sie Cristina Chiodi das Wasser reichen könne.

Cristina sah die Sache weitaus nüchterner, glaubte aber, mit der Légendaire zumindest mithalten zu können. Nach anfänglichem Zögern brannte nun auch Lauenstein auf die Begegnung mit der Sängerin, die ihn damals, als er sie zu einem Konzert in Meiningen hatte einladen wollen, mit höhnischen Worten abgewiesen hatte.

Bevor das Engagement in Dresden abgeschlossen werden konnte, trafen überraschende Meldungen in Tresskau ein. Friedrich Wilhelm von Preußen war nun zornig auf Napoleon. Dieser hatte ihm als Ausgleich für die an Frankreich gefallenen preußischen Besitzungen am Rhein das Kurfürstentum Braunschweig-Lüneburg versprochen, das eigentlich König Georg III. von England gehörte, von ihm aber besetzt worden war. Plötzlich jedoch hieß es, Napoleon habe dem englischen König die Rückgabe des Kurfürstentums angeboten, wenn er dafür einen Frieden mit England erhielt.

Für Friedrich Wilhelm III. war dies eine Provokation, die er nicht hinzunehmen gedachte. Preußen stellte Frankreich ein Ultimatum, und als Napoleons Antwort so ausfiel, wie es zu erwarten gewesen war, setzte Friedrich Wilhelm seine Truppen in Marsch.

Carl Otto brachte die Nachricht zu Cristina und Lauenstein, dass ein Teil der preußischen Truppen durch ihr Fürstentum ziehe.

»Sie hätten im letzten Herbst marschieren sollen!«, sagte Lauenstein schnaubend. »Damals hätten sie mit den Österreichern und Russen zusammen die Franzosen schlagen können. Es jetzt auf eigene Faust zu versuchen, ist Größenwahn.«

»Preußen zieht nicht allein in den Krieg. Der Kurfürst von Sachsen hat mehrere Regimenter in Marsch gesetzt, und neben Weimar stellen auch einige andere sächsisch-thüringische Herzogtümer Truppen«, berichtete Carl Otto.

Lauenstein schüttelte mit bitterer Miene den Kopf. »Eine Wachtel und ein paar Zaunkönige brechen auf, um den gallischen Hahn anzugreifen! Bei Gott, welche Narrheit!«

»Das war aber gar nicht freundlich, den stolzen preußischen Adler als Wachtel zu bezeichnen«, sagte Cristina in der Hoffnung, die Anspannung dadurch ein wenig lösen zu können.

Carl Otto lachte leise. Lauenstein fiel darin ein, meinte dann aber, dass der Vergleich richtig sei.

»Weiß man, wie die Preußen vorrücken wollen?«, fragte er den Prinzen.

»Meinen Informationen zufolge wollen sie in Eilmärschen den Main erreichen, diesen überschreiten und Napoleon in Baiern zur Schlacht zwingen. Sie wären damit nahe genug an Österreich, so dass Kaiser Franz versucht sein könnte, sich für die Niederlage bei Austerlitz zu revanchieren«, berichtete Carl Otto.

»Und was hört man von Napoleon?«, fragte Lauenstein weiter.

»Wenig! Und genau das bereitet mir Sorgen! Wenn wir Pech haben, ist er bereits auf dem Marsch. Sollte er die Preußen schlagen, wird er sie verfolgen, und der Weg nach Berlin führt über Thüringen.« Carl Otto klang bedrückt, denn damit waren auch die eigenen Gebiete in Gefahr.

»Da Carl Wilhelm sich der preußischen Armee angeschlossen hat, will unser Vater, dass ich hierbleibe. Ich kann Euch daher nicht nach Dresden begleiten«, setzte er leise hinzu.

»Wir sollten auf die Reise verzichten, sonst geraten wir noch unter marodierende Soldaten«, schlug Elisabeth vor, obwohl sie für die Begegnung mit Belle Légendaire und Vollendorf gewesen war.

Cristina zweifelte noch, während Lauenstein Elisabeth zustimmte. »Ich werde François Metteur schreiben, dass wir angesichts der unsicheren Lage auf die Reise nach Dresden verzichten. Damit geht uns bedauerlicherweise ein hübscher Batzen Geld verloren, und wir wissen auch nicht, ob Kurfürst Friedrich August uns noch einmal einladen wird. Fräulein Karau aber hat recht. Auch ich will nicht auf marodierende Soldaten treffen.«

»Ich glaube, Kurfürst Friedrich August plagen derzeit andere Sorgen als ein nicht zustande gekommenes Konzert«, sagte Carl Otto und versprach, einen Entschuldigungsbrief nach Dresden zu schicken.

»Ich werde es damit erklären, dass mein Vater Euch zum Bleiben aufgefordert hat, um die Truppenbewegungen nicht zu behindern! So viel List wird wohl sein dürfen!«

»Aber was machen wir in der Zeit?«, fragte Cristina.

»Da wüsste ich etwas«, meldete sich Elisabeth. »Du hast doch vor ein paar Jahren ein Theaterstück deines Urgroßvaters umgeschrieben. Das könnten wir hier in Tresskau einstudieren und vorführen.«

»Das ist ein sehr guter Vorschlag!«, stimmte Lauenstein ihr zu. »Wir könnten bei den Hauptrollen ein paar Gesangsstimmen einführen. Es wäre dann die Oper ›Der Raub des Edelfräuleins‹, verfasst von Lodovico Chiodi und umgesetzt von …«

»Fräulein Elisabeth Karau«, fiel ihm Cristina ins Wort.

»Das geht ebenso wenig wie Cristina Chiodi. Auch wenn wir Frauen es gewiss nicht schlechter machen als die Männer, wäre es in den Augen der Theaterwelt ein Makel, stünde ein weiblicher Name dabei«, wehrte Elisabeth entschieden ab.

»Dann überlassen wir eben dem alten Lodovico Chiodi allein den Ruhm«, sagte Lauenstein und sah in die Runde. »Cristina wird die Hauptrolle spielen, so viel ist gewiss. Doch wie wollen wir die anderen Rollen verteilen?«

»Es wäre mir eine Ehre, dabei zu sein«, bot Carl Otto an. »Auch führen die Bürger jedes Jahr ein Singspiel auf. Da wären gewiss etliche bereit, mitzumachen. Ich habe schon ein paar davon im Kopf.«

»Dann muss dieser aber sehr schwer sein!«, meinte Cristina mit leisem Spott und brachte die Runde damit erneut zum Lachen.

3.

Wie ernst es die Preußen meinten, erfuhren sie nur zwei Tage später. Ein Kurier erschien bei Hofe und meldete, dass drei Regimenter unter General von Elchbergs Kommando nach Tresskau unterwegs seien und bei der Hauptstadt für die Nacht lagern würden. Er forderte frische Lebensmittel, Wein und Bier für die Soldaten an sowie Unterkünfte für die Offiziere.

»Etwas höflicher hätte der Bursche sein können«, schimpfte Lauenstein, der den Auftritt des Mannes bei Hofe miterlebt hatte, hinterher zu Hause.

»Friedrich Wilhelm III. ist nun einmal der Meinung, dass wir Preußen dankbar sein müssen, weil Friedrich Wilhelm I. Saalstein-Tresskau vor der Besatzung durch österreichische Truppen gerettet hat. Damit sind wir auf Gedeih und Verderb an Preußen gekettet. Mein Bruder kommandiert ja auch eines ihrer Regimenter.« Trotz seiner Worte zeigte Carl Otto, dass auch ihm das Auftreten des Preußen missfallen hatte.

»Früher waren sie höflicher«, setzte er nachdenklich hinzu. »Ich weiß nicht, ob es an Napoleon liegt, der ja auch ziemlich schroff fordert und nie gibt. Jedenfalls behandeln sie uns, als wären sie die Herren und wir ihre Diener.«

Lauenstein hatte genug über Napoleons Feldzüge gehört, um sich davor zu fürchten. »Auf jeden Fall sollten wir hoffen, dass sie die Franzosen schlagen. Siegen diese, werden sie hier nicht um Verpflegung und Unterkunft anfragen, sondern sich nehmen, was sie wollen!«

»Was ist, wenn der Kaiser der Franzosen die Entscheidung der Preußen erwartet und sich darauf vorbereitet hat?«, fragte er Carl Otto.

»Dann werden diese, sobald sie die Preußen verfolgen, hier durchmarschieren. Das könnte schlimm werden. Jedenfalls werden wir den Staatsschatz und alles, was wertvoll ist und transportiert werden kann, auf die Veste Saalstein bringen.« Carl Otto sah Cristina nachdenklich an. »Ihr solltet ebenfalls alles vorbereiten, um bei Gefahr dorthin flüchten zu können. Saalstein zu belagern, würde die Franzosen zu viel Zeit kosten, in der die Preußen ihre Truppen neu sammeln könnten.«

»Ihr sprecht alle, als wäre die Niederlage der Preußen unausweichlich. Sie können aber auch siegen!« Mit diesen Worten stemmte Cristina sich gegen die trübe Stimmung, die hier eingezogen war, und hatte insofern Erfolg, dass Lauenstein und Carl Otto das Thema wechselten und über den »Raub des Edelfräuleins« sprachen. Der Prinz drang darauf, die Rolle des schurkischen Ritters Theodolf zu spielen, obwohl Lauenstein ihm angeboten hatte, die des Geliebten des Edelfräuleins zu übernehmen.

Cristina fragte sich, warum. Er wäre ihr lieber gewesen als der junge Höfling, der nun diesen Part übernahm. Auch die Besetzung der übrigen Rollen war mittlerweile geklärt. Lauenstein würde zuletzt als Kaiser auftreten, so wie ihr Onkel Ettore es einst getan hatte. Sogar für Elisabeth gab es eine Rolle. Diese spielte die Amme des Edelfräuleins, die tatkräftig bei deren Befreiung mitwirkte. In der Version ihrer Sippe war es nur eine kleine Rolle gewesen, die von der alten Pina gespielt worden war. Für Elisabeth aber sollte sie bedeutender sein, hatte Cristina gefunden und das Stück entsprechend abgeändert.

»Wo wollen wir es aufführen?«, fragte sie Carl Otto.

»Mein Vater schlägt den Marktplatz vor dem Dom vor.«

Cristina schüttelte den Kopf. »Ich würde die andere Seite wählen. Zwar ist der hiesige Marktplatz bei Weitem nicht so schief wie der in Königsee, doch würden die Leute, wenn sie höher stehen, mehr sehen als umgekehrt.«

»Vor allem, wenn wir da eine richtige Bühne aufbauen, die groß genug ist für das ganze Spiel!« Carl Otto erbat sich von Elisabeth Papier und Bleistift und skizzierte alles so, wie er es sich vorstellte.

»Das könnte gut werden!«, meinte Cristina und erinnerte sich an die einfachen, als Leinwand gemalten Kulissen, die ihre Sippe einst verwendet hatte. Der Gedanke brachte einen gewissen Schmerz mit sich. Seit jener Begegnung in Friedrichsthal hatte sie Loretta und Mirta nicht wiedergesehen – und den Rest der Sippe seit nunmehr zehn Jahren nicht.

»Was hast du?«, fragte Lauenstein besorgt, da er eine Träne in Cristinas Augenwinkel glitzern sah.

»Nur eine gewisse Traurigkeit, weil ich schon so lange nichts mehr von meiner Familie gehört habe«, antwortete Cristina mit einem dankbaren Lächeln. Es galt der freundlichen und sanften Art, mit der ihr Mann auf ihre Stimmungen einging. Jüngere und vor allem ungeduldigere Männer hätten sie doch das eine oder andere Mal gescholten. Lauenstein tat dies nie, und er tröstete sie, wenn sie traurig war. So, dachte sie, musste eine Ehe sein. Das andere gehörte dazu, doch wichtiger als das gemeinsame Bett erschienen ihr Verständnis und Vertrauen. Beides erhielt sie reichlich von ihrem Mann.

4.

Die Preußen brauchten einen Tag länger, um zu erscheinen, und sie kamen als endloser Zug mit Infanterie, Artillerie, Kavallerie und einem ungewöhnlich großen Tross. Es sah so aus, als wollten sie bis ans andere Ende Frankreichs marschieren.

Cristina und Elisabeth sahen den in die Stadt einrückenden Truppen von einem Fenster ihres Hauses aus zu. Es herrschte eine penible Ordnung, die von den Unteroffizieren überwacht wurde. Trotzdem war es bedrückend, die Soldaten zu sehen und zu wissen, dass viele von ihnen nicht mehr zurückkommen würden.

»Herr von Lauenstein hat recht! Die Preußen hätten sich vor einem Jahr mit den Österreichern und Russen zusammentun sollen. Jetzt ziehen sie zusammen mit Sachsen und Weimar in den Krieg. Mit den Armeen der Kaiser Franz und Alexander sind deren Heere nicht zu vergleichen.« Cristina seufzte und drehte sich zu Elisabeth um. »Wir müssen uns umziehen, meine Liebe. Fürst Carl Lothar wünscht unsere Anwesenheit beim Empfang der Offiziere.«

»Dann sollten wir das auch tun.« Elisabeth warf einen letzten Blick durch das Fenster und verließ den Raum, um in ihr Zimmer zu gehen.

Cristina folgte ihrem Beispiel und fand dabei, dass sie es trotz allem gut getroffen hatte. Ihr Haus in Tresskau war zwar etwas kleiner als das Haus am Hang in Meiningen. Aber es lag nicht ganz so einsam, sondern stand unweit des Marktplatzes. Daher war der Weg zum Schloss nicht weit, und auch das Einkaufen war einfacher als früher.

Trotzdem empfand sie noch immer einen gewissen Groll auf die Meininger Regentin Louise Eleonore, die sich von den Wühlern an ihrem Hof gegen Lauenstein und sie hatte aufhetzen lassen.

»Welches Kleid wollen wir heute tragen?«, fragte Ira, die hereingekommen war, um ihr zu helfen.

»Das dunkelblaue, das der Farbe der preußischen Uniformen ähnelt«, antwortete Cristina. »Trüge ich ein helleres Blau, könnte man mich für eine Anhängerin der Franzosen oder gar dieses Napoleon halten.«

»Der soll uns vom Leib bleiben!«, meinte Ira und nahm das entsprechende Kleid aus dem Schrank.

Kurze Zeit später war Cristina bereit, aufzubrechen. Sie musste allerdings noch im Salon auf Elisabeth warten. Als diese kam, zuckten Cristinas Mundwinkel leicht, denn ihre Freundin trug ein Kleid, dessen Farbe der ihres eigenen Kleides zum Verwechseln ähnlich war.

»Gehen wir heute als Zwillinge?«, fragte sie. Vor einiger Zeit hatten sie zwei Frauen kennengelernt, die als Zwillinge geboren worden waren und sich immer noch gleich kleideten.

»Dafür sind wir vom Alter her doch zu verschieden. Wir könnten höchstens als Mutter und Tochter durchgehen«, antwortete Elisabeth und sah sich um. »Wo ist denn Herr von Lauenstein? Er war doch immer so stolz darauf, vor uns fertig zu werden.«

»Vielleicht hat er erneut seinen Kammerdiener entlassen und muss sich allein ankleiden!« Cristina lächelte nachsichtig. Der erste Kammerdiener, den ihr Mann in Tresskau angestellt hatte, war früher Offiziersbursche gewesen und mit allem vertraut, was Uniformen betraf. Von dem Wissen um zivile Mode völlig unbeleckt, hatte er etliche Fehlgriffe getan, so dass Lauenstein ihm schließlich den Abschied gegeben hatte. Nun kümmerte sich ein etwas älterer Mann um ihn, und der ging so bedächtig vor, dass das Ankleiden doppelt so lange dauerte wie früher.

»Ich hoffe, Schacke bessert sich, denn auf Reisen haben wir nicht die Zeit, so lange zu trödeln«, sagte Elisabeth mit einem leichten Zischen.

»Wer trödelt, meine Liebe?« Lauenstein war eingetreten und trug auf seinem dunkelblauen Rock ein schwarz-weißes Band, um seine Verbundenheit mit Preußen durch deren Farben zu zeigen.

»Ihr, wenn Ihr es genau wissen wollt!«, gab Elisabeth mit einem gewissen Ärger zurück. »Cristina und ich warten bereits seit Stunden auf Euer Erscheinen.«

»Seit Stunden gewiss nicht«, gab Lauenstein lächelnd zurück und sah die beiden Frauen auffordernd an. »Wir sollten aufbrechen, sonst kommen wir zu spät.«

»So was muss man sich sagen lassen!« Elisabeth bedachte ihn mit einem strafenden Blick, während Cristina noch rasch in einen anderen Raum trat, in dem ihr Sohn unter der Aufsicht seiner Kinderfrau Geli mit Holzklötzchen spielte. Als er seine Mutter sah, sprang er auf und eilte auf sie zu.

»Bitte, Mama! Ich will einen Säbel, so wie ihn die Offiziere tragen.«

Albert trug mit vier Jahren seine ersten Hosen und war so gesund wie ein Kalb auf der Weide. So nannte es wenigstens Tilda, die seit Jahren ihren Anspruch als Oberste der Dienerschaft gegen jeden anderen verteidigte.

Cristina strich dem Jungen übers Haar, hob ihn dann auf und küsste ihn. »Ein solcher Säbel ist für dich noch viel zu groß und zu gefährlich«, sagte sie und seufzte, als sie seine enttäuschte Miene sah.

»Wenn die gnädige Frau erlauben, könnte ich den Tischler fragen, ob er nicht einen kleinen Säbel aus Holz für unseren kleinen Helden anfertigen kann«, schlug Geli vor.

Cristina überlegte kurz und nickte. »Tu das! Gib aber acht, dass Albert nichts damit anstellt. Tilda kann sehr zornig werden, wenn ein Glas oder eine Vase zu Bruch geht.«

»Unsere beiden Hausmädchen nennen sie bereits den Drachen, aber das sollte sie besser nicht erfahren«, sagte Geli leise.

Cristinas Lippen zuckten. »Ich glaube, sie würde sich darüber sogar freuen! Gelegentlich kann sie nämlich sehr selbstherrlich werden«, sagte sie. Sie verabschiedete sich von ihrem Sohn und der Kindermagd und kehrte zu Elisabeth und Lauenstein zurück. »Lasst uns aufbrechen!«

»Es wird auch Zeit«, antwortete Elisabeth und schritt zur Tür.

5.

Unterwegs mussten sie mehrfach preußischen Soldaten ausweichen. Die meisten benahmen sich manierlich. Als jedoch ein betrunkener Leutnant auf Cristina zukam und sie umarmen wollte, schob sie ihn energisch zurück.

»Ich will einen Kuss als Wegzoll!«, rief er und wollte sie erneut packen.

Da zog Cristina ihre Pistole aus ihrem Ridikül und sah ihn mit zorniger Miene an. »Wisst Ihr, was man hier in Tresskau mit Straßenräubern macht? Man erschießt sie am besten gleich, um sich die Mühe mit dem Aufhängen zu sparen!«

»Bei der Dame seid Ihr aber abgeblitzt, Talfen«, sagte einer seiner Kameraden und deutete vor Cristina eine Verbeugung an. »Verzeiht unserem Kameraden. Er ist noch jung und übermütig und freut sich auf die Schlacht.«

»Wer sich auf eine Schlacht freut, ist ein Narr!«, erklärte Lauenstein scharf. »So sagte im Siebenjährigen Krieg mein Oberst zu mir. Wie recht er hatte, erlebte ich, als man mich nach der nächsten Schlacht schwer verwundet von der Walstatt getragen hat.«

»Ihr habt unter Friedrich dem Großen gedient?« Unwillkürlich salutierten von Talfen und seine Kameraden und riefen den Soldaten zu, den Weg für die Gruppe freizugeben.

»Sagt Eurem vorwitzigen Freund, dass er gewiss noch ein Mädchen findet, das ihn küsst«, sagte Cristina noch und folgte Elisabeth und Lauenstein zum Schloss.

Dort nahm ein Diener sie in Empfang und führte sie in den Speisesaal. Fürst Carl II. Lothar war bereits anwesend, doch die Herrschaften hatten noch nicht Platz genommen. Auf den ersten Blick stellte Cristina fest, dass die Militärs weit in der Überzahl waren. Sie boten in ihren glänzenden Uniformen ein malerisches Bild, doch Cristina wusste, dass nach einer Schlacht nichts mehr davon übrig bleiben würde.

Carl Otto kam auf sie zu und begrüßte sie. »Seid mir tausendmal willkommen! Ich hoffe, Ihr wurdet nicht durch die Anwesenheit der Soldaten behelligt?«

»Unterwegs forderte ein Leutnant Frau von Lauenstein einen Kuss ab, wurde aber von ihr energisch zurechtgewiesen«, berichtete Elisabeth.

»Kennt Ihr seinen Namen? Der Kerl muss bestraft werden«, fuhr Carl Otto auf.

»Man sollte einem Besiegten nicht noch zusätzlich einen Hieb versetzen«, sagte Cristina lächelnd. »Herr von Lauenstein und ich haben ihn, um einen militärischen Ausdruck zu gebrauchen, glorreich zurückgeschlagen.«

»Als ich erwähnte, unter dem Alten Fritz gedient zu haben, salutierten die jungen Herren. Es war wohl das erste Mal, dass ein Hauptmann es vor einem Mann tat, der das Militär im Rang eines lumpigen Fähnrichs verließ.« Lauenstein lachte bei seinen Worten und wollte noch mehr erzählen.

Da machte Carl Otto ihn darauf aufmerksam, dass der Fürst dabei war, seinen Platz einzunehmen. »Kommt! Ich habe Frau von Lauenstein zwischen Herrn von Lauenstein und mich platzieren lassen, und Fräulein Karau auf meine andere Seite, so dass sie nicht unter den Militärs sitzen müssen.«

»Wir danken Euch!« Sie folgten Carl Otto zu den reservierten Plätzen und setzten sich. Lakaien trugen die Speisen auf, und für eine gewisse Zeit schwiegen selbst die Herren in Uniform und rückten anstatt ihren Feinden dem prachtvollen Mahl zu Leibe.

Als später abgetragen worden war, ließ Fürst Carl Lothar sein Glas neu füllen und stand auf. »Meine Herren! Ich erhebe mein Glas auf die Gesundheit Seiner Majestät, König Friedrich Wilhelm III. von Preußen, und auf Ihre Majestät, Königin Louise!«

Die Offiziere schnellten wie ein Mann in die Höhe und ergriffen ihre Gläser. »Auf König Friedrich Wilhelm und auf Königin Louise!« Es klang wie aus einem Mund.

»Haben die das eingeübt?«, fragte Cristina leise Carl Otto.

»So wie ich die Preußen kenne, ist dies anzunehmen«, antwortete dieser trocken.

Den nächsten Trinkspruch brachte General von Elchberg auf Fürst Carl Lothar aus, und so ging es weiter. Es wurde auf den General getrunken, auf die preußische Armee und auf ein Dutzend weiterer Personen und Dinge. Zu anderen Zeiten hatte man sich nach dem Mahl in einem der anderen Säle zurückgezogen, wo man sich dann in kleinerer Runde zusammensetzen konnte. Bei der Zahl der heutigen Gäste war dies nicht möglich. Man blieb daher bei Tisch und ließ sich die Leckereien schmecken, die nun verteilt wurden.

Die Stimmung war gut und der General siegesgewiss. Schließlich stand er auf, ließ sich nachschenken und hob sein Glas in die Höhe. »Meine Herren Offiziere! Unsere Väter und Großväter haben unter dem Kommando Friedrichs des Großen unsterblichen Ruhm an ihre Fahnen geheftet. Nun ist es an uns, diesem Beispiel zu folgen. Trinken wir daher auf den großen König, auf unsere Großväter und Väter, und darauf, dass wir uns ihrer würdig erweisen werden!«

Erneut standen die Offiziere wie ein Mann auf und erwiderten den Trinkspruch. Cristina sah, dass ganz am Ende der Tafel Leutnant Talfen und dessen Freunde saßen. Diese waren wohl wie sie auf dem Weg hierher gewesen und nur kurz nach ihnen gekommen.

Mit leichtem Missmut wandte sie sich an Carl Otto. »Wäre es Eurer Hoheit möglich, uns bis zu unserem Haus das Geleit zu geben oder dafür zu sorgen, dass wir eskortiert werden? Einige der Herren Offiziere haben dem Wein auf eine Weise zugesprochen, dass ich befürchte, unterwegs erneut belästigt zu werden. Seine Majestät Friedrich Wilhelm von Preußen wäre gewiss nicht erfreut, wenn ich mich gezwungen sähe, seine Armee bereits hier zu dezimieren!«

»Der benötigt all seine Soldaten und Offiziere, um gegen die Franzosen bestehen zu können. Daher wird es mir eine Ehre sein, ihm den Verlust eines übermütigen Leutnants zu ersparen.« Carl Otto grinste bei seinen Worten auf eine Weise, dass Cristina sich ärgerte, ihn überhaupt gefragt zu haben. Aber er begleitete sie, Elisabeth und Lauenstein treulich nach Hause und ließ es sich nicht nehmen, noch ein Glas Wein zu trinken, welches Lauenstein ihm anbot.

Cristina und Elisabeth beschlossen hingegen, ins Bett zu gehen, und verabschiedeten sich von den beiden.

Lauenstein sah ihnen nach und wandte sich dann an Carl Otto. »Sie ist eine wundervolle Frau!«

»Das ist sie.«

»Ich bin so viel älter als sie, doch das hat sie mich nie fühlen lassen«, fuhr Lauenstein fort.

»Sie ist, wie Ihr sagtet, eine wundervolle Frau!« Carl Otto klang ein wenig bedrückt.

Lauenstein lächelte. »Ihr liebt sie auch, nicht wahr?«

Carl Otto fuhr hoch. »Ich würde nie wagen, ihr zu nahe zu treten!«

»Das habe ich auch nicht behauptet«, sagte Lauenstein beschwichtigend. »Es ist nur so, dass ich mein Alter immer mehr spüre. Die alte Wunde, die ich mir vor so vielen Jahren zugezogen habe, schmerzt von Zeit zu Zeit und erinnert mich daran, dass mein Weg nicht ewig weiterführen wird. Doch wenn ich von dieser Welt abmustern muss, will ich mein Weib und meinen Sohn in guter Hut wissen.«

»Sie werden in guter Hut sein, das schwöre ich Euch. Aber bevor es dazu kommt, hoffe ich, dass Ihr steinalt werdet und noch Eure Enkel sehen könnt!«

»Dann müsste ich wahrlich steinalt werden«, sagte Lauenstein mit einem schmerzlichen Lächeln. So wohl, um das erreichen zu können, fühlte er sich seit ein paar Jahren nicht mehr. Er wechselte das Thema. »Sagten General von Elchberg oder sein Stab etwas über die Franzosen?«

»Laut dem General soll Napoleon mit seiner Armee den Oberlauf der Donau erreicht haben und diese entlangziehen. Die Preußen erwarten, südlich von Nürnberg auf sie zu treffen«, erklärte Carl Otto. Doch genau wie Lauenstein hatte auch er Zweifel, ob Napoleon das tat, was die Preußen von ihm erwarteten.

6.

Am nächsten Tag zogen die Soldaten weiter. Während am Morgen noch ein großes Treiben in der Stadt geherrscht hatte, zog nur wenige Stunden später eine Stille ein, die Cristina als bedrückend empfand. Als sie sich mit Lauenstein und Elisabeth zum Palast begab, fand sie die Straßen und den Marktplatz so sauber, als hätten hier niemals mehrere Tausend Soldaten und Hunderte von Pferden gelagert.

Carl Otto führte sie in seine privaten Gemächer. Nach einem ansehnlichen Imbiss begannen die Proben für »Die Entführung des Edelfräuleins«, erdacht und komponiert von Maestro Lodovico Chiodi aus Parma.

Cristina hatte das Stück als Kind einige Male ansehen können, wenn es von ihrer Sippe aufgeführt worden war. Darin mitzuspielen, hatte ihr die Ehefrau ihres Onkels Ettore nie erlaubt. Hier nahm sie deren Stelle ein, nämlich die des Edelfräuleins, das von einem üblen Ritter geraubt und von ihrem Geliebten wieder befreit wurde.

Auf eine gewisse Weise stellte es sie zufrieden. Nicht zuletzt durch Alfonsinas Schuld war das Stück immer mehr zu einem

Trauerspiel geworden, allerdings nur für die Beteiligten. Die Zuschauer hingegen waren vor Lachen über das bereits ältliche und schwergewichtige Edelfräulein Alfonsina und deren weitaus schlankerem Geliebten fast erstickt. Nun endlich würde das Stück wieder so auf die Bühne kommen, wie ihr Urgroßvater es sich vorgestellt hatte.

Nicht ganz, schränkte Cristina ein. Die Musik dazu hatte sie mit Elisabeths Hilfe selbst komponiert und das Theaterstück zu einer Oper ausgebaut.

Mit ihren Mitspielern konnte sie zufrieden sein. Bei Carl Otto mussten sie ein wenig nachhelfen, damit er als der schreckliche Ritter Theodolf nicht zu sympathisch wirkte. Als er jedoch seiner Singstimme einen entsprechenden Klang geben wollte, schritt sie ein. »So geht es nicht, Euer Hoheit! Auf die Weise trefft Ihr die Töne nicht richtig. Ihr müsst Eure Stimme mit dem Mienenspiel unterstützen und dadurch gemein und grimmig erscheinen!«

»Ist es so richtig?«, fragte Carl Otto und zog einige wilde Grimassen.

Cristina gelang es gerade noch, sich zu beherrschen. »Ich muss Eurer Hoheit sagen, dass Ihr so bei den Aufführungen meiner Sippe hättet mitspielen können. Wir wollen es hier jedoch ernsthafter sehen.«

»Ich werde mich bemühen«, antwortete Carl Otto und setzte eine Miene auf, die Cristina zufriedenstellte.

»So seht Ihr wahrlich wie ein übler Schurke aus, ohne es übertreiben zu müssen«, erklärte sie und forderte ihre Mitspieler auf, die Szene noch einmal zu proben.

Es ging weiter. Nach einer Weile jedoch wurde Cristina bewusst, dass sie sich deshalb in das Stück verbiss, um nicht andauernd an die Soldaten denken zu müssen, die nun südlich von Tresskau dem Feind entgegenmarschierten. Bei Elisabeth und den meisten anderen war es ähnlich. Die Proben zum »Raub des Edelfräuleins« waren für alle eine Flucht in eine Zeit, in der es keine gewaltigen Heere gegeben hatte, die wie Heuschreckenschwärme über ganze Landstriche herfielen, wie es die Franzosen tun würden, wenn sie siegreich blieben.

Carl Otto hatte ihr erklärt, dass er sie, Elisabeth, Albert und Lauenstein auf die Veste Saalstein bringen werde, sobald die Gefahr bestand, dass Napoleons Truppen auf das Fürstentum zurücken würden.

Ein paar Tage blieb es ruhig. Dann aber kamen Reisende nach Tresskau, die von einem gewaltigen Kanonendonner und dem Knattern der Musketen berichteten, das sie unweit von Auerstedt gehört haben wollten. Noch am selben Tag erschien ein Mann, der das Gleiche von dem nahen Jena behauptete.

Für Carl Otto und Lauenstein war dies ein Schock. Wenn die Gerüchte stimmten, so waren die preußischen Truppen nicht weit über Tresskau hinausgekommen. Wie konnte das sein?, fragte Carl Otto sich. General von Elchberg hatte behauptet, Napoleon würde noch auf Ulm vorrücken. Zwischen Ulm und Jena lagen immerhin dreißig sächsische Meilen. Kein Heer der Welt konnte diese Strecke in weniger als zehn Tagen zurücklegen, es sei denn, es würde fliegen.

»Das haben die Franzosen gewiss nicht getan. Entweder haben die Preußen sich von veralteten Informationen täuschen lassen, oder sie wurden getäuscht«, erklärte Carl Otto.

»Nun kommt es darauf an, wer gewonnen hat!« Lauenstein hegte die Hoffnung, das preußische Heer, das unter Friedrich dem Großen oft doppelt so starke feindliche Armeen besiegt hatte, könnte Napoleons Truppen gewachsen sein.

Lauensteins Hoffnung hielt nicht einmal die Nacht hindurch stand. Mitternacht war kaum vorüber, als die ersten Reste eines geschlagenen Heeres Tresskau erreichten. Es waren die Preußen – und sie sahen furchtbar aus.

Kaum einer war noch vorschriftsmäßig gekleidet. Viele hatten auf der Flucht ihre Musketen und ihre Tornister weggeworfen, und nicht wenige waren verwundet. Fürst Carl Lothar ließ noch in der Nacht Helfer zusammenrufen, um den verstörten und verletzten Soldaten beizustehen. Auch Cristina und Elisabeth erschienen und ebenso Tilda und Ira, um den hungrigen Männern Suppe und Brot zu reichen und ihre Wunden zu verbinden.

Im Schein der rasch entzündeten Fackeln war es ein grässliches Bild. Hunderte von Soldaten saßen oder lagen auf dem Marktplatz. Kaum einer sagte etwas. Nur das Klagen und Schreien der Verwundeten hallte durch die Nacht. Obwohl jeder in der Stadt, der dazu in der Lage war, mithalf, war es schier unmöglich, alle zu versorgen.

Cristina entdeckte vier Soldaten, die einen fünften auf einer Decke mit sich trugen und auf das harte Pflaster legten. Es dauerte einen Augenblick, bis sie in dem Verletzten Leutnant von Talfen erkannte, der vor ein paar Tagen aus Übermut einen Kuss von ihr gefordert hatte. Unwillkürlich ging sie zu ihm.

»Was ist mit dem Offizier?«, fragte sie die Soldaten.

Die vier senkten die Köpfe. »Ich glaube nicht, dass er es schafft«, sagte einer leise.

Da öffnete von Talfen die Augen und sah Cristina an. »Ihr hättet mich küssen sollen! Vielleicht hätte es mir Glück gebracht.« Seine Stimme klang so leise, dass Cristina ihn kaum verstehen konnte. Sie kniete neben ihm nieder und fasste nach seiner Hand.

»Es wird alles gut«, sagte sie. »Wir werden Euch verbinden und zu uns nach Hause bringen, damit der Arzt sich um Euch kümmern kann!«

»Der Nächste, der sich um mich kümmern wird, steht weit über uns!« Von Talfen warf einen Blick auf die Sterne am Himmel und lächelte schmerzhaft. »Küsst mich bitte, damit ich meinen letzten Weg mit einer schönen Erinnerung antreten kann!«

»Ihr werdet nicht sterben!«, rief Cristina, beugte sich aber über ihn und berührte seinen Mund mit ihren Lippen.

Sie fühlte, wie das Leben aus ihm herausfloss, und wurde ihrer Tränen nicht mehr Herr. Als sie sich wieder aufrichtete, war von Talfen tot, und ihr blieb nur die traurige Pflicht, ihm die Augen zu schließen. Sie schluchzte danach so sehr, dass Carl Otto besorgt auf sie zukam.

»Was ist mit Euch?«, fragte er besorgt.

Cristina wies auf von Talfen. »Er wollte mich küssen, als sie gegen die Franzosen zogen. Ich habe es ihm verwehrt, und nun ist er tot!«

»Es sind sehr viele gefallen, unter ihnen auch General von Elchberg. Herr von Lauenstein hat mir berichtet, wie er diesem vor gut zehn Jahren das erste Mal begegnet ist. Damals war er noch Oberst und voller Vertrauen, die Franzosen zu schlagen. Es ist ihm jedoch auch diesmal nicht gelungen.«

Carl Otto wandte sich an die Soldaten. »So leid es mir tut, aber ihr müsst weiterziehen. Die Franzosen werden euch mit Sicherheit verfolgen. Wollt ihr etwa gefangen werden? Um die Schwerverletzten kümmern wir uns!«

Ein Major, der als höchstrangiger Offizier die Schlacht überlebt hatte, nickte verbissen. »Ihr habt recht, Euer Hoheit! Wenn wir nicht weitermarschieren, kassieren uns die Franzosen ein. Also auf die Beine, Männer! Wer noch seine Muskete bei sich hat, soll sie gefälligst mitnehmen. Oder glaubt ihr, der Tanz mit den Franzmännern wäre schon vorbei?«

Unterdrücktes Lachen antwortete ihm. Viele, die es noch vermochten, kämpften sich auf die Beine. Es waren allerdings auch etliche dabei, die liegen blieben und darauf hofften, später verschwinden zu können. Sie hatten jedoch nicht mit ihren Unteroffizieren gerechnet. Diese gingen durch die Reihen, sahen sich jeden an, und ihre Stöcke klatschten auf so manchen Rücken.

»Aufstehen, ihr Schweine! Ihr habt es gehört! Der Tanz mit den Franzosen ist noch nicht zu Ende!«, riefen sie, während das geschlagene Heer sich bereit machte, weiterzuziehen.

Carl Otto brachte die noch immer weinende Cristina zu Elisabeth und Lauenstein zurück. »Gebt auf sie acht! Es hat sie sehr getroffen.«

»Nicht nur sie!«, fauchte Elisabeth. »Seht Euch nur die Verwundeten an! Wenn die Hälfte von ihnen überlebt, können wir uns glücklich schätzen. Wie hat Gott euch Männer nur so schaffen können, dass ihr singend in eine Schlacht zieht, die dann so elend enden muss?«

»Ich glaube, darauf weiß niemand eine Antwort!« Carl Otto berührte sie kurz am Arm. »Ich danke Euch, dass Ihr Euch der Verletzten so tatkräftig annehmt. Es sind arme Hunde, und wir wollen ihnen wenigstens die Pflege angedeihen lassen, die wir aufbringen können.«

»Da habt Ihr recht, Euer Hoheit!«, sagte Cristina und machte sich daran, den nächsten Verletzten zu verbinden.

7.

Die Preußen, die Tresskau noch in der Nacht erreicht hatten, bildeten nur die Vorhut. Den ganzen nächsten Tag über strömten weitere Flüchtlinge in die Stadt und zogen nach einer rasch verschlungenen Suppe weiter. Männer mussten verbunden werden, und allmählich wurden die Häuser der Stadt voll mit Verwundeten.

»Was machen wir, wenn die Franzosen kommen, Tresskau plündern und die Verletzten niedermachen?«, fragte Lauenstein besorgt.

»Das will ich nicht hoffen!«, antwortete Carl Otto, obwohl auch er wusste, dass Soldaten im Überschwang des Sieges Taten begingen, die in ihrer Heimat mit einem Strick um den Hals geahndet wurden.

Er verließ den Marktplatz und kehrte ins Schloss zurück, um sich mit seinem Vater zu beraten. Als er wiederkam, wirkte er ernst. »Die Franzosen haben Mittstadt erreicht und sind dabei, es zu plündern. Zum Glück konnten die meisten Bewohner vorher fliehen!«

»Das werden wir auch müssen«, antwortete Lauenstein.

»Wir werden nicht fliehen!« Carl Otto klang entschlossen. Sein Blick suchte Cristina, die sich von dem Schock in der Nacht erholt hatte und mithalf, Soldaten zu versorgen.

»Jetzt werden wir genau das tun, was ich schon die ganze Zeit geplant habe! Wir begeben uns so schnell wie möglich in die Festung.«

»Wie wollt Ihr das tun? Die Straße ist von flüchtenden Preußen verstopft, und denen sitzen die Franzosen bereits im Nacken«, wandte Elisabeth erregt ein.

»Es gibt noch einen anderen Weg. Kommt mit!« Carl Otto winkte Cristina und Elisabeth, ihm zu folgen, und bat Lauenstein, den kleinen Albert zu holen.

»Das mache ich!«, rief Cristina und eilte los, bevor jemand sie aufhalten konnte.

»Kommt zur Westseite des Schlosses«, rief Carl Otto ihr nach. Dann wandte er sich dem Bürgermeister und einigen anderen Stadtoberen zu. »Wir werden die Festung bemannen und hoffen, die Franzosen so weit beeindrucken zu können, dass sie ohne Verzug weitermarschieren. Ihr schließt auf jeden Fall die Tore, wenn die ersten Feinde gemeldet werden. Die Verhandlungen mit ihnen werden mein Vater und ich führen!«

Die Männer nickten und eilten los, um die entsprechenden Anweisungen zu erteilen. Carl Otto sah ihnen nach und schüttelte den Kopf. »Sie werden die Tore schließen, sobald wir die Stadt verlassen haben. Um die Preußen, die dann noch vorbeiziehen und keine Hilfe mehr erhalten, tut es mir leid. Doch hier geht es um Tresskau – und das liegt meinem Herzen näher!«

»Wo Cristina nur bleibt?« Lauenstein verfluchte sich, weil er sie hatte gehen lassen. Er wollte ihr folgen, doch da fasste Carl Otto nach seinem Arm. »Geht Ihr mit Fräulein Karau zur Westseite des Palastes. Wenn Ihr Tilda und Ira findet, nehmt sie mit. Ich sehe derweil nach, wo Eure Frau bleibt!«

Er eilte in die Richtung los, in der Cristina und die Ihren wohnten, entdeckte sie aber bald, wie sie dabei war, gerade einem Soldaten den Arm zu verbinden. Der kleine Albert hielt ihr dabei die Binden.

»Mach du weiter!«, forderte er eine Frau aus der Stadt auf und zupfte an Cristinas Ärmel. »Wir müssen los, wenn wir die Festung noch rechtzeitig erreichen wollen.«

»Aber wir können doch nicht …«, begann Cristina.

Da nahm Carl Otto kurzerhand Albert auf den Arm, packte mit der anderen Hand ihr Handgelenk und zerrte sie hinter sich her.

»Wir müssen schnell sein!«, sagte er drängend, um dann zu fragen: »Wie gut könnt Ihr mit Nadel und Faden umgehen?«

»Tilda, Ira, aber auch Elisabeth sind hier weitaus besser als ich«, antwortete Cristina.

»Dann hoffen wir, dass Herr von Lauenstein die beiden Zofen gefunden hat. Sobald wir die Festung erreicht haben, werdet Ihr Eure Hände kräftig rühren müssen, denn wir benötigen Uniformen. Als Hauptmann der Landreiter oder gar in Zivil können wir einem französischen General nicht imponieren!«

Cristina verstand zwar nicht, was Carl Otto meinte, folgte ihm aber zum Schloss. An der Westseite stand ein gutes Dutzend Maultiere bereit. Bei Elisabeth und Lauenstein standen Ira und Tilda.

»Ich hoffe, ihr könnt reiten!«, sagte Carl Otto zu den Frauen. »Wenn nicht, solltet ihr es sehr rasch lernen.«

Bevor irgendjemand darauf antworten konnte, hob er Cristina in den Sattel und erklärte ihr, wie sie sich setzen und mit dem Steigbügel abstützen sollte.

»Wo ist Euer Vater?«, fragte Cristina.

»Der ist uns mit den anderen bereits vorausgeeilt. Darum sollten wir uns sputen. Nicht, dass die Franzosen schneller sind als wir!« Carl Otto setzte nun auch Elisabeth in den Sattel.

»Wir haben Geli vergessen«, rief Cristina erschrocken.

»Da kommt sie!« Ira zeigte auf die Kinderfrau, die mit einem dicken Packen auf den Armen herbeieilte.

»Ich habe noch ein paar Kleider für die Damen und den Kleinen geholt«, sagte sie und sah ängstlich auf die wartenden Maultiere. »Muss ich mich wirklich auf so etwas setzen?«

»Und ob!« Carl Otto nahm ihr das Bündel ab und reichte es einem der Gardisten, die sie begleiten sollten. Während dieser das Gepäck auf einem der Lastmulis befestigte, hob Carl Otto Geli in den Sattel und stieg dann selbst auf ein Maultier.

»Wundert euch nicht, dass wir keine Pferde nehmen. Für den Weg, der vor uns liegt, sind Maultiere geeigneter. Ich bitte die Damen und Frauen, sich am Sattel festzuhalten. Eure Maultiere werden geführt.« Er zeigte auf mehrere Männer, die nun die Zügel ergriffen. Einer von ihnen reichte vorher noch Albert zu ihm hoch.

Carl Otto setzte den Jungen vor sich, hielt ihn mit einer Hand fest und ergriff mit der anderen die Zügel. »Vorwärts!«, rief er und ritt los.

Da das Haupttor der Stadt immer noch von den Preußen verstopft wurde, wählte er eine der Nebenpforten, die hinter ihnen sofort geschlossen und verrammelt wurde. Die Maultierkarawane überquerte die Straße, zog an etlichen Feldern vorbei und verschwand im Wald. Bis dorthin hielten die Frauen sich gut. Doch schon bald ging es steil in die Höhe, und aus dem Feldweg wurde ein Trampelpfad, der nur Platz für ein Muli ließ.

Nun mussten sie sich am Sattel festhalten, um nicht von den Maultieren zu fallen. Keine von ihnen war das Reiten gewohnt, und so krampften alle die Finger um das Sattelleder, und Geli schloss sogar die Augen, um nicht sehen zu müssen, wie rasch es bergan ging.

»Das solltest du nicht tun!«, mahnte Cristina. »Es reichen immer wieder Äste in den Pfad hinein und können jene, die nicht rasch genug den Rücken beugen, von den Maultieren streifen.«

»Oh Gott, wir werden alle abstürzen!«, jammerte die Kinderfrau.

»Nicht, solange du dich festhältst!«, erklärte ihr Cristina und machte einen tiefen Bückling, da es unter einem Zweig dahinging, der kaum höher war als das Maultier.

Es war ein steiler und beschwerlicher Weg, aber, wie Carl Otto erklärte, derzeit der einzige, auf dem sie unter den jetzigen Umständen die Festung erreichen konnten.

»Wir müssen schnell sein«, setzte er drängend hinzu. »Wenn wir zu spät kommen, haben die Franzosen die Stelle bereits passiert, und dann ist Tresskau ihnen hilflos ausgeliefert.«

Als die Festung in Sicht kam, war Cristina schweißgebadet. Ihre Beine, mit denen sie sich krampfhaft im Sattel gehalten hatte, schmerzten, und sie fühlte, dass einige Stellen an ihrem Allerwertesten wund gescheuert waren. Elisabeth, Ira, Tilda und Geli erging es nicht anders. Keine von ihnen war in der Lage, selbst von ihrem Maultier zu steigen. Als man sie schließlich aus dem Sattel gehoben hatte, konnten sie wegen ihrer steifen Beine kaum gehen.

Carl Otto trieb sie dennoch an. »Ihr müsst so rasch wie möglich mehrere Offiziersuniformen schneidern. Tuche, Epauletten und dergleichen haben wir hier.«

»Wenn es ein Kleid für eine Dame wäre, sofort, aber das können wir nicht!«, rief Ira.

»Ihr werdet wohl wissen, wie das Maßnehmen geht? Danach näht ihr einfach drauflos. Es muss nur schneidig aussehen!« Carl Otto scheuchte die Frauen in die Festung und drehte sich zu Lauenstein um. »Ich hoffe, Ihr seid mir nicht böse, wenn ich Euch zu unserem Oberbefehlshaber ernenne. Mein Vater ist der Fürst, und ich bin zu jung, um diesen Posten ausfüllen zu können. Habt keine

Sorge! Ich hoffe, mich mit den Franzosen gütlich einigen zu können.«

»Und wenn dies nicht gelingt?«, fragte Lauenstein besorgt.

Carl Otto wies mit einer weit ausgreifenden Armbewegung auf die Wälder. »Dann heißt es Fersengeld geben. Jenseits des Tales liegt eine Jagdhütte. Dorthin werden uns die Franzosen hoffentlich nicht folgen.«

8.

Auch wenn die Frauen von dem Ritt erschöpft waren und über Wundstellen an jenen Körperstellen klagten, die mit dem Sattel in Berührung gekommen waren, machten sie sich sofort ans Werk. Lauenstein und Carl Otto wurden abgemessen und das vorhandene, dunkelgrüne Tuch entsprechend zurechtgeschnitten. Auch Cristina half mit. Zwar hatte sie diese Arbeiten zumeist Ira und Tilda überlassen, doch als Kind bei ihrer Sippe gelernt, die eigenen Sachen in Ordnung zu halten.

Da es eine gewisse Zeit dauern würde, bis es zur Anprobe kam, verließen Carl Otto und Lauenstein die Frauen und sahen sich auf den Wällen um. Dort wurden bereits Kanonen in Stellung gebracht. Zuerst war Lauenstein beeindruckt. Als er jedoch auf einer Kanone die Jahreszahl 1625 las, kniff er die Augen zusammen. »Glaubt Ihr, dass diese Kanone noch abgefeuert werden kann?«, fragte er Carl Otto.

»Ich würde es nicht versuchen, auch nicht mit halber Ladung. Diese Kanone und die meisten anderen sollen auch nicht abgefeuert werden. Die Franzosen sollen sie nur sehen!«, antwortete Carl Otto und wies auf zwei Kanonen, die direkt nebeneinanderstanden. »Die beiden hier sind die Schätzchen, mit denen wir schießen können. Alle anderen haben wir hier auf der Festung aus den Kellern geholt, gesäubert und aufgestellt.«

»Von der Straße aus mag es bedrohlich aussehen«, sagte Lauenstein zweifelnd und schüttelte den Kopf, weil ein paar Kanonen nicht einmal Lafetten aufwiesen, sondern auf hölzerne Böcke gesetzt worden waren. Sie einzusetzen wäre für die Bedienungsmannschaft gefährlicher als für den Feind.

Carl Otto ließ sich ein Fernrohr reichen und stieg auf die Mauer. Als er in Richtung Mittstadt blickte, stellte er fest, dass dort immer noch französische Soldaten Häuser plünderten.

»Sehr gut! Die Monsieurs geben uns die Zeit, die wir für unsere Vorbereitungen brauchen. Wenn sie uns noch zwei, drei Stunden in Ruhe lassen, sind wir bereit«, sagte er zu Lauenstein.

»Bereit wofür?«, fragte dieser.

»Für den ersten Schuss! Die beiden guten Kanonen sind recht neu und verfügen über eine brauchbare Reichweite. Bis Mittstadt kommen wir zwar nicht, könnten aber die Straße auf mindestens eine halbe Meile unter Feuer nehmen!«

Lauenstein lachte verkniffen. »Für diese Strecke benötigt ein marschierendes Heer eine gute Dreiviertelstunde. Würden sämtliche vierundzwanzig Kanonen, die hier auf den Wällen stehen, feuern können, wäre ein Blutbad unter den Franzosen unvermeidlich.«

»Das jedenfalls sollen die Franzosen glauben!«, erwiderte Carl Otto.

»Ihr wollt den Feind täuschen?«, fragte Lauenstein. »Ob er sich darauf einlassen wird?«

»Er müsste sonst die Festung erobern, und das ohne Artillerieunterstützung. Bei intakten Kanonen wäre das Blutbad nicht geringer«, antwortete Carl Otto und wies einen der Männer an, die Fahne Tresskaus bereitzuhalten und zu hissen, sobald der Befehl dazu kam.

»Nun sollten wir schauen, wie weit die Frauen mit den Uniformen sind«, sagte er zu Lauenstein und wandte sich dem einzigen Gebäude der Festung zu, das man benutzen konnte.

Innen trafen sie Fürst Carl Lothar an. Er trug die grüne, goldglänzende Uniform, die ihn als Herrscher des Fürstentums auswies. Seine Miene wirkte ernst, als er seinen Sohn musterte. »Wenn ich sehe, wie die Franzosen Mittstadt verwüsten, würde ich am liebsten mit gepanzerter Faust dreinschlagen!«

»Nur ist unsere Faust nicht gepanzert genug, um dreinschlagen zu können«, antwortete sein Sohn. »Seien wir froh, dass wir die meisten Bewohner von Mittstadt und der umliegenden Dörfer rechtzeitig evakuieren konnten. Ihre Häuser können wir wiederaufbauen und ihnen auch Zuchtvieh und Saatgut und Nahrung verschaffen. Ihr Leben aber ist ihnen geblieben. Darauf kommt es an.«

»Ja, mein Sohn, du hast recht, darauf kommt es an! Darf ich nicht trotzdem zornig sein?«

»Ihr dürft diesen Zorn nur nicht offen zeigen. Die Franzosen fackeln nicht, wenn sie gereizt werden. Wir müssen daher in aller Ruhe mit ihnen verhandeln.«

Sein Vater nickte. »Du hast recht! Wir müssen uns beherrschen. Tun wir es nicht und reizen die Franzosen, wird Tresskau hinterher eine Wüste sein, in der uns die Überlebenden verfluchen werden.«

Cristina fühlte, dass die Last der Verantwortung schwer auf den Schultern des Fürsten lastete und kaum mehr zu ertragen war. Es war gut, dass Carl Otto ihm zur Seite stand. Bislang hatte sie diesen für ein wenig leichtlebig gehalten, stellte nun aber fest, dass er sich in Zeiten der Gefahr bewährte.

Unterdessen zog Lauenstein die Uniform an, die Tilda rasch zusammengeheftet hatte.

»Sie passt sogar halbwegs«, sagte Tilda erleichtert.

»Zum Glück! Wir haben nicht mehr viel Zeit«, antwortete Carl Otto, während er die für ihn bestimmte Uniform anzog.

Cristina betrachtete die beiden Uniformen mit den mächtigen Epauletten und den vielen Tressen, Schnüren und Zierknöpfen und schüttelte den Kopf. »Sind die nicht etwas übertrieben geschmückt? So kann ein Schauspieler als Offizier in einer Oper auftreten, aber nicht ein Offizier im Feld!«

»Werte Frau von Lauenstein, nachdem der Konsul Bonaparte sich zu Kaiser Napoleon gemacht hat, schenkte er seinen Offizieren Uniformen, in denen sie wie Pfauen aussehen. Denen können wir nicht wie schlichte Rebhühner entgegentreten, sondern müssen es ihnen gleichtun, um geachtet zu werden!«

Carl Otto lächelte, doch seine Augen blickten ernst. Die Uniformen waren ebenso wie die vielen unbrauchbaren Kanonen auf der Mauer ein Teil des Täuschungsspiels, das er erdacht hatte, um das Fürstentum vor zu großer Verwüstung zu bewahren.

»Pfau gegen Pfau!«, spottete Cristina. »Nun kommt es darauf an, wer seine Federn besser zu spreizen weiß.«

»Wir werden das Unsere dafür tun, nicht wahr, Herr General?« Carl Otto zwinkerte Lauenstein zu, um diesem Mut zu machen, und hob dann die Arme, weil Ira ihn dazu aufforderte, um noch rasch ein paar Stiche zu setzen.

Wenig später stürmte ein Soldat herein. »Eure Hoheit, ein Vortrab der Franzosen reitet die Straße heran!«

Carl Otto atmete tief durch, zog seine Uniform gerade und sah Lauenstein an. »Jetzt gilt es!«

9.

Cristina war mit auf die Mauer gekommen und zählte zwanzig Reiter, die vorsichtig näher kamen. Immer wieder äugten sie misstrauisch zur Veste hoch, wo die Mündungen der Kanonen bedrohlich aus den Schießscharten ragten.

»Was wollt Ihr tun?«, fragte Cristina Carl Otto.

»Die Reiter erst einmal näher kommen lassen«, antwortete er und gab den Befehl, die erste Kanone auf äußerste Reichweite auszurichten.

»Damit schießen wir weit über die Reiter hinweg«, wandte der Unteroffizier, der die Kanoniere befehligte, ein.

»Das ist meine Absicht! Die andere Kanone ladet mit einem Schrotkanister. Das Ziel ist die Straße unter uns.« Carl Otto zeigte auf die betreffende Stelle, während Cristina ihn verwundert ansah.

»Was ist ein Schrotkanister?«

»Das hier!«, antwortete ein Artillerist, der eine vorne und hinten verschlossene Büchse herantrug, die ziemlich schwer sein musste.

»In der Blechumhüllung befinden sich fast zweihundert Musketenkugeln«, erklärte Carl Otto. »Schlägt die Büchse auf, platzt sie und verstreut diese Kugeln im weiten Umkreis. Wenn dies inmitten einer marschierenden Truppe geschieht, kommt es zu einem Blutbad!«

»Wie schrecklich!«, rief Cristina entsetzt.

»Für den, den es trifft, ist es schrecklich. Für denjenigen, der diese Kanister abfeuert, sind es ein paar Dutzend Feinde weniger.«

»Wollt Ihr die Franzosen damit alle zusammenschießen?«

Carl Otto lachte leise. »Wenn ich hier tausend Mann Besatzung und lauter verwendungsfähige Kanonen hätte, könnte ich es versuchen. In unserer Situation bleibt mir nur zu hoffen, dass die Franzosen glauben, wir wären dazu befähigt.«

Er sah nun noch einmal zum Reitertrupp und wandte sich dann seinen Kanonieren zu. »Feuert die erste Kanone ab!«

»Jawohl, Euer Hoheit!«

Augenblicke später spie die Kanone Feuer, und ihr Knall hallte von den Hängen wider.

Cristinas Blicke waren auf die Franzosen gerichtet. Diese zügelten ihre Pferde und starrten zu der kleinen Rauchwolke hoch, die nun vom Wind verblasen wurde. Sie spürte förmlich die Angst der Reiter und dann deren Erleichterung, als die Kugel hoch über sie hinwegzog und etwa eine Drittelmeile weiter hinten in den Straßenbelag einschlug.

»Und nun die Kartätsche!«, rief Carl Otto.

Auch diese Kanone feuerte, und diesmal traf ihr Geschoss nur hundert Schritt vor den Franzosen auf. Die Blechbüchse zersprang förmlich und spie die Musketenkugeln aus, von denen einige fast bis zu den Franzosen flogen.

Diese begriffen, dass der Weg versperrt war, rissen ihre Pferde herum und sprengten in die Richtung zurück, aus der sie gekommen waren.

»Nun heißt es abzuwarten, was der französische Kommandeur beschließt. Lässt er angreifen, oder will er verhandeln?«, sagte Carl Otto.

»Mir wäre Letzteres lieber«, antwortete Cristina angespannt.

»Mir auch!«, gab Carl Otto zu und befahl, die beiden Kanonen wieder zu laden. »Nur zur Vorsicht«, meinte er und blickte nach Mittstadt hinüber, wo sich das französische Heer zum Weitermarsch aufstellte.

10.

Es dauerte fast eine halbe Stunde, bis es zu einer Reaktion der Franzosen kam. Cristina sah erleichtert, wie drei Reiter sich von ihrem Heer lösten und auf sie zuritten. Einer hielt eine weiße Fahne in der Hand.

»Sie wollen verhandeln!«, rief Carl Otto zufrieden. »Damit können wir zum nächsten Teil unseres Täuschungsspiels übergehen. Wir haben einige preußische Uniformen und Musketen mitgebracht, die zurückgelassen worden sind. Wenn die Damen bereit wären, die Uniformröcke anzuziehen, Tschakos aufzusetzen und eine Muskete in die Hand zu nehmen. Keine Angst, ihr müsst nicht schießen. Die Dinger sind auch nicht geladen. Doch alle, die hier sind, müssen jetzt als Musketiere gelten.«

»Bei Gott, was müssen wir noch alles tun?«, stöhnte Elisabeth.

Sie gehorchte jedoch wie alle anderen Carl Ottos Anweisungen. Auch die Diener, die mit nach Saalstein gekommen waren, taten es, und so waren für jemanden, der vor dem Tor auf einem Pferd saß, durch die Zinnen etliche Dutzend Tresskauer und preußische Soldaten zu sehen.

Carl Otto sah angespannt zu, wie die französischen Parlamentäre von der Straße auf den von Pferden noch zu bewältigenden Hauptweg zur Festung abbogen und heraufritten. Vor dem Tor hielten sie an.

»Im Namen Seiner Majestät Napoleons des Großen, Kaiser der Franzosen, fordern wir euch auf, die Festung zu übergeben!«, rief ihr Anführer auf Französisch Carl Otto, dessen Vater und Lauenstein zu, die als Einzige so standen, dass sie in voller Größe gesehen werden konnten.

»Sachsen-Saalstein-Tresskau ist ein neutrales Land! Wir werden daher die einzige Festung des Landes nicht in fremde Hände geben«, antwortete Carl Otto mit weit hallender Stimme.

»Wenn unser General den Befehl zum Sturm gibt, ist es Euer Ende«, beschwor ihn der Franzose.

»Wir werden bis zu diesem Ende kämpfen, und wer weiß, ob unsere Kanistergeschosse nicht ausreichen, um Eure Truppen zum Rückzug zu bewegen«, antwortete Carl Otto mit einem erwartungsvollen Grinsen.

»Der Hang ist bewaldet und wird unseren Soldaten Deckung geben«, rief der Franzose.

»Habt Ihr schon einmal in einem Wald gekämpft, der mit Kartätschen beschossen wird?«, fragte Lauenstein. »Ich habe es und kann Euch sagen, dass jeder Schuss Dutzende von Zweigen und Holzsplittern abschlägt, die in menschliche Körper einschlagen. Der Wald gibt Euch keine Deckung, sondern vermehrt die Wirkung unserer Salven.«

»Wer ist der Herr?«, fragte der Franzose, da Lauensteins Uniform noch um einiges prächtiger war als die des Fürsten oder Carl Ottos.

»Dieser Herr ist Freiherr von Lauenstein, preußischer Generalmajor und Kommandant dieser Festung. Ihr mögt die militärische Befähigung meines Vaters, Fürst Carls II. Lothar, und die meine gering achten. General von Lauenstein allerdings hat als Major unter Friedrich dem Großen im Siebenjährigen Krieg gekämpft und dabei Russen, Österreicher und Franzosen zu Paaren getrieben. Er wird nicht weichen und wanken, bis der letzte Franzose unser Fürstentum verlassen hat, ohne auch nur ein Ei oder Apfel zu stehlen!« Carl Otto sah Cristina an.

Diese hob ihre Muskete in die Höhe. »Ein Hoch auf General Lauenstein!«

Der Umfang ihrer Stimme war groß genug, um als noch sehr junger Mann gelten zu können.

»Hoch, Lauenstein!«, riefen nun alle in der Festung. Die Akustik zwischen den Mauern war so gut, dass es sich anhörte, als wäre das eine weitaus größere Zahl.

Der französische Parlamentär schwitzte. Napoleons Befehl war eindeutig. Sie hatten die geschlagenen Preußen vor sich herzutreiben, damit diese sich nicht noch einmal sammeln und zur Schlacht stellen konnten. Durch die Plünderung von Mittstadt hatten sie allerdings bereits viel Zeit verloren, und wenn sie diese Festung niederkämpfen mussten, würden sie den verfolgten Preußen die Gelegenheit geben, sich neu zu formieren. Dazu würden die eigenen Verluste bei einem Sturm auf die Festung kommen, und es konnte sogar das schier Unmögliche eintreten, nämlich zurückgeschlagen zu werden.

Für die Offiziere, die daran schuld waren, war danach jede Aussicht auf eine Karriere im Umkreis des Kaisers verwirkt. »Seid Ihr bereit, zu verhandeln?«, fragte er mit verkniffener Miene.

»Es kommt darauf an, worüber«, antwortete Carl Otto.

»Wir fordern freien Durchmarsch durch das Fürstentum. Außerdem brauchen wir Vorräte. Wir würden diese bezahlen!«

»Ein besseres Angebot erhalten wir nicht«, flüsterte der Fürst seinem Sohn zu.

»Womit bezahlt Ihr? Mit Gold?«, fragte Carl Otto den Franzosen.

»Wir stellen Euch einen Schuldschein aus!«

»Ich werde diesen Seiner Majestät, Kaiser Napoleon, präsentieren«, erklärte Carl Otto.

»Ihr müsst von der Festung abziehen!«, forderte der Franzose weiter.

»Das, mein Freund, werden wir nicht tun! Aber wir lassen Euer Heer durchmarschieren. Doch in dem Augenblick, in dem Ihr zu plündern beginnt, werden wir feuern. Das ist unser letztes Angebot. Nehmt es an, oder macht Euch zum Sturm bereit.«

»Das können wir nicht akzeptieren. Was, wenn Ihr trotzdem auf unsere Marschkolonnen schießt?«

Bevor Carl Otto etwas darauf antworten konnte, tat es sein Vater. »Meldet Eurem General, dass ich mich als Geisel zur Verfügung stelle. Sollte er jedoch plündern lassen, erteile ich meinem Sohn den Befehl, ungeachtet meiner Person das Feuer zu eröffnen, und ernenne ihn für diesen Fall zum Regenten des Fürstentums!«

»Vater!«, rief Carl Otto besorgt.

»Wir zeigen damit den Franzosen, dass wir es ehrlich meinen. Jetzt müssen sie zeigen, dass sie es auch tun!«, erklärte Carl Lothar und befahl, eines der wenigen Pferde, die sich in der Festung befanden, für ihn zu satteln.

11.

Carl Otto reichte Cristina das Fernrohr und stellte sich so, dass sie es auf seine rechte Schulter stützen konnte.

»Die Franzosen ziehen tatsächlich an Tresskau vorbei«, sagte sie überrascht. So ganz hatte sie dem Braten nicht getraut.

»Sie lagern fast an der Grenze und wollen morgen weitermarschieren!« Carl Otto klang ebenso erleichtert wie zufrieden.

»Und das alles nur, weil ihre Kommandeure eine alte, halb verfallene Reichsfestung mit gerade noch zwei schussfähigen Kanonen für gefährlich gehalten haben!«, sagte Lauenstein und lachte erleichtert.

»Wir wurden ja auch von einem preußischen Generalmajor kommandiert«, erwiderte Carl Otto ebenfalls lachend.

»Dabei war ich gerade einmal Fähnrich und meine militärische Karriere bereits nach einer Schlacht vorbei!« Lauenstein schüttelte den Kopf über die Launen des Schicksals.

»Was machen wir jetzt? Bleiben wir hier, oder kehren wir nach Tresskau zurück?«, fragte Cristina.

»Uns bleibt nichts anderes übrig, als uns heute Abend bei dem Empfang sehen zu lassen, den mein Vater für die französischen Offiziere veranstaltet. Unser Fernbleiben könnte missverstanden werden«, erklärte Carl Otto. »Herr von Lauenstein muss sich allerdings vorher noch in die Hände des Hofschneiders begeben, damit dieser seiner Uniform den letzten Schliff verleiht.«

»Und was ist mit Euch?«

»Ich werde eine der Uniformen tragen, die mich als Mitglied des Herrscherhauses ausweisen. Hier musste ich Militär sein, dort bin ich wieder Prinz.« Carl Otto lachte und half Lauenstein, ihren Aussichtsplatz auf der bröckeligen Mauer zu verlassen.

Cristina gelang dies allein. Unten nahm sie Albert auf die Arme, der ein wenig vergrätzt war, weil sie ihn nicht bis ganz nach oben mitgenommen hatte.

»Komm, mein Kleiner! Es geht bald wieder nach Hause, und dann kannst du mit deinen Spielsachen spielen«, tröstete sie ihn.

»Kriege ich dann einen Säbel?«, fragte der Junge.

»Ja, aber einen aus Holz! Ein echter ist noch zu gefährlich für dich. Dafür musst du noch einige Tage älter werden«, sagte sie.

»Wie viele Tage?«, wollte der Junge wissen.

»Eine ganze Reihe«, erklärte ihm Carl Otto. »Doch das soll dich nicht betrüben. Du bekommst nämlich einen echten preußischen Tornister, in den du alles hineintun kannst, was du für eine Wanderung brauchst.«

»Dann braucht er auch jemanden, der diesen Tornister trägt. Albert selbst ist noch zu klein dazu!«, warf Cristina ein.

Der Blick, mit dem ihr Sohn sie ansah, zeigte deutlich, dass er sie für fähig hielt, seinen Tornister zu tragen.

»Ich werde ihn tragen!«, sagte Geli mit einem liebevollen Blick auf den Jungen. Dann wandte sie sich Carl Otto zu. »Müssen wir den Weg nach Hause wieder mit den Maultieren zurücklegen?«

»Denselben Weg gewiss nicht!«, sagte Carl Otto beschwichtigend. »Der wäre zu gefährlich. Aufwärts geht es noch, doch wollten wir ihn nach unten nehmen, würden einige von euch aus dem Sattel stürzen und zu Schaden kommen. Wir reiten auf dem Hauptweg bis zur Straße. Dorthin habe ich eine Kutsche bestellt, mit der ihr Frauen das restliche Stück bis Tresskau zurücklegen könnt.«

»Wenn bis zum Abend alles fertig sein soll, sollten wir nicht mehr allzu lange säumen«, meinte Cristina. Sie hatte es kaum gesagt, als Knechte die bereits gesattelten Maultiere brachten.

Elisabeth stöhnte. »Mir tun jetzt schon gewisse Stellen am Leib weh. Wie wird das erst werden, wenn wir jetzt noch zu Tale reiten?«

»Wenigstens ist dieser Weg durch seine Serpentinen bei Weitem nicht so steil wie der Pfad, auf dem wir hier heraufgekommen sind. Und zum anderen weiß Tilda gewiss eine Salbe für diese gewissen Stellen. Ich werde sie jedenfalls darum bitten.« Cristina war nicht ganz so wohl zumute, wie sie tat, doch sie begriff, dass sie für Elisabeth und die anderen Frauen ein Vorbild sein musste.

Carl Otto hob sie in den Sattel und tat dies auch bei Elisabeth. Nachdem auch Ira, Tilda und Geli auf ihren Maultieren saßen, setzte er Albert auf das seine und schwang sich hinter dem Jungen in den Sattel.

»Ich will selbst reiten«, protestierte der Junge.

»Du kannst mir helfen, die Zügel zu führen«, bot Carl Otto ihm an.

Damit war der Junge einverstanden, und es konnte losgehen. Cristina sah sich kurz zu ihrem Mann um. Lauenstein war zwar alt, aber immer noch ein geübter Reiter, und die verträglichen Maultiere waren weitaus leichter zu lenken als ein nervöser Hengst.

Sie ritten langsam, damit die Frauen nicht in Gefahr gerieten. Carl Otto bewunderte, wie elegant Cristina im Sattel saß, und traute ihr zu, auch ein höheres Tempo durchhalten zu können. Elisabeth hingegen, die beiden Zofen und die Kindermagd saßen mit Mienen auf ihren Maultieren, als befürchteten sie, jeden Augenblick von diesen abgeworfen zu werden und sich sämtliche Knochen zu brechen.

Die Knechte, die die Maultiere der Frauen führten, gaben jedoch gut auf sie acht. Da der Weg durch die Serpentinen zwar um einiges länger war als die gerade Linie, dafür aber viel flacher, konnten sich alle im Sattel halten.

Alle atmeten dennoch auf, als sie die Handelsstraße erreichten und dort eine Kutsche auf sie wartete. Es war ein großes Gefährt, in das sie alle passten. Geli wollte auch Albert mitnehmen, doch der wehrte sich dagegen.

»Will auf dem Pferd bleiben«, rief er und schlug nach ihren zugreifenden Händen.

»Albert!« Cristina klang scharf.

»Habt keine Sorge! Ich gebe auf ihn acht«, sagte Carl Otto lächelnd.

Ihm konnte Cristina nicht verbieten, den Jungen bei sich zu behalten. Ein Tadel für ihren Sohn aber musste sein. »Albert, wenn du noch einmal Geli schlägst, ziehe ich dir den Hosenboden stramm, und zwar so, dass du auch etwas davon hast!«

Carl Otto begriff, dass er dabei war, in ihre Erziehungsgewalt einzugreifen, und zupfte Albert am Ohr. »Ich muss deiner Mutter recht geben! Es war sehr ungehörig von dir, nach deiner Kinderfrau zu schlagen. Deine Mutter hat ganz recht, dich dafür zu bestrafen. Wenn sie also will, dass du mit ihr mitfahren musst, wirst du es tun!«

Ihr Sohn sah so geknickt aus, dass Cristina ihm übers Gesicht strich. »Ich erlaube dir, mit Seiner Hoheit zu reiten. Das nächste Mal aber fragst du, ob du es darfst. Übrigens sitzt du auf keinem Pferd, sondern auf einem Maultier. Den Unterschied solltest du dir merken.«

»Was ist ein Maultier?«, fragte der Kleine.

»Ein halber Esel«, erklärte Tilda trocken.

Cristina musste sich das Lachen verkneifen, als sie das entsetzte Gesicht ihres Sohnes sah. Für Albert war ein Esel kein Reittier. Er sah erst Tilda an, dann seine Mutter und schließlich Carl Otto, der grinsend hinter ihm saß, und atmete auf. »Da Seine Hoheit auf einem halben Esel sitzt, kann ich es auch!«

12.

Wieder zu Hause, hätte Cristina am liebsten gebadet und sich anschließend ins Bett gelegt. Sie musste jedoch ebenso wie Lauenstein an dem Empfang teilnehmen, den Fürst Carl Lothar für die französischen Offiziere gab. Zudem hatte der Fürst sie gebeten, zur Unterhaltung seiner Gäste zu singen. Er wollte damit die französischen Offiziere versöhnen, die wegen der Bedrohung durch die Festung verärgert waren. Da die Franzosen auf dem Vormarsch waren, bestand die Gefahr, dass sie es Tresskau auf dem Rückweg heimzahlen würden.

Trotz der kurzen Strecke zum Schloss ließ Carl Otto Cristina, Lauenstein und Elisabeth mit einem Wagen abholen. Da sie auf dem Weg zum Schloss schon von verbündeten Soldaten belästigt worden waren, bestand die Gefahr bei den Franzosen doppelt. Zwar befanden sich nur ein paar Dutzend Soldaten und Offiziere in der Stadt, doch diese traten so großspurig auf, als hätten sie Tresskau zur Kapitulation gezwungen.

Im Schloss begrüßte Carl Otto die drei und zog dabei ein ernstes Gesicht. »Wir hatten schon angenehmere Gäste!«, erklärte er. »Sie sind wie ihr Kaiser, großspurig, hochfahrend und mit nichts zufrieden.«

»Ihr kennt Napoleon wohl persönlich, weil Ihr ihn so gut beschreiben könnt?«, fragte Cristina.

Carl Otto schüttelte den Kopf. »Bei Gott, nein! Ich sagte nur das, was andere über ihn erzählen. Zwar kommt er nicht gerade aus der Gosse, sondern entstammt niederem Adel. Aber er tritt so übertrieben feudal auf, als wären sämtliche Kaiser und Könige seit Anbeginn der Zeit seine Ahnen gewesen. Leider färbt dies offenbar auf seine Untergebenen ab. Der Kommandeur des hier durchziehenden Heeres ist ein Großmaul sondergleichen und tut so, als hätte er uns zum Frieden gezwungen. Doch kommt nun, das Mahl beginnt gleich.«

»Haben Euch die Franzosen überhaupt noch etwas gelassen? Sie wollten doch Vorräte haben?«, fragte Cristina.

»Wir werden zusehen müssen, wie wir heuer über den Winter kommen«, gab Carl Otto zu. »Aber wie ich hörte, soll die Ernte an Kartoffeln reichlich sein, und an denen haben die Franzosen kein Interesse. Sie wollten Mehl und Fleisch. Mein Vater ließ ihnen so viel, wie er verantworten zu können glaubt. Seid aber nicht böse, wenn in den nächsten Monaten des Öfteren diese seltsame Feldfrucht auf den Tisch kommt, von der es noch vor wenigen Jahren hieß, sie wäre nur als Schweinefutter geeignet.«

»Dann hättet Ihr sie den Franzosen auftischen sollen«, fauchte Elisabeth, die diesen die Schuld an den wunden Stellen an ihrem Gesäß gab.

Sie betraten den Saal, und das Erste, was Cristina auffiel, war der Glanz der Uniformen. In der Hinsicht machten Napoleons Offiziere noch mehr her als die Preußen. Auch waren sie lauter als diese und scheuten sich nicht, Fürst Carl Lothar ins Wort zu fallen.

»Was für eine Bande unerzogener Bengel!«, sagte Lauenstein verächtlich.

»Sie sehen sich nun einmal als die neuen Herren der Welt und benehmen sich entsprechend. Doch lasst uns nun Platz nehmen.«

»In Meiningen hätten wir uns nicht erlauben dürfen, nach dem Fürsten zum Bankett zu erscheinen«, warf Elisabeth ein.

»Im Allgemeinen vermeiden wir dies auch. Wir mussten heute jedoch in die Stadt zurück und uns für den Abend umkleiden«, antwortete Cristina und nahm zwischen Carl Otto und Lauenstein Platz.

Sofort richteten sich die Blicke der meisten Franzosen auf sie. Sie war eine schöne Frau und mit einer unvergleichlichen Eleganz gekleidet.

»Mein Sohn Carl Otto, General von Lauenstein, dessen Gemahlin und Fräulein Karau«, stellte Fürst Carl Lothar sie seinen französischen Gästen vor.

»Frau von Lauenstein ist eine ausgezeichnete Sängerin und wird heute zu unserer Erbauung singen«, setzte er nach einer kurzen Pause hinzu und gab das Zeichen, das Mahl aufzutragen.

Während dies geschah, musterte Cristina die Gäste. Einige der Franzosen entstammten den untersten Schichten, andere dem alten Adel. In ihrem Benehmen erkannte sie keinerlei Unterschied. Trotz der erst wenige Tage zurückliegenden Schlacht gegen die Preußen wirkten sie fröhlich und siegessicher. Dabei war der Feind noch nicht endgültig besiegt, und es warteten noch harte und blutige Schlachten auf sie.

Zwei Männer fielen ihr auf. Der eine war der Kommandeur, ein untersetzter Mann mittleren Alters, gegen den selbst ein Pfau wie ein Rebhuhn ausgesehen hätte. Er trug gewaltige Epauletten, unzählige Tressen und Schnüre, und auf den wenigen freien Stellen seines Uniformrocks hingen die Orden und Auszeichnungen, die er im Lauf seiner Karriere errungen hatte. Er schien ihr Interesse zu bemerken und musterte sie in einer Art, als wolle er sie mit Blicken ausziehen.

Der zweite Mann war etwas jünger, schlank, dunkelhaarig und gut aussehend. Auch dieser betrachtete sie, kniff dabei aber mehrfach die Augen zusammen, als müsse er überlegen, ob er sie kennen würde. Cristina jedenfalls erkannte ihn nun. Es war Paride Chiodo da Maniscalco, ihr jüngster Onkel, den sein Bruder Ettore vor etwa einem Dutzend Jahren aus der Sippe verstoßen hatte. Ihn jetzt als französischen Offizier wiederzusehen, wunderte sie.

Cristina schwankte, ob sie sich ihm zu erkennen geben sollte. Wäre er, als sie die Sippe hatte verlassen müssen, noch bei dieser gewesen, hätte sie es getan. So aber glaubte sie nicht, dass er Auskunft über Ettore und die anderen geben konnte, und so wandte sie sich ihrem Essen zu.

Fürst Carl Lothar ließ auffahren, was die Vorratskeller noch hergaben. Auch der Wein war gut, und die Gäste ließen ihn sich schmecken. Sie unterhielten sich ungeniert, und Cristina hatte den Eindruck, dass sie zwischen der Anerkennung des Mutes, den Sachsen-Saalstein-Tresskau gezeigt hatte, und ihrer Verärgerung, dass das kleine Land es überhaupt gewagt hatte, sie zu behindern, schwankten.

Nach einer Weile wurde abgetragen, und der Fürst bat Cristina, ein paar Lieder zu singen. Sie wählte unverfängliche Melodien und sah, dass die Gäste aufmerksam lauschten, auch wenn kaum einer von ihnen der deutschen Sprache mächtig sein mochte.

»Kannst du nicht ein Lied singen, das wir auch verstehen?«, fragte der französische Kommandeur barsch, als sie sich setzte.

»Ich würde es nicht tun«, murmelte Elisabeth.

Carl Otto hingegen sah sie bittend an. Daher trank Cristina einen Schluck Wein, stand wieder auf und stimmte eine der französischen Weisen an, die sie im Lauf der letzten Monate gelernt hatte.

»*Excellent!*«, riefen mehrere Franzosen, während ihr General zufrieden lächelte.

Paride musterte Cristina intensiv und rieb sich über die Stirn.

»*Sai anche cantare una canzone italiana* – kannst du auch ein italienisches Lied singen?«, fragte er.

»*Se lo fa piacere*« – wenn es gefällt, antwortete Cristina und sang eines der Lieder, die sie von ihrer Mutter gelernt hatte.

Paride schüttelte verwirrt den Kopf, starrte sie noch durchdringender an und wollte etwas sagen, als die Stimme seines Kommandeurs aufklang.

»Komm mir nicht in die Quere, Clouferrer! Die Madame ist heute für mich reserviert.«

Cristina erschrak. Ihr Mann wurde bleich, sah aber so aus, als wäre er trotz seines Alters bereit, den Franzosen auf Säbel oder Pistole zu fordern. Bevor es zu einem Eklat kam, griff Carl Otto ein. »Eure Exzellenz sollten sich mit dem zufriedengeben, was Ihr bereits bekommen habt, also einen sicheren Durchmarsch durch Sachsen-Saalstein-Tresskau und eine nicht unbeträchtliche Menge an Vorräten. Doch Rechte zu fordern, die ich nicht bereit bin, zu teilen, könnte dazu führen, dass Ihr noch zu dieser Stunde Eure Fertigkeit mit Degen oder Pistole beweisen müsst und Euer Stellvertreter danach Euer Heer als neuer Kommandeur befehligen wird.«

Die Warnung war deutlich genug, damit alle sie verstanden. Für den französischen General hieß es nun, die Herausforderung entweder anzunehmen oder zu verzichten. Leicht fiel ihm die Entscheidung nicht. Ein Blick auf den nächstrangigen Offizier und dessen sichtliche Vorfreude, das Kommando übernehmen zu können, ernüchterte ihn. Daher deutete er Carl Otto gegenüber eine Verbeugung an.

»Pardon, Euer Hoheit! Ich wusste nicht, dass Ihr hier ältere Rechte geltend machen könnt.«

»Nun wisst Ihr es!«, antwortete Carl Otto und fasste nach Cristinas Händen, die ihr Ridikül mit der Pistole krampfhaft umfassten.

»Lasst ihn leben!«, meinte er lächelnd. »Sie eignen sich nicht zur Judith, und dieser Mann ist bei Weitem kein Holofernes.«

»Dafür müsste er schon Napoleon selbst sein«, antwortete Cristina leise und hoffte, dass dieser Abend bald zu Ende gehen würde.

13.

Um keine Zweifel zuzulassen, dass Cristina nicht zu haben war, beschloss Carl Otto, sie, Lauenstein und Elisabeth nach Hause zu begleiten.

»Ich hoffe, Ihr habt noch eine freie Kammer für mich. Solange die Franzosen hier sind, will ich in Frau von Lauensteins Nähe bleiben«, sagte er und sah Lauenstein nicken.

»Ich bin erleichtert, weil Ihr diesen grässlichen Franzosen in seine Schranken verwiesen habt, Euer Hoheit. Es wird mir eine Ehre sein, Euch als Gast in meinem Haus zu sehen.«

»Das freut mich! Und wie ist es mit Euch, Madame?« Carl Otto sah Cristina an.

»Ich danke Euch! Dieser Franzose war unverschämt.«

»Ihr seid mir hoffentlich nicht böse, dass ich Euch als meine Mätresse ausgegeben habe. Anders hätte ich diesen General kaum zum Schweigen gebracht!«

Cristina hob beschwichtigend die Hand. »Ihr seid in Kriegslisten sehr geschickt, Euer Hoheit! Dies musste der französische General in Tresskau zweimal erfahren.«

Sie verließen das Schloss, um zum Wagen zu gehen. Unterwegs sah Cristina einen französischen Offizier an eine Mauer gelehnt stehen. Es war ihr Onkel Paride. Sie erwartete, er würde auf sie zukommen und sie ansprechen. Da machte er eine ärgerliche Handbewegung und ging in die andere Richtung davon.

»Wer ist dieser Mann?«, fragte Carl Otto, da ihm Parides Interesse an Cristina im Saal aufgefallen war.

»Einer meiner Onkel«, antwortete Cristina. »Ettore, unser Oberhaupt, hat ihn wegen Diebstahls aus der Sippe ausgeschlossen. Wie es aussieht, ist er nicht bereit, sich seiner Vergangenheit zu stellen.«

NEUNTER TEIL

Der Wettkampf *der Sängerinnen*

1.

Ob jetzt endlich Frieden herrscht?«, fragte Elisabeth mit rührender Hilflosigkeit.

Cristina sah Carl Otto an, der ihnen die Nachricht von Napoleons Friedensschluss mit Russland und Preußen überbracht hatte. »Was glaubt Ihr, Euer Hoheit?«

»Ich bin weder der Seher Teiresias, noch will ich Kassandra sein«, antwortete der Prinz mit einem Schulterzucken.

»Wer ist Teiresias?«, fragte Cristina. Zwar hatte sie sich im Lauf der letzten elf Jahre eine beachtliche Bildung erworben. Aber die Sagen und Mythen der alten Griechen gehörten nicht dazu. Auch Kassandra war für sie nur ein Name, den manche Frauen trugen.

»Teiresias war ein großer Seher des Altertums«, erklärte Carl Otto. »Es heißt, seine Vorhersagen seien stets eingetroffen, und er konnte damit so manchen helfen. Auch Kassandra war eine Seherin. Ihr wurde allerdings nie geglaubt, obwohl auch sie immer recht hatte.«

»Seher? Sind das solche Leute, wie sie auf den Jahrmärkten auftreten und aus einer Glaskugel oder den Karten die Zukunft herauslesen?«

»Man könnte es so sagen, obwohl sowohl Teiresias wie auch Kassandra hochgestellte Persönlichkeiten gewesen sein sollen«, antwortete Carl Otto.

»Das wäre dann so, als würdet Ihr Euer Zelt auf den Jahrmärkten aufschlagen und den Menschen die Zukunft voraussagen«, meinte Cristina mit leichtem Spott.

Carl Otto hob lachend die Hände. »Zu Teiresias und Kassandra ist man gekommen und hat ihnen Geschenke gebracht, damit sie die Zukunft voraussagen.«

»Soviel ich weiß, soll Kassandra zu Beginn noch geglaubt worden sein. In späterer Zeit hat eine Göttin sie jedoch verflucht, so dass es niemand mehr tat«, erklärte Elisabeth.

»Ja, so wird es erzählt«, stimmte Carl Otto ihr zu, um dann wieder auf die derzeitige Situation zurückzukommen. »Was den Frieden betrifft, so hat Napoleon schon etliche Verträge geschlossen, und keiner davon war von Dauer. Daher habe ich Zweifel, ob dieser hält. Dafür müsste er einen festen Frieden mit England schließen. Dies halte ich jedoch für aussichtslos. Napoleon hat das Kurfürstentum Braunschweig-Lüneburg, das in Personalunion mit England verbunden war, besetzen lassen und es mit Gebieten, die er den Preußen weggenommen hat, zu einem neuen Königreich Westphalen vereinigt. Das wird König Georg III. niemals hinnehmen.«

»Der Herr Napoleon hat schon viele neue Reiche gegründet und sie dann mit einem Federstrich wieder aufgelöst«, schaltete sich Lauenstein in das Gespräch ein.

Carl Otto nickte seufzend. »Jedenfalls sieht die Landkarte Europas heute anders aus als vor einem Jahr, und da sah sie anders aus als zwei Jahre zuvor. Napoleon scheint von dem Wahn besessen zu sein, die Grenzen der Reiche nach seinem Sinn zu verändern. Im letzten Jahr hätte es beinahe auch Sachsen-Weimar und Sachsen-Meiningen getroffen.«

»Herzog Carl August und Herzogin Louise Eleonore hatten Glück, dass ihre Länder nicht auch Westphalen zugeschlagen wurden«, sagte Lauenstein.

»Solange die beiden Länder selbstständig sind, kann Napoleon mehr aus ihnen herauspressen, als wenn er sie seinem Bruder Jérôme überlassen hätte. Auf diesen muss er Rücksicht nehmen, dem Herzog und der Regentin hingegen kann er den Hals so weit zudrücken, dass sie gerade noch mit Mühe atmen können!«, erklärte Carl Otto mit einem Gesichtsausdruck, der keinen Hehl daraus machte, was er davon hielt.

»Tresskau ist ebenfalls seiner Geldgier anheimgefallen. Als ich die Summe las, die Napoleon als Kontribution fordert, ist mir beinahe schwarz vor Augen geworden«, sagte Cristina.

»Mein Vater konnte die Summe ein wenig herunterhandeln. Aber Ihr habt recht: Es ist sehr viel, und wir werden hart kämpfen müssen, um nicht daran zu ersticken«, gab Carl Otto zu, um erneut das Thema zu wechseln. »Wir sind bisher nicht dazu gekommen, den ›Raub des Edelfräuleins‹ zu spielen. Ich finde es an der Zeit, es zu tun. Für das Volk wäre es eine Abwechslung, die wir ihm gönnen sollten.«

»Dem stimme ich zu«, sagte Lauenstein. »Nur hier zu sitzen und ängstlich auf Nachricht zu warten, welche Schlacht dieser Franzose wieder gewonnen hat, geht einem auf die Dauer auf die Nerven.«

»Ich weiß nicht …«, begann Elisabeth, sah dann aber Cristina nicken. »Aber wenn ihr meint!«

»Wir sollten es tun!« Cristina atmete tief durch und dachte an den Winter und das Frühjahr, die hinter ihnen lagen. Sie waren für die meisten Bewohner des Fürstentums hart gewesen. Selbst im Palast hat man sich mit geringerer Kost als sonst zufriedengeben müssen. Zum Glück war der Bevölkerung der Hunger erspart geblieben, aber das war den bisher ungeliebten Kartoffeln zu verdanken, die Fürst Carl Lothar im größeren Maße hatte anpflanzen lassen. Nun hatte die zunächst als Schweinefutter verschmähte Ackerknolle die Menschen über den Winter gebracht.

»Ja, wir sollten es tun!«, wiederholte sie nach ihrem gedanklichen Ausflug zu den Gerichten, die auch im Schloss aufgetragen worden waren. Zwar hatten die Hofköche sich alle Mühe gegeben, um die schlichte Knolle zu veredeln. Dennoch war sie erleichtert, dass mit zunehmender Erntezeit wieder andere Speisen auf den Tisch kamen.

»Dann sind wir uns einig«, erklärte Carl Otto erleichtert, weil die Lähmung, die das ganze Land in den Krallen gehalten hatte, langsam zu weichen begann.

»Ich wünsche nur eine Änderung!«, wandte Lauenstein ein.

»Und welche sollte das sein?«, fragte Cristina.

»Ich wünsche, dass Seine Hoheit, Prinz Carl Otto, die Rolle des edlen Retters übernimmt. Er hat es sich verdient, von dir geküsst zu werden.« Lauenstein spürte mehr und mehr sein Alter und seine zunehmende Schwäche und wollte für Cristina und den kleinen Albert vorsorgen, wenn er einmal nicht mehr war. Von Carl Otto erhoffte er, dass dieser sich der beiden annehmen würde. Dabei kam es auch darauf an, ob sein Bruder Carl Wilhelm all diese Schlachten und Kriege überstand, die er als preußischer Offizier ausfechten musste. Immerhin war er der Erbprinz, und solange er lebte, konnte Carl Otto Cristina heiraten. Wenn nicht, so hoffte Lauenstein, dass dieser sie wenigstens als Mätresse behielt.

2.

Carl Otto hat recht, dachte Cristina. Die Menschen sind dankbar für das bisschen Freude, das ihre kleine Oper in ihr Leben brachte. Der Marktplatz von Tresskau war schier überfüllt, so viele Leute waren gekommen, um den »Raub des Edelfräuleins« mitzuerleben. Ihnen ging es jedoch nicht allein um das Stück, sondern auch darum, Prinz Carl Otto in einer der Hauptrollen spielen zu sehen. Jeder im Fürstentum wusste, dass er Tresskau und das Umland vor der Plünderung durch die Franzosen bewahrt hatte. Auch hatte er dafür Sorge getragen, dass die meisten Bewohner aus Mittstadt und Umgebung rechtzeitig fliehen konnten. Daher konnte man ihm gleich dreifach Beifall klatschen.

Carl Otto war ein Held und Cristina ehrlich genug, um zuzugeben, dass auch sie ihn so sah. Er hatte sie vor der Unverschämtheit des französischen Generals bewahrt, der es als sein gegebenes Recht angesehen hatte, über sie wie über eine Hure verfügen zu können. In den Nächten träumte sie gelegentlich von Carl Otto, sagte sich aber, dass sie dies niemals offen sagen durfte. Er war ein Prinz und sie eine Gauklerin – und zudem verheiratet.

Nun konzentrierte sie sich wieder auf das Stück und sang ihr nächstes Lied. Darin lehnte sie Ritter Theodolfs Bewerbung ab. An dieser Stelle war sie froh, dass Carl Otto sich durchgesetzt hatte und den Schurken spielte. Wäre er ihr Geliebter gewesen, hätte sie sich vielleicht doch zu verräterischen Gesten hinreißen lassen.

Theodolf zog beleidigt ab, schwor aber, dass sie die Seine werden müsse. Carl Otto tat dies mit einer solchen Leidenschaft, dass einige der Damen, die in den vordersten Reihen saßen, einander ansahen, und eine meinte, sie wünschte sich, ihr Heinrich würde sie ebenso lieben wie der Prinz das Edelfräulein.

Bereits nach dem ersten Akt schäumte die Begeisterung über. Die Zuschauer hatten gelegentlich eine wandernde Spielgruppe erlebt, die auf dem Marktplatz einfache Stücke aufgeführt hatte. Die Qualität dessen, was heute geboten wurde, ragte weit darüber hinaus.

Die Mitglieder der kleinen Singspielgruppe, die Carl Otto für dieses Stück rekrutiert hatte, wuchsen an seinem und an Cristinas Beispiel. Elisabeth spielte als Amme die mütterliche Freundin des Edelfräuleins. Auch wenn ihre Stimme bei Weitem nicht mehr so geschmeidig war wie in ihren jungen Jahren, so hatte sie doch einen gefälligen Klang, und die Sängerin erhielt viel Beifall.

Lauenstein hingegen wurde, als er den Schurken bestrafte, mit Buhrufen bedacht, denn die braven Tresskauer hätten es gerne gesehen, wenn ihr Prinz die Schöne gewonnen hätte und nicht der gegen ihn doch ein wenig blasse Schauspieler, der den Geliebten des Edelfräuleins mimte.

Carl Otto hob die Hand, um die Leute zu zügeln. »Ihr kränkt einen Herrn, der die Rolle so spielt, wie sie geschrieben steht!«, rief er. »Außerdem ist Herr von Lauenstein ein guter Freund, und ich sage, er hat Applaus verdient!«

Einige klatschten nun, und als Lauenstein sich verbeugte, wurde ihm doch viel Zustimmung zuteil. Er winkte huldvoll und drehte sich dann zu Carl Otto um. »Derzeit bin ich wohl der einzige Kaiser im Heiligen Römischen Reich, nachdem Franz II. seine Krone niedergelegt hat und sich nun Franz I. von Österreich nennt.«

Spaßeshalber kniete Carl Otto vor ihm nieder. »Eure Majestät mögen mir Eure Gunst gewähren!«

»Mit dem höchsten *plaisir!*« Lauenstein lachte, reichte ihm die Hand, um ihm aufzuhelfen, und winkte dann noch einmal dem Publikum zu.

»Ihr hattet recht! Wir dürfen uns von diesem Napoleon nicht alle Freude verderben lassen!«, sagte er danach zu Carl Otto.

»Das meine ich auch«, stimmte Cristina ihm zu.

Zwar hatte sie auch im letzten Jahr mehrere Konzertreisen unternommen. Die Einkünfte waren jedoch geringer als früher. Napoleon war ins Land gekommen, um, wie er sagte, Frieden zu bringen. Diesen ihnen aufgezwungenen Frieden, so sagten nicht wenige im bitteren Spott, ließ er sich jedoch teuer bezahlen.

Sie verscheuchte diesen Gedanken, der ihr die Freude über die gelungene Aufführung zu trüben drohte, und sah Elisabeth und die Männer mit leuchtenden Augen an. »Mein Urgroßvater Lodovico Chiodi wäre stolz auf uns! Es war wunderbar!«

»Das war es«, stimmte Elisabeth ihr zu. »Ich habe das Stück einmal in Friedrichsthal gesehen, und es war zu heute ein Unterschied wie Tag und Nacht.«

»Nun kannst du das Edelfräulein von damals nicht mit dem unseren vergleichen«, sagte Lauenstein lächelnd und berührte Cristina sanft am Arm. »Du warst wunderbar!«

»Es haben alle ihr Bestes gegeben«, antwortete Cristina mit einem dankbaren Blick zu den übrigen Mitspielern.

»Nun lasst uns noch einmal verbeugen. Dann sollten wir uns noch für eine halbe Stunde unters Volk mischen. Mein Vater stiftet zu dem Anlass Bratwürste und Bier«, sagte Carl Otto.

»Solange ich die Bratwürste nicht zwischen zwei Kartoffelstücke statt in ein Brötchen stecken muss, soll es mir recht sein«, rief Elisabeth mit leichtem Spott.

»Wir haben endlich wieder genug Mehl und Fleisch. Für so manchen wird es die erste Bratwurst seit Monaten sein. Das wird sie vielleicht noch mehr freuen als unser Spiel!« Carl Otto ging auf Elisabeths scherzhaften Tonfall ein und reichte ihr den Arm. »Darf ich bitten, mit mir zu kommen?«

»Aber nur, wenn Eure Hoheit nichts Unziemliches von mir verlangen«, antwortete Elisabeth lachend und trat mit ihm auf den Marktplatz. Cristina und Lauenstein folgten ihnen.

Obwohl viele zusammengekommen waren, wurde ihnen Platz gemacht. Die Frauen knicksten, als Carl Otto an ihnen vorbeikam, Männer verbeugten sich, und man reichte ihm die erste Bratwurst. Er sah, wie den Menschen das Wasser im Mund zusammenlief. Die hier angelobten Bratwürste waren für alle ein Zeichen, dass endlich Frieden herrschte und es aufwärtsging. Hoffentlich werden sie nicht enttäuscht, dachte Carl Otto besorgt. Er verbarg seine Befürchtung und winkte leutselig. Seine Bratwurst hätte er am liebsten an Cristina weitergegeben. Da dies Aufsehen erregt hätte, aß er sie selbst, lobte denjenigen, der sie gebraten hatte, und spülte sie anschließend mit einem Krug Bier hinunter.

Cristina musste dennoch nicht hungern. Auch sie erhielt eine Bratwurst. Da tauchte Geli neben ihr auf.

»Könnte ich auch eine Bratwurst bekommen? Albert hätte so gerne eine.«

Sofort ließ Carl Otto sich zwei Stück reichen und übergab sie ihr. »Die eine ist für den Jungen, die andere für dich. Ira und Tilda hingegen müssen selbst zusehen, wie sie an welche kommen.«

»Die schaffen das schon«, meinte Elisabeth, die Tildas Durchsetzungsfähigkeit in den letzten elf Jahren zur Genüge kennengelernt hatte.

Geli bedankte sich und verschwand in der Menge. Cristina und die Ihren blieben noch eine Weile und kehrten dann in den Palast zurück.

Auch dort gab es Bratwürste sowie andere Speisen, und zum Trinken gab es außer Bier auch Wein. Als nach dem Mahl die Runde aufgehoben wurde und man sich in kleinen Gruppen zusammenfand, winkte Fürst Carl Lothar seinen Sohn beiseite.

»Es war ein schönes Stück! Wir hätten es schon früher aufführen sollen«, sagte er.

»Da hätte es aber noch keine Bratwürste gegeben.«

»Das ist auch wieder wahr! Unsere braven Tresskauer haben sie sich wahrlich verdient. Doch darüber will ich nicht mit dir sprechen.«

»Worum geht es, Vater?«, fragte Carl Otto.

»Um Frau von Lauenstein! Sie ist wunderschön, klug, charmant, höflich und hat noch etliche andere gute Eigenschaften. Ich verstehe, dass sie dir gefällt. Aber ich muss auch darauf achten, dass die Linie erhalten bleibt. Solange Carl Wilhelm keinen Sohn hat, der ihm einmal nachfolgen kann, bist du der nächste Thronerbe und müsstest eine Frau aus einem zumindest gleichrangigen Haus heiraten.«

»Wer spricht vom Heiraten?«, gab Carl Otto schroffer zurück als gewollt. »Frau von Lauenstein ist verheiratet, und ihr Ehemann mag alt sein, kann aber noch viele Jahre leben.«

»Ich wünsche mir, dass er dies auch tut.« In Carl Lothars Worten schwang die Besorgnis mit, dass sein Sohn Cristina, wenn sie Witwe wurde, trotz allem zur Frau nahm. Dann aber würde, falls sein Bruder keinen ebenbürtigen Nachfolger zeugte, das kleine Fürstentum an das neue Königreich Sachsen fallen und das souveräne Fürstentum Tresskau erlöschen.

3.

Einen Monat später kehrte Carl Wilhelm zurück. Auf Napoleons Befehl hatte die preußische Armee verkleinert werden müssen, und so waren die meisten Offiziere in den Ruhestand versetzt und nach Hause geschickt worden. Es erleichterte sowohl Fürst Carl Lothar wie auch Carl Otto, den Sohn und Bruder heil wiederzusehen. Bezüglich seiner Begleitung hielt ihre Begeisterung sich jedoch in Grenzen. Um den Erben des Fürstentums enger an sich zu binden, hatte Napoleon bestimmt, dass Carl Wilhelm eine Verwandte seiner Ehefrau Josephine zu heiraten habe. Die junge Frau war vorher noch zu einer Fürstin erhoben worden, um standesgemäß zu sein.

Bereits als Hélène de la Pagerie aus der Kutsche stieg, ahnte Cristina, dass es nicht leicht sein würde, mit ihr auszukommen. Der jungen Frau war deutlich anzusehen, dass sie sich als Verwandte des Kaisers der Franzosen etwas Besseres erhofft hatte, als mit dem Erben eines winzigen deutschen Fürstentums verheiratet zu werden.

Fürst Carl Lothar war empört, weil Napoleon so unverhältnismäßig in seine väterlichen Rechte eingegriffen hatte. Auch erschien ihm die aus französischem Kleinadel stammende Braut seines Sohnes als nicht angemessen.

Daher begrüßte er seinen Sohn mit Erleichterung und Freude, gönnte Hélène aber nur einen beiläufigen Gruß. Diese revanchierte sich mit einem Blick in die Runde und der Bemerkung: »Bei Gott, wie rückständig dies hier alles ist!«

»Tresskau ist nun einmal nicht Paris, werte Schwägerin«, antwortete Carl Otto mit einem gewissen Spott.

»Ihr seid der Bruder meines Gemahls?«, fragte die junge Frau.

Carl Otto deutete eine Verbeugung an. »Madame haben vollkommen recht.«

»Ihr seid kein Offizier?«, fragte Hélène weiter.

»Madame haben erneut recht! In unserer Familie ist es üblich, dass der älteste Sohn militärischen Ruhm erwirbt, während der jüngere Sohn für den Fall, dass dem Älteren etwas zustößt, in der Reserve bleibt.«

»In Frankreich ist es anders«, erklärte Hélène. »Dort sorgt der älteste Sohn für den Fortbestand der Familie, während die jüngeren Söhne *gloire* erwerben.«

»Genau, wie diese Stadt nicht mit Paris zu vergleichen ist, ist dies auch bei unserem Fürstentum und dem Kaiserreich der Franzosen der Fall.« Carl Otto lächelte sanft, doch in seinen Augen lag ein Glanz, der jene, die ihn kannten, davor gewarnt hätte, ihn zu reizen.

Die Dame hingegen kannte ihn nicht. »Mit *la France* ist dieses Tresskau wahrlich nicht zu vergleichen. Müsst Ihr bei Euren Ausritten darauf achtgeben, nicht die Hühner Eures Nachbarn aufzuscheuchen?«

»Gelegentlich ist dies nötig«, antwortete Carl Otto so ernsthaft, als läge die Grenze gleich hinter der Stadt und nicht einen Ritt von mehreren Stunden von hier entfernt.

Cristina, Elisabeth und Lauenstein hatten sich ebenfalls zur Begrüßung des Thronerben und seiner Ehefrau eingefunden, hielten sich aber im Hintergrund.

»Ich glaube«, meinte Cristina, »wir sollten den Palast in der nächsten Zeit meiden, bis die Dame sich hier eingelebt hat.«

»Das ist ein guter Rat, meine Liebe«, antwortete Lauenstein. »Er erspart es uns aber nicht, unseren Bückling oder Knicks vor der Dame zu machen.«

Er trat auf Carl Wilhelm und Hélène zu und verbeugte sich. »Willkommen in der Heimat! Mögen Glück und Eintracht stets Eure Begleiter sein.«

»Wer ist dieser komische alte Mann? Hat er eine Bedeutung?«, fragte Hélène mit geschürzten Lippen.

»Ich bin nur ein schlichter Bewohner dieser Stadt«, antwortete Lauenstein und zog sich mit einer weiteren Verbeugung wieder zurück.

Nun sah Hélène auch die beiden Frauen. »Wer sind denn die zwei? Sie gehören doch hoffentlich nicht zum Hofstaat. Wie altmodisch ihre Kleider sind!«

»Freundlich ist anders«, murmelte Elisabeth, während Cristina einen Schritt vortrat und voller Eleganz knickste.

»Eure Hoheit können ganz beruhigt sein! Wir sind, wie mein Ehemann bereits sagte, nur schlichte Bewohner dieser Stadt.« Sie knickste erneut und zog sich zurück.

»Ich will nur französische Hofdamen um mich sehen«, hörte sie Hélène de la Pagerie noch sagen, dann waren sie weit genug weg.

»Bei Gott, was für eine Megäre!«, stöhnte Elisabeth entsetzt.

Auch Lauenstein schüttelte den Kopf. »Wenn sie es darauf angelegt hat, möglichst viele vor den Kopf zu stoßen, muss ich ihr gratulieren. Ich kenne niemanden, der dies besser könnte.«

Cristina sah Carl Otto herankommen. Es machte ein Gesicht, als würde er sich überlegen, ob er lachen oder doch besser fluchen sollte. »Nun weiß ich, warum Napoleon ein paar Fürstentümer des alten Reichs übrig gelassen hat. Er braucht sie, um seine entfernte Verwandtschaft versorgen zu können, nachdem er seinen Brüdern bereits Königreiche verschafft hat!«

»Solltet Ihr nicht bei der Dame sein und den Pagen für sie spielen?«, fragte Cristina.

»Wenn es das ist, was Ihr mir wünscht, sind wir geschiedene Leute!« Carl Otto lachte kurz und schüttelte den Kopf. »Mein Bruder tut mir leid. Bevor ich ein solches Weib heirate, lasse ich mich lieber rädern und vierteilen.«

»Ob das besser ist, wage ich zu bezweifeln!«, antwortete Cristina. »Aber nun bitte ich Eure Hoheit, uns zu entschuldigen. Wir kehren nach Hause zurück und gedenken, den Palast vorerst zu meiden. Euch wünschen wir viel Glück mit den französischen Hofdamen Ihrer Hoheit Hélène.«

»Ich werde meinen Vater bitten, Euch mit dem Orden der goldenen Kneifzange auszuzeichnen. Den habt Ihr nämlich redlich verdient!«, antwortete Carl Otto grinsend und bedauerte, dass er nicht ebenfalls das Schloss verlassen konnte.

4.

Mit Prinzessin Hélènes Einzug änderte sich einiges in Tresskau. Die Ansprüche der jungen Dame hätten auch die Einkünfte eines größeren Landes als Sachsen-Saalstein-Tresskau nicht erfüllen können. Allerdings hatte Napoleon seine Verwandte mit einem eigenen Vermögen ausgestattet, so dass ihr Nadelgeld die Zivilliste des Fürsten übertraf, der immerhin mehrere Hundert Diener, Mägde und Handwerker zu versorgen hatte.

Die junge Dame erhielt ihre Gefolgschaft aus französischen Hofdamen, ihren eigenen Schneider und vor allem einen Hofmarschall, der sowohl jung wie auch gut aussehend und charmant war, Letzteres allerdings nur zu seiner Herrin und deren Damen gegenüber. Den einheimischen Tresskauern begegnete er mit dem Stolz, einer Verwandten des französischen Kaisers zu dienen, der Fürst Carl Lothar zu seinem Vasallen gemacht hatte.

An diesem Vormittag ritten Carl Wilhelm und Carl Otto zusammen aus. Nach einer Weile lenkte Carl Otto sein Pferd neben das seines Bruders. »Kannst du mir sagen, weshalb du der Heirat mit Hélène de la Pagerie zugestimmt hast?«, fragte er.

Carl Wilhelm lachte bitter. »Monsieur Napoleon ist ein äußerst durchsetzungsfähiger Mann. Selbst du würdest dich nicht gegen ihn behaupten können. Vor die Wahl gestellt, Tresskau zu verlieren und daraus vertrieben zu werden, hätte ich sogar noch die Sklavin seiner Ehefrau geheiratet«, antwortete Carl Wilhelm bitter.

»Hat Napoleon dir das wirklich angedroht?«, fragte Carl Otto.

»Bei einigen Herren, die nicht so wollten wie er, war es so. Entweder taten sie, was er will, oder sie konnten zusehen, wo sie blieben.«

»Ich glaube nicht, dass er sich damit Freunde schafft.«

»Napoleon ist so mächtig, dass er jeden in Europa, von uns angefangen über den König von Preußen bis hin zu Kaiser Franz von Österreich wie eine Spinne zertreten könnte. Er hat es nicht nötig, sich Freunde zu schaffen. Seine Macht beruht auf den Läufen der Gewehre seiner Soldaten.« Carl Wilhelm schüttelte den Kopf. »Napoleon ist Soldat, kein Diplomat! Er fordert, wird zornig, wenn sein Wille nicht erfüllt wird, und setzt seine Pläne mit aller Gewalt durch. Wer sollte ihn noch aufhalten? Der König von Preußen zittert bereits, wenn er nur Napoleons Namen hört, der Kaiser in Wien – jetzt bloß noch der Kaiser von Österreich und nicht mehr der unsere – zieht den Kopf ein, wenn sich Napoleons Schatten am Horizont zeigt, und der russische Zar hat bei Austerlitz und anderswo so viel Prügel eingesteckt, dass er keine Lust hat, weitere zu erhalten.«

»Du klingst verzweifelt, Bruder«, sagte Carl Otto mitleidig.

»Du wärst auch verzweifelt, wenn du gesehen hättest, wie deine Soldaten unter dem Ansturm der Franzosen auseinandergestoben sind wie aufgescheuchte Enten. Ich habe mich wirklich gefragt, ob es sich wirklich um die Enkel jener Preußen handelt, die bei Friedberg und Rossbach die Kaiserlichen und die Franzosen zu Paaren getrieben haben. Ich habe die Ansbach-Dragoner fliehen sehen, ein Regiment, das bei Friedberg höchsten Ruhm errungen hat.« Carl Wilhelm schluckte. »Nein, Bruder, gegen Napoleon kommt niemand an. Tresskau wird dem Rheinbund beitreten und alles tun, was der Korse von uns fordert.«

»Wirklich alles?«, fragte Carl Otto schneidend. »Mir ist meine Madame Schwägerin etwas zu intim mit ihrem Hofmarschall. Willst du dich auf Napoleons Befehl hin zum Hahnrei machen lassen?«

Bislang hatte Carl Wilhelm seiner ihm aufgezwungenen Braut wenig Beachtung geschenkt. Jetzt zuckte er zusammen. »Wenn es so weit kommt, Bruder, trete ich als Erbe unseres Vaters zurück und verzichte für mich und meine Nachkommen auf den Thron, damit du ihn mit einer passenden Gemahlin einnehmen kannst.«

Carl Otto fuhr zornig auf. »Wenn du das tust, Bruder, sind wir die längste Zeit Brüder gewesen! Ich werde mir die Frau, die ich einmal heiraten werde, selbst aussuchen und dabei weder auf Herkunft noch auf Gleichrangigkeit achten.«

»Es ist die Sängerin, nicht wahr? Du warst ihr vom ersten Augenblick an verfallen. Wenn es sein muss, behalte sie als Mätresse, doch sorge für einen thronberechtigten Sohn!«

»Dafür solltest du sorgen! Sieh zu, dass dein Weib nicht ins falsche Bett gerät, und lege ihrem Hofmarschall ans Herz, sein Glück als Offizier in Napoleons Armee zu suchen«, erklärte Carl Otto.

»Ich will sie nicht!«

»Dann hättest du sie dir nicht aufdrängen lassen sollen!«

Für Augenblicke lag Streit zwischen den Brüdern in der Luft, dann jedoch senkte Carl Wilhelm den Kopf. »Du hast ja recht! Da ich Hélène geheiratet habe, sollte ich auch dafür sorgen, dass sie sich so benimmt, wie es meiner Ehefrau zukommt.«

»Das wollte ich hören.« Carl Otto lenkte seinen Hengst enger an den seines Bruders und klopfte diesem auf die Schulter. »Kopf hoch! Jeder Sturm endet einmal. So wird es auch diesmal sein.«

»Und wenn er uns mitreißt, so war es das Schicksal. Von selbst aber sollten wir die Muskete nicht ins Feld werfen.«

Carl Wilhelm hatte das leidenschaftlich geführte Gespräch mit seinem Bruder gutgetan. Die Verzweiflung, die ihn seit den letzten

Niederlagen und seiner Kapitulation vor Napoleons Truppen befallen hatte, begann zu weichen.

Sie kehrten zum Palast zurück. Dort verabschiedete er sich mit blitzenden Augen von seinem Bruder und wandte sich den Gemächern seiner Frau zu. Zwei ihrer französischen Damen unterhielten sich auf dem Flur, zuckten aber zusammen, als sie ihn sahen. Eine wollte auf die Tür zu Hélènes Zimmer zulaufen, doch mit ein paar Schritten war er bei ihr und hielt sie auf. Sie wollte rufen, doch sein Blick wirkte so drohend, dass ihr die Worte im Hals stecken blieben.

Carl Wilhelm öffnete die Tür und sah seine Frau auf einer Chaiselongue sitzen. Neben ihr saß ihr Hofmarschall und hielt sie umfangen. Der Prinz räusperte sich, und die beiden schauten auf. Besonders schuldbewusst wirkten sie allerdings nicht.

»Bonjour Madame! Pardon, aber ich ahnte nicht, dass Seine Kaiserliche Majestät Napoleon mir eine Hure als Frau aufgedrängt hat. Da Ihr bereits mehrfach erklärt habt, Ihr würdet Paris diesem rückständigen Ort bei Weitem vorziehen, erlaube ich Euch, dort nach Eurer Façon zu leben. Monsieur Etouffe mag Euch begleiten. Ich hoffe, er hat die Größe, Eure Kinder als die seinen anzuerkennen. Ich werde es jedenfalls nicht tun!«

Vor dem Gespräch mit seinem Bruder hätte Carl Wilhelm nicht gedacht, mit einer Verwandten Napoleons so sprechen zu können. Jetzt aber war er mit sich wieder im Reinen und bereit, so weit zu gehen, wie es notwendig war.

Hélènes Hofmarschall Etouffe hatte von seiner Herrin viel Spöttisches über Tresskau im Allgemeinen und ihren Gemahl im Besonderen gehört. Daher verzog sich sein Gesicht zu einem höhnischen Grinsen. Hélène hingegen dachte an die Konsequenzen, die eine solche Entscheidung mit sich bringen würde. Schließlich hatte Napoleon bereits seinen Schwestern Pauline und Caroline heftige Vorwürfe wegen ihres Lebenswandels gemacht und ihnen bei weiteren Verfehlungen Strafen angedroht. Dabei waren sie seine engsten Blutsverwandten. Wie würde er dann erst bei einer entfernten Verwandten seiner Frau verfahren, wenn diese fern von ihrem Ehemann in Paris mit einem Liebhaber zusammenlebte? Sie wagte es gar nicht erst, dies sich auszudenken. Eine Verbannung in die Kolonien war wohl noch das Mindeste. Für Napoleon galt es, sein Ansehen bei den Fürsten des Rheinbunds zu wahren. Er hatte diesen etliche Verwandte als Ehefrauen, Schwiegertöchter und Schwiegersöhne aufgezwungen, um sie enger an sich zu binden. Befand sich nun ein fauler Apfel darunter, würden sich etliche davon fragen, ob dies auch bei ihnen der Fall war.

Es fiel Hélène wie Schuppen von den Augen. Sie, die wegen ihrer Herkunft aus der Karibik von vielen in Paris verächtlich die Kreolin genannt worden war, hatte als Ehefrau des Thronfolgers eines kleinen Fürstentums einen vorher nie für möglich gehaltenen Aufstieg gemacht. Dies jetzt einer Laune wegen zu verlieren, erschien ihr so schrecklich, dass sie aufsprang und Carl Wilhelm zu Füßen fiel.

»Seid gnädig, mein Herr, und verstoßt mich nicht! Ich schwöre, ich werde Euch eine treue Ehefrau sein und Euch niemals wieder erzürnen.«

Carl Wilhelm starrte sie ebenso verwirrt an, wie Etouffe es tat. Hélène war eine schöne Frau, mit einem lieblichen Gesicht, großen blauen Augen und einer reichen Fülle kastanienbraunen Haares. Einen Kopf kleiner als er, erschien sie ihm durchaus begehrenswert. Doch sollte er es wirklich darauf ankommen lassen?, fragte er sich. Andererseits hatte er sie geheiratet. »Wenn Madame ihren Wohnsitz weiterhin in Tresskau behalten will, solltet Ihr Änderungen bei Eurem Hofstaat ins Auge fassen. Auch wäre es von Vorteil, wenn Madame Deutsch lernen und einige deutsche Damen um sich haben würde.«

»Das ist doch absurd!«, rief Etouffe.

»Es steht Monsieur frei, sich für eine militärische Karriere im Dienste des Kaisers zu entscheiden. Wir legen Euch keine Steine in den Weg, sondern werden dafür sorgen, dass noch heute eine Kutsche für Euch bereitsteht!« Seiner Frau war Carl Wilhelm bereit, zu verzeihen. Ein Opfer brauchte er jedoch, auch als Warnung für Hélène.

Diese stand nun auf und lehnte den Kopf gegen seine Schulter. »Es soll so sein, wie Eure Hoheit es wünscht!«

Etouffe, der sich hier einen sicheren Posten in der Etappe erhofft hatte, fuhr wütend herum. »Ihr seid eine Schlampe, Madame!«

Die Antwort bestand aus einer Reihe klangvoller Beschimpfungen, die Hélène von ihrer Kinderfrau auf Martinique gelernt hatte.

»Es ist an der Zeit, dass Ihr packt, Monsieur! Teilt bitte den Damen Ihrer Hoheit mit, dass Ihr deren Begleitung auf Eurer Reise in die Heimat wünscht!«, erklärte Carl Wilhelm, als die Atemnot Hélène zwang, innezuhalten.

Etouffe begriff, dass er hier nichts mehr zu erhoffen hatte, und verließ wutschnaubend das Zimmer.

Kaum war er draußen, sah Hélène zu Carl Wilhelm auf. »Es war nicht so, wie es den Anschein hatte!«

»Jedenfalls werden Madame bei der Auswahl ihrer Freunde und Damen vorsichtiger sein müssen als bisher«, erklärte Carl Wilhelm.

»Warum sagen Eure Hoheit immer Madame zu mir? Ich heiße Hélène.«

»Wie jene von Troja! Madame sollten sich jedoch im Klaren darüber sein, dass ich keinen Paris dulde.«

»Ja, mein Herr Menelaos!«, antwortete Hélène mit einem grazilen Knicks und blickte zu ihm auf. Eigentlich sieht er ganz gut aus, dachte sie, und er ist auch bei Weitem nicht so dumpf, wie sie zunächst angenommen hatte. An seinen Blicken erkannte sie, dass sie ihm gefiel, und das war doch eigentlich eine schöne Sache.

»Wann wollt Ihr Troja erstürmen, mein Herr?«, fragte sie anzüglich.

»Nun, zuerst werde ich wohl eine Weile davor lagern«, antwortete Carl Wilhelm, um ihr zu zeigen, dass er sicher sein wollte, ob ihr erstes Kind wirklich das seine war.

Hélène senkte betroffen den Kopf, sagte sich aber, dass sie sich die Schuld selbst zumessen musste. Dabei hatte sie noch nicht einmal eine Liebschaft mit Etouffe begonnen, sondern ihm lediglich erlaubt, sie zu küssen. Allerdings war sie ehrlich genug, um zuzugeben, dass es auf Dauer wohl nicht dabei geblieben wäre.

5.

Die Änderungen im Palastgefüge hatten auch Auswirkungen auf Cristina und Elisabeth. Da Carl Wilhelm darauf bestanden hatte, dass die französischen Hofdamen seiner Frau Tresskau verließen, benötigte er weiblichen Ersatz, damit Hélène jemanden hatte, mit dem sie in ihrer Muttersprache reden konnte. Er selbst, sein Vater und Carl Otto sprachen ein vorzügliches Französisch. Da der Hofstaat bisher sehr männlich geprägt war, gab es nur wenige Damen, die Französisch sprachen. Und deren Kenntnisse waren anders als die von Cristina und Elisabeth eher mangelhaft zu nennen.

Seit Hélènes Einzug in Tresskau hatten Cristina und die Ihren den Palast gemieden. Nun aber war Carl Otto gekommen, um sie zu holen. Was vorgefallen war, verschwieg er, sondern erklärte nur, dass sein Bruder seiner Frau geraten habe, einen Hofstaat aus einheimischen Damen um sich zu versammeln.

»Und wir sollen dazugehören?« Elisabeth schnaubte ärgerlich, denn sie hatte immer noch die verächtlichen Worte im Kopf, mit denen Carl Wilhelms Ehefrau in Tresskau Einzug gehalten hatte.

Carl Otto grinste verlegen. »Es wäre meinem Bruder ein großes Anliegen.«

»Und wie ist die Meinung Eurer Hoheit dazu?«, fragte Cristina.

»Es wäre mir eine Freude! Ich habe Euch, Fräulein Karau und Herrn von Lauenstein in den letzten Wochen schmerzlich vermisst«, gab Carl Otto zu.

»Wirklich? Dabei seid Ihr doch mindestens jeden zweiten Tag bei uns gewesen!«, erwiderte Cristina spöttisch.

»Für einen kurzen Besuch! Ich würde mich jedoch freuen, wieder einmal einen Abend mit Euch verbringen zu können.« Noch während Carl Otto es sagte, fand er die Bemerkung selbst anzüglich. »Selbstverständlich in Gegenwart Eures Herrn Gemahls und der von Fräulein Karau«, setzte er lächelnd hinzu.

»Nun gut, wir werden kommen! Allerdings passt es derzeit nicht allzu gut, denn François Metteur hat geschrieben. Kurfürst … Verzeihung, König Friedrich August von Sachsen hat mich eingeladen, das im letzten Jahr abgesagte Konzert in Dresden nachzuholen.« Dieses Angebot wollte Cristina nicht ablehnen, da es endlich wieder Geld in ihre Kasse spülte.

Carl Otto hob beschwichtigend die rechte Hand. »Es ist nicht so, dass Ihr die ganze Zeit am Rockzipfel meiner Schwägerin hängen sollt. Konzertreisen sollen auf jeden Fall möglich bleiben. In späterer Zeit können Euch auch mein Bruder und seine Frau begleiten. Zuerst aber sollte Hélène sich in Tresskau einleben. Sie hat sogar beschlossen, die deutsche Sprache zu lernen, um eine richtige Landesmutter zu werden.«

Ganz so war es zwar nicht, doch Carl Wilhelm wollte nach dem missglückten Einstand seiner Frau so tun, als hätte sie sich nach einigen Anpassungsschwierigkeiten in ihre neue Rolle eingefunden.

»Wir sollten Seiner Hoheit den Gefallen tun«, schlug Lauenstein vor.

»Im Gegenzug werde ich Euch nach Dresden begleiten. Steht immer noch ein Gesangsduell mit Demoiselle Légendaire im Raum?«

Auf Carl Ottos Frage hin sah Cristina ihren Mann an. »Ihr habt mit Metteur korrespondiert. Schrieb er etwas über Belle Légendaire?«

»Nein, davon war nicht die Rede.«

»Schade! Ich hätte sie doch gerne kennengelernt. Immerhin hat sie großen Anteil daran, dass ich zu der geworden bin, die Ihr vor euch seht.«

Cristina lächelte sanft, denn sie wusste selbst, dass Belle Légendaire, hätte sie dies geahnt, alles getan hätte, um es zu verhindern. Die Frau war eine begnadete Sängerin, gönnte aber keiner anderen auch nur ein Fitzelchen Ruhm. Als Belles damaliger Agent Metteur sich damals ihrer hatte annehmen wollen, hatte die Sängerin gedroht, die Zusammenarbeit mit ihm zu beenden.

»Also gut«, sagte Cristina. »Wir werden ab heute wieder zum Bankett erscheinen.«

»Ich danke Euch!« Carl Otto deutete eine Verbeugung an und setzte an Elisabeth gewandt hinzu, dass sie nicht befürchten müsse, beim Mahl Kartoffeln vorgesetzt zu bekommen.

»Inzwischen habe ich mich daran gewöhnt«, meinte diese und zwinkerte Cristina zu. »Eigentlich solltest du als Bedingung stellen, zur Hofsängerin ernannt zu werden!«

»Wenn Ihr es wünscht, wird dies geschehen«, versprach Carl Otto, bereit, alles zu tun, um Cristina zufriedenzustellen.

»Es würde den Verlust dieses Titels in Meiningen ausgleichen«, sagte Cristina nachdenklich. »Obwohl natürlich eine Hofsängerin in Meiningen mehr gilt als eine in Tresskau. Oh Gott, jetzt nehme ich mir schon Ihre Hoheit Hélène zum Vorbild!«, rief sie erschrocken und brachte damit sowohl Carl Otto wie auch Elisabeth und Lauenstein zum Lachen.

6.

Der Hofstaat von Tresskau war, der geringeren Bedeutung des Fürstentums geschuldet, um einiges kleiner als der in Meiningen. Hélènes Begleitung hatte die Zahl nur für kurze Zeit erhöht. Nun waren ihr Hofmarschall Etouffe und ihre Damen wieder abgereist. Carl Wilhelm hätte beinahe auch Hélènes Zofe weggeschickt, es dann aber unterlassen. Er wollte seiner Gemahlin nicht zumuten, ganz allein in der Fremde zu sein.

Die Zofe besaß allerdings nicht das Recht, an der Herrschaftstafel zu sitzen. Da von den dort Anwesenden nur wenige eine flüssige Unterhaltung auf Französisch zu führen verstanden, war Carl Wilhelm froh, als Cristina, Lauenstein und Elisabeth wieder bei Hofe erschienen.

Die drei taten es mehr aus Dankbarkeit dem Fürsten und seinen Söhnen gegenüber denn aus Sympathie für Hélène, denn sie hatten ihren Auftritt bei deren Ankunft nicht vergessen. Als Cristina jedoch den ängstlichen Gesichtsausdruck der Dame bemerkte, fühlte sie sich an ihre eigene Vergangenheit erinnert. Auch sie war ihrer gewohnten Umgebung entrissen und nach Meiningen geschafft worden. So ähnlich wie sie damals musste sich auch Hélène fühlen.

Sie grüßte freundlich auf Französisch und erhielt dafür einen dankbaren Blick.

»Madame sprechen Französisch anders als die Deutschen«, sagte Hélène.

»Ich bin halb italienischer Herkunft und habe bis zu meinem vierzehnten Jahr hauptsächlich die Sprache meiner Mutter benutzt«, antwortete Cristina. Ehe sie sichs versah, war sie in eine angeregte Unterhaltung mit Carl Wilhelms Ehefrau verwickelt. Hélène stellte ihr etliche Fragen bezüglich des Fürstentums Tresskau und der fürstlichen Familie, die sie so geschickt wie möglich beantwortete.

Elisabeth beteiligte sich an dem Gespräch, und so taute Hélène immer mehr auf. »Er ist ein sehr imponierender Herr«, meinte sie mit einem Seitenblick auf ihren Gemahl.

»Er ist ein freundlicher Herr mit festen Prinzipien, aber nicht so steifnackig wie manche andere«, erklärte Cristina.

»Was habe ich? Einen steifen Nacken?«, fragte Carl Wilhelm belustigt und brachte seine Frau damit zum Lachen.

»Ich sagte Ihrer Hoheit gerade, dass Ihr diesen nicht habt!«, verteidigte sich Cristina.

»Das stimmt! Ich habe es genau gehört«, sprang Elisabeth ihr zur Seite.

»Und was sagt Ihr, Madame?«, sprach Carl Wilhelm seine Frau an.

»Ihre Hoheit meinte eben, dass Ihr ein imponierender Herr seid«, erklärte Cristina, da Hélène kein Wort herausbrachte.

»Dein Name sei Carolus Wilhelmus Imponatius!«, rief Carl Otto mit getragener Stimme und brachte alle zum Lachen. Dann sah er seinen Bruder an. »Da Eure Gemahlin Euch ein Kompliment gemacht hat, solltet Ihr Euch revanchieren, Euer Hoheit!«

»Wenn du mich noch einmal so geschwurbelt anredest, fliegt dir mein Glas an den Kopf«, drohte Carl Wilhelm und wandte sich dann Hélène zu. »Ich finde, Madame hat ein entzückendes Lächeln! Ich würde es gerne öfter an ihr sehen.«

»Hättest du das gedacht?«, fragte Elisabeth leise Cristina. »Es sieht aus, als würden die beiden doch miteinander auskommen. Dabei schien es am Anfang, als wäre es keine Ehe, sondern ein Krieg.«

»Wenn das erste Kind im gebührenden Abstand zur Abreise des Monsieur Etouffe zur Welt kommt, werden die beiden wohl auf Dauer miteinander auskommen.« Carl Otto sagte es gerade laut genug, dass auch Hélène es hören konnte.

Cristina sah, wie sich die Augen der jungen Frau mit Tränen füllten, und fasste nach ihrer Hand. »Es wäre mir eine Freude, mit Eurer Hoheit in einem intimeren Rahmen sprechen zu können! Es würde gewiss das eine oder andere Missverständnis auflösen.«

»Ich danke Euch.« Ein scheues Lächeln trat auf Hélènes Lippen. Sie fasste sich wieder und sah Carl Otto an. »Wären Eurer Hoheit zehn Monate genug Abstand?«

Carl Otto stand auf und verbeugte sich. »Ich bitte Eure Hoheit um Verzeihung. Meine Bemerkung war dumm und unhöflich!«

»Aber verdient!«, raunte Elisabeth Cristina ins Ohr.

Diese nickte, denn Hélène war kurz davor gewesen, auf eine Katastrophe zuzusteuern. Eine Liebschaft mit Etouffe oder einem anderen Mann hätte Carl Wilhelm niemals hingenommen. So aber war das Ehepaar auf dem besten Weg, sich aneinander zu gewöhnen und das Beste aus ihrer Ehe zu machen.

Nach dem Bankett bot sich für Cristina die Gelegenheit, unter vier Augen mit Hélène zu sprechen. Sie erfuhr, dass diese kaum älter als sechzehn war und Napoleon sie für die Heirat mit Carl Wilhelm bestimmt hatte, ohne dass er sie gefragt oder sich um ihre Gefühle geschert hätte.

»Seine Majestät ist ein sehr energischer Herr, müsst Ihr wissen, und er kann sehr zornig werden, wenn seine Befehle nicht umgehend ausgeführt werden«, berichtete sie. Dabei bekannte sie, dass sie ganz froh gewesen sei, Paris verlassen zu können.

»Ihr müsst wissen, dass weder die Mutter des Kaisers noch dessen Brüder und Schwestern meine Cousine Josephine schätzen. Es gibt viele Giftpfeile und Verleumdungen, und als Verwandte der Kaiserin wurde ich ebenfalls davon getroffen.«

»Eure Hoheit sollten sich bemühen, hier ein zufriedenes Leben zu führen. Der Kaiser ist weit genug weg, so dass sein Schatten uns nicht erdrückt, und Euer Gemahl ist ein Mann, den Ihr lieben könnt!«, sagte Cristina lächelnd, stand dann auf und gesellte sich mit Hélène wieder zu den Ihren.

7.

Carl Ottos Zuneigung zu seiner Schwägerin war gering. Trotzdem war er erleichtert, weil Hélène sich den Gepflogenheiten des Tresskauer Hofes anzupassen begann. Ein Skandal hätte unliebsames Aufsehen erregt und Kaiser Napoleon zu Handlungen bewegen können, die nicht im Sinne Tresskaus waren. Einem Mann, der mit einem Federstrich ganze Reiche auslöschte, war zuzutrauen, auch das Fürstentum Sachsen-Saalstein-Tresskau von der Landkarte zu tilgen.

Schon bald nahmen ihn ohnehin andere Pflichten in Anspruch. Cristinas Reise nach Dresden stand bevor, und er hatte angeboten, sie, Lauenstein und Elisabeth dorthin zu begleiten. Laut den letzten Briefen, die von François Metteur gekommen waren, plante König Friedrich August von Sachsen nun doch mehrere Opernaufführungen, bei denen Cristina und Belle Légendaire die Hauptrollen spielen sollten. Der Wettstreit der Sängerinnen, wie Lauenstein es nannte, stand damit bevor.

Als sie sich am Abend vor der Abreise noch einmal trafen, wedelte Lauenstein mit einem Brief. »Laut Monsieur Metteur bleibt uns eine Begegnung mit Vollendorf erspart. Dieser hat Belle Légendaires Betreuung abgegeben und ist wieder einmal verschwunden. Möge er nie wieder auftauchen!«

»Das würde auch ich mir wünschen, mein Herr«, antwortete Cristina. Glauben konnte sie es jedoch nicht. Vollendorf war schon einmal fort gewesen und plötzlich wieder in ihrer Nähe aufgetaucht. Mit einem schalen Gefühl erinnerte sie sich daran, dass sie einige Jahre lang darauf geachtet hatten, diesem Mann nicht zu begegnen. Dadurch waren ihnen lukrative Konzerte entgangen. Wir sind trotzdem nicht verhungert, dachte sie. Ein Wermutstropfen aber blieb. Auch wenn sie als beliebte Sängerin an allen Höfen willkommen war, so hätte sich ihre Karriere ohne Vollendorfs Schatten besser entwickelt.

»Wir sollten dennoch vorsichtig sein«, riet Elisabeth. »Vollendorf ist so verschlagen wie die Schlange im Paradies. Es mag sein, dass Belle Légendaires neuer Agent in seinem Auftrag arbeitet und ihm berichtet, was in Dresden geplant ist.«

»Wenn du meinst, werde ich meine Pistole in mein Ridikül stecken und auf die Bühne mitnehmen«, meinte Cristina nur halb im Spaß.

»Falls es die Légendaire zu übel treibt, kannst du sie gleich erschießen«, sagte Lauenstein trocken.

Es vertrieb die kurze Spannung, und sie unterhielten sich nun, wie sie die Strecke nach Dresden zurücklegen sollten. Carl Otto hatte den Posten des Reisemarschalls übernommen und Nachricht an die jeweiligen Poststationen geschickt, so dass ihnen stets frische Pferde und die besten Unterkünfte zur Verfügung stehen würden.

»Es macht eben doch mehr her, wenn Seine fürstliche Hoheit, Prinz Carl Otto von Sachsen-Saalstein-Tresskau, dies fordert als eine schlichte Demoiselle Chiodi«, spottete Cristina.

»Einen gewissen Vorteil muss mein Stand ja haben«, konterte Carl Otto gelassen.

»Hoheit sind gar nicht eingebildet!« Cristina lachte leise, um ihrer Bemerkung die Schärfe zu nehmen, und sah ihren Mann an. »Wisst Ihr bereits, welche Oper der König von Sachsen aufführen zu lassen gedenkt?«

»Etwas von Mozart mit zwei starken Frauenrollen. Seiner Majestät beliebt es, lustig zu finden, die beiden Hauptdarstellerinnen auslosen zu lassen, welche von ihnen welche Rolle spielt.«

»Ich halte das für sehr überspannt«, warf Elisabeth kopfschüttelnd ein.

»Er ist der König! Wenn er fordern sollte, dass alle Sängerinnen nackt auftreten müssen …«

»Würde die Légendaire es gewiss tun. Ich jedoch nicht!«, zischte Cristina Carl Otto an, da ihr seine Bemerkung zu anzüglich gewesen war.

»So spricht die ›singende Vestalin‹ und die ›Venus aus Eis‹!«, antwortete Carl Otto grinsend.

»Und was ist dann die Légendaire?«, fragte Elisabeth. »Etwa die ›Venus aus Feuer‹?«

»Ich würde einen anderen Ausdruck für sie wählen, den ich aber, da Damen unter uns sind, nicht aussprechen will«, erklärte Carl Otto lächelnd.

»Was meinte übrigens Ihre Hoheit dazu, dass wir alle nach Dresden reisen, während sie hierbleiben muss?«, wollte Lauenstein von Carl Otto wissen.

»Carl Wilhelm versprach ihr, später einmal mit ihr hinzureisen, damit sie König Friedrich August kennenlernt.«

»Sie schafft es also, ihn um den Finger zu wickeln«, spottete Elisabeth.

»So würde ich es nicht nennen. Nach Friedrich Augusts Ernennung zum König ist es seine diplomatische Pflicht, ihn aufzusuchen und zu beglückwünschen. Vater wird daher die beiden begleiten. Es sieht nun einmal besser aus, wenn der Fürst, dessen Erbe und dessen Gemahlin nach Dresden kommen.«

»Ihr reist ja auch hin!«, stichelte Cristina.

»Ja, aber eben nicht in offizieller Mission!« Carl Otto grinste erneut, denn er genoss die kleinen Gefechte, die Cristina ihm lieferte. Sie konnte gelegentlich scharfzüngig sein, aber er hatte eine dicke Haut. Außerdem, so dachte er, gab er ihr auch ganz schön heraus.

8.

»Zum ersten Mal seit zwei Jahren können wir auf Reisen gehen, ohne befürchten zu müssen, auf marschierende Heere zu treffen oder gar in Kriegshandlungen hineingezogen zu werden. Ich hoffe, dass es so bleiben wird«, sagte Cristina, als sie wieder in der Kutsche saßen. Für sie ging es um Musik, um ihre Lieder und, wie sie durchaus zugab, auch um den Wettbewerb mit Belle Légendaire, wer von ihnen die bessere Sängerin war.

Anders als sie hatte Belle Légendaire auf ihren letzten Konzertreisen große Triumphe gefeiert und war dabei auf den Bühnen Berlins, Wiens, Münchens und anderer großer Städte gestanden, ohne die Provinz außen vor zu lassen.

François Metteur hatte in seinen Briefen das eine oder andere Mal geschrieben, er wisse nicht, nach welchen Überlegungen Belle Légendaires Agent deren Auftritte plane. Eines aber war Vollendorf alias Pleinevillage gelungen: Die Sängerin hatte Aufsehen erregt, und die Fürstenhöfe und Theater stritten sich darum, wo sie als Nächstes auftreten würde. Davon zehrte auch ihr derzeitiger Agent. Es handelte sich um einen Deutschen, doch die Person im Hintergrund, die die Fäden zog, sei Chantal Deconnu, die noch immer mit Belle Légendaire durch Europa reise und sich mit ihrem Schützling hofieren ließe.

»Verdammt! Warum laufen hier schon wieder Franzosen herum?«

Carl Ottos wütender Ruf scheuchte Cristina aus ihren Gedanken auf. Nun hörte sie auch seine Entschuldigung, weil er in Gegenwart von Damen geflucht hatte. Sie achtete nicht darauf, sondern blickte zum Kutschfenster hinaus. Vor ihnen marschierten Soldaten, den Uniformen nach tatsächlich Franzosen. Sie nahmen die gesamte Breite der Straße ein, dass es kein Vorbeikommen gab.

»Ich glaube, angesichts dieser Tatsache ist ein etwas kräftigeres Wort durchaus angemessen«, sagte sie zu Carl Otto.

Dieser neigte kurz den Kopf. »Ich danke Euch! Ihr seid sehr großzügig. Nur weiß ich nicht, ob Ihr das auch noch sein werdet, wenn wir wegen der Franzosen nicht den Gasthof erreichen, den ich für die Nacht vorgesehen habe, sondern alle in der Kutsche schlafen müssen.«

»Das hoffe ich dann doch nicht! Und wenn, wäret nicht Ihr daran schuld, sondern die Franzosen.«

»Ich danke Euch, dass Ihr mich freisprecht! Nur hilft es uns nicht bei unserem Problem«, antwortete Carl Otto nach einem weiteren prüfenden Blick durch das Fenster. »Die Franzosen sind wahrscheinlich nach Polen unterwegs. Napoleon hat den Preußen ihre Beute aus den letzten Landesteilungen abgenommen und will das Gebiet wohl besetzen.«

»Das könnten sie auch ein andermal tun. Sollten wir nicht besser eine andere Straße nehmen und die Franzosen auf die Weise hinter uns zurücklassen?« Lauenstein klang verärgert, denn er hatte gehofft, dass sie in Zukunft auf keine marschierenden Truppen mehr stoßen würden. Noch mehr ärgerte er sich, weil die Soldaten nicht die geringste Rücksicht auf jene nahmen, die schneller als sie reisen wollten oder ihnen entgegenkamen. Obwohl die Chaussee breit genug war, machten sie niemandem Platz.

»So marschieren Sieger!«, sagte Carl Otto nach einer Weile. »Auf die Weise zeigen sie den Unterlegenen ihre Macht.«

»Ich könnte darauf verzichten«, sagte Cristina seufzend.

»Das könnten wohl alle, die auf eine solche Truppe treffen. Doch seid versichert, die Preußen, Österreicher oder Russen würden sich nicht anders verhalten. Die Bauern sollten besser ihr Vieh einsperren, sonst landet das noch in den Kochtöpfen dieses Heeres.« Carl Otto hatte nun genug und klopfte gegen das Kutschendach.

Der Kutscher öffnete die kleine Luke an der Vorderwand. »Vor uns marschieren Soldaten. Daher kommen wir nicht rascher voran«, meldete er.

»Das sehe ich selbst! Gibt es eine Möglichkeit, an ihnen vorbeizukommen?«

»Hier nicht«, antwortete der Kutscher. »Weiter vorne geht ein Feldweg ab. Er führt zu einem Dorf an der Hauptstraße. Ich weiß nicht, ob wir es schaffen. Es wird auf jeden Fall arg holprig sein!«

Carl Otto sah seine Reisegruppe an. »Was meint ihr? Sollen wir es versuchen?«

»Lieber halte ich mich eine halbe Stunde lang fest, als weiter hinter diesen Franzosen herzukriechen«, antwortete Elisabeth.

Da auch Lauenstein und Cristina zustimmten, klopfte Carl Otto noch einmal gegen das Kutschendach. »Sieh zu, dass wir an dieser Kolonne vorbeikommen!«

Als Antwort ließ der Kutscher die Peitsche knallen und trieb das Gespann an, um die Abzweigung so knapp wie möglich hinter der französischen Kolonne zu erreichen.

»Also dann gut festhalten!«, rief er noch. Bald hatte er so weit auf die Soldaten aufgeholt, dass einige sich nach der Kutsche umdrehten.

»Bleibt zurück!«, rief einer auf Französisch.

Da der Kutscher es nicht tat, richtete er seine Muskete auf diesen.

»Stehen bleiben, sonst …!«

In dem Augenblick erreichten sie die Abzweigung zu dem Feldweg. Der Kutscher zog am Zügel, und die Pferde bogen ab. Danach schwang er erneut die Peitsche und ließ sie knallen. Das Gespann wurde schneller. Die Kutsche rappelte und schwankte, doch der Kutscher trieb die Pferde weiter an. Sein Blick galt dabei nicht nur der schlechten Straße, auf der sie fuhren, sondern ebenso den marschierenden Soldaten auf der Hauptstraße.

In der Kutsche klammerten Cristina und ihre Begleiter sich an den Polstern fest, um nicht wie Bälle herumzufliegen.

»Wenn die Straße weiterhin so bleibt, brechen wir uns noch sämtliche Knochen«, stöhnte Elisabeth.

»Sämtliche Knochen wären doch ein paar zu viel«, meinte Carl Otto mit einem schiefen Grinsen.

Cristina stieß einen ärgerlichen Laut aus. »Jedenfalls werden wir heute Abend etliche blaue Flecken haben!«

»Wenn ich gemütlich in meinem Bett im Gästehaus liegen kann, soll es meinetwegen so sein! Aber wenn wir weiterhin hinter den Franzosen bleiben müssen, würde es mich mehr schmerzen.« Lauenstein wagte es, zum Fenster hinauszuschauen, und bezahlte es mit einem Stoß gegen den Rahmen.

»Verflucht!«, stieß er hervor und kniff vor Schmerz die Augen zusammen.

Carl Otto blickte nach vorne und schüttelte ärgerlich den Kopf. »Das schaffen wir nicht! Die Auffahrt ist schon ganz nahe, doch die Franzosen werden schneller. Sie rennen ja fast, um uns zuvorzukommen!«

»Dann sind wir umsonst auf diese Holperstrecke eingebogen!«, rief Cristina enttäuscht.

»Es sieht so aus! Wir werden warten müssen, bis die ganze Horde wieder an uns vorbeigezogen ist!« Carl Otto verkniff sich einen Fluch, um Cristina und Elisabeth nicht zu schockieren. Gleichzeitig wünschte er Napoleon und dessen Franzosen auf den Mond.

Anders als seine Passagiere dachte der Kutscher nicht daran, aufzugeben. Zwar begriff auch er, dass er nicht mehr vor der Spitze der französischen Truppe auf die Hauptstraße einbiegen konnte. Statt auf diese zuzuhalten, lenkte er das Gespann nach links und ließ es so schnell durch das Dorf traben, dass die Hühner schreiend aufstoben. Danach ging es ein längeres Stück über eine vor Kurzem gemähte Wiese. Nach einer Weile kam eine weitere Zufahrt zur Hauptstraße in Sicht. Der Kutscher nahm sie und bog einen halben Steinwurf vor den vordersten Franzosen auf die Hauptstraße ein.

»Denen haben wir es gezeigt, nicht wahr, Euer Hoheit?«, meinte er entspannt.

»Das haben wir!«, stimmte Carl Otto ihm zu. »Dafür hast du dir ein gutes Trinkgeld verdient.«

»Hätte nichts dagegen, Euer Hoheit!«, rief der gute Mann grinsend und gönnte seinem Gespann ein gemütlicheres Tempo.

In der Kutsche setzte Elisabeth sich wieder aufrecht und schüttelte den Kopf. »War das eben eine Rüttelstrecke! Wäre ich schwanger gewesen, hätte ich vom Kind kommen können.« Sie bedachte Cristina mit einem besorgten Blick. Diese lächelte jedoch nur. »Es ist alles gut, meine Liebe!«

Carl Otto sah sie erstaunt an. »Soll das etwa bedeuten, dass Ihr in anderen Umständen seid?«

»Ist diese Frage nicht ein wenig intim, mein Herr?«, antwortete Cristina mit einer gewissen Schärfe, um sich dann zu entschuldigen. »Es tut mir leid, denn nur Eure Besorgnis um mich ließ Euch so fragen. Noch weiß ich es nicht genau, doch wenn es so ist, wird es weit ins neue Jahr hinein dauern, bevor es kommt.«

»Wenn ich das gewusst hätte, hätte ich dem Kutscher gewiss nicht den Befehl gegeben, diesen entsetzlichen Feldweg zu nehmen«, sagte Carl Otto erschrocken.

»Mein Herr, mit mir ist nichts! Auch liege ich heute Nacht lieber in einem Bett, als mir diese Kutsche mit Euch drei zu teilen. Oder glaubt Ihr, die Franzosen hätten doch noch die Güte besessen, uns passieren zu lassen?«

»Das wohl kaum«, gab Carl Otto zu, nahm sich aber vor, in den nächsten Wochen die nötige Rücksicht auf Cristina zu nehmen.

9.

Gegen Dresden war Tresskau ein Bauerndorf und Meiningen eine Kleinstadt. Prachtvolle Bauten säumten die Straße, die laut Lauenstein zumeist noch aus den Zeiten Friedrich Augusts I. stammten, den man den Starken nannte, da es zum Großen für ihn nicht ganz gereicht hatte.

»Sein Sohn Friedrich August II. hat der Stadt ebenfalls seinen Stempel aufgedrückt. Nun versucht Friedrich August III. – Verzeihung! Als König natürlich Friedrich August I.! –, es seinem Vater und seinem Großvater gleichzutun!«, setzte Lauenstein eifrig hinzu.

Die Stadt war eindrucksvoll, doch die Bauten wirkten auf Cristina arg pompös und irgendwie kalt. »Es ist, als wollte man hier den Besuchern mit Gewalt zeigen, wer und was man ist«, sagte sie.

»Immerhin waren August der Starke und sein Sohn nicht nur Kurfürsten von Sachsen, sondern auch Könige von Polen«, erklärte Lauenstein.

»Vom Königstitel ist wenig übrig geblieben«, warf Elisabeth mit einer gewissen Häme ein.

»Immerhin ist Friedrich August III. nun als Friedrich August I. König von Sachsen«, korrigierte Lauenstein sie.

»König von Napoleons Gnaden!«, lästerte Elisabeth. »Dieser hätte auch Bernhard II., obwohl dieser noch ein Kind von nicht ganz sieben Jahren ist, zum König von Meiningen ernennen können, oder den Vater Seiner Hoheit Carl Otto zum König von Tresskau.«

»Das ist doch ein wenig weit hergeholt, Fräulein Karau. Bei Sachsen kann man es noch verstehen, denn es ist ein recht großes Land. Dagegen ist Sachsen-Meiningen ein Zwerg, und was Tresskau im Vergleich dazu ist, will ich erst gar nicht sagen.«

»Wie eine Mücke gegen einen Elefanten?«, fragte Cristina, lenkte aber sofort ein. »Verzeiht! So schlimm ist es wirklich nicht.«

»Ihr redet Tresskau größer, als es ist!« Carl Otto lachte und wies auf den Palastkomplex, der vor ihnen auftauchte. »Wir sind gleich da!«

»Ich habe nichts dagegen! Reisen sind doch sehr mühsam«, erwiderte Lauenstein. Er atmete sichtlich auf, denn im Gegensatz zu früheren Zeiten spürte er die Anstrengungen. Zu Hause bleiben und nur aus dem Fenster schauen wollte er jedoch nicht. Da war es weitaus schöner, seine Frau zu ihren Konzerten zu begleiten und sich über ihre Erfolge zu freuen. Er bedachte Cristina mit einem liebevollen Blick und fragte sich, ob sie tatsächlich schwanger sein könnte. Wenn ja, wäre dies ein noch größeres Geschenk für ihn, als es Albert bereits war.

Sie erreichten die Einfahrt. Carl Otto stand den Wachen Rede und Antwort, dann durften sie in den Komplex einfahren. Wenig später hielt die Kutsche vor einem der Gästehäuser, und sie konnten aussteigen.

Tilda, die mit Ira, Schacke und Carl Ottos Kammerdiener Rolff vorausgefahren war, trat aus der Tür, um sie zu begrüßen. Der kleine Albert hatte unter Gelis Aufsicht in Tresskau bleiben müssen.

»Einen schönen guten Tag wünsche ich! Wir haben alles vorbereitet«, erklärte Tilda. »Ich soll allerdings ausrichten, dass der Herr Hofmusikdirektor noch heute mit Fräulein Chiodi, wie er es nannte, sprechen will, um ihr die Wünsche Seiner Majestät, König Friedrich Augusts von Sachsen, mitzuteilen.«

»So früh schon?«, fragte Cristina und sah Elisabeth, Lauenstein und Carl Otto verwundert an. »Ihr lasst mich doch hoffentlich nicht im Stich, sondern begleitet mich zu diesem Herrn?«

»Es wird mir eine Ehre sein!«, erklärte Carl Otto.

Auch Lauenstein und Elisabeth nickten. »Man wird uns hoffentlich noch die Zeit lassen, uns vom Staub der Reise zu reinigen und unsere Kleider zu wechseln, oder wünscht der Herr Hofmusikdirektor uns so zu sehen, wie wir jetzt sind?«

Carl Otto wunderte sich ebenfalls über die Eile. Bei nachrangigen Sängerinnen konnte es durchaus ein paar Tage dauern, bis sie zu den entsprechenden Herren vorgelassen wurden. Die Höflichkeit gebot jedoch, auch einer so bekannten Interpretin wie Cristina wenigstens einen Tag Ruhe zu gönnen. »Der Herr Musikdirektor wird warten müssen, bis wir bereit sind, ihn aufzusuchen. Ich gedenke mich vorher nicht nur zu reinigen und umzuziehen, sondern wünsche auch einen Imbiss zu mir zu nehmen und mich vom Holpern der Straße zu erholen«, erklärte er.

»Dann solltet Ihr das dem Lakaien sagen, der es dem guten Mann melden muss. Ich habe mich bereits in die Nesseln gesetzt, weil ich mit den Zimmern, die man uns diesmal zur Verfügung stellt, nicht zufrieden bin.«

»Was gibt es daran auszusetzen?« Cristina hatte zwar nicht oft in Dresden gesungen, war aber stets gut untergebracht und behandelt worden. Da Tilda sie jedes Mal begleitet hatte, musste ihr jetziges Quartier um einiges schlechter sein.

Tilda schnaubte, bevor sie zu sprechen begann. »Die Kammern sind klein, und es ist ein ganzes Stück Fußweg zum Theater. Auch wurden uns nur ein einziges Zimmermädchen und ein Lakai zur Verfügung gestellt. Dabei weiß ich aus sicherer Quelle, dass man der Demoiselle Légendaire zwei Zimmermädchen und zwei Lakaien zugestanden hat. Dabei ist diese mit ihrem Agenten, der Deconnu und einer Zofe nur zu viert, während wir mit Herrn Metteur zusammen sieben Personen sind.«

»Das verwundert mich!«, sagte Carl Otto. »Sollte mir meine Unterkunft nicht zusagen, werde ich damit nicht hinter dem Berg halten. Auch wenn Tresskau nur ein Fliegen… äh … auf der Landkarte ist, so bin ich nicht nur fürstlichen Geblüts, sondern auch mit dem König von Sachsen verwandt. Immerhin wurde Sachsen-Saalstein von einem Neffen des damaligen Kurfürsten gegründet.«

»So wie Eure Hoheit eben gesprochen haben, könntet Ihr auf jeder Bühne in diesen Landen als adelsstolzer Herr auftreten«, sagte Cristina lächelnd. »Doch nun wünsche ich, die Zimmer zu sehen. Noch etwas anderes, Tilda. Bevor ich den Hofmusikdirektor aufsuche, will ich mit Herrn Metteur sprechen. Er ist hoffentlich zur Hand?«

»Das ist er freilich! Er ist derzeit nur unterwegs, um von einem Bekannten mehr über die Pläne des Königs zu erfahren. Der Musikdirektor hat ihm nämlich alle Auskünfte verweigert. Ich werde gleich den Lakaien losschicken. Herr Metteur hat mir gesagt, wo er zu finden ist, damit ich ihn von Eurer Ankunft in Kenntnis setzen kann.«

»Sehr gut«, sagte Cristina mit einem sanften Lächeln, von dem Elisabeth und Lauenstein wussten, dass es nur ihre wahren Gefühle verbarg.

»Ach ja!«, setzte sie hinzu. »Der Lakai kann danach dem Hofmusikdirektor ausrichten, dass ich ihn in, sagen wir, drei Stunden hier erwarte.«

»Aber er wollte, dass Ihr zu ihm kommt!«, wandte Tilda ein.

»Wenn er warten will, bis ich einmal Zeit für ihn habe, kann er das gerne tun!« Cristina lächelte zwar immer noch, war aber verärgert und nicht bereit, sich wie eine Bittstellerin behandeln zu lassen.

»Der Lakai kann auch gleich dem Hofmarschall mitteilen, dass Seine Hoheit, Prinz Carl Otto von Sachsen-Saalstein-Tresskau, in Begleitung von Herrn und Frau von Lauenstein erschienen und äußerst verwundert ist über die Art seiner Unterbringung!«, setzte sie noch hinzu.

»Dann hat der Lakai aber zu laufen«, meinte Tilda, rief den Mann zu sich und erteilte ihm die entsprechenden Anweisungen.

»Noch etwas! Er soll Knechte beschaffen, die unser Gepäck abladen und ins Haus bringen. Oder wird in Dresden seit Neuestem erwartet, dass ein fürstlicher Prinz das selbst tun soll?« Im Allgemeinen pochte Carl Otto nur selten auf seinen Rang, doch in diesem Fall schien es ihm geboten.

»Hier geht etwas vor!«, sagte er, als sie das Haus betraten.

»Ich habe auch den Eindruck, dass uns jemand hier nicht mag. Wir hätten gar nicht erst in diese Stadt kommen sollen«, schimpfte Elisabeth.

»Das wäre falsch gewesen! So wissen wir zumindest, woran wir sind, und können uns darauf vorbereiten.«

Cristina war sich sicher, dass es mit Belle Légendaire zusammenhing. Diese hatte weitaus öfter als sie am Hof von Dresden gesungen und dabei Verbindungen geknüpft, die sie nun zu ihrem Nachteil ausnützte.

10.

Die Zimmer waren klein und nicht gerade luxuriös ausgestattet, doch Cristina hatte auf ihren Reisen schon schlechter gewohnt. Da sie das Haus für sich allein hatten und es einen Salon gab, in dem sie Gäste empfangen konnte, entschied sie sich zu bleiben.

Carl Otto ärgerte sich zwar über die Missachtung, die ihnen hier zuteilwurde, akzeptierte aber Cristinas Wunsch, die Unterkunft zu akzeptieren. Da bald die Knechte eintrafen, um das Gepäck ins Haus zu bringen, konnten sie sich umziehen und in den Salon setzen. Noch während sie die ersten Worte wechselten, erschien Metteur.

»Seid mir willkommen!«, sagte er und hob bedauernd die Hände. »Es tut mir sehr leid, dass wir hier untergebracht worden sind. Dafür ist der Hofmusikdirektor verantwortlich. Dieses Haus wäre für eine Demoiselle Chiodi gut genug, sagte dessen Stellvertreter zu mir. Wenn ich gewusst hätte, dass Seine Hoheit mitkommen würde, hätte ich versucht, zum Hofmarschall vorzudringen.«

»Lasst es gut sein, Herr Metteur! Berichtet lieber, was es mit dem bevorstehenden Engagement auf sich hat«, unterbrach Cristina den Redefluss des Mannes.

»Ich wäre erfreut, wenn ich es Euch sagen könnte. Der Hofmusikdirektor ließ mich jedoch vollkommen im Ungewissen. Es gelang mir gerade noch zu erfahren, dass Seine Majestät die Oper ›Così fan tutte‹ wünscht. Doch wie die Rollen verteilt werden, darüber hüllten sich alle in Schweigen. Ich bin mir gewiss, dass Belle Légendaire hier die Fäden gezogen hat.« Metteur sagte es mit einer Miene, als befürchte er, für seinen Misserfolg entlassen zu werden.

Cristina verzog kurz das Gesicht. »Wie es aussieht, gedenkt Demoiselle Légendaire, die Klingen mit mir zu kreuzen. Nun denn, warten wir ab, wer härter zuschlagen kann!« Seit Jahren wusste Cristina, dass es einmal zu einem Zusammentreffen mit ihrem einstigen Idol kommen würde, und nichts, was sie über Belle Légendaire gehört hatte, hatte darauf hingewiesen, dass dies in Frieden und Harmonie geschehen würde. Daher hatte sie sich für diesen Auftritt gut vorbereitet und glaubte, ihn bestehen zu können.

»Der Hofmusikdirektor will, dass Ihr heute noch zu ihm kommt«, fuhr Metteur fort.

»Ich habe ihm ausrichten lassen, dass ich ihn in …«, Cristina blickte auf die Standuhr, »in einer Stunde hier zu empfangen gedenke!«

»Er wird gewiss nicht kommen!«, rief Metteur erschrocken.

»Ich bin nicht die Magd dieses Mannes, sondern Freifrau von Lauenstein. Ich erwarte daher Höflichkeit!«

Noch während Cristina es sagte, klatschte Carl Otto Beifall. »Ich kann das Kompliment, das Ihr mir vorhin machtet, mit dem größten Vergnügen zurückgeben. Madame könnten auf jeder Bühne dieser Welt die adelsstolze Dame spielen.«

Cristina konnte nicht anders, sie musste lachen. »Gut pariert, Euer Hoheit!« Sie wandte sich wieder Metteur zu. »Ist die Einladung für die Hoftafel bereits eingetroffen?«

»Nein! Nicht, dass ich wüsste«, antwortete Metteur verwirrt.

»Soll das etwa heißen, dass Prinz Carl Otto von Sachsen-Saalstein-Tresskau und dessen Begleitung nicht gut genug sind, um von Seiner Majestät, König Friedrich August, empfangen zu werden?«, fragte Cristina scharf.

»Es wäre an der Zeit, dem Haushofmeister mitzuteilen, dass ich in Dresden angelangt bin und erwarte, so behandelt zu werden, wie es sich gebührt!« Carl Otto grinste dabei und dachte, dass sich solche Hofschranzen wie der Hofmusikdirektor an Cristina die Zähne ausbeißen würden. Beinahe wünschte er sich, inkognito mitgekommen zu sein, um ihren Kampf gegen diesen aufgeblasenen Pfau im Geheimen weiter verfolgen zu können.

»Wenn Eure Hoheit erlauben, werde ich es tun«, bot Metteur an.

»Ich wäre Euch sehr verbunden!«

Nachdem der Agent verschwunden war, wies Carl Otto das Zimmermädchen an, Wein zu bringen.

»Wollen Eure Hoheit darauf wetten, ob der Herr Musikdirektor erscheint?«, fragte Cristina, als die von ihr bestimmte Zeit erreicht war.

»Da ich nicht annehme, dass er es tut, werde ich das Wetten lassen«, antwortete Carl Otto. Obwohl er von ausgeglichenem Gemüt war, ärgerte er sich, zumal er ahnte, dass ein übles Spiel mit Cristina getrieben werden sollte. Wenn es hart auf hart kommt, werde ich mit aller Macht eingreifen, dachte er und trank mit wachsendem Missmut den säuerlichen Wein, der für Cristina Chiodi und deren Begleitung für gut genug erachtet worden war.

Einige Zeit später erschien der Hofmarschall und beäugte mit offenkundigem Missbehagen die Räume, in denen die Gruppe untergebracht worden war. »Ich muss den Haushofmeister dafür tadeln, dass er so nachlässig war, Eurer Hoheit dieses Quartier zuzuweisen. Wenn Euer Hoheit …«

»Wir bleiben vorerst hier!«, unterbrach ihn Carl Otto. »Frau von Lauenstein findet hier die Ruhe, die sie braucht.«

»Aber Ihr könnt doch nicht die ganzen sechs Wochen hier in dieser minderen Unterkunft bleiben!«, rief der Hofmarschall entsetzt.

»Wieso sechs Wochen?«, fragte Cristina verwundert. »Es waren zwei Opernabende vereinbart. Für das gebotene Honorar singe ich kein weiteres Mal, geschweige denn sechs Wochen lang! Wenn man hier glaubt, mich zum Narren halten zu können, werde ich morgen abreisen!« Mit jedem Wort wurde Cristina wütender und funkelte zuletzt Metteur an, der mit dem Hofmarschall gekommen war.

»Was habt Ihr dazu zu sagen?«

Metteur sah aus, als hätte ihn ein Blitz gestreift. »Verzeiht, mir gegenüber wurde erklärt, dass Ihr an zwei Abenden eine Rolle in der Oper ›Così fan tutte‹ singen sollt. Es wurde noch von einem zusätzlichen Konzertabend gesprochen, der aber dann extra vergütet würde.«

»Habt Ihr Verträge?«, fragte Carl Otto.

Metteur schüttelte den Kopf. »Nein, nur eine Aufstellung der gewünschten Oper und des zusätzlichen Konzertabends.« Erregt verließ er den Salon und kehrte kurz darauf mit einer Liste zurück. »Hier ist sie! Sie wurde mir von dem Stellvertreter des Hofmusikdirektors überreicht.«

Carl Otto nahm das Blatt entgegen, las es durch und reichte es an den Hofmarschall weiter. Dieser las es ebenfalls und schüttelte mit wachsender Irritation den Kopf.

»Hier muss ein schrecklicher Irrtum passiert sein!«, sagte er fassungslos. »Jemand hat Herrn Metteur die falsche Aufstellung überreicht. Es waren neun Vorstellungen in sechs Wochen geplant.«

»Wenn es so ist, so finde ich die gebotene Gage für sechs Wochen eine Unverschämtheit!«, erklärte Cristina scharf. »Auch hätte ich bei einer Abwesenheit von sechs Wochen niemals meinen Sohn zu Hause gelassen.«

Letztes war kein Argument, das den Hofmarschall überzeugen konnte. Er hatte seine Kinder bis zu einem gewissen Alter oft ein halbes Jahr lang nicht gesehen. Der Vorwurf mit der Gage traf jedoch schwer, denn er wusste selbst, dass König Friedrich August eine weitaus höhere Summe für das Engagement Cristina Chiodis genehmigt hatte, als auf diesem Blatt Papier vermerkt worden war.

11.

Am Abend wurde Cristina die Ehre zuteil, von König Friedrich August persönlich begrüßt zu werden. Der Hofmarschall hatte den Hofmusikdirektor hinzugerufen. Der Mann sah den König leutselig mit der Sängerin sprechen, und ihm brach der Schweiß aus. Bislang hatte er Cristina für die in Unehren entlassene ehemalige Hofsängerin von Meiningen gehalten und die Aushandlung des Engagements seinem Untergebenen überlassen. Als Metteur ihn mit der falschen Auflistung konfrontierte, schüttelte er entsetzt den Kopf.

»Mein Stellvertreter sagte doch, es wäre alles zur Zufriedenheit Seiner Majestät geregelt worden. Aber so war es gewiss nicht gedacht!«

Der Mann bekam es mit der Angst zu tun. Selbst bei einer weniger herausgehobenen Sängerin hätte es ihm den Zorn des Königs einbringen können. Cristina war jedoch nicht nur die Ehefrau des Freiherrn Lauenstein, sondern stand auch noch unter dem Schutz des Prinzen Carl Otto von Sachsen-Saalstein-Tresskau. So unbedeutend das Fürstentum sein mochte, sein Herrscher zählte zu den Wettinern und war mit König Friedrich August verwandt.

»Ich bedauere, diese Angelegenheit meinem Stellvertreter überlassen zu haben. Er ist den Anforderungen nicht gerecht geworden«, verteidigte er sich, nachdem der König, Cristina und Lauenstein hinzugekommen waren.

»Dann hat Er einen großen Fehler gemacht, diesen Mann in seine Dienste zu nehmen«, sagte Friedrich August zornig.

»Ich kann nur um Vergebung bitten!«, brachte der Musikdirektor mühsam hervor. »Der junge Mann schien mir fähig zu sein. Ich habe ihm vertraut.«

»Wir haben Ihm den Ablauf der Opernaufführungen selbst erklärt. Er hat Uns hoch und heilig versichert, dass Madame Chiodi über alles informiert wäre und damit einverstanden sei, bereits morgen eine der beiden Rollen in ›Così fan tutte‹ zu spielen. Nun muss ich hören, dass nichts dergleichen geschehen ist! Dabei hat Er Titel und Würden angehäuft, erhält eine erkleckliche Summe aus der königlichen Schatulle und überlässt alle Pflichten Seinen Untergebenen, ohne zu prüfen, ob sie diese richtig machen!«, rief der König empört.

Inzwischen hatte der Hofmusikdirektor begriffen, dass diese Angelegenheit nicht allein mit Schlamperei erklärt werden konnte. Dafür waren die Fehler zu gravierend. Nicht einmal ein Narr konnte die Anweisungen des Königs auf eine solche Weise verdrehen und aus sechs Wochen zwei Opernabende und statt der für diese sechs Wochen gebotenen Summe eine weit geringere für zwei Abende anbieten.

»Euer Majestät, ich fürchte, dass hier ein Anschlag auf Eure Ehre und meine Integrität geschehen ist, und bitte darum, meinen Stellvertreter verhaften und verhören zu lassen!« Für den Hofmusikdirektor war es die einzige Möglichkeit, sich selbst noch zu retten.

»Dies soll geschehen!«, erklärte der König unversöhnt. »Nur stehen wir morgen ohne Sängerin da. Dabei haben höchste Herrschaften ihr Erscheinen zugesagt.«

Wenn die Oper ausfiel, war er erledigt, durchfuhr es den Hofmusikdirektor. Doch auch er konnte keine Sängerin aus dem Ärmel ziehen, die ohne Vorbereitung in der Lage war, eine der beiden wichtigsten Frauenrollen in »Così fan tutte« zu spielen.

Cristina hatte kein Mitleid mit dem Mann, hatte aber mittlerweile auch begriffen, dass es sich um eine Intrige gegen sie handeln musste. Auch wenn sie im Allgemeinen ruhig und gelassen erschien, so brach gelegentlich doch das Temperament ihrer Mutter in ihr durch. Sie hatte sowohl die Rolle der Fiordiligi wie auch der Dorabella bereits gesungen. Da sie glaubte, sich noch immer auf ihr Gedächtnis verlassen zu können, knickste sie vor dem König. »Wenn Eure Majestät mein Auftreten mit einer gewissen Nachsicht betrachten wollen, bin ich bereit, mich morgen dem verehrten Publikum zu stellen.«

»Das kannst du nicht tun!«, rief Elisabeth erschrocken. »Du musst die beiden Rollen doch erst einüben. Mademoiselle Légendaire und du sollt euch in den Rollen der Fiordiligi und der Dorabella von Aufführung zu Aufführung abwechseln!«

»Der Herr Hofmarschall sagte, dass die Rollen für die erste Aufführung zwischen der Demoiselle Légendaire und mir ausgelost werden solle. Da ich mich in aller Kürze auf eine der Rollen vorbereiten muss, muss ich darauf bestehen, dass diese Auslosung nicht stattfindet.«

Der König hob erleichtert die Hand. »Die Auslosung wird stattfinden, doch Ihr werdet als Erste Euer Los ziehen! Darauf wird die Partie verzeichnet sein, die Madame morgen Abend zu singen gedenkt. Sollte die falsche Rolle auf den Losen stehen, wird mein verehrter Hofmusikdirektor sich auf der Festung Königstein sagen müssen, dass er seinem Untergebenen doch besser auf die Finger geschaut hätte.«

»Du bist verrückt!«, raunte Elisabeth Cristina zu.

Diese lächelte sie mit glitzernden Augen an. »Wenn die Demoiselle Légendaire glaubt, mich auf diese Weise aus dem Sattel heben zu können, wird sie merken, dass ihr dies nicht gelingt!«

Während Cristina dem König zur Tafel folgte, setzte der Hofmarschall mehrere Wachen in Marsch, und so fand sich der Stellvertreter des Hofmusikdirektors keine halbe Stunde später im Kerker wieder und konnte dort darüber nachdenken, ob eine leidenschaftliche Nacht mit Belle Légendaire es wert gewesen war, die eigene Karriere zu ruinieren.

12.

Cristina entschied sich für die Rolle der Fiordiligi, da sie diese erst vor kurzer Zeit geübt hatte. Sie ging die Partitur noch einmal durch, sang die einzelnen Arien mit leiser Stimme und wurde immer mehr eins mit der Rolle. Auf die Dorabella, die sie bei der nächsten Aufführung singen sollte, würde sie sich in den folgenden beiden Tagen vorbereiten. Auch wenn sie bei den beiden ersten Auftritten nicht ganz die Höhe ihrer Kunst erreichen konnte, würde sie es im Lauf der übrigen sieben Vorstellungen tun.

Um den Magen nicht zu belasten, aß Cristina nur mäßig und machte einige der körperlichen Übungen, die sie noch aus ihrer Gauklerzeit kannte. Diese halfen ihr auch als Sängerin, denn sie konnte sich besser auf ihre Rolle konzentrieren und sich geschmeidiger bewegen. Sie hatte Sängerinnen und Sänger erlebt, die ihre Arien während einer Oper fast nur an einer Stelle stehend gesungen hatten. Auch wenn die Stimmen gut gewesen waren, so hatte ihrem Spiel doch das Leben gefehlt.

Am Abend wurde sie abgeholt und zur Oper gebracht. Elisabeth, Lauenstein und Carl Otto begleiteten sie. Alle drei wirkten besorgt.

»Nimm dich in Acht!«, beschwor Elisabeth ihre einstige Schülerin. »Der Untergebene des Musikdirektors hat gestanden, auf Chantal Deconnus Wunsch hin so übel gehandelt zu haben. Wer weiß, was dieses Biest und die Légendaire noch vorhaben, um dir zu schaden.«

»Wir werden es herausbringen!« Cristina glaubte nicht daran, dass Belle Légendaire etwas unternehmen würde. Ihr erster Anschlag war misslungen und ihr Komplize in Haft. Daher musste sie damit rechnen, diesem Gesellschaft zu leisten, wenn auch nur das Geringste vorfiel.

Mit diesen Gedanken betrat sie ihren Umkleideraum. Bevor sie die Tür schloss, sah sie aus einer anderen Tür Chantal Deconnu herausschauen. Deren höhnischer Miene nach schien diese nicht zu glauben, dass es ihr gelungen wäre, sich in so kurzer Zeit in die Rolle der Fiordiligi einzufinden.

Du wirst dich wundern!, dachte Cristina und überließ sich den Händen ihrer Zofe, die ihr ins Opernkostüm half und sie schminkte. Danach lehnte sie sich zurück, lauschte der Musik, die vom Saal zu ihr her drang, und stellte sich vor, eine junge, verliebte Frau aus Ferrara zu sein und sich nach ihrem Geliebten zu sehnen.

Cristina war so in ihren Gedanken versunken, dass Elisabeth sie anstupsen musste. »Es ist gleich so weit! Übrigens habe ich die Légendaire gesehen. Sie ist immer noch wunderschön. Bei ihrem Lebenswandel ist dies verwunderlich.«

»Da wir unsere Stimmen miteinander messen und weniger unser Aussehen, kann mich das nicht schrecken«, antwortete Cristina und folgte ihr nach draußen.

Sie musste nicht lange auf ihren Einsatz warten. Als sie die Bühne betrat, war alle Unsicherheit verflogen, und die ersten Töne kamen so rein und klar aus ihrem Mund, dass König Friedrich August beifällig nickte und seinem Hofmusikdirektor eine ganze Reihe von Felsblöcken vom Herzen fiel.

»Die Demoiselle Légendaire singt ausgezeichnet, doch Madame Chiodi kann keine übertreffen«, flüsterte er dem neben ihm sitzenden Hofmarschall zu.

Unterdessen ging die Handlung auf der Bühne weiter. Kein Zuschauer, ausgenommen Cristinas Gefolge und das von Belle Légendaire, hätte annehmen können, keine zwei liebende Schwestern zu sehen, sondern zwei Sängerinnen, die einander aus tiefstem Herzen hassten und verachteten.

Zeit, diesen Gefühlen nachzugeben, hatte keine von beiden. Es galt, ein hochrangiges Publikum zufriedenzustellen, und so wurde es zu einem erbitterten Zweikampf mit lächelnden Mienen, bei dem jede der Sängerinnen alles tat, um die andere zu übertreffen.

Rasch erkannte Cristina, dass Belle Légendaires Stimme seit dem Tag, an dem sie diese in Königsee hatte singen hören, noch an Umfang und Volumen zugenommen hatte. Die Frau sang ausgezeichnet und hatte sich sorgfältig auf diese neun Opernaufführungen vorbereiten können. Da Cristina nicht gegen sie zurückstehen wollte, setzte sie neben ihrer Stimme auch Gesten und wechselndes Mienenspiel ein.

Es kam bei den Zuschauern an. Belle erkannte dies und ahmte Cristina unwillkürlich nach. Beide boten ein so beeindruckendes Spiel, dass die Sänger, die ihre Geliebten Guglielmo und Ferrando mimten, nicht mithalten konnten, obwohl sie zu den Spitzen der Sangeskunst zählten.

Elisabeth war so von dem Spiel aus Dramatik und Leidenschaft gefangen, dass sie in der Pause zwischen den beiden Akten Lauenstein am Ärmel zog. »Habt Ihr jemals schon so etwas erlebt?«

Lauenstein schüttelte den Kopf. »Nein! Ich gebe zu, ich war ein wenig in Sorge, ob Cristina mit der Légendaire mithalten kann. Doch wie es aussieht, schätze ich meine Frau immer noch zu gering ein. Sie ist grandios!«

»Zu meinem Bedauern muss ich dieses Kompliment der Demoiselle Légendaire ebenfalls machen. Ich hätte nicht gedacht, dass sie so gut ist.«

»Sie konnte sich auf diese Vorstellungen vorbereiten. Frau von Lauenstein konnte dies nicht. Darum schätze ich sie bei gleicher Leistung höher ein als ihre Gegnerin. Doch auch ich muss gestehen, dies hier ist ein Wettkampf der Primadonnen, wie ihn wohl noch niemand erlebt hat«, warf Carl Otto begeistert ein und freute sich, diesen Abend erleben zu dürfen.

Als das Spiel weiterging, steigerten sich beide Sängerinnen noch einmal. Cristina lebte die Rolle überzeugend. Doch auch Belle spürte, wie die Lust am Singen, die sie während ihrer Reisen mit Baudouin de Pleinevillage und Chantal Deconnu ein wenig verloren hatte, wiederkehrte und ihr ganzer Körper von der Musik erfüllt vibrierte. Sie wusste, dass sie gut war, vielleicht sogar besser denn je. Doch sie hatte noch nie mit einer Sängerin zusammen auf der Bühne gestanden, die sich auch nur halbwegs mit Cristina Chiodi vergleichen konnte. Seltsamerweise gefiel es ihr sogar.

Dabei hatte sie sich vor ein paar Tagen noch über Chantal Deconnus Plan amüsiert, mit dem diese Cristina Chiodi zum Gespött aller hatte machen wollen. Wie es jedoch aussah, besaß diese geheime Kontakte zum Dresdner Hof, denn so, wie sie spielte, musste sie sich ebenso sorgsam auf diese Opernaufführungen vorbereitet haben wie sie. Mit einem Mal freute Belle Légendaire sich auf die restlichen Aufführungen und darauf, sich in den Rollen der Fiordiligi und Dorabella mit Cristina Chiodi abwechseln zu können. Wer am Ende besser sein würde, hätte sie nicht zu sagen gewusst. Eines aber war glasklar: Sie würden alles tun, um nicht hinter der anderen zurückzustehen.

ZEHNTER TEIL

Napoleon

1.

Zu meinem großen Bedauern konnte ich nur eine Unterkunft in einem Dorf eine gute halbe Meile von Erfurt entfernt finden. Die Stadt selbst ist überlaufen. Mein Vater, Carl Wilhelm, Hélène und ihre Kammerdiener und die Zofe müssen sich einen besseren Hasenstall teilen! Etwas anderes haben sie nicht gefunden.« Carl Otto von Sachsen-Saalstein-Tresskau versuchte trotz dieser Nachricht ein Lächeln, während Elisabeth Karau den Kopf schüttelte.

»Wie kommt Napoleon dazu, ausgerechnet Erfurt als Ort dieser Versammlung zu wählen? Es hätte gewiss größere Städte gegeben!«

»Er hat es gewählt, weil es ihm gehört und er dort der Gastgeber sein kann«, erklärte Carl Otto.

Cristina erinnerte sich, dass Erfurt erst vor wenigen Jahren als Entschädigung für verlorene linksrheinische Gebiete an Preußen gefallen war. Nach dessen Niederlage vor zwei Jahren gegen Frankreich hatte Napoleon ihnen Erfurt wieder abgenommen, es aber niemand anderem gegeben, sondern sich selbst zu dessen Herrscher ernannt. Nun rief er dort die mit ihm verbündeten Fürsten und Könige des Rheinbunds zusammen.

»Müssen wir wirklich nach Erfurt? Ich würde viel lieber hierbleiben«, fragte sie mit einem liebevollen Blick zu der Wiege, in der die kleine Rosalie schlummerte. Das Kind war nun vier Monate alt und zeigte mit seiner Stimme deutlich, dass es die Tochter einer großen Sängerin war. Laut Geli, die es wissen musste, hatte Albert im gleichen Alter nicht halb so laut schreien können wie seine Schwester.

Elisabeth zwinkerte ihr belustigt zu. »Das wäre ja etwas! Da haben wir die Gelegenheit, den Kaiser aller Franzosen und Herrn Europas sehen zu können, und du willst dich hier wie eine Bärin mit ihrem Jungen in deiner Höhle verkriechen!«

»Vor allem treffen wir ihn im Frieden, was bislang kaum möglich gewesen wäre. Das sollten wir uns nicht entgehen lassen.« Lauenstein war sich zwar seiner altersbedingten Schwäche bewusst, sah sich als Vater einer wenige Monate alten Tochter aber dennoch nicht als Greis. Zudem reizte es ihn, Napoleon zu sehen. Seit über einem Jahrzehnt fegte dieser Mann wie ein Irrwisch durch Europa und hatte die Gestalt des Kontinents in dieser Zeit mehr verändert, als es im gesamten Jahrtausend zuvor geschehen war.

Auch Elisabeth war neugierig, den Mann anzuschauen, dessen Schatten ganz Europa bedeckte. Für Carl Otto war es als Sohn eines Fürsten Pflicht, zu erscheinen, um Napoleon nicht zu erzürnen, und als Cristina in sich hineinhorchte, begriff sie, dass sie ungern allein in Tresskau zurückbleiben würde. Außerdem gab es einen weiteren Grund, der für Lauenstein und sie wichtig war.

»Da die Lauensteiner Besitzungen im neuen Königreich Westphalen liegen und mit dem baldigen Ableben Eures Verwandten Wilhelm gerechnet werden muss, sollten wir König Jérôme unsere Aufwartung machen. Er wird, wenn Ihr Euren Verwandten Wilhelm beerbt, unser Landesherr sein«, sagte sie zu ihrem Ehemann.

Lauenstein nickte. »Da hast du wohl recht, meine Liebe! Allerdings wird der hohe Herr gewiss ein Geschenk erwarten. Du weißt ja, die Franzosen haben eine sehr offene Hand.«

»Nicht nur die«, antwortete Carl Otto mit einem schiefen Lachen. »Auch in unseren Landen sind viele hohe Herren sehr empfängnisbereit.«

Cristina musste kichern. Dabei wusste sie sehr gut, dass Carl Otto recht hatte. Gleichgültig, wohin man kam – man traf immer auf Menschen, deren Bestreben in erster Linie der eigenen Bereicherung galt. Es gab Gerüchte, der bairische Minister Montgelas habe im Auftrag König Maximilians sogar die goldenen und silbernen Verzierungen von Reliquien abreißen lassen, um damit die Staatskasse zu füllen. Andere Regenten und deren Gefolge waren gewiss kaum besser.

»Dann schauen wir uns eben Napoleon an. Wann reisen wir?«, fragte sie.

»Ich dachte, in drei Tagen! Dann sind wir früh genug dort und können seinen Einzug miterleben«, antwortete Carl Otto. Bevor er noch etwas hinzufügen konnte, meldete Rosalie ihre Bedürfnisse an, und Cristina verließ die Gruppe.

Geli nahm bereits die Kleine aus der Wiege und wickelte sie neu. Dann reichte sie Rosalie an Cristina weiter. Diese verschwand mit ihrer Tochter hinter einer spanischen Wand. Ira wartete bereits auf sie, um ihr das Mieder zu öffnen.

»Ihr solltet die Kleine doch besser erst in die Arme nehmen, wenn wir damit fertig sind«, sagte sie tadelnd.

»Ich halte sie selten genug im Arm. Da will ich jede Gelegenheit nutzen.«

»Das mag ja sein, aber für mich wäre es leichter, Eure Brüste zu entblößen.« Ira lächelte, denn im Grunde war es ein Spiel, das Cristina und sie seit Rosalies Geburt mindestens zweimal in der Woche miteinander trieben.

Schließlich war aber alles bereit, und die Kleine saugte begeistert an Cristinas Brust.

»Sie ist wieder ein Stück gewachsen«, sagte Ira zufrieden. Dann umwölkte sich ihre Stirn. »Wenn wir wirklich so weit außerhalb von Erfurt nächtigen, sollten wir uns nach einer Amme umschauen. Sonst müsstet Ihr unsern Schatz mit in die Stadt nehmen und dort heimlich nähren.«

»Was ich auch tun werde, denn ich werde Rosaliechen nicht wegen eines Napoleons hungern lassen.«

»Das ist der Kerl auch nicht wert, nicht wahr, meine Kleine?« Ira strich dem Kind über die Stirn und überlegte. »Einen Raum, in den Ihr Euch mit Rosalie zurückziehen könnt, werdet Ihr dort nicht bekommen. Wir sollten daher die Kutsche, mit der Ihr von unserem Quartier in die Stadt fahrt, entsprechend ausstatten, damit Ihr das Kind im Wagenkasten nähren könnt.«

Cristina nickte. »Das ist ein kluger Gedanke! Du könntest mitkommen und bei Rosalie bleiben, während Geli sich um Albert kümmern soll.«

»Darf ich einen weiteren Vorschlag machen?«, fragte Ira.

»Nur zu!«

»Da Rosalie gewohnt ist, zu gewissen Zeiten zu trinken, solltet Ihr wissen, wann Ihr Euch zurückziehen müsst. Immer Herrn von Lauenstein nach der Zeit fragen oder Seine Hoheit Carl Otto, wäre gewiss sehr umständlich. Ist es daher nicht besser, wenn Ihr selbst eine Uhr besitzen würdet? Diese könntet Ihr in Euer Ridikül stecken!«

»Ich werde Herrn von Lauenstein bitten, mir eine solche Uhr zu besorgen«, sagte Cristina, da sie sich schon öfter darüber geärgert hatte, nicht zu wissen, welche Zeit gerade war.

»Vergesst es bitte nicht!«, mahnte Ira und nahm die Kleine an sich, die sich mittlerweile satt getrunken hatte.

2.

Erfurt war eine schöne Stadt, und man konnte gewiss trefflich darin flanieren. Derzeit aber war es Cristina unmöglich. Seine Majestät, Kaiser Napoleon, hielt Einzug, und seine braven Erfurter Untertanen hatten die Pflicht, ihn gebührend zu empfangen. Von den Gästen wurde dies ebenfalls erwartet, und so standen sie, Elisabeth, Lauenstein und Carl Otto eingezwängt zwischen Bürgern im Sonntagsstaat und deren Frauen.

Ganz wurde das Gesetz der *égalité,* das die Franzosen so hochhielten, allerdings nicht eingehalten. Die Fürsten und Könige des Rheinbunds, deren Gemahlinnen und ihre Söhne und Töchter hatten auf einer Art Tribüne Platz genommen. Carl Otto hätte dort weitaus bequemer stehen können als hier, wollte aber bei Cristina bleiben, um ihr, wenn es nötig war, Schutz zu bieten.

Den einfachen Handwerkern, Knechten, Mägden und Gesellen waren Plätze weiter draußen angewiesen worden. Der Maire, wie der Bürgermeister nun genannt wurde, und die wichtigsten Herren der Stadt hatten ihren Landesherrn vor der Stadt zu empfangen.

»Hoffentlich kommt Napoleon bald. Sonst musst du doch zu deiner Tochter. Weißt du überhaupt, wo die Kutsche mit Rosalie und Ira steht?«, fragte Elisabeth und fauchte dann einen Mann an, der ihr auf den Fuß gestiegen war.

»Könnt Ihr nicht stehen bleiben, wie es sich gehört?«

»Pardon!«, murmelte der und reckte den Hals, da er glaubte, in der Ferne etwas zu erkennen.

Fanfaren kündeten die Ankunft des Kaisers an. Selbst Cristina wurde von der fieberhaften Anspannung erfasst, die ringsum herrschte. Gleich würde sie den Mann sehen, den nicht wenige für ein Genie hielten und andere für einen Tyrannen, wobei Letzteres das Erste nicht ausschloss.

Zuerst trabten Reiter heran. Es waren Gruppen von polnischen Ulanen, Mamelucken, Husaren und Dragoner, die im Glanz neuer, farbenprächtiger Uniformen steckten und von Offizieren angeführt wurden, bei denen bereits die Leutnants mit silbernen Tressen, Orden und bestickten Satteldecken prunkten. Ihnen folgten Napoleons engere Vertraute, die ebenfalls in mit Gold und Silber bestickten Uniformen steckten und deren Hüte mit edelsteingeschmückten Agraffen und Straußenfedern besetzt waren. Fast jeder saß auf einem Pferd, dessen Satteldecke aus einem Leoparden-

oder Tigerfell bestand, und auf den Säbeln an ihren Seiten glitzerten wertvolle Edelsteine, für die selbst eine sittsame Frau ihre Tugend geopfert hätte.

»Was für ein Pomp!«, rief Elisabeth angesichts der Generäle und Marschälle von Frankreich, die als Letzte vor dem Kaiser kamen. Napoleon war in seiner Kutsche bis zur Stadt gefahren, dann auf seinen Schimmel gestiegen und ritt nun, die Hand zum Gruß erhoben, die Straße herauf.

Elisabeth starrte ihn verblüfft an. »Bei Gott, da ist ja jeder Grenadier schmucker als der Kaiser! Wie kann er sich nur so erbärmlich kleiden?«

Auch Cristina wunderte sich, Napoleon in einem schlichten grünen Uniformrock und einem schmucklosen schwarzen Zweispitz auf dem Kopf zu sehen. Dann fiel ihr Blick auf sein Gesicht. »Das ist keine Bescheidenheit, Elisabeth, sondern vielmehr Eitelkeit! Selbst wenn Napoleon sich ganz mit Gold behängen würde, wäre er nur ein Pfau unter hundert anderen Pfauen. So sieht ein jeder sofort, dass er der Kaiser ist.«

»Das nehme ich auch an!«, stimmte Carl Otto ihr zu. »Der Eindruck ist umso stärker, da er sich von seiner ganzen Gefolgschaft vollkommen abhebt. Doch nun lasst uns jubeln, sonst glauben die Leute womöglich noch, wir könnten ihn nicht leiden.« Er nahm den Hut vom Kopf und schwenkte ihn. Gleichzeitig rief er: »*Vive l'Empereur!*«

Cristina und ihre Begleiter fielen in den Ruf ein. Hüte wurden in die Luft geworfen, Frauen und Männer winkten, und Napoleon winkte mit lächelnder Miene zurück.

Dann war er vorbei. Hinter ihm ritten reich geschmückte Kürassiere, doch die kümmerten Cristina nicht mehr. Ein Blick auf die Uhr zeigte ihr nämlich, dass es an der Zeit war, sich um Rosalie zu kümmern. Als sie sich durch die Menge drängen wollte, wurde sie mehrfach rüde angerempelt. Plötzlich aber hatte sie Platz. Carl

Otto war ihr gefolgt und hatte einen der rüpelhaften Männer beiseitegeschoben.

»He, das kannst du nicht machen!«, rief der Mann, sah dann Carl Ottos eisigen Blick und begriff, dass es seiner Gesundheit zuträglicher war, wenn er sich entfernte.

»Ihr erlaubt, dass ich Euch begleite?«, sagte Carl Otto zu Cristina. »An einem Tag wie heute ist es besser, jemanden bei sich zu haben, der einen harten Rippenstoß mit einem noch härteren zu beantworten weiß.«

»Ich danke Eurer Hoheit!«, sagte Cristina erleichtert. Da die Menge sich nun auf den Heimweg machte, wäre es ihr schwergefallen, sich bis zu der Stelle durchzukämpfen, an der ihre Kutsche stand.

Carl Otto fasste nach ihrem Arm und führte sie geschickt an den vielen Menschen vorbei. Trotzdem dauerte es geraume Zeit, bis sie die gut hundert Schritte zurückgelegt hatten.

An der Kutsche wurden sie von Ira empfangen. Cristinas Zofe wies verärgert auf den Wagenkasten. »Das hättet Ihr sehen sollen. Da ist doch ein halbes Dutzend Kerle aufs Dach gestiegen, um durch die Lücke dort zwischen den Häusern die Ankunft des Kaisers zu beobachten. Ich konnte sie nicht vertreiben. Dabei waren sie äußerst ungehörig und haben mit ihrem Trampeln und Schreien unsere süße Kleine äußerst verärgert. Sie hat wirklich ein kräftiges Stimmchen.«

»Ich werde den Kutscher und seinen Gehilfen anweisen, dass sie bei der Kutsche wachen sollen«, erklärte Carl Otto, während Cristina rasch einstieg und ihre quengelnde Tochter in die Arme nahm. Ira folgte ihr, schloss den Schlag hinter sich und zog die Vorhänge zu.

Carl Otto lehnte sich mit dem Rücken gegen die Kutsche und dachte lächelnd, welch wunderbare Frau Cristina doch war.

3.

Soweit bekannt war, wollte Napoleon Erfurt nach wenigen Tagen wieder verlassen, um dem Zaren Alexander entgegenzureiten und ihn nach Erfurt zu geleiten. Vorher fand ein großer Empfang für die bereits angereisten Gäste statt. Alle Fürsten und Könige des Rheinbunds waren bereits erschienen, denn niemand hatte es gewagt, nach dem Kaiser einzutreffen.

Carl Otto erwartete daher bei diesem Empfang ein großes Gedränge. Fehlen durfte er trotzdem nicht, denn als zweitgeborener Prinz eines Rheinbundstaats, wenn auch eines der kleinsten, hatte er Napoleon seine Aufwartung zu machen. Als Freiherr zählte Lauenstein zu den Glücklichen, die ebenfalls eine Einladung erhalten hatten. Da Cristina darauf aufgeführt war, war sie gezwungen, mitzukommen.

»Dabei würde ich lieber hier bei Euch und den Kindern bleiben«, sagte sie zu Elisabeth. Napoleons *égalité* reichte nämlich nicht so weit, auch ein schlichtes Fräulein Karau einzuladen.

»Jetzt hab dich nicht so!«, tadelte Elisabeth sie. »Herr von Lauenstein hofft, dass ihr beide König Jérôme von Westphalen vorgestellt werdet. Vielleicht könnt ihr sogar ein paar Worte mit ihm wechseln.«

»Bei einem solchen Massenauftrieb? Das halte ich für unwahrscheinlich!« Cristina wusste trotzdem, dass ihr nichts anderes übrig blieb, als ihren Mann und Carl Otto zu begleiten. Ira und Carl Ottos Kammerdiener Rolff würden mitkommen und sich um Rosalie kümmern. Albert hingegen musste im Gasthof bleiben. Elisabeth hatte ihm versprochen, ihn ein paar Lieder zu lehren und ein Märchen aus einer französischen Märchensammlung vorzulesen.

»Ich hoffe, mein Kleid wirkt nicht zu provinziell«, meinte sie schließlich, als Ira ihr deutlich zu verstehen gab, dass es Zeit zum Umziehen sei.

»Kann ich noch eine Kleinigkeit essen? Ich habe Hunger«, setzte sie hinzu.

»Ihr habt Eure Arme ruhig zu halten«, erklärte Ira, die nicht wollte, dass Cristina mit fettigen Händen an das teure Seidenkleid kam.

»Ich lasse in der Küche eine Butterschnitte schmieren und serviere sie dir so, dass du davon abbeißen kannst«, bot Elisabeth an.

»Aber nur, wenn Ihr das Brot vom Kleid weghaltet«, erklärte Ira. Sie wusste selbst, dass ihre Herrin Kraft brauchte, um die Kleine zu stillen. Hungern sollte sie daher nicht.

Während Cristina und Ira ins Ankleidezimmer gingen, eilte Elisabeth in die Küche und erschien wenig später mit einem Teller, auf dem mehrere klein geschnittene Brotscheiben lagen.

»Ich hoffe, dass das reicht!«, sagte sie aufmunternd und steckte Cristina das erste Stück in den Mund.

Cristina kaute und schluckte. »Ich danke dir! Du rettest mich«, sagte sie und hob den Arm, weil Ira es ihr befahl.

»Zofen können Tyranninnen sein«, fuhr sie fort und bat Elisabeth, ihr den nächsten Bissen Brot zu reichen.

»Tyranninnen! Ha! Wenn ich das schon höre«, schnaubte Ira. »Wenn bei einem Kleid nur eine winzige Falte zu sehen ist, wer ist daran schuld und wird gescholten? Natürlich die Zofe! Und nun streckt Euren linken Arm durch den Ärmel des Mieders. Und seid vorsichtig, damit Ihr ihn nicht mit Eurem Teller beschmiert!«

Sofort zog Elisabeth den Teller zurück, um einem weiteren Tadel zu entgehen.

Wenig später war Cristina sowohl gesättigt wie auch fertig angezogen. Elisabeth holte noch ein feuchtes Tuch, um ihr den Mund abzuwischen, erntete dafür aber Iras Schnauben. Sofort hantierte die Zofe mit der Puderquaste, um die letzten Spuren der Mahlzeit auf Cristinas Gesicht zu beseitigen.

»So! Wir können nun gehen«, meinte sie zufrieden.

»Ja, du Plagegeist!« Cristina lächelte, verabschiedete sich von Elisabeth und gesellte sich zu Lauenstein und Carl Otto, die zum Aufbruch bereitstanden.

»Wir haben Zeit!«, rief ihr Carl Otto entgegen. »Bevor wir an der Reihe sind, kommen erst die Könige von Westphalen, Sachsen, Württemberg und Baiern, dann die ganzen Großherzöge, Herzöge, Fürsten und dergleichen, bis irgendwann auch wir eintreten dürfen.«

»Ihr meint Herrn von Lauenstein und mich! Eure Hoheit müssen mit Eurem Vater eintreten«, antwortete Cristina.

»So ist es. Ich werde beim Eingang des Saales auf Euch warten!« Carl Otto ärgerte sich über das Zeremoniell, das es ihm verbot, Cristina und Lauenstein als sein Gefolge mitzunehmen. Der Kaiser hatte jedoch entschieden, dass der Zutritt streng nach Rang und Ansehen zu geschehen habe. In der Hinsicht handelte Napoleon, der durch eine Revolution im Namen der Freiheit, Gleichheit und Brüderlichkeit an die Macht gekommen war, nicht anders als die Fürsten und Könige jener Dynastien, die bereits seit Generationen auf ihren Thronen saßen. Von Gleichheit war da nicht mehr viel geblieben. Dies sah man auch an seinem Gefolge, das mit seinen glanzvollen Uniformen jeden Pfau beschämte.

»Wir sollten die Kutsche besteigen, sonst hängen wir irgendwo hoffnungslos fest«, riet Lauenstein und machte den Anfang. Cristina, Carl Otto und Ira folgten, Letztere mit Rosalie auf dem Arm. Carl Ottos Kammerdiener Rolff hatte sich erboten, für die kurze Zeit hinten auf der Kutsche zu stehen.

Es ging im flotten Tempo los, doch dieses konnte nicht lange durchgehalten werden, denn bereits vor der Stadt stauten sich die Kutschen. Posten standen am Straßenrand, schauten in jeden Wagen und ließen sich die Namen der Insassen nennen.

»Ist das nicht seltsam?«, fragte Ira.

Carl Otto lachte hart auf. »Napoleon handelt nach dem Grundsatz, lieber vorsichtig zu sein als tot, denn man hat bereits mehrere Anschläge auf ihn verübt. Vor etlichen Jahren sind in Paris etliche Leute umgekommen, als ein mit Pulver beladenes Fuhrwerk auf

Napoleons Weg explodiert ist. Die Zündschnur war nur ein paar Zoll zu lang, sonst könnte er uns heute nicht empfangen.«

»Das heißt, jener Anschlag ist misslungen?«, erwiderte Cristina in fragendem Tonfall.

»Ja, aber nur knapp! Napoleons Kutsche hatte die Stelle gerade passiert, als es geschah. Er soll sich damals sofort um die Versorgung der Verletzten gekümmert haben. Er ist, wie man sehen kann, ein Mensch mit vielen Facetten. Gleichermaßen gierig wie großzügig, mitleidig und grausam … und vieles mehr.« Wieder begleitete Carl Otto seine Worte mit einem Lachen, doch es klang alles andere als froh. Gerade dieses zwiespältige Wesen machte es einem schwer, mit Napoleon auszukommen. Der Kaiser konnte am gleichen Tag der Witwe eines gefallenen Soldaten eine lebenslange Rente gewähren und einen Mann, über den er sich geärgert hatte, einsperren oder gar hinrichten lassen. Das von Napoleon angeregte Gesetzbuch, das Carl Otto zusagte, mochte zwar für die Menschen in seinem Machtbereich gelten. Napoleon selbst aber fühlte sich in zunehmendem Maße darüber erhaben.

Ruckweise ging es weiter. Cristina schätzte, dass mehrere Hundert Kutschen unterwegs waren. Bei dem Gedanken an das Gedränge, das sie erwartete, war sie kurz davor, Carl Otto zu bitten, umzukehren. Sie rief sich jedoch zur Ordnung. Er war ein Prinz und musste mit seinem Vater vor Napoleon treten. Eine Missachtung des Kaisers durfte er sich nicht leisten, da dieser Sachsen-Saalstein-Tresskau in seinem Zorn von der Landkarte tilgen konnte.

Es dauerte schier eine halbe Ewigkeit, und schließlich sah Carl Otto auf die Uhr. »Mit Eurer Erlaubnis werde ich aussteigen und das letzte Stück zu Fuß gehen. Sonst verpasse ich noch meinen Vater und meinen Bruder.«

»Geht Ihr ruhig, Euer Hoheit!«, antwortete Lauenstein.

»Ich erwarte Euch am Eingang des Saales.« Carl Otto berührte kurz seinen Hut mit der Rechten und schwang sich aus der langsam weiterfahrenden Kutsche.

»Wenn wir nicht bald ankommen, sollten wir ebenfalls aussteigen und zu Fuß weitergehen«, schlug Lauenstein vor.

»Ihr könnt dies ja tun, gnädiger Herr. Die gnädige Frau sollte sich hingegen noch einmal Rosalies annehmen. Es wird nicht mehr lange dauern, bis sie wieder hungrig ist.«

»Es dauert einfach alles zu lange. Napoleon hätte es klüger anfangen und zwei Empfänge statt des einen abhalten sollen«, sagte Cristina seufzend und ließ sich von Ira die Brüste entblößen. Dabei war sie für den Rat der Hebamme Dörthe aus Sondershausen dankbar, ihre Kleider so anfertigen zu lassen, dass sie die Kleine auch unterwegs stillen konnte.

4.

Endlich konnten sie aussteigen. Aber sie verlängerten lediglich die Schlange der Gäste, die darauf warteten, eingelassen zu werden. Es müssen Hunderte sein, dachte Cristina und spähte nach vorne, ob sie Carl Otto ausmachen konnte. Es waren jedoch zu viele, um einen Einzelnen herausfinden zu können.

Nach einer Weile erreichten sie die Tür und durften endlich in den Vorraum treten. Die getragene Stimme des Zeremonienmeisters klang bis zu ihnen her. Die ersten Namen, die Cristina verstand, sagten ihr nichts. Dann aber horchte sie auf.

»Seine Durchlaucht, Fürst Carl Lothar von Sachsen-Saalstein-Tresskau, Seine Hoheit, Prinz Carl Wilhelm von Sachsen-Saalstein-Tresskau samt Gemahlin, Seine Hoheit, Prinz Carl Otto von Sachsen-Saalstein-Tresskau!«

Carl Otto trat dem Zeremoniell zufolge nach Vater, Bruder und Schwägerin auf Napoleon zu und verbeugte sich. Der Kaiser begrüßte sie auf Französisch mit ein paar launigen Worten, dann hieß es weitergehen und dem nächsten Eingeladenen Platz machen.

Diener brachten Wein. Carl Otto ergriff ein Glas und stürzte es in einem Zug hinab. »Was für ein Aufzug!«, sagte er danach leise zu seinem Bruder.

»Napoleon ist nun einmal der Empereur, und da muss alles imperial sein«, antwortete Carl Wilhelm und nahm von einem Diener zwei Gläser Champagner entgegen. Eines davon reichte er seiner Frau und stieß mit ihr an. »Auf dein Wohl, meine Liebe!«

»Auf das Eure!«

Carl Otto entging nicht, mit welcher Wärme Hélène ihrem Mann zulächelte. Längst hatte sie sich mit Tresskau ebenso abgefunden wie mit ihrer Ehe. Da Carl Wilhelm ein verträglicher Mensch war, fiel es ihr wohl nicht schwer. Er musste an Cristina denken. Es würde noch eine Weile dauern, bis sie und ihr Ehemann den Saal betreten konnten. Da er auf sie warten wollte, verabschiedete er sich von den Seinen und suchte sich einen Platz nahe der Tür.

Gruppe um Gruppe rückte vor, wurde vom Zeremonienmeister aufgerufen und trat vor Napoleon. Während die Herren sich verbeugten und die Damen knicksten, sagte der Kaiser ein paar Worte. Dann ging es weiter, und die nächste Gruppe war an der Reihe.

»Freiherr Irmbert von Lauenstein und Gemahlin!«, rief da der Zeremonienmeister.

Cristina schätzte, dass er am nächsten Tag nur noch krächzen konnte, da er so viele Leute ankündigen musste. Lauenstein und sie traten auf Napoleon zu. Während sie knickste, behielt sie den Kaiser im Auge. Dieser wirkte einen Augenblick verwirrt, ein Paar mit einem so großen Altersunterschied vor sich zu sehen. Er murmelte eine Begrüßung und musterte sie mit einem gewissen Interesse, dann ging es weiter.

Als Cristina sich kurz umsah, entdeckte sie einen Ausdruck auf Napoleons Gesicht, der sie verwunderte. Dem Mann schien es zu gefallen, hier zu stehen, während über tausend Leute an ihm vorbeidefilierten. Es war der Stolz des aus niederem korsischen Adel stammenden Mannes, vor dem sich nun Könige und Fürsten verbeugen und um seine Gunst buhlen mussten.

»Endlich!« Carl Otto trat auf sie zu und reichte ihr und Lauenstein je ein Glas Champagner. Er selbst nahm sich ein drittes Glas von einem Tablett, das ein Lakai gerade vorbeitrug.

»Auf Euer Wohl und darauf, dass wir hier nicht erdrückt werden! Vom Tanzen würde ich Euch abraten. Wenn einige der hohen Herren es tun, brauchen sie fast die halbe Tanzfläche. Aber ich glaube, der bairische König und der Württemberger interessieren sich mehr für Trank und Speis als für den Walzer.«

Cristina folgte seinem Blick und entdeckte die beiden Herrscher ein Stück weiter im Gespräch mit einem Herrn in der Uniform eines Diplomaten. Zumindest der König von Württemberg, den Carl Otto ihr eben nannte, war von besonders stattlicher Figur.

»Lange werde ich nicht hierbleiben«, sagte sie. »In spätestens einer Stunde fordert Rosalie wieder ihr Recht.«

»Nun wisst Ihr, weshalb die edlen Damen es vorziehen, ihre Kinder Ammen anzuvertrauen. So müssen sie sich keine Sorgen machen, einen Empfang wie diesen früher verlassen zu müssen.« Carl Otto lächelte ein wenig über Cristinas Probleme, fand aber auch, dass eine Mutter aus hohem Haus ihren Kindern etwas mehr Aufmerksamkeit zukommen lassen sollte.

»Könnt Ihr uns sagen, wer unter diesen goldstrotzenden Herren König Jérôme von Westphalen ist?«, fragte Lauenstein.

Carl Otto winkte einen Lakaien zu sich und reichte die Frage an diesen weiter. Der Mann sah sich kurz um und wies auf eine Tür. »Seine Majestät, König Hieronymus, befindet sich im angrenzenden Salon!«

»Besten Dank!«

Während der Lakai weiterzog, wandte Carl Otto sich grinsend an Cristina und Lauenstein. »Bei solchen Umständen ist es immer am besten, einen Domestiken zu fragen. Die kommen durch den ganzen Saal.«

»Und darüber hinaus.« Cristina spielte damit auf die Tatsache an, dass König Jérôme sich in einem Nebenraum befand. Nun folgte sie Lauenstein in diese Richtung.

Carl Otto wollte mitkommen, traf aber auf einen alten Bekannten und wurde von diesem in Beschlag genommen. Da er diesen nicht vor den Kopf stoßen wollte, blieb er zurück und wechselte mit ihm ein paar Sätze.

Cristina und Lauenstein waren fast bei der genannten Tür, als Lauenstein plötzlich stehen blieb und nach Cristinas Arm griff. »Der Kerl hat mir gerade noch gefehlt!«

»Wen meint Ihr?« Cristinas Blick glitt suchend über die Anwesenden. Dann stutzte sie. »Das ist doch Euer Verwandter Leopold! Was hat der hier zu suchen? Ich dachte, der Kaiser hätte ihn aus den Adelsrollen streichen lassen.«

»Was Franz II. wohl ebenso wenig getan hat wie Kaiser Karl VI. bei meinem Großvater.« Für Lauenstein war es die einzige Erklärung, denn ohne einen entsprechenden Titel hätte sein Vetter niemals eine Einladung erhalten.

Leopold von Lauenstein hatte sie nun ebenfalls entdeckt und arbeitete sich mit einem hämischen Grinsen auf sie zu. »Ah, mein verehrter Verwandter Irmbert und seine Zigeunerin. Dass man Euch mit einer solchen Frau überhaupt hier eingelassen hat?«

»Diese Frage wollte ich bezüglich Eurer Person ebenfalls stellen«, antwortete Cristinas Ehemann verärgert.

Cristina musterte Leopold von Lauenstein düster. In den sieben Jahren, in denen sie ihm nicht mehr begegnet waren, hatte er an Gewicht zugelegt und war sichtlich gealtert. Seine finanziellen Verhältnisse hingegen mussten sich gebessert haben, denn er trug einen prachtvollen Rock sowie seidene Kniehosen und Strümpfe. Außerdem steckten an den Fingern etliche wertvolle Ringe.

»Ich bin auf Einladung Seiner Majestät, König Jérôme von Westphalen, hier«, antwortete Leopold von Lauenstein mit sichtlicher Zufriedenheit.

Ein Schatten fuhr über Irmbert von Lauensteins Gesicht. Er hatte sich jedoch sofort wieder in der Gewalt. »Das ist gewiss erfreulich für Euch. Empfehlt mich Eurer Gemahlin. Ist sie nicht auch hier?«

»Das ist sie, als Hofdame Ihrer Majestät, Königin Katharina. Diese ist, wie Ihr vielleicht wisst, eine Tochter Seiner Majestät, König Friedrich I. von Württemberg!«

Leopold von Lauenstein genoss es, seinem verhassten Vetter zu zeigen, über welch glänzende Verbindungen er verfügte. Im Gegensatz dazu war dieser nur ein davongejagter Höfling aus dem Herzogtum Sachsen-Meiningen, der in einem winzigen Fürstentum im deutschen Hinterwald Asyl gefunden hatte.

Irmbert von Lauenstein war im ersten Augenblick schockiert. Bisher hatte er geglaubt, sein Verwandter hätte sich auf seinen Besitz bei Braunschweig zurückgezogen. Nun zu erfahren, dass dieser die Zeit genützt hatte, um neue Kontakte zu schließen, war überraschend. Zudem überkam ihn ein ungutes Gefühl. In dem Glauben, der nächste Herr auf den Lauenstein'schen Gütern zu sein, hatte er die Karriere seiner Frau nicht mehr so vorangetrieben, wie es möglich gewesen wäre. Zwar reichten seine finanziellen Rücklagen für ein angenehmes Leben aus, doch im Vergleich zu einem Freiherrn auf Lauenstein war er ein Bettler.

»Ihr verzeiht, wir müssen weiter«, sagte er und zog Cristina mit sich.

»Was für ein unmöglicher Mensch!«, fauchte diese. »Ihr hättet ihn damals beim Duell erschießen sollen.«

»Dies nicht getan zu haben, meine Liebe, ist ein Fehler, den ich immer mehr bedauere«, antwortete Lauenstein, trat mit Cristina zusammen durch die Tür und sah sich einem Höfling gegenüber, der ihn forschend musterte.

»Was wünscht Ihr, mein Herr?«, fragte der Mann höflich.

»Mein Name ist Irmbert von Lauenstein, nächster Anwärter auf den Besitz derer von Lauenstein, und ich wünsche, Seiner Majestät, König Jérôme, meine Aufwartung machen zu dürfen.« Nun war Irmbert von Lauenstein ganz der erfahrene Höfling, der sich im Wettstreit mit anderen Herren im Ranggefüge eines Hofstaats zu behaupten wusste. Er verneigte sich gerade tief genug, um seine Ehrerbietung zu beweisen, und sah, dass Cristina diesem einen vergleichbaren Knicks gönnte.

Der Höfling nickte, bat sie, zu warten, und verschwand in Richtung der Menschentraube, die sich im hinteren Teil des überraschend großen Salons gebildet hatte.

»Hab keine Sorge, meine Liebe! Es ist noch nichts verloren«, sagte Lauenstein, um Cristina, aber auch sich selbst Mut zu machen.

Während sie warteten, betrachtete Cristina die Anwesenden. Mindestens die Hälfte hielt sie für Franzosen, die Jérôme Bonaparte in sein neues Königreich gefolgt waren. Der Rest waren wahrscheinlich Adelige aus jenen Gebieten, über die er nun herrschte und die sich um seine Gunst bemühten.

Die Herren glänzten bis auf wenige Ausnahmen in prachtvollen Uniformen, die Damen in teuren Roben nach neuester Pariser Mode. Dagegen waren sie eher schlicht gekleidet. Für einen Fürstenhof wie Tresskau mochte dies ausreichen, aber im Königreich eines Bonaparte wurde anscheinend mehr Aufwand erwartet.

Endlich kam der Höfling zurück. »Wenn Ihr mir bitte folgen wollt!«, forderte er Lauenstein und Cristina auf.

Die Menge vor ihnen teilte sich nur zögerlich, so dass es ein wenig dauerte, bis sie vor Jérôme Bonaparte standen. Der König war noch recht jung, schlanker als sein Bruder und seiner prachtvollen Kleidung zufolge eitler als zwei Pfauen zusammen.

»Herr und Frau von Lauenstein!«, stellte der Höfling sie vor und ließ dabei den Freiherrntitel, der bei der Vorstellung vor dem Kaiser noch genannt worden war, unter den Tisch fallen.

Die Erfahrung vieler Jahre half Lauenstein, seinen Ärger zu beherrschen. Er verbeugte sich so tief, wie es einem Monarchen gegenüber üblich war. Neben ihm versank Cristina in einem grazilen Knicks.

Auch Jérôme Bonaparte schien verblüfft, als er den Altersunterschied des Paares bemerkte. Der Ehemann interessierte ihn dabei weniger als die Frau. Diese konnte höchstens Mitte zwanzig sein und war schön genug, um sich ein paar angenehme Stunden mit ihr zu wünschen.

»Ich bin sehr erfreut, Euch kennenzulernen!«, sagte er und winkte den beiden, sich zu erheben.

Cristina und Lauenstein taten es. Während Lauenstein erklärte, überglücklich zu sein, Seiner Majestät seine Aufwartung machen zu dürfen, sah Cristina, wie ein Mann soeben hinter den König trat, und fühlte, wie ihr Herz erstarrte.

Vollendorf! Zuerst glaubte sie, es laut gesagt zu haben. Da jedoch niemand darauf reagierte, hatte sie wohl doch nur gedacht. Balduin von Vollendorf, der sie und Ira vor zwölf Jahren als halbe Kinder entführt hatte, stand in einer gleißenden Uniform vor ihr. Allerdings beachtete er weniger sie als ihren Mann. Dieser war alt geworden, während Vollendorf noch fast genauso frisch wirkte wie damals. Dabei musste er mittlerweile stramm auf die fünfzig zugehen oder sie bereits erreicht haben.

Das Letzte, was sie über ihn erfahren hatte, war, dass er einige Jahre mit Belle Légendaire durch die Lande gezogen war, sich dann aber von ihr getrennt hatte. Nun wünschte sie sich, sie hätte sich vor einem Jahr in Dresden mit Belle unterhalten können. Chantal Deconnu hatte die Sängerin jedoch nicht aus ihren Klauen gelassen.

Cristina hatte gerade an die Frau gedacht, da tauchte diese in eine prachtvolle Robe gehüllt neben Vollendorf auf. Für einen Augenblick kreuzten sich ihre Blicke, und Cristina las in denen der

Deconnu Spott und Hass. Was habe ich ihr getan?, fragte sie sich. Da beugte Chantal Deconnu sich zu König Jérôme nieder.

»Pardon, Eure Majestät, doch seit wann gewährt Ihr ausländischen Provinzlern so viel Aufmerksamkeit?«

Die Bemerkung war unverschämt, und für einen Augenblick schien Jérôme Bonaparte verärgert.

Da wandte Vollendorf sich an den König. »Ich muss der Comtesse Deconnu beipflichten. Dieser Mann ist ein entfernter Verwandter des Comte de Lauenstein und zu dessen Bedauern das schwarze Schaf der Familie. Anscheinend gelang es ihm mit dem Hinweis auf die Verwandtschaft zum Comte, sich eine Einladung für diesen Empfang zu erschwindeln. Man sollte ihn und sein Weib, das aus Kreisen stammt, die zu nennen ich besser verschweige, aus dem Saal weisen und dafür sorgen, dass sie zu keiner Veranstaltung mehr vorgelassen werden!«

Cristina glaubte, nicht recht zu hören. Der Mann verdrehte sämtliche Tatsachen. Nicht ihr Mann war das schwarze Schaf der Familie, sondern Leopold von Lauenstein, der hier gar Graf genannt wurde. Sie erwartete, dass ihr Mann auf diese unverschämte Rede antwortete. Er stand jedoch wie erstarrt neben ihr und schien nicht begreifen zu können, was hier geschah.

Wütend funkelte Cristina Vollendorf an. »Für einen Mann, der das Kurfürstentum Hessen-Kassel vor einigen Jahren in aller Eile verlassen musste, um nicht als Entführer und Mörder verurteilt zu werden, führt Ihr eine recht beleidigende Sprache!«

Vollendorf kniff die Augen zusammen und wandte sich ihr zu. »Das Kurfürstentum Hessen-Kassel existiert nicht mehr. Es gehört nun zum Königreich Westphalen! Und alles, was ich getan habe und du mir vorwirfst, tat ich im Auftrag Seiner Majestät, des Kaisers der Franzosen!«

»Ihr hört es!«, sagte Jérôme Bonaparte. »Marquis de Pleinevillage ist ein treuer Diener meines Bruders, und alles, was er tat, geschah in dessen Namen. In einem jedoch muss ich Euch recht geben. Der Marquis bediente sich einer unziemlichen Sprache! Dafür muss man ihn tadeln. Aber er ist nun einmal kein Franzose, sondern ein Allemand und damit von derberem Wesen. Es kann auch keine Rede davon sein, einen Herrn und eine Dame, die im Namen meines Bruders eingeladen wurden, von hier zu entfernen. Genießt den Abend. Es würde mich freuen, die Bekanntschaft zu späterer Zeit vertiefen zu können.«

Cristina bemerkte den Blick, mit dem er sie musterte, und begriff, was er meinte. Doch wenn es der Preis war, um gegen Vollendorf zu bestehen, würde sie ihn notfalls zahlen.

Chantal Deconnu ließ Cristina nicht aus den Augen und sagte sich, dass die Frau eine weitaus härtere Gegnerin war als ihr Mann. Erregt zerrte sie Vollendorf beiseite. »Wir müssen verhindern, dass der König dieses Weib noch einmal empfängt! Sie könnte zur Salome werden, die aber nicht das Haupt Johannes des Täufers, sondern dafür das Eure fordert! Es gibt einige Herren in Jérômes Umgebung, die ihr dabei gerne sekundieren würden.«

»Und mit mir würdet auch Ihr fallen!«, sagte Vollendorf leise und verfluchte den Tag, an dem Cristina als kleines Biest von vierzehn Jahren ihn hatte überlisten und entkommen können.

Weder Cristina noch Vollendorf beachteten den französischen Offizier, der in der Nähe stehend das Ganze verfolgt hatte und nun sehr nachdenklich wirkte. Es war Paride Clouferrer, wie Paride Chiodo da Maniscalco sich nun nannte. Er war ein schlanker, immer noch gut aussehender Mann zwischen vierzig und fünfzig, der neben etlichen anderen Orden das Kreuz der Ehrenlegion trug.

Nachdem Cristina und Lauenstein gegangen waren, winkte er einen der Höflinge zu sich. »Was waren das eben für Leute?«

»Das waren ein gewisser Lauenstein, *mon colonel,* und seine Ehefrau, die Sängerin Cristina Chiodi. Es heißt, sie soll eine Zigeunerin sein.«

»Habt Ihr schon jemals eine Zigeunerin gesehen?«, fragte Paride mit unbewegter Miene.

»*Oui!*«, antwortete der Mann.

»Soviel ich weiß, haben alle die gleichen blonden Haare und die helle Haut wie diese Frau«, antwortete Paride und verabschiedete sich.

Der Höfling sah ihm nach und fragte sich, ob Clouferrer ihn hatte verspotten wollen. Doch da trat der Nächste auf ihn zu, und er vergaß den Oberst während seines nächsten Gesprächs.

5.

Cristina hielt nichts mehr auf diesem Fest. Da zudem die Zeit gekommen war, da sie sich um Rosalie kümmern musste, erklärte sie ihrem Mann, dass sie gehen wolle.

»Aber nicht allein!«, antwortete Lauenstein. »Ich werde dich begleiten. Wenn du es wünschst, können wir auch gleich zum Gasthaus zurückfahren. Mir ist dieses Fest verleidet.«

»Mir auch! Die Höflichkeit gebietet jedoch, uns von Prinz Carl Otto zu verabschieden.« Noch während sie es sagte, ließ Cristina den Blick schweifen, ob sie den Gesuchten fand, gab es dann aber angesichts der Menge, die sich um sie versammelt hatte, wieder auf. »Es ist, als würde man eine Nadel im Heuhaufen suchen!«, sagte sie und strebte dem Ausgang zu.

Lauenstein folgte ihr und bat unterwegs einen der Lakaien, Prinz Carl Otto mitzuteilen, dass er seine Frau nach Hause bringe. Danach verließen sie das Gebäude und suchten unter der Menge der Kutschen, die in der Nähe auf ihre Besitzer warteten, die ihre.

Iras Winken half ihnen schließlich, den Wagen zu finden.

»Ihr kommt gerade rechtzeitig!«, begrüßte die Zofe ihre Herrin. »Fräulein Rosalie beginnt eben, sehr unruhig zu werden.«

Cristina stieg rasch ein, während Lauenstein den Kutscher aufforderte, sie zum Gasthof zu bringen. »Prinz Carl Otto wird gewiss länger bei dem Fest bleiben. Daher wirst du wieder hier sein, wenn er zu seiner Unterkunft fahren will«, setzte er hinzu.

»Wenn der gnädige Herr erlauben, werde ich hierbleiben und auf meinen Herrn warten. Sollte er früher kommen, kann ich ihm mitteilen, dass die Kutsche bald zurückkommt«, bot Carl Ottos Kammerdiener ihm an.

»Du bist ein braver Mann«, antwortete Lauenstein und stieg ebenfalls ein. »Was für ein Tag!«, sagte er stöhnend.

»Man könnte an einem gerechten Gott zweifeln. Vollendorf ist Markgraf geworden, euer verachtenswerter Vetter Graf, und wir werden vor allen Leuten beschimpft, ohne dass diese Verleumder zur Rechenschaft gezogen werden.«

»Wäre ich nur zehn – nein, fünf! – Jahre jünger, würde ich Vollendorf vor meine Pistole fordern. Mittlerweile zittert jedoch meine Hand zu sehr, als dass ich mir eines guten Schusses sicher sein könnte.«

Cristina spürte die Mutlosigkeit ihres Mannes ebenso wie seine Verzweiflung, ausgerechnet zu einer Zeit, in der seine Kräfte am Schwinden waren, mit dieser unangenehmen Sache konfrontiert zu werden. Kurz bedauerte sie, dass Carl Otto nicht bei ihnen gewesen war. Dieser hätte Vollendorf in seine Schranken gewiesen. Da stellte sie sich vor, es wäre zum Duell gekommen und Carl Otto getötet worden. Eine Träne lief ihr über die Wange. Gleichzeitig wuchs in ihr der Wille, alles zu tun, um Vollendorf und Leopold von Lauenstein zu Fall zu bringen.

Im Augenblick schien dies schier unmöglich zu sein. Vollendorf fühlte sich im Schutz des Kaisers so sicher, dass er ihren Mann und sie vor König Jérôme und vielen anderen hohen Herren auf das Gröbste beleidigt hatte.

Zeit, länger darüber nachzudenken, hatte sie nicht, da Ira den Namen Vollendorf gehört hatte und nun besorgt nachfragte, was es damit auf sich habe. Sie berichtete, was geschehen war, und spürte, wie ihre Wut darüber wuchs.

Ira gab etliche zornige Bemerkungen von sich und verstieg sich zu der Behauptung, dass der Teufel Vollendorf holen solle.

»Bedauerlicherweise weiß ich nicht, wo dieser Herr zu finden ist, sonst würde ich ihn darum bitten!« Cristina fauchte leise und verärgerte damit Rosalie, die nicht gewohnt war, dass ihre Mutter solche Töne von sich gab, während sie an deren Brust trank.

6.

In dieser Nacht schlief Cristina lange nicht ein und wurde dann auch noch zweimal von Rosalie geweckt, die zum einen Hunger und zum anderen eine volle Windel hatte. Als sie am Morgen aufstand, hatte sie Kopfschmerzen und bat Ira, zehn Tropfen eines Heilmittels abzumessen.

»Prinz Carl Otto und Herr von Lauenstein sind bereits beim Frühstück«, berichtete Ira.

»Dann sollte ich mich beeilen.« Cristina trank das Glas mit den Tropfen leer und machte sich an ihre Toilette.

Ganz so schnell, wie sie es gewollt hatte, kam sie aber doch nicht weg, da Rosalie Ansprüche anmeldete und danach auch noch Albert erschien, um seiner Mutter einen guten Morgen zu wünschen und zu erzählen, was Elisabeth und er am letzten Abend alles unternommen hatten.

Es verging daher einige Zeit, bis Cristina den Frühstücksraum betrat. Zu ihrer Erleichterung waren sowohl ihr Ehemann wie auch Carl Otto noch anwesend. Beider Mienen wirkten ernst.

»Da bist du ja, meine Liebe!«, begrüßte Lauenstein sie.

Carl Otto stand auf und verbeugte sich. »Ich habe von Eurem Gemahl gehört, welche Frechheiten sich dieser Vollendorf erlaubt hat. Es wird mir eine Freude sein, ihn zu einer vorzeitigen Heimkehr zu seinem Herrn, dem Satan, zu verhelfen.«

»Ihr denkt an ein Duell?«, fragte Cristina erschrocken. »Das solltet Ihr nicht tun! Wenn Ihr getötet werdet, müssten wir Tresskau verlassen und wüssten nicht, wohin wir uns wenden sollten.«

»Ihr scheint mich für einen schlechten Schützen oder Fechter zu halten!« Carl Otto klang beleidigt.

Cristina fasste erregt nach seinem Arm. »Ihr seid ein mutiger Herr, und ich traue Euch zu, Vollendorf in jedem ehrlichen Zweikampf zu besiegen. Doch so, wie er sich gestern dargestellt hat, kann es durchaus sein, dass er Euch vor dem Zeichen niederschießt und damit durchkommt, weil er Napoleons Segen hat.«

»Ich wusste gar nicht, dass Napoleon sich zum Geistlichen gemacht hat, der den Leuten seinen Segen geben kann. Obwohl … zutrauen würde ich es ihm!« Lauensteins Bemerkung löste die Spannung ein wenig.

Carl Otto nickte und reichte Cristina die Butter. »Da wir doch gewichtige Dinge zu besprechen haben, war es mir lieber, auf einen Diener zu verzichten. Wir müssen rufen, wenn wir etwas brauchen.«

Cristina musterte die Auswahl an Speisen, die auf dem Tisch standen, und fand, dass dies nicht nötig war.

Mit entschlossener Miene sah sie die beiden Männer an. »Vollendorf hat den Fehler gemacht, uns offen herauszufordern. Damit hat er auch König Jérôme brüskiert. Wenn es uns gelingt, diesen auf unsere Seite zu ziehen, können wir Vollendorf stürzen.«

Sowohl Lauenstein wie auch Carl Otto begriffen sofort, dass Cristina bereit war, Jérôme Bonapartes Gunst notfalls mit sich selbst zu bezahlen. Während Lauenstein hilflos wirkte, verspürte Carl Otto eine lodernde Eifersucht. Er liebte diese Frau, hielt sich aber von ihr fern, weil sie ihrem Mann treu sein wollte und dieser sein Freund war. Der Gedanke, sie würde sich einem Mann hingeben, der die hübscheren Hofdamen seiner Frau als seinen persönlichen Harem ansah, brannte wie Feuer in ihm.

»Ich bin der Ansicht, dass Ihr Euch vorerst zurückhalten solltet, Madame!«, sagte er nachdenklich. »Der König von Westphalen ist kein Mann, auf den ich als Verbündeten bauen würde. Zwar liegt ihm viel am schönen Geschlecht, doch hat man nicht gehört, dass er je eine Geliebte länger an seiner Seite behalten oder gar zu seiner festen Mätresse gemacht hätte. Es könnte Euch passieren, dass er zwar Gefallen an Euch findet und Euch etliches verspricht – aber nichts davon einhält!«

»Aber …«, begann Cristina, doch Carl Otto hob die Hand.

»Wenn, sollten wir diesen Weg als letztes Mittel in Erwägung ziehen. Ihr seid nicht nur Frau von Lauenstein, sondern in erster Linie die Sängerin Cristina Chiodi. Das Gerücht, mit Jérôme von Westphalen das Bett geteilt zu haben, würde Euren Ruf als ›Venus aus Eis‹ und ›Die singende Vestalin‹ zerstören. Danach würden alle Herren, die Euch zu Konzerten einladen, erwarten, dass Ihr Euch ihnen gegenüber ebenso zuvorkommend verhaltet, wie Belle Légendaire es tut!«

Carl Ottos Skepsis war berechtigt. Trotzdem brachte Cristina einen Einwand. »Der Meinung nicht weniger zufolge soll ich Eure Mätresse sein. Wieso gilt das nichts?«

»Es gilt durchaus etwas, denn es verleiht Euch einen gewissen Schutz. Von einem Herrn, der sich eine Mätresse hält, erwartet man nicht, dass er sie mit anderen teilt. Für eine Frau, die für eine oder zwei Nächte im Bett eines Mannes mit dem Ruf des Königs von Westphalen liegt, nimmt man hingegen an, dass sie auch in anderen Betten nicht heikel sein wird.«

»Seine Hoheit hat recht!«, stimmte Lauenstein Carl Otto zu. »Vollendorf sitzt zu fest im Sattel, um auf eine so unsichere Karte setzen zu können. Wir werden es auf eine andere Weise versuchen müssen.«

»Wenn Ihr eine wisst, nur zu!« Cristina klang beleidigt, da sie sich von beiden nicht ernst genommen fühlte.

»Wir werden streng nach Recht und Gesetz vorgehen. Napoleon ist so stolz auf sein Gesetzbuch und hat es auch im Königreich Westphalen einführen lassen. Dies gibt uns einen Hebel, um für Euren Ehemann Anspruch auf das Lauensteiner Erbe zu erheben. Gelingt uns dies, wird es auch Vollendorf schaden.«

Carl Ottos Vorschlag klang vernünftig, doch Cristina war zu erregt, um sich damit zufriedenzugeben. »Es kostet Jérôme Bonaparte nur einen einzigen Federstrich, um die Ansprüche meines Mannes zu beseitigen, und tut dieser es nicht, bleibt Vollendorf immer noch der Weg zu Napoleon.«

»Dieser Weg bleibt aber auch uns! Seid versichert, auch ein Napoleon wird ein Schreiben aus Sachsen-Saalstein-Tresskau lesen, in dem Herrn Irmbert von Lauensteins Benachteiligung beklagt wird.« Carl Otto hoffte, Cristina so weit beruhigen zu können, dass diese nichts ohne Absprache mit ihm und Lauenstein unternahm. Auf jeden Fall aber würden Lauenstein und er etwas unternehmen müssen, bevor Cristina die Geduld verlor.

7.

In Erfurt ging es nicht nur um Cristinas und Lauensteins persönliche Sorgen und Probleme. Kaiser Napoleon hatte die Fürsten des Rheinbunds um sich versammelt, um seinen Gegnern zu demonstrieren, wie mächtig er war, und um seinen Vasallen einige Entscheidungen mitzuteilen, die er getroffen hatte.

Zuvor aber galt es, den russischen Zaren Alexander zu begrüßen. Napoleon reiste diesem ein Stück entgegen und kehrte an dessen Seite nach Erfurt zurück. Es wurde erneut ein Einzug, den die Welt bislang nur selten gesehen hatte. Russische und französische

Offiziere wetteiferten mit der Pracht ihrer Uniformen, und die Könige und Fürsten der deutschen Lande standen brav für die beiden Kaiser Spalier.

Um Vollendorfs Verleumdungen entgegenzuwirken, hatte Carl Otto diesmal darauf bestanden, dass Cristina und Lauenstein dem Gefolge seines Vaters angehörten. Lauensteins bescheidene Ordenssammlung war um den Hausorden des Hauses Sachsen-Saalstein-Tresskau vergrößert worden, zudem hatte er eine grüne Uniform mit goldenen Epauletten und Tressen statt seines gewohnten Zivilanzugs angezogen.

Cristina trug ein Kleid nach neuester Pariser Mode aus feinstem bestickten Musselin mit einer hoch angesetzten Taille. Das Dekolleté erschien ihr etwas üppig, doch merkte sie rasch, dass andere Damen noch mehr zeigten als sie. Ihre Ohren zierten Ohrringe aus tropfenförmigen Perlen, eine weitere Perlenkette lag um ihren Hals.

Da Ira sich bei Cristinas Frisur selbst übertroffen hatte, galten ihr interessierte bis begehrliche Blicke von Männern und neidische von Frauen. Sie war schön und jung, und die zweifache Mutterschaft verlieh ihrem Gesicht einen warmen Glanz.

Wohl fühlte sie sich trotzdem nicht. Die Begegnung mit Vollendorf und die Frechheit, mit der dieser ihren Mann und sie beleidigt hatte, ärgerten sie immer noch.

Interessiert betrachtete sie die Soldaten, die den beiden Kaisern als Geleit voranmarschierten, fand den Anblick aber bei Weitem nicht mehr so imponierend wie bei Napoleons Einzug. Eine Regimentskapelle spielte französische Militärmärsche, und die Bürgerschaft brach befehlsgemäß in Hochrufe aus, wenn die beiden Herrscher an ihnen vorbeikamen.

»Das ist also der Zar aller Reußen!«, kommentierte Carl Otto den Anblick, den der noch recht junge Kaiser in seiner prachtvollen Uniform bot. Im Vergleich wirkte Napoleon in seinem grünen Uniformrock und dem grauen Mantel wie ein altgedienter Offizier.

Als Cristina in die Gesichter der beiden blickte, las sie in dem des russischen Kaisers Unsicherheit, womöglich sogar Angst, aber auch einen gewissen Trotz. Der französische Kaiser hingegen saß selbstzufrieden auf seinem Schimmel, während er sich immer wieder mit Alexander unterhielt. Was die beiden sagten, konnte sie nicht verstehen, doch es schien ihr fast, als wolle Napoleon sich als freundlicher Onkel zeigen, der sich eines jungen Neffen annahm.

»Soll das so weitergehen?«, fragte sie Carl Otto. »Ich meine, diese Einzüge, Militärparaden, Empfänge und dergleichen?«

»Die gehören zum Programm! Napoleon will damit den hier versammelten Herrschern seine Macht zeigen. Es gibt aber auch Konzerte, und es soll sogar die *Comédie-Française* auftreten«, berichtete Carl Otto.

»Allerdings sind fast nur französische Künstlerinnen und Künstler berücksichtigt worden«, wandte Lauenstein ein. »Selbst Belle Légendaire wurde trotz ihres französisch klingenden Künstlernamens abgelehnt.«

»Dem Herrn Napoleon sind wir Deutschen wohl nicht gut genug!« Cristina sagte es aus einer gewissen Verärgerung heraus.

Sofort maß Carl Otto sie mit einem seltsamen Blick. »Daran hat er wohl nicht gedacht«, murmelte er.

»An was?«, fragte Cristina.

»Napoleon demütigt uns, indem er Frankreich als das Himmelreich darstellt, gegen das wir nichts gelten. Es mag jetzt noch nicht auffallen, doch man wird sich irgendwann daran erinnern.«

»Und was soll das helfen?«, fragte Cristina weiter.

»Jetzt wirkt Napoleons Imperium noch fest gefügt. Sollte es jedoch erste Risse geben, könnte der Bund seiner Speichellecker schnell zerfallen. Leute wie der bairische König, der Württemberger, der Badener und der Großherzog von Hessen sind leicht bereit, ihr Fähnlein nach dem Wind zu hängen. Noch weht dieser von

Frankreich her, doch sollte Napoleons Stern einmal sinken, werden sie sich auf die andere Seite stellen.« Carl Otto zeigte deutlich, wie wenig er von Herrschern hielt, die sich Napoleon angedient und auf seine Anweisung hin ihre kleinen Nachbarn überfallen und deren Gebiete ihren Reichen einverleibt hatten. Allerdings gab er zu, dass es eben Menschen waren und Gier eine weitverbreitete Sucht darstellte, der allzu viele allzu leicht verfielen.

»Ein letztes Hurra auf die beiden Kaiser, dann können wir wieder in unser Quartier zurückkehren«, setzte er hinzu. »Heute Abend sind wir zum Empfang zu Ehren des russischen Kaisers eingeladen. Wir werden sehen, ob auch Balduin von Vollendorf diese Ehre zuteilwird.« Carl Otto erwartete genau das. Immerhin hatte dieser sich dem König von Westphalen angedient und dabei an Ansehen gewonnen. Da ihm Lauenstein, Elisabeth und auch Ira von Cristinas Entführung berichtet hatten, war ihm Vollendorf so zuwider, dass er sich eine Gelegenheit wünschte, diesen zur Rechenschaft zu ziehen.

»Also geht es heute Abend weiter«, murmelte Cristina.

Carl Otto nickte. »So ist es! Wir werden bereits eine Stunde früher in die Stadt fahren und im Quartier meines Vaters warten, bis wir vorfahren dürfen.«

»Die paar Schritte könnten wir doch auch gehen?«, meinte Cristina verwundert.

»Der Pöbel geht zu Fuß, doch Herren und Damen von Adel haben selbst eine Entfernung von einhundert Schritten standesgemäß in der Kutsche zurückzulegen!« Ein gewisser Spott schwang in Carl Ottos Worten mit, als er fortfuhr: »Würden die Herrschaften, die in der Nähe untergekommen sind, zu Fuß erscheinen, gäbe es keine verstopften Straßen, und es wären alle weitaus rascher im Saal.«

»Das sehen Eure Hoheit falsch!«, mischte Lauenstein sich ein. »Gerade die verstopften Straßen und herumstehenden Kutschen bezeugen doch erst die Bedeutung dieses Zusammentreffens. Außerdem würden die Leute dann viel zu schnell an Napoleon und dem Zaren vorbeidefilieren, so dass niemand weiß, ob deren ›*Bonjour*‹ nun dem vor einem gilt, einem selbst oder dem, der nach einem kommt!«

Cristina musste bei diesen Worten hellauf lachen, und Carl Otto lächelte ihr zu. »So gefallt Ihr mir am besten! Lasst Euch nicht das Gemüt beschweren. Das ist auch ein Vollendorf nicht wert.«

»Eure Hoheit würden anders reden, wenn Ihr wie ich in Vollendorfs Keller eingekerkert gewesen wärt«, antwortete Cristina und folgte Carl Otto und Lauenstein zur Kutsche.

In Gedanken erlebte sie dabei noch einmal den Schrecken, der sie damals erfasst hatte, und schwor sich, vorsichtig zu sein und alles zu tun, damit ihr Feind nicht noch einmal auf eine so üble Weise in ihr Leben eingreifen konnte.

8.

Eigentlich hatte Carl Otto nach dem Einzug des Zaren in den Gasthof zurückkehren wollen. Da bat sein Vater ihn zu bleiben. »Ich habe mit dir zu reden!«, sagte er, und es klang nicht gerade froh.

»Nun, ich …« Carl Otto brach ab und nickte. »Wenn es gewünscht wird, bleibe ich selbstverständlich, mein Herr.« Er wandte sich an Cristina und Lauenstein. »Ich muss Euch leider alleine zurückfahren lassen. Nehmt bitte Rolff mit. Er soll mir die Kleidung für den Abend mitbringen. Ich werde mich hier umziehen!«

»Selbstverständlich, Euer Hoheit!« Lauenstein verbeugte sich, während Cristina knickste und ihrem Mann nach draußen folgte.

Carl Otto sah ihr nach und blickte dann seinen Vater fragend an. »Mein Herr, ich stehe zu Eurer Verfügung!«

»Setz dich, und du auch, Carl Wilhelm!« Der Fürst klang angespannt, und seine Söhne begriffen, dass sie keine angenehmen Nachrichten hören würden.

Carl Lothar von Sachsen-Saalstein-Tresskau befahl einem Diener, Wein einzuschenken, und schickte diesen dann weg.

»Ich bitte euch, eure Stimmen zu dämpfen!«, riet er danach seinen Söhnen.

»Ihr glaubt, wir würden belauscht?«, fragte Carl Otto überrascht.

»Ich glaube nicht, dass Saalstein-Tresskau für Napoleon so wichtig ist, uns belauschen zu lassen«, antwortete sein Vater. »Seine Leute haben aber gewiss nichts dagegen, einer Kreatur, die ihnen Neuigkeiten berichtet, ein paar Taler in die Hand zu drücken.«

»Unsere braven Tresskauer würden uns niemals verraten!«, wandte Carl Otto ein.

»Wir sind hier nicht in Tresskau, und wir haben dieses Quartier auch nicht für uns allein. Es laufen andere Leute herum, die durchaus die Ohren spitzen könnten.« Die Stimme des Fürsten klang mahnend.

Seine Söhne nickten. Dann stellte Carl Otto die Frage, die ihn am meisten bewegte. »Weshalb sollte ich bleiben, Herr Vater?«

»Es gibt einiges zu besprechen! Teilweise betrifft es auch dich«, erklärte der Fürst. »Dir wird es vielleicht entgangen sein, doch diese Zusammenkunft der Fürsten dient nicht nur dem Kennenlernen. So hat der Kaiser bestimmt, dass aus den Teilen, die Preußen und Österreich in Polen besetzt hielten, das Großfürstentum Warschau gegründet wird.«

»Mit ihm als Großfürsten!«, spottete Carl Otto.

Sein Vater schüttelte den Kopf. »Damit würde er den Zaren provozieren. Napoleon hat daher den König von Sachsen zum Großherzog von Warschau ernannt. Das ist ein geschickter Schachzug, da bereits der Vater und der Großvater von Friedrich August Könige von Polen waren. So wird eine gewisse Tradition gewahrt, die den meisten anderen Reichsgründungen des Kaisers fehlt.«

»Und was sagt der Zar dazu? Dessen Großmutter und Vater haben sich doch die andere Hälfte Polens einverleibt. Gibt Alexander diese Gebiete wieder her?«, fragte Carl Otto.

»Der Zar behält, was er hat. Darum heißt es auch Großherzogtum Warschau und nicht Königreich Polen«, berichtete sein Vater. »Ich habe euch aber nicht deshalb zusammengerufen. Der Kaiser fordert die Anwesenheit der Fürsten und ihrer Diplomaten bei seinen Beratungen. Dies ist nicht leicht, da die Festlichkeiten bis drei, vier Uhr morgens dauern und wir uns spätestens um acht Uhr um den Kaiser zu versammeln haben, um seine Erlasse entgegenzunehmen.«

Fürst Carl Lothar schwieg einen Augenblick und sah dann Carl Otto an. »Du wirst es bereits gehört haben! Eine Armee des Kaisers hat in Spanien eine Schlacht verloren. Man kann sagen, für seine Marschälle und Generäle sieht es dort nicht gut aus. Ohne Verstärkung werden sie weder Spanien halten noch wie befohlen Portugal erobern können.«

Carl Otto horchte auf. »Heißt es nicht, dass Napoleon sich höchstpersönlich nach Spanien begeben will?«

»So ist es! Allerdings will er eine große Heeresmacht auf die Beine bringen. Dafür hat er den Staaten des Rheinbunds befohlen, Truppen zu stellen. Es trifft auch uns. Tresskau muss eine Kompanie Schützen aufstellen, die nach Spanien marschieren sollen.«

»Aber das ist doch verrückt!«, stieß Carl Otto hervor. »Was kümmert uns Spanien?«

Carl Wilhelm hatte bislang geschwiegen, griff jetzt aber ein. »Spanien kümmert uns nicht, Napoleon hingegen umso mehr. Wenn er sagt, wir müssen eine Schützenkompanie nach Spanien schicken, haben wir das zu tun! Ich habe angeboten, die Kompanie zu führen, doch Napoleon hat abgelehnt. Ich hätte zu Hause zu bleiben und meine Pflicht als Erbe und Ehemann zu erfüllen. Stattdessen sollst du die Kompanie im Rang eines Hauptmanns führen! Ich wollte das wirklich nicht.«

»Ich glaube dir!« Carl Otto sah, dass die Angelegenheit seinem Bruder peinlich war. Immerhin hatte dieser sich bereits in Schlachten ausgezeichnet, während er nur einen gewissen Unterricht im Kriegswesen erhalten hatte, ohne jemals im Feld gestanden zu sein. Sich zu weigern, war bei Napoleons aufbrausendem Gemüt jedoch unmöglich. Es hätte das Ende des Fürstentums bedeuten können.

Schwer atmend nickte er daher. »Ich werde meine Pflicht erfüllen, Vater! Allerdings ist es nicht meine einzige Pflicht.« Er berichtete nun von dem Erbstreit um Lauenstein, bei dem der gesetzliche Erbe Irmbert von Lauenstein von König Jérôme zugunsten des nicht erbberechtigten Leopold von Lauenstein übergangen worden war.

»Ich habe Irmbert von Lauenstein und seiner Frau versprochen, mich für sie zu verwenden. In Spanien kann ich das nicht, also muss es noch hier geschehen. Allein vermag ich das nicht. Es wäre mir daher eine große Erleichterung, wenn Ihr, Herr Vater, und du, Carl Wilhelm, mir dabei helfen würdet. Wir müssen Lauenstein und Cristina den Herren vorstellen, die in Frankreich etwas zu sagen haben, und wenn es möglich ist, sogar Napoleon selbst, damit sie ihm ihr Anliegen vortragen können!« Er sah seinen Vater und seinen Bruder bittend an.

Fürst Carl Lothar nickte nachdenklich. »Wir werden uns für Irmbert von Lauenstein verwenden«, erklärte er und klopfte Carl Otto auf die Schulter.

»Das ist das Mindeste, das wir für einen guten Freund tun können«, rief sein Bruder erbittert. »Leopold von Lauenstein ist ein Mensch ohne Ehre im Leib. Soviel ich hörte, hat er sich einem Vertrauten Napoleons dadurch angedient, indem er ihm nacheinander seine Töchter als Mätressen überlässt. Dieser Herr hat deswegen Napoleons Bruder Jérôme Bonaparte dazu gebracht, Leopold von Lauenstein die Besitzungen des vor Kurzem verstorbenen Wilhelms von Lauenstein zu übereignen.«

»Napoleon muss begreifen, dass die Schande und die Unehre einiger Männer, die ihm dienen, seinen Ruhm schmälern, wenn er sie auch noch belohnt.« Fürst Carl Lothar klang entschlossen, wusste aber auch, dass niemand voraussagen konnte, wie Napoleon die Angelegenheit entscheiden würde. Obwohl er so auf Ehre und Ruhm bedacht war, war er zu Taten fähig, die beides schmälern konnten.

9.

Als Cristina und Lauenstein ihren Gasthof erreichten, fanden sie einen weiteren Gast vor. Es war Florentine von Hellberg, Lauensteins Verwandte. Ihr Kleid war zerknittert, sie war ohne Zofe gekommen und hatte, wie sie erklärte, die Strecke hierher in der Postkutsche zurückgelegt.

»Habt Ihr bereits gegessen?«, fragte Lauenstein, weil ihm so schnell nichts anderes einfiel.

»Nein, das habe ich nicht! Ich wollte auf Euch und Eure Frau warten. Vielleicht habt Ihr es schon gehört, dass unser Verwandter Wilhelm verstorben ist und sein Erbe diesem elenden Leopold überlassen wurde?«

»Nein, das war uns bis jetzt unbekannt!«, antwortete Lauenstein, dachte dann aber an Vollendorfs beleidigenden Auftritt. »Jetzt verstehe ich, weshalb dieser Kretin Leopold uns so deutlich gemacht hat, wie wichtig er im Königreich Westphalen ist. Er hat anscheinend so lange bei König Jérôme gewühlt, bis dieser ihm die Lauensteiner Besitzungen überlassen hat.«

»Leopold hat nicht nur Wilhelms Erbe an sich gerissen, sondern auch Hellberg, indem er meinen Sohn als in Diensten der Engländer stehenden Feind Napoleons denunzierte. Mein Sohn wurde gefangen genommen und wartet auf seinen Prozess. Ich befürchte, man wird ihn verurteilen und erschießen.«

»Oh nein!«, rief Cristina erschrocken.

»Leute wie Goethe und einige andere mögen Napoleon als Titanen, Genie und wer weiß was noch bezeichnen. Vielleicht ist er es sogar! Doch hinter ihm steht eine raffgierige Bande, angefangen von seinen Brüdern und Schwestern über Marschälle wie Soult und Masséna bis hin zu den einfachen Soldaten, die ihren Sold durch geplündertes Gut vermehren«, rief Lauenstein. In seinen Worten schwang weniger Wut denn Enttäuschung mit. Mehrere Jahre lang hatte er gehofft, Herr auf Lauenstein werden zu können. Den bislang geltenden Gesetzen nach wäre er es geworden. Ein Federstrich Napoleons oder in diesem Fall einer von dessen Bruder hatte genügt, um seine Rechte mit Füßen zu treten.

Cristina umarmte mitleidig die alte Frau. »Was ist mit der Familie Eures Sohnes geschehen?«

»Meine Schwiegertochter ist zum Glück mit meinen Enkeln zu Besuch bei ihren Verwandten in Preußen. Ich habe ihr geschrieben, was geschehen ist, musste dann aber Hellberg auf Befehl dieser Hexe Liliana verlassen. Der Pass, den ich erhielt, verbietet mir, die Grenzen der Rheinbundstaaten zu verlassen. Ich wäre sonst meiner Schwiegertochter gefolgt. So aber bleibt mir nur, Euch und Euren Ehemann um Asyl zu bitten.«

»Was Ihr erhalten werdet, und wenn wir uns dafür Napoleons Zorn zuziehen!«, rief Cristina erregt aus und bat die alte Dame, mit ihr zu kommen, damit sie sich frisch machen könne.

Anschließend aßen sie gemeinsam und sprachen dabei über Leopold von Lauenstein und dessen Machenschaften. Als es an der Zeit war, in die Stadt zurückzukehren, überließen sie Florentine von Hellberg Elisabeths Fürsorge und machten sich für den kommenden Empfang zurecht.

Während Ira ihr das Kleid überstreifte, überkam Cristina das Gefühl, als würde sie in eine Rüstung steigen und als ginge es in den Kampf. Neben Empörung und Wut empfand sie auch eine gehörige Portion Angst. Wie weit Leopold von Lauenstein zu gehen bereit war, zeigte sich allein dadurch, dass er einen Verwandten als feindlichen Spion verleumdet hatte, um dessen Besitz an sich zu raffen.

10.

Carl Otto bedachte Cristina mit einem bewundernden Blick. Nie war sie ihm schöner erschienen als in diesem Augenblick. Sie wirkte mutig und entschlossen und versuchte gleichzeitig, eine gewisse Unsicherheit zu verbergen.

»Es gibt Neuigkeiten, Euer Hoheit!«, sagte sie. »Leopold von Lauenstein hat seinen Verwandten Hellberg als englischen Spion denunziert, so dass dieser wohl hingerichtet wird, und dessen Mutter Florentine von Hellberg von ihrem Besitz verjagt. Sie ist verzweifelt zu uns gekommen, da sie niemanden hat, der sie aufnehmen kann.«

»Ich bedauere immer mehr, dass ich nicht dabei war, als Vollendorf und Leopold von Lauenstein Euch auf eine so üble Weise beleidigt haben«, antwortete Carl Otto und widerstand nur mit Mühe dem Wunsch, Cristina in die Arme zu schließen und sie zu trösten.

»Ich bin mit meinem Vater und meinem Bruder übereingekommen, dass wir uns heute und in den nächsten Tagen für Euch und Euren Mann verwenden werden. Wir werden Euch etlichen Leuten vorstellen und dabei auf das ansprechen, was geschehen ist.«

Genau das hatte Cristina erhofft. Sie knickste erleichtert, schwor sich aber gleichzeitig, alles zu tun, um die Rechte ihres Mannes und damit auch ihrer Kinder auf eine Weise einzufordern, die Fürst Carl Lothar keinen Schaden brachte.

Carl Otto war jedoch noch nicht fertig. »Es gibt noch etwas! Napoleon verlangt von den Rheinbundstaaten Hilfstruppen für seinen Krieg in Spanien. Tresskau muss eine Schützenkompanie stellen, und ich wurde zu deren Hauptmann ernannt.«

Zuerst begriff Cristina nicht, was er sagen wollte, dann aber presste sie erschrocken die Hände gegen die Brust. »Ihr müsst nach Spanien ziehen? In den Krieg?«

»Bedauerlicherweise ja! Meinem Bruder wurde es von Napoleon verboten. Carl Wilhelm soll bei seiner Frau bleiben und für neue Tresskaus sorgen!« Carl Otto lachte kurz und winkte dann ab. »Habt keine Sorge! Ich komme zurück. Jedenfalls tut sich Napoleon mit diesen Hilfstruppen keinen Gefallen. Weder werden sie in einem fremden Land mit dem Nachdruck kämpfen, den er sich wünscht, noch macht er sich damit Freunde. Außerdem zeigt er damit allen, dass Frankreichs Macht allein nicht ausreicht, Spanien zu besiegen. Das wird so manchen zum Nachdenken bringen. Doch nun kommt! Ich glaube, der Wagen steht bereit. Wir wollen Napoleon und den Zaren nicht warten lassen.«

Carl Otto reichte Cristina den Arm und führte sie hinaus. Lauenstein folgte ihnen besorgt. Er hatte darauf gehofft, dass Carl Otto sich nach seinem Ableben um seine Frau und Kinder kümmern würde. Fiel der Prinz jedoch in Spanien, stünde er wieder am Anfang, und das in einer Zeit, die sich schneller wandelte, als es all die Jahrhunderte zuvor geschehen war.

In diesem Augenblick wünschte Lauenstein sich nichts mehr als ein Haus und genug Einkommen, um mit seiner Familie ein zufriedenes Leben fern aller Mächtigen dieser Welt führen zu können. Doch der Schatten Napoleons lag drückend über ihnen, und es fühlte sich so an, als müsse er darunter ersticken.

Cristina erinnerte sich erst daran, dass sie Rosalie stillen musste, als sie bereits in der Kutsche saß. Daher bat sie Lauenstein und Carl Otto noch um eine kleine Pause und holte es mit Iras Hilfe nach.

Der Wagen mit Carl Ottos Vater, Bruder und Schwägerin war bereits vorausgefahren, und ihr eigener wurde, als sie folgten, doch ein ganzes Stück hinter ihnen eingereiht. Carl Otto sah Lauenstein und Cristina auffordernd an.

»Wenn wir uns zu meinen Verwandten gesellen wollen, sollten wir aussteigen und das letzte Stück zu Fuß gehen!«

»Tun wir das!« Cristina strich Rosalie über die Wange. »Ich komme bald wieder, mein Schatz«, sagte sie noch, dann verließ sie die Kutsche.

Carl Otto und Lauenstein waren bereits ausgestiegen. Als ein Wachtposten auf ihn zutrat, um sie aufzuhalten, funkelte er diesen scheinbar zornig an. »Ich bin Prinz Carl Otto von Sachsen-Saalstein-Tresskau und finde es unverschämt, dass man die anderen Kutschen nicht aufgehalten hat, damit wir zusammen mit meinem Vater und meinem Bruder hier vorfahren konnten!«

Der Soldat trat unwillkürlich beiseite. Sofort ergriff Carl Otto Cristinas Arm und führte sie an dem Mann vorbei. Ein kurzer Blick zeigte ihm, dass Lauenstein ihnen folgen konnte, dann schaute er nach vorne, um seine Verwandten zu suchen.

11.

Cristina fand Veranstaltungen in so einem pompösen Rahmen öde. Es dauerte endlos lange, bis sie eintreten konnten, dann hieß es, sich vor den beiden Kaisern zu verbeugen oder zu knicksen, und in einen Saal weiterzugehen, der schon bald so überfüllt sein würde, dass keine Nadel mehr zwischen den Anwesenden zu Boden fallen konnte. Wäre es möglich gewesen, hätte sie diesen Ort gemieden. An diesem Tag war es jedoch wichtig, hier zu sein, freundlich zu lächeln und vor jedem Popanz zu knicksen, zu dem Carl Otto und dessen Vater sie führten.

Carl Otto stellte sie mit freundlichster Miene König Maximilian von Baiern und König Friedrich von Württemberg vor, obwohl er die beiden wegen ihrer Gier verachtete, mit der sie weitaus mehr Land an sich gerafft hatten, als sie an Frankreich verloren hatten. Der Name ihres Mannes wurde erwähnt und andeutungsweise auch der Erbstreit zwischen diesem und seinem Vetter Leopold.

»Selbst wenn diese Herren sich selbst nicht an Recht und Gesetz halten, erwarten sie es jedoch von allen anderen. Es könnte uns daher helfen, wenn wir sie auf unsere Seite bringen. Irgendwann wird die Sache so groß erscheinen, dass der Kaiser die Entscheidung darüber nicht länger seinem Bruder überlässt, sondern selbst ein Machtwort spricht«, raunte Carl Otto Cristina ins Ohr.

Diese nickte und zwang sich trotz aller Anspannung, ein fröhliches Gesicht zu zeigen. Nachdem sie auf ein paar Bemerkungen geantwortet hatte, ging es weiter. Carl Otto trat nicht nur auf die Herrscherriege zu, sondern auch auf einige Marschälle und Generäle Frankreichs. Die launige Bemerkung, dass er schon in Bälde im Auftrag des Kaisers in Spanien Ruhm zu erringen hoffe, brach bei jedem das Eis.

Während Carl Otto gezielt auf einige Herren zutrat, um ihnen Cristina als Freifrau von Lauenstein vorzustellen, wanderte ihr Ehemann im Gefolge Fürst Carl Lothars durch die Menge und lernte ebenfalls etliche wichtige Leute kennen.

Von einer Stelle des Saales aus wurde dies genau beobachtet. Schließlich wandte Leopold von Lauenstein sich an Vollendorf. »Ich dachte, Ihr hättet dafür gesorgt, dass mein elender Vetter samt seiner Schlampe nicht mehr eingeladen wird. Stattdessen sind beide hier, und mein Vetter wechselt gerade ein paar Worte mit Markgraf Karl Friedrich von Baden!«

Vollendorf begriff, dass er Irmbert von Lauensteins Möglichkeiten unterschätzt hatte. Dieser hatte in den Tresskauern Verbündete, gegen die anzukommen auch für ihn schwer sein würde. Er wusste nicht einmal, ob er es wagen sollte. Dem Kaiser lag viel an der Ruhe im Rheinbund. Eine Attacke gegen einen Fürsten konnte hohe Wellen schlagen.

»Verflucht sollen sie sein!«, sagte er voller Wut.

»Ich habe in meinem Leben eines gelernt! Man kann einen Menschen hundert Mal verfluchen. Aber wenn man die Angelegenheit damit auf sich beruhen lässt, ist der Erfolg äußerst gering«, antwortete Chantal Deconnu mit spöttischer Miene.

»Eben spricht der elende Irmbert mit Murat. Der ist immerhin Napoleons Schwager!«, stieß Leopold von Lauenstein besorgt aus. Wenn es seinem Vetter gelang, so mächtige Unterstützer zu erhalten, war es durchaus möglich, dass dieser seinen Anspruch auf die Lauenstein'schen Güter durchsetzen konnte.

»Man müsste ihn umbringen!«, sagte er so leise, dass es nur Vollendorf und Chantal Deconnu hören konnten.

Letztere lachte kurz auf. »Ich fürchte Irmbert von Lauenstein weitaus weniger als seine Frau. Ich habe sie in Dresden erlebt. Wenn die sich etwas in den Kopf setzt, kann sie so leicht nichts aufhalten. Der junge Tresskauer stellt sie eben Lannes vor. Das ist einer der ältesten Freunde Napoleons und der Einzige, der zu ihm auch als Kaiser noch Du sagen darf. Wenn er sich für die Frau einsetzt, wird es uns gewaltig schaden.« Chantal Deconnu musterte Vollendorf mit besorgtem Blick. Sie hatte einiges über seine Vergangenheit herausgefunden und wusste, dass er Cristina als junges Mädchen entführt hatte. Mittlerweile hatte er es nicht mehr nötig, junge Mädchen zu fangen, denn Leopold von Lauenstein überließ ihm eine Tochter nach der anderen als Geliebte. Es war dies der Preis für das Erbe, das noch um etliche andere Liegenschaften wie jene der Hellbergs erweitert worden war.

Chantal Deconnu schüttelte diesen Gedanken mit einem ärgerlichen Fauchen ab und wies auf Cristina, die mit Carl Otto eben auf den nächsten Marschall von Frankreich zutrat. »Wir sollten diese Frau weitaus mehr fürchten als ihren Ehemann«, wiederholte sie. »Sie ist jung, schön und vor allem eine halbe Italienerin. Sie weiß um die Bedeutung des Wortes Vendetta und hat zudem das kalte Blut des Nordens, um diese Angelegenheit mit allem Nachdruck zu verfolgen. Oder habt Ihr nicht schon einmal in die Mündung ihrer Pistole gesehen?«

Vollendorf stieß einen Fluch aus, der ihm einige verwunderte Blicke eintrug. Wenn Cristinas Bemühungen um die Gunst der Mächtigen Frankreichs erfolgreich war, würde ihm das Stigma des Mädchenräubers und -schänders wie ein Kainsmal aufgebrannt sein.

»Dieses Weib sollte sterben!«, flüsterte er erregt.

»So sehe ich es auch!« Chantal Deconnu dachte daran, wie sie vor einem Jahr in Dresden alles getan hatte, um Cristina Chiodi lächerlich zu machen. Doch es war ihr nicht gelungen. Stattdessen hatte die junge Sängerin einen großen Triumph gefeiert, und sie selbst war an jenem Hof zur unerwünschten Person erklärt worden. Mit einem verzerrten Lächeln streichelte sie über den Ring am kleinen Finger ihrer linken Hand. An ihm schimmerte ein heller, grüner Stein, der anders geformt war als bei ihren übrigen Ringen.

»Besorgt mir ein Glas Wein«, wies sie Vollendorf an.

Dieser sah, wie sie an dem grünen Ring zupfte, und zog die Augenbrauen zusammen. Während der gemeinsamen Jahre hatte er sie als kaltblütige Agentin Napoleons kennengelernt und ahnte, was sie vorhatte. Im ersten Augenblick erschien es ihm zu gefährlich, es mitten unter den vielen Menschen zu tun. Dann aber sagte er sich, dass die Menge wohl der beste Schutz war, um nicht aufzufallen.

Er winkte einen Lakaien heran und nahm ein Glas. »Dreht Euch zu mir her und tut so, als würden wir uns leise unterhalten«, sagte

Chantal Deconnu, klappte den grünen Edelstein auf und kippte mit einer lange geübten Bewegung ein wenig weißes Pulver in das Glas. Dies ging so schnell, dass selbst Vollendorf es nicht mitbekam.

Erst als sie ihren Ring wieder zuklappte, begriff er, dass das Gift im Wein war. »Und wie wollt Ihr die Chiodi dazu bringen, davon zu trinken?«

Die Deconnu nahm ihm das Glas ab, ging einige Schritte und hielt einen Lakaien auf, der mit einem leeren Tablett den Saal verlassen wollte.

»Frau von Lauenstein hat mich gebeten, ihr ein Glas Wein zu besorgen. Nur ist sie weitergegangen. Bringe es ihr! Sie muss irgendwo dort drüben sein.«

Der Lakai nickte, stellte das Glas auf sein Tablett und eilte in die angegebene Richtung.

Chantal Deconnu sah ihm nach und wandte sich wieder Vollendorf zu. »Wolltet Ihr mich nicht Herrn von Metternich vorstellen, der als österreichischer Botschafter in Frankreich so viel Aufsehen bei der Damenwelt erregt hat?«

»Wie Comtesse es wünschen!« Vollendorf reichte ihr den Arm und führte sie durch den Saal. Bei dem Lächeln der Frau hätte niemand annehmen können, dass sie eben dabei war, das Leben eines Menschen auszulöschen.

12.

Cristina war bereits einer Reihe wichtiger Leute vorgestellt worden, als ihr einfiel, dass sie sich schon zu lange nicht mehr um ihre Tochter gekümmert hatte. Mit einem um Entschuldigung bittenden Lächeln wandte sie sich an Carl Otto. »Pardon, aber es wird höchste Zeit für Rosalie!«

»Wenn Ihr gestattet, werde ich Euch begleiten. Es sind doch einige Schritte zu gehen, und der genossene Wein kann bei dem einen oder anderen Herrn dazu führen, die Grenzen der Höflichkeit zu überschreiten!« Carl Otto reichte ihr den Arm, führte sie aber nicht gleich aus dem Saal, sondern suchte zuerst Irmbert von Lauenstein auf, der gerade mit Herzog Carl August von Sachsen-Weimar sprach.

»Verzeiht, Frau von Lauenstein muss an die frische Luft!«, erklärte Carl Otto.

Lauenstein begriff, was er damit meinte, und sah Cristina liebevoll an. »Tu das, meine Liebe!«, sagte er und küsste ihr die Hand. Er sah ihr noch nach, bis sie hinter den anderen Gästen nicht mehr zu sehen war, dann wandte er sich wieder Carl August zu. »Meine Frau wird gerne bereit sein, in Weimar zu singen!«

Unterdessen trat ein Lakai mit einem einzelnen Weinglas auf dem Tablett auf die Gruppe zu und sah sich suchend um.

»Was gibt es?«

»Ich soll dieses Glas Frau von Lauenstein bringen«, erklärte der Lakai.

»Meine Gemahlin hat für kurze Zeit den Saal verlassen, wird aber bald wiederkommen«, sagte Lauenstein und nahm das Glas vom Tablett. Er hatte Durst und wusste zugleich, dass Cristina eine gewisse Zeit ausbleiben würde. Daher trank er und meinte lächelnd zu Fürst Carl Lothar, dass seine Frau ihn gewiss nicht schelten werde, wenn er ihr Glas leer trank, zumal er ihr dafür ein neues besorgen würde.

Lauenstein überreichte das leere Glas einem Lakaien und setzte seine Runde an Fürst Carl Lothars Seite fort. Als Cristina und Carl Otto einige Zeit später wiederkamen, hatte er das Glas Wein längst vergessen. Cristina hatte in der Kutsche nach dem Stillen ihrer Kleinen ein paar Schlucke aus einem Krug mit dem leichten Bier getrunken, das Dörthe aus Sondershausen für junge Mütter als geeignet erachtete, und verspürte daher keinen Durst.

Mit Carl Otto verfolgte sie weiter den Plan, mit möglichst vielen hochrangigen Personen zu sprechen und dabei anzudeuten, dass ihr Gemahl und damit auch ihr gemeinsamer Sohn um ihr Erbe betrogen worden seien.

Irgendwann sah Vollendorf sie wieder und wandte sich ärgerlich an Chantal Deconnu. »Sie läuft immer noch sehr munter herum.«

»Das wird sie auch noch eine Weile tun. Oder wolltet Ihr, dass sie hier zusammenbricht und einen Aufruhr verursacht?«

»Natürlich nicht!«, antwortete Vollendorf und bedauerte, dass er Cristinas Ableben nicht miterleben konnte.

Cristina und Lauenstein blieben an diesem Tag so lange, bis die meisten Gäste die Festlichkeit bereits verlassen hatten. Als sie schließlich in der Kutsche saßen, um zu ihrem Gasthof zurückzufahren, waren sie und auch Carl Otto recht zuversichtlich.

»Der Setzling ist gepflanzt! Die Nachricht, dass Ihr um Euer Erbe betrogen worden seid, wird nach diesem Abend nicht nur zu König Jérôme, sondern auch bis zum Kaiser dringen. Vielleicht wird Euch noch hier in Erfurt Gerechtigkeit zuteil«, sagte Carl Otto voller Optimismus.

»Es würde mich freuen!«, antwortete Lauenstein. Er fühlte sich schläfrig, schrieb dies der langen, anstrengenden Festlichkeit zu und war schließlich froh, als sie ihr Ziel erreichten und aussteigen konnten.

Da sein Kammerdiener bereits schlief, machte er sich selbst für die Nacht zurecht und legte sich ins Bett. Nach einer Weile hatte er das Gefühl, als würde sich das Bett mit ihm drehen. So viel habe ich doch gar nicht getrunken, dachte er und fand, dass er mit dem Alter weniger alkoholische Getränke vertrug als früher.

Während er ein wenig seinen jungen Jahren nachtrauerte, dämmerte er weg. Irgendwann, draußen war bereits der Tag angebrochen, wurde er durch fürchterliche Schmerzen in der Brust wach. Er bekam kaum mehr Luft und wollte nach seinem Kammerdiener rufen, damit dieser einen Arzt hole. Seine Stimme gehorchte ihm jedoch nicht mehr, und er sah eine riesige, tiefschwarze Wand auf sich zukommen, die ihn verschlang.

13.

Als Schacke seinen Herrn wecken wollte, fand er einen Toten vor. Zuerst wollte er es nicht glauben, dann aber eilte er zu Tilda, da er Cristina diese Nachricht nicht zu überbringen wagte.

»Kannst du mitkommen? Es ist etwas mit dem Herrn!«, forderte er sie auf.

Tilda war gerade dabei, Elisabeths Kleider für den Tag herauszusuchen. Dabei gestört zu werden, ärgerte sie. Als sie jedoch den entsetzten Blick des Kammerdieners bemerkte, legte sie den Schal aus der Hand und folgte Schacke in Lauensteins Kammer.

Sie brauchte nur einen Blick auf das Bett zu werfen, um zu erkennen, dass Irmbert von Lauenstein nicht mehr am Leben war. »Bei Gott, das ist ja entsetzlich! Was machen wir jetzt nur?«

»Wir müssen es Frau von Lauenstein sagen!« Schacke zeigte deutlich, dass er hoffte, Tilda werde dies tun.

»Hole Seine Hoheit, Prinz Carl Otto! Er wird Rat wissen«, befahl Tilda ihm.

Sie stand seit gut zwölf Jahren in Elisabeths Diensten und damit auch in denen von Lauenstein. In dieser Zeit hatte sie viele Reisen mit den beiden und Cristina unternommen und war in der Zeit fast zu einem Teil der Familie geworden. Den stets fröhlichen und optimistischen Irmbert von Lauenstein nun tot vor sich liegen zu sehen, schmerzte sie mehr, als sie es für möglich gehalten hätte.

Wenig später kam Carl Otto herein und sah erschüttert auf den Toten. Noch während er überlegte, wie er Cristina diese Nachricht beibringen sollte, stand diese in der Tür.

Es war Cristina aufgefallen, dass sich alle im Zimmer ihres Ehemanns versammelten. Als sie eintrat und diesen starr und steif auf seinem Bett liegen sah, spürte sie, wie sich ihr Innerstes verkrampfte. Wohl war er um etliches älter gewesen als sie, trotzdem hatte sie gehofft, er würde noch einige Jahre auf den Lauenstein'schen Gütern verbringen können. Die Tränen rannen ihr über die Wangen, und sie schlug sich die Hände vors Gesicht. »Mein Gott, warum nur?«, rief sie mit einem herzerweichenden Stöhnen und klammerte sich an Elisabeth, die nun ebenfalls ins Zimmer getreten war.

»Die anstrengenden Festlichkeiten, der Verlust des Erbes, die Beleidigungen durch Vollendorf und seinen elenden Vetter, das war zu viel für ihn. Weshalb habe ich ihn nur dazu gedrängt, gestern Abend mitzukommen?«, jammerte sie verzweifelt.

»Es war sein eigener Wille, den Kampf mit seinem Vetter und Vollendorf aufzunehmen!«, wandte Carl Otto ein. »Er würde nicht wollen, dass Ihr Euch deswegen die Schuld gebt. Wenn einer Schuld trägt, so sind es seine Feinde. Da er diesen Kampf nicht beenden kann, sollten wir es für ihn tun.«

»Ihr müsst nach Spanien marschieren! Dann stehe ich allein auf der Welt!«, rief Cristina verzweifelt.

»Ich bin bei dir«, erklärte Elisabeth.

»Und ich ebenfalls!« Florentine von Hellberg hatte das Zimmer als Letzte betreten und umarmte Cristina. Auch sie weinte, obwohl sie Irmbert von Lauenstein erst im Alter kennengelernt hatte. Sie wusste allerdings auch, was auf Cristina zukommen würde.

»Du wirst vorerst in Trauer gehen müssen und in der Zeit keine Konzerte geben können. Ich hoffe, es ist genug Geld vorhanden, um das durchzustehen.«

»Das ist es«, antwortete Cristina, die sich trotz ihrer Trauer zwang, auch an ihre Kinder und deren Zukunft zu denken. »Da ich in Trauer sein werde, können wir recht bescheiden leben. Wenn die

Trauerzeit vorbei ist, werde ich jedoch wieder Konzerte geben und damit Geld verdienen müssen.«

»Wollt Ihr den Kampf gegen Leopold von Lauenstein verloren geben?«, fragte Carl Otto erregt.

Cristina schüttelte den Kopf. »Nein! Nur werde ich ihn vorerst mit Briefen und Bittschriften an die entsprechenden Stellen führen. Die meiste Zeit soll der Trauer um meinen Gemahl gelten. Ich habe ihm so viel zu verdanken! Ohne ihn wäre ich nicht das, was ich heute bin.«

Bei dem Gedanken brach sie schluchzend über dem Toten zusammen und schlang die Arme um ihn. Obwohl sie so viel jünger war als er, hatte sie ihn geliebt. Nun würde sie ihr Leben ohne ihn weiterführen müssen und dabei seine freundliche Nachsicht, seine Zärtlichkeit und seine Freude am Leben vermissen. Dieser Verlust erschien ihr unendlich viel größer als der des Lauenstein'schen Erbes. Aufgeben wollte sie dieses jedoch nicht. Das war sie ihrem Mann schuldig.

14.

Auch wenn er in wenigen Wochen nach Spanien aufbrechen musste, wollte Carl Otto nicht untätig bleiben. Daher suchte er bereits am nächsten Tag um eine Audienz bei Napoleon an. Er musste stundenlang warten, bis der Kaiser schließlich erschien. In dessen Begleitung war Friedrich August, der König von Sachsen und seit Neuestem auch Großherzog von Warschau. In seiner weißen Uniform mit den goldenen Verzierungen sah der Sachse prächtig aus. Dennoch wirkte er gegen den weitaus schlichter gekleideten Napoleon seltsam unbedeutend. Wenn dieser einen Raum betrat, richteten sich sofort aller Augen auf ihn. Friedrich August hingegen war hier nur einer unter einer großen Zahl prachtvoll gekleideter Herren, und nur derjenige, der ihn persönlich kannte, vermochte zu sagen, wer er war.

Napoleon entdeckte Carl Otto und winkte ihn herrisch zu sich. »Ihr kommt wegen der Witwe Lauenstein? Das ist eine ärgerliche Sache! Mein Bruder hat die Herrschaft Lauenstein an den jetzigen Besitzer übergeben, da sie einen Herrn brauchte. Der Verstorbene hat seine Ansprüche einfach zu spät angemeldet. Jetzt kann ich nichts mehr machen!«

»Das ist ungerecht! Laut den Erbregeln war Irmbert von Lauenstein der nächste Erbe und wurde einfach übergangen. Jetzt steht die Witwe mit ihren Kindern mittellos da!«, rief Carl Otto empört.

»Den Erbfall werde ich deshalb nicht ändern«, antwortete Napoleon schroff, um dann verbindlicher zu werden. »Als Frau könnte sie die Güter der Familie nicht führen. Sie soll aber entschädigt werden!« Sein Blick suchte August Friedrich von Sachsen.

»Verleiht der Frau einen sächsischen oder polnischen Adelstitel und stattet sie mit einem Einkommen von, sagen wir, zwanzigtausend Francs im Jahr aus. Das mag ihr fürs Erste genügen!«

»Wie Ihr es wünscht, Sire!«, antwortete der König von Sachsen mit einer leichten Verbeugung.

Napoleon war während des kurzen Gesprächs nicht stehen geblieben, sondern hatte strammen Schrittes die Vorhalle und den Korridor durchmessen. Nun verschwand er hinter einer Tür, die ihm ein Lakai öffnete, und ließ diese schließen, bevor der König von Sachsen ihm folgen konnte. Dieser wirkte für einen Augenblick verwirrt und wandte sich dann Carl Otto zu. »Richtet der Witwe Lauenstein aus, sie erhält morgen Bescheid!«

»Ich danke Eurer Majestät!« Carl Otto begriff, dass er im Augenblick nicht mehr für Cristina erreichen konnte. Daher verbeugte er sich und verließ das Gebäude. Auf der Straße gesellte sich ein schlanker, dunkelhaariger Oberst von etwas mehr als mittlerem Alter zu ihm.

»Seid Ihr Carl Otto von Sachsen-Saalstein-Tresskau?«, fragte er.

Carl Otto nickte. »Der bin ich!«

»Mein Name ist Clouferrer, und ich bin während des Spanienfeldzugs Euer Colonel. Ich werde Euch Tresskau nennen. Das andere ist mir zu lang, und Herren mit Sachsen im Namen gibt es mir zu viele!«

»Einverstanden!«, antwortete Carl Otto und versuchte, den Oberst einzuschätzen.

»Kommt mit, Tresskau! Wir suchen uns eine gemütliche Schenke, trinken einen Krug Wein zusammen, und dann erzählt Ihr mir, was es mit Eurer Mätresse, der Witwe Lauenstein, auf sich hat.«

Carl Otto versteifte sich. »Ich wüsste nicht, weshalb ich über die Dame sprechen sollte, noch dazu in einer Schenke.«

Der Oberst legte ihm mit einem spöttischen Lächeln den Arm um die Schulter. »Wir werden über sie sprechen! Wenn sie nämlich die ist, für die ich sie halte, bin ich ihr Onkel.«

HISTORISCHER ÜBERBLICK

Als Napoleon Bonaparte Ende des Jahres 1799 als Erster Konsul in Frankreich die Macht ergriff, war dort der revolutionäre Schwung erloschen, und die Republik konnte sich nur mühsam gegen ihre Feinde behaupten. Mit einigen kühnen Feldzügen gelang es Bonaparte und seinen Generälen, die feindlichen Armeen zu schlagen und Österreich und dessen Verbündete zum Frieden zu zwingen. In der Folgezeit wurde die Landkarte Europas neu gezeichnet. Bonaparte gründete in Italien und Holland Tochterrepubliken und weitete die Grenzen Frankreichs bis an den Rhein aus.

Preußen, Baden, Württemberg, Baiern und andere Länder verloren ihre linksrheinischen Besitzungen an Frankreich. Um sie zu seinen Verbündeten gegen Österreich und Preußen zu machen, löste Bonaparte die seit dem Dreißigjährigen Krieg fast unveränderten Strukturen im Heiligen Römischen Reich auf. Viele bis dorthin selbstständige Herrschaften, vor allem die Fürstbistümer, wurden jenen Ländern zugeschlagen, die sich mit ihm verbündeten. Es waren dies hauptsächlich Baiern, Württemberg und Baden.

Als Bonaparte 1803 einen Friedensvertrag mit England schließen konnte, war seine Herrschaft unangefochten, und er sammelte seine deutschen Trabantenstaaten im Rheinbund. Österreich und Preußen blieben außen vor, um ihren Einfluss in Deutschland zu schmälern.

Der Frieden mit England hielt nicht lange, und Bonaparte plante die Invasion der Insel. Um im Kreis der Kaiser und Könige eine bedeutende Stellung zu erreichen, krönte er sich 1805 selbst zum Kaiser der Franzosen. Im selben Jahr gelang es England, ein Bündnis zwischen Russland und Österreich zu schmieden. Diese beiden Reiche sollten Bonaparte bezwingen. Es kam jedoch anders. In einem schier unglaublichen Feldzug besiegte Napoleon die Österreicher bei Ulm, besetzte Wien und schlug in der Drei-Kaiser-Schlacht von Austerlitz die Russen und Österreicher vernichtend.

Ein knappes Jahr später siegte er über die Preußen bei Jena und Auerstedt. In der Folge kam es zu blutigen Schlachten mit den restlichen preußischen Truppen und Russland. Nach schweren Verlusten einigte Zar Alexander sich mit Napoleon und überließ diesem die Hegemonie über die deutschen Staaten. Der Westteil Polens, der bei den Teilungen dieses Landes an Preußen und Österreich gefallen war, wurde zum Großherzogtum Warschau erhoben.

In der Folgezeit vereinte Napoleon Holland und große Teile Norddeutschlands mit Frankreich. Außerdem errichtete er für seinen Bruder Jérôme das Königreich Westphalen, das nun aus dem früheren Kurfürstentum Hannover, Hessen-Kassel und preußischen Gebieten bestand. Um England zum Frieden zu zwingen, ordnete er die Kontinentalsperre an, damit Englands Handel mit den europäischen Ländern verhindert wurde. Außerdem hielt er einen glänzenden Fürstentag in Erfurt ab. Alle Länder Europas bis auf England und Portugal standen entweder unter seiner Herrschaft oder mussten sich nach ihm richten.

In Spanien setzte Napoleon den dortigen König Ferdinand ab und ernannte seinen Bruder Joseph Bonaparte zum neuen spanischen König. Viele Spanier leisteten jedoch Widerstand, und so gelang es Joseph weder, sich dort durchzusetzen, noch, wie erhofft, Portugal zu erobern. Um seine Armee in Spanien zu verstärken, forderte Napoleon Truppen von den unterworfenen und verbündeten Reichen an. Diese trafen dort jedoch auf einen anderen Krieg als gewohnt. Ihnen standen keine regulären Truppen gegenüber, sondern Freischaren, die gnadenlos für die Freiheit ihrer Heimat kämpften.

PERSONEN

In Meiningen

Chiodi, Cristina – die Sängerin
Dilge, Johann – Irmbert von Lauensteins Kammerdiener
Ditte – Magd
Emil – Dittes Liebhaber
Flanse – Näherin
Geli – Alberts Kinderfrau
Ira – Cristinas Zofe, Tildas Nichte
Karau, Elisabeth – Hofdame
Lindow, Raimunde – Lauensteins Geliebte
Tilda – Elisabeth Karaus Zofe
von Lauenstein, Irmbert – Höfling

In Tresskau

Carl II. Lothar – Fürst von Sachsen-Saalstein-Tresskau
Carl Otto – jüngerer Sohn von Carl II. Lothar
Carl Wilhelm – ältester Sohn von Carl II. Lothar
Clouferrer, Paride – einer von Cristinas Onkeln
de la Pagerie, Hélène – Carl Wilhelms Ehefrau
Duclos – französischer Offizier
Etouffe – Hélènes Hofmarschall
Martin – französischer General
Rolff – Carl Ottos Kammerdiener
Schacke – Lauensteins Kammerdiener
von Elchberg – preußischer General
von Talfen – junger preußischer Offizier

Die Gaukler

Loretta – Cristinas Verwandte
Battibaleno, Efisio – Lorettas Ehemann
Mirta – Cristinas Verwandte
Orietta (†) – Cristinas Mutter

Unterwegs

Deconnu, Chantal – Begleiterin von Belle Légendaire
Dörthe – Hebamme aus Sondershausen
Légendaire, Belle (Marlies Kotten) – Sängerin
Metteur, François – Belle Légendaires Agent
von Breetzen, Roland – Cristinas Vater
von Breetzen, Reinholde – Breetzens Tochter
von Hellberg, Florentine – Verwandte Irmbert von Lauensteins
von Kosegarten, Dietrich – Edelmann
von Lauenstein, Leopold – Irmbert von Lauensteins Vetter
von Lauenstein, Liliana – Leopold von Lauensteins Gattin
von Lauenstein, Moritz – Leopolds und Lilianas Sohn
von Lauenstein, Wilhelm – Verwandter Irmbert von Lauensteins
von Vollendorf, Balduin (Baudouin de Pleinevillage)
Friedrich V. – Fürst von Schwarzburg-Friedrichsthal
Andamanow, Michail Grigorjewitsch – russischer Offizier
Kadirow, Pjotr Alexejewitsch – russischer General
Tarlow, Sergej Sergejewitsch – russischer Offizier

Historische Personen

Napoleon Bonaparte – Kaiser der Franzosen
Jérôme Bonaparte – König von Westphalen
Carl August – Herzog von Sachsen-Weimar

Georg I. – Herzog von Sachsen-Meiningen
Louise Eleonore – Herzog Georgs Gemahlin
Ludwig Friedrich II. – Fürst von Schwarzburg-Rudolstadt
Karoline Louise – Gemahlin von Ludwig Friedrichs II.
Günter Friedrich Carl – Fürst von Schwarzburg-Sondershausen
Caroline – Günter Friedrich Carls Gemahlin
Vierling, Johann Lorenz – Oberhofprediger von Meiningen
von Goethe, Johann Wolfgang – Geheimrat und Dichter

GLOSSAR

Allemand – franz. Deutscher
armieren – sich bewaffnen
blessiert – verletzt
Bonjour – franz. guten Tag
Brigantin – Räuberin
Caporal – Unteroffizier
Cembalo – frühes Tasteninstrument, Vorläufer des Klaviers
Chaiselongue – Sofa ohne Rückenlehne
Chansonette – verächtlicher Begriff für Sängerin
Chanteuse – franz. Sängerin
Chaussee – ausgebaute, zweispurige Straße
Colonel – Oberst
Demoiselle – franz. Fräulein
Dotation – Ausstattung an Geld- und Sachwerten
Dragoner – mit Karabinern ausgerüstete Reiterei
égalité – Gleichheit
Empereur – franz. Imperator (Kaiser)
en vogue – zeitgemäß
façon – franz. nach eigenen Vorstellungen
Gevatter – Pate
gloire – franz. Ruhm
grand plaisir – franz. großes Vergnügen
Husaren – leichte Reiterei nach ungarischem Vorbild
Kalamität – eine unangenehme Sache
Kanaille – Schurke, Lumpenpack
Kapricen – Launen
Karabiner – kurzläufiges Gewehr, das von Reitern verwendet wurde
Kontributionen – Kriegsentschädigung, die der Besiegte bezahlen muss
Kreolin – *hier:* in den karibischen Kolonien geborene Französin

Kürassiere – schwere Reiterei mit Brustpanzern und Säbeln als Waffe
Légendaire – die Großartige
libertär – freigeistig
Mademoiselle – franz. Fräulein, gebräuchlich in wörtlicher Rede
Maire – franz. Bürgermeister
Mamelucken – Reiter in Uniformen, die arabischer Kleidung nachempfunden wurde
Meininger Fuß – 29,92 Zentimeter
Meininger Stadtrute – 3,6 Meter
Nadelgeld – das Ehefrauen zugestandene Geld für ihre persönlichen Anschaffungen
nobilitieren – in den Adelsstand erheben
oui – franz. Ja
Pardon – Verzeihung
mit einem petit paquet *beschenken* – schwanger sein
petit caporal – kleiner Unteroffizier
Phosphorlampe – mit selbstleuchtenden Phosphor gefüllte Lampe, die ein schwaches, blaues Licht erzeugt
plaisir – franz. Vergnügen
Pompadour – beutelartige Handtasche der Damen
Postillion – hier Helfer des Kutschers
Ridikül – wie Pompadour, aber kleiner
Sächsische Meile – 7,42 Kilometer
Signalement – Beschreibung
Tedesca – deutsche Frau
Ulanen – Lanzenreiter in Uniformen nach polnischem Vorbild
Vive l'Empereur – franz. Es lebe der Kaiser
Zerberus – hier als Türwächter gebraucht
Zeus – griechischer Hauptgott, hier als Bezeichnung für den Landesherrn gedacht
Zivilliste – das für die Hofhaltung eines Landesherrn veranschlagte Geld

Kreuzritter, Sarazenen und eine Frau,
die für die Liebe ihres Lebens alles riskiert

INY LORENTZ

Ritter Constance

Roman

Frankreich, 12. Jahrhundert: Constance, der Vizegräfin von Laronne, sind nur wenige Wochen mit ihrem geliebten Ehemann Raoul vergönnt, dann muss er mit dem französischen Heer nach Palästina ziehen. Im Heiligen Land wird Raoul Gefangener eines Sarazenen-Fürsten. Um ihren Ehemann zu retten, folgt sie ihm als angeblicher Kreuzritter ins Heilige Land und möchte ihn befreien. Die Verkleidung ist ihre einzige Chance auf eine sichere Reise, obwohl es als Verbrechen gegen die Gesetze Gottes schwer bestraft werden kann. In Jerusalem angekommen, stößt sie noch auf ganz andere, schier unüberwindbare Schwierigkeiten …

KNAUR

Dramatisch, exotisch, opulent –
die Südsee-Saga von Bestsellerautorin Iny Lorentz

INY LORENTZ

Die Perlenprinzessin

Rivalen

Roman

Hamburg 1771: Um die Hand der schönen Mina Thadde zu gewinnen, lassen sich die die beiden jungen Kapitäne Simon Simonsen und Jörgen Mensing auf einen Wettstreit ein. Wer mit der wertvolleren Ladung aus der Karibik zurückkehrt, dem will Minas Vater, ein reicher Hamburger Handelsherr, seine Tochter anvertrauen.
Während Simons Fahrt ein Erfolg wird, riskiert Jörgen zu viel und erleidet Schiffbruch. Zurück in Hamburg gelingt es ihm jedoch, Simon die Schuld an dem Unglück zuzuschieben, bei dem viele Matrosen ums Leben kamen. Simons Ruf als Kapitän ist ruiniert, Jörgen dagegen heiratet Mina. Zwischen den beiden Männern beginnt eine Feindschaft mit tödlichen Folgen, die noch das Schicksal ihrer Enkel bestimmen wird …

Entdecken Sie, wie die Familiensaga weitergeht, in:

Band 2: Die Perlenprinzessin. Kannibalen
Band 3: Die Perlenprinzessin. Missionare
Band 4: Die Perlenprinzessin. Lucky Jim
Band 5: Die Perlenprinzessin. Schwarze Tränen

KNAUR